135

풍경

밤 풍경

NACHTSTÜCKE

E. T. A. 호프만 지음 · 권혁준 옮김

❖ 을유문화사

옮긴이 권혁준

서울대학교와 동 대학원에서 독일 문학을 전공하고, 쾰른대학교에서 프란츠 카프카 연구로 문학 박사 학위를 받았다. 한국카프카학회 회장을 역임했으며, 현재 인천대학교 독어독문학과 교수로 재직 중이다. 옮긴 책으로 『다섯 번째 여자』, 『모래 사나이』, 『카프카 단편집』, 『베를린 알렉산더 광장』, 『소송』, 『성』, 『싯다르타』, 『황야의 이리』 등이 있다.

을유세계문학전집 135
밤 풍경

발행일·2024년 8월 30일 초판 1쇄
지은이·E. T. A. 호프만 | 옮긴이·권혁준
펴낸이·정무영, 정상준 | 펴낸곳·(주)을유문화사
창립일·1945년 12월 1일 | 주소·서울시 마포구 서교동 469-48
전화·02-733-8153 | FAX·02-732-9154 | 홈페이지·www.eulyoo.co.kr
ISBN 978-89-324-0535-3 04850 978-89-324-0330-4(세트)

차례

일러두기

1. 원서에 따라 한 줄 또는 두 줄 간격으로 문단을 띄웠습니다.
2. 외래어 표기는 국립국어원에 준했습니다.
3. 저자 이름은 가독성을 높이는 방향으로 'E. T. A. 호프만'과 '에른스트 테오도어 아마데우
   스 호프만'을 각각 사용했습니다.

밤 풍경

제1권

모래 사나이

나타나엘이 로타르에게*

내가 오랫동안, 너무 오랫동안 편지를 보내지 않아 다들 몹시 불안해하고 있겠지. 어머니는 화가 나셨을 테고, 클라라*는 내가 이곳에서 방종한 생활을 하느라 내 마음과 감각에 깊이 새겨져 있는 나의 사랑스러운 천사의 모습을 완전히 잊었다고 생각할 거야.

하지만 사실은 그렇지 않아. 나는 날마다 매 시간 그곳에 있는 모두를 생각하고 있어. 그리고 사랑스러운 클라라는 나의 달콤한 꿈에 다정한 모습으로 나타나, 내가 너희를 찾아갈 때마다 늘 맞이하던 맑은 두 눈으로 우아한 미소를 짓고 있어.

아, 그런데 그동안은 모든 생각이 아주 심란할 정도로 정신이 온통 분열 상태에 있었으니 어떻게 내가 너희에게 편지를 쓸 수 있었겠어!

무시무시한 일이 내 삶에 들이닥쳤거든!

나는 아주 소름 끼치고 위협적인 운명을 느끼고 있고, 그 운명에 대한 어두운 예감이 어떤 다정한 햇살도 뚫어 내지 못하는 불길한 먹구름의 그림자처럼 나를 뒤덮고 있어.

대체 내게 무슨 일이 일어났는지를 이제 말해야겠지. 그래야 한다는 것은 나도 알겠는데, 그것은 생각만 해도 마구 웃음이 터져 나오는 일이야.

아, 나의 친애하는 로타르! 며칠 전 내게 일어났던 일은 정말로 내 인생을 무섭게 파괴할 수 있는 사건인데, 그것을 네가 다소나마 느낄 수 있게 하려면 어떻게 이야기를 시작해야 할지 모르겠어! 네가 여기 있다면 직접 볼 수 있을 텐데. 하지만 지금 너는 나를 분명 미쳐 환영을 보는 자'로 취급할 거야.

간추려 요점만 이야기할게. 내게 일어난 경악스러운 일은 그 치명적인 인상을 지우려고 아무리 애써도 소용없는데, 그것은 바로 며칠 전 그러니까 10월 30일 낮 열두 시에 청우계(晴雨計) 행상 하나가 내 방으로 들어와 물건을 사라고 한 일이야. 나는 물론 아무것도 사지 않았고, 층계 아래로 떠밀어 버리겠다고 위협을 가했지. 그러자 행상은 제 발로 떠나갔어.

너는 짐작할 수 있겠지. 이 사건은 다만 내 삶과 깊이 관련된 남모를 사연으로 인해 중요한 의미를 띨 수 있고, 그래, 그 불길한 장사꾼이 어쩌면 내게 심지어 적대적인 영향을 미칠 수 있다는 점 말이야. 실제로 그래. 나는 온 힘을 다해 정신을 가다듬고,

차분하고 참을성 있게 내 어린 시절의 일을 자세히 들려주려고
해. 너의 예민한 감각에 모든 것이 생생한 형상으로 또렷이 떠
오르도록 말이야. 그런데 이야기를 막 시작하려는데, 벌써 네
웃음소리와 함께 클라라가 "정말이지 유치한 이야기야!"라고
말하는 소리가 들리는 것 같아.

　그래, 웃어. 마음껏 나를 비웃어! 제발 부탁이야!

　그런데 하느님 맙소사! 나는 머리털이 곤두서고, 마치 프란츠
모어가 하인 다니엘에게 그랬듯이* 미칠 듯한 절망에 빠져 너희
에게 나를 비웃으라고 간청하는 거야. 이제 본론으로 들어갈게!

　나와 동생들은 점심 식사 때 말곤 낮에는 아버지의 얼굴을 거
의 볼 수 없었어. 아버지는 자기 일에 무척 몰두하셨던 거 같아.
우리 집은 오래전부터 저녁 일곱 시가 되면 저녁을 차렸는데,
식사를 하고 나면 모두가 어머니와 함께 아버지의 서재로 들어
가 원탁에 둘러앉았어. 아버지는 파이프 담배를 피우시면서 큰
잔으로 맥주를 마셨지. 아버지는 자주 우리에게 이런저런 경이
로운 이야기를 들려 주셨고, 이야기에 열중하다가 파이프 담배
의 불을 꺼뜨리곤 하셨어. 그러면 나는 종이에 불을 댕겨 파이
프에 붙여 드리곤 했는데 그것은 나의 큰 즐거움이기도 했어.
하지만 아버지는 이따금 우리 손에 그림책을 건네주고 안락의
자에 뻣뻣한 자세로 앉아 말없이 자욱한 담배 연기만 내뿜으셨
어. 그럴 때면 우리는 마치 안개 속에 잠긴 듯했지. 그런 저녁 시
간에는 어머니는 몹시 슬퍼하셨고, 시계 종소리가 아홉 시를 울

리기 무섭게 이렇게 말씀하셨어. "자, 애들아! 자러 가야지, 자러 가야지! 모래 사나이*가 오고 있어, 나는 벌써 알아차렸어." 그럴 때마다 나는 정말로 뚜벅뚜벅 충계를 올라오는 다소 무겁고 느릿한 발소리를 들을 수 있었어. 그것은 모래 사나이가 틀림없었어.

한번은 그 둔중하게 저벅거리는 발소리가 유난히 무섭게 느껴져서 우리를 잠자리로 데려가는 어머니에게 물었지. "엄마! 아빠한테서 늘 우리를 쫓아내는 저 사악한 모래 사나이는 도대체 누구예요? 모래 사나이는 어떻게 생겼어요?" "모래 사나이 같은 것은 없단다, 애야." 어머니께선 이렇게 대답하셨어. "내가 모래 사나이가 온다고 하는 것은, 너희가 졸음에 겨워 누가 너희에게 모래라도 뿌린 것처럼 눈을 제대로 뜰 수 없다는 말이야."

어머니의 대답은 나를 만족시키지 못했어. 내 어린 심성에도 어머니는 우리가 모래 사나이를 무서워하지 않도록 모래 사나이는 없다고 말하는 거라는 생각이 들었거든. 나는 언제나 모래 사나이가 충계를 오르는 소리를 들었으니까. 모래 사나이가 어떤 사람이고 우리 같은 아이들과 무슨 상관이 있는지 더 자세히 알고 싶은 호기심이 마구 일어나, 결국 나는 막내 여동생을 돌보는 유모 할멈에게 모래 사나이는 어떤 사람이냐고 물어보았어.

"이런, 나타나엘." 할멈은 이렇게 대답했어. "너는 여태 그걸 모르고 있구나? 모래 사나이는 사악한 남자란다. 아이들이 잠자러 가기 싫어하면 다가와 모래를 한 줌 눈에 뿌리지. 그러면 눈알이 피투성이가 되어 머리에서 튀어나온단다. 모래 사나이는 그것을 자루에 주워 담아, 자기 새끼들에게 먹이려고 반달 나라로 가져가지. 둥지에 앉아 있던 새끼들은 올빼미처럼 구부러진 부리로 버릇없는 어린애들의 눈을 쪼아 먹는단다."

이제 나의 내면에는 잔인한 모래 사나이의 소름 끼치는 형상이 그려졌어. 그리고 저녁 시간에 층계를 저벅저벅 올라오는 소리가 들리면, 나는 두려움과 무서움에 온몸을 떨었지. 어머니가 내게서 알아들으실 수 있었던 소리는 내가 눈물을 흘리며 "모래 사나이! 모래 사나이!"라고 울먹이는 외침뿐이었어. 그러고 나서 나는 곧장 침실로 달려갔고, 아마도 밤새 모래 사나이의 무서운 환영에 시달렸던 거 같아.

어느덧 나도 모래 사나이라느니, 그 새끼들의 둥지가 반달 나라에 있다느니 하는 유모의 이야기가 꾸며 낸 것이었음을 깨칠 만한 나이가 되었어. 그런데 내게는 모래 사나이가 아주 소름 끼치는 유령으로 남아 있었어. 그리고 나는 그가 층계를 올라오는 소리뿐 아니라 아버지의 서재 문을 세게 열어젖히고 안으로 들어가는 소리를 들을 때면 섬뜩함과 경악감에 사로잡혔어. 그는 한동안 나타나지 않다가 그런 후에는 더 자주 잇따라 찾아오기도 했어. 이런 상황이 여러 해 동안 계속되었는데, 나는 그 섬뜩한 유령에 도무지 익숙해질 수 없었고 내 안에 자리 잡은 모래 사나이의 오싹한 형상은 좀처럼 퇴색되지 않았어. 도대체 모래 사나이는 아버지와 어떤 관계가 있을까 하는 의문은 나의 상상력을 더욱 자극하기 시작했어. 수줍은 성격 탓에 아버지에게 직접 물어볼 수는 없었지만, 내 스스로 그 비밀을 탐구하고 동화에나 나올 법한 모래 사나이의 정체를 두 눈으로 확인해 봐야겠다는 욕구는 해가 갈수록 더욱 강렬해졌어. 모래 사나이는 어린 심성에 쉽게 깃드는 경이(驚異)와 모험의 세계로 나를 이끌어 갔어. 나는 요괴나 마녀, 난쟁이 등에 관한 무서운 이야기를 듣거나 읽는 것을 무엇보다 좋아했어. 하지만 내가 유별난 흥미를 느낀 것은 언제나 모래 사나이였고, 탁자든 장롱이든 벽이든 가리지 않고 나는 분필과 목탄으로 아주 기이하고 흉측한 형상으로 그의 모습을 그려 놓기도 했어.

열 살이 되었을 때 어머니는 내가 아이들 방에서 나와 따로 작은 방을 쓰게 하셨는데, 아버지 방에서 멀지 않은 복도에 있는 방이었어. 그 시절에도 우리는 여전히 시계가 아홉* 시를 울리고, 어떤 미지의 인물이 집 안에 들어서는 소리가 들리면 서둘러 물러가야 했어. 그 인물이 아버지 서재에 들어가는 소리는 내 방까지 들렸고, 곧이어 집 안에 이상한 냄새와 함께 옅은 연기가 퍼지는 것 같았어. 한편 나는 호기심과 더불어 어떻게든 모래 사나이의 정체를 알아내야겠다는 용기도 더욱 커졌어. 나는 종종 어머니가 내 방을 지나가시고 나면 얼른 복도로 살그머니 나와 본 적도 여러 번 있었지만, 아무것도 엿들을 수가 없었어. 내가 모래 사나이를 볼 만한 지점에 갔을 때는 모래 사나이가 벌써 문으로 들어간 후였거든. 그러다가 마침내 나는 저항할 수 없는 충동에 내몰려 아버지의 서재에서 몸을 숨기고 직접 모래 사나이를 기다려야겠다고 작정했어.

어느 날 저녁, 아버지가 계속 침묵하시고 어머니가 슬퍼하시는 모습을 보고 나는 모래 사나이가 온다는 것을 알아차렸어. 그래서 아주 피곤한 척하면서 아홉 시가 되기 전에 방에서 나와 문 바로 옆의 구석진 곳에 몸을 숨겼지. 현관문이 삐걱 열리더니 복도를 지나 층계로 느릿느릿 터벅터벅 다가오는 무거운 발걸음 소리가 울렸어. 어머니는 동생을 데리고 서둘러 내 앞을 지나가셨어. 나는 조용히, 살그머니 아버지의 서재 문을 열었어. 아버지는 여느 때와 마찬가지로 말없이, 뻣뻣한 자세로 문을 등진 채 앉아 계셨고, 내가 들어온 것을 알아채지 못하셨어. 나는 재빨리 안으로 들어가 문 바로 옆 아버지의 열린 옷장 앞에 쳐 놓은 커튼 뒤로 몸을 숨겼어.

발걸음 소리가 점점 가까이 울려왔고, 문 바깥에서 헛기침 소리, 발로 바닥을 비벼 대는 소리, 무언가 기이하게 웅얼거리는 소리가 들려왔어. 나는 두려움과 기대로 인해 심장이 마구 두근거렸지. 그리고 바로 문 앞에서 더욱 또렷한 발걸음 소리, 이어 손잡이를 세차게 돌리는 소리가 나고, 딸그락 문이 열리는 거야! 나는 가까스로 용기를 내어 조심스럽게 내다보지.' 모래 사나이는 서재 한가운데서 아버지를 마주 보고 서 있는데, 등불이 모래 사나이의 얼굴을 환하게 비추는 거야! 모래 사나이, 그 공포의 모래 사나이는 이따금 우리 집에서 점심 식사를 같이하는 늙은 코펠리우스' 변호사였던 거야!

그런데 내게는 바로 그 코펠리우스보다 더 심한 경악감을 불러일으키는 흉측한 몰골은 없었을 거야.

키가 크고 어깨가 떡 벌어진 남자, 기괴할 정도로 큰 머리통, 흙빛 얼굴, 더부룩하게 자란 잿빛 눈썹, 그 아래서 매섭게 번득이는 녹색의 고양이 눈, 그리고 윗입술을 덮고 있는 뭉툭한 주먹코를 생각해 봐. 그는 이따금 비뚤어진 입을 일그러뜨려 음흉한 웃음을 짓는데, 그럴 때면 볼에 불긋불긋한 검버섯 몇 개가 보이고 앙다문 이빨 사이로 기이하게 웅얼거리는 소리가 새어 나오는 거야. 코펠리우스는 언제나 유행이 지난 잿빛 재킷, 역시 한물간 조끼와 바지를 걸쳤고 검은색 양말과 작은 보석 버클이 달린 구두를 신고 나타났어. 자그마한 가발은 겨우 정수리를 덮었고, 말아 붙인 옆머리는 크고 붉은 귀 너머로 쭈뼛 솟았으며, 뒷머리를 싸매 넣은 큼직한 머리 주머니는 목덜미에서 비죽 튀어나와 주름진 스카프에 고정해 놓은 은색 고리가 드러나 보였지. 그는 머리부터 발끝까지 역겹고 징그러운 모습이었어. 그런데 우리 같은 아이들에게는 무엇보다 그의 우악스럽고 울퉁불퉁한 털북숭이 손아귀가 역겨워서 그의 손이 닿은 것이면 무엇이든지 정나미가 떨어질 지경이었어. 코펠리우스는 이를 눈치채고는 인자하신 어머니가 우리 접시에 몰래 올려놓은 케이크나 달콤한 과일을 이런저런 구실을 붙여 만지작거리고, 우리가 맛있게 먹어야 할 간식거리를 눈앞에 두고도 구역질과 혐오감으로 먹지 못해 눈물을 글썽거리는 것은 이제 그의 즐거움이 되었지. 명절이 되어 아버지가 우리의 조그만 잔에 달콤한 포도주를 따라 주었을 때도 그는 똑같이 장난을 쳤어. 재빨리 손아귀를 잔으로 뻗거나 잔을 자신의 푸르스름한 입술에 갖다 대고는 우리가 분을 못 참고 나직이 흐느끼기라도 하면 정말 악마처럼 웃어 댔거든.

그는 언제나 우리를 꼬마 야수라고 부르곤 했어. 그가 있는 자리에서 우리는 찍소리도 내어서는 안 되었고, 아주 고의로 작은 즐거움마저 망쳐 버리는 그 추악하고 적대적인 인물을 저주하는 수밖에 없었어. 어머니도 우리와 마찬가지로 그 역겨운 코펠리우스를 미워하는 모습이셨어. 그가 나타나면 어머니의 명랑한 기분, 밝고 거리낌 없는 표정이 슬프고 침울한 엄숙함으로 바뀌었거든.

아버지는 그를 대할 때면 그가 무례하게 굴더라도 참아야 하고 어떻게든 심기를 좋게 해 주어야 하는 더 높은 지위의 인물을 모시듯 굽실거렸어. 코펠리우스가 넌지시 눈치만 줘도 그가 좋아하는 음식을 요리하고 진귀한 포도주를 대접했지.

코펠리우스를 보고 나서 이제 다른 사람이 아니라 바로 이 인물이 모래 사나이일 수 있다는 생각에 내 영혼은 공포와 경악을 금치 못했어. 모래 사나이는 더는 반달 나라에 있는 올빼미 둥지로 어린아이들의 눈알을 먹잇감으로 가져다주는, 유모의 동화에 나오는 그런 요괴가 아니었어. 아니! 모래 사나이는 등장하는 곳마다 비탄, 곤경, 일시적인 또 영원한 파멸을 불러오는 추악하고 유령 같은 괴물이었던 거야!

나는 마법에 걸린 듯 옴짝달싹할 수 없었어. 행여 발각되면 호되게 벌 받을 것을 똑똑히 알았지만, 나는 위험을 무릅쓰고 그대로 선 채 조심스럽게 엿들으면서 커튼 사이로 머리를 살짝 내밀었지. 아버지는 격식을 차리고 코펠리우스를 맞이하셨어.

"자! 이제 시작하지." 코펠리우스는 칼칼한 목소리로 그르렁거리며 외치더니 재킷을 벗었어. 아버지는 말없이 음울한 표정으로 잠옷을 벗고, 두 사람은 모두 검은색 실험 가운을 걸쳤어. 그 가운을 어디서 꺼내 왔는지는 내가 미처 살펴볼 수가 없었어. 그러고 나서 아버지가 벽장의 여닫이문을 열어젖혔어. 그런데 여태껏 내가 벽장으로 알고 있었던 곳은 벽장이 아니라 움푹 들어간 컴컴한 아궁이였고 그 안에는 작은 화덕이 설치되어 있었어. 코펠리우스가 그쪽으로 다가가자, 화덕에서는 파란 불꽃이 화르르 솟아올랐어. 주위에는 온갖 희귀한 도구들이 놓여 있었지.

아, 하느님! 늙은 아버지가 불꽃 위로 몸을 굽혔는데 불길에 비친 아버지의 얼굴은 완전히 딴 모습이었어. 온화하고 정직한 아버지의 얼굴은 소름 끼치고 진저리 나는 고통에 일그러져 추악하고 역겨운 악마의 모습이 되었어. 아버지는 코펠리우스와 닮아 보였어.

코펠리우스는 벌겋게 달아오른 집게를 휘두르면서 자욱한 연기 속에서 밝게 빛나는 덩어리들을 꺼내 부지런히 망치질을 했어. 내가 보기에 여기저기에서 사람의 용모가 나타나는 것 같았는데, 그 형상들에는 눈알들이 없었어. 눈이 있어야 할 자리에는 끔찍한 모습의 깊고 컴컴한 구멍만 파여 있었거든.

"눈알을 내놔, 눈알을 내놔!" 코펠리우스가 둔탁하게 울리는 목소리로 외쳤어. 나는 걷잡을 수 없는 공포에 사로잡혀 비명을 지르고 숨어 있던 곳에서 뛰쳐나와 그대로 바닥에 쓰러졌어. 그러자 코펠리우스가 나를 거머쥐고는 이빨을 드러내며 "꼬마 야수! 꼬마 야수!"라고 으르렁대며 놀렸어. 그러고는 나를 잡아채어 화덕에 가져가자, 내 머리털이 불길에 그슬리기 시작했지. "이제 눈알이 생겼어, 눈알이. 어린애의 아름다운 두 눈알이야." 코펠리우스는 이렇게 속삭이면서, 손을 뻗쳐 벌겋게 달아오른 숯가루를 한 움큼 불길에서 집어 들고는 내 눈에 뿌리려고 했어.

그 순간 아버지가 두 손을 들고 애원하며 외치셨어. "선생님! 선생님! 제 아들 나타나엘의 눈은 뽑지 마세요. 그 아이의 눈은 제발 그냥 놔두세요!"

코펠리우스는 날카로운 웃음을 터뜨리면서 소리쳤어. "그렇다면 자네 아들은 눈알을 그대로 간직하고, 이 세상에서 울 수 있는 만큼 울 수 있게 하겠네. 그러나 이제 손과 발이 어떻게 작동하는지 제대로 관찰해 보자고." 그러면서 코펠리우스는 뼈마디가 으스러질 정도로 우악스럽게 나를 붙잡고는 손과 발을 잡아 뺐다가 다시 이리저리 맞춰 보았어. "어디에도 딱 들어맞지 않는군! 원래대로가 좋겠어! 그 늙은이가 제대로 한 거야!" 코펠리우스는 이렇게 식식거리고 속삭여 댔어. 그런데 나는 갑자기 주위가 온통 컴컴해지고 신경과 사지에 경련이 마구 일어나 더는 아무것도 느낄 수 없었어.

부드럽고 따스한 숨결이 내 얼굴 위를 스치고 내가 죽음 같은 잠에서 깨어났을 때 어머니께서 나를 굽어보고 계셨어. "모래 사나이가 아직 여기 있나요?" 나는 더듬거리는 목소리로 물었어. "아니, 애야, 오래전에, 오래전에 떠나갔단다. 모래 사나이는 네게 어떤 해도 가하지 않아!" 어머니는 이렇게 말씀하시고 다시 살아난 사랑스러운 아들의 입을 맞추고 꼭 껴안아 주셨어.

내가 너를 피곤하게 할 이유는 없겠지, 사랑하는 로타르! 아직 말할 것이 많이 남았는데 그렇게 장황하게 시시콜콜 얘기할 이유가 없겠지? 이 정도면 충분할 거야! 나는 몰래 엿보다가 발각된 것이고, 코펠리우스에게 붙잡혀 학대를 당한 거야. 나는 두렵고 놀라서 온몸이 열로 펄펄 끓었고 몇 주 동안 앓아누워 지냈어. "모래 사나이가 아직 여기 있나요?" — 그것은 내가 깨어나면서 처음 꺼낸 말이자, 내가 치유되고 구원받았다는 징표였어. 내가 어린 시절의 가장 끔찍한 순간을 조금만 더 네게 이야기해도 되겠지. 그러면 지금 내 눈에는 모든 것이 무채색으로 보이는 현상이 내 눈이 이상해서가 아니라는 것, 불길한 운명이 실제로 내 삶에 우중충한 구름 너울, 내가 죽어서야 찢을 수 있는 너울을 드리웠다는 것을 너는 확신하게 될 거야.

코펠리우스는 이후 더는 모습을 보이지 않았는데, 도시를 떠났다는 소문도 있었어.

그리고 아마 1년쯤 지났을 거야. 우리 가족은 예전과 다름없이 저녁에 원탁에 둘러앉았어. 아버지는 매우 명랑한 기분이 되어 젊은 시절에 했던 여행 중에서 아주 흥미로운 이야기를 들려주셨어.

그런데 아홉 시를 알리는 종이 울렸을 때 갑자기 대문의 돌쩌귀가 삐걱거리고, 이어 느릿느릿 터벅터벅 복도를 지나 충계를 올라오는 누군가의 발소리가 들렸어.

"코펠리우스예요." 어머니가 얼굴이 창백해지며 말했어. "그래! 코펠리우스야." 아버지도 힘없고 갈라진 목소리로 대답하셨어. 어머니는 눈물을 쏟으면서 소리치셨어. "그런데 여보, 여보! 꼭 이래야만 해요?"

"이번이 마지막이야!" 아버지가 대답하셨어. "코펠리우스가 우리 집에 오는 건 이번이 마지막이야, 내 약속해요. 들어가요, 아이들을 데리고! 다들 들어가, 이제 잠자러 가야지! 평안한 밤 보내!"

나는 무겁고 차가운 바위에 짓눌리는 기분이었어. 숨이 턱 막혔지!

내가 꼼짝하지 않고 그 자리에 서 있자, 어머니가 내 팔을 잡고 말씀하셨어. "가자, 나타나엘, 가자니까!"

나는 어머니의 손에 이끌려 내 침실로 들어갔어.

"진정해, 진정하고 얼른 잠자리에 들어! 자, 어서 자." 등 뒤에서 어머니의 소리가 들렸어. 하지만 나는 말할 수 없는 두려움과 불안 때문에 눈을 감을 수 없었어. 가증스럽고 역겨운 코펠리우스가 두 눈을 번득이며 내 앞에 서서 음흉하게 웃어 대는 모습, 나는 그 모습을 떨쳐 버리려고 안간힘을 썼지만 아무 소용이 없었어.

어느덧 자정 무렵이 되었는데, 대포를 쏘는 듯 무시무시한 폭발음이 들렸어. 집 전체가 떠나갈 듯 울렸고, 이어 누군가 내 방문 앞을 우당탕 쿠당탕 지나가고 대문이 삐걱거리며 닫히는 소리가 났어. "코펠리우스야!" 나는 기겁하여 소리치며 침대에서 뛰쳐나갔지. 그때 누군가 가슴이 찢어지는 슬픔을 가누지 못하고 비명을 내지르는 소리가 들렸어. 나는 곧장 아버지의 방으로 달려갔는데 방문이 열려 있었고 숨 막힐 듯 연기가 밀려왔어. 그리고 하녀가 "아, 주인님! 주인님!" 하고 소리치고 있었어.

아버지는 연기 나는 화덕 앞 바닥에 검게 타고 소름 끼치게 일그러진 얼굴로 숨진 채 쓰러져 계셨어. 여동생들은 아버지를 둘러싼 채 울부짖고 훌쩍이고, 어머니는 그 옆에서 혼절 상태가 되어 있었어!

"코펠리우스, 흉악한 악마, 네가 아버지를 쳐 죽였어!" 나는 이렇게 소리치면서 정신을 잃어버렸지. 그리고 이틀 뒤 아버지를 입관했는데, 그때 아버지의 얼굴은 살아생전과 마찬가지로 다시 온화한 모습이었어. 아버지가 악마 같은 코펠리우스와 결탁한 것이 아버지를 영원한 파멸로 몰고 간 것은 아니라는 생각이 들면서 나의 영혼은 위안을 얻었어.

폭발 사고는 잠자던 이웃들을 깨웠고 이 사건에 대한 소문이 퍼져 당국에까지 알려지자, 당국은 코펠리우스를 소환해 책임을 추궁하고자 했지. 그러나 코펠리우스는 이미 어떤 흔적도 남기지 않고 사라진 후였어.

사랑하는 친구! 내가 만난 청우계 행상이 바로 그 흉악한 코펠리우스였다고 말한다면, 내가 그 적대적인 출현을 무서운 재앙을 가져올 조짐으로 해석한다고 해서 나를 나무라지는 못하겠지. 비록 다른 차림새를 하고 있었지만, 코펠리우스의 형상과 이목구비는 나의 내면 깊은 곳에 각인되어 있어 내가 착각했을 리 없거든. 그뿐 아니라 코펠리우스는 이름조차 바꾸지 않았더군. 내가 들은 바로는 그는 피에몬테에서 온 기술자 행세를 하며 주세페 코폴라라는 이름을 사용하고 다니고 있어. 하여튼 나는 그와 대결하여 어떻게든 아버지의 죽음에 대해 복수할 것을 결심했어.
어머니께는 이 끔찍한 괴물의 출현에 대해 아무 말도 하지 말아 줘. 나의 사랑스러운 클라라에게 인사 전해 줘. 내가 마음이 좀 더 진정되면 클라라에게도 편지를 쓸게. 그럼 안녕.

클라라가 나타나엘에게

당신이 꽤 오랫동안 나한테 편지를 쓰지 않은 것은 사실이지만, 그래도 마음속 깊이 나를 생각하고 있으리라 믿어. 얼마 전에 로타르 오빠에게 보내는 편지 겉봉에 오빠 이름 대신 내 이름을 적은 것을 보면 분명 내 생각을 간절히 하고 있었던 것이니까. 나는 반갑게 편지를 개봉했다가, "아, 나의 친애하는 로타르!"라고 적은 말을 보고서야 내가 착각했다는 것을 알았지.

그때 편지를 더 읽지 말고 오빠에게 넘겨줬어야 했겠지. 그런데 당신은 전에 이따금 어린아이처럼 짓궂게 나를 놀려 대며 핀잔을 주었지. 내가 어떤 이야기에 나오는 여자처럼 집이 무너지려는 상황에서도 서둘러 탈출하지 않고 창문 커튼의 구겨진 주름부터 잽싸게 펴 놓을 정도로 차분한 여자다운 심성을 지녔다고 말이야. 그러니 당신의 편지 첫머리가 나를 깊이 뒤흔들었다는 것을 내가 굳이 말하지 않아도 당신이 잘 알겠지. 나는 숨을 쉬기도 힘들었고, 눈앞이 가물가물했어. 아, 사랑하는 나타나엘! 당신 삶에 어떻게 그런 무서운 일이 들이닥칠 수 있었을까! 당신과의 작별, 당신을 두 번 다시 보지 못할 것이라는 생각이 뜨겁게 달아오른 비수처럼 내 가슴에 파고들었어.

나는 편지를 읽고 또 읽어 보았어! 역겨운 코펠리우스에 대해 당신이 묘사한 대목은 소름 끼쳐! 당신의 착한 아버지께서 그토록 끔찍하고 폭력적인 죽음을 맞으신 것도 이제야 비로소 알게 되었어. 편지를 건네받은 로타르 오빠는 나를 진정시키려고 애썼지만 쉽지 않았어. 그 불길한 청우계 행상 주세페 코폴라는 내가 가는 곳마다 따라왔고, 조금 부끄러운 고백이기는 하지만 심지어 꿈에서까지 온갖 기이한 형상으로 나타나 조용하고 건강한 나의 잠까지 망칠 정도였거든.

　그러나 다음 날이 되자 모든 일이 다르게 생각되었어. 마음속 깊이 사랑하는 나의 나타나엘, 당신은 코펠리우스가 당신에게 무슨 해악을 가할지 모른다는 이상한 예감에 시달리고 있는데, 나는 평소와 다름없이 아주 명랑하게 아무 근심 없이 지내고 있다고 혹시 로타르 오빠가 전하더라도 언짢아하지 않았으면 해.

　당신에게 솔직하게 털어놓자면, 당신이 말하는 그 모든 무섭고 경악스러운 일은 단지 당신의 내면에서 일어난 것이고, 실제 외부 세계와는 아무 관련이 없다는 생각이 들어. 늙은 코펠리우스가 아주 역겨웠던 것은 사실이겠지만, 당신의 어린 형제들이 그를 정말 혐오스러워한 것은 그가 아이들을 미워했기 때문일 거야.

　이제 당신의 어린 심성에서는 유모의 이야기에 등장하는 무서운 모래 사나이와 늙은 코펠리우스가 자연스럽게 연결되었고, 당신이 모래 사나이를 믿지 않을 나이가 되어서도 여전히 코펠리우스가 당신한테는 어린아이들에게 특히 위험한 유령 같은 괴물로 남아 있었던 거야. 밤에 코펠리우스가 당신 아버지와 벌인 섬뜩한 일은 아마도 두 사람이 은밀하게 연금술 실험을 한 것에 지나지 않을 거야. 어머니는 당연히 그것을 못마땅하게 여기셨겠지. 많은 돈이 허투루 낭비될 뿐 아니라 그런 실험을 하는 사람들이 으레 그러듯 아버지의 심성이 더 심오한 지혜를 얻으려는 기만적인 충동에 사로잡혀 가족에게서 멀어졌기 때문이지. 아버지는 아마 자신의 부주의로 인해 목숨을 잃었을 것이고, 코펠리우스는 거기에 책임이 있다고 할 수 없어.

그와 관련해 한마디 하자면, 어제 나는 경험 많은 이웃집 약사에게 혹시 화학 실험을 할 때 순간적으로 목숨을 앗아 가는 폭발이 일어날 수 있는지 물어보았어. 약사 아저씨는 "그럼, 물론이지"라고 대답하셨어. 어떻게 그런 일이 가능한지 아저씨는 나름대로 아주 장황하고 상세하게 설명하면서 나로서는 전혀 기억할 수 없는, 발음도 이상한 수많은 이름을 말해 주셨어.

당신은 이제 당신의 클라라를 못마땅하게 여기면서 이렇게 말하겠지. "이런 차가운 심성'에는 종종 보이지 않는 팔로 인간을 감싸 주는 신비의 빛이 뚫고 들어갈 여지가 없겠지. 클라라는 단지 세상의 다채로운 겉모습만 보고, 그 속에 치명적인 독이 들어 있는 줄도 모른 채 황금색으로 번쩍이는 과일을 좋아하는 철없는 아이처럼 기뻐하고 있어."

아, 사랑하는 나의 나타나엘! 우리 자신 속에서 적대적으로 작용하면서 우리를 파멸로 몰고 가려는 어떤 어두운 힘에 대한 예감은 명랑하고 거리낌 없고 근심 없는 심성에도 깃들 수 있는데, 당신도 그렇다고 믿겠지?

그런데 본질상 우리 내면에서 벌어지는 그런 싸움에 대해 나처럼 단순한 여자가 주제넘게도 어떻게 생각하는지 내 나름의 해석을 시도하는 것을 용서해 줘.

나는 결국 적절한 말을 찾아내지 못할 것이고, 당신은 내가 미련한 말을 해서가 아니라 말하는 요령이 부족하다는 이유로 나를 비웃겠지.

어떤 어두운 힘, 우리 내면에 아주 적대적이고 음험하게 실을 꿰어 넣고 그 실로 우리를 옭아매어, 평소 같으면 우리가 발도 들여놓지 않을 위험 가득한 파멸의 길로 이끌어 가는 어두운 힘 — 만일 그런 어두운 힘이 있다면, 그것은 우리 자신과 마찬가지로 우리 내면에서 형성된 것이고 우리 자신이 되는 것이 틀림없어. 왜냐하면 그런 방식으로만 우리가 그 힘의 존재를 믿게 되고, 그 힘이 비밀스러운 일을 완수하는 데 필요한 자리를 허용할 테니까 말이야. 그러나 우리가 명랑한 삶을 통해 다져진 확고한 지각을 충분히 갖추고 있다면, 그래서 우리가 낯설고 적대적인 힘의 작용을 언제나 알아차릴 수 있고 우리의 천성과 소명이 이끄는 대로 차분하게 인생길을 걸어간다면, 그 섬뜩한 힘은 우리 자신을 그대로 빼닮은 모습이 되려고 가망 없는 싸움을 벌이다가 몰락하고 말 거야.

로타르 오빠도 이렇게 덧붙이고 있어. "확실하게 말할 수 있는 것은, 우리가 헌신하게 된 그 어두운 정신적 힘은 종종 외부 세계가 우리의 길에 던지며 우리 내면으로 끌어들이는 낯선 형상들이고, 우리는 다만 그 형상 가운데 어떤 정신이 우리에게 말을 건다는 기이한 착각에 빠져 그 정신에 불을 붙이게 되지. 그것은 사실 우리 자신의 환영에 불과한 것인데, 그것이 지닌 내적인 친화력과 우리 심성에 끼치는 큰 영향력은 때로는 우리를 지옥에 내던지기도 하고 때로는 천국으로 끌어 올리기도 하는 거야."

사랑하는 나타나엘! 나와 로타르 오빠가 어두운 힘과 세력의 실체에 대해 상당히 많은 이야기를 나누었다는 걸 당신도 눈치 챘을 거야. 이제 내가 가장 중요한 요점을 간추려 어렵사리 글로 옮겨 놓고 보니 그 실체가 제법 심오해 보여. 로타르 오빠가 해 준 마지막 말은 내가 완전히 이해하는 것도 아니고 그 생각을 대략 짐작할 뿐이지만, 전부 옳다는 생각이 들어. 부탁하는데, 당신이 그 흉물스러운 변호사 코펠리우스와 청우계 행상 주세페 코폴라를 당신의 감각에서 완전히 몰아내기를 바라. 그 낯선 형상들은 당신에게 아무 영향도 끼칠 수 없다는 걸 확신했으면 해. 그 형상들은 당신이 오로지 그 적대적인 힘을 믿는 경우에만 정말로 당신에게 적대적일 수 있거든. 당신이 몹시 흥분해 있다는 것이 편지 구절구절에서 드러나고 당신의 상태로 인해 내 영혼 깊은 곳에서 아픔을 느끼게 했기 망정이지, 만약 안 그랬다면 나는 변호사 모래 사나이와 청우계 행상 코펠리우스에 대해 농담이라도 할 수 있을 거야. 명랑한 기분, 명랑한 기분을 가져!

나는 수호천사가 되어 당신을 지키고, 혹시라도 흉물스러운 코폴라가 꿈에서 당신을 괴롭히려 하면 크게 웃으면서 내쫓아 줘야겠다고 마음먹었어. 나는 그 사람도, 그의 역겨운 손도 전혀 두렵지 않아. 그 사람은 변호사로 나타나 내 간식거리를 망치거나, 모래 사나이로 나타나 내 눈을 망칠 수도 없어.

마음속 깊이 사랑하는 나의 나타나엘에게 당신의 영원한 연인 등등.

나타나엘이 로타르에게

내가 정신이 산만해서 빚어진 일이지만, 얼마 전에 네게 보낸 편지를 클라라가 착각해서 뜯어 읽어 보았다니, 영 기분이 좋지 않아. 클라라는 내게 아주 의미심장하고 철학적인 편지를 보냈어. 편지에서 클라라는 코펠리우스와 코폴라가 단지 나의 내면에 존재하는 나 자신의 환영(幻影)일 뿐이고, 내가 그것을 제대로 깨닫기만 한다면 당장에 먼지처럼 부서져 사라질 것이라고 논증하고 있어.

사실 그렇게 밝고 어여쁜 미소를 짓는 아이의 눈에서 이따금 사랑스럽고 달콤한 꿈처럼 환한 빛을 발하는 정신이 그토록 명철하고 학자와 같은 분별력을 가질 수 있다는 것은 정말 믿기 어려울 정도야. 클라라는 자신의 근거로 너를 끌어들였어. 너희 둘은 나에 관해 이야기를 나누었지. 그리고 너는 클라라에게 모든 것을 세밀하게 검토하고 구별할 수 있도록 논리학을 가르치기라도 한 듯싶어.

아무래도 좋아! 그건 그렇고, 청우계 행상 주세페 코폴라는 늙은 변호사 코펠리우스가 아닌 것이 확실한 거 같아. 나는 최근 이곳에 온 물리학 교수에게서 강의를 듣고 있는데, 저 유명한 자연 과학자 스팔란차니*와 이름이 같고 이탈리아 출신이야. 그 교수는 코폴라를 여러 해 전부터 알고 있더라고. 그뿐 아니라 코폴라의 발음을 들어 보면 그가 피에몬테 지방 사람이라는 걸 알아차릴 수 있어. 코펠리우스는 독일 사람이었는데, 내 생각에 진정한 독일 사람답지는 않았어. 나는 아직 완전히 진정되지는 않았어. 너와 클라라는 나를 여전히 우울한 몽상가로 여기겠지만, 나는 코펠리우스의 그 불쾌한 얼굴이 남긴 인상을 떨쳐 버릴 수 없어. 스팔란차니의 말대로라면 그 사람은 도시를 떠났다고 하니 나로서는 기쁜 일이지.

스팔란차니 교수는 기이한 괴짜에 속한다고 할 수 있어. 작달막하고 오동통한 남자인데, 광대뼈가 툭 튀어나온 얼굴에 가느다란 코, 두툼한 입술, 매서운 실눈을 하고 있어. 그런데 그 어떤 묘사보다도 호도비에츠키*가 베를린의 휴대용 달력에 그린 칼리오스트로* 초상화를 한 번 보는 게 나을 거야. 스팔란차니가 바로 그렇게 생겼거든.

얼마 전에 나는 층계를 오르다가 평소에는 유리문을 빈틈없이 가리고 있던 커튼이 옆으로 밀쳐져 작은 틈이 살짝 생겨난 것을 알아차리고, 나 자신도 어찌 된 영문인지는 모르지만, 호기심에 그 안쪽을 들여다보게 되었어. 방 안에는 훤칠한 키에 늘씬하게 균형 잡힌 몸매의 아가씨가 화려한 옷차림으로 작은 탁자에 두 팔을 괴고 두 손을 모은 채 앉아 있었어. 아가씨는 문 맞은편에 앉아 있어서 나는 천사와 같이 아름다운 얼굴을 훤히 바라볼 수 있었지. 그녀는 내가 있는 것을 알아차리지 못한 듯했는데, 두 눈은 뻣뻣하게 굳어 있어서 혹시 시력을 잃은 것이 아닌가, 라고 말할 뻔했어. 내가 보기에는 두 눈을 뜨고 잠자는 것 같다는 생각이 들었거든. 나는 섬뜩한 느낌이 들어 소리를 죽이고 살금살금 옆에 있는 대강당으로 들어갔어. 나중에 알게 된 것은, 내가 본 그 아가씨는 스팔란차니의 딸 올림피아이고 교수는 딸을 기이하게도 몰인정하게 감금해 놓고 어떤 사람도 그녀 가까이 오지 못하게 한다는 거야. 따라서 아가씨에게 어떤 사정이 있는 듯한데, 어쩌면 정신 박약 상태이거나 장애가 있는 모양이야.

내가 왜 이 모든 일을 편지로 쓰고 있지? 너를 대면하면 구두로 훨씬 제대로 또 자세히 이야기해 줄 수 있을 텐데. 나는 2주 뒤면 너희에게 가게 될 거야. 나의 귀엽고 사랑스러운 천사 클라라를 다시 만나야겠어. 그러면 지난번 지독하게 명철한 클라라의 편지를 받고 언짢아지려던(이렇게 고백하지 않을 수 없군) 내 기분도 눈 녹듯 풀릴 거야. 그래서 나는 오늘도 클라라에게는 편지를 쓰지 않겠어.

마음속 깊이 인사를 보내며.

친애하는 독자여! 어떤 이야기를 꾸며 낸다고 해도 나의 가여운 친구인 젊은 대학생 나타나엘에게 일어났고, 내가 그대에게

들려주고자 하는 것보다 더 희한하고 기이하지는 않을 것이다. 친애하는 독자여! 그대의 가슴, 그대 안에 있는 다른 모든 것을 밀어내고 그대의 가슴, 감각과 생각을 완전히 사로잡는 그 무언가를 체험해 본 적이 있는가? 그대의 내면은 펄펄 끓어오르고, 피는 부글부글 불덩이가 되어 혈관을 타고 치솟아 그대의 뺨을 붉게 물들였으리라. 그대의 눈빛은 다른 사람의 눈에는 보이지 않는 어떤 형상을 허공 속에서 붙잡으려는 듯 기이해지고, 그대의 말은 어두운 한숨이 되었으리라. 그러면 친구들이 그대에게 물을 것이다. "어찌 된 건가, 친구? 무슨 일인가?" 그러면 그대는 그대 내면의 형상을 화려한 색채와 명암을 동원해 표현하려 할 것이고, 이야기를 시작하기 위해 적절한 말을 찾아내려고 애쓸 것이다. 그런데 이제 그대는 일어난 모든 경이로운 것, 훌륭한 것, 경악스러운 것, 재미있는 것, 섬뜩한 것을 바로 첫마디에 훌륭하게 엮어 냄으로써 모든 청자(聽者)에게 감전의 충격을 줄 수 있어야 할 것이다. 하지만 그대가 내뱉으려는 모든 단어는 흐릿하고 싸늘하고 생기 없어 보일 것이다. 그대는 적절한 말을 찾고 또 찾으며, 우물우물 더듬거리게 되고, 친구들의 냉철한 질문들은 얼음장처럼 차가운 바람결처럼 그대 안에 파고들어 그대 내면의 불덩이를 소멸시키려 할 것이다. 그러나 만약 그대가 대담한 화가처럼 우선 몇 번의 거침없는 터치로 내면의 형상에 대한 윤곽을 잡고 나면, 점차로 크게 힘들이지 않고도 더욱 생생하게 색을 칠하게 될 것이다. 그러다 보면 다양한 형상들이 생동하여 북적거리는 형태가 되어 친구들의 마음을 사로잡을 것이고, 친구들 또한 그대와 마찬가지로 그대의 심성에서 나온 그림 한가운데 들어서 있음을 발견할 것이다!

친애하는 독자여! 고백하건대, 젊은 나타나엘이 겪은 사건에 대해 내게 물어 온 사람은 아무도 없었다. 하지만 독자인 그대도 알다시피, 나는 작가라는 기이한 족속에 속해 있다. 이 족속은 내가 방금 서술한 것처럼 그 내면에 무엇을 갖게 되면 마치 가까이 있는 주변 사람들뿐 아니라 온 세상 사람들이 "도대체 무슨 일이오? 제발 이야기 좀 해 주시겠소?"라고 채근한다고 생각하는 경향이 있다.

이처럼 나도 나타나엘의 불운한 삶에 대해 그대에게 털어놓고 싶은 강렬한 충동에 사로잡혔다. 그 경이롭고 이상한 일은 나의 영혼을 가득 채웠을 뿐 아니라, 오 나의 독자여! 그대가 결코 사소한 것이 아닌 이 기이함에 곧장 귀 기울이게 해야 했으므로, 나는 어떻게 하면 나타나엘의 이야기를 의미 있고, 독창적이고, 감동적으로 풀어 나가야 할지 거듭 고민했다. "옛날 옛적에." 이런 시작은 어떤 이야기에서든 가장 아름다운 첫머리이지만 너무 밋밋하다! "지방 소도시 S에 아무개가 살고 있었다." ― 적어도 차근차근 클라이맥스로 나아가는 이러한 시작은 약간 더 낫다. 아니면 곧바로 본론으로 들어가는 것이다. "청우계 행상 주세페 코폴라를 보자마자 대학생 나타나엘은 분노와 경악이 담긴 사나운 눈초리로 '악마에게나 꺼져라'라고 소리쳤다."

대학생 나타나엘의 사나운 눈초리에서 뭔가 익살스러운 것이 느껴진다고 생각했을 때는 나도 사실 그렇게 시작하고 있었다.

하지만 이 이야기는 전혀 우스꽝스럽지 않다. 내 머릿속에서는 내면의 형상이 지닌 찬란한 색채를 조금만이라도 반영해 줄 만한 말이 한마디도 떠오르지 않았다. 그래서 이야기의 시작을 아예 쓰지 않기로 마음먹었다.

친애하는 독자여! 친구 로타르가 친절하게도 내게 건네준 세 통의 편지를 내가 이제 이야기를 풀어 가면서 점차 더 많은 색을 칠해 보려는 그림의 윤곽이라고 생각하시라. 어쩌면 솜씨 좋은 초상화가처럼 내가 여러 인물을 제대로 그려 내어 그대가 실제 인물을 알지 못하면서 비슷하다고 여길 뿐 아니라 심지어 그 인물을 두 눈으로 꽤 자주 본 적이 있다고 느끼게 할 수 있을 것이다. 오, 나의 독자여! 그렇게 되면 그대는 실제의 삶보다 더 기이하고 희한한 것은 없고, 시인은 그 삶을 표면이 매끄럽지 않은 거울에 비친 듯 단지 흐릿하게만 그려 낼 수 있을 뿐이라고 생각하게 될 것이다.

처음부터 알아 두면 좋을 내용을 더욱 분명하게 해 두자면, 서두에 제시한 편지들에 덧붙여야 할 내용이 있다. 그것은 나타나엘의 아버지가 죽고 얼마 지나지 않아 나타나엘의 어머니가 먼 친척의 자녀이자 그 친척 역시 죽은 탓에 고아로 남은 클라라와 로타르 남매를 집으로 데려왔다는 것이다. 클라라와 나타나엘은 서로 격렬하게 좋아했고 이에 대해서는 지상의 그 누구도 이의를 제기할 것이 없었다. 그래서 둘은 약혼한 사이가 되었고, 그 상태에서 나타나엘은 G시에 있는 대학에서 학업을 계속하고자 고향 도시를 떠났다. 지금 그는 마지막 편지를 쓴 그곳에서 유명한 물리학 교수 스팔란차니의 강의를 듣고 있다.

　이제 나는 마음 놓고 이야기를 계속할 수 있을 것 같다. 하지만 지금 이 순간 클라라의 모습이 내 눈앞에 생생하게 떠오르고, 그녀가 어여쁜 미소를 지으며 나를 바라볼 때마다 늘 그러듯 나는 다른 데로 눈길을 돌릴 수 없다.
　사실 클라라는 아름답다고는 할 수 없었다. 직무상 아름다움에 일가견이 있는 이들은 모두 그렇게 생각했다. 그러나 건축가들은 클라라의 몸매가 완벽한 비례를 갖추고 있다며 칭송했고, 화가들은 목, 어깨, 가슴의 선이 참으로 순결하다고 여기면서도 바토니의 마리아 막달레나*를 연상시키는 경이로운 머리카락에 모두 마음을 빼앗겼고 그 그림에 나오는 듯한 피부색을 두고 끝없이 수다를 떨었다. 그런데 그들 중 어떤 진정한 몽상가는 아주 뚱딴지같게도 클라라의 눈을 라위스달*이 그린 호수, 구름 한 점 없는 파란 하늘, 숲과 꽃밭, 온갖 생명이 알록달록 생동하는 풍요로운 경치를 거울처럼 비추는 호수에 비유했다.
　그리고 시인과 음악가들은 한술 더 떠서 이렇게 말했다. "호수는 무슨, 거울은 무슨! 우리가 그 소녀를 바라볼 때마다 그 눈빛에서 경이로운 천상의 노래와 소리가 햇살처럼 퍼져 나와 우리 내면 깊이 파고들어 모든 것을 깨우고 생동하게 하지 않는가? 그런 때도 우리가 진정으로 슬기로운 노래를 부르지 못한다면 그것은 우리가 별것 아니라는 거야. 이러한 사실은 우리가 클라라 앞에서 목청을 뽑으려 할 때 제각기 소리가 뒤죽박죽 뒤섞여 튀어나오는데도 그것을 노래인 양 부르려 할 때 그녀의 입술에 맴도는 엷은 미소에서도 또렷이 읽을 수 있어."

실제로 그랬다. 클라라는 명랑하고 거리낌 없고 천진난만한 어린아이의 생기 넘치는 환상, 심오하면서도 여자다운 고운 심성, 밝고 예리하게 사물을 바라보는 분별력을 갖고 있었다. 몽상가나 허풍쟁이들은 그녀에게서 곤욕을 치렀다. 수다스러움은 클라라의 과묵한 천성과는 맞지 않아 몇 마디 말을 하지 않는데도 그녀의 밝은 눈길과 섬세하면서도 아이러니를 담은 그녀의 미소는 이렇게 말하는 듯했기 때문이다. '사랑하는 분들이여! 여러분은 어떻게 흘러가 버리는 그림자 형상들을 보여 주면서 생동하는 진짜 모습으로 여기도록 내게 강요하는 거죠?'

그 때문에 클라라는 많은 사람에게 차갑고, 감정이 메마르며, 산문적이라는 비난을 받았다. 하지만 삶을 투명하면서도 깊게 바라보는 사람들은 감수성이 풍부하고 분별력이 있으며 천진난만한 이 소녀를 더없이 사랑했다.

물론 학문과 예술 속에서 늘 열정적이고 명랑함에 차 있던 나타나엘만큼 그녀를 사랑한 사람은 없었다. 클라라도 온 영혼으로 연인에게 의지했다. 나타나엘이 클라라 곁을 떠났을 때 그녀의 삶에 처음으로 먹구름이 그림자를 드리웠다. 나타나엘이 로타르에게 보낸 마지막 편지에서 약속한 대로 고향 도시의 어머니 방에 들어섰을 때, 클라라는 기쁨에 겨워 그의 팔에 달려가 안겼다. 나타나엘이 생각한 대로 모든 일이 되었다. 클라라를 다시 보는 순간, 그는 변호사 코펠리우스도 클라라의 지적인 편지도 더는 생각하지 않았고, 언짢았던 기분도 말끔히 사라졌다.

그런데 나타나엘은 친구 로타르에게 보낸 편지에서 역겨운 청우계 행상 코폴라의 형상이 그의 삶에 자못 적대적으로 들이닥쳤다고 했었는데, 틀린 말이 아니었다. 나타나엘이 첫 며칠이 지나면서 완전히 딴사람이 된 모습을 보여 주자, 다들 그렇게 느꼈다. 나타나엘은 음울한 몽상에 빠지는가 하면, 평소에는 그에게서 볼 수 없었던 이상한 행동을 자주 벌였다.

모든 것, 삶 전체가 그에게는 꿈과 예감*이 되어 있었다. 인간은 누구나 스스로 자유롭다고 착각하지만 실은 어두운 힘이 벌이는 잔인한 유희에 봉사할 뿐이고 이에 저항하는 것은 부질없는 짓이니 운명이 정해 준 바에 겸허히 순복해야 한다고 그는 줄곧 말했다. 그는 예술과 학문의 창조가 자발적인 의지에 따라 이루어진다고 믿는 것은 어리석은 짓이라고 주장하기까지 했다. 인간의 창작 활동을 가능하게 하는 열정은 그 자신의 내면에서 나오는 것이 아니라 우리 밖에 있는 보다 고차원적인 원리의 영향 때문이라는 것이다.

명철한 클라라는 이 같은 신비주의적 도취 상태를 더없이 질색했지만, 어떤 반박을 시도하는 것도 소용없어 보였다. 다만 나타나엘이 커튼 뒤에서 엿듣던 순간에 자신을 사로잡았던 그 사악한 원리는 코펠리우스이고 그 역겨운 '악마'가 그들 사랑의 행복을 무시무시한 방법으로 파괴할 것임을 입증하려 하자, 클라라는 매우 정색하며 말했다. "그래, 나타나엘! 당신 말이 옳아. 코펠리우스는 사악하고 적대적인 원리야. 그는 눈에 보이게 삶에 들이닥치는 악마적인 힘처럼 끔찍한 작용을 할 수 있어. 하지만 그것은 당신이 코펠리우스를 당신의 감각과 생각에서 몰아내지 않을 때만이야. 당신이 코펠리우스를 믿는 한, 그는 존재하고 영향력을 발휘하는 거야. 오직 당신의 믿음이 그에게 힘이 되는 거야."

클라라가 악마의 존재는 오직 그의 내면에 있을 뿐이라고 말하면, 나타나엘은 버럭 화를 내며 악마와 그 무시무시한 힘에 관한 모든 신비주의적 이론을 끄집어내려 했다. 그럴 때면 클라라는 무엇인가 냉담한 말을 하고 짜증을 내면서 그의 말을 끊어버려 나타나엘의 화를 잔뜩 돋우곤 했다. 나타나엘은 차갑고 감수성 없는 심성에는 그런 심오한 비밀이 파고들 여지가 없다고 생각했지만, 자신이 클라라를 그런 열등한 부류로 여기고 있음을 분명하게 의식하지는 못했다. 그래서 클라라에게 그 비밀을 전수하려는 노력을 중단하지 않았다. 이른 아침 클라라가 식사 준비를 도울 때면 나타나엘은 그녀 곁에 서서 온갖 신비주의 서적들을 읽어 주었고, 그러면 클라라는 이렇게 간청했다. "사랑하는 나타나엘, 지금 내가 끓이는 커피에 적대적인 영향을 미치는 사악한 원리가 당신이라는 책망을 듣고 싶은 거야? 당신 원하는 대로 내가 모든 것을 내버려두고 당신이 책을 읽는 동안 당신 눈만 들여다보고 있어야 한다면, 커피는 끓어 넘쳐 화덕으로 쏟아지고 아무도 아침 식사를 하지 못할 테니까!"

나타나엘은 책을 탁 덮고 잔뜩 불쾌한 심정이 되어 자기 방으로 뛰어 들어갔다. 예전의 나타나엘은 우아하고 생동감 있는 이야기를 쓰는 데 특별한 강점이 있었고, 클라라는 마음속 깊이 즐거워하며 그의 이야기에 귀를 기울였다. 하지만 이제 나타나엘이 쓴 글들은 음울하고 난해하고 형태가 없었다. 클라라는 나타나엘이 기분 상할까 봐 아무 말 하지 않았지만, 나타나엘은 클라라가 자신의 이야기에 별 감흥을 느끼지 못한다는 것을 느끼고 있었다. 클라라에게는 지루한 것보다 더 치명적인 것은 없었다. 그녀의 눈빛과 말에서는 떨쳐 버릴 수 없는 정신적 지루함이 묻어났다. 나타나엘의 창작물들은 정말로 매우 지루했다. 클라라의 차갑고 산문적인 심성에 대한 나타나엘의 불쾌감은 더욱 심해졌고, 클라라는 나타나엘의 어둡고 음울하며 지루한 신비주의에 대한 불만을 해소할 수가 없었다. 이렇게 두 사람은 깨닫지도 못하는 사이에 내면에서 점점 멀어졌다.

흉측한 코펠리우스의 형상은 나타나엘 자신도 인정하지 않을 수 없듯이 그의 상상 속에서 색이 바랬고, 나타나엘은 자신의 창작 속에서 그 인물을 으스스한 운명의 요괴로 생생하게 채색하여 그려 내는 데 종종 애를 먹었다. 마침내 나타나엘은 코펠리우스가 그의 사랑의 행복을 깨뜨릴 것이라는 그 음울한 예감을 소재로 시를 한 편 써야겠다는 생각을 하게 되었다. 그는 자신과 클라라를 진실한 사랑으로 맺어진 연인으로 묘사했지만, 이따금 시커먼 손아귀가 그들의 삶에 밀고 들어와 두 사람 사이에 어떤 기쁨이라도 움틀라치면 모조리 잡아 뽑는 것 같았다. 마침내 두 사람이 혼례식 제단에 서게 되는데, 무시무시한 코펠리우스가 나타나 클라라의 어여쁜 두 눈을 만진다. 그러자 두 눈알이 나타나엘의 가슴으로 튀면서 피에 젖은 불꽃처럼 이글이글 타오른다. 코펠리우스가 나타나엘을 잡아 너울거리는 불의 동그라미 속으로 던져 넣자, 불의 동그라미가 폭풍우처럼 빠른 속도로 소용돌이치고 윙윙거리는 소리를 내며 나타나엘을 잡아채 간다. 마치 격분하여 싸우는 하얀 머리의 검은 괴물들처럼 물거품을 일으키는 파도에 태풍이 성을 내어 채찍질을 퍼부을 때와 같은 광란이다.

그때 이 사나운 광란을 뚫고 클라라의 목소리가 들려온다. "당신의 눈엔 내 모습이 보이지 않아? 코펠리우스가 당신을 속인 거야. 당신 가슴에서 불탄 것은 내 두 눈이 아니야, 그건 당신 심장의 뜨거운 핏방울이야. 내 눈은 여기 이렇게 있어, 나를 좀 보라고!" — 나타나엘은 생각한다. '저건 클라라야. 그리고 난 영원히 클라라의 것이야.' — 이런 생각이 불의 동그라미 속으로 강력하게 파고 들어가 동그라미를 멈춰 세우자, 검은 심연 속에서 굉음도 둔탁하게 잦아든다. 나타나엘은 클라라의 두 눈을 들여다본다. 그런데 클라라의 눈에서 다정하게 그를 바라보는 것은 바로 죽음이다.

나타나엘은 시를 쓰는 동안 매우 평온하고 침착했다. 그는 한 줄 한 줄 시행을 갈고 다듬으며, 운율을 맞춰야 한다는 강박감에서 모든 운이 깔끔하고 듣기 좋게 들어맞을 때까지 쉬지 않았다. 하지만 마침내 시를 완성하고 혼자서 큰 소리로 낭독했을 때 오싹함과 심한 경악감이 그를 사로잡았고, 그는 소리쳤다. "이 소름 끼치는 목소리는 누구의 것인가?"

하지만 곧 다시 전체적으로 아주 성공적인 시 작품으로 여겨졌고, 그는 이 시로 클라라의 차가운 심성에 불을 붙여야겠다는 생각이 들었다. 물론 그는 무엇 때문에 클라라에게 그래야 하는지, 또 두 사람의 사랑을 파괴하는 끔찍한 운명을 예고하는 소름 끼치는 형상들을 동원해 클라라를 불안케 하는 것이 이제 어떤 결과를 초래할지는 명확히 알지 못했다.

나타나엘과 클라라, 두 사람은 어머니의 작은 정원에 앉아 있었다. 지난 사흘 동안은 나타나엘이 시를 쓰느라 꿈이나 예감으로 클라라를 괴롭히지 않았던 터라 클라라는 기분이 매우 명랑한 상태였다. 나타나엘도 예전처럼 활기차고 즐겁게 재미있는 이야기들을 늘어놓았으므로 클라라는 이렇게 말했다. "이제야 내가 당신을 온전히 갖게 되었네. 우리가 그 흉측한 코펠리우스를 몰아냈다는 것을 당신도 잘 알겠지?" 그제야 나타나엘은 클라라에게 읽어 주려 했던 시가 호주머니 속에 있다는 생각이 떠올랐다. 그는 곧바로 시가 적힌 종이를 꺼내 들고 읽기 시작했다. 클라라는 늘 그랬듯 지루한 무엇일 거라 짐작하며 어떻게든 참고 견딜 요량으로 차분히 뜨개질을 시작했다. 하지만 어두운 먹장구름이 갈수록 더욱 검게 피어오르자, 클라라는 뜨개질하던 양말을 내려놓고 나타나엘의 눈을 뚫어지게 들여다봤다.

나타나엘은 자신의 시에 넋을 홀랑 뺏긴 듯 내면의 열기로 뺨이 시뻘겋게 물들었으며 두 눈에서는 눈물이 하염없이 쏟아져 나왔다. 마침내 낭독을 끝마친 나타나엘은 기진맥진하여 신음하는 소리를 냈다. 그는 클라라의 손을 잡고 가눌 수 없는 비탄에 잠겨 한숨을 쉬었다. "아! 클라라, 클라라!" 클라라는 나타나엘을 살포시 가슴에 끌어안고 나지막한 목소리로, 하지만 아주 천천히 그리고 진지하게 말했다. "나타나엘, 마음속 깊이 사랑하는 나의 나타나엘! 그 얼토당토않고 무의미하고 제정신이 아닌 동화는 불에 내던져요." 그러자 나타나엘은 격분하여 벌떡 일어났고, 클라라를 거칠게 밀쳐 내며 소리쳤다. "이 생명 없는 저주받은 자동인형!"

나타나엘이 자리를 박차고 나가자, 마음속 깊이 상처를 입은 클라라는 비통한 눈물을 흘리며 큰 소리로 흐느꼈다. "아, 이 사람은 한 번도 나를 사랑한 적이 없어. 나를 이해하지 못하잖아."

그때 로타르가 정자에 들어섰다. 클라라는 무슨 일이 있었는지 오빠에게 이야기하지 않을 수 없었다. 로타르는 자기 누이를 온 영혼을 다해 사랑했기에 클라라의 하소연은 한마디 한마디가 불티가 되어 그의 내면 깊은 곳에 떨어졌고, 몽상적인 나타나엘에 대해 오랫동안 내심 품어 온 반감이 사나운 분노가 되어 타올랐다. 로타르는 나타나엘에게 달려가 사랑하는 누이한테 어처구니없는 행동을 했다며 심한 말로 비난했고, 이에 발끈한 나타나엘도 똑같이 응수했다. "망상에 빠지고 광기에 사로잡힌 얼간이"라는 말을 듣자, "비참하고 비열한 속물"이라고 맞받아친 것이다.

두 사람의 결투는 피할 수 없었다. 그들은 다음 날 아침 정원 뒤에서 그곳 지식인들의 관습대로˙ 날카로운 펜싱용 칼로 결판 내자고 결정했다. 두 사람은 어두운 낯빛을 하고 말없이 이리저리 서성거렸다. 클라라는 격렬하게 다투는 소리를 들었고, 새벽녘에 펜싱 선생이 플뢰레 칼을 가져오는 것을 보았다. 그녀는 무슨 일이 일어날지 직감했다. 그녀가 정원 문을 지나 황급히 뛰어들었을 때는, 로타르와 나타나엘이 결투 장소에 도착해 말없이 외투를 벗어 던지고 이글거리는 눈으로 피에 굶주린 전의를 내뿜으며 서로를 막 공격하려던 참이었다. "이 야만스럽고 끔찍한 인간들! 서로 공격하기 전에 나를 당장 찔러 죽여. 연인이 오빠를, 아니면 오빠가 연인을 살해한다면 내가 어떻게 이 세상에서 살아갈 수 있겠어?"

로타르는 무기를 아래로 떨어뜨리고 말없이 땅을 바라보았고, 나타나엘은 심장이 찢어지는 슬픔과 더불어 옛날 찬란했던 어린 시절의 아름다운 나날에 어여쁜 클라라에게 느꼈던 모든 사랑이 내면에서 되살아나는 것을 느꼈다. 그는 살인 병기를 손에서 떨어뜨리고 클라라의 발치에 몸을 던졌다. "나를 용서해 줄 수 있겠어, 진심으로 사랑하는 나의 하나뿐인 클라라! 나를 용서해 줘, 진심으로 사랑하는 나의 형제 로타르!"

로타르는 친구의 깊은 고통에 마음이 움직였다. 화해한 세 사람은 하염없이 눈물을 쏟으며 서로를 포옹했고, 변치 않는 사랑과 우정을 다지며 서로 떨어지지 말자고 맹세했다.

나타나엘은 자신을 짓누르던 무거운 짐에서 벗어난 것 같았고, 자신을 사로잡았던 어두운 힘에 맞싸우면서 파멸의 위기에 처해 있던 자신의 존재 전체를 오롯이 구해 낸 기분이었다. 그는 사랑하는 사람들 곁에 사흘을 더 머무른 뒤 G시로 돌아갔다. 그곳에서 1년 더 머물다가 영구히 고향 도시로 돌아올 생각이었다.

　어머니에게는 코펠리우스에 관한 일은 한마디도 꺼내지 않았다. 어머니 역시 나타나엘과 마찬가지로 남편의 죽음을 코펠리우스 탓이라 여겼고, 그래서 코펠리우스를 생각하면 경악을 금치 못하신다는 것을 알았기 때문이다.

　나타나엘은 자신의 셋집으로 들어가려다가 집 전체가 불타 버리고 잿더미 속에 외벽만 덩그러니 솟아 있는 것을 보고는 얼마나 놀랐는지. 불은 아래층에 입주한 약제사의 실험실에서 일어나 위층으로 번졌지만, 나타나엘의 용감하고 건장한 친구들이 위층에 있는 나타나엘의 방에 제때 뛰어들어 책과 원고들, 기구들을 구해 낼 수 있었다. 모든 물건이 파손되지 않고 다른 집으로 옮겨졌고, 그곳에 방 한 칸이 마련되어 나타나엘은 그 방으로 바로 입주했다.
　나타나엘은 이제 스팔란차니 교수가 바로 맞은편에 살게 된 것에 별로 신경을 쓰지 않았고, 창밖으로 눈길을 돌리면 올림피아가 종종 고독하게 앉아 있는 방이 똑바로 보인다는 것을 알아차렸을 때도 별다른 생각이 들지 않았다. 창문을 통해 본 올림피아는 이목구비가 불분명하고 혼란스럽게 보였지만 그 자태만은 또렷이 알아볼 수 있었다. 그러다가 마침내 그는 올림피아가 언젠가 유리문을 통해 보았을 때와 똑같은 자세로 종종 몇 시간씩 아무 일도 하지 않고 작은 탁자에 앉아 고정된 시선으로 자기 쪽을 응시하고 있다는 것을 알아차렸다. 나타나엘은 그토록 아름다운 자태를 본 적이 없음을 자인하지 않을 수 없었다. 물론 그는 클라라를 마음속에 간직한 터여서 뻣뻣하게 굳어 있는 올림피아에겐 아무런 관심을 두지 않았고, 이따금 그의 개론서 너머로 아름다운 조각상을 보듯 흘금 눈요기하는 정도가 고작이었다.

한번은 나타나엘이 클라라에게 막 편지를 쓰고 있는데 누군가 나직이 문을 두드리는 소리가 났다. 그가 들어오라고 말하기가 무섭게 코폴라의 역겨운 얼굴이 쑥 들어왔다. 나타나엘은 내면 깊은 곳에서 전율을 느꼈다. 스팔란차니가 동향인 코폴라에 대해 말한 것, 그리고 모래 사나이 코펠리우스에 관련해 자신이 연인에게 했던 신성한 약속을 떠올리면서, 그는 자신이 어린애처럼 유령을 두려워하는 것이 부끄러워서 온 힘을 다해 정신을 가다듬고는 가능한 한 부드러운 목소리로 침착하게 말했다. "청우계는 사지 않을 거요, 친애하는 분! 제발 나가 주세요!"

하지만 코폴라는 방 안으로 성큼 들어오더니 큼직한 입을 일그러뜨려 흉측한 웃음을 터뜨리고는 기다란 잿빛 눈썹 아래 실

눈을 매섭게 번득거리며 째지는 목소리로 말했다. "아, 청우계 아냐, 청우계 아냐! 아름다운 눈깔도 있어 — 아름다운 눈깔!"

나타나엘이 깜짝 놀라 소리쳤다. "엄청난 사람, 어떻게 눈알을 갖고 있다는 거요? 눈알, 눈알을?" 그런데 그 순간 코폴라는 청우계를 옆으로 밀어 놓고 코트의 넉넉한 호주머니에 손을 집어넣어 손잡이 달린 안경과 보통 안경을 꺼내 탁자에 올려놓았다. "자, 자, 안경, 코에 걸치는 안경, 이것이 내 눈깔이오, 아름다운 눈깔!"

그러면서 코폴라는 점점 더 많은 안경을 꺼냈고, 안경들이 탁자를 온통 뒤덮고 기묘한 빛을 내며 번쩍거리기 시작했다. 수천 개의 눈알이 눈빛을 번득이고 씰룩씰룩 움찔대며 나타나엘을 뚫어지게 쳐다보았다. 하지만 나타나엘은 탁자에서 눈길을 돌릴 수 없었다. 코폴라가 더 많은 안경을 늘어놓자, 이글대는 눈빛이 갈수록 사납게 솟아나 뒤섞이며 핏빛 빛줄기를 나타나엘의 가슴에 쏘아 댔다. 나타나엘은 엄청난 경악감에 사로잡혀 소리쳤다. "그만해요! 그만, 무시무시한 인간아!"

나타나엘은 탁자가 온통 안경으로 뒤덮였는데도 안경을 더 꺼내려고 호주머니에 집어넣는 코폴라의 팔을 단단히 움켜잡았다. 코폴라는 갈라진 목소리로 역겨운 웃음을 터뜨리며 살며시 팔을 빼내고는 이렇게 말했다. "아! 당신에게는 안경이 필요 없나 보군. 그렇다면 여기 아름다운 망원경이 있소." 코폴라는 안경을 모두 끌어모아 집어넣고는, 호주머니에서 크고 작은 망원경을 한 무더기 꺼냈다. 안경들이 사라지자 나타나엘은 아주 침착해졌다. 그는 클라라를 생각하면서 이 경악스러운 유령은 단지 자신의 내면에서 생겨난 것이고 코폴라는 더없이 정직한 기술자이자 안경사일 뿐, 코펠리우스의 빌어먹을 도플갱어나 유령일 리 없다는 것을 깨달았다. 게다가 지금 코폴라가 탁자에 올려놓은 망원경들은 특이한 점이 조금도 없었고 안경처럼 무언가 소름 끼치는 느낌도 주지 않았다. 나타나엘은 모든 상황을 다시 만회하기 위해 코폴라에게서 무엇인가를 사야겠다고 마음먹었다.

그는 매우 깔끔하게 작업한 작은 휴대용 망원경을 하나 집어 들고 시험 삼아 창밖을 내다보았다. 그는 여태껏 살아오면서 사물을 이렇듯 깨끗하고 선명하고 또렷하게 바로 눈앞으로 끌어당겨 보여 주는 망원경을 본 적이 없었다. 그는 무심코 스팔란차니의 방을 들여다보았다. 올림피아는 여느 때와 다름없이 작은 탁자에 두 팔을 괴고 두 손을 모은 채 앉아 있었다.

이제야 나타나엘은 올림피아의 곱디고운 얼굴을 인지할 수 있었다. 그런데 두 눈만은 아주 이상하게 경직되고 생기 없어 보였다. 하지만 그가 망원경을 통해 더욱 선명한 상태로 들여다보자, 올림피아의 두 눈에서는 촉촉하게 달빛이 솟아나는 듯했다. 이제야 시력에 불이 붙은 듯했고, 눈빛이 점점 더 생기 있게 타올랐다. 나타나엘은 마법에 걸린 듯 창가에 붙박여 천상의 아름다움을 지닌 올림피아를 하염없이 바라보았다. 헛기침과 긁적대는 소리가 깊은 꿈에서 깨우듯 그를 깨어나게 했다. 그의 뒤쪽에 코폴라가 서 있었다. "금화 세 닢, 3두카트요."

나타나엘은 안경사의 존재를 까맣게 잊고 있다가 퍼뜩 정신을 차리고, 부르는 대로 얼른 값을 치렀다. "안 그렇소? 좋은 망원경이죠, 좋은 망원경!" 코폴라가 역겹고 새된 목소리로 음흉하게 웃으며 물었다. "그래요, 그래, 그렇군요!" 나타나엘이 짜증스럽게 대답했다. "잘 가시오, 친구!"

코폴라는 나타나엘을 홀금홀금 계속 곁눈질하면서 방에서 나갔다. 이어 그가 층계를 내려가며 웃는 소리가 크게 들렸다. '그렇구나.' 나타나엘은 생각했다. '저 인간은 내가 작은 망원경을 너무 비싼 가격에 샀다고 비웃는 거야, 너무 비싸게 샀어!'

그가 이렇게 나직이 중얼거리는데, 죽음을 맞은 자의 깊은 탄식 소리가 방 안에 오싹하게 울리는 듯했다. 나타나엘은 속에서 두려움에 잔뜩 질려 숨이 멎었다. 그런데 그렇게 한숨을 내쉬는 나타나엘 자신이었고, 그는 그것을 잘 알고 있었다. 그는 혼자 중얼거렸다. '클라라가 나를 환영이나 보는 얼빠진 인간으로 간주하는데, 어쩌면 그녀가 옳아. 하지만 코폴라에게서 망원경을 너무 비싸게 샀다는 어리석은 생각 때문에 여전히 이렇게 이상할 정도로 불안해하는 것은 바보 같은 것, 아니 바보 이상이라고 할 수 있지. 왜 그러는지 그 이유를 도무지 알 수 없군.'

이제 그는 클라라에게 보낼 편지를 끝마치기 위해 자리에 앉았다. 그러나 그는 창밖을 내다보다가 올림피아가 아직도 건너편에 앉아 있을 것이라는 확신이 들었다. 그 순간 저항할 수 없는 힘에 내몰린 듯 그는 벌떡 일어나 코폴라의 망원경을 집어 들었고, 친구이자 동급생인 지크문트가 스팔란차니 교수의 강의를 들으러 가자고 불러낼 때까지 올림피아의 유혹적인 자태에서 눈을 떼지 못했다. 올림피아를 처음 보았던 그 운명의 방 앞은 커튼에 조밀하게 가려져 있었다. 나타나엘은 이때는 물론이고, 이후 이틀 동안 자기 방 창가를 떠나지 않고 줄곧 코폴라의 망원경으로 건너편을 바라보았지만, 올림피아를 볼 수는 없었다. 셋째 날에는 창문마저 커튼이 쳐졌다. 크게 낙담한 나타나엘은 동경과 뜨거운 열망에 이끌려 문밖으로 달려 나갔다. 올림피아의 자태가 앞쪽 허공에서 어른거렸고, 덤불에서 튀어나왔으며, 또 드맑은 시냇물에 어려 크고 빛나는 눈으로 그를 바라보았다. 클라라의 모습은 그의 마음속에서 흔적도 없이 사라졌고, 나타나엘은 이제 올림피아 외에는 어떤 것도 생각하지 않고 자못 큰 소리로 울먹이며 한탄했다. "아, 그대 나의 드높고 찬란한 사랑의 별이여, 그대는 금방 사라져 나를 어두운 절망의 밤에 홀로 남겨 두려고 떠올랐단 말인가!"

나타나엘이 셋집으로 돌아오는 길에 보니 스팔란차니의 집이 시끌벅적 분주한 모습이었다. 문들이 열려 있었고, 사람들이 온갖 물건을 집 안에 들여놓았으며, 위층 창문은 떼어 놓은 채 하녀들이 분주히 움직이며 커다란 빗자루로 구석구석 부지런히 쓸고 털고 있었고, 안에서는 목수와 도배공들이 망치질을 하고 있었다. 나타나엘은 몹시 놀라 멈춰 섰다. 그때 지크문트가 웃으면서 다가와 물었다. "너는 노교수 스팔란차니를 어떻게 생각해?" 나타나엘은 머뭇대지 않고 교수에 대해 도무지 아는 바가 없어 뭐라 할 말이 없고, 그보다는 이 조용하고 우울하던 집이 어째서 이렇게 미친 듯 법석대고 부산한지 아주 놀라울 뿐이라고 딱 잘라 말했다. 그런데 지크문트에게서 그는 스팔란차니가 내일 음악회와 무도회를 곁들인 성대한 파티를 여는데 대학 사람 절반을 초청했다는 이야기를 들었다. 스팔란차니가 그토록 오랫동안 어느 누구도 보지 못하도록 마음 졸이며 숨겨 왔던 딸 올림피아를 처음으로 선보일 것이라고 파다하게 소문이 났다는 것이다.

나타나엘은 자신에게도 온 초대장을 발견했다. 그는 심장이 마구 뛰는 가운데 정해진 시간에 교수의 집으로 갔다. 벌써 마차들이 모여들고 있었고, 화려하게 장식된 홀에는 촛불이 환하게 빛났다. 집 안은 손님들로 북적거렸고 모두 화려한 차림이었다. 올림피아는 호사스럽고 멋지게 차려입고 나타났다. 사람들은 그녀의 아름다운 얼굴, 그녀의 몸매에 경탄했다. 등이 다소 이상하게 굽어 있고 허리가 말벌처럼 잘록한 것은 코르셋 끈을 너무 졸라맨 탓인 듯했다. 걸음새와 자세도 무엇인가 일정하고 딱딱해서 어떤 사람들 눈에는 거북하게 보였는데, 많은 사람 앞에 나서는 부담감 탓이라고들 여겼다.

음악회가 시작되었다. 올림피아는 능숙한 솜씨로 피아노를 연주했고, 청아하고 귀청을 찢는 유리종 같은 목소리로 고난도의 아리아를 불렀다. 나타나엘은 완전히 매혹되었다. 그는 맨 뒷줄에 서 있었고 촛불에 눈이 부셔 올림피아의 이목구비를 제대로 알아볼 수 없었다. 그래서 남몰래 코폴라의 망원경을 꺼내 아름다운 올림피아를 바라보았다.

아! 그 순간 그는 올림피아가 동경에 가득 찬 눈빛으로 자신을 건너다보고 있다는 것과 그의 내면에 파고들어 불을 지피는 그 사랑의 눈길 속에서 노래의 한 음 한 음이 비로소 선명히 살아나는 것을 알아차렸다. 기교 넘치는 룰라드*는 사랑에 빠져 행복해진 심성이 내지르는 환희의 탄성 같았다. 이윽고 카덴차*에 이어 긴 트릴로*가 홀이 떠나갈 것처럼 요란스레 울려 퍼지자, 나타나엘은 뜨겁게 달아오른 두 팔에 덥석 붙들린 듯 더는 자신을 억제할 수 없었고 고통과 기쁨에 겨워 큰 소리로 외치고 말았다. "올림피아!"

모두가 고개를 돌려 나타나엘을 바라보았고, 웃음을 터뜨리는 사람들도 있었다. 성당 오르간 연주자는 전보다 더 어두운 표정을 지었으나, "그만, 그만!" 하고 말했을 뿐이다.

음악회가 끝나고 무도회가 시작되었다. '그녀와 춤을 추는 거야! 그녀와!' 나타나엘에게는 이제 그것이 모든 소망, 모든 노력의 목표였다. 그러나 오늘 파티의 여왕인 그녀에게 어떻게 춤을 청할 용기를 낼 것인가? 그런데 그렇게 되었다! 어찌 된 영문인지 그 자신도 알 수 없었지만, 춤이 시작되자마자 그는 아직 누구에게도 춤 신청을 받지 않은 올림피아 바로 곁에 서 있었고 몇 마디 말도 더듬거리며 건네지 못한 상태에서 그녀의 손을 덥석 잡았다. 올림피아의 손은 얼음장처럼 차가웠다. 나타나엘은 오싹한 죽음의 냉기를 느끼며 몸서리쳤다. 그는 올림피아의 눈을 들여다보았는데, 그 눈은 사랑과 동경으로 가득 차 그를 향해 빛났다. 그리고 그 순간 그 차가운 손에 맥박이 뛰기 시작하고 생명의 피가 뜨겁게 달아오르는 것 같았다. 나타나엘의 내면에서도 사랑의 쾌락을 탐하는 열기가 더욱 뜨거워져, 그는 아름다운 올림피아를 끌어안고 춤추는 대열 속을 날아다녔다.

그는 평소에 박자에 잘 맞추어 춤을 춘다고 생각했다. 그러나 올림피아가 특유의 규칙적인 리듬에 맞춰 춤을 추는 까닭에 나타나엘은 자주 자세가 몹시 흐트러졌고 자신에게 얼마나 박자 감각이 부족한지 이내 깨달았다. 하지만 그는 다른 여자와는 춤추고 싶지 않았고, 올림피아에게 춤을 청하러 접근하는 자가 있다면 누구든 죽여 버리고 싶었다. 그러나 그런 일은 딱 두 번밖에 없었고, 놀랍게도 올림피아는 매번 춤이 시작될 때마다 혼자 앉아 있어 나타나엘은 올림피아를 이끌고 춤추러 나갈 수 있었다. 만약에 나타나엘이 아름다운 올림피아에게서 벗어나 무엇인가 다른 것도 볼 수 있었다면, 이런저런 치명적인 다툼이나 분쟁이 불가피했을 것이다. 이 구석 저 구석에서 애써 소리를 죽인 나직한 웃음이 키득키득 새어 나왔기 때문인데, 왜 그런지는 모르겠지만 그것은 젊은이들이 호기심 어린 눈길로 아름다운 올림피아를 지켜보며 터뜨리는 웃음이 분명했다.

춤을 추고 포도주를 많이 즐겼던 탓에 들뜬 상태가 된 나타나엘은 여느 때의 수줍음도 모두 벗어던졌다. 그는 올림피아 옆에 앉아 그녀의 손을 감싸 잡고는 열정에 불타고 감동하여 자신의 사랑을 말로 표현했는데, 그것은 그 자신도 올림피아도 이해할 수 없는 말이었다. 아니, 어쩌면 올림피아는 이해했을 것이다. 그녀는 꼼짝하지 않고 그의 눈을 들여다보며 이따금 "아, 아, 아!" 하고 탄식했기 때문이다. 그러자 나타나엘은 "오, 그대 숭고한 천상의 여인이여! 그대 약속된 사랑의 피안에서 반짝이는 빛이여, 그대 나의 온 존재를 비추는 깊은 심성이여" 따위의 말을 늘어놓았다. 그러나 올림피아는 "아, 아!" 하고 계속 탄식할 뿐이었다. 스팔란차니 교수는 행복한 남녀 곁을 몇 번이나 지나치며 아주 야릇하면서도 흡족해하는 미소를 지었다.

완전히 딴 세상에 가 있던 나타나엘에게 갑자기 이곳 지상의 스팔란차니 교수 집이 눈에 띄게 어두워진 느낌이 들었다. 그는 주위를 둘러보았고, 자못 놀라며 텅 빈 홀에 두 개의 촛불만 타 내려가며 꺼져 가고 있는 것을 알아차렸다. 음악과 춤은 끝난 지 이미 오래였다.

"작별이야, 작별." 그는 아주 사납게 절망에 찬 목소리로 외치면서 올림피아의 손에 키스하고 자신의 얼굴을 숙여 그녀의 입에 가져다 댔다. 얼음장처럼 차가운 입술이 달아오른 그의 입술에 닿았다! 올림피아의 차가운 손을 만졌을 때처럼 그는 마음속 깊이 오싹함에 사로잡혔다. 죽은 신부의 전설*이 느닷없이 떠올랐다. 그러나 올림피아는 그를 꼭 껴안은 상태였고, 키스하는 동안 그녀의 입술이 생명을 얻어 따스해지는 것 같았다.

스팔란차니 교수는 텅 빈 홀을 천천히 거닐고 있었는데, 홀에서는 그의 발소리가 나직하게 울렸고 너울거리는 그림자에 둘러싸인 그의 모습은 오싹하고 유령 같았다. "나를 사랑해요, 나를 사랑해요, 올림피아? 제발 그 한마디만! 나를 사랑해요?" 나타나엘이 속삭였지만, 올림피아는 자리에서 일어나며 단지 "아, 아!" 하고 탄식할 뿐이었다. "그래요, 그대 나의 어여쁘고 장엄한 사랑의 별이여." 나타나엘이 말했다. "그대는 내게 떠올랐고, 빛을 발하면서 나의 내면을 영원히 밝혀 줄 거요!" 그러자 올림피아는 떠나가면서 "아, 아!"를 반복했다. 나타나엘이 그녀의 뒤를 따라갔고, 두 사람은 교수 앞에 섰다. "자네는 내 딸과 특별히 활기 있게 담소를 나누더군." 교수가 미소 지으며 말했다. "나타나엘 군, 이 수줍음 많은 처녀와 대화하고 싶다면 자네의 방문은 언제든 환영하네."

나타나엘은 아주 환하게 빛나는 천국을 가슴에 품고 그곳을 떠났다. 스팔란차니의 파티는 그 뒤 며칠 동안 화젯거리가 되었다. 교수가 모든 노력을 기울여 상당히 성대한 파티로 만들었음에도 불구하고, 짓궂은 인간들은 온갖 미숙하고 이상한 것을 들추어냈는데 특히 생기 없이 뻣뻣하고 말이 없던 올림피아에 대해 말들이 많았다. 올림피아가 외모는 수려해도 완전히 둔감한 인물이고, 스팔란차니가 딸을 그토록 숨겨 둔 이유도 바로 거기에 있다는 것이다. 나타나엘은 이런 말을 들을 때마다 내심 분이 치밀었지만 입을 다물었다. 그런 녀석들에게 바로 자신들의 둔감함 때문에 올림피아의 깊고 훌륭한 심성을 알아보지 못한다는 것을 입증해 보이는 일이 무슨 소용이 있을까 싶은 생각이 들었기 때문이다.

"부탁이 하나 있어, 형제여." 어느 날 지크문트가 말했다. "말해 보게, 어째서 너처럼 영리한 녀석이 저기 건너편에 있는 밀랍 얼굴, 나무 인형에게 홀딱 반할 수 있었는지를 말이야."

나타나엘은 벌컥 화를 내려다가 얼른 마음을 진정하고 대답했다. "너야말로 말 좀 해 봐, 지크문트. 평소에는 모든 아름다움을 또렷하게 파악하는 너의 눈길, 너의 예민한 감각이 올림피아가 지닌 천상의 매력은 어째서 알아채지 못하는 거야? 하지만 바로 그 덕분에 네가 나의 연적이 되지 않았으니 운명에 고마울 뿐이야. 그렇지 않다면 너든 나든 한 사람은 피 흘리며 쓰러져야 했을 테니까."

지크문트는 친구의 마음이 어떠한지 눈치를 챈 듯 노련하게 수긍하면서, 사랑에서는 그 대상에 대해 시비를 걸면 결코 안 되겠지, 라고 말한 뒤 이렇게 덧붙였다.

"그러나 기이하게도 우리 중 다수는 올림피아에 대해 같은 판단을 내리고 있어. 내 말을 기분 나쁘게 듣지 말게, 형제여! 우리 눈에 올림피아는 이상하게 경직되어 있고 영혼이 없어 보여. 몸매나 얼굴이 균형 잡혀 있는 건 사실이야! 만약 그녀의 시선에 생명의 빛, 다시 말해 시력이 그토록 결핍되어 있지 않다면 아름답다고 말할 수 있을 거야. 그녀의 걸음걸이는 이상하게 일정하고, 어떤 움직임이든 태엽 감은 기계 장치로 작동되는 것 같아. 그녀의 연주, 그녀의 노래를 들어 보면 노래하는 기계가 아무 감정 없이 거북할 정도로 정확하게 박자를 맞추고 있는 거 같고, 그녀의 춤도 마찬가지야. 그런 올림피아가 너무 섬뜩하게 느껴져서 우리는 올림피아를 전혀 상대하고 싶지 않았어. 우리가 보기에는 그녀가 살아 있는 존재인 척하는데, 그녀 나름의 사연이 있는 거 같아."

나타나엘은 지크문트의 말을 듣고 마음이 쓰라렸으나 거기에 굴하지 않고 불쾌한 마음을 다스린 뒤 매우 정색하며 다만 이렇게 말했다.

"너희들 차갑고 산문적인 인간에게는 올림피아가 섬뜩할 수 있겠지. 시적인 심성을 가진 자에게서만 그와 같은 감성 체계가 피어나는 법이니까! 그녀가 보내는 사랑의 눈길은 오직 나에게만 떠올라서 나의 감각과 생각을 두루 비추고, 나는 오직 올림피아의 사랑 속에서만 나 자신을 다시 발견할 수 있어. 올림피아가 천박한 심성을 가진 다른 자들처럼 상투적인 대화를 나누며 수다를 떨지 않는 것이 너희에게는 못마땅할 수도 있겠지. 그녀가 말이 적은 것은 사실이야. 하지만 그 몇 마디는 영원한 피안을 내다보는 가운데 정신적인 삶에 대한 사랑과 고상한 인식으로 가득 차 있는 내면세계의 진정한 '상형 문자'로 나타나지. 그래도 너희는 이 모든 것에 대해 아무 감각이 없고, 모든 것이 공허한 소리에 불과하겠지."

"신의 가호가 있기를, 형제여." 지크문트는 매우 부드러우면서도 거의 슬픈 어조가 되어 말했다. "그러나 내가 보기에 너는 잘못된 길에 들어선 거 같아. 언제든 나는 너를 도울 거야, 만약 모든 것이…… 아니야, 더는 아무것도 말하지 않겠어!"

나타나엘은 불현듯 차갑고 산문적인 지크문트가 진정으로 자신을 걱정해 준다는 생각이 들었다. 그래서 그는 지크문트가 내민 손을 진심으로 붙잡고 흔들었다.

그런데 나타나엘은 자신이 평소 사랑한 클라라라는 여자가 세상에 있다는 것을 까맣게 잊고 있었다. 어머니, 로타르 — 모두가 그의 기억에서 사라졌다. 그는 올림피아만을 위해 살았다. 날마다 몇 시간이고 올림피아 곁에 앉아 자신의 사랑, 생생하게 타오르는 상호 교감, 영혼의 친화력에 대한 상상을 늘어놓았고, 올림피아는 이 모든 것을 아주 경건하게 들었다. 나타나엘은 예전에 써 두었던 모든 것을 책상 깊숙한 곳에서 꺼내 왔다. 시, 환상적 이야기, 공상적 이야기, 장편소설, 여타 산문 작품들에 소네트,˙ 스탠자,˙ 칸초네˙까지 시상이 떠오르는 대로 마구 써 놓은 것이 매일 늘어났고, 나타나엘은 그 모든 것을 몇 시간이든 계속해서 지칠 줄 모르고 읽어 주었다.

나타나엘은 여태껏 이렇게 훌륭한 경청자를 만난 적이 없었다. 올림피아는 수를 놓거나 뜨개질을 하지도 않았고, 창밖을 내다보는 일도 없었으며, 새에게 모이를 주지도 않았고, 강아지나 고양이와 장난을 치지도 않았으며, 종잇장 따위를 손에 들고 만지작거리지도 않았고, 나직이 헛기침하며 하품을 감추지도 않았다. 한마디로, 몇 시간 동안 꼼짝달싹하지 않고 뻣뻣한 눈길로 연인의 눈을 응시했는데, 그 눈빛은 갈수록 더 달아오르고 생기가 돌았다. 이윽고 나타나엘이 자리에서 일어나 그녀의 손과 입에 키스하면, 그때만 올림피아는 "아, 아!"라고 말했고, 그런 다음 "잘 자요, 내 사랑!"이라고 덧붙였다.

"오, 그대 아름답고 깊은 심성이여." 나타나엘은 자신의 방으로 돌아와 외쳤다. "당신에게서만, 오로지 당신에게서만 나는 온전히 이해받는군요." 그는 자신과 올림피아의 심성에 날이 갈수록 더 울려 퍼지는 경이로운 화음을 생각하면 내면의 깊은 환희로 온몸이 떨렸다. 올림피아가 그의 작품, 그의 문학적 재능에 관해 말할 때면 그의 내면 깊은 곳에서 말하는 것 같았고, 그 목소리는 그 자신의 내면에서 울려 나는 것 같았기 때문이다. 어쩌면 그럴 수밖에 없었을 것이다. 올림피아는 앞에서 말한 것 이상을 말한 적이 없기 때문이다.

그러나 나타나엘도 정신이 맑고 말짱할 때는, 이를테면 잠에서 막 깨어난 아침에는 올림피아가 완전히 수동적이고 말수가 적다는 것을 떠올렸지만, 그럴 때면 그는 이렇게 말했다. "말이란 게 뭐야, 말이라는 게! 올림피아의 천상의 눈이 지상의 어떤 언어보다 더 많은 것을 말해 주고 있잖아. 천상의 아이가 도대체 지상의 빈약한 욕구가 쳐 놓은 좁은 원 속에 자신을 가둘 수 있겠어?"

스팔란차니 교수는 자기 딸과 나타나엘의 관계를 크게 기뻐하는 것 같았다. 교수는 나타나엘에게 솔직하게 호감을 표했고, 마침내 나타나엘이 용기를 내어 넌지시 올림피아와 결합하고 싶다는 의사를 밝히자 만면에 미소를 지으면서 전적으로 자기 딸의 자유로운 선택에 맡길 것이라고 말했다.

이 말에 용기를 얻은 나타나엘은 불타는 열망을 가슴에 품고 바로 다음 날 올림피아에게 찾아가 그녀의 어여쁜 사랑의 눈길이 오래전부터 말하고 있는 것, 다시 말해 영원히 그의 것이 되고 싶다는 소원을 솔직하게 말로 표현해 줄 것을 간청하기로 마음먹었다. 그는 고향을 떠나올 때 어머니께서 주신 반지를 찾아 뒤졌다. 자신의 헌신, 그녀와 함께 새로 피어날 삶에 대한 정표로 올림피아에게 그 반지를 건네기 위해서였다. 클라라와 로타르의 편지들이 손에 걸렸다. 그는 편지들을 무심하게 옆으로 던지고, 반지를 찾아 챙겨 넣은 뒤 올림피아에게로 달려갔다.

그런데 층계와 복도를 지날 때부터 기이한 소음이 들려왔다. 스팔란차니의 서재에서 나는 것 같았다. 쿵 하고 발 구르는 소리, 덜컹거리는 소리, 서로 밀치는 소리, 문에 부딪히는 소리, 그 사이로 욕설과 저주가 들려왔다.

"놓으라고, 놓아, 비열한 놈, 흉악한 놈! 거기에 내 몸과 인생을 바쳤다고? 하하하하! 우리가 그렇게 내기한 것은 아니지. 내가, 내가 눈알을 만들었어. 내가 기계 장치를 만들었다고. 당신 기계 장치는 멍청한 악마의 작품이야. 빌어먹을 개 같은 머저리 기계공. 꺼지라고. 악마. 그만. 돌팔이 인형공, 흉악한 짐승! 그만, 꺼져, 놓으라고!"

이렇게 뒤죽박죽 고래고래 악을 쓰는 목소리는 스팔란차니와 소름 끼치는 코펠리우스의 것이었다. 나타나엘은 뭐라고 말할 수 없는 두려움에 사로잡혀 서재 안으로 뛰어들었다. 교수는 어떤 여자 형상의 어깨를 붙잡고, 이탈리아인 코폴라는 발을 붙잡은 상태에서 이리저리 끌어당기며 서로 차지하려고 광분하여 싸우고 있었다. 나타나엘은 그 형상이 올림피아인 것을 알아보고, 너무 놀란 나머지 뒤로 물러섰다. 맹렬한 분노의 불길에 휩싸인 채 그는 사납게 싸우는 두 사람에게서 연인을 빼앗으려 했다. 그러나 그 순간 코폴라가 엄청난 힘으로 몸을 휙 돌리며 여자 형상을 교수의 손에서 낚아채더니 그 형상으로 교수를 무섭게 내리쳤다. 그 바람에 교수는 비틀비틀 뒷걸음질하며 시약병, 증류기, 플라스크, 유리 실린더가 놓인 탁자 위로 나자빠졌고, 기구들이 와르르 쏟아져 요란한 소리를 내며 산산조각이 나고 말았다. 그리고 코폴라는 그 형상을 어깨에 떠메고 무서울 정도로 날카로운 웃음을 터뜨리면서 얼른 자리를 떠나 층계 아래로 사라졌다. 볼썽사납게 축 늘어진 그 형상의 발이 나무토막처럼 계단에 부딪혀 달가닥거리는 소리가 울려 퍼졌다.

나타나엘은 얼어붙은 듯 그 자리에 서 있었다. 죽은 사람처럼 창백한 올림피아의 밀랍 얼굴에는 눈알이 없었고 대신 그 자리에 시커먼 구멍만 파여 있는 모습을 너무나 똑똑히 본 것이다. 올림피아는 생명 없는 인형이었다. 스팔란차니는 바닥에 나뒹굴었고, 유리 조각들에 머리, 가슴, 팔이 찔려 피가 샘솟듯 흘러나왔다. 하지만 그는 안간힘을 다해 말했다.

"저놈을 쫓아가, 빨리 쫓아가라고, 뭘 꾸물대는 거야? 코펠리우스, 코펠리우스가 나의 최상품 자동인형을 빼앗아 갔어. 20년 동안 작업한 인형이야. 신명을 바친 거라고. 기계 장치, 언어, 동작, 모두 내 거야. 눈알, 네게서 훔친 눈알이야. 망할 놈, 저주받을 놈, 저놈을 쫓아가, 올림피아를 데려와, 여기 눈알이 있군!"

그때 나타나엘은 피투성이 눈알 한 쌍이 바닥에 떨어져 자신을 응시하는 것을 보았다. 스팔란차니가 다치지 않은 손으로 두 눈알을 잡아 나타나엘을 향해 던지자, 눈알은 나타나엘의 가슴팍에 명중했다.

그 순간 광기가 맹렬한 발톱으로 나타나엘을 움켜잡더니, 감각과 생각을 갈가리 찢으며 그의 내면까지 파고들었다. "휘이, 휘이, 휘이! 불의 동그라미여, 불의 동그라미여! 돌아라, 불의 동그라미여, 신나게, 신나게! 나무 인형아, 휘이, 나무 인형아, 돌아라!" 나타나엘은 이렇게 외치며 교수에게 달려들어 목을 짓눌렀다.

그는 하마터면 교수를 목 졸라 죽일 뻔했다. 그러나 소동을 듣고 놀라 뛰어 들어온 사람들이 광분하는 나타나엘을 떼어 내고 교수를 구한 다음, 곧바로 상처를 싸맸다. 기운이 센 지크문트도 미쳐 날뛰는 친구를 제어할 수 없었다. 나타나엘은 무시무시한 목소리로 "나무 인형아, 빙빙 돌아라"라고 계속 외치며 불끈 쥔 주먹을 휘둘렀다. 마침내 여럿이 우르르 달려들어 그를 바닥에 쓰러뜨리고 묶어서 제압할 수 있었다. 그가 내뱉는 말은 무시무시한 짐승의 울부짖음으로 바뀌었다. 그렇게 소름 끼치는 광기에 사로잡혀 날뛰던 그는 정신 병원으로 실려 갔다.

친애하는 독자여! 불행한 나타나엘에게 이후 일어난 일을 계속 이야기하기 전에 혹시 숙련된 기술자이자 자동인형 제작자인 스팔란차니 교수가 어떻게 되었는지 궁금하다면, 그가 부상에서 완전히 회복되었음을 확인해 줄 수 있다. 그런데 교수는 대학을 떠나야 했다. 나타나엘 사건이 큰 주목을 불러일으켰을 뿐 아니라, (다행히도 올림피아가 참석했던) 이성적인 차 모임(茶會)에 살아 있는 사람이 아닌 나무 인형을 끌어들인 것은 일반적으로 도저히 용납할 수 없는 사기 행각으로 여겨졌기 때문이다.

법률가들은 그것이 치밀한 사기이고 일반 대중을 기만했을 뿐 아니라 (아주 영리한 대학생들 말고는) 아무도 눈치채지 못하도록 매우 교묘하게 꾸민 것인 만큼 더욱 엄벌을 내려야 한다고 말했다. 물론 이제 와서는 모두가 그럴 줄 알았다면서 수상하게 보였던 온갖 사실을 근거로 끌어들이려 했다. 그런데 이 사람들도 워낙에 터무니없는 단서만 들이댔다. 이를테면 한 우아한 차 모임 참석자는 올림피아가 예의범절에 어긋나게도 하품보다 더 자주 재채기를 했는데, 그런 일이 도대체 누군가에게 수상쩍은 것으로 보일 수 있었겠는가? 그 우아한 신사는 그것이 숨겨진 태엽 장치가 자동으로 감기는 소리였을 것이고 그럴 때마다 삐걱거리는 소리가 들렸다고 말했다. 대학에서 시 문학과 수사학을 가르치는 교수는 코담배를 한 줌 들이마시고 담배통을 닫은 뒤 헛기침을 하며 엄숙하게 말했다. "존경하는 신사 숙녀 여러분, 도대체 문제의 핵심이 무엇인지 모르시겠어요? 모든 것은 하나의 알레고리, 은유의 연장인 거죠! 내 말을 이해하실 겁니다! 현명한 자에게는 한마디면 충분하죠!"

하지만 많은 존경받는 신사들은 이 말을 듣고도 마음이 놓이지 않았다. 자동인형에 관한 이야기는 그들의 영혼에 깊숙이 뿌리내렸고, 실제로 인간 형상을 한 것에 대해 질색하는 불신 풍조도 은근히 생겨났다. 심지어 어떤 연인들의 경우에는 자신이 사랑하는 상대가 나무 인형이 아니라는 것을 확인하기 위해 엇박자로 노래하거나 춤을 춰 보라 하고, 책을 읽어 줄 때는 수를 놓거나 뜨개질을 하거나 강아지와 놀아 달라고 요청했다. 그러나 무엇보다 연인에게 주문한 것은, 그냥 듣기만 하지 말고 가끔은 정말 생각하고 느끼고 있음을 알 수 있도록 말도 해 달라고 했다. 이로 인해 사랑의 결합이 더 견고해지고 우아해지는 연인들도 많았지만, 조용히 헤어지는 연인들도 있었다. "정말이지, 그것은 누구도 장담할 수 없어요"라고 이 사람 저 사람이 말했다. 차 모임에서는 어떤 의심도 사지 않으려고 하품은 수없이 하면서도 재채기는 절대로 하지 않았다.

스팔란차니는 앞서 말했듯이 인간의 사교 모임에 자동인형을 몰래 끌어들인 사기 혐의에 대한 수사를 피하려고 도시를 떠나야 했다. 코폴라도 종적을 감추었다.*

나타나엘은 깊고 무서운 악몽에서 깨어난 듯했다. 그는 눈을 뜨면서 이루 말할 수 없는 행복감이 부드러운 천상의 온기와 함께 온몸에 흐르는 것을 느꼈다. 그는 고향집의 자기 방 침대에 누워 있었다. 클라라가 그를 굽어보고 있었고, 그 옆에 어머니와 로타르도 서 있었다.

"마침내, 마침내, 오, 진심으로 사랑하는 나의 나타나엘, 이제 당신은 중병에서 나았어, 이제 당신은 다시 나의 것이야!" 클라라는 이렇게 영혼 깊은 곳에서 우러나오는 말을 하며 나타나엘을 품에 꼭 안았다. 나타나엘은 비애와 환희에 흠뻑 젖어 맑고 뜨거운 눈물을 쏟으며 깊이 신음했다. "나의, 나의 클라라!" 엄청난 곤경에 처한 친구 곁을 변함없이 지켜 주었던 지크문트가 들어왔다. 나타나엘이 그에게 손을 내밀었다. "나의 충실한 형제는 나를 버리지 않았구나."

광기의 모든 흔적은 사라졌고, 나타나엘은 어머니, 연인, 친구들의 세심한 간호를 받아 이내 기력을 회복했다. 그러는 사이 행운이 집안에 찾아들었다. 아무도 유산을 기대하지 않았던 늙은 구두쇠 큰아버지가 죽으면서 어머니에게 적지 않은 재산뿐 아니라 도시 근교의 살기 좋은 지역에 있는 농장까지 물려준 것이다. 어머니와 나타나엘은 클라라와 로타르와 함께 그곳으로 이사하기로 했고, 나타나엘은 클라라와 결혼할 생각이었다. 나타나엘은 그 어느 때보다 더 온순하고 천진난만해졌고, 클라라의 천상의 순수함과 훌륭한 심성을 이제야 제대로 알아보았다. 그 누구도 나타나엘에게 과거를 일깨우는 말은 넌지시 건네는 것조차 삼갔다. 다만 지크문트가 작별 인사를 했을 때, 나타나엘은 이렇게 말했다. "하느님의 가호가 있기를, 형제여! 나는 나쁜 길에 들어섰지만 때마침 천사 하나가 나를 밝은 길로 이끌어 주었어! 아, 그 천사는 클라라였어!" 지크문트는 깊은 상처를 줄 수 있는 기억들이 너무 선명하고 생생하게 살아날 것을 우려해 나타나엘이 더는 말하지 못하게 했다.

행복한 네 사람이 농장으로 이사할 때가 되었다. 한낮에 그들은 도시의 거리를 돌아다녔다. 이런저런 물건들을 조금 샀는데, 시장에는 시청의 높은 탑이 거대한 그림자를 드리우고 있었다.

"나타나엘!" 클라라가 말했다. "우리 저 위에 한번 올라가서 멀리 있는 산들을 좀 구경해요!"

말이 나온 김에 그렇게 했다! 나타나엘과 클라라 두 사람은 탑으로 올라갔고, 어머니는 하녀와 함께 집으로 돌아갔다. 로타르는 많은 계단을 기어오르고 싶지 않아 아래서 기다리겠다고 했다. 두 연인은 팔짱을 끼고 탑 꼭대기 전망대 회랑에 서서 안개 낀 숲과 그 너머 거대한 도시처럼 우뚝 솟은 푸른 산맥을 바라보았다.

"저기 이상한 작은 잿빛 덤불'을 좀 봐요. 꼭 우리를 향해 걸어오는 거 같아요." 클라라가 말했다.

나타나엘은 기계적으로 호주머니를 더듬었다. 그는 코폴라의 망원경을 꺼내 옆을 바라보았다. 망원경 앞에는 클라라가 서 있었다! 그러자 나타나엘은 맥박과 핏줄이 경련을 일으키듯 움찔했다. 그는 죽은 듯 창백한 얼굴로 클라라를 응시했다. 그러나 곧장 희번덕거리는 눈알에서 불길이 치솟고 불티가 튀더니, 나타나엘은 사냥에서 쫓기는 짐승처럼 소름 끼치게 울부짖었다. 그러더니 껑충껑충 뛰어오르고 간간이 섬뜩하게 웃으면서 날카로운 목소리로 외쳤다. "나무 인형아, 돌아라. 나무 인형아, 돌아라." 그러면서 그는 엄청난 힘으로 클라라를 붙잡고 아래로 내던지려 했다. 클라라는 절망적인 죽음의 공포에 사로잡혀 난간을 꼭 움켜잡았다.

로타르는 미쳐 날뛰는 자의 소리를 들었고, 클라라가 두려움에 질려 내지르는 비명을 들었다. 그는 소름 끼치는 예감에 사로잡혀 층계를 뛰어올랐지만, 두 번째 층계의 문이 잠겨 있었다. 클라라의 비명이 더 크게 울려왔다. 로타르가 분노와 공포로 제정신이 아닌 상태에서 문에 몸을 부딪쳤고, 마침내 문이 열렸다.

클라라의 목소리는 점점 희미해졌다. "도와주세요, 구해 주세요, 구해 줘요……." 이렇게 목소리가 허공에서 사라졌다. "클라라가 죽었어. 저 미친놈에게 살해당했어." 로타르가 소리쳤다. 회랑으로 들어가는 문도 닫혀 있었다.

절망에 빠진 로타르는 괴력을 발휘하며 문을 부숴 돌쩌귀에서 빠지게 했다. 하느님 맙소사 — 클라라는 미쳐 날뛰는 나타나엘에게 붙들려 회랑 너머 허공에 떠 있었는데, 한 손으로 힘겹게 철제 난간을 겨우 움켜잡고 있었다. 로타르는 번개처럼 잽싸게 누이를 가로채 안으로 끌어당겼고, 순간적으로 주먹을 불끈 쥐고 미쳐 날뛰는 자의 얼굴을 후려쳤다. 나타나엘이 비틀비틀 뒤로 물러나면서 죽음의 노획물을 놓아주었다.

로타르는 혼절한 누이를 팔에 안고 아래로 뛰어 내려갔다. 클라라는 목숨을 구했다.

나타나엘은 미쳐 날뛰면서 회랑을 빙빙 돌고 껑충껑충 뛰어오르며 소리쳤다. "불의 동그라미야, 돌아라. 불의 동그라미야, 돌아라."

사납게 외치는 소리를 듣고 사람들이 몰려들었다. 이들 사이에서 장대한 기골의 변호사 코펠리우스가 우뚝 모습을 드러냈는데, 그는 막 도시에 들어왔고 곧장 시장으로 향하던 참이었다. 사람들이 미쳐 날뛰는 자를 제압하려고 위로 올라가려 하자, 코펠리우스가 웃으며 말했다. "하하, 다들 그냥 기다려요, 저녀석은 곧 제 발로 내려올 거요." 그러면서 그는 다른 사람들과 마찬가지로 위를 쳐다보았다. 나타나엘은 갑자기 몸이 얼어붙은 듯 멈춰 섰다. 그는 몸을 아래로 굽히더니 코펠리우스를 알아보고 날카로운 목소리로 외쳤다. "하! 아름다운 눈깔, 아름다운 눈깔." 그러고 나서 그는 난간 너머로 몸을 던졌다.

나타나엘이 머리가 부서진 채 돌 포장길에 쓰러져 있을 때 코펠리우스는 혼잡한 인파 속에서 사라졌다.

몇 해가 지난 뒤, 멀리 떨어진 지방에서 클라라를 보았다는 사람이 있었다. 클라라는 한 다정한 남자와 손을 맞잡고 아름다운 시골 저택의 문 앞에 앉아 있었고, 부부 앞에는 쾌활한 사내아이 둘이 놀고 있었다고 한다. 이로 미루어 클라라는 명랑하고 삶을 즐기는 자신의 심성에 어울리는, 내면이 분열된 나타나엘은 안겨 줄 수 없었던 평온한 가정의 행복을 찾았다고 짐작할 수도 있으리라.

이그나츠 데너

　아주 오래전 옛날, 풀다' 지방의 거칠고 외딴 숲속에 안드레스라는 이름의 성실한 사냥꾼이 살고 있었다. 그는 예전에 알로이스 폰 바흐 백작의 시종 사냥꾼이었고, 아름다운 벨슈란트'를 지나는 먼 여정에서 백작을 수행한 적이 있었다. 한번은 나폴리 왕국에서 안전하지 않은 길을 가다가 노상강도들의 습격을 받았을 때, 그는 목숨을 잃을 뻔한 백작을 기지와 용기를 발휘해 구해 내기도 했었다. 그들이 나폴리의 한 여관에 머무를 때였다. 그곳에는 그림처럼 아름다운 불쌍한 아가씨가 있었다. 여관 주인은 어릴 적 고아로 받아들인 그 처자를 몹시 구박했고 마당과 부엌에서 가장 천한 허드렛일을 시켰다. 안드레스는 아가씨가 최대한 알아들을 수 있도록 여러 위로의 말로 격려했다. 그러자 아가씨는 안드레스를 향한 연정에 사로잡혀 더는 그와 떨어지지 않고 추운 독일로 함께 가고자 했다. 바흐 백작은 안드레스의 간청과 조르지나의 눈물에 감동하여, 조르지나가 마부석에서 사랑하는 안드레스 옆에 앉아 힘든 여행을 함께하도록 허락했다. 이탈리아 국경을 벗어나기도 전에 안드레스는 조르지나와 혼례식을 치렀다. 마침내 일행이 바흐 백작의 영지에 돌아왔을 때, 백작은 자신의 충성스러운 종복에게 제대로 보상해야겠다고 생각해, 안드레스를 영지 사냥꾼으로 임명했다.

안드레스는 아내 조르지나 그리고 나이 든 하인과 함께 거칠고 외딴 숲으로 들어갔다. 밀렵꾼들과 나무 도둑들로부터 그 숲을 지키는 임무가 부여되었다. 그는 바흐 백작이 약속한 풍요로운 삶을 기대했지만 그러기는커녕 힘겹고 고생스러우며 궁핍한 생활을 했고, 금방 염려와 비참함에 빠졌다.

그가 백작에게 현금으로 받은 급료는 자신과 조르지나의 옷을 마련하기에도 부족한 금액이었다. 나무를 팔아 얻는 얼마 안되는 벌이는 흔치 않았고, 또 불확실했다. 그래서 텃밭을 경작하고 활용해 생계를 꾸려 보고자 했지만 늑대와 멧돼지들이 밭을 망가뜨려 놓기 일쑤였다. 안드레스는 하인과 함께 한껏 파수를 서 보기도 했지만, 생계의 마지막 희망이 때로는 하룻밤 사이에 물거품이 되어 버렸다. 게다가 그는 나무 도둑들과 밀렵꾼들에게서 늘 생명의 위협을 받았다. 성실하고 경건한 안드레스는 모든 유혹에 저항했고, 부정한 재물을 취하느니 궁핍하게 사는 쪽을 택했으며, 자신의 직분을 충실하고 담대하게 수행했다. 그 때문에 나무 도둑들과 밀렵꾼들은 그를 위태롭게 추적하기도 했는데, 그의 충직한 사냥개들만이 밤에 도적 패거리의 습격으로부터 주인을 지켜 주었다.

조르지나는 거친 숲속의 기후와 생활 방식에 전혀 익숙지 않아 눈에 띄게 시들어 갔다. 갈색 얼굴이 누르스름하게 변하고, 생기 가득하던 반짝이는 두 눈은 흐릿해졌으며, 통통하고 풍만한 몸매는 날이 갈수록 수척해졌다. 자주 그녀는 달 밝은 밤에 잠에서 깨어났다. 멀리서 총성이 숲을 가로지르며 울리고 사냥개들이 울부짖었다. 그러면 남편은 조용히 잠자리에서 일어나 하인과 무엇인가를 속삭이며 살그머니 집을 나서 숲으로 향했다. 그럴 때면 그녀는 자신과 충직한 남편을 이 끔찍한 황무지에서, 늘 도사리는 죽음의 위험에서 구원해 달라고 하느님과 성자들에게 열렬히 기도를 드렸다.

그러다가 조르지나는 사내아이를 출산하면서 결국 병상에 눕고 말았다. 그녀는 날이 갈수록 쇠약해졌고, 자신의 최후가 다가온 것을 보았다. 불행한 안드레스는 먹먹하게 생각에 잠긴 채 주위를 서성거렸다. 아내가 병들면서 모든 행복이 그에게서 떠나갔다. 야생 동물은 약을 올리는 허깨비처럼 덤불에 몸을 숨긴 채 지켜보다가 안드레스가 엽총 방아쇠를 당기면 곧장 먼지처럼 공중에서 사라졌다. 그는 사냥감을 더는 맞힐 수 없었다. 단지 숙련된 사냥꾼인 그의 하인이 바흐 백작에게 의무적으로 바쳐야 할 야생 동물을 마련했다.

한번은 안드레스가 조르지나의 침상 곁에 앉아, 죽도록 기진맥진한 나머지 거의 숨도 쉬지 않는 사랑하는 아내를 멍한 눈길로 바라보고 있었다. 그는 먹먹하고 소리 없는 아픔을 느끼면서 아내의 손을 잡고 있었고, 사내아이가 아무것도 먹지 못해 허덕

대며 내는 신음도 듣지 못했다. 하인은 아껴 모아 둔 마지막 돈으로 아픈 여주인의 원기를 북돋아 줄 수 있는 것을 구해 오려고 이른 아침에 풀다로 떠났다.

사방 그 어디에도 위안을 주는 사람은 보이지 않았다. 짙은 전나무 숲에는 폭풍이 끔찍한 비탄을 담아 날카롭게 울부짖었고, 불행한 주인 주위에는 개들이 절망스럽게 한탄하듯 낑낑댈 뿐이었다. 그때 안드레스의 귀에 갑자기 집 앞으로 다가오는 사람 걸음걸이 같은 소리가 들렸다. 하인이 귀환하기에는 아직 너무 이른 시간이었지만, 안드레스는 하인이 돌아오는가 보다 생각했다. 그런데 개들이 급하게 뛰쳐나가 마구 짖어 댔다. 낯선 사람인 것이 분명했다.

안드레스는 몸소 문 앞으로 나갔다. 키가 크고 메마른 체격의 남자 하나가 회색 외투를 걸치고 여행용 모자를 깊이 눌러쓴 채 그에게 다가왔다.

"이런!" 낯선 남자가 말했다. "내가 어쩌다 이런 숲속에서 길을 잃게 되었는지! 폭풍이 산에서부터 미친 듯이 불어 대고, 정말 끔찍한 날씨를 만났어요. 주인장, 댁에 들어가서 고단한 여행길에 지친 몸을 좀 회복하고 기운을 얻어 여행을 계속할 수 있도록 허락해 주겠소?"

"아, 여행자 양반." 슬픔에 잠긴 안드레스가 대답했다. "당신이 찾아온 집은 궁핍하고 비참한 형편에 있습니다. 휴식을 취할 수 있는 의자 말고는 당신이 원기를 북돋울 수 있게 내놓을 게 별로 없어요. 불쌍하고 아픈 아내에게 줄 것도 없거든요. 풀다로 하인을 보냈는데 저녁 늦게야 원기를 북돋울 만한 것을 좀 갖고 올 겁니다."

두 사람은 이런 말을 주고받으며 방으로 들어섰다. 낯선 남자는 여행용 모자와 외투를 벗었다. 그는 외투 안에 배낭과 작은 상자 하나를 지니고 있었다. 그는 단검 한 자루와 작은 권총 몇 자루도 꺼내 탁자 위에 올려놓았다. 안드레스는 조르지나의 침대에 가 보았다. 그녀는 의식이 없는 상태로 누워 있었다. 낯선 남자도 그쪽으로 다가왔다. 남자는 병든 여인을 날카롭고 신중한 눈길로 한참을 바라보더니 그녀의 손을 잡고 세심하게 맥을 짚어 보았다.

안드레스가 절망에 사로잡혀 외쳤다. "아, 하느님, 이제 아내가 죽는가 봅니다!" 그러자 낯선 남자가 말했다. "그렇지 않아요, 친애하는 주인장! 진정해요. 부인은 다만 영양가가 풍부한 좋은 음식이 부족할 뿐이오. 우선은 자극을 가하고 원기를 돋우는 약이 최상의 도움이 될 거요. 나는 의사가 아닌 상인이지만, 약제에 있어서만은 경험이 없지 않고 옛적부터 전해 오는 몇 가지 묘약을 갖고 다니며 팔기도 한답니다."

낯선 남자는 이렇게 말하면서 작은 상자를 열고, 플라스크를 하나 꺼내 짙은 암적색 액체를 설탕 위에 몇 방울 떨어뜨리더니 그것을 병자에게 주었다. 그런 다음 배낭에서 훌륭한 라인산(産) 포도주가 담긴 광택 나는 작은 술병을 꺼내 병자의 입에 몇 숟가락 가득 떠 넣었다. 그러면서 낯선 남자는 아이를 엄마 품에 바싹 붙여 침대에 눕히고 엄마와 아들이 안정을 얻게 하도록 권했다.

안드레스는 마치 성자(聖者)가 황량한 곳에 내려와 그에게 위로와 도움을 주는 것 같았다. 처음에 그는 낯선 남자의 매섭고 교활해 보이는 눈초리에 겁을 먹었었다. 하지만 지금은 불쌍한 조르지나에게 보여 준 세심한 관심과 명백한 도움을 보면서 남자에게 마음이 끌렸다. 안드레스는 낯선 남자에게 자신의 처지를 숨김없이 들려주었다. 주인인 바흐 백작이 그에게 베푼 바로 그 은덕으로 인해 자신이 곤궁하고 비참한 상황에 빠져들었으며, 아마 살아 있는 동안은 이 짓누르는 가난과 궁핍에서 벗어날 수 없으리라는 것이었다. 그러자 낯선 남자는 안드레스를 위로하면서, 예기치 않은 행운이 가장 절망적인 이에게 평생의 모든 재물을 가져다주는 일이 얼마나 자주 일어나는지, 그리고 그 행운을 자기 것으로 만들려면 무슨 일이든 과감하게 시도해야 할 것이라고 말했다.

"아, 친애하는 분!" 안드레스가 대답했다. "나는 하느님을 신뢰하고 또 성자들의 중보(中保)를 신뢰합니다. 우리, 그러니까 충실한 아내와 나는 매일 열심히 성자들에게 기도하고 있어요. 돈과 재물을 얻으려면 도대체 무엇을 더 해야 할까요? 하느님의 지혜에 따라 내 몫으로 주어진 것이 아닌 것, 그것을 구하는 일은 죄를 짓는 것이겠죠. 하지만 아름다운 고향 산천을 떠나 이 거친 황무지로 나를 따라온 아내를 위해 이 세상에서 여전히 재물을 얻기를 구한다면, 그것은 천하고 세속적인 재물을 위해 목숨을 감행하는 일 없이 이루어져야겠죠."

낯선 남자는 경건한 안드레스가 이렇게 말하는 것을 들으면 서 아주 묘한 미소를 지었다. 그가 무엇인가 대답하려 하는데, 그때 잠들어 있던 조르지나가 깊은 한숨을 내쉬며 잠에서 깨어 났다. 그녀는 경이롭게 여겨질 정도로 건강해진 느낌을 받았다. 사내아이도 엄마 품에서 귀엽고 사랑스러운 미소를 지었다.

안드레스는 기뻐서 어쩔 줄 몰랐다. 그는 울고 기도하고 온 집 안을 돌아다니며 환호했다. 그사이 하인도 돌아왔다. 하인은 가 져온 양식으로 온 힘을 다해 식사를 준비했고, 낯선 남자도 이 제 식탁에 초대되었다. 낯선 남자는 조르지나를 위해 직접 영양 가가 풍부한 수프를 끓였다. 그는 자신이 가져온 온갖 양념과 그 밖의 재료를 수프에 집어넣었다.

어느덧 늦은 저녁이 되었고, 낯선 남자는 안드레스 집에서 하 룻밤을 묵어야 했다. 그는 안드레스와 조르지나가 잠을 자는 방 에 짚을 깔아 자신의 잠자리를 마련해 달라고 요청했고, 그가 부탁한 대로 잠자리가 준비되었다. 조르지나가 걱정되어 잠을 잘 수 없었던 안드레스는, 조르지나의 호흡이 거칠어질 때마다 거의 매번 낯선 남자가 벌떡 일어나는 것과 그가 매 시간 조용히 침대로 가서 맥을 짚어 보고 그녀의 입에 약 방울을 떨어뜨려 주 는 것을 알아차렸다.

아침이 밝았을 때 조르지나의 상태는 눈에 띄게 호전되어 있 었다. 안드레스는 낯선 남자를 자신의 수호천사라고 부르며 온 마음으로 고마워했다. 조르지나도 하느님이 그녀의 열렬한 기도에 응답하셔서 그녀를 구해 주라고 친히 그를 보내신 것 같다고 말했다. 낯선 남자는 이렇게 생생하게 표출되는 감사 인사가 어떤 면에서는 부담스러운 듯했다. 그는 당황하는 기색이 역력했고, 자신의 지식과 자신의 약제로 아픈 사람들을 돕지 않는다면 필시 그것은 사람이 아닐 것이라고 거듭 말했다. 더군다나 집의 상황이 곤궁한데도 그를 이처럼 환대하며 받아 주었으니 감사를 표해야 할 사람은 안드레스가 아니라 그 자신이고, 환대에 꼭 보답할 것이라고 했다. 그러면서 낯선 남자는 두둑한 주머니를 하나 꺼내고는, 금화 몇 개를 집어 안드레스에게 건넸다.

"아이고, 선생님." 안드레스가 말했다. "어째서, 무엇 때문에 제가 이렇게 많은 돈을 받는단 말입니까? 거칠고 드넓은 숲속에서 길 잃은 분을 우리 집에 묵게 한 것은 그리스도인의 마땅한 의무였어요. 그것이 감사해야 할 일로 여겨졌다면 당신은 넘치도록, 제가 말로 표현할 수 있는 것 이상으로 보답했고요. 지혜롭고 훌륭한 의술을 갖춘 분께서 죽은 목숨이나 다름없는 사랑하는 아내를 구해 주셨으니까요. 아, 선생님! 이 은덕은 평생 잊지 않겠습니다. 하느님께서 당신의 고귀한 행위에 대해 내가 생명과 피로 보답할 기회를 주셨으면 합니다."

담대한 안드레스의 말을 들은 낯선 남자의 눈빛이 번개처럼 빠르게 번득였다. 그가 입을 열었다. "용감한 주인장, 이 돈은 무조건 받으셔야 해요. 부인을 위해서라도 그렇게 해야죠. 그것으로 더 좋은 음식을 마련해 주고, 더 잘 보살펴 줄 수 있어요. 부인이 이전 상태로 되돌아가지 않도록 하고, 아이에게도 영양을 공급하려면 꼭 필요합니다."

"아, 선생님." 안드레스가 대답했다. "용서하십시오. 그런데 내면의 목소리는 선생님의 돈은 제가 받을 자격이 없으므로 받아서는 안 된다고 말합니다. 저는 이 내면의 목소리를 제 수호성인의 계시처럼 늘 신뢰하였고, 그 목소리는 이제껏 제 삶을 안전하게 이끌었으며 육체와 영혼의 모든 위험에서 보호해 주었어요. 손님께서 관대함을 베푸셔서 이 불쌍한 자에게 한 가지 일을 더 해 주시려거든, 선생님의 묘약 한 병만 남겨 주십시오. 그 약의 힘으로 아내가 나을 수 있게 말입니다."

그때 조르지나가 침대에서 몸을 일으켰다. 그녀가 안드레스에게 던지는 고통이 가득 담긴 애처로운 눈길은, 이번에는 엄격하게 내면의 계시에 따르지 말고 인자한 분의 선물을 받으라고 간청하는 듯했다.

낯선 남자가 그것을 눈치채고 말했다. "주인장께서 내 돈을 절대 안 받으실 생각이라면 사랑하는 부인께 이 돈을 드리겠습니다. 부인께서는 당신을 혹독한 곤경에서 구하려는 내 선의를 무시하지 않겠죠." 그러면서 낯선 남자는 다시 한번 주머니에 손을 넣었고, 조르지나에게 다가가 앞서 안드레스에게 건넨 만큼의 돈을 또다시 그녀에게 주었다. 조르지나는 몹시 기뻐하며 빛나는 눈으로 아름답게 반짝이는 금화를 바라보았다. 그녀는 한마디 감사의 말도 입 밖에 내지 못했고, 맑은 눈물이 뺨을 타고 줄줄 흘러내렸다.

낯선 남자가 재빨리 그녀에게서 몸을 돌려 안드레스에게 말했다. "이봐요, 친애하는 주인장! 내 선물은 아주 풍족한 데서 단지 일부를 드리는 것이니 마음 편히 받으셔도 됩니다. 당신께 고백하지만, 나는 겉보기와는 다른 사람입니다. 내 수수한 옷차림과 궁핍한 행상처럼 도보로 여행하는 모습을 보고서 주인장은 내가 견본시와 장터에서 벌어들이는 소소한 수입으로 근근이 생계를 유지하는 가난한 사람이라고 생각하겠죠. 하지만 나는 여러 해 전부터 최고급 보석을 사고파는 일로 대단한 부자가 되었는데, 다만 옛 습관에 따라 소박한 생활 방식을 유지해 왔다는 점을 말해야겠군요. 이 작은 배낭과 상자에는 귀한 장신구와 값진 보석들이 들어 있어요. 일부는 까마득한 고대에 세공한 것으로서 수천, 수만의 값어치가 있답니다. 이번에는 프랑크푸르트에서 큰 이문을 남기는 거래를 했어요. 따라서 내가 당신의 사랑하는 부인에게 선물로 준 돈은 거래 수익의 1백분의 1에도 한참 못 미치는 것입니다. 더군다나 아무 대가 없이 당신께 돈을 드리는 것은 아니고, 대신 온갖 호의를 베풀어 달라고 요구하는 것입니다. 나는 평소처럼 프랑크푸르트에서 카셀로 가는 길인데, 골짜기를 벗어날 때 길을 잘못 들어섰어요. 그 덕분에 나는 여행자들이 보통은 꺼리는 이 숲을 통과하는 길이 도보 여행자에게는 정말 운치 있음을 알게 되었어요. 그래서 앞으로는 같은 여정에 나설 때는 항상 이 길을 이용하고 당신과 이야기를 나누고 싶어요. 따라서 해마다 두 번은 이곳에 찾아올 겁니다. 부활절에 프랑크푸르트에서 카셀로 가는 길에, 늦가을에는 라이프치히 미카엘 견본시에서 프랑크푸르트를 거쳐 스위스로 또는 벨슈란트로 가는 길에 들를 거예요. 그때 당신은 넉넉한 사례금을 받고 하루, 이틀 아니 어쩌면 사흘 동안 당신 집에 묵게 해 줘야 합니다. 이것이 첫 번째 부탁입니다. 다른 부탁하나는 이 작은 상자, 카셀에서는 필요하지 않고 여행에 장애가 되는 물건들이 들어 있는 이 상자를 오는 가을에 이곳을 다시 찾을 때까지 맡아 달라는 것입니다. 그 물건들이 수천의 값어치가 있다는 점은 숨기지 않겠습니다. 그렇다고 신경을 더 많이 써 달라는 것도 아닙니다. 당신이 보여 준 성실하고 경건한 태도를 보면 내가 맡기는 물건이 아무리 작은 것이어도 당신은 세심하게 보관할 것이라고 믿으니까요. 더욱이 상자에 넣고 잠가 둘 정도로 큰 값어치를 지닌 물건이라면 분명 그렇게 하겠죠. 자, 이것이 당신에게 요청하는 두 번째 부탁입니다. 세 번째 부탁은 지금 나에게는 가장 필요한 것이고 당신한테는 아마 가장 어려운 일일 것입니다. 오늘 하루만 사랑하는 부인 곁을 떠나 나를 숲 바깥으로 동행해 히르슈펠트로 가는 도로까지만 안내해 주세요. 나는 그곳에서 지인들에게 들렀다가, 카셀로 여행을 계속하고자 합니다. 나는 숲길을 잘 알지 못해 또다시 길을 잃게 될 염려가 있을 뿐만 아니라 당신처럼 용감한 사람의 집에서 묵지 않고서는 이 지방이 썩 안전하지 않기 때문입니다. 이 지방 출신 사냥꾼인 당신은 어떤 해도 당하지 않겠지만, 나같이 홀로 여행하는 자는 위험에 처할 수도 있으니까요. 프랑크푸르트에서 사람들이 하는 말을 들어 보면, 전에 샤프하우젠 지방을 위험하게 만들었고 슈트라스부르크까지 퍼졌던 도적 패거리가 그곳보다는 라이프치히에서 프랑크푸르트로 여행하는 상인들을 덮치는 것이 더 많은 수익을 가져다주기 때문에 풀다 지방으로 넘어왔다고 해요. 그 패거리가 프랑크푸르트에서부터 내가 부유한 보석상이라는 것을 알아내는 것은 아주 쉬운 일이겠죠. 그러니 내가 부인을 구해 드린 일로 감사를 받아 마땅하다면, 당신은 이 숲에서 나가는 길을 안내해 주는 것으로 충분히 보상한 것입니다."

안드레스는 낯선 남자가 요구하는 것은 무엇이든 기꺼이 들어줄 용의가 있었다. 그는 낯선 남자가 원하는 대로 곧장 길을 나설 채비를 갖췄다. 사냥꾼 복장을 갖추고 쌍발총과 유용한 사냥칼을 몸에 걸친 안드레스는 하인에게 개 두 마리를 줄에 매라고 지시를 내렸다.

그동안 낯선 남자는 작은 상자를 열고 가장 멋진 장신구와 목걸이, 귀걸이, 팔찌를 꺼내 조르지나의 침대에 늘어놓았다. 그녀는 놀라움과 기쁨을 감추지 못했다. 낯선 남자는 그녀에게 가장 아름다운 목걸이 중 하나를 걸어 보고 아름다운 팔에 화려한 팔찌들을 차 보라고 권했다. 그러고는 작은 거울 하나를 그녀 앞에 세워 거울에 비친 모습을 마음껏 들여다볼 수 있게 해 주었다. 조르지나는 어린아이처럼 즐거워하며 환성을 질렀다.

그러자 안드레스가 낯선 남자에게 말했다. "아, 선생님! 어찌 제 불쌍한 아내의 욕망을 부추겨 결코 자신의 몫이 아닐뿐더러 전혀 어울리지도 않는 것들로 꾸미게 하십니까? 제 말을 나쁘게 받아들이지는 마세요! 하지만 제가 나폴리에서 조르지나를 처음 만났을 때 아내가 목에 걸고 있던 소박한 붉은 산호 목걸이가, 휘황찬란하지만 제가 보기에는 정말 공허하고 기만적인 장신구보다 천배 더 마음에 듭니다."

"주인장은 지나치게 엄격하군요." 낯선 남자가 조롱하듯 미소를 지으며 대답했다. "부인이 몸이 아픈 상태에서 한 번쯤 나의 아름다운 장신구들로 치장하고 순수한 기쁨을 누리는 것도 허락하지 않으니까요. 이 장신구들은 결코 기만적인 것이 아니라 진짜 보석입니다. 당신은 이런 것들이 여인들에게 대단한 기쁨을 선사한다는 것을 모른단 말입니까? 그리고 이런 호사가 조르지나에게는 어울리지 않는다고 했는데, 내 생각은 정반대입니다. 부인은 이렇게 치장해도 될 만큼 충분히 매력적인 분입니다. 그리고 부인이 언젠가는 이런 장신구를 직접 소유하고 차고 다닐 만큼 부유해질지도 모르잖습니까."

안드레스는 몹시 진지하고 확고한 말투로 말했다. "부탁합니다, 선생님! 그런 비밀 가득하고 수상쩍은 말씀은 삼가세요! 당신은 제 불쌍한 아내가 장신구들에 현혹되어 그런 세속적인 호사와 사치를 향한 욕망으로 우리의 가난한 처지를 더 답답하게 느끼고 모든 삶의 평온과 유쾌함을 잃게 하려는 건가요? 당신의 아름다운 물건들은 챙겨 넣어 두세요, 손님! 돌아오실 때까지 성실히 보관하겠습니다. 그런데 하늘의 가호가 있기를 바라지만, 혹시라도 당신에게 불행이 닥쳐 이 집에 돌아오지 못하는 상황이 생기면 제가 이 상자를 어디로 가져가야 할까요? 당신을 얼마나 기다리고 나서 당신이 알려 주는 분께 이 상자를 내주어야 할까요? 당신 성함은 어떻게 됩니까?"

"내 이름은 이그나츠 데너요." 낯선 남자가 답했다. "그리고 당신도 알다시피 상인입니다. 나는 아내도 아이도 없고, 친척들은 발리스'주에 살고 있습니다. 하지만 나는 친척들을 결코 사랑하거나 존중하지 않아요. 내가 가난하고 곤궁하던 시절에 나를 전혀 돌보아 주지 않았거든요. 3년 후에도 내가 나타나지 않으면 이 상자를 마음 편히 취하세요. 내가 보기에 당신과 조르지나 두 사람은 나한테서 부유한 유산을 받기를 거부할 거 같군요. 만약 그렇다면 이 보석 상자는 당신 아이에게 선물하겠습니다. 아이가 견진 성사를 받을 때 '이그나티우스'라는 이름을 추가해 주셨으면 합니다."

안드레스는 낯선 남자의 이례적인 너그러움과 아량을 어떻게 받아들여야 할지 몰랐다. 그는 완전히 말문이 막혀 낯선 남자 앞에 서 있었다. 그사이 조르지나는 낯선 남자의 선의에 감사를 표하고, 머나먼 힘든 여행길에서 그를 보호해 주고 언제나 이 집으로 안전하게 돌아오게 해 달라고 하느님과 성자들에게 열심히 기도하겠노라 약속했다. 낯선 남자는 그 특유의 야릇한 미소를 지으며 아름다운 여인의 기도는 자신의 기도보다 더 효력이 있을 것이라고 말했다. 그래서 기도하는 일은 그녀에게 맡겨 두고, 본인은 자신의 튼튼하게 단련된 몸과 훌륭한 무기를 믿겠다고 했다.

경건한 안드레스는 낯선 남자가 그렇게 말하는 것이 무척 못마땅했다. 하지만 그는 무엇인가 대꾸를 하려다가 입을 다물었고, 낯선 남자에게 이제 숲속을 지나는 길에 나서자고 재촉했다. 그러지 않으면 자기가 늦은 밤에야 집으로 돌아오게 될 것이고, 조르지나가 공포와 불안에 빠질 것이라고 했다.

낯선 남자는 작별하면서 조르지나에게 어차피 이 외딴 거친 숲속에서는 즐거운 일이 부족할 터이니 그의 장신구로 꾸미는 것이 즐거운 일이 된다면 그렇게 해도 좋다는 점을 분명히 밝혔다. 조르지나는 속으로 기뻐서 얼굴이 붉어졌다. 그녀는 휘황찬란한 옷과 특히 값진 보석들에 대한 자기 민족' 특유의 욕망을 억누를 수 없었기 때문이다.

데너와 안드레스는 이제 어둡고 황량한 숲을 통과하며 서둘러 앞으로 나아갔다. 빽빽한 덤불 속에서 개들이 이리저리 킁킁대면서 영리하고 의미심장한 눈으로 주인을 쳐다보며 짖었다. "여기는 안전하지 않아요." 안드레스가 이렇게 말하고는, 소총 공이를 세우고 낯선 상인 앞에서 개들과 함께 신중하게 발걸음을 옮겼다.

안드레스의 귀에 나무들 사이에서 자주 바스락거리는 소리가 들리는 듯했다. 이어 멀리서 어두운 형체들이 움직이는 것이 한순간 보였는데, 형체들은 금방 다시 덤불 속으로 사라졌다. 안드레스는 개들을 풀려고 했다. "그러지 말아요!" 데너가 소리쳤다. "장담하건대 조금도 두려워할 것 없어요." 그가 이 말을 미처 마치기도 전에 불과 몇 발자국 앞에서 헝클어진 머리에 입가에는 콧수염이 크게 말려 있고 손에 총을 든 덩치 큰 시커먼 사내가 덤불에서 나왔다. 안드레스는 발사 태세를 취했다. "쏘지 말아요, 쏘지 말아요!" 데너가 소리쳤다. 시커먼 사내는 데너에게 친근하게 고개를 끄덕이더니 나무들 사이로 사라졌다.

마침내 두 사람은 숲에서 나와 사람들의 통행이 잦은 도로에 이르렀다. "여기까지 동행해 주어 진심으로 감사하군요." 데너가 말했다. "이제 집으로 돌아가요. 아까 보았던 형체들을 다시 맞닥뜨리면 신경 쓰지 말고 차분히 갈 길을 가시오. 아무것도 알아채지 못한 것처럼 행동하고, 개들은 그대로 줄에 매고 있어요. 그러면 아무런 위험 없이 집에 도착할 거요."

안드레스는 이 모든 것을, 그리고 퇴마사처럼 마법으로 악령을 꼼짝 못 하게 하고 물리치는 듯한 이 기이한 상인을 어떻게 받아들여야 할지 몰랐다. 안드레스는 그가 대체 왜 숲길을 안내해 달라고 했는지 이해할 수 없었다. 안드레스는 안심하고 숲을 지나는 귀로에 올랐고, 의심스러운 것은 아무것도 만나지 않고 무사히 집에 도착했다. 조르지나는 쾌활하고 힘차게 침대에서 일어나 기쁨에 가득 차서 그의 팔에 안겼다.

낯선 상인이 너그럽게 베푼 덕분에 안드레스의 하찮은 살림살이는 완전히 달라졌다. 조르지나가 완쾌하자 안드레스는 곧장 그녀와 함께 풀다로 가서 꼭 필요한 물품 말고도 집 안에 부족한 몇 가지 물건을 샀다. 이로써 그의 집은 어느 정도 살 만한 모양새를 띠었다. 게다가 낯선 남자가 다녀간 이후부터 밀렵꾼과 나무 도둑들이 그 지방에서 물러난 듯했고, 안드레스는 평온하게 자신의 직무를 수행할 수 있었다. 사냥의 행운도 다시 찾아와 그의 총알은 여느 때처럼 빗나가는 일이 거의 없었다.

낯선 남자는 성 미카엘 축일*에 다시 찾아와 사흘간 머물렀다. 집주인 부부가 완고하게 사양했지만, 그는 또 처음처럼 넉넉하게 베풀었다. 그러면서 낯선 남자는 이제 자신의 의도가 두 사람을 더 잘살게 하여 자신이 묵는 숲속 숙소를 더 쾌적하고 안락하게 만드는 것이라고 단언했다.

덕분에 그림처럼 예쁜 조르지나는 더 잘 차려입을 수 있었다. 그녀는 낯선 남자에게서 이탈리아의 여러 지방에서 소녀들과 여인들이 머리를 땋아 엮어 올린 머리에 꽂곤 하는 우아한 세공의 금 머리핀을 선물로 받았다고 안드레스에게 고백했다. 안드레스의 표정이 어두워졌다. 그러나 그 순간 조르지나가 문밖으로 뛰쳐나가더니 오래 지나지 않아 안드레스가 예전에 나폴리에서 보았을 때와 똑같이 차려입고 꾸민 모습으로 돌아왔다. 그녀가 회화적인 감각으로 다채로운 꽃들과 함께 엮어 넣은 아름다운 금 머리핀이 검은 머리카락 속에서 눈부시게 빛났다. 그리고 안드레스는 낯선 남자가 조르지나에게 진정으로 기쁨을 주기 위해 심사숙고해서 선물을 골랐다는 것을 인정하지 않을 수 없었다.

안드레스는 자기 생각을 솔직하게 털어놓았다. 그러자 조르지나는 낯선 남자가 그들을 심한 궁핍에서 끌어올려 부유하게 해 주는 수호천사일 것이라고 했다. 그러면서 안드레스가 그 사람을 대할 때 왜 그토록 말수가 줄어들고 마음을 닫는지, 도대체 왜 그토록 우울하고 그토록 자기 안으로 침잠하는지 도무지 이해할 수 없다고도 했다.

"아, 사랑하는 여보!" 안드레스가 말했다. "그때 그 낯선 남자에게서 어떤 것도 절대로 받아서는 안 된다고 소리치던 내면의 목소리가 지금도 그치지 않아. 나는 자주 내적 비난에 시달리고 있어. 낯선 남자의 돈과 함께 부당한 재물이 우리 집에 들어온 것 같아. 그래서 그 돈으로 마련한 어떤 것에도 제대로 기뻐할 수 없는 거야. 이제 나는 영양가 있는 음식, 한 잔의 포도주로 더 자주 원기를 회복할 수 있게 되었지. 하지만 내 말을 믿어, 사랑하는 조르지나! 나는 예전에 어쩌다 나무가 잘 팔리고 사랑하는 하느님께서 평소에 정직하게 번 돈보다 몇 푼 더 주셨을 때 마셨던 하찮은 포도주 한 잔이 지금 그 낯선 남자가 가져다주는 훌륭한 포도주보다 훨씬 맛이 좋았어. 그 기이한 상인과는 도무지 친해질 수가 없어. 그래, 그 사람과 함께 있으면 몹시 섬뜩한 기분이 들 때가 많거든. 사랑하는 조르지나! 당신은 그 사람이 어떤 상대도 똑바로 바라보지 못한다는 거 눈치챘어? 그러면서 깊숙이 자리한 작은 눈이 이따금 아주 기이하게 번득이지. 그는 우리가 소탈한 이야기를 할 때 몹시 비열하다고 할 정도로 웃을 때가 많은데, 그럴 때면 나는 등골이 오싹해지더라고. 아, 내가 속으로 생각하는 것이 사실이 아니었으면 좋겠어. 하지만 배후에 온갖 불길한 재앙이 있을 것 같은 느낌이 자주 들어. 그 낯선 남자가 우리를 교묘한 올가미로 옭아매고 나면 단번에 재앙을 불러올 것만 같아."

조르지나는 조국에서, 특히 양부모의 여관집에서 자신이 알게 된 사람들은 훨씬 역겨운 외모를 가졌지만 알고 보니 결국은 바탕이 좋은 사람들이었다고 단언했다. 그러면서 그녀는 어떻게든 남편이 불길한 생각을 하지 않게 하려고 애썼다. 안드레스는 위안을 받은 듯 보였으나, 마음속으로는 경계심을 늦추지 않기로 마음먹었다.

낯선 남자가 안드레스 집을 다시 찾은 것은 참으로 예쁘고 엄마를 빼닮은 안드레스의 사내아이가 막 9개월* 되었을 때였다. 그날은 조르지나의 영명(靈名) 축일*이기도 했다. 그녀는 아이를 낯설고 특이하게 단장시켰고, 그녀 자신도 좋아하는 나폴리식 복장으로 차려입었으며, 평소보다 좋은 음식을 준비했다. 낯선 남자는 배낭에서 맛좋은 포도주 한 병을 내놓았다.

이제 모두가 흥겹게 식탁에 둘러앉은 가운데 작은 사내아이가 경이로울 정도로 총명한 눈으로 주위를 둘러보고 있는데, 낯선 남자가 입을 열었다.

"두 분의 아이는 정말 특별한 소질을 가진 아이로 벌써부터 장래가 촉망됩니다. 두 분이 아이를 제대로 양육할 형편이 아닌 것이 유감스럽군요. 두 분이 거절하겠지만 내가 한 가지 제안을 하려 합니다. 오로지 두 분이 행복하게 잘 살게 하려고 드리는 제안이라는 점만은 헤아려 주셨으면 합니다. 두 분이 알다시피 나는 부유하고 자식이 없어요. 그리고 두 분의 아이에게 아주 특별한 사랑과 애착을 느끼고 있어요. 아이를 내게 맡겨 주세요! 나는 아이를 슈트라스부르크로 데려가 내 친구이자 명망 있는 노부인에게 맡기려 합니다. 그곳에서 아이는 최상의 교육을 받고 두 분께는 물론 내게도 큰 기쁨을 선사할 겁니다. 두 분은 아이를 맡기면 큰 짐을 덜게 되는 거죠. 그런데 빨리 결정을 내리셔야 합니다. 나는 오늘 저녁 떠나야 하니까요. 아이는 내가 다음 마을까지는 품에 안고 간 뒤, 그곳에서 마차에 태울 겁니다."

이 말을 듣자 조르지나는 낯선 남자가 자기 무릎에 앉혀 흔들거려 주던 아이를 급히 낚아채어 가슴에 꼭 끌어안았다. 그녀의 눈에서는 눈물이 흘렀다.

"보세요, 손님!" 안드레스가 말했다. "제 아내가 선생님의 제안에 어떻게 대답하는지 보세요. 저도 아내와 같은 생각입니다. 손님은 분명 좋은 의도에서 한 말이겠죠. 하지만 어떻게 우리한테서 이 세상에서 가장 사랑스러운 것을 빼앗아 가려 하십니까? 우리가 비록 손님의 호의로 깊은 가난에서 벗어났지만, 여전히 궁핍한 상황에서도 우리의 삶을 유쾌하게 해 주는 이 아이를 어떻게 짐이라고 하실 수 있습니까? 보세요, 손님! 손님은 아내도 자식도 없다고 했죠. 그래서 손님께는 한 아이가 태어날 때 천국의 영광이 열려 부부에게 쏟아져 내리는 더없는 행복이 낯선 모양입니다. 말없이 평온하게 엄마 품속에 안겨 있으면서도 유창한 혀로 부모의 사랑, 부모의 지극한 삶의 행복을 말하는 자식을 바라볼 때 부모의 마음을 가득 채우는 것은 가장 순수한 사랑이자 천국의 환희 그 자체입니다. 그럴 수는 없어요, 손님! 손님이 우리에게 베푼 선행이 아무리 크다 해도 저희에게 아기가 가진 가치에는 발끝에도 미치지 못하니까요. 그러니 손님, 당신의 무리한 요구를 이렇게 단칼에 거절한다고 해서 우리를 감사할 줄 모르는 인간이라고 책망하지 마십시오! 손님도 아버지의 입장이라면 죄송하고 말고 할 것도 없을 겁니다."

"자, 자." 낯선 남자가 어두운 표정이 되어 눈길을 옆으로 돌리며 대답했다. "나는 두 분의 아들을 부유하고 행복하게 만드는 것이 두 분께 베풀 수 있는 선의라고 생각했어요. 두 분의 마음에 들지 않는다면 이 이야기는 그만합시다."

조르지나는 아이가 마치 큰 위험에서 구출되어 돌아온 듯 아이의 입을 맞추고 아이를 껴안았다. 낯선 남자는 다시 거리낌 없이 쾌활한 모습을 보이려고 애쓰는 기색이 역력했다. 하지만 주인 부부가 아이를 달라는 청을 거절한 것이 그를 얼마나 언짢게 했는지는 아주 분명하게 알아차릴 수 있었다.

남자는 앞서 말한 것처럼 그날 저녁에 곧바로 길을 떠나지 않고 사흘을 더 머물렀다. 하지만 그는 보통 때처럼 조르지나 곁에 머물러 있지 않고 안드레스와 함께 사냥을 나섰다. 그리고 알로이스 폰 바흐 백작에 대해 많은 것을 듣고 싶어 했다.

그 후 이그나츠 데너가 또다시 친구인 안드레스 집에 들렀을 때는 아이를 데려가는 계획에 대해 더 이상 생각하지 않았다. 그는 이전처럼 나름대로 친근하게 굴었고 조르지나에게 후한 선물을 주는 일도 계속하면서, 안드레스에게 맡겨 둔 상자에서 보석을 꺼내 단장하고 싶으면 얼마든지 하라고 자꾸 권했다. 조르지나는 이따금 남몰래 그렇게 했다. 이그나츠 데너는 여느 때처럼 사내아이와도 자주 같이 놀아 주고자 했다. 그러나 사내아이는 저항하며 울음을 터뜨렸고 마치 부모에게서 자신을 빼앗아 가려는 적대적인 공격에 대해 어떤 예감이라도 한 듯 더는 낯선 남자에게 가지 않으려 했다.

낯선 남자가 안드레스 집을 드나든 지 어느덧 두 해가 되었다. 시간과 습관은 마침내 데너에 대한 두려움과 불신을 이겨 내게 했고, 안드레스는 평온하고 유쾌하게 자신의 부유함을 누렸다.

3년째 되던 해 가을, 데너가 보통 찾아오곤 하던 시기가 이미 지났을 때였다. 어느 폭풍우 치는 밤에 누군가가 안드레스 집의 대문을 세차게 두드렸고, 여러 사람의 거친 목소리가 그의 이름을 불러 댔다. 안드레스는 놀라 침대에서 벌떡 일어났다. 그는 이 어두운 밤에 소동을 피우는 자가 누구냐, 당장 개들을 풀어 불청객을 쫓아내겠다고 창 쪽을 향해 소리쳤다. 그러자 밖에서 누군가가 "문 좀 열어 달라, 친구가 왔다"라고 했다. 안드레스는 데너의 목소리라는 것을 알아차렸다. 그가 손에 등불을 들고 문을 열었을 때, 데너가 혼자서 다가왔다. 안드레스는 여러 사람의 목소리가 자기 이름을 부른 것 같았다고 말했다. 그러자 데너는 안드레스가 울부짖는 바람 소리를 착각한 것이 분명하다고 말했다.

두 사람은 방 안으로 들어섰다. 안드레스는 데너의 옷차림이 완전히 달라진 것을 보고는 적잖이 놀랐다. 데너는 잿빛의 소박한 옷과 외투 대신 암적색 더블릿'을 입었고 허리에 폭 넓은 가

죽 혁대를 차고 있었는데, 거기에는 단검 하나와 네 정의 권총이 꽂혀 있었다. 그 밖에도 그는 사브르* 한 자루로 무장한 상태였고, 얼굴 자체도 변한 듯했다. 매끈하던 이마는 이제 눈썹이 무성했고 뻣뻣한 검은색 수염이 입술과 뺨을 뒤덮었다.

"안드레스!" 데너가 이글거리는 눈으로 쏘아보며 말했다. "안드레스! 내가 3년 전에 자네 아내를 죽음에서 구해 냈을 때, 자네는 내가 베풀었던 선행을 자네 피와 생명으로 보답할 수 있게 해 달라고 신에게 간청했지. 자네 소원이 이루어졌어. 이제 자네의 감사, 자네의 신의를 입증할 순간이 찾아왔거든. 어서 옷을 걸치게. 자네 총을 챙기고, 나와 함께 가세. 자세한 이야기는 집에서 몇 발짝만 벗어나면 듣게 될 거야."

안드레스는 데너의 터무니없는 요구를 어떻게 받아들여야 할지 몰랐다. 하지만 그는 데너가 상기시켜 준 말을 잘 기억했고, 올바름과 덕성, 신앙에 반하지 않는 한 자신이 할 수 있는 모든 것을 할 준비가 되어 있다고 힘주어 말했다.

"그건 안심해도 좋아." 데너가 만면에 미소를 띠고 안드레스의 어깨를 두드리며 말했다. 이어 데너는 조르지나가 벌떡 일어나 불안에 덜덜 떨면서 남편을 꼭 껴안는 것을 보고는 그녀의 팔을 부드럽게 뒤로 잡아당기며 말했다. "당신 남편이 나와 함께 가게 해 줘요. 몇 시간 후에는 평안히 집으로 돌아올 거고, 당신에게 좋은 것을 가져올 거요. 내가 언제 당신들에게 악한 짓을 한 적이 있어요? 당신들이 나를 오해했을 때조차 나는 당신들에게 선의를 베풀지 않았소? 참으로 당신들은 유난히 의심이 많군."

안드레스가 여전히 옷을 입기를 주저하자, 데너가 그를 향해 화난 눈빛으로 말했다. "자네가 약속을 지키길 바라네. 자네가 약속한 말을 이제 행동으로 증명해야지!"

안드레스는 재빨리 옷을 걸치고 데너와 함께 문 쪽으로 나서면서 다시 한번 말했다. "이보시오! 당신을 위해 무엇이든 하겠소. 하지만 불의한 일을 요구하진 마시오. 내 양심에 어긋나는 일은 아무리 사소한 것이라도 하지 않을 테니까요."

데너는 아무 대답도 하지 않고 빠르게 앞으로 나아갔다. 두 사람은 우거진 수풀을 뚫고 들어가 꽤 넓은 잔디밭에 이르렀다. 그곳에서 데너는 휘파람을 세 번 불었고, 그 소리가 소름 끼치는 협곡에 울려 주위로 메아리쳤다. 이어 덤불 속 이곳저곳에서 횃불들이 가물거리고 어두운 길에서 바스락거리고 달그락거리는 소리가 들리더니, 무시무시한 형체들이 유령처럼 몰려들어 데너를 중심으로 둥글게 둘러섰다.

무리 중 하나가 앞으로 나서면서 안드레스를 가리키며 말했다. "새로운 동료인가 보군. 그런가요, 두목?"

"맞아." 데너가 대답했다. "자는 걸 깨워서 데려온 거야. 이 녀석은 시험을 치러야 할 거야. 이제 바로 일을 시작할 수 있어."

이 말을 듣자 안드레스는 멍한 마비 상태에서 깨어났다. 이마에는 식은땀이 흘렀다. 그러나 그는 용기를 내어 격렬한 어조로 소리쳤다. "이 비열한 사기꾼. 상인 행세를 하던 자가 실은 사악한 짓을 일삼는 극악무도한 날강도였어! 너는 사탄처럼 교묘하고 음흉한 방법으로 나를 꾀어 파렴치한 짓거리에 끌어들이려 하지만, 난 너의 동료가 되지 않을 거고, 그런 짓거리에 함께하지 않겠다. 당장 나를 보내 달라, 이 무도한 악당. 그리고 당신 패거리와 함께 이 지역을 떠나라. 안 그러면 당국에 은신처를 알릴 것이고, 당신은 파렴치한 짓에 대한 대가를 치를 거야. 이제 나는 당신이 패거리를 동원해 국경에서 소란을 피우고 강도질과 살인을 일삼은 사악한 이그나츠라는 것을 알았으니, 당장 나를 보내 달라. 두 번 다시 당신을 보고 싶지 않다."

데너는 크게 웃음을 터뜨렸다. "뭐라는 거야, 이 뻔뻔한 놈이." 그가 말했다. "네 녀석이 감히 나한테 저항하고, 내 뜻과 나의 명령을 거역하겠다고? 네 녀석은 진작부터 우리 동료였지 않아? 3년 전부터 이미 우리 돈으로 살고 있지 않나? 네 녀석 아내는 우리가 강탈한 것으로 치장하고 있지 않나? 네 녀석은 지금 우리 무리 중 하나가 되었는데, 누릴 것은 누리고 일은 하지 않겠다고? 만일 네 녀석이 우리를 따르지 않는다면, 우리의 든든한 동료로서 곧바로 행동하지 않는다면 네 녀석을 묶어 우리 소굴에 처넣고 우리 패거리를 네놈 집에 보내 집을 불태우고 아내와 아들을 죽여 버릴 거야. 하지만 그것은 네 녀석이 고집을 피울 경우의 결과일 뿐, 내가 그런 조치에 나설 필요가 없겠지. 자! 선택하라고! 이제 출발해야 할 시간이야!"

안드레스는 자신이 조금이라고 거부하는 태도를 보이면 사랑하는 아내 조르지나와 아이가 목숨을 잃게 되리라는 것을 알았다. 그래서 속으로는 교활한 배신자 데너가 지옥에나 떨어지라고 저주하면서, 겉으로는 그의 뜻을 따르는 모습을 보이기로 마음먹었다. 다만 도둑질과 살인에는 전혀 가담하지 않을 것이고, 패거리의 은신처에 더 깊숙이 들어가 기회를 노리다가 적절한 기회가 오면 당국에 신고해 패거리가 포획당하고 감옥살이하게 해야겠다고 결심했다.

조용히 이런 결심을 한 후, 안드레스는 데너에게 마음이 내키지는 않지만 조르지나를 구해 준 데 대한 감사를 표하려면 뭔가 할 의무가 있으므로 함께 나서겠다고 말했다. 그러면서 그는 자신이 신출내기이니 실제 행동에 가담하는 일은 되도록 면하게 해 달라고 부탁했다. 데너는 그의 결심을 칭찬하며, 정식으로 패거리에 들어오라는 요구는 절대 하지 않을 것이고 그보다는 영지 사냥꾼으로 남아 달라고 덧붙였다. 데너 자신과 패거리에게는 안드레스가 영지 사냥꾼으로 남아 있는 것이 이미 큰 이득이기 때문이고, 앞으로도 그럴 것이라고 했다.

도적 패거리가 노리는 것은 사소한 것이 아니었다. 그들은 마을에서는 멀리 떨어졌지만 숲에서는 멀지 않은 곳에 있는 한 부유한 소작지 관리인의 집을 습격하여 약탈하려고 했다. 그 소작지 관리인은 많은 돈과 귀중품을 가졌을 뿐만 아니라 지금은 곡식을 판 거금을 보관하고 있다고 알려져 있었다. 그러기에 도적 패거리는 더욱 풍부한 노획물을 기대했다.

횃불이 꺼지자 도적들은 은밀하게 좁은 샛길을 지나 저택에 바싹 다가갔고, 패거리 중 몇몇이 저택을 에워쌌다. 다른 도적들은 담장을 타고 넘어가 안에서 대문을 열었다. 몇 명은 망보는 일에 투입되었는데, 안드레스도 그중 하나였다. 얼마 지나지 않아 패거리가 문들을 부숴 열고 집 안으로 몰려가는 소리가 들렸다. 도적들의 욕설과 고함, 그들에게 맞는 사람들의 울부짖는 소리도 있었다.

그때 총성이 한 방 울렸다. 용감한 사내였던 소작지 관리인이 저항에 나선 모양이었다. 이어 소란이 차츰 조용해졌다. 부서진 자물쇠들이 덜거덕거렸고, 도적들은 궤짝 여러 개를 들고 대문으로 나갔다. 그런데 소작지 관리인 쪽 사람 하나가 어둠 속에서 달아나 마을로 달려간 듯했다. 갑자기 위급 상황을 알리는 경종 소리가 밤을 가르며 울렸고, 곧이어 밝게 타오르는 횃불을 든 무리가 길을 따라 올라와 소작지 관리인의 집으로 몰려들었다. 연이어 총성이 울렸다. 마당에 집결한 도적들은 담장에 다가오는 것은 무엇이든 쓰러뜨렸다. 그들은 이미 횃불까지 밝혀두고 있었다.

안드레스는 언덕 위에 서서 모든 상황을 내려다보았다. 그러다가 그는 농부들 사이에서 자기 주인인 바흐 백작의 하인 제복을 입은 사냥꾼들을 발견하고는 경악했다! '이제 어떻게 해야 하나?' 그들에게 가는 것은 불가능했고, 최대한 빨리 도망하는 것이 자신을 구할 수 있는 길이었다. 하지만 그는 마법에 걸린 듯 옴짝달싹 못 하고 서서 소작지 관리인의 저택 마당을 응시했다. 그곳에서는 싸움이 점점 살벌해지고 있었다.

다른 쪽 작은 문을 통해 들어온 백작의 사냥꾼들이 도적들과 근접전을 벌였기 때문이다.

도적들은 퇴각할 수밖에 없었고, 싸움을 계속하면서 대문을 지나 안드레스가 서 있는 곳까지 밀려왔다. 안드레스의 눈에 데너가 들어왔다. 데너는 쉴 새 없이 총을 장전하여 쏘았고, 그의 사격 실력은 백발백중이었다. 부유한 옷차림의 젊은이 하나가 바흐 백작의 사냥꾼들에게 둘러싸여 지휘관 역할을 하는 것 같았다. 데너는 젊은이에게 총을 겨누었다. 하지만 미처 방아쇠를 당기기도 전에 어디선가 날아온 총알을 맞고 둔탁한 외침과 함께 쓰러졌다. 도적들은 달아났고, 어느새 바흐 백작의 사냥꾼들이 돌진해 왔다.

그때 안드레스는 저항할 수 없는 어떤 힘에 내몰린 듯 달려가서 데너를 구했다. 건장한 그는 데너를 어깨에 들쳐 메고 부리나케 달아났고, 다행히 더는 추적을 당하지 않은 채 숲에 이르렀다. 이따금 총성이 한 발씩 울리더니 이내 조용해졌다. 그것은 상처를 입고 쓰러져 낙오한 도적들을 제외하고는 모두 숲으로 피신하는 데 성공했다는 것, 그리고 사냥꾼들과 농부들은 우거진 숲으로 진입하는 것이 바람직하지 않다고 여겼음을 보여 주는 징조였다.

"나를 내려 주게, 안드레스!" 데너가 말했다. "발에 상처를 입고 재수 없게 넘어졌어. 상처 부위가 엄청 아프긴 하지만, 심하게 다치진 않은 거 같아."

안드레스는 그렇게 해 주었고, 데너는 주머니에서 작은 플라스크를 꺼냈다. 데너가 플라스크를 열자 밝은 빛이 흘러나왔고,

안드레스는 그 빛에 의지하여 상처를 자세히 살펴보았다. 데너의 말이 맞았다. 탄환이 오른발을 세게 스쳐 지나갔을 뿐이고 그곳에서 피가 났다. 안드레스는 손수건으로 상처를 동여매 주었다. 데너가 예의 휘파람을 불자 멀리서 응답이 들려왔다. 그는 안드레스에게 좁은 숲길을 따라 조심스럽게 이끌어 달라고 부탁했다. 패거리가 곧 그곳에 나타날 것이기 때문이라고 했다. 정말로 오래 지나지 않아 어두운 덤불을 뚫고 횃불이 비쳤다. 두 사람은 처음 출발했던 잔디밭에 이르렀다. 그곳에는 도망쳐 온 도적들이 이미 모여 있었다.

데너가 무리 한가운데로 가서 안드레스를 칭찬하자, 모두가 기쁨의 환호성을 터뜨렸다. 그러나 안드레스는 혼자 깊은 생각에 잠긴 채 아무 말도 할 수 없었다. 패거리의 절반 이상이 죽거나 심한 부상을 입고 현장에 쓰러진 것으로 드러났다. 한편 노획물을 안전한 장소까지 나르는 임무를 맡았던 도적 몇몇은 싸움이 벌어지는 와중에 실제로 귀중품이 든 궤짝 몇 개와 거액의 돈을 빼내는 데 성공했다. 그 결과 계획이 불리한 방향으로 틀어지기는 했어도 상당한 노획물을 챙길 수 있었다.

이제 필요한 사안을 논의할 때였다. 그사이 제대로 붕대를 감고 고통도 더는 거의 느끼지 않는 듯한 데너가 안드레스 쪽으로 몸을 돌리고 말했다. "나는 자네 아내를 죽음에서 구해 주었고, 자네는 오늘 밤 내가 붙잡히지 않게 해 주고 내게 닥칠 뻔했던 죽음에서 나를 벗어나게 했으니 우리는 비긴 셈일세! 이제 집으로 돌아가도 좋네. 그리고 며칠 후면, 아마도 내일일 수 있는데 우리는 이 지방을 떠날 거야. 우리가 자네에게 오늘처럼 무리한 요구를 하지 않게 되었으니 안심해도 좋아. 자네는 정말 경건한 바보이고, 우리한테는 쓸모없는 사람이야. 그래도 오늘 노획한 것 중에서 자네 몫을 챙기고 나를 구해 준 것에 대해서도 보상을 받아야지. 그러니 금화가 담긴 이 돈주머니를 받고 나에 대해 좋게 추억해 주게. 나중에라도 내가 자네 집에 들르고 싶거든."

이에 안드레스가 격정적으로 대답했다. "주 하느님께서 나를 보호하셔서 당신의 수치스러운 노획물에서 한 푼도 받지 않게 하시길! 당신들은 내게 추악한 협박을 가하면서 범행에 가담할 것을 강요했지만, 나는 그렇게 한 것을 영원히 후회할 거야. 내가 당신 같은 파렴치한 악당을 도와 정당한 형벌을 면하게 한 것은 죄가 되겠지. 하지만 하느님은 관대하셔서 나를 용서하실 수도 있을 거야. 내가 당신을 구한 순간에는 마치 조르지나가 당신이 그녀의 생명을 구했으니 나더러 당신의 목숨을 구해 달라고 간청하는 것 같았어. 그래서 내 생명과 명예를 잃을 위험을 무릅쓰고, 내 아내와 아이의 안위와 불행을 걸고 당신을 위험에서 구할 수밖에 없었어. 그런데 행여 내가 부상을 당했으면 어떻게 되었을까? 행여 내가 당신의 극악무도한 살인자 패거리 속에 쓰러져 죽은 상태로 발견되었다면 내 불쌍한 아내와 내 아이는 어떻게 되었을까? 그렇지만 분명히 말하겠어. 당신이 만일 이 지방을 떠나지 않는다면, 이곳에서 단 한 번이라도 강탈이나 살인이 알려진다면 나는 당장 풀다로 달려가 당신 은신처를 당국에 알릴 거야."

그러자 도적들이 안드레스에게 달려들어 그가 내뱉은 말에 대해 징계를 가하려 했다. 하지만 데너가 그들을 말리면서 말했다. "저 우둔한 녀석이 맘대로 지껄이도록 내버려둬, 그러든 말든 우리에게 무슨 상관이겠어?" 데너가 말을 이었다. "안드레스, 자네는 내 손아귀에 있어. 자네 아내와 자네 아이도 마찬가지야. 하지만 자네가 얌전히 집에 머물러 있고 오늘 밤에 있었던 일을 절대 발설하지 않겠다고 약속하면, 앞으로 자네는 물론이고 자네 아내와 아이에게 어떤 위험도 닥치지 않을 거야. 그러나 내 말대로 하지 않으면 나의 복수가 무시무시하게 자네를 덮칠 거야. 그 밖에도 자네 스스로 이 일에 가담한 것, 그리고 자네가 이미 오래전부터 내 재물의 혜택을 누린 것에 대해서는 당국도 그냥 넘어가지 않을 테니 더더욱 입 다무는 게 좋을 거야. 대신 나는 이 지방에서 완전히 뜰 것이고, 적어도 나와 내 패거리가 이곳에서 활동하는 일은 더 이상 없을 거라고 다시 한번 약속하지."

안드레스는 어쩔 수 없이 도적 떼의 두목이 제시한 조건들을 받아들이며 입을 다물겠다고 엄숙하게 약속했다. 그러고 나서 도적 둘의 안내를 받아 사방으로 풀이 무성한 오솔길을 지나 넓은 숲길로 나갔다. 그가 집으로 돌아와 염려와 두려움으로 사색이 된 조르지나를 품에 안은 것은 아침이 훤히 밝아 온 지 한참 지났을 때였다.

이제 그는 조르지나에게 데너가 극악무도한 악당이라는 것이 드러났고 그래서 데너와의 모든 관계를 끊어 버렸다고 대략 알려 주고는, 데너가 다시는 이 집의 문지방을 넘어서는 안 된다고 했다.

"그럼 보석 상자는 어떡해요?" 조르지나가 그의 말을 끊었다.

그러자 안드레스는 마음에 무거운 짐이 얹힌 듯했다. 데너가 그에게 남겨 둔 보석들에 대해서는 미처 생각하지 못했던 것이다. 데너가 보석에 대해서는 한마디도 하지 않은 것도 이상하게 여겨졌다. 안드레스는 보석 상자를 어떻게 해야 할지 혼자 곰곰이 생각했다. 물론 그것을 풀다로 갖고 가서 당국에 넘기는 방안도 생각해 보았다. 하지만 적어도 데너에게 한 약속을 어겨야하는 위험에 처하지 않으면서도 문제의 보석 상자를 입수하게 된 경위를 어떻게 둘러댈 수 있을까? 마침내 안드레스는 우연한 기회가 찾아와 데너에게 그것을 돌려주거나, 아니면 더 낫게는 자신이 한 약속을 지키면서 당국에 넘겨줄 수 있게 될 때까지는 보물을 충실히 보관하기로 마음먹었다.

소작지 관리인의 집을 습격한 사건은 그 지방 전체에 적잖은 공포를 불러일으켰다. 그것은 지난 몇 년 사이 도적들이 저지른 가장 대담한 범행이었을 뿐 아니라, 처음에는 평범하게 도둑질을 일삼고 몇몇 여행자를 상대로 강탈을 일삼던 패거리가 상당히 강성해졌음을 말해 주는 확실한 증거였기 때문이다. 다행히 이번에는 바흐 백작의 조카가 백부의 수하 사람들과 함께 마침 소작지 관리인의 집에서 멀지 않은 마을에 묵고 있다가 처음 소란이 일어났을 때 도적들에 맞선 농부들을 도와주었고, 오로지 그 덕분에 소작지 관리인은 자신의 목숨과 현금 대부분을 지킬 수 있었다. 현장에 남아 있던 도적들 가운데 셋은 다음 날에도 목숨이 붙어 있었고 상처가 회복될 기미를 보였다. 사람들은 그들의 상처를 치료하고 세심하게 붕대를 감아 준 다음, 마을 감옥에 가두었다. 그런데 사흘째 되는 날 이른 아침에 그들을 연행하러 간 사람들은 도적 셋이 여러 군데 칼에 찔려 살해당한 것을 발견했다. 어떻게 그런 일이 일어났는지는 도무지 짐작할 수도 없었다. 이로써 붙잡은 도적들에게서 패거리에 대해 자세한 정보를 얻으려던 법원의 희망은 물거품이 되었다.

안드레스는 그 모든 이야기를 듣고, 또 바흐 백작 수하의 농부와 사냥꾼들 가운데 일부가 죽고 일부는 심하게 다쳤다는 소식을 듣고 속으로 몸서리를 쳤다. 풀다 기병대의 정예 정찰조가 숲을 수색하고 다녔고, 이따금 그의 집에도 찾아왔다. 안드레스는 데너 자신이 또는 적어도 패거리 중 한 명이 붙잡혀서 그를 저 대담한 범행에 함께한 동료로 알아보고 고발하지 않을까 싶어 매 순간 두려워했다. 그는 살면서 처음으로 양심의 가책 때문에 심한 고통을 느꼈다. 하지만 그는 아내와 자식에 대한 사랑 때문에 데너의 무도하고 부당한 요구에 굴복할 수밖에 없었다.

모든 조사는 아무 성과가 없었고, 도적들의 행방을 추적하는 것도 불가능했다. 안드레스는 얼마 지나지 않아 데너가 자신과의 약속을 지켰고, 패거리와 함께 그 지방을 떠났음을 확신했다. 그는 데너에게 받은 돈 중 남은 것과 금 머리핀을 보석 상자에 넣어 두었다. 더 많은 죄를 짓고 싶지 않았고, 약탈한 돈으로 호의호식하고 싶지 않았기 때문이다. 그 바람에 안드레스는 금방 다시 예전과 같은 궁핍과 가난에 쪼들리게 되었다. 그러나 그 어떤 것에도 방해받지 않고 평온한 삶을 사는 기간이 늘어날 수록 그의 내면은 더욱 밝아졌다.

두 해가 지났을 때 안드레스의 아내는 사내아이를 하나 더 낳았다. 그녀는 예전에 원기를 회복하는 데 도움이 되었던 더 나은 음식과 보살핌을 진심으로 갈구했지만, 첫아이를 낳을 때와는 달리 병약해지지는 않았다. 한번은 안드레스가 저녁놀이 질 때 아내와 함께 다정하게 앉아 시간을 보내고 있었다. 아내는 갓 태어난 아이를 품에 안았고, 첫아들은 주인의 총애를 받아 방 안에 들어오는 것이 허락된 큰 개와 뒹굴고 있었다.

그때 하인이 들어오더니 몹시 수상쩍어 보이는 사람 하나가 벌써 한 시간 가까이 집 주위를 배회하고 있다고 알렸다. 안드레스가 총을 들고 밖으로 막 나가려는데, 집 앞에서 누군가가 그의 이름을 부르는 소리가 들렸다. 안드레스는 창문을 열어젖혔고, 가증스러운 이그나츠 데너를 첫눈에 알아보았다. 그는 회색 상인 복장을 하고 옆구리에는 배낭을 끼고 있었다.

"안드레스." 데너가 외쳤다. "오늘 밤엔 자네 집에서 지내야겠어. 내일이면 바로 떠날 거야."

"뭐라고? 이 파렴치하고 무도한 악당!" 안드레스는 분노가 가득 치밀어 말했다. "당신이 이곳에 감히 다시 나타난 거야? 나는 당신이 약속을 이행하고 영원히 이 지방에서 떠나겠다고 해서 당신한테 한 약속을 그대로 지키지 않았던가? 당신은 더는 내 집의 문턱을 넘지 말아야 해. 얼른 물러가라고. 안 그러면 흉악한 악한인 당신을 쏴 죽이겠어! 그런데 잠깐, 사탄과 같은 당신이 내 아내를 현혹하기 위해 선사한 당신의 돈, 당신의 장신구를 당신에게 내던질 거야. 그것을 챙겨 얼른 이곳을 떠나갔으면 해. 사흘의 시간을 주겠어. 사흘이 지난 뒤에도 당신과 당신 패거리가 내 눈에 띄면, 난 풀다로 달려가 내가 알고 있는 사실을 모두 당국에 폭로할 거야. 나와 내 아내에게 가한 위협을 당신이 실행에 옮기려 한다면, 나는 하느님의 도우심에 의지해 악당인 당신을 내 훌륭한 총으로 명중시킬 거야."

이어 안드레스는 그 작은 상자를 서둘러 들고 와서 밖으로 내던지려 했다. 하지만 그가 창가에 다가갔을 때 데너는 이미 사라지고 없었다. 개들이 집 주변 일대를 샅샅이 수색했지만 데너를 찾아내는 일은 가능하지 않았다. 안드레스는 자신이 데너의 악의에 휘말려 이제 큰 위험을 떠안게 되었음을 알았다. 그래서 그는 밤마다 경계를 늦추지 않았다. 하지만 모든 것이 계속 잠잠했고, 안드레스는 데너가 단신으로 숲을 지나간 것이라고 확신하게 되었다.

그사이 안드레스는 자신의 불안한 상황을 끝내기 위해, 아니 온갖 책망을 가하며 자신을 괴롭히는 양심을 진정시키기 위해 이제 더는 침묵하지 않고 풀다의 관청에 가서 자신이 데너와 맺은 전적으로 무고한 관계를 털어놓고 동시에 보석이 든 상자를 넘기기로 마음먹었다. 안드레스는 자신이 형벌을 피할 수 없음을 잘 알았다. 그러나 사탄처럼 극악무도한 이그나츠 데너의 유혹과 강요에 굴복한 잘못을 후회하는 자신의 고백을 신뢰했다. 그는 또한 바흐 백작의 변호를 믿었다. 백작은 충복에게 유리한 증언을 해 주기를 거절할 리가 없었다. 안드레스는 하인과 함께 이미 여러 차례 숲을 수색했으나 무엇인가 의심스러운 것과 맞닥뜨린 적은 한 번도 없었다. 따라서 이제는 아내에게 어떤 위험도 없었다. 그는 주저 없이 풀다로 가서 자신의 계획을 실행에 옮기려 했다.

아침에 안드레스가 여행 준비를 마쳤을 때, 바흐 백작이 보낸 사자가 찾아와 당장 주인의 성으로 함께 오라는 명을 전했다. 그래서 안드레스는 풀다로 가는 대신 사자와 함께 성으로 향했다. 주인이 이렇게 그를 호출하는 일은 아주 이례적이어서 무슨 일일까 하는 걱정도 없지 않았다. 안드레스는 성에 도착하자 곧바로 백작의 방으로 향했다.

"기뻐하게, 안드레스." 백작이 그를 보자 외쳤다. "자네에게 아주 뜻밖의 행운이 찾아왔어. 우리가 나폴리에서 묵었던 여관의 늙고 퉁명스러운 주인을 기억하는가? 자네 아내 조르지나의 양부(養父) 말이야? 그 사람이 죽었는데, 불쌍한 고아를 혹독하게 다룬 것이 양심에 걸렸는지 조르지나에게 2천 두카트의 돈을 유산으로 남겼다네. 유산은 벌써 환어음 형태로 프랑크푸르트에 와 있고, 자네는 내 담당 은행가를 찾아가면 그 돈을 찾을 수 있어. 자네가 곧장 프랑크푸르트로 출발하겠다면, 아무 문제 없이 그 돈을 지불받을 수 있도록 당장 필요한 증명서를 작성해 주겠네."

안드레스는 너무 기뻐서 말문이 막혔고, 바흐 백작은 충복이 감격하는 모습에 적잖이 즐거워했다. 정신을 차린 안드레스는 아내에게 예상치 못한 기쁨을 선사하기로 마음먹었다. 그래서 그는 주인의 은혜로운 제안을 받아들였고, 지불받을 자격이 있음을 인정하는 증서를 받은 후 곧바로 프랑크푸르트로 가는 길에 올랐다.

그는 아내에게는 백작이 그에게 중요한 임무를 맡겨 파견을 보냈고, 따라서 며칠 동안 집에 돌아오지 않을 것이라고 전하게 했다. 안드레스는 프랑크푸르트에 도착해 백작이 알려 준 은행가를 찾았다. 은행가는 안드레스를 유산 지급을 위임받은 상인에게 보냈다. 안드레스는 마침내 그 상인을 찾아내고 실제로 상인으로부터 거액의 돈을 받았다. 그러면서도 그는 늘 조르지나를 생각하고 그녀에게 완전한 기쁨을 선사하려는 마음을 품었기에 아내를 위해 온갖 아름다운 물건을 샀고, 데너가 그녀에게 선물했던 것과 똑같은 금 머리핀도 하나 샀다. 그리고 무거운 배낭을 도보로 운반하기가 어려워 말도 한 필 구입했다.

그렇게 그는 집을 떠난 지 엿새 만에 기분 좋게 귀로에 올랐다. 그는 곧바로 숲을 지나 자기 집에 이르렀다. 그런데 집에 도착해 보니 대문이 굳게 닫혀 있었다. 그는 큰 소리로 하인과 조르지나를 불렀다. 아무 대답이 없었다. 개들은 집 안에 갇혀 낑낑대고 있었다. 안드레스는 큰 불행을 직감하고 격렬하게 문을 두드리며 크게 소리쳤다. "조르지나! 조르지나!"

그때 지붕창에서 바스락거리는 소리가 들리더니 조르지나가 밖을 내다보며 외쳤다. "하느님 맙소사! 안드레스, 당신이야? 당신이 다시 돌아오다니, 하늘의 힘을 찬양할지어다."

안드레스가 열린 문을 통해 들어가자, 아내는 사색이 되어 크게 울부짖으며 그의 품 안에 뛰어들었다. 그는 가만히 그 자리에 서 있다가, 마침내 팔다리를 늘어뜨리고 바닥으로 쓰러지려는 아내를 부축해 방으로 데려갔다. 그러나 그는 눈앞의 끔찍한 광경을 보고는 얼음장 같은 발톱에 붙들린 듯 경악감에 사로잡혔다. 방바닥과 사방 벽에 핏자국이 가득했고, 아기 침대에는 얼마 전에 태어난 사내아이가 가슴이 찢긴 채 죽어 있었다.

"게오르크는 어디 있어? 게오르크는 어디 있어?" 안드레스는 걷잡을 수 없는 절망감에 사로잡혀 소리쳤다. 그 순간 아이가 종종걸음으로 계단을 내려오며 아빠를 부르는 소리가 들렸다.

방에는 깨진 유리잔들, 병들, 접시들이 사방에 널려 있었다. 평소 벽에 붙어 있던 크고 무거운 탁자가 방 한가운데로 옮겨져 있었고, 탁자 위에는 기이한 형태의 화로와 여러 개의 플라스크, 그리고 흘러내린 피가 담긴 사발이 놓여 있었다. 안드레스는 불쌍한 둘째 아이를 침대에서 들어 올렸다. 조르지나가 남편의 의도를 알아차리고는 수건 몇 장을 가져왔고, 두 사람은 아이의 시신을 감싸서 뜰에 묻어 주었다. 안드레스는 떡갈나무로 작은 십자가를 만들어 봉분에 세웠다. 이 불행한 부모의 입술에서는 어떤 말도, 어떤 소리도 나오지 않았다. 두 사람은 먹먹하고 암담한 침묵 속에 일을 마쳤고, 저녁놀이 지는 가운데 집 앞에 앉아 굳은 시선으로 먼 곳을 응시했다.

다음 날이 되어서야 조르지나는 안드레스가 없는 동안 무슨 일이 있었는지 그 경과를 들려주었다. 안드레스가 집을 떠나고 나흘째 되던 날 대낮에 하인은 온갖 수상한 형체들이 숲을 돌아다니는 것을 다시 보았다. 그 때문에 조르지나는 남편이 하루속히 돌아오기만을 간절히 바랐다. 한밤중에 그녀는 집 바로 앞에서 시끄럽게 날뛰고 외치는 소리에 잠에서 깨어났다. 하인이 뛰어 들어와 공포에 질린 목소리로 집 전체가 도적들에게 포위되었고, 저항은 생각도 할 수 없다고 알렸다. 개들이 사납게 날뛰었다. 하지만 누군가가 금세 개들을 진정시키고 얌전하게 만드는 듯했다. 그리고 크게 외치는 소리가 들렸다. "안드레스! 안드레스!" 하인은 담대하게 마음을 먹고 창문을 연 뒤, 아래쪽을 향해 영지 사냥꾼 안드레스는 집에 없다고 소리쳤다. "그래도 상관없어." 목소리 하나가 아래에서 대답했다. "우리는 이 집에 들어가야 하니까 문을 열어. 안드레스는 곧 뒤따라올 거야."

하인은 문을 열 수밖에 없었다. 그러자 도적들이 떼를 지어 안으로 몰려왔고, 자기들 두목의 자유와 생명을 구한 동료의 아내인 조르지나에게 인사했다. 도적들은 자신들이 간밤에 어려운 일을 멋지게 해냈다면서 조르지나에게 푸짐한 식사를 준비해 달라고 요구했다. 조르지나는 덜덜 떨면서 부엌으로 들어가 불을 크게 지피고 식사를 준비했다. 이를 위해 그녀는 패거리의 주방장이자 창고지기로 보이는 도적에게서 사냥한 짐승의 고기와 포도주, 기타 온갖 재료를 받았다. 하인은 식탁을 차리고 식기를 꺼내 오는 일을 했다. 그는 잠시 기회를 틈타 부엌에 있는 여주인에게 살그머니 다가갔다.

"아, 혹시 알고 계십니까?" 하인이 잔뜩 공포에 잡혀 말했다. "저 도적들이 간밤에 무슨 짓을 했는지를요? 저들은 오랫동안 은신해 지내면서 만반의 준비를 한 후, 바로 몇 시간 전에 바흐 백작의 성을 습격했고, 백작 쪽에서 용감하게 저항을 폈으나 백작 수하의 여러 명과 백작을 살해하고 성에 불을 질렀대요." 조르지나는 계속 절규했다. "아, 내 남편, 내 남편이 성에 있었다면 — 아, 불쌍한 백작님!"

그러는 사이 도적들은 방 안에서 미친 듯이 날뛰며 노래를 불러 댔고, 식사가 차려지는 동안 포도주를 즐겼다. 어느새 동이 트기 시작하고 가증스러운 데너가 나타났다. 이제 도적들은 짐말에 싣고 온 상자들과 배낭들을 열었다. 조르지나는 돈을 세는 소리와 은제 식기들이 달그락거리는 소리를 들었다. 도적들은 모든 것을 하나하나 기록해 두는 듯했다. 마침내 날이 밝아 오자 도적들은 떠나갔다. 그곳에는 데너만 남았다. 그가 친근하고 상냥한 표정을 지으면서 조르지나에게 말했다.

"많이 놀란 것 같군요, 친애하는 부인. 남편이 아주 오래전부터 우리 동료가 되었다는 사실을 부인께 말하지 않은 모양입니다. 그가 집에 오지 않아 유감이군요. 아마 다른 길로 접어들어 우리와 엇갈린 게 분명해요. 바흐 백작, 그 악당은 두 해 전에 온갖 방법을 동원해 우리를 추적했어요. 우리는 간밤에 그에 대해 복수한 것이고, 당신 남편은 우리와 함께 백작의 성에 있었어요. 백작은 싸움에 나섰다가 당신 남편의 손에 쓰러졌고요. 진정해요, 부인. 그리고 안드레스에게는 당분간 나를 보지 못할 거라고 전해 주세요. 무리가 한동안은 흩어져 있을 테니까. 오늘 저녁에 나는 이 집을 떠납니다. 아이들이 참 예쁘네요, 부인! 둘째도 아주 훌륭한 사내아이군요."

이렇게 말하면서 데너는 조르지나의 품에서 아이를 데려갔다. 그는 아이와 다정하게 놀 줄을 알았다. 아이는 웃음을 터뜨리며 환호성을 질렀고, 어머니의 품으로 다시 돌아갈 때까지 그의 곁에 있는 것을 즐겼다. 어느새 저녁이 되었다. 데너가 조르지나에게 말했다. "나는 아내도 없고 아이도 없어 마음이 좋지 않을 때도 있어요. 하지만 당신도 알아차렸듯이 나는 아이들과 놀아 주고 장난치기를 무척 좋아해요. 내가 이곳에 머무는 동안만 아이들을 내게 맡겨 주세요. 둘째 아이는 태어난 지 이제 막 아홉 주가 지났군요."

조르지나는 그렇다고 대답하면서, 속으로는 내키지 않았지만 데너에게 작은 녀석을 건넸다. 그는 아이를 데리고 대문 앞에 앉았고, 한 시간 후에는 떠나야 한다면서 조르지나에게 저녁을 차려 줄 것을 청했다. 조르지나는 부엌에 막 들어서면서 데너가 아이를 팔에 안고 방으로 들어가는 것을 보았다. 그런데 얼마 지나지 않아 이상한 냄새의 증기가 집 안에 퍼졌다. 데너가 아이를 데리고 들어간 방에서 나오는 것 같았다. 조르지나는 말할 수 없는 불안감에 사로잡혔다. 그녀는 서둘러 방으로 내달렸고,

방문이 안에서 잠긴 것을 발견했다. 아이가 작게 흐느끼는 소리도 들리는 듯했다.

"구해 줘요, 내 아이를 저 악당의 마수에서 구해 줘요!" 끔찍한 상황을 직감한 조르지나가 막 집 안으로 들어서는 하인을 향해 외쳤다.

하인은 얼른 도끼를 들고 문을 부쉈다. 독한 냄새를 풍기는 증기가 두 사람에게 훅 밀려왔다. 조르지나는 단숨에 방 안으로 뛰어들었다. 아이가 벌거벗은 채 사발 위에 누워 있었고, 아이의 피가 사발 안으로 뚝뚝 떨어지고 있었다. 이어서 그녀가 본 것은 하인이 데너를 향해 도끼를 휘두르고, 데너가 도끼를 피하면서 하인에게 달려들어 드잡이하는 모습이 전부였다. 창 바로 앞에서는 여러 사람의 목소리가 들리는 듯했다. 그녀는 의식을 잃고 바닥에 쓰러졌다.

그녀가 다시 깨어났을 때는 이미 캄캄한 밤이었다. 하지만 그녀는 몸이 완전히 마비되어 굳은 팔다리를 움직일 수 없었다. 마침내 날이 밝았다. 그녀는 방 안이 온통 피범벅이 되어 있는 것을 보고 경악했다. 데너의 옷 조각이 사방에 널려 있었고, 마구 뜯긴 하인의 머리털과 그 옆에는 피투성이 도끼가 있었으며, 아이는 가슴이 열린 채로 탁자 아래 내동댕이쳐져 있었다. 조르지나는 다시 한번 졸도했다. 그녀는 자신이 죽는구나 하는 생각이 들었다. 그러나 한낮이 되었을 때 그녀는 다시 죽음의 선잠에서 깨어났다.

그녀는 힘겹게 몸을 일으키며 큰 소리로 게오르크를 불렀다.

아무 대답이 없자 그녀는 게오르크도 살해당했다고 생각했다. 절망이 그녀에게 힘을 부여했고, 그녀는 방에서 뛰쳐나와 뜰로 도망하면서 크게 소리쳤다. "게오르크! 게오르크!" 그때 저 위 지붕창에서 힘없고 처량한 목소리가 들려왔다. "엄마, 아, 사랑하는 엄마, 거기 있어? 이리 올라와! 배가 너무 고파요!"

조르지나는 서둘러 뛰어 올라갔고 아이를 발견했다. 아이는 집 안에서 소란이 벌어지자 무서워서 다락방으로 기어들었다가 거기서 감히 나올 생각을 하지 못한 것이다. 조르지나는 감격에 겨워 아이를 품에 꼭 안았다. 그러고는 집 문을 단단히 잠그고 다락방에서 이제나저제나 안드레스가 돌아오기만을 기다렸다. 그녀는 이제 안드레스도 잃어버렸다고 생각했다. 남자 여럿이 집 안으로 들어와서는 데너와 행동을 함께하면서 죽은 사람 한 명을 들고 나갔는데, 아이가 지붕창에서 그 장면을 보던 것이다.

마침내 조르지나는 안드레스가 가져온 돈과 아름다운 물건들을 발견했다. "아, 이게 사실이야?" 그녀가 깜짝 놀라 소리쳤다. "그렇다면 당신이 정말……." 안드레스가 그녀의 말을 가로막고는 자신들에게 어떤 행운이 찾아왔는지 그리고 어쩌다가 자신이 프랑크푸르트에 가서 그녀에게 남겨진 유산을 받았는지를 자세히 이야기했다.

살해당한 바흐 백작의 조카가 이제 영지의 새로운 주인이 되었다. 안드레스는 새 주인을 찾아가 그동안 있었던 모든 일을 이실직고하고 데너의 은신처를 알려 준 뒤 자신에게 이처럼 많

은 곤경과 위험을 가져다주는 영지 사냥꾼의 직무에서 벗어나
게 해 달라고 청하려 했다. 조르지나를 아이와 함께 집에 남겨
두어서는 안 되었다. 그래서 안드레스는, 그가 가진 것 중 쉽게
옮길 수 있는 가장 좋은 물건들을 작은 마차에 싣고 앞에서 끌어
갈 말을 매고는 아내와 아이를 데리고 그 고장을 영원히 떠나야
겠다고 마음먹었다. 그 고장은 그에게 가장 끔찍한 기억들만 불
러일으키고, 결코 평온과 안전을 제공하지 못한 곳이었다.

　안드레스는 사흘째 되는 날 떠나기로 정했다. 그리고 막 상자
하나에 짐을 싸고 있는데 힘찬 말발굽 소리가 점점 가까이 다가
왔다. 안드레스가 보니 바흐 백작의 성에 사는 백작의 산림 감
독관이었다. 그의 뒤에는 풀다 용기병*의 분견대가 말을 타고
달려왔다. "저기 저 악당 놈이 훔친 물건들을 안전한 곳으로 옮
기려 하고 있다." 함께 온 법원 집행관이 외쳤다.

　안드레스는 깜짝 놀라 몸이 굳어졌다. 조르지나는 반쯤 혼절
한 상태가 되었다. 그들은 안드레스를 덮쳤고 그와 아내를 밧줄
로 포박한 후 집 앞에 대기해 있던 마차에 던져 실었다. 조르지
나는 아이가 걱정되어 큰 소리로 울부짖으며 제발 아이를 데려
가게 해 달라고 간청했다. "너의 새끼까지 지옥의 파멸로 내몰
려고 하는 건가?" 집행관은 이렇게 말하면서 사내아이를 조르
지나의 품에서 강제로 떼어 냈다.

　일행이 출발하려 하는데 거칠지만 우직한 늙은 산림 감독관
이 다시 한번 마차로 다가와 말했다. "안드레스, 안드레스. 어쩌
다 사탄의 유혹에 넘어가 그런 흉악한 짓을 저질렀는가? 자네

는 언제나 경건하고 정직한 사람이었는데!"

"아, 감독관님!" 안드레스가 심한 비탄에 잠겨 소리쳤다. "하늘의 하느님께 맹세하지만, 저는 장차 복된 죽음을 맞기를 소망하는 사람으로 죄가 없습니다. 당신은 저를 젊은 시절부터 알아 오셨습니다. 불의한 일은 행한 적이 없는 제가 어찌 그런 역겨운 악당이 되었겠습니까? 감독관님이 저를 흉악한 도적으로 여기고, 또 사랑하는 불운한 백작님의 성에서 자행된 악행에 제가 가담했다고 여기시는 줄 잘 압니다. 그러나 저의 생명과 저의 영생 복을 걸고 말씀드리지만 저는 죄가 없습니다!"

"자." 늙은 산림 감독관이 말했다. "그 말이 사실이라면 설령 여러 정황이 자네에게 불리할지라도 자네의 무죄가 밝혀질 거야. 자네 아이와 재산은 내가 잘 맡아 두겠네. 자네와 자네 부인의 무죄가 입증되면 자네가 아이를 활기차고 명랑한 상태로 다시 데려가고, 자네 재산도 온전하게 되찾을 수 있도록 말이야."

현금은 법원 집행관이 압수했다. 압송 도중에 안드레스는 조르지나에게 보석 상자는 어디에 보관해 두었는지 물어보았다. 그녀는 상자를 데너에게 넘겨주었고 그래서 무척 유감이라고 했다. 그러지 않았으면 그 상자를 당국에 제출할 수 있을 것이기 때문이었다.

풀다에서 사람들은 안드레스를 그의 아내에게서 떼어 놓은 다음, 깊고 어두운 감옥에 가두었다. 며칠 후 그는 심문을 받기 위해 끌려갔다. 심문하는 자들은 그가 바흐 백작의 성에서 자행된 강도 살인에 가담했다고 비난하며, 모든 정황이 그에게 불리한 쪽으로 드러난 만큼 진실을 고백해야 할 것이라고 경고했다.

안드레스는 추악한 데너가 그의 집에 처음 찾아온 것부터 자신이 체포된 순간까지 일어난 모든 일을 사실대로 이야기했다. 그는 단 한 번 가담한 범죄를 깊이 후회한다면서 자책했다. 아내와 자식을 구하기 위해 소작지 관리인의 집을 약탈하는 자리에 함께 있었고 그때 붙잡힐 위기에 빠진 데너를 구해 주었다는 것이었다. 그러면서 그는 최근 데너 패거리가 자행한 강도 살인과 관련해서 자신은 그 시점에 프랑크푸르트에 가 있었기 때문에 완전히 무죄임을 강조했다.

그때 법정 문이 열리고 추악한 데너가 끌려 들어왔다. 데너는 안드레스를 보자 사악한 조롱이 담긴 웃음을 터뜨리면서 말했다. "이보게, 친구, 자네도 붙잡혔어? 자네 아내의 기도가 자네를 구하지 못한 거야?"

재판관들은 데너에게 안드레스와 관련해 자백했던 내용을 반복해 보라고 요구했다. 데너는 지금 자기 앞에 있는 바흐 백작의 영지 사냥꾼 안드레스가 이미 다섯 해 전부터 자신과 결탁했으며, 영지 사냥꾼의 집은 자신에게 가장 훌륭하고 가장 안전한 은신처였다고 진술했다. 안드레스는 비록 단 두 번만 강도질에 가담했지만 언제나 제 몫을 챙겼다고도 했다. 한 번은 소작지 관리인을 약탈할 때였는데 그때 안드레스는 데너 자신을 급박한 위험에서 구해 주었고, 다른 한 번은 알로이스 폰 바흐 백작을 노리고 거사를 벌였을 때였는데 그때 백작이 안드레스가 쏜 총에 맞아 죽었다고 했다.

안드레스는 데너의 치욕스러운 거짓말을 듣고 분노에 휩싸였다. "뭐라고?" 그가 소리쳤다. "이 악명 높은 사악한 악당, 네놈이 내 사랑하는 불쌍한 백작님을 살해하고서 감히 나를 모함하는 거냐? 그래! 난 알지, 네놈만이 능히 그런 짓을 할 수 있어. 그런데 내가 너와의 모든 관계를 거부했기 때문에, 네가 우리 집 문지방을 넘는 즉시 악명 높은 강도이자 살인자로 네놈을 쏴 죽이겠다고 위협했기 때문에 지금 내게 앙갚음을 하는구나. 그 때문에 네놈은 내가 집을 비운 사이에 패거리를 이끌고 내 집을 습격했구나! 그 때문에 내 불쌍하고 죄 없는 아이와 내 성실한 하인을 살해했어! 나는 네놈의 사악한 간계에 당할지 모르지만, 네놈은 공의로운 하느님의 무서운 형벌을 피할 수 없을 거다." 이제 안드레스는 가장 신성한 맹세로 진실을 말한다고 강조하면서 앞에서 행한 자신의 고백을 되풀이했다.

그러나 데너는 조롱을 담아 웃어 댔다. 그는 안드레스에게 왜 죽음 앞에서 그토록 두려워하고 여전히 법정을 속이려 하는지 물으면서, 그것은 안드레스가 그토록 야단스럽게 자랑하는 경건함과도 맞지 않을뿐더러 오로지 거짓 진술의 정당함을 강조하기 위해 하느님과 성자들을 끌어들이는 것이라고 주장했다.

재판관들은 표정과 말투로 보아 진술한 내용이 진실에 부합해 보이는 안드레스를 어떻게 판단해야 할지, 또한 데너가 보여주는 냉정하고도 확고한 태도를 어떻게 받아들여야 할지 참으로 알 수 없었다.

이제 조르지나가 앞으로 끌려왔다. 그녀는 이루 말할 수 없는 비탄에 잡혀 통곡하면서 남편에게 달려들었다. 그러고는 두서 없는 이야기만 늘어놓았다. 그런데 데너는 자신의 아이를 끔찍하게 살해했다고 조르지나가 그를 고발하는데도 불구하고 전혀 노한 기색을 보이지 않았고, 이전과 마찬가지로 조르지나는 남편이 벌이는 일들에 대해 아무것도 알지 못했고, 따라서 죄가 없다고 주장했다.

안드레스는 다시 감옥으로 끌려갔다. 며칠이 지났을 때 그에게 호의적인 간수가 아내의 소식을 들려주었다. 데너는 물론 다른 도적들도 조르지나의 무죄를 계속 주장하고 그녀에게 불리한 정황도 전혀 발견되지 않아 감옥에서 풀려났다는 것이다. 고결한 성품의 젊은 바흐 백작은 안드레스의 죄에 대해 믿지 못하는 모습까지 보이면서 보석금을 내놓았고, 늙은 산림 감독관은 조르지나를 좋은 마차에 태워 데려갔다고 했다. 한편 조르지나가 남편을 보게 해 달라고 한 요청은 소용이 없었고, 법원에서는 아예 면회를 금지했다고 했다. 불쌍한 안드레스에게 이러한 소식은 적잖은 위안이 되었다. 그로서는 자신이 겪는 불행보다 감옥에서 지내는 아내의 비참한 상태가 더 마음 아팠기 때문이다.

안드레스의 소송은 날이 갈수록 상황이 나빠졌다. 데너가 진술한 대로 안드레스가 다섯 해 전부터 어느 정도 부유해졌다는 것이 입증되었다. 늘어난 재물은 강도질에 가담해 생긴 것으로밖에 설명되지 않았다. 게다가 안드레스는 바흐 백작의 성에서 강도 살인이 일어났을 때 자신은 집에 있지 않았다고 고백했을 뿐 아니라 유산과 프랑크푸르트 체류에 관한 그의 진술도 여전히 의심스러웠다. 그는 유산을 전달받기 위해 만났던 상인의 이름을 댈 수 없었기 때문이다. 바흐 백작의 은행가, 그리고 프랑크푸르트에서 안드레스가 묵었던 여관집 주인은 묘사된 영지 사냥꾼을 전혀 기억할 수 없다고 한목소리로 단언했다. 안드레스를 위해 증명서를 작성해 준 바흐 백작의 사법 담당관은 죽었고, 고인이 된 백작도 유산에 대해서는 어떤 언급도 남기지 않아 백작 수하의 사람 중에는 문제의 유산에 대해 아는 이가 없었다. 안드레스 또한 유산에 대해 침묵했었는데, 프랑크푸르트에서 돌아오면서 아내를 돈으로 깜짝 놀라게 해 주고 싶었기 때문이다. 그래서 약탈이 자행되던 때에 자신은 프랑크푸르트에 있었고, 그의 돈은 정직하게 얻은 것임을 증명하려고 안드레스가 제시한 모든 진술은 미확인 진술로 남았다.

반면 데너는 자신의 이전 주장을 고수했다. 붙잡힌 도적들도 그의 주장에 전적으로 동조했다. 그러나 그 모든 진술에도 불구하고 만일 백작 수하의 사냥꾼 두 명이 타오르는 불길 속에서 안드레스를 매우 정확히 알아보았고, 백작이 그가 쏜 총에 쓰러졌다고 한 증언이 없었다면, 재판관들은 불운한 안드레스의 죄를 여전히 그렇게 확신할 수 없었을 것이다. 이제 재판관들의 눈에 비친 안드레스는 완고하고 위선적인 악당이었다. 따라서 예의 모든 진술과 증거에서 나온 결과를 근거로 그의 완고한 고집을 꺾고 자백을 얻어 내기 위해 그에게 고문을 가하는 일이 승인되었다.

안드레스는 1년 넘게 감옥에서 고초를 겪었다. 그는 원통함으로 인해 기력이 소진되었다. 평소 튼튼하고 강했던 그의 몸은 점차 쇠약해지고 무기력해졌다. 안드레스에게 심한 고통을 가함으로써 결코 그가 저지르지도 않은 범행을 고백하게 하는 끔찍한 날이 다가왔다. 사람들이 그를 고문실로 끌고 갔다. 그곳에는 기발한 창의성을 발휘해 고안한 끔찍한 고문 도구들이 널려 있었고, 형리의 수하들은 이 불운한 자를 고문할 채비를 갖추고 있었다. 안드레스는 그의 소행으로 몹시 의심되는, 또 두 사냥꾼이 증언한 그 행위를 자백하라는 경고를 재차 받았다. 그러나 그는 다시 한번 자신의 무죄를 맹세했고, 자신이 데너와 관계를 맺은 모든 사정을 첫 심문 때와 똑같은 말로 반복했다. 그러자 형리의 수하들이 그를 붙잡아 밧줄로 묶고 고문을 가했다. 그들은 그의 사지를 비틀어 탈구시키고 살을 늘려 바늘을 관통시켰다. 안드레스는 고통을 견딜 수 없었다. 그는 마구 찢기는 고통을 당하면서 차라리 죽는 편이 낫겠다고 여겨, 그들이 원하는 대로 모든 것을 자백하고 졸도했다가 다시 감옥으로 질질 끌려갔다.

고문을 당한 자에게 으레 하듯 그에게도 기운을 차리도록 포도주가 제공되었다. 안드레스는 깨어 있는 것도 자는 것도 아닌, 멍하니 상념에 잠긴 상태가 되었다. 그때 안드레스는 마치 벽에서 돌들이 떨어져 나와 쿵 소리를 내며 감옥 바닥에 떨어지는 듯한 느낌을 받았다. 이어 피처럼 붉은 한 줄기 빛이 안으로 뚫고 들어왔고, 그 빛 속에서 한 형체가 나타났다. 그것은 데너

같은 이목구비를 하고 있었으나, 안드레스가 보기에도 데너는 아닌 듯했다. 낯선 형체의 두 눈은 더욱 이글거리며 번득였고, 이마의 헝클어진 머리카락은 더 검게 위로 뻗쳤으며, 짙은 눈썹은 굽은 매부리코 위에 자리한 두꺼운 근육 속으로 푹 가라앉아 있었다. 게다가 얼굴은 소름 끼치도록 기괴하게 쭈글쭈글 일그러져 있었고, 데너한테서는 결코 볼 수 없는 낯설고 기발한 복장을 하고 있었다. 그의 어깨에는 불타는 빨간색에 가장자리가 금색으로 잔뜩 장식된 폭 넓은 외투가 불룩하게 주름을 지으며 걸려 있었고, 머리에는 빨간색 깃털 장식을 늘어뜨린 스페인식 모자가 비스듬히 얹혀 있었으며, 허리에는 장검이 하나 달려 있었고, 왼팔에는 작은 상자를 하나 끼고 있었다.

그 유령 같은 괴물이 안드레스를 향해 걸어오면서 공허하고 둔탁한 어조로 말했다. "그래, 동료여, 고문 맛이 어떤가? 이 모든 것이 오로지 자네의 고집 때문이지. 만일 자네가 패거리의 일원이라고 자백했더라면 지금쯤 구원을 받았겠지. 하지만 자네가 전적으로 내가 이끄는 대로 따르겠다고 약속한다면, 그리고 자네 아이의 심장에서 나온 피'로 제조한 이 몰약을 용기 내어 마신다면, 자네는 순식간에 모든 고통에서 해방될 거야. 자네는 건강해지고 기운이 날 거야. 그러면 내가 자네를 구해 주지."

안드레스는 경악과 공포와 피로 때문에 아무 말도 할 수 없었다. 낯선 형체가 내미는 플라스크 안에는 그의 아이의 피가 붉은색 작은 불꽃 형태로 너울거렸다. 그는 하느님과 성자들에게 열렬히 기도했다. 비록 자신이 치욕스러운 죽음을 맞더라도 영원한 복락에 이르기를 바라는 기도였다. 또 자신을 핍박하고 영원한 복락을 앗아 가려는 사탄의 손에서 구원해 줄 것을 탄원하는 기도였다.

그러자 낯선 형체는 감옥 안이 날카롭게 울리도록 웃음을 터뜨리더니 짙은 안개 속으로 사라졌다. 안드레스는 마침내 멍한 마비 상태에서 깨어나 잠자리에서 몸을 일으켰다. 그런데 그의 머리 아래 있던 지푸라기가 점점 세차게 움직이기 시작하더니 급기야는 옆으로 밀쳐지는 놀라운 일이 일어났다. 바닥에서 돌하나가 아래로부터 들려 빠져나왔고, 여러 번 나지막하게 자신의 이름을 부르는 소리가 들렸다. 그는 데너의 목소리임을 알아차리고는 말했다. "나한테 무엇을 원하는 거냐? 나를 좀 가만히 내버려둬! 네놈과는 아무것도 상관하고 싶지 않아!"

"안드레스." 데너가 말했다. "자네를 구하려고 지하실 여러 곳을 지나왔어. 나는 이미 구출되어 형장에 갈 일이 없지만, 자네는 형장에 끌려가면 끝장이거든. 내가 자네를 이렇게 도우려는 것은 오로지 자네 아내, 자네가 생각하는 것보다 나와 더 밀접한 관계에 있는 자네 아내 때문이야. 자네는 소심한 겁쟁이야. 가련하게 범행을 부인한 결과가 무엇인가? 내가 붙잡힌 것은 단지 자네가 바흐 백작의 성에서 제때 돌아오지 않았고, 내가 자네 아내 곁에 너무 오래 머물렀던 탓이지. 자! 줄과 톱을 받게. 오늘 밤에 묶인 사슬을 풀고 감방 문의 자물쇠를 톱으로 끊은 다음, 통로로 살금살금 빠져나가게! 왼쪽 바깥문이 열려 있을 거야. 일단 밖으로 나오면 우리 패거리 중 하나가 자네를 안내해 줄 거야. 마음 단단히 먹게!"

안드레스는 데너가 건네는 톱과 줄을 받아 든 다음, 돌을 들어 다시 구멍에 끼웠다. 그는 내면에서 양심의 소리가 요구하는 대로 행동하기로 마음먹었다. 날이 밝아 간수가 들어왔을 때, 안드레스는 알려야 할 중요한 일이 있다면서 재판관에게 데려가 달라고 부탁했다. 그날 오전에 그의 바람이 이루어졌다. 사람들은 패거리가 저지른 악행 중에서 알려지지 않은 것을 안드레스가 고백할 것이라고 여겼기 때문이다.

안드레스는 데너에게서 받은 톱과 줄을 재판관들에게 보여 주고 간밤에 있었던 일을 이야기했다. "저는 확실히, 진실로 아무 잘못 없이 고통을 받고 있습니다. 그러나 제가 부정한 방법으로 자유를 얻지 않도록 하느님께서 지켜 주셨으면 합니다. 부정한 방법으로 자유를 얻는 것은 저를 치욕과 죽음으로 몰아넣은 저 악명 높은 데너의 손에 제 자신을 넘기는 셈이기 때문입니다. 또 지금은 제가 죄 없이 벌을 받고 있을지라도 부정하고 파렴치한 시도를 할 경우 정말 처벌받아 마땅한 놈이 될 테니까요."

안드레스는 이렇게 말을 마쳤다. 재판관들은 놀란 것 같았고, 이 불운한 자에 대한 동정심에 사로잡힌 듯 보였다. 물론 그들은 안드레스에게 불리한 온갖 사실들로 인해 그의 유죄를 확신하고 있는 터여서 지금 그가 하는 행동에 대해서도 의심하지 않을 수 없었다. 그러나 안드레스의 정직한 태도, 특히 그가 데너의 탈주 계획을 고발한 뒤에 도시에서, 정확히 말하면 감옥 주변에서 실제로 패거리 잔당 몇 명이 급습당해 체포된 상황은 그에게 호의적으로 작용했다. 덕분에 그는 그동안 갇혀 있던 지하 감옥에서 나와 간수의 숙소 옆에 있는 밝은 감방으로 이감되었다. 그곳에서 안드레스는 충실한 아내와 자신의 아이를 생각하며, 또 경건한 사색에 잠겨 시간을 보냈다. 그는 곧장 무거운 짐을 벗어 버리듯 고통스러운 방법을 동원해서라도 삶을 벗어던지려는 용기가 샘솟는 것을 느꼈다. 간수는 이 경건한 범죄자에 대해 탄복했고, 그의 무죄를 거의 믿게 되었다.

거의 1년이 더 지나고 나서 데너와 공범자들에 대한 어렵고 복잡하게 얽힌 소송이 마침내 종결되었다. 패거리가 이탈리아 국경까지 퍼져 있었고, 이미 상당 기간 여러 곳에서 강도 행각과 살인을 저질러 온 것이 사실로 드러났다. 데너는 교수형에 처한 뒤 시신을 태우게 하는 판결을 받았다. 불행한 안드레스에게도 교수형이 선고되었다. 다만 안드레스의 경우에는 자신이 한 일을 뉘우치고 있으며, 데너가 권고한 탈주를 털어놓음으로써 패거리의 탈옥 계획을 알렸다는 사정이 참작되어 시신을 내려 형장에 매장해도 좋다는 허락을 받았다.

데너와 안드레스가 처형되는 날의 아침이 밝아 왔다. 그때 감옥 문이 열리고 젊은 바흐 백작이 들어오더니 무릎을 꿇고 조용히 기도하는 안드레스에게 다가갔다.

"안드레스." 백작이 말했다. "자네는 죽음을 피할 수 없어. 솔직하게 모든 것을 고백하고 양심의 가책을 덜게나! 자네가 정말

모시던 주인을 죽였는가? 자네가 백부님을 살해한 거야?"

그러자 안드레스의 눈에서 눈물이 줄줄 흘러내렸다. 그는 견딜 수 없는 고문 때문에 억지로 거짓 자백을 하기 전에 법정에서 진술했던 이야기를 다시 한번 반복했다. 그러고는 하느님과 성자들을 소환하면서 자신의 진술이 참되고, 또 사랑하는 주인의 죽음에 자신은 전혀 죄가 없음을 강조했다.

"그렇다면 이번 일에는……." 바흐 백작이 말을 이었다. "어떤 설명할 수 없는 비밀이 있다는 거군. 안드레스, 비록 자네에게 불리한 여러 정황이 있기는 하지만, 나는 자네의 무죄를 확신하고 있었네. 나는 자네가 젊은 시절부터 백부님의 가장 충직한 종복이었다는 것, 그리고 나폴리에서는 생명의 위협까지 무릅쓰고 강도들의 손에서 백부를 구해 주었다는 것을 알고 있거든. 그러나 어제만 해도 백부 수하의 두 늙은 사냥꾼 프란츠와 니콜라우스가 자네가 실제로 도적의 무리와 함께 있는 것을 보았고, 자네가 백부를 쓰러뜨리는 것을 똑똑히 보았다고 내게 장담했다네."

안드레스는 참으로 고통스럽고 끔찍한 감정들이 온몸을 뚫고 지나가는 것 같았다. 마치 사탄이 그를 파멸시키려고 그의 모습을 취한 것 같았다. 심지어 데너조차도 감옥에서 자신이 정말로 안드레스를 보았다고 말했기 때문이다. 그가 법정에서 안드레스에게 누명을 뒤집어씌울 때도 정말로 마음속으로 확신해서 그렇게 말하는 것 같았다. 안드레스는 백작에게 그 모든 것을 숨김없이 말했고, 그러면서 자신이 범죄자로 치욕스럽게 죽는 것이 하늘의 뜻이라면 그 뜻을 따르겠지만, 비록 시간이 오래 걸리더라도 자신의 무죄가 분명하게 밝혀질 것이라고 덧붙였다. 바흐 백작은 깊이 감동한 듯했다. 백작은 안드레스에게 그가 희망한 대로 그의 불행한 아내에게는 처형 날짜를 알리지 않았고, 아내는 아이와 함께 늙은 산림 감독관 집에서 지내고 있다는 것을 겨우 말해 주었다.

시청의 종이 일정한 간격으로 둔탁하고 소름 끼치게 울렸다. 사람들은 안드레스에게 새 옷을 입혔고, 수많은 군중이 몰려드는 가운데 처형 행렬은 형장을 향해 언제나 그렇듯이 엄숙하게 나아갔다. 안드레스는 큰 소리로 기도하며 경건한 태도를 보여 주어 모든 사람을 감동시켰다. 데너는 반항적이고 완고한 악당의 표정을 지었다. 그는 유쾌하고 활기차게 주위를 둘러보았고, 불쌍한 안드레스를 향해 자주 음험하고 심술궂게 웃어 댔다.

안드레스가 먼저 처형을 당하기로 되어 있었다. 그는 사형 집행인과 함께 침착하게 사다리를 올랐다. 그때 여자 하나가 날카롭게 소리를 지르더니 정신을 잃고 늙은 남자의 품에 쓰러졌다. 안드레스는 소리 나는 쪽을 쳐다보았다. 조르지나였다. 안드레스는 하늘을 향해 평정심과 강인함을 달라고 큰 소리로 간청했다. "저기, 저기 당신 모습이 보이는군, 내 불쌍하고 불행한 아내. 나는 죄도 없이 죽는구나!" 그는 간절함이 가득한 눈길로 하늘을 바라보며 외쳤다.

재판관이 사형 집행인에게 처형을 서두르라고 소리쳤다. 군중 속에서 불평이 터져 나왔고, 안드레스와 마찬가지로 이미 사다리에 오른 데너를 향해 돌들이 날아들었기 때문이다. 데너는 경건한 안드레스에게 동정심을 보이는 군중을 비웃었다. 사형 집행인이 안드레스의 목에 올가미를 막 씌우는데, 멀리서 외치는 목소리가 있었다. "멈춰요, 멈춰! 제발 멈춰요! 그 사람은 죄가 없습니다! 여러분은 무고한 자를 처형하는 겁니다!" "멈춰라, 멈춰라!" 수천의 목소리가 소리쳤고, 경비병들은 마구 몰려들어 안드레스를 사다리에서 끌어 내리려는 군중을 제어할 수 없었다.

멈추라고 맨 처음 외쳤던 남자가 말을 타고 더 가까이 돌진해 왔다. 안드레스는 그 남자가 프랑크푸르트에서 조르지나의 유산을 지급해 준 상인임을 첫눈에 알아보았다. 안드레스는 사다리에서 내려와 몸을 추스르면서, 곧장 기쁨과 행복으로 가슴이 터질 것 같았다. 상인은 재판관에게 바흐 백작의 성에서 강도 살인이 벌어지던 시각에 안드레스는 프랑크푸르트에, 다시 말해 현장에서 멀리 떨어진 곳에 있었으며 자신이 법정에서 증명서와 증언을 통해 그 사실을 의심할 여지 없이 제시하겠노라고 말했다. 그러자 재판관이 외쳤다. "안드레스의 처형은 절대로 집행할 수 없다. 극히 중요한 이 정황이 만약 사실로 드러나면 피고인의 완벽한 무죄를 입증할 것이기 때문이다."

데너는 처형장 사다리에서 이 모든 것을 조용히 지켜보고 있었다. 그런데 재판관이 이 말을 하자, 그의 이글거리는 두 눈이 희번덕였다. 그는 부드득 이를 갈았고, 격심한 절망에 잡혀 울부짖었다. 그의 절규는 사나운 광기가 질러 대는 형언할 수 없는 비탄처럼 끔찍하게 공중에 울려 퍼졌다. "사탄, 사탄! 네가 나를 속였구나.' 나는 망했다! 나는 망했어! 끝장이야. 모든 것이 끝장났어!"

사람들이 데너를 사다리에서 끌어 내렸다. 그는 바닥에 쓰러져 둔탁하게 그르렁거리는 소리를 냈다. "내가 모든 것을 고백하겠다. 모든 것을 고백하겠어!"

그의 처형 또한 연기되고, 그는 어떤 탈출도 불가능한 감옥으로 다시 끌려갔다. 그리고 그를 감시하는 파수꾼들의 증오는 데너 일당의 교활함을 막는 최상의 방패였다.

얼마 지나지 않아 안드레스가 간수 곁에 이르자, 조르지나가 그의 품에 안겼다. "아, 안드레스, 안드레스." 그녀가 외쳤다. "이제 당신을 완전히 되찾았어. 나는 당신이 무죄라는 것을 제대로 알게 되었으니까. 나 역시 당신의 정직함, 당신의 경건함을 의심했거든!" 사람들이 조르지나에게 안드레스가 처형되는 날을 함구했음에도 불구하고 그녀는 형언하기 어려운 불안, 이상한 예감에 끌려 풀다로 달려왔고, 남편이 죽음으로 향하는 운명의 사다리를 오르는 바로 그 시각에 처형장에 도착했던 것이다.

한편 상인은 조사가 진행되던 오랜 기간 내내 프랑스와 이탈리아를 여행하고 있었고, 빈과 프라하를 거쳐 이제 막 돌아온 참이었다. 우연, 또는 그보다는 하늘의 특별한 섭리 덕분에 상인은 가장 결정적인 순간에 형장에 도착했고, 불쌍한 안드레스가 범죄자로 치욕스러운 죽음을 맞지 않게 구해 낼 수 있었다.

그는 여관에서 안드레스에 관한 이야기를 전부 들었고, 안드레스가 두 해 전에 나폴리에서 아내 몫으로 주어진 유산을 받아 간 영지 사냥꾼일지도 모른다는 생각에 곧바로 마음이 무거워졌다. 그는 서둘러 길을 달려왔고, 안드레스를 보자 자신의 추측이 맞았음을 곧바로 확신했다.

성실한 상인과 젊은 바흐 백작의 열성적인 노력 덕분에 안드레스가 그때까지 프랑크푸르트에 머물렀다는 사실이 확인됨으로써 그가 강도 살인에 대해 완전히 무죄라는 것이 밝혀졌다. 데너도 이제는 자신과의 관계에 대한 안드레스의 진술이 옳다고 시인하면서, 다만 사탄이 자기를 현혹한 것이 분명하다고 말했다. 그는 바흐 백작의 성에서 안드레스가 자기편이 되어 싸웠다고 정말로 믿었다는 것이다.

재판관들은 선고에서, 안드레스가 강요를 받아 소작지 관리인의 집을 약탈한 행위와, 법을 어기며 데너를 구해 준 행위에 대해서는 이미 오랫동안 힘든 감옥살이를 하고 고문과 죽음의 두려움을 견뎌 낸 것으로 충분한 대가를 치렀다고 판단했다. 따라서 안드레스는 판결과 법에 근거해 모든 추가적인 형벌을 면제받았고, 조르지나와 함께 서둘러 바흐 백작의 성으로 갔다. 고상하고 자애로운 백작은 성 별채에 안드레스가 지낼 집을 내주면서 취미로 사냥을 나갈 때 필요한 약간의 봉사만 요구했다. 재판 비용도 백작이 부담한 덕분에 안드레스와 조르지나는 자신들의 재산을 온전히 보존할 수 있었다.

악명 높은 이그나츠 데너에 대한 소송은 이제 전혀 다른 방향으로 흘러갔다. 처형장에서의 사건이 그를 완전히 변화시킨 듯했다. 조롱을 일삼던 그의 사악하고 거만한 태도가 꺾였고, 참회하는 그의 내면에서는 재판관들의 머리칼을 곤두서게 하는 자백들이 튀어나왔다. 데너는 모든 면에서 사탄과의 결탁을 깊이 뉘우치는 빛을 보이며 자책했다. 그는 어린 시절부터 사탄과 결탁해 왔다고 말했는데, 이와 관련해서는 상부의 지시를 받은 성직자들의 참여 아래 추가의 조사가 이루어졌다.

데너가 털어놓은 자신의 과거는 기이한 내용이 너무 많았다. 그래서 만일 그의 출생지라고 하는 나폴리에서의 현지 조사를 통해 모든 사실이 입증되지 않았다면 사람들은 그의 이야기를 지나친 광기의 산물로 여길 수밖에 없었을 것이다. 나폴리 종교재판소의 심리 서류에서 발췌한 내용에 따르면, 데너의 출생과 관련해서는 다음과 같은 기묘한 사정이 있었다.

오래전 나폴리에는 트라바키오라는 이름의 기이한 노의사가 살고 있었다. 그는 비밀 가득하고 언제나 성공을 거두는 치료술 덕분에 사람들로부터 기적을 행하는 의사로 불렸다. 나이는 그에게 어떤 영향력도 끼치지 못하는 듯했다. 여러 토박이의 계산에 따르면, 그는 분명 여든 살에 가까울 텐데도 걸음걸이가 잽싼 것이 마치 젊은이 같았기 때문이다. 그의 얼굴은 기괴하고 끔찍한 형태로 일그러지고 쭈글쭈글했다. 그리고 그의 눈빛을 마주한 사람은 속에서 전율하지 않을 수 없었다. 하지만 그는 환자들에게 자주 도움을 주었으므로 사람들은 그가 단지 날카롭게 환자를 응시하는 것으로도 심한 고질병을 치유한다고 이야기할 정도였다.

그는 보통 검은 정장을 입고 그 위에 금술과 금 견장으로 장식된, 폭이 넓은 외투를 걸쳤는데 외투 아래의 불룩한 주름 속에 장검이 튀어나와 있었다. 이런 모습으로 그는 자신이 직접 만든 약제가 담긴 상자를 들고 나폴리 거리를 다니며 환자들에게 달려갔는데, 그와 마주치는 사람은 누구나 겁을 먹고 그를 피했다. 그래서 사람들은 극도의 곤경에 처했을 때만 그를 찾았다. 하지만 그는 특별히 개인적인 이득이 기대되지 않은 경우에도 아픈 자를 방문하는 일을 거절하는 법이 없었다.

그는 몇 차례 아내를 맞았으나 모두 급작스럽게 죽었다. 언제나 유별나게 아름다운 여자들이었고, 대개는 시골 처녀들이었다. 그는 아내들을 집 안에 가두고는 미사에 참여하는 것도 역겨울 정도로 못생긴 노파가 동행하는 경우에만 허용했다. 노파는 어떤 유혹에도 굴복하지 않았다. 젊은 난봉꾼들이 트라바키오 박사의 아름다운 아내에게 접근하려고 아무리 계략을 동원해도 소용이 없었다.

트라바키오 박사는 부자들로부터 두둑한 보수를 받기도 했지만, 의사의 수입을 훨씬 넘어서는 많은 돈과 보석을 집 안에 쌓아 두었고 그것을 누구에게도 감추지 않았다. 게다가 그는 때때로 낭비라고 여겨질 정도로 씀씀이가 컸는데, 아내가 죽을 때마다 연회를 베푸는 습관이 있었다. 그 연회를 위해 그는 1년 내내 진료를 통해 벌어들이는 최고 수입의 두 배에 이르는 비용을 쓰는 듯했다.

그는 마지막 아내에게서 아들을 하나 얻었다. 그런데 그는 아내들에게 행한 것처럼 아들도 집에 가두어 키웠고, 그 누구도 아이를 볼 수 없었다. 다만 마지막 아내가 죽은 후 박사가 베푼 연회에서 세 살 난 아이는 아버지 옆자리에 앉아 있었는데, 연회에 참석한 손님 모두가 아이의 아름다움과 영특함에 놀랐다. 신체의 겉모습에서 나이가 드러나지 않았다면, 아이의 행동을 보고서는 적어도 열두 살이라고 여길 정도였다.

바로 그 연회 자리에서 트라바키오 박사는 아들이 있었으면 하는 소원이 이루어졌으므로 더는 결혼하지 않겠다고 말했다.

그의 막대한 부, 하지만 그보다는 그의 비밀스러운 특성, 믿기 어려울 정도로 경이로운 치료술은 나폴리에서 결국 온갖 기이한 풍문을 퍼뜨리는 계기가 되었다. 그의 치료술이 놀라운 것은, 그가 제조한 물약을 입에 몇 방울 넣어 주기만 해도, 많은 경우에는 손으로 만지기만 해도, 또 그가 눈길만 주어도 고치기 힘든 고질병들이 사라졌기 때문이다. 사람들은 트라바키오 박사를 연금술사, 악마를 불러내는 자로 여겼고, 마침내는 그에게 사탄과 결탁했다는 비난을 가했다.

이 마지막 풍문은 나폴리에서 몇몇 귀족이 겪었던 이상한 일 때문에 생겨났다. 귀족들은 언젠가 늦은 밤에 연회에서 돌아오다가 포도주에 취한 탓에 길을 잘못 들어 어떤 수상쩍은 외딴곳에 이르게 되었다. 그때 앞에서 바스락거리는 소리가 나더니 붉은색으로 빛나는 커다란 수탉이 머리에는 뾰족뾰족한 사슴뿔을 달고 날개를 활짝 펼친 채 걸어와 번득이는 인간의 눈으로 그들을 쳐다보는 바람에 소스라치게 놀랐다. 그들은 한구석으로 몰려갔고, 수탉은 그들을 지나쳐 갔다. 그런데 뒤이어 가장자리가 금색으로 장식된 번쩍이는 외투를 걸친 커다란 형체 하나가 나타났다. 두 형체가 모두 지나가자, 귀족 중 한 명이 나지막하게 말했다. "저 사람이 바로 기적을 일으킨다는 트라바키오 박사요."

그 경악스러운 환영 덕분에 술에서 깨어난 귀족들은 모두 용기를 내어 박사로 추정되는 인물과 수탉을 뒤쫓아 갔다. 수탉이 발산하는 빛이 그들이 어느 길로 접어들었는지 알려 주었다. 귀족들이 보니, 두 형체는 실제로 멀리 떨어져 있는 황량하고 외딴 박사의 집을 향해 걸어갔다. 그들이 집 앞에 이르렀을 때, 수탉이 공중으로 휙 날아오르더니 날개를 퍼덕이며 발코니 위쪽의 큰 창문을 두드렸다. 그러자 창문이 덜거덕 소리를 내며 열렸고, 가늘게 떨리는 노파의 목소리가 들렸다. "어서들 와, 집으로 와, 집으로 와! 침대는 따뜻하고, 애인이 진작부터 기다리고 있어, 진작부터!"

박사가 보이지 않는 사다리를 타고 오르는 듯했고, 수탉을 따라 지붕을 통해 잽싸게 들어갔다. 뒤이어 창문이 쾅 닫혔고, 그 바람에 적막한 길을 따라 덜커덩하는 진동이 전해져 왔다. 모든 것이 밤의 짙은 어둠 속으로 사라졌다. 귀족들은 공포와 경악으로 몸이 뻣뻣하게 굳은 채 말없이 서 있었다. 그 불길한 출현, 그리고 악마의 수탉이 길을 밝혀 준 그 형체가 다름 아닌 트라바키오 박사였다는 귀족들의 확신 등 모든 것이 종교 재판소의 귀에 들어갔고, 재판소가 그 사탄 같은 마법사를 조용히 면밀하게 추적하게 하는 충분한 근거가 되었다. 사람들이 알아낸 바에 따르면, 실제로 박사의 방에는 자주 빨간 수탉이 있었고, 박사는 학자들이 자기 학문 영역에서 의심스러운 대상을 두고 대화를 나누듯 수탉과 기이한 방식으로 대화하며 논쟁을 벌이는 듯했다고 한다.

종교 재판소는 트라바키오 박사를 악명 높은 마법사로 막 체포하려던 참이었다. 그런데 세속 재판소가 종교 재판소보다 한 발 빨리 움직였다. 세속 재판소는 경찰을 동원해 어떤 환자를 방문하고 막 귀가하던 박사를 체포하여, 감옥으로 끌고 가게 했다. 집에 있던 노파는 그보다 먼저 집에서 끌려 나갔다. 사내아이는 행방이 묘연했다.

사람들은 박사의 집 방문들을 닫고 굳게 봉인했으며, 집 주위에 파수꾼들을 배치했다. 이러한 사법 조치가 취해진 근거는 다음과 같았다. 얼마 전부터 나폴리와 주변 지역에서 명망 있는 인사가 여럿 죽었는데, 의사들의 일치된 판정에 따르면 사인(死因)은 독이었다. 그 때문에 여러 조사가 진행되었다. 그러한 조사들은 별 성과를 거두지 못하다가, 마침내 나폴리의 유명한 난봉꾼이자 방탕아인 한 젊은이가 독살당한 백부를 두고 자신이 백부를 살해하는 끔찍한 행위를 저질렀다고 자백하면서 문제의 독약은 트라바키오 박사의 가정부 노파에게서 산 것이라고 덧붙였다. 사람들은 노파를 추적했고, 노파가 단단히 잠근 작은 상자를 막 들고 나가는 순간에 급습했다. 상자에는 실제로는 독액인 내용물에 온갖 약제의 이름을 붙여 놓은 플라스크들이 들어 있었다.

노파는 어떤 자백도 하지 않으려 했다. 그러나 고문하겠다는 위협을 가하자, 노파는 트라바키오 박사가 벌써 여러 해 전부터 '아쿠아 토파나'라는 이름으로 알려진 독을 제조해 왔고 노파를 통해 그것을 은밀히 판매했으며 그것이 박사의 가장 큰 수입원이었음을 시인했다. 나아가 트라바키오 박사가 사탄과 결탁한 것은 아주 확실하고, 사탄은 다양한 모습으로 박사를 찾아온다는 것이었다.

노파는 또한 박사의 모든 아내가 아이를 하나씩 낳았으나, 집 밖에서는 아무도 그러한 사실을 알지 못했다고 했다. 아이가 태어난 지 아홉 주 또는 아홉 달이 되었을 때 항상 특수한 준비와 의식을 갖춘 상태에서 가슴을 열고 심장을 꺼내는 비인간적인 방법으로 살해당했기 때문이라는 것이다. 그 작업을 할 때마다 사탄은 때로는 이런 모습, 때로는 저런 모습으로 나타났는데, 대개는 인간의 탈을 쓴 박쥐로 나타나 넓은 날개로 숯불을 피웠고, 그러면 트라바키오 박사가 아이의 심장에서 얻은 피로 어떤 질환에도 강력하게 작용하는 몰약을 만들었다고 한다. 그러고 나서 트라바키오는 곧장 아내를 이런저런 은밀한 방법으로 죽였기 때문에 의사가 아무리 예리한 눈으로 살펴봐도 살해 흔적을 전혀 찾아낼 수 없었다고 했다. 다만 그에게 아직 살아 있는 아들을 낳아 준 트라바키오의 마지막 아내는 자연사했다고 했다.

트라바키오 박사는 모든 것을 숨김없이 자백했다. 그리고 자신이 저지른 범행에 관한 소름 끼치는 이야기들, 특히 경악스럽게도 사탄과 결탁한 일에 대해 자세한 정황을 밝히면서 법정을 혼돈에 빠뜨리는 것을 즐기는 듯 보였다. 법정에 참석한 성직자들은 박사가 자신의 죄를 깨닫고 회개할 수 있도록 온갖 노력을 기울였다. 그러나 아무 효과가 없었고, 트라바키오는 그들을 조소하고 비웃기만 할 뿐이었다. 결국 노파와 트라바키오 두 사람 모두 화형을 선고받았다.

그사이 사람들은 박사의 집을 조사하고 그의 모든 재산을 찾아냈으며, 재판 비용을 공제하고 남은 재산은 여러 병원에 나누어 주기로 했다. 트라바키오의 서재에서는 수상한 책은 단 한 권도 발견되지 않았고, 박사가 행한 사탄의 수법을 암시하는 도구는 더더욱 없었다. 다만 벽에 수많은 유리관이 튀어나온 것으로 보아 실험실로 추정되는, 천장이 둥근 방 하나가 있었다. 그런데 방문이 단단히 잠겨 있고, 온갖 기술과 완력을 동원해도 문은 열리지 않았다. 법원의 감독 아래 열쇠공과 벽돌공들이 열심히 노력한 끝에 마침내 문을 부수고 들어가 목적을 달성하려 하면 내부에서 끔찍한 목소리들이 날카롭게 외쳐 대고 위아래로 바스락거리는 소리가 났으며 얼음장처럼 차가운 날개 같은 것이 일꾼들의 얼굴에 부딪혔다. 또 살을 에는 듯한 외풍이 날카롭고 무시무시한 소리를 내며 복도에 휘파람 부는 소리를 냈다. 그러면 모두가 공포와 경악에 사로잡혀 달아났고, 결국에는 모두가 불안과 공포로 미쳐 버리지 않을까 두려워 누구도 문에 다가갈 엄두를 내지 못했다.

성직자들이 문에 접근해 보았지만 사정은 별로 나아지지 않았다. 이제는 팔레르모의 늙은 도미니크 수도사가 오기를 기다리는 것 말고는 다른 방도가 없었다. 지금까지는 그 수도사의 의연함과 경건함 앞에서 사탄의 모든 술법은 물러날 수밖에 없었다.

이제 그 수도사는 나폴리로 오면서 트라바키오의 실험실에 있는 사악한 유령과 싸울 준비가 되어 있었다. 수도사는 십자가와 성수로 무장하고 그곳으로 갔다. 성직자와 재판소 사람 몇몇이 그를 동행했으나 문에서 멀찍이 떨어진 곳에 머물렀다. 늙은 도미니크 수도사는 기도하면서 문을 향해 다가갔다. 그런데 그때 윙윙거리고 웅웅거리는 소리가 더욱 격렬해졌고, 버림받은 유령들의 끔찍한 목소리들이 날카롭게 웃음을 터뜨렸다. 하지만 수도사는 당황하지 않았다. 그는 십자가 형상을 높이 쳐들고 성수를 뿌리면서 더욱 강력하게 기도했다. "내게 쇠지레를 갖다주시오!" 그가 크게 소리쳤다. 벽돌공이 덜덜 떨면서 그에게 쇠지레를 건넸다. 그런데 늙은 수도사가 그것을 문에 갖다 대기 무섭게 주변을 뒤흔드는 굉음과 함께 문이 활짝 열렸다.

둥근 아치형 방의 사방 벽에는 푸른색 불길이 날름거리며 타올랐고, 안쪽에서는 감각을 마비시키는 숨 막히는 열기가 뿜어 나왔다. 하지만 도미니크 수도사는 아랑곳하지 않고 안쪽으로 진입하려 했다. 그때 바닥이 무너지면서 집 전체가 요란하게 울렸고, 심연에서 불길이 후드득 타올랐다. 불길은 광포하게 주위로 뻗어 나가 주변의 모든 것을 삼키려 했다. 도미니크 수도사는 불에 타 죽거나 매몰되는 것을 피하고자 사람들과 황급히 거기서 빠져나왔다.

그들이 바깥 길가에 막 이르렀을 때 트라바키오 박사의 집 전체가 불길에 휩싸였다. 모여든 군중은 악명 높은 마법사의 집이 불타는 것을 보자 환호성을 질렀고, 집을 구하려는 시도는 조금도 하지 않았다. 어느새 지붕이 무너져 내리고 내부 목조가 불길을 내뿜으며 벽 쪽으로 기울었다. 위층의 늠름한 들보만이 여전히 불길의 맹렬한 기세에 맞서고 있었다. 그런데 군중은 열두 살처럼 보이는 트라바키오의 아들이 팔 아래 작은 상자 하나를 낀 채 불길이 타오르는 들보를 따라 걷고 있는 광경을 목격하고 경악을 금치 못하면서 소리쳤다. 그런데 그 모습은 한순간이었고 높이 치솟는 불길 속에 갑자기 사라졌다.

트라바키오 박사는 그 일을 들었을 때 진심으로 기뻐하는 모습이었고, 대담하고 뻔뻔스러운 태도로 죽음을 향해 나아갔다. 사람들이 그를 기둥에 묶자, 박사는 명랑한 웃음을 터뜨렸고, 살의를 드러내며 자신을 꽉 잡아매는 사형 집행인에게 말했다. "조심해, 이 친구야. 자네 두 주먹이 밧줄에 쓸리지 않도록 하라고." 마지막으로 자신에게 다가오는 수도사를 향해 그는 끔찍한 목소리로 외쳤다. "저리 꺼져! 내게서 떨어져! 내가 고통스럽게 죽으면 너희는 고소해하겠지만, 그렇게 할 정도로 내가 멍청할 거 같아? 나의 때는 아직 이르지 않았다.'"

이제 장작에 불이 붙어 탁탁 소리를 내기 시작했다. 그런데 불길은 트라바키오에게 막 이르자마자 마치 짚불이 타듯 밝게 타올랐다. 그때 멀리 떨어진 언덕에서 째지는 소리로 그들을 비웃는 웃음소리가 들려왔다. 모두 언덕 쪽을 쳐다보았다. 그곳에는 트라바키오 박사가 검은 옷을 입고 가장자리가 금색으로 장식된 외투를 걸치고 허리에는 장검을 차고 머리에는 빨간색 깃털 장식에 챙을 내린 스페인식 모자를 쓰고 작은 상자를 팔에 끼고 평소 나폴리 거리를 다닐 때와 똑같은 모습으로 나타났다. 그 모습을 본 군중은 전율에 사로잡혔다.

기병들과 경찰들, 그 밖에 수백 명의 군중이 언덕으로 몰려갔다. 그러나 트라바키오는 흔적도 없이 사라졌다. 한편 노파는 수많은 범죄를 저지른 흉악한 자기 주인에게 섬뜩한 저주를 퍼부으면서 무섭기 짝이 없는 고통 속에 숨을 거두었다.

이그나츠 데너라고 불리는 인물은 다름 아닌 트라바키오 박사의 아들이었다. 당시 아들은 아버지의 사악한 술법 덕분에 가장 희귀하고 비밀 가득한 작은 상자와 함께 불길에서 벗어날 수 있었다.

아버지는 아주 어릴 적부터 아들에게 비밀스러운 지식을 전수했고, 아들은 미처 의식이 완전해지기도 전에 그 영혼이 악마에게 내맡겨졌다. 사람들이 트라바키오 박사를 감옥에 처넣었을 때, 아들은 아버지가 지옥의 마법으로 감금한 버림받은 유령들과 함께 비밀스럽게 잠겨 있는, 지붕이 둥근 방 안에 있었다. 그러나 그 마법이 마침내 도미니크 수도사의 힘에 밀려나게 되었을 때, 아이는 숨겨진 기계 장치를 작동시켰다. 그러자 불길이 일어나 몇 분도 지나지 않아 집 전체를 불태웠다. 그 틈을 이용해 아이는 무사히 불길을 뚫고 문밖으로 나가 아버지가 알려준 숲으로 재빨리 달아났다. 그리고 얼마 지나지 않아 트라바키오 박사 역시 숲에 나타나 아들을 데리고 달아났다.

　나폴리에서 사흘쯤 이동했을 때 그들은 옛 로마 건물이 있던 폐허에 이르렀는데, 그곳에는 널찍한 동굴로 통하는 입구가 숨겨져 있었다. 수많은 도적들이 트라바키오 박사를 환호하며 맞아 주었다. 박사는 오래전부터 도적들과 관계를 맺고 자신의 비밀스러운 지식을 동원해 도적 패거리에 중요한 기여를 해 왔다. 도적들은 이제 박사를 자신들의 왕으로 추대함으로써 보답하고자 했다. 이는 박사가 이탈리아와 남부 독일에 산재한 모든 패거리의 우두머리가 된다는 뜻이었다. 트라바키오 박사는 그러한 영예를 받아들일 수 없다고 밝혔다. 자신의 운명을 지배하는 특수한 별자리(星座) 때문에 그는 이제 유랑하는 삶을 살 수밖에 없고 어떤 관계에도 매일 수 없다고 했다. 그러나 그는 자신의 술법과 지식으로 도적들을 도울 것이고, 종종 모습을 보이겠다고 약속했다. 이에 도적들은 열두 살 난 어린 트라바키오를 도적들의 왕으로 선출하는 결정을 내렸고, 이에 대해서는 박사 자신도 매우 흡족해했다. 그때부터 소년은 도적들과 함께 지냈고, 열다섯 살이 되자 이미 실질적인 두목이 되어 거사에 나섰다.

이때부터 그의 삶은 흉악한 범죄와 악마의 술책으로 점철되었다. 아버지는 자주 모습을 보이고 때로는 몇 주 동안 그와 단둘이 동굴에 머물면서 점점 더 많은 악마의 술책을 전수해 주었다. 그런데 매번 대담해지고 뻔뻔해지는 도적 패거리에 대해 나폴리 왕이 강력한 조치들을 취한 탓에, 그리고 그보다는 도적들 사이에 불화가 생겨난 탓에, 마침내 한 두목 아래 지탱해 오던 위태로운 동맹이 깨지는 일이 일어났다. 트라바키오는 오만하고 잔인한 성격 때문에 증오의 대상이 되었고, 아들은 아버지한테 물려받은 악마의 술책으로도 수하에 있는 자들의 칼로부터 아버지를 지켜 줄 수 없었다.

결국 아들은 스위스로 달아났고, 이그나츠 데너라는 이름으로 개명(改名)한 후 보부상으로 행세하며 독일의 견본시와 연시(年市)를 다녔다. 그러던 중 예의 대규모 패거리에서 흩어져 있던 도적들이 작은 패거리를 이루게 되었고, 그들은 이전의 도적 왕을 자신들의 두목으로 선출했다.

아들 트라바키오는 지금도 자기 아버지가 살아 있고 감옥으로 그를 찾아오기도 했으며 처형장에서 자신을 구출해 주기로 약속했다고 장담했다. 그런데 이제 그 자신이 통찰했듯이 신의 섭리가 안드레스를 죽음으로부터 구해 내면서 아버지의 힘은 소멸했고, 그 자신은 회개하는 죄인으로 악마의 모든 술책에서 손을 뗄 것을 맹세하며 동시에 사형이라는 정당한 형벌을 인내심을 갖고 받아들이겠다고 밝혔다.

안드레스는 젊은 바흐 백작을 통해 이 모든 소식을 전해 들었다. 그는 예전에 나폴리에서 자기 주인을 공격한 것이 자신이 확신하기로는 바로 트라바키오 패거리였다는 점, 그리고 늙은 트라바키오 박사가 감옥에서 몸소 사탄으로 나타나 나쁜 짓을 행하도록 자신을 유혹하려 했다는 점을 한순간도 의심하지 않았다. 이제 그는 트라바키오가 자기 집에 발을 들여놓은 이후 자신이 어떤 큰 위험에 처해 있는지를 제대로 알게 되었다. 물론 그는 왜 그 악명 높은 자가 유독 자신과 자기 아내를 노렸는지는 여전히 이해할 수 없었다. 영지 사냥꾼의 집에 머물면서 얻는 이익은 그리 상당한 것이라고 할 수 없었기 때문이다.

안드레스는 끔찍한 폭풍을 겪고 나서 이제 평온하고 행복한 상태였다. 그러나 그 폭풍이 모든 것을 뒤흔들 정도로 거셌던 탓에 그의 삶 전체에 둔중한 여운을 남겼다. 원래 강골의 사내였던 안드레스는 원망과 오랜 수감 생활, 그리고 말할 수 없는 고문의 고통으로 몸이 망가져 쇠약하고 병약한 상태가 되어 비틀거렸고, 사냥에도 거의 나설 수 없었다.

남국(南國)의 천성을 지닌 조르지나도 작열하는 불처럼 일어나는 원망, 불안, 경악으로 인해 기력을 상실하고 눈에 띄게 시들어 갔다. 그녀에게는 어떤 것도 소용이 없었고, 결국 남편이 돌아온 지 몇 달이 채 지나지 않아 죽고 말았다. 안드레스는 절망에 빠졌다. 다만 엄마를 빼닮은 아름다운 용모의 영특한 아이가 그에게 위안이 되어 주었다. 안드레스는 아이를 위해 자신의 목숨을 보전하고 최대한 기력을 되찾기 위해 모든 노력을 기울였다. 덕분에 거의 두 해가 지났을 때 그는 다시 충분히 건강을 회복하고 숲속으로 사냥도 몇 차례 나갈 수 있었다. 트라바키오에 대한 소송도 마침내 종결되었다. 그는 자기 아버지처럼 화형을 선고받았고, 얼마 뒤에 형이 집행될 예정이었다.

어느 날 안드레스는 저녁놀이 지고 있는 가운데 아들과 함께 숲에서 돌아오는 길이었다. 어느새 성 가까이 이르렀을 때, 근처 들판에 있는 바싹 마른 고랑에서 구슬프게 흐느끼는 소리가 들려왔다. 서둘러 다가가 보니, 한 남자가 초라하고 지저분한 누더기를 걸친 채 고랑 속에 누워 있었다. 남자는 몹시 고통스러워하며 숨을 거두려는 듯 보였다.

안드레스는 산탄총과 사냥 주머니를 바닥에 내던지고 그 불행한 자를 힘겹게 끌어냈다. 그러나 남자의 얼굴을 들여다보면서 그가 트라바키오임을 알아보고는 경악했다. 안드레스는 소스라쳐 뒤로 물러나면서 그에게서 떨어졌다. 그때 트라바키오가 둔탁하게 흐느꼈다.

"안드레스, 안드레스. 자네인가? 나의 영혼을 의탁한 하느님의 자비를 생각해 내게 동정을 베풀어 주게! 자네가 나를 구해 준다면, 한 영혼을 영원한 저주에서 구원하는 거야. 내게는 곧 죽음이 닥칠 터인데 나는 아직 속죄하지 못했다네!"

"이 망할 위선자." 안드레스가 소리를 질렀다. "내 아이와 내 아내의 살인자, 사탄이 이제 나까지 파멸시키려고 너를 이리로 이끌었느냐? 나는 너하고 아무 상관할 일이 없다. 얼른 죽어 짐승처럼 썩어 버려라, 이 흉악한 놈!"

안드레스는 그를 고랑으로 다시 밀치려 했다. 그러자 트라바키오가 격렬하게 한탄하면서 울부짖었다. "안드레스! 자네가 나를 구하는 것은 자네 아내 조르지나의 아버지를 구하는 거야. 조르지나는 지극히 높으신 분의 보좌 곁에서 나를 위해 기도하고 있어!"

트라바키오의 말에 안드레스는 소스라치게 놀라 몸을 움찔했다. 조르지나의 이름을 듣자 고통스러운 슬픔이 몰려왔다. 그의 평온함, 그의 행복을 파괴한 자에 대한 동정심이 그를 사로잡았다. 그는 트라바키오를 붙잡아 힘겹게 들쳐 업고 집으로 데려갔고, 강장제를 주어 기운을 차리게 했다. 트라바키오는 얼마 지나지 않아 혼절 상태에서 깨어났다.

처형을 하루 앞둔 날 밤에 더할 나위 없이 끔찍한 죽음의 공포가 트라바키오를 엄습했다. 그는 형언하기 어려운 화형의 고통에서 이제 그 무엇도 자신을 구해 줄 수 없을 것이라고 확신했다. 그래서 그는 미친 듯한 절망 속에 감방 창문의 쇠창살을 붙잡고 흔들었는데, 쇠창살이 그의 손에서 잘게 부서졌다. 한 줄기 희망의 빛이 그의 영혼에 비쳤다. 사람들은 그를 도시의 말라 버린 해자(垓字)에 바싹 붙어 있는 탑에 가두고 있었다. 그는 아득한 바닥을 내려다보며, 탑에서 뛰어내려 목숨을 구하든지 아니면 죽어 버리겠다고 곧장 결심했다. 그는 크게 힘들이지 않고 쇠사슬을 금방 풀 수 있었다. 그는 밖으로 몸을 던지면서 정신을 잃었고, 깨어났을 때는 태양이 사방을 환히 비추고 있었다.

그는 자신이 덤불들 사이, 풀들이 무성한 곳에 떨어졌음을 알았다. 그러나 사지가 마구 탈구되고 뼈는 바람에 옴짝달싹할 수 없었다. 금파리들과 해충들이 그의 반쯤 벌거벗은 몸에 달려들어 물어뜯고 피를 핥았다. 그는 벌레들을 막아 낼 수가 없었다. 그렇게 그는 고통 가득한 하루를 보냈다. 밤이 되어서야 그는 기어갈 수 있었다. 그리고 정말 운 좋게도 빗물이 조금 고인 지점에 이르렀고, 탐욕스럽게 빗물을 마실 수 있었다. 그는 기운이 솟는 것을 느꼈고, 힘겹게 기어올라 슬그머니 달아날 수 있었으며, 마침내 숲에 이르렀다. 풀다에서 멀지 않은 곳에서 시작되어 거의 바흐 백작의 성까지 뻗어 있는 숲이었다. 그렇게 간신히 그 지역까지 와서 죽음과 사투를 벌이고 있는 그를 안드레스가 발견한 것이다. 그는 마지막 힘을 짜내 끔찍한 사투를 벌이느라 기력이 다 소진된 상태였고, 몇 분만 늦었어도 안드레스는 분명 죽은 상태의 그를 발견했을 것이다.

안드레스는 탈옥한 트라바키오에게 향후 무슨 일이 닥칠지는 생각하지 않고 일단 그를 외딴 방으로 데려갔고, 가능한 모든 방법을 동원해 돌보았다. 하지만 그 모든 일을 아주 신중하게 처리했기에 아무도 낯선 자의 존재를 알아차리지 못했다. 아버지의 뜻이라면 맹목적으로 따르는 데 익숙한 사내아이까지 비밀을 충실히 지켰다.

안드레스는 이제 트라바키오에게 확실히, 정말로 조르지나의 아버지인지를 물었다. "물론이네." 트라바키오가 대답했다. "나폴리 지방에서 나는 그림처럼 아름다운 처녀를 하나 납치했고, 그녀에게서 딸이 하나 태어났어. 이제는 안드레스 자네도 알다시피, 내 아버지의 가장 대단한 술법 중 하나는 어린아이 심장에서 나온 피를 주성분으로 진귀하고 신비한 몰약을 만드는 것이었지. 아버지가 이용한 아이들은, 그 부모가 실험하는 그에게 자발적으로 내맡겨야 했던 아홉 주, 아홉 달 또는 아홉 살 나이의 아이들이었어. 그런데 아이들이 실험자와 가까운 관계일수록 그 심장의 피에서 생명력과 상시적인 회춘을 더 효과적으로 얻을 수 있고, 인공적인 금을 만들 수도 있었어. 그래서 아버지는 자기 자식들을 살해한 거야. 나도 아내가 낳아 준 딸아이를 그런 악명 높은 방법으로 더 높은 목적을 위해 희생시킬 수 있게 되어 기뻤지. 그런데 아내가 나의 사악한 의도를 어떻게 알아냈는지 지금도 모르겠어. 아내는 딸이 태어난 후 아홉 주가 지나기 전에 사라져 버렸어. 여러 해가 지나서야 나는 아내가 나폴리에서 죽고, 딸 조르지나는 늘 기분이 언짢고 인색하기 짝이 없는 여관집 주인이 키우고 있다는 것을 알게 되었지. 그 아이가 자네와 결혼한 것을 알았고, 그렇게 해서 자네의 거주지도 알았던 거야. 안드레스, 이제 내가 왜 자네 아내한테 애착을 느꼈는지, 그리고 내가 왜 흉악한 마법에 완전히 사로잡혀 자네 아이들에게 그토록 집착했는지 납득할 수 있겠지. 그러나 안드레스, 오직 자네 덕분에, 그리고 자네가 하느님의 전능함에 힘입어 경이롭게 구원을 받은 덕분에 나는 깊이 후회하고 내적으로 참회할 수 있게 되었다네. 그건 그렇고, 내가 조르지나에게 준 작은 보석 상자, 내가 아버지의 명을 따라 불 속에서 구한 그 상자는 자네 아들을 위해 자네가 보관해도 좋아."

"그 상자는……." 안드레스가 끼어들었다. "당신이 끔찍한 살인을 자행한 그 경악스러운 날에 조르지나가 당신에게 돌려주지 않았소?"

"물론 그랬지." 트라바키오가 대답했다. "그 상자는 조르지나가 모르는 상황에서 다시 자네의 소유가 되었다네. 자네 집 현관에 있는 커다란 검은 궤짝을 한번 살펴보게. 궤짝 바닥에서 보석 상자를 찾을 수 있을 거야."

안드레스는 궤짝 안을 살펴보았다. 상자는 정말로 트라바키오가 처음 보관을 맡겼을 때와 똑같은 상태로 있었다.

안드레스는 속에서 섬뜩한 불쾌감을 느꼈다. 그는 트라바키오를 발견했을 때 차라리 죽어 있었더라면 하는 마음을 억누를 수가 없었다. 물론 트라바키오의 후회와 참회는 진심으로 보였다. 그는 골방에서 나오지 않고 오직 경건한 책을 읽는 일로 시간을 보내고, 어린 게오르크와 즐겁게 대화하는 것을 유일한 즐거움으로 삼았다. 그는 게오르크를 세상 무엇보다 사랑하는 것으로 보였다. 그러나 안드레스는 경계심을 늦추지 않기로 마음먹었다. 그리고 기회를 얻자마자 바흐 백작에게 모든 비밀을 털어놓았다. 백작은 운명의 기이한 장난에 적잖이 놀라워했다.

그렇게 몇 달이 지나가고 늦가을이 되었다. 안드레스는 평소보다 더 자주 사냥에 나섰다. 꼬마 아이는 보통은 할아버지 곁에, 그리고 비밀을 알고 있는 한 늙은 사냥꾼 곁에 머물렀다.

어느 날 저녁 안드레스가 사냥에서 돌아왔을 때 늙은 사냥꾼이 들어오더니 충심으로 이렇게 말하기 시작했다. "주인장, 당신은 사악한 놈을 집 안에 두고 계십니다. 악마가 창문을 통해 그놈에게 들어왔다가 연기와 안개 속에서 다시 떠나갑니다." 그 말을 듣고 안드레스는 마치 벼락을 맞은 듯했다. 늙은 사냥꾼은 이어 벌써 며칠 동안 계속해서 늦은 황혼 무렵이면 말다툼을 하듯 서로 뒤섞여 지껄이는 이상한 목소리들이 트라바키오의 방에서 들렸다고 했다. 또 오늘은 트라바키오가 머무는 방의 문을 잽싸게 열었는데 가장자리가 금색으로 장식된 빨간 외투를 입은 형체가 창문 밖으로 휙 나가는 듯했고, 그런 일이 두 번 있었다고 했다. 안드레스는 사냥꾼의 전언이 무슨 뜻인지 너무나 잘 알았다.

안드레스는 분노를 가득 안고 트라바키오에게 달려갔다. 그는 사냥꾼이 전해 준 내용을 들이대며 그에게 따졌고, 모든 사악한 음모를 단념하지 않으면 성의 감옥에 처박힐 각오를 해야 할 것이라고 통고했다. 트라바키오는 조용히 듣고 있다가 애처로운 어조로 대꾸했다. "아, 친애하는 안드레스! 내 아버지는 아직도 자신의 때가 이르지 않았고, 유례없는 방식으로 나를 괴롭히며 고통스럽게 하고 있어. 아버지는 내가 다시 자신에게 향하고 경건함과 내 영혼의 구원을 단념하기를 바라고 있지. 하지만 나는 의연하게 저항했고, 아버지가 다시 돌아올 거라고는 생각지 않아. 아버지는 더 이상 나를 지배할 수 없다는 걸 알게 되었으니까. 진정하게, 사랑하는 아들 안드레스! 그리고 내가 진정한 그리스도인으로서 하느님과 화해한 상태로 그대 곁에서 죽을 수 있도록 해 주게!"

실제로 사악한 형체는 더는 찾아오지 않는 듯했다. 그러나 트라바키오의 두 눈은 다시 이글거리는 듯했고, 이따금 예전처럼 조롱하듯 이상하게 웃는 듯했다. 안드레스는 매일 저녁 그와 함께 기도하는 시간을 가졌다. 그때 트라바키오는 자주 경련하고 떠는 것 같았다. 때때로 외풍이 불어 쉭쉭 소리를 내며 방 안을 쓸고 지나가면서 기도서의 책장을 넘기거나 심지어 안드레스의 손에서 기도서를 떨어뜨렸다.

"경건하지 못한 트라바키오, 이 흉악한 사탄! 네가 이런 사악한 짓을 벌이는구나! 내게서 무얼 바라는 거냐? 너는 나를 지배할 수 없으니, 내게서 떠나가라!' 썩 물러가라!" 안드레스는 힘찬 목소리로 이렇게 외쳤다. 그러면 그것은 조롱하는 웃음소리를 내며 방 안을 지나갔고, 검은색 날개 같은 것으로 창문을 때렸다. 사악한 존재는 또다시 제대로 행패를 부렸고, 게오르크는 무서워 울음을 터뜨렸다. 하지만 트라바키오의 말대로 단지 비가 창문을 때리고 가을바람이 울부짖는 소리를 내며 방 안을 지나간 것일 뿐이었다.

"아니야." 안드레스는 소리쳤다. "만일 당신이 사악한 아버지와 모든 관계를 끊어 버렸다면 그가 이곳을 이렇게 들쑤시지는 못할 거야. 당신은 이곳을 떠나야 해. 당신을 위한 집이 오래전에 준비되어 있어. 당신은 성의 감옥으로 들어가야 해. 그곳에선 당신이 원하는 대로 난리를 피울 수 있어."

트라바키오는 격하게 울었다. 그는 제발 안드레스 집에 머물게 해 달라고 간청했다. 그리고 게오르크는 영문도 알지 못한 채 트라바키오를 거들었다.

"그렇다면 내일까지 이곳에 머물러요." 안드레스가 말했다. "내가 사냥에서 돌아온 뒤에 기도하는 시간에 무슨 일이 일어날지 봅시다."

다음 날은 화창한 가을날이었고, 안드레스는 사냥이 훌륭한 성과를 거둘 것으로 기대했다. 그가 매복 장소에서 돌아왔을 때는 어둠이 완전히 짙어져 있었다. 그는 마음속 깊은 곳에서 심한 동요를 느꼈다. 자신의 기이한 운명, 조르지나의 모습, 살해당한 아이가 너무나 생생하게 눈앞에 떠올라 그는 자신 속에 깊이 침잠한 채로 느릿느릿 사냥꾼들을 뒤따랐다. 그러다가 결국 그는 숲속 샛길에 홀로 남겨지게 되었다. 그가 널찍한 숲길로 다시 돌아가려 하는데 빽빽한 수풀 사이에서 눈부시게 밝은 불빛이 깜빡거리는 것이 보였다. 그러자 엄청난 만행이 자행될 것 같은 경이롭고 혼란스러운 예감이 그를 사로잡았다. 그는 우거진 수풀을 뚫고 들어가 불 가까이 다가갔다. 거기에는 가장자리가 금색으로 장식된 외투를 입고 허리에는 장검을 차고 머리에는 붉은 깃털이 달린 챙을 내린 모자를 쓴 늙은 트라바키오의 모습을 한 인물이 팔에 약상자를 끼고 서 있었다. 그 형체는 이글거리는 눈으로 증류기 아래에서 빨갛고 파랗게 빛나는 뱀처럼 타오르는 불 속을 들여다보고 있었다. 불 앞에는 석쇠 비슷한 것 위에 게오르크가 벌거벗은 채 팔다리를 쭉 뻗은 채 누워 있고, 그에게 최후의 일격을 가하기 위해 사악한 박사의 흉악한 아들이 번쩍이는 칼을 치켜들고 있었다.

안드레스는 경악해서 소리를 질렀다. 그리고 살인자가 주위를 둘러볼 때 안드레스의 총에서는 이미 탄환이 핑 소리를 내며 발사되었다. 트라바키오는 머리통이 박살 난 채 불 위로 쓰러졌고, 그 순간 불이 꺼졌다. 박사의 형체는 이미 사라지고 없었다. 안드레스는 한달음에 달려가 시체를 옆으로 밀치고 가여운 게오르크를 밧줄에서 푼 뒤, 아이를 들쳐 업고 급히 집으로 향했다. 다행히 아이는 아무 이상이 없었고, 다만 죽음의 공포로 인해 혼절한 상태였다.

안드레스는 다시 숲으로 가 보고 싶은 충동을 느꼈다. 그는 트라바키오의 죽음을 확인하고, 시체를 곧바로 파묻어 버리고 싶었다. 그래서 트라바키오의 술법으로 깊은 잠에 빠진 듯한 늙은 사냥꾼을 깨웠고, 두 사람은 등불과 곡괭이와 삽을 챙겨 멀지 않은 그 장소로 갔다. 그곳에는 트라바키오가 피투성이가 되어 누워 있었다. 하지만 안드레스가 다가가자, 그는 몸을 반쯤 일으키더니 소름 끼치게 그를 노려보면서 둔탁하게 그르렁거렸다. "살인자! 자기 아내의 아버지를 살해한 놈! 그러나 나의 악마들이 네놈을 괴롭힐 것이다!"

"지옥으로 가라, 이 사악한 악당." 안드레스가 엄습하는 공포에 맞서면서 소리쳤다. "지옥으로 가라, 백번 죽어 마땅한 놈. 나는 내 아이에게, 자기 딸의 아이에게 극악무도한 살인을 자행하려는 놈을 죽인 거야! 네놈이 참회하고 경건한 척 굴었던 것은 단지 비열한 배신을 위해서였어. 네놈은 사탄에게 영혼을 팔았는데, 사탄은 너의 영혼을 위해 많은 고통을 준비하고 있어."

그러자 트라바키오는 울부짖으며 뒤로 쓰러졌고, 점점 더 둔탁하게 흐느끼다가 마침내 숨을 거두었다. 두 남자는 구덩이를 깊이 파고 트라바키오의 시체를 그곳에 던져 넣었다. "그의 피를 내게 돌리지 않기를!" 안드레스가 말했다. "그런데 나는 어쩔 도리가 없었어. 하느님이 나를 택하셔서 게오르크를 구하고 수많은 악행을 복수하게 하신 거야. 하지만 나는 그의 영혼을 위해 기도하고 그의 무덤에 작은 십자가를 세울 거야." 다음 날이 계획을 실행에 옮기려 했을 때, 안드레스는 땅이 파헤쳐지고 시체가 사라진 것을 발견했다. 그것이 야생 동물의 짓인지 아니면 다른 무엇 때문인지는 의문으로 남았다.

안드레스는 아이와 늙은 사냥꾼을 데리고 바흐 백작을 찾아가 그동안 있었던 모든 일을 숨김없이 털어놓았다. 백작은 안드레스가 아들을 구하기 위해 도적이자 살인자인 트라바키오를 쓰러뜨렸음을 인정하고 사건의 자초지종을 기록해 성의 문서실에 보관하게 했다.

그 끔찍한 사건은 안드레스의 내면 깊숙한 곳에 심한 동요를 가져왔다. 그리고 밤이 찾아오면 그는 그 일로 인해 잠을 이루지 못하고 잠자리에서 몸을 뒤척였다. 그러나 그가 깨어 있지도 않고 꿈도 아닌 상태에서 멍하니 생각에 잠길 때면 방 안에서 바스락거리고 휙휙 지나가는 소리가 나기도 하고 붉은빛이 흐르다가 다시 사라지기도 했다. 그가 귀를 기울이고 쳐다보자, 무엇인가 둔탁하게 웅얼거리는 소리가 들렸다. "이제는 네가 주인이야. 네가 보물을 가졌어. 네가 보물을 가진 거야. 힘을 거머쥐라고, 그것은 네 것이야!"

안드레스는 자기 안에서 아주 독특한 쾌감과 삶의 의욕 같은, 어떤 알 수 없는 감정이 솟아나는 것 같았다. 그러나 아침놀이 창문에 비치자, 안드레스는 용기를 내어 평소 하던 대로 힘차고 열렬하게 자신의 영혼을 빛으로 비추시는 주님을 향해 기도드렸다. "그 유혹자를 물리치고 저의 집에서 죄를 몰아내기 위해 제게 어떤 임무와 소명이 아직 남았는지 알고 있습니다!" 안드레스는 이렇게 말하고는 트라바키오의 상자를 집어 들고 그것을 열지도 않은 채 깊은 협곡에 내던졌다.

이제 안드레스는 평온하고 즐거운 노년을 누렸고, 어떤 적대적인 힘도 그것을 파괴할 수 없었다.'

G시의 예수회 교회

프로스페로*의 난파선에서 쥐들이 도망가듯 좀나방들도 본능적으로 떠난 궁색한 사륜 역마차에 실린 채, 나는 목이 부러질 정도의 위험한 여정을 거쳐 반쯤 기진맥진한 상태로 마침내 소도시 G* 시장(市場) 광장에 있는 여관 앞에 멈추었다. 나 자신에게 닥칠 수 있었을 모든 불행이 내가 탄 마차를 덮쳤고, 마차는 마침내 종착역의 우체국장 곁에 손상된 채 서 있었다. 몇 시간이 지난 뒤에 야위고 혹사당한 네 필의 말이 농부 몇 명과 내 하인의 도움을 받아 파손 위험이 있는 역마차를 끌고 왔다. 전문가들이 와서 보고는 고개를 가로저으면서, 총체적인 수리가 필요하고 정비 작업은 이틀, 아니 어쩌면 사흘이 걸릴 수 있다고 말했다.

그곳은 내게 친근해 보이고 그 고장은 매력적이었지만, 나는 어쩔 수 없이 머물게 된 체류에 적잖이 경악했다. 친애하는 독자여, 그대는 여태껏 아는 사람 하나 없는 소도시, 모두가 그대를 낯설어하는 곳에서, 불가피하게 사흘을 머물러야 했던 적이 있는가? 그때 어떤 깊은 고통 때문에 편안하게 담소를 나누고 싶은 그대 안의 충동이 방해받은 적이 있는가? 그렇다면 그대는 나의 불쾌감에 공감할 것이다. 우리를 둘러싼 모든 것에서 삶의 정신은 비로소 말을 통해 나타난다. 그러나 소도시 사람들은 자신들 내부에서만 숙련된 폐쇄적인 오케스트라처럼 연주하고 노래하도록 훈련되어 있다. 오로지 그들 자신의 것들만 순수하고 옳다. 낯선 자의 소리는 모두 그들의 귀에 불협화음을 불러일으키고 그들을 침묵하게 만든다.

나는 상당히 불쾌한 기분이 되어 방 안을 이리저리 오갔다. 그러다가 갑자기 예전에 G시에 몇 년 동안 머문 적이 있는 고향 친구 하나가 당시에 많이 교류했던, 학식 있고 총명한 인물에 대해 자주 이야기해 준 것이 떠올랐다. 그 사람의 이름까지 기억났다. 예수회 신학교'에 있는 알로이시우스 발터 교수였다. 나는 그를 찾아가 나 자신을 위해 친구의 친분을 활용하기로 마음먹었다.

신학교에서는 발터 교수가 지금 강의하는 중인데 조만간 강의가 끝날 것이라면서, 나중에 다시 찾아오든지 아니면 바깥 홀에서 기다리면 좋겠다고 했다. 나는 후자를 선택했다.

예수회 수도원들, 신학교들, 교회들은 그 어디든 저 이탈리아 양식, 다시 말해 고대 형식과 기법을 기반으로 성스러운 엄숙함, 종교적 위엄보다는 우아함과 화려함을 선호하는 양식으로 건축되어 있다. 이곳에서도 높고 통풍이 잘되는 밝은 홀들은 풍부한 건축물로 장식되어 있었다. 이오니아식 기둥들 사이 이곳저곳 벽들에는 성인들을 그린 그림이 걸려 있지만 문 위쪽 장식벽은 예외 없이 게니우스 남성 수호신들의 춤이나 심지어 과일이나 맛있는 음식을 표현하고 있어 기이하게 대조를 이루고 있었다.

교수가 홀에 들어왔다. 나는 교수에게 친구를 상기시키면서 어쩔 수 없이 이곳에 머무는 동안 손님으로 받아 달라고 요청했다. 교수는 친구가 묘사한 그대로였다. 말투가 명석하고 세상 물정에도 밝은, 간단히 말해 학문적인 훈련을 받았을 뿐 아니라 삶의 실제 모습을 정확히 알아내려고 자주 성무 일과(聖務日課)를 넘어서 삶을 들여다본 고위 성직자의 자세를 완전히 갖춘 인물이었다. 교수의 연구실 역시 현대적인 우아함을 갖춘 것을 알아차렸을 때, 나는 바깥 홀을 보면서 품었던 소견을 솔직하게 밝혔다.

"사실입니다." 교수가 대답했다. "우리 건축물에서는 고딕 양식에서 우리 가슴을 갑갑하게 하는, 아니 어쩌면 섬뜩한 공포를 불러일으키는 음울한 엄숙함, 의기소침하게 하는 폭군의 이상한 위엄을 추방했거든요. 우리 작품에서 고대인들의 생기 넘치는 명랑함이 깃들게 한 것은 나름 공로라고 할 수 있죠."

"그렇지만요." 내가 대답했다. "고딕 건물의 성스러운 위엄, 하늘을 향해 분투하는 드높은 장엄함은 진정한 그리스도교 정신에서 나온 것이 아닌가요? 그 정신은 초감각적인 것으로서 지상적인 것의 범주에만 머물러 있는 고대 세계의 감각적인 정신에 저항하는 것이 아닐까요?"

교수가 미소를 지으며 말했다. "아, 더 높은 영역은 이 세상에서 인식해야 하는 거겠죠. 그리고 그 인식은 우리의 삶이 제공하는, 다시 말해 높은 영역에서 지상의 삶으로 하강한 정신이 제공하는 그런 명랑한 상징들에 의해 깨어나는 거죠. 우리의 본향(本鄉)은 아마 저 위에 있겠죠. 그러나 우리가 이곳에 사는 동안은 우리의 나라도 이 세상에 속한 것입니다.'" '그렇겠지'라고 나는 속으로 생각했다. '당신들은 모든 행동을 통해 당신들의 나라가 이 세상에 속했음을, 아니 오로지 이 세상에만 속했음을 입증하고 있지.' 그러나 나는 알로이시우스 발터 교수에게 내 생각을 입 밖으로 내지는 않았다. 교수가 말을 이었다. "이곳에 있는 건물의 화려함에 대해 당신이 말한 것을 나는 단지 형태의 쾌적함과 연관시키고 싶어요. 대리석을 구하기가 어렵고 회화의 거장들이 별로 일하고 싶어 하지 않는 이곳에서는 최신 경향에 따라 대체할 만한 재료로 임시변통할 수밖에 없었어요. 우리는 매끄럽게 다듬어진 광택 나는 석고로 잘못 나아가는 경우, 많은 일을 하게 되는 거죠. 대부분은 오로지 건축물 화가만이 다양한 대리석 종류를 만들어 낸답니다. 관대한 후원자들 덕분에 새롭게 단장하고 있는 우리 교회에서도 지금 그런 일이 일어나고 있어요."

나는 교회를 보고 싶다는 소망을 드러냈고, 교수는 나를 아래로 안내했다. 교회 본당을 이루는 코린트식 열주(列柱)'에 들어서면서 나는 그 우아한 비율에서 너무 친근하다고 할 수밖에 없는 인상을 받았다. 중앙 제단 왼쪽에 높은 구조물이 설치되어 있고, 그 위에 한 남자가 서서 잘로 안티코˙ 대리석 벽에 여러 색깔을 덧칠하고 있었다.

"자, 어떤가요, 베르톨트?" 교수가 위를 향해 소리쳤다.

화가는 우리를 향해 몸을 돌렸으나, 곧바로 다시 작업에 복귀하면서 거의 알아들을 수 없는 둔탁한 목소리로 말했다. "괴로움이 많아요. 비뚤어지고 혼잡한 도구, 쓸 만한 줄자도 없고. 동물들, 원숭이들, 인간의 얼굴들, 인간의 얼굴들, 오, 난 불쌍한 바보!" 그의 마지막 말은 단지 내면의 격렬하고도 가장 깊은 고통에서 나오는 목소리로 크게 외친 것이었다.

나는 아주 기이한 방식으로 자극을 받은 느낌이었다. 그가 내뱉은 말과 얼굴에 나타난 표정, 앞서 교수를 쳐다보던 그의 시선은 한 불행한 예술가의 분열된 삶 전체를 내 눈앞에 보여 주었다. 남자는 마흔 살이 채 넘지 않은 듯했다. 볼품없이 더러워진 화가의 옷 때문에 일그러지기는 했지만, 그의 풍모에서는 형용할 수 없는 고상함이 풍겼다. 깊은 원망은 단지 얼굴 색깔만 변하게 했을 뿐, 검은 두 눈에서 뿜어져 나오는 불길을 끌 수는 없었다. 나는 화가에게 어떤 사연이 있는지 교수에게 물었다.

"타지에서 온 예술가입니다." 교수가 대답했다. "교회 수리가 결정되었을 즈음에 이곳에 들어왔어요. 그는 우리가 맡긴 일을 기꺼이 떠맡았는데, 사실 그가 온 것은 우리에게는 행운이었죠. 여기서는 물론 이 고장을 널리 둘러봐도 벽칠 작업을 제대로 해낼 수 있는 유능한 화가를 찾을 수 없었을 거예요. 게다가 더할 나위 없이 선량한 그는 우리 모두의 진심 어린 사랑을 받고 있고, 그래서 우리 신학교에서도 잘 받아 주었고요. 우리는 그에게 작업에 대한 상당한 보수에 더해 식사까지 보장하고 있어요. 그러나 우리에게는 아주 적은 비용이라고 할 수 있죠. 병약한 몸에 그렇게 하는 것이 맞는지는 모르겠지만, 그는 너무 절식(節食)하는 편이거든요."

"그런데 오늘은 많이 투덜대는 모습이네요." 내가 끼어들었다. "상당히 흥분한 상태이고요." "거기에는 특별한 이유가 있어요." 교수가 대답했다. "그런데 우리가 얼마 전에 우연한 행운으로 얻은 보조 제단의 아름다운 그림 몇 점을 살펴봅시다. 유일한 원본은 도메니키노* 하나뿐이고, 나머지 것들은 이탈리아 유파의 무명(無名) 화가들 작품이지만, 당신이 편견 없는 분이라면 각 작품에 가장 저명한 이름이 붙어 있어도 괜찮다고 인정할 겁니다."

교수가 말한 그대로였다. 신기한 점은, 유일한 원본이라고 한 작품이 실제로 가장 빈약한 작품은 아니지만 가장 빈약한 부류에 속했다는 것, 그리고 다른 한편으로 작가 이름이 알려지지 않은 몇몇 그림의 아름다움이 내게 몹시 매혹적으로 다가왔다는 것이었다. 한 제단화에는 천이 드리워져 그림을 덮고 있었다. 나는 그 이유를 물었다.

교수가 말했다. "우리가 소유한 그림 중에서 가장 아름다운 그림입니다. 최근에 한 젊은 예술가가 남긴 작품인데, 그는 비상하기에는 장애가 있어 분명 그의 마지막 작품일 거예요. 요즘

며칠 동안은 우리에게 나름의 이유가 있어 이 그림을 덮어 둘 수밖에 없었지만, 내일이나 모레쯤에는 당신에게 이 그림을 보여 줄 수 있을 겁니다."

나는 그 그림에 대해 더 묻고 싶었다. 하지만 교수는 성큼성큼 복도를 걸어갔고, 그것은 내게 더 이상의 대답은 하고 싶지 않다는 마음을 보여 주기에 충분했다. 우리는 신학교로 되돌아갔다. 그리고 나는 오후에 가까운 관광지를 함께 방문하고 싶다는 교수의 초대를 기꺼이 받아들였다. 우리는 늦게 각자의 집으로 돌아갔다. 천둥 번개가 몰려왔고, 내가 머무는 숙소에 막 도착했을 때 소낙비가 쏟아졌다. 자정 무렵이 되자 하늘이 개고, 다만 멀리서 천둥 치는 소리가 들려왔다. 열린 창문을 통해 온화하고 향기를 품은 공기가 후덥지근한 방 안으로 불어왔다. 나는 피곤했지만 잠시 산책하고 싶은 유혹을 이길 수 없었고, 벌써 두 시간째 코를 골며 잠들어 있는, 투덜거리는 종업원을 깨워 한밤중에 산책하는 것이 미친 짓이 아니라는 것을 설득하는 데 성공했다. 곧이어 나는 거리로 나섰다. 예수회 교회를 지나가는데, 창문을 통해 눈이 부실 정도로 불빛이 새어 나오고 있었다. 교회의 작은 옆문이 살짝 열려 있었다. 나는 교회 안으로 들어갔다. 높직하고 안쪽이 우묵한 형태의 벽면 앞에 밀랍 횃불 하나가 타고 있었다.

나는 가까이 다가가 보았다. 우묵한 형태의 벽면 앞에 노끈 그물이 펼쳐져 있고, 그물 뒤에서 어두운 형체 하나가 분주히 사다리를 오르락내리락하며 벽면에 무언가를 그려 넣는 것 같았다. 그물 그림자 부분에 검은색을 정확하게 덧입히는 작업을 하는 그 형체는 베르톨트였다. 높은 화가(畵架) 위 사다리 옆에는 제단을 스케치한 것이 있었다.

나는 그 기발한 착상에 놀랐다. 친애하는 독자여, 고상한 미술 기법에 별로 친숙하지 않은 그대라 해도 베르톨트가 그 우묵한 형태의 벽면에 그물 그림자 선을 그려 넣은 이유가 무엇인지는 추가 설명을 하지 않아도 금방 짐작할 것이다. 베르톨트는 우묵한 제단 뒷벽에 앞으로 튀어나오는 제단화를 그려 넣으려는 것이다. 작은 스케치를 큰 표면에 제대로 옮기기 위해 그는 두 곳에, 즉 초안 그림과 초안을 실행할 표면에 통상적인 절차에 따라 하나의 그물망을 덧씌워야 했다. 그런데 지금은 평평한 표면이 아니라 반쯤 둥근 표면에 그려야 했다. 따라서 우묵한 벽면에서는 그물망의 굽은 선들이 되어 버리는 정사각형을 초안 그림의 직선들과 조정하는 작업 그리고 돌출 표현이 나타나도록 건축학적 비례 관계를 수정하는 작업은 그 단순하고 천재적인 방식 말고는 없었다.

나는 혹시라도 횃불 앞에 나섰다가 내 그림자가 투영되어 발각될 것을 우려해, 조심조심하면서 화가를 관찰하기 위해 아주 가까이 옆에 가서 섰다. 내 눈에 그는 전혀 다른 사람으로 보였다. 횃불의 효과 때문인지는 모르겠지만, 그의 얼굴은 붉게 상기되어 있었고 그의 두 눈은 내적인 쾌감을 느끼는 듯 반짝였다. 그는 자신이 그릴 선들을 완성하고는 엉덩이에 손을 얹고 우묵한 제단 뒷벽 앞에 서서 작업한 것을 바라보며 휘파람 소리로 짧고 경쾌한 노래를 불렀다. 그러고는 몸을 돌리고 늘어진 그물망을 찢어 내렸다. 그때 내 모습이 그의 눈에 띄었다. "이봐요! 이봐!" 그가 큰 소리로 외쳤다. "당신이야, 크리스티안?"

나는 그에게 다가서며 무엇이 나를 교회로 이끌었는지 설명했다. 그리고 그림자 그물망이라는 기발한 착상을 칭찬하면서 나 자신도 고상한 미술의 전문가이자 종사자임을 밝혔다. 베르톨트는 내 말에는 대답하지 않고 이렇게 말했다. "크리스티안은 그저 게으름뱅이에 불과해요. 그는 밤새 내내 내 작업을 충실하게 도우며 버티려고 했죠. 그러나 지금은 분명 어딘가에 처박혀 자고 있을 거요! 내 작업을 계속해야 해요. 내일은 이곳 제단 뒷벽에 그리는 일이 엄청 힘든 작업이 될 테니까요. 그런데 지금 나 혼자서는 아무것도 할 수 없군요." 나는 그를 도와주겠다고 제안했다. 그는 크게 웃음을 터뜨리고 내 어깨를 잡으면서 소리쳤다. "정말 재미있군요. 크리스티안은 내일 자신이 바보 천치에 불과하고, 내게 전혀 필요한 존재가 아니었다는 걸 알게 되면 뭐라고 할까요? 자, 낯선 직공이자 형제인 이여, 먼저 내가 훌륭하게 세우는 작업을 도와줘요."

그는 촛불을 몇 개 켰고, 우리는 교회를 뛰어다니며 가대(架臺)와 널빤지를 끌고 왔다. 곧바로 제단 뒷벽에 높은 구조물이 설치되었다.

"이제 새롭게 준비가 되었군요." 그가 구조물에 오르면서 외쳤다.

나는 베르톨트가 초안 그림을 큰 표면에 얼마나 신속하게 옮기는지를 보고 놀랐다. 그는 대담하게 선들을 그었는데, 선들은 틀리는 법이 없었고 언제나 똑바르고 깨끗했다. 예전에 이런 일을 하는 데 익숙했던 나는 금방 화가 위쪽에, 금방 아래쪽에 서서 긴 줄자들을 암시된 지점에 갖다 대며 단단히 잡았고, 스케치용 목탄을 뾰족하게 갈아 건네주는 등 화가를 성실하게 도왔다.

"당신은 참 야무진 조수요." 베르톨트가 무척 기뻐하며 소리쳤다.

"그리고 당신은 실제로 가장 숙련된 건축물 화가에 속하는군요." 내가 대답했다. "당신은 그 능숙하고 대담한 손으로 이런 그림 말고 다른 것을 그린 적은 없나요? 무례한 질문이었다면 용서하시오."

"그게 도대체 무슨 말이죠?" 베르톨트가 말했다.

내가 대답했다. "당신이 대리석 기둥들이 있는 교회 벽에 그림을 그리는 것보다 더 많은 재능이 있다는 생각이 들어서요. 건축물 회화는 여전히 다소 낮은 위상을 갖고 있어요. 역사화가, 풍경화가'가 분명 더 위상이 높죠. 정신과 상상력은 기하학적인 선들의 협소한 제한에 얽매이지 않을 때 자유롭게 비상하는 법이니까요. 당신의 그림에서는 유일한 환상, 즉 감각을 속이는 원근법조차 정확한 계산에 의존하고, 따라서 그 효과는 천재적인 사유의 산물이 아니라 단지 수학적 추측의 산물에 지나지 않아요."

내가 말하는 동안, 화가는 붓을 내려놓고 손으로 턱을 괴었다.

"미지의 친구." 그가 둔탁하고 장엄한 목소리로 입을 열었다. "미지의 친구, 그대가 미술의 다양한 영역에 오만한 왕의 신하들에게 서열을 매기듯 어떤 서열을 매기려 한다면 그것은 악행을 저지르는 거요. 그리고 노예 사슬의 덜거덕 소리에는 귀먹은 상태이고 이 지상적인 것의 압박에는 무감각하면서 자신이 자유로운 존재, 아니 신과 같다는 망상을 갖고 무언가를 창조하고 빛과 생명을 지배하려는 뻔뻔한 자들이 있는데, 그대가 그런 뻔뻔한 자들만 존중한다면 그것은 더욱 큰 악행이오. 그대는 창조자가 되려 했고 자신의 죽은 형상들을 소생시키고자 하늘에서 불을 훔친 프로메테우스에 관한 이야기'를 아나요? 그는 성공했어요. 형상들은 살아서 걸어 다녔고, 그들의 눈에서는 내면에서 타오른 저 하늘의 불이 빛났어요. 하지만 감히 신적인 것을 잡으려는 악행을 저지른 인물은 영원히 구제받을 길 없이 끔찍한 고통에 처하게 되었죠. 그의 가슴속에서는 신적인 것을 예감하고 지상의 것을 초월하는 것에 대한 동경이 솟아났지만, 복수심을 타고난 데다 이제 주제넘은 자의 내장을 양식으로 삼은 독수리가 그의 가슴을 파먹었어요. 천상의 것을 원하던 자가 영원히 지상의 고통을 느끼게 된 거죠."

화가는 자기 안에 침잠한 채 서 있었다. "그런데 말이죠." 내가 소리쳤다. "베르톨트, 그것이 당신의 예술과 무슨 관계가 있죠? 회화에서든 조각에서든 인간을 조형하는 작업이 주제넘은 악행이라고 여기는 사람은 없다고 생각해요."

베르톨트는 씁쓸한 경멸을 담아 웃으며 대꾸했다. "하하. 어린아이들의 유희는 악행이 아니겠죠! 사람들이 안심하고 자신의 붓을 물감 통에 집어넣고 인간을 묘사하려는 진정한 욕구에서 캔버스에 색을 칠하는 것은 어린아이들의 유희인 거요. 그러나 저 비극에서 보듯, 자연의 어떤 조역(助役)이 인간을 형성하려고 시도하지만 그것을 해내지 못하는 것처럼 되는 거요. 그들은 악행을 저지른 죄인이 아니라 불쌍하고 순진한 바보일 뿐이오! 하지만 이보시오! 화가 티치아노'같이 육체의 즐거움이 아니라 최고를 추구하는 경우 — 아니, 신적인 자연의 최고 경지, 인간 내부에 있는 프로메테우스의 불꽃 — 이보시오! 그것은 절벽이고, 좁은 붓놀림 위에 사람이 서 있는 것이며, 심연이 열려 있는 거요! 그 심연 위에 대담한 항해자가 떠다니는데, 악마 같은 속임수로 인해 그는 별 위에서 보고 싶었던 것을 아래에서 보게 되는 거죠!"

화가는 깊은 한숨을 내쉬더니, 이마에 손을 대고 위를 올려다보았다. "그런데 친구, 어째서 나는 저 아래 어리석은 것에 대해 당신과 수다나 떨면서 더 그리지는 않고 있을까요? 이것을 좀 보시오, 나는 여기 이것을 충실하고 정직하게 그려진 것이라고 말할 거요. 얼마나 장엄한 규칙인가요! 모든 선이 특정한 목적, 명확하게 구상된 특정한 효과를 위해 통합되고 있어요. 측정된 것만이 순수하게 인간적이고, 그것을 넘어서는 것은 악에서 나오는 거요. 초인적인 것은 신이거나 악마인 게 틀림없어요. 신이나 악마는 수학에서 인간이 능가할 수 없는 존재여야 되지 않겠소? 신이 우리를 창조한 것은 분명 자기 집의 필요에 의해 어떤 측정되고 인식 가능한 규칙에 따라 표현될 수 있는 것, 간단히 말해 순전히 같은 표준으로 잴 수 있는 것을 확보하기 위해서라고 생각해야 하지 않겠소? 우리가 우리의 필요에 따라 기계적인 도구의 주인으로서 제재소와 방적기를 만드는 것처럼 말이오. 최근에 발터 교수는 어떤 동물은 단지 다른 동물의 먹이가 되기 위해 창조되었고, 그것은 결국 우리에게도 유용하다고 주장했죠. 예를 들어 고양이는 생쥐를 잡아먹는 본능을 타고났는데, 그것은 우리가 아침 식사로 준비한 설탕을 생쥐들이 낚아채지 않게 한다는 거죠. 결국에는 교수의 말이 옳아요. 동물이나 우리 자신은 알지 못하는 왕의 식탁을 위해 어떤 재료를 잘 가공하고 반죽하도록 훌륭하게 설치된 기계들인 거죠. — 자, 어서, 어서, 직공이여, 내게 물감 통들을 건네줘요! — 나는 횃불로 인해 기만당하지 않으려고 어제 사랑스러운 햇빛이 비치는 곳에서 모든 색조를 조율하고 번호를 매겨 구석에 세워 두었어요. — 1번을 건네줘요, 젊은 친구! — 온통 회색뿐이겠죠! 하늘의 주님께서 그토록 많은 다채로운 장난감을 우리 손에 들려 주지 않았다면 이 메마르고 수고로운 삶이 다 무엇이겠소! 품행이 바른 사람이라면 호기심 많은 소년처럼 바깥 태엽을 감을 때 음악 소리를 내는 오르골 상자를 망가뜨리려 들지는 않겠죠. 사람들은 안에서 소리가 나는 것은 아주 자연스럽다고 말하죠. 내가 태엽을 감았으니까요! — 나는 이 들보를 관람자의 눈 시점에서 제대로 그렸고, 관람자에게 입체적으로 나타난다는 것을 분명히 알아요. — 2번 통을 올려 줘요, 젊은 친구! — 이제 나는 제대로 조율된 색조로 그리고 있어요. 이렇게 하면 4큐빗 뒤로 물러나 보이는 거죠. 나는 모든 것을 알아요. 오! 사람은 참으로 명석하죠. 멀리 있는 물체가 작게 보이는 것은 어떻게 된 걸까요? 한 중국인이 던진 이 유일하게 어리석은 질문은 아이텔바인* 교수까지도 당황하게 할 수 있어요. 그런데 교수는 그 소리 상자에서 영감을 얻어 이따금 태엽을 감아 보니 언제나 같은 효과가 있었다고 말할 수 있겠죠. — 자주색 1번, 젊은 친구! 다른 자, 씻은 두꺼운 붓! — 아, 더 높은 것을 향한 우리의 씨름과 추구는 자신을 양육하는 자비로운 유모를 다치게 하는 유아의 서툴고 무의식적인 행위와 다를 바가 무엇이겠소! — 자주색 2번, 어서, 젊은 친구! — 이상은 끓는 피에 의해 만들어지는 천박하고 거짓된 꿈인 거요. 물감 통들을 치워요, 젊은 친구, 내가 내려갈 거요. 악마는 천사의 날개를 붙인 인형들을 갖고 우리를 바보로 만들죠."

베르톨트가 급하게 색칠을 계속하고 또 나를 자기 조수로 부려 먹으면서 말한 모든 내용을 내가 그대로 재현하는 것은 가능하지 않다. 그는 언급한 방식대로 모든 지상적인 시작에 내재된 제한성을 가장 비통하게 조롱하기를 계속했다. 아, 그는 치명적인 상처를 입은 심성, 단지 신랄한 아이러니 형태로 자기 한탄을 늘어놓는 그런 심성의 깊은 곳을 들여다보았다.

아침이 밝아 왔다. 이제 횃불의 불빛은 몰려오는 햇살 앞에서 창백해졌다. 베르톨트는 열정적으로 채색 작업을 계속했지만, 점점 더 조용해졌고 이따금 중얼거리는 소리를 내뱉다가 마지막에는 단지 억눌린 가슴에서 한숨을 내쉴 뿐이었다. 그는 제단 전체를 거기에 어울리는 명암의 색조를 부여해 만들어 냈고, 그림은 더 이상 작업을 진행하지 않아도 벌써 경이롭게 튀어나와 보였다.

"정말 장엄하군요, 정말 장엄해요." 내가 경탄을 자아내며 외쳤다.

"당신이 보기에는 괜찮은 작품이 될 거 같소?" 베르톨트가 지친 목소리로 말했다. "적어도 나는 제대로 그리려고 모든 노력을 기울였어요. 하지만 이제는 그 이상은 할 수 없어요."

"더 이상의 붓 작업은 하지 말아요, 친애하는 베르톨트!" 내가 말했다. "당신이 그렇게 작업하면서 몇 시간 만에 이렇게 진전을 이룬 것이 믿기 힘들 정도군요. 그런데 당신은 너무 자신을 내몰며 힘을 허비하고 있어요."

"하지만 그것이 내게는 가장 행복한 시간이오." 베르톨트가 대답했다. "내가 너무 많은 말을 하고 있군요. 그러나 내면을 찢는 고통은 오로지 말로 표출되어 해소되거든요."

"당신은 스스로 아주 불행하다고 느끼는군요, 가련한 친구." 내가 말했다. "어떤 무시무시한 사건이 당신의 삶에 적대적인 파괴를 가져오면서 들이닥쳤군요!"

화가는 작업 도구들을 예배당으로 천천히 옮기고 나서 횃불을 껐다. 그러고는 내게 다가와 손을 잡고는 갈라진 목소리로 말했다. "당신이 만약 결코 속죄받을 수 없는 끔찍한 범죄를 의식한다면 사는 동안 한순간이라도 평온하고 명랑한 정신으로 지낼 수 있겠어요?"

나는 몸이 굳은 채로 서 있었다. 창백하고 망가진 화가의 얼굴에 밝은 햇살이 비쳤고, 좁은 문을 통해 신학교 안으로 비틀거리며 걸어가는 그의 모습은 거의 유령처럼 보였다.

나는 다음 날 발터 교수와 다시 만나기로 정한 시간을 기다리는 일이 쉽지 않았다. 나는 교수에게 내게 적잖은 흥분을 안겨주었던 전날 밤의 일을 모두 이야기했다. 그러면서 화가의 기이한 행동을 아주 생생하게 묘사했고, 교수에 대해 했던 말까지 포함해 화가가 했던 말을 남김없이 들려주었다. 그러나 내가 교수의 관심을 끌기를 바랄수록 교수는 더 무관심해 보였다. 나는 베르톨트에 대한 이야기를 중단하지 않고 그 불행한 자에 대해 알고 있는 것은 무엇이든 들려 달라고 졸라 댔다. 그러자 교수는 나에게조차 몹시 거슬리는 방식으로 미소를 지어 보였다.

"그 화가는 아주 기이한 사람이죠." 교수가 입을 열었다. "내가 이미 말했듯이, 부드럽고 선량하고 근면하고 냉철하지만, 박약한 정신의 소유자라고 할 수 있어요. 그렇지 않다면 그 자신이 저지른 범죄는 물론 살면서 겪은 어떤 사건 때문에 찬란한 역사화가를 그만두고 궁핍한 벽화 칠장이가 되지는 않았을 테니까요." 벽화 칠장이라는 표현이 교수의 냉담한 태도와 마찬가지로 나를 화나게 했다. 나는 교수에게 베르톨트가 지금도 최고로 주목받아 마땅한 예술가이고, 가장 생기 넘치는 공감을 받을 자질이 있음을 주지시키려고 애썼다.

마침내 교수가 이야기를 시작했다. "좋아요, 당신이 우리의 베르톨트에게 그토록 관심이 지대하다면, 그 사람에 대해 내가 알고 있는 적지 않은 것을 아주 정확히 들어야 할 거요. 그 이야기로 들어가기 위해 우선은 곧바로 교회 안으로 가 봅시다! 베르톨트는 밤새 고된 작업을 했을 것이고, 오늘 오전에는 쉬고 있을 거요. 만약 교회에서 그 사람을 발견하게 되면 내 목적은 실패한 셈이오."

우리는 교회를 향해 걸음을 옮겼다. 교수가 천으로 덮어 놓은 그림에서 천을 걷어 내자, 한 번도 본 적이 없는 그림 하나가 마법 같은 광채를 내며 모습을 드러냈다. 구성은 라파엘로의 화풍을 따랐다. 단순하면서도 천상의 숭고한 분위기였다! 마리아와 엘리사벳이 아름다운 정원 잔디밭에 앉아 있고, 그들 앞에서 꽃을 가지고 놀고 있는 두 아이, 즉 그리스도와 요한, 그리고 배경에는 옆에서 기도하는 남자의 모습! 마리아의 사랑스러운 천상의 얼굴, 그녀의 전체 풍모가 보여 주는 장엄함과 경건함은 내게 온통 놀라움과 깊은 경탄을 자아냈다. 아름다운, 지상의 어떤 여자보다 아름다운 형상이었다. 그러나 그 시선은 드레스덴 갤러리에 있는 라파엘로가 그린 마리아처럼 성모의 드높은 권능을 선포했다. 아! 짙은 그림자에 둘러싸인 이 경이로운 장면 앞에 서게 되면 인간의 가슴속에서 영원히 목말라하는 동경이 솟아나지 않겠는가? 반쯤 열린 부드러운 입술은 사랑스러운 천사의 선율로 전하듯 위로를 전하고 하늘의 무한한 복락을 말해 주지 않는가? 형언할 수 없는 감정이 내게 하늘의 여왕인 그녀

앞에서 먼지 속에 몸을 던지게 했다. 나는 할 말을 잃은 채 감히 어떤 그림도 견줄 수 없는 그 그림에서 눈을 뗄 수 없었다. 그러나 마리아와 두 아이만 온전하게 그려진 상태였다. 엘리사벳의 경우는 마지막 손이 그려지지 않았고, 기도하는 남자는 채색 작업이 끝나지 않은 상태였다. 가까이 다가가 보니 기도하는 남자의 얼굴에서는 베르톨트의 이목구비가 엿보였다. 나는 이제 교수가 내게 곧장 어떤 말을 해 줄지 짐작이 갔다.

교수가 말했다. "이 그림은 베르톨트의 마지막 작업입니다. 몇 년 전에 오버슐레지엔 지방 N*에서 가져온 그림인데, 그곳 경매에 나온 것을 동료가 구매했어요. 아직 미완성 상태이지만, 우리는 통상 여기 있던 초라한 제단화 대신 이 그림을 설치하게 했어요. 그런데 베르톨트는 이곳에 도착해 이 그림을 보자 크게 소리를 지르면서 의식을 잃고 쓰러졌어요. 그다음부터 그는 이 그림을 보는 것을 조심스럽게 피했어요. 그리고 내게 털어놓기를, 이 그림은 그 분야에서 자신이 행한 마지막 작업이라고 하더군요. 나는 그를 설득해 그림을 완성해 달라고 청했어요. 그러나 그는 나의 요청에 대해서는 경악스러워하고 역겨워하는 감정을 보이며 모조리 거부했어요. 그래서 그가 교회에서 작업하는 동안에는 그를 어느 정도 명랑하고 활기차게 유지하기 위해 나는 이 그림을 덮어 두어야 했어요. 혹시라도 이 그림이 그의 눈에 들어오면, 그는 저항할 수 없는 힘에 내몰리듯 달려가 크게 흐느끼며 몸을 내던졌고 격렬한 발작을 일으켜서 며칠 동안은 아무 쓸모가 없었거든요."

"불쌍한 자, 불쌍하고 불행한 자!" 내가 소리쳤다. "어떤 악마의 손아귀가 그대의 삶을 그토록 맹렬하게 파괴적으로 움켜잡았는가."

"오!" 교수가 말했다. "그에게는 그 손아귀가 팔과 함께 자라나 몸과 합체되기까지 했어요. 그래요, 그래! 그 스스로가 자기 자신의 악마였어요. 그 자신의 루시퍼가 되어 지옥의 횃불을 들고 자기 삶을 비추었던 거죠. 적어도 그의 삶에서는 그것이 매우 분명하게 드러나요."

나는 교수에게 그 불행한 화가의 삶에 대해 알고 있는 모든 것을 곧바로 말해 달라고 부탁했다.

"너무 광범위하고, 또 아주 많은 호흡이 필요한 일이오." 교수가 대답했다. "우리의 명랑한 날을 우울한 것으로 망치지 맙시다! 우선 아침 식사를 한 후 제분소로 갑시다. 그곳에 제대로 준비한 점심 식사가 기다리고 있어요."

하지만 나는 계속 교수를 졸랐고, 몇 차례 말을 주고받은 끝에 마침내 알아낸 것이 있었다. 그것은 베르톨트가 이곳에 도착한 후 곧바로 신학교에서 공부하던 청년 하나가 사랑을 가득 품고 그에게 다가갔다는 것, 그리고 베르톨트는 그 청년에게 자신의 삶에 있었던 사건들을 하나씩 털어놓았고 청년은 그것을 세심하게 기록한 원고를 발터 교수에게 주었다는 것이었다.

교수가 말했다. "그 청년은 당신처럼 열광적인 인물이었어요! 그런데 화가가 겪은 기이한 사건들을 기록하는 일은 청년에게는 실은 훌륭한 문체 연습이 되었답니다."

나는 상당한 노력을 기울인 끝에 교수에게서 소풍을 마치고 나서 저녁에 원고를 넘겨주겠다는 약속을 얻어 냈다. 흥분된 호기심 때문인지 아니면 실제로 교수의 잘못인지 알 수 없지만, 간단히 말해 나는 그날 낮보다 더 지루함을 느낀 때가 없었다. 베르톨트와 관련해 교수가 보여 준 싸늘한 태도가 내게는 벌써 난감한 일이었다. 그런데 교수가 함께 식사한 다른 동료들과 나누었던 대화를 들으면서 내가 확신하게 된 것은, 교수가 모든 학식, 모든 처세술에도 불구하고 더 높은 것에 대한 감각은 완전히 닫고 있는 인물이며, 있을 수 있는 가장 극단적인 유물론자라는 것이었다. 베르톨트가 언급한 것처럼 교수는 먹고 먹히는 시스템을 실제로 받아들였다. 교수는 모든 정신적 추구, 창의성, 창조의 힘은 내장과 위장의 특정한 상황에서 나온다고 보았다. 그러면서 그는 훨씬 많은 어리석고 비정상적인 생각을 끄집어냈다. 이를테면 모든 생각은 인간의 두뇌에서 두 섬유의 결합을 통해 생겨난다고 매우 진지하게 주장했다. 나는 교수가 그와 같은 어처구니없는 것들을 동원해, 드높은 곳에서 오는 모든 호의적인 영향을 절망적인 아이러니를 드러내 보이면서 반박하는 불쌍한 베르톨트를 어떤 방식으로 괴롭혔는지, 또 여전히 피가 흐르는 상처에 어떻게 날카로운 단검을 찔러 넣을 수밖에 없었는지 이해가 되었다.

마침내 저녁이 되었을 때 교수는 내게 글씨가 적힌 종이 여러 장을 건네면서 이렇게 말했다. "친애하는 열광자, 이것이 신학생의 기록물입니다. 조악한 기록은 아니지만, 직성자는 참으로 이상하게, 또 모든 규칙을 위반하면서 화가가 한 말을 그대로 일인칭 형식으로 삽입하고 있어요. 그리고 직책상 처분권을 가진 나는 당신에게 이 기록을 선물로 드립니다. 당신이 작가가 아니라는 것을 알기 때문이죠.『칼로풍의 환상집』*의 저자라면 바로 그의 미친 방식대로 기록물을 심하게 재단하고 곧장 인쇄에 넘겼겠지요. 당신은 그렇게 할 것으로 기대하지 않습니다."

알로이시우스 발터 교수는 자신이 마주하고 있는 사람이 실은 떠돌이 열광자라는 것을 알아차릴 수도 있었지만, 그러지 못했다. 그래서 친애하는 독자여! 나는 그대에게 화가 베르톨트에 관한 예수회 신학생의 짧은 이야기를 전하려 한다. 그 화가가 내게 어떤 사람으로 자신을 드러냈는지는 이 기록을 읽어 보면 충분히 설명된다. 오, 독자여! 그렇게 되면 그대 또한 운명의 기이한 유희가 어떻게 우리를 종종 파멸적인 오류로 내몰아 가는지 알아차리게 될 것이다.

"아드님이 그저 마음 편히 이탈리아로 가게 해 주세요! 아드님은 이미 옹골찬 예술가이고, 이곳 독일에서도 모든 종류의 탁월한 원본을 따라 탐구할 기회가 전혀 없지 않을 겁니다. 그러나 아드님은 여기 머물러서는 안 됩니다. 자유로운 예술가의 삶은 명랑한 예술의 땅에서 꽃피어야 하고, 아드님의 공부는 그곳에서 비로소 활기 있게 진행되어 독창적인 사유를 만들어 낼 겁니다. 이제 베끼는 것만 해서는 그에게 전혀 도움이 되지 않습니다. 움트는 식물이 건실하게 자라 꽃과 열매를 맺으려면 더 많은 햇볕을 받아야 합니다. 아드님에게는 순수하고 진실한 예술가의 심성이 있습니다. 그러므로 다른 모든 것은 걱정하지 마세요!"

늙은 화가 슈테판 비르크너는 베르톨트의 부모에게 이렇게 말했다. 그들은 궁색한 가계에 꼭 필요하지 않은 모든 것을 끌어모아 청년이 긴 여행길에 나설 수 있도록 채비를 갖추었다. 이탈리아로 가겠다는 베르톨트의 뜨거운 소망은 이렇게 현실이 되었다.

"비르크너에게서 부모님의 결심을 들었을 때, 나는 기쁘고 황홀해서 폴짝폴짝 뛰었다. 출발 전 며칠은 꿈처럼 흘러갔다. 나는 갤러리에서 붓 한 번 놀릴 수 없었다. 장학관, 이탈리아에 가본 적이 있는 예술가들은 내게 예술이 번성하는 나라에 대해 말해 줘야 했다. 마침내 출발의 날이 오고, 떠나야 할 시간이 되었다. 부모님이 다시는 나를 못 볼 거라는 암울한 예감에 괴로워하며 놓아주지 않으려 해서 부모님과의 작별은 고통스러웠다. 평소에 단호하고 확고한 아버지조차 간신히 평정을 유지했다. 예술가 동료들은 '너는 이탈리아, 이탈리아를 보게 될 거야'라고 외쳤다. 그러자 깊은 슬픔으로 인해 욕망이 더욱 강렬하게 타올랐다. 나는 서둘러 길을 떠났다. 예술가의 길은 벌써 고향 집 앞에서 시작되는 것 같았다."

회화의 모든 분야에서 준비되어 있던 베르톨트는 우선 풍경화에 몰두했다. 그는 사랑과 열정으로 작업에 임했다. 그는 로마에서 이 미술 분야를 위한 풍부한 자양분을 얻을 것을 기대했다. 하지만 아니었다. 그는 함께 활동한 예술가들과 예술 애호가 집단에서 끊임없이 들은 말이 있었다. 정상의 지위에 있는 것은 역사화가일 뿐이고, 다른 것은 모두 하위에 있다는 말이었다. 그는 중요한 예술가가 되려면 자신의 분야를 떠나 더 높은 것을 향하라는 충고를 받았다. 이러한 충고가 바티칸에 있는 라파엘로의 강력한 프레스코 그림들'에서 생전 처음 느껴 보는 인상과 합쳐지면서 그는 정말로 풍경화를 떠나게 되었다. 그는 라파엘로의 그림들을 따라 그렸고, 다른 유명한 거장들의 작은 유화를 모사했다. 그의 유능한 습작에서는 모든 것이 제법 잘 그리고 적절하게 이루어졌다. 하지만 그는 예술가와 전문가들의 칭찬만이 그에게 위로와 격려가 된다는 점을 너무나 잘 느끼고 있었다. 자신이 보기에도 그가 그린 것들과 모사한 것들에는 원본의 생명력이 부족했다. 라파엘로와 코레조'의 천상의 사유는 독자적인 창작 활동에 영감을 주었으나(그는 그렇게 믿었다), 그 생각들은 그가 상상 속에서 포착하려는 순간에 안개처럼 흐려졌다. 그가 암기하여 그리는 모든 것은 그저 불분명하고 혼란스러운 생각과 마찬가지로 어떤 자극도, 어떤 의미도 없었다.

그 무익한 투쟁과 노력을 징검다리 삼아 우울한 불만이 그의 영혼에 스며들었다. 그는 자주 친구들에게서 달아나 로마 지역에서 나무들, 개별적인 풍경을 은밀히 스케치하고 색을 입혀 보앞다. 그러나 그것마저도 여느 때처럼 되지 않았고, 처음으로 그는 자신의 진정한 예술가 소명에 의구심을 품었다. 가장 아름다운 소망들도 가라앉는 것 같았다.

"아, 저의 존경하는 친구이자 선생님." 베르톨트는 비르크너에게 이렇게 썼다. "선생님은 제가 위대한 작업을 해낼 거라고 했지만, 제 영혼이 정말 밝은 빛을 보아야 할 이곳에서 저는 선생님이 진정한 예술적 천재성이라고 부른 것이 단지 재능 같은 것, 작업하는 손의 능숙함 같은 것임을 깨달았습니다. 저의 부모님께는 곧 돌아가 장래에 저의 생업이 되는 어떤 수공업이든 배울 거라고 말씀드려 주십시오" 등등.

비르크너는 답장을 보냈다. "오, 나의 아들, 내가 네 곁에서 불만 가운데 있는 너를 일으켜 세울 수 있다면 좋겠구나! 하지만 네가 품는 그 의심들이 바로 너 자신과 너의 예술가 직업을 옹호한다는 나의 말을 믿어 다오. 자신의 힘을 늘 변함없이 신뢰하고 언제나 전진만 한다고 생각하는 사람은 자기 자신을 기만하는 멍청이야. 그런 사람에게는 부족함을 느끼는 데서 나오는 본래적인 추구 충동이 결핍되어 있거든. 견뎌 내거라! 너는 곧 원기를 회복할 거고, 너를 이해하지 못하는 친구들의 판단, 충고에 매이지 않고 너 자신의 본성이 정해 준 길을 계속 걷게 될 거야. 그러면 너는 풍경화가로 남을지, 역사화가가 될지 스스로 판단할 수 있을 것이고, 한 줄기에서 나온 가지들을 적대적으로 분리하는 일은 생각하지 않을 거야."

베르톨트가 옛 스승이자 친구에게서 이 같은 위로의 편지를 받았을 무렵에 로마에서는 필리프 하케르트의 명성°이 퍼져 있었다. 그가 로마에 전시한 경이로운 우아함과 선명함을 지닌 작품들 가운데 몇 점은 예술가의 명성을 입증해 주는 것이었다. 역사화가들조차 그 순수한 자연의 모방에 온갖 위대함과 탁월함이 있음을 인정했다.

베르톨트는 숨을 크게 들이마셨다. 그는 자신이 좋아하는 예술에 대한 조롱을 더는 듣지 않았고, 그 예술을 행한 사람이 높은 위치에 있고 존경받는 것을 보았다. 그의 영혼에는 나폴리로 가서 하케르트 문하에서 그림 공부를 해야겠다는 생각이 불꽃처럼 떠올랐다. 그는 크게 환호하며 비르크너와 부모님에게 편지를 썼다. 힘든 투쟁 끝에 이제 올바른 길을 발견했고 이제 곧 자신의 분야에서 유능한 예술가가 되는 희망이 생겼다고 했다.

정직한 독일인 하케르트는 독일에서 온 제자를 친근하게 받아들였다. 제자는 스승을 모범으로 삼아 열성적으로 그를 뒤따랐다.

베르톨트는 다양한 나무 종류와 관목 종류를 자연에 충실하게 묘사하는 위대한 기교를 습득했다. 그는 또한 하케르트의 그림들에서 볼 수 있는 흐릿하고 향기로운 것을 표현하는 데 적잖은 성과를 거두었다. 이를 통해 그는 많은 찬사를 받았다. 하지만 이따금 아주 특이하게도 그는 자신의 풍경화에서는, 아니 심지어 스승의 풍경화에서도 무엇인가 결핍되어 있는 것을 느꼈다. 그것이 무엇인지는 콕 집어 말할 수 없었지만, 클로드 로랭°

의 그림들, 아니 살바토르 로사*의 황량한 사막 그림들에서도 마주하는 무엇이었다.

그의 마음속에서 스승에 대한 온갖 의구심이 일어났다. 특히 자기 스승이 왕이 보낸 죽은 사냥감을 힘겨운 노력을 기울여 그렸을 때는 심하게 짜증이 났다. 하지만 그는 그와 같은 불손한 생각을 이내 극복하고, 경건한 헌신과 독일적인 근면함을 보이며 스승의 모범을 따라 작업하는 일을 계속했다. 그 결과 그는 단기간에 스승에 거의 필적하게 되었다. 그래서 그는 하케르트의 명시적인 요청에 따라 대형 풍경화 한 점을 자연에 충실하게 그렸고, 대부분 하케르트의 풍경화와 정물화로 채워진 한 전시회를 위해 그 작품을 내놓았다.

수많은 예술가와 전문가가 젊은 예술가의 충실하고 깔끔한 작업에 감탄하며 그를 크게 칭찬했다. 다만 다소 나이가 지긋하고 옷차림이 이상한 남자 하나가 하케르트의 그림들에 대해 한마디도 하지 않았고, 대중의 칭찬이 제법 시끌벅적해지면 그저 의미심장한 미소를 지을 뿐이었다. 베르톨트는 그 낯선 남자가 자신이 그린 풍경화 앞에 섰을 때 깊은 유감의 표정을 짓고 고개를 가로저으며 떠나려 하는 것을 분명히 알아차렸다. 베르톨트는 자신을 칭찬하는 사람들 때문에 우쭐해진 나머지 낯선 남자에 대한 내적인 분노를 억누르기가 힘들었다.

그는 낯선 남자에게 다가가 필요 이상으로 날카롭게 힘주어 물었다. "당신은 이 그림이 만족스럽지 않은가 보죠? 옹골찬 예술가와 전문들 모두 나쁘다고 여기지 않는데도 말입니다. 당신의 선량한 조언에 따라 제가 잘못을 수정하고 개선할 수 있게 무엇이 문제인지 좀 알려 주십시오."

낯선 사람은 날카로운 눈길로 베르톨트를 쳐다보더니, 매우 진지하게 말했다. "젊은이, 그대는 더 대단하게 되었을 수도 있었을 거요."

베르톨트는 남자의 눈길과 말에 뼛속까지 놀랐다. 그는 무언가 더 말을 하거나, 천천히 홀 쪽으로 걸어 나가는 남자를 따라갈 용기가 없었다. 얼마 지나지 않아 하케르트가 들어왔고, 베르톨트는 그 기이한 남자와 있었던 일을 서둘러 말해 주었다.

"아!" 하케르트가 웃으며 소리쳤다. "그 일은 마음에 두지 말게! 그 어떤 것에 대해서도 좋다고 평가하지 않고 모든 것을 비난하는 우리의 투덜이 노인이야. 방금 대기실에서 그 사람을 만났어. 몰타 출신으로 그리스인 부모에게서 태어났는데 아주 기이한 괴짜지만 결코 솜씨 서툰 화가라고는 할 수 없지. 그런데 그 노인이 하는 모든 일이 환상적인 평판을 얻는 것은 아마도 예술을 통한 모든 표현에 대해 완전히 미친, 황당한 의견을 갖고 있기 때문이고, 아무짝에도 쓸모없는 자기 나름의 예술 체계를 확립했기 때문일 거야. 나는 그가 나를 전혀 대수롭지 않게 생각한다는 것을 잘 알고 있어. 하지만 나는 그 사람을 기꺼이 용서한다네. 내가 정당하게 얻은 명성은 그 사람이 논박할 수 없기 때문이지."

베르톨트에게는 그 몰타 남자가 상처를 탐구하고 치유하기 위해 선량한 의사가 하듯, 자신의 가장 깊은 내면의 어떤 상처를 고통스럽게 건드린 것 같았다. 그러나 그는 곧 그것을 잊어버리고 이전처럼 열정적으로 작업을 이어 갔다.

상당히 잘 그렸고 일반의 경탄을 받은 그 대형 풍경화는 그에 상응하는 그림을 시작해 보는 용기를 주었다. 하케르트는 나폴리의 풍요로운 환경에서 가장 아름다운 곳 하나를 직접 선택했다. 앞의 그림이 해가 지는 석양의 풍경을 담은 것처럼, 이제 해 뜨는 풍경을 담은 새로운 그림을 그리는 과제가 부여되었다. 베르톨트는 많은 낯선 나무들, 많은 포도원뿐만 아니라 특히 많은 안개와 연무를 그렸다.

어느 날, 하케르트가 정해 준 곳에서 큰 돌판 위에 앉아 베르톨트가 자연을 담는 큰 그림의 윤곽을 완성하고 있을 때였다. "정말 잘 그렸군!" 옆에서 어떤 목소리가 들렸다. 베르톨트가 고개를 들어 바라보니, 몰타 남자가 그의 화폭을 들여다보고 신랄한 미소를 지으며 덧붙였다. "다만 한 가지 잊은 게 있어요, 친애하는 젊은 친구! 저기 저 멀리 있는 포도원에서 녹색 덩굴로 덮인 벽을 좀 봐요! 문이 반쯤 열려 있어요. 그 문을 적절한 그림자와 함께 덧붙여야 할 거요. 반쯤 열린 문은 놀라운 효과를 내거든!"

"당신은 저를 조롱하시는군요." 베르톨트가 대답했다. "그럴 만한 이유도 없는데! 그런 우연적인 것들은 당신이 생각하듯 결코 그렇게 경멸할 것이 아니고, 따라서 제 스승님도 덧붙일 수 있는 것입니다. 한 네덜란드 화가의 풍경에 내걸린 하얀 천'을 한번 생각해 보세요. 그 하얀 천은 효과를 망치지 않으면서 꼭 있어야 하는 거죠. 그런데 당신은 제가 한때 신명을 다해 헌신한 풍경화 장르의 친구는 아닌 거 같군요. 그러니 제가 평온하게 작업하도록 내버려두십시오."

"그대는 큰 오류에 빠져 있어요, 젊은이." 몰타 남자가 말했다. "다시 한번 말하지만, 그대는 더 대단하게 되었을 수도 있었을 거요. 그대 작품은 분명 더 높은 것을 향한 부단한 추구를 증언하기 때문이오. 그러나 그대가 들어선 길은 그곳으로 이끌지 않을 것이기 때문이오. 내가 하는 말을 명심해요! 나는 그대 안에서, 미몽 상태의 그대가 피우려는 그 불꽃을 타오르게 하고 그 불꽃이 밝게 타올라 그대를 비추었으면 하는데, 어쩌면 그것이 성공할 수도 있을 거요. 그렇게 되면 그대는 그대 안에 살아 있는 참된 정신을 직관할 수 있을 거요. 그대는 도대체 내가 풍경화의 위상을 역사화보다 낮게 잡고 풍경화가와 역사화가 모두 추구해야 하는 같은 목표를 깨닫지 못할 정도로 어리석다고 생각하는 거요? 모든 존재를 더 높은 삶으로 불붙이는 더 차원 높은 감각이라는 심오한 의미에서 자연을 파악하는 것, 그것이 모든 예술의 신성한 목적이오. 자연을 그저 정확히 베끼는 것만으로 과연 거기에 이를 수 있을까요? 필사자가 자신이 이해하지 못하는 외국어, 따라서 그가 공들여 장식한 글자의 의미를 알지 못하는 그런 외국어로 필사할 경우, 그 필체는 얼마나 가련하고, 얼마나 뻣뻣하며 억지인 것으로 보이겠소. 마찬가지로 당신 스승의 풍경화는 자신에게는 낯선 언어로 원본을 베낀 정확한 사본에 불과한 거요. 자연에 정통한 자만이 자연의 목소리를 알아듣는 법. 자연의 목소리는 나무, 덤불, 꽃, 산, 물에서 나오는 경이로운 음색으로 불가해한 신비를 말하고 그 사람의 가슴속에서 경건한 예감이 되어 나타나죠. 그러면 그 예감이 그에게 임하는 은총, 곧 하느님의 영처럼 눈에 보이게 그의 작품으로 옮겨 가죠. 젊은이! 옛 거장들의 풍경화를 보면 아주 경이로운 느낌을 받지 않소? 분명 그대는 보리수 잎사귀들, 소나무, 플라타너스가 자연에 더 충실할 수 있고, 배경이 더 향기로울 수 있으며, 물이 더 맑을 수도 있다는 점을 생각하지 않았을 거요. 그러나 풍경 전체에서 불어오는 정신은 그대를 더 높은 영역으로 이끌고, 그대는 그 정신의 광채를 본다고 생각했을 거요. 그러므로 그대는 표현이라는 실천에 이르기 위해 자연을 기계적인 측면에서도 부지런히 그리고 세심하게 연구해야 하오. 그러나 그런 실천이 예술 자체라고 여기지는 말아요. 그대가 자연의 더 깊은 의미 속으로 침투했다면, 자연의 이미지는 그대 안에서도 높고 눈부신 광채로 떠오를 거요."

몰타 남자가 입을 다물었다. 그러나 베르톨트가 깊이 감동받아 머리를 숙이고 할 말을 잃고 있을 때, 몰타 남자는 그에게 다음의 말을 남기고 떠나갔다. "그대의 직업적 소명에 혼란을 일으킬 생각은 추호도 없어요. 그러나 그대 안에 높은 정신이 잠들어 있음은 내가 알고 있어요. 나는 그 정신이 깨어나 신선하고 자유로운 날갯짓을 하도록 강한 말로 일깨워 준 거요. 잘 지내시오!"

베르톨트는 몰타 남자가 그의 영혼에서 부글부글 끓고 있는 바를 제대로 표현해 준 것 같았다. 그의 내면에서 다음의 목소리가 있었다. '그래! 이 모든 추구, 이 모든 노력은 눈먼 자가 불확실하게 기만적으로 더듬거리는 것에 불과해. 이제까지 나를 현혹한 모든 것을 떨쳐 버려야 해!'

그는 더 이상 그림을 그릴 수 없었다. 그는 자기 스승을 떠나 거친 불안감에 사로잡힌 채 이리저리 배회했고, 몰타 남자가 말한 더 높은 깨달음이 자신에게 일어날 수 있기를 큰 소리로 간구했다.

"나는 단지 달콤한 꿈속에서만 행복했다. 꿈속에서는 몰타 남자가 말한 모든 것이 이루어졌다. 나는 매혹적인 향기에 둘러싸인 채 녹색 덤불에 누워 있었다. 자연의 목소리는 내가 들을 수 있게 선율을 울리며 어두운 숲을 지나갔다. '들어 보라, 들어 보라, 자연에 정통한 자여! 그대의 감각이 인지할 수 있도록 자신을 형성하는 창조의 원초적 음에 귀를 기울여라.' 그리고 내게는 점점 더 분명하게 울리는 화음이 들렸고, 그러자 내 안에서는 불가해한 것으로 보였던 것을 경이로울 정도로 명료하게 파악하는 어떤 새로운 감각이 깨어난 것 같았다.

나는 기묘한 상형 문자로 표현하듯 내게 열린 비밀을 일련의 화염(火焰) 형태로 공중에 그렸다. 그런데 그 상형 문자는 나무, 덤불, 꽃, 산, 물이 마치 크고 행복한 울림 속에서처럼 움직이고 요동하는 하나의 경이로운 풍경이었다."

하지만 그런 행복은 불쌍한 베르톨트에게는 단지 꿈속에서만 찾아왔다. 그는 힘이 꺾였고, 그의 내면은 로마에서 역사화가가 되려고 했을 때보다 더 혼란스러웠다. 어두운 숲속을 걸을 때면 섬뜩한 공포가 그를 엄습했다. 바깥으로 나가 먼 산을 바라볼 때면 얼음장처럼 차가운 발톱이 그의 가슴을 움켜잡았다. 그는 숨이 막혔다. 그는 내면의 두려움 때문에 죽고 싶었다.

자연은 평소에는 그에게 친근한 미소를 지었으나, 이제는 자연 전체가 위협적인 괴물이 되었다. 자연의 목소리는 평소에는 저녁 바람의 속삭임, 찰랑거리는 시냇물 소리, 덤불의 바스락거리는 소리로 달콤하게 인사를 건넸으나, 이제는 그에게 몰락과 파멸을 알렸다.

마침내 그는 사랑스러운 꿈이 그를 위로할수록 더욱 조용해졌다. 그리고 야외에 혼자 있는 것을 피했다. 그래서 그는 몇몇 명랑한 독일 화가들과 교류하고, 그들과 함께 나폴리의 가장 아름다운 지역으로 자주 소풍을 나갔다.

독일 화가 중에 한 화가가 있었는데, 우리는 그를 플로렌틴이라 부르고자 한다. 그는 자신의 예술을 깊이 공부하기보다는 명랑한 삶의 향유를 추구했다. 그의 포트폴리오가 이를 말해 주었다. 함께 춤추는 농촌 처녀들, 종교 행렬, 시골에서의 축제 장면들 ─ 이러한 장면을 만날 때마다 플로렌틴은 그 모든 것을 안정적이고 가벼운 손놀림으로 화폭에 옮기는 법을 알고 있었다. 그의 모든 그림은 스케치 수준을 거의 넘어서지 않았으나 생명과 움직임을 담고 있었다. 그러면서도 플로렌틴의 감각은 더 높은 것에 대해 닫혀 있지 않았다. 오히려 그는 어떤 현대 화가보다도 옛 거장들의 그림에 담긴 경건한 감각에 더욱 몰입했다. 그는 로마에 있는 오래된 수도원 교회의 프레스코 그림을 담장이 허물어지기 전에 단순한 윤곽 형태로 자신의 화첩에 그려 넣었다. 프레스코화는 성 카타리나'의 순교를 묘사한 것들이었다. 베르톨트에게 그 윤곽선들은 매우 독특한 인상을 남겼는데, 그보다 더 장엄한 것, 더 순수하게 파악된 것은 보기 힘들었다.

베르톨트는 자신을 둘러싼 어두운 황무지에 번개가 번쩍이는 것을 보았다. 그는 플로렌틴의 명랑한 감각을 더욱더 수용하려는 자세까지 보였다. 플로렌틴은 자연의 매력을 보면서도 자연에서 언제나 인간적인 원리를 더욱 생동감 있게 파악했고 그 원리를 자신이 붙들어야 할 버팀목으로 인식했다. 그렇게 해야 공허한 공간에서 형태도 없이 사라지지 않을 수 있었다. 플로렌틴이 자신이 만난 어떤 그룹을 빠르게 스케치하는 동안, 베르톨트는 친구의 화첩을 펼쳐 놓고 카타리나의 놀랍도록 어여쁜 모습을 복제하려고 시도했다. 로마에서는 원본과 똑같이 인물들을 소생시켜 보려고 노력해도 잘되지 않았는데, 이제는 그것이 상당한 성공을 거두었다. 베르톨트는 진정한 예술적 천재성 면에서 자기보다 훨씬 우월해 보이는 플로렌틴에게 이런저런 불평을 늘어놓았다. 그러고는 친구에게 몰타 남자가 예술에 대해 말해 준 것을 들려주었다.

"이보게, 친애하는 베르톨트 형제!" 플로렌틴이 말했다. "몰타 남자가 한 말이 사실상 옳아. 나는 진정한 풍경이야말로 옛 화가들이 묘사한 심오하고 신성한 역사물에 완전히 필적한다고 생각해. 그래, 나는 심지어 자연의 밤 영역에서 빛을 찾기 위해서는 먼저 우리에게 더욱 가까이 있는 유기적인 자연을 재현하는 일을 통해 자신을 강화해야 한다고 생각해. 베르톨트, 내가 그대에게 조언하는 것은, 인물들을 그리고 그 인물들 속에 그대의 생각을 정리하는 데 익숙해지라는 거야. 그러면 자네 주변이 더욱 환해질 거야."

베르톨트는 친구의 권고를 따랐다. 그러자 자신의 삶을 뒤덮고 있던 어두운 구름 그림자가 지나가는 것 같았다.

"나는 단지 어두운 예감처럼 나의 내면 깊숙이 있는 것을 저 꿈에서처럼 상형 문자 형태로 표현하려고 애썼다. 하지만 그 상형 문자의 특징은 하나의 광점(光點)을 중심으로 기이하게 얽혀 움직이는 인간 형상들이었다. 그 광점은 여태껏 한 조형 예술가의 환상에서 피어난 가장 장엄한 형체여야 했다. 그런데 그 형체가 꿈속에서 하늘의 광채에 둘러싸인 채 내 앞에 나타났을 때 나는 그 모습을 포착하려 했으나 헛수고였다. 그 형체를 묘사하려는 모든 시도는 수치스럽게도 실패했고, 나는 뜨거운 동경 속에 시들어 갔다."

플로렌틴은 너무 흥분한 나머지 병이 날 정도가 된 친구의 상태를 알아차렸고, 최선을 다해 그를 위로했다. 그는 자주 친구에게 지금이 바로 깨달음으로 나아가는 돌파의 시간임을 말해 주었다. 그러나 베르톨트는 몽상가처럼 살금살금 걸을 뿐이었고, 그의 모든 시도는 그저 무기력한 아이의 무력한 노력에 머물 뿐이었다.

나폴리에서 멀지 않은 곳에 한 대공(大公)의 별장이 있었다. 그 별장은 베수비오산과 바다를 내다보는 참으로 아름다운 전망 때문에 외지에서 온 예술가, 특히 풍경화가들에게 호의적으로 개방되었다. 베르톨트는 그곳에서 이따금 작업했고, 괜찮은 시간에는 공원에 있는 동굴에서 자신의 환상적인 꿈의 유희에 더 자주 몰두했다.

그러던 어느 날, 그는 그곳 동굴에 앉아 가슴을 찢는 열렬한 동경에 시달리면서 하늘의 별이 그의 어두운 여정을 밝혀 줄 것을 뜨거운 눈물을 흘리며 간청했다. 그때 덤불 속에서 바스락거리는 소리가 들리더니 동굴 앞에 한 장엄한 여자의 형체가 서 있었다.

"가득한 햇살이 그 천사의 얼굴에 떨어졌다. 여자는 형용할 수 없는 눈길로 나를 바라보았다. 성녀 카타리나, 아니, 그 이상이었다. 나의 이상(理想), 바로 나의 이상이었다! 나는 황홀감에 겨워 미친 듯이 그 앞에 쓰러졌다. 그러자 여자는 다정한 미소를 지으며 떠나갔다! 나의 열렬한 기도가 응답을 받은 것이다!"

플로렌틴은 동굴에 들어서면서 변화된 눈길로 자신을 꼭 껴안는 베르톨트에게 놀라움을 금치 못했다. 그는 눈에서 눈물까지 쏟고 있었다.

"친구여, 친구여!" 베르톨트가 더듬거리며 말했다. "나는 행복해, 복된 존재야. 그녀를 찾았어, 찾았다고!"

그는 얼른 자기 작업실로 갔다. 그러고는 서둘러 캔버스를 펼쳐 놓고 그리기 시작했다. 마치 신적인 힘에 취한 것처럼 생명이 충만한 열정으로 그는 자신에게 나타난 초지상적인 여자를 마법처럼 그려 냈다.

그 순간부터 그의 깊은 내면은 완전히 방향을 바꾸었다. 심장의 골수를 파먹은 우울한 심성 대신 유쾌함과 명랑함이 그를 드높였다. 그는 성실함과 노력을 다해 옛 화가들의 걸작들을 탐구했다. 그는 여러 사본을 그려 내는 일에 탁월한 성공을 거두고, 이제는 모든 전문가의 경탄을 자아내는 그림들까지 그려 내기 시작했다. 풍경화에 대해서는 더 이상 생각하지 않았다. 스승인 하케르트도 젊은이가 이제야 자기 본래의 소명을 찾았다고 인정했다.

어느새 그는 교회 제단화 같은 몇몇 대형 작품을 그리게 되었다. 그는 대부분 기독교 성담(聖譚)에 등장하는 유쾌한 대상들을 선택했다. 그런데 그의 이상인 그 장엄한 형상이 곳곳에서 빛을 발했다. 사람들은 그 형상이 안졸라 공주의 용모를 쏙 빼닮은 것을 발견하곤, 젊은 화가에게 그 사실을 이야기했다. 약삭빠른 이들은 독일 화가가 그 아름다운 여인의 불타는 눈길에 심장 깊은 곳에서 충격을 받은 모양이라고 조롱하듯 말하기도 했다.

베르톨트는 천상의 것을 평범하고 지상적인 것으로 끌어내리려는 사람들의 어리석은 수다에 격분했다. 그가 말했다. "너희는 도대체 그런 존재가 이곳 지상에서 걸어 다닐 수 있다고 생각해? 그 최고의 존재는 기이한 환상의 형태로 내 앞에 나타났어. 예술가로 서품받는 순간이었어."

베르톨트는 이제 즐겁고 행복하게 지냈다. 그런데 그때 이탈리아에서 보나파르트가 승리하고 프랑스 군대가 나폴리 왕국에 접근하면서 평온하고 행복한 상황을 끔찍하게 파괴하는 혁명이 발발했다. 왕은 왕비와 함께 나폴리를 떠났고, 이른바 행정 위원회가 설치되었다. 왕의 대리인은 프랑스 장군과 치욕스러운 휴전 협정을 맺었고, 곧이어 배상금을 받기 위해 프랑스의 전권 대사들이 도착했다. 백성은 왕의 대리인과 행정 위원회 그리고 침입하는 적으로부터 자신들을 보호해야 할 이들이 자신들을 버렸다고 생각해 분노했고, 왕의 대리인은 그 분노를 피해 도망쳤다. 그렇게 되자 사회의 모든 유대감이 해체되었다. 난폭한 무정부 상태에서 폭도는 질서와 법을 비웃으며 이렇게 소리쳤다. "거룩한 신앙 만세(viva la santa fede)." 그러고는 거리를 질주하면서 자신들을 적에게 팔았다고 생각한 지위 높은 자들의 집을 약탈하고 방화했다. 민중의 총애를 받고 지도자로 선출된 몰리테르노와 로카 로마나는 미쳐 날뛰는 자들을 자제시키려고 노력했으나 여의치 않았다. 토레 공작과 (아우) 클레멘스 필로마리노가 살해당한 상태였다. 하지만 분노한 폭도가 지닌 피의 목마름은 여전히 해소되지 않았다.

베르톨트는 불타고 있는 집에서 옷을 반쯤만 걸친 채 탈출했다. 도중에 그는 횃불을 들고 칼을 휘두르며 T 공작의 궁전을 향해 돌진하는 한 무리의 군중을 만났다. 무리는 베르톨트를 그들과 같은 부류로 여기고 함께 데려갔다. 사람들은 미쳐 날뛰며 "거룩한 신앙 만세!"라고 포효했다. 몇 분이 지나지 않아 공작은 물론 수하의 사람들, 저항하는 모든 자가 살해당했다. 공작의 궁전은 커다란 불길에 휩싸였다. 베르톨트는 계속 떠밀리고 떠밀려 궁전 안으로 들어갔다. 빈 복도에는 짙은 연기가 피어올랐다. 그는 부서진 방들을 얼른 뛰어 지나갔다. 그는 출구를 계속 찾았으나 허사였고, 결국 다시 불길 속에서 죽게 될 위험에 처했다.

그때 공포에 질린 날카로운 비명이 귓전에 들려온다. 홀에서 흘러나오는 소리다. 여자 하나가 거지와 씨름하고 있다. 거지는 힘센 손아귀로 여자를 붙잡고, 여자의 가슴을 칼로 막 찌르려 한다. 그런데 그 여자는 공주다. 베르톨트의 이상이다! 베르톨트는 깜짝 놀라 정신없이 뛰어든다. 그는 거지의 목덜미를 잡고, 그를 바닥에 내던지고, 들고 있던 칼로 거지의 목을 찌른다. 이어 공주를 팔에 안고, 그녀와 함께 불타는 홀들을 지나 도망친다. 그는 층계를 내려가고, 밀집한 군중을 헤치며 앞으로, 앞으로 나아간다. 그 모든 행동이 한순간에 일어난다!

어느 누구도 달아나는 베르톨트를 막지 않았다. 군중은 피 묻은 칼을 손에 들고 연기로 검게 그을린 찢어진 옷을 입은 그를 살인자이고 약탈자라 생각해 그가 노획한 전리품을 갖도록 허락했다. 그는 거의 본능적으로 위험을 피해 도시의 황량한 구석에 있는 낡은 건물 아래까지 달려갔고, 그곳에서 기진맥진하여 쓰러졌다. 그가 깨어났을 때는 공주가 그의 곁에 앉아 찬물로 그의 이마를 씻어 주고 있었다.

"오, 감사해요!" 공주는 놀라울 만큼 사랑스러운 목소리로 속삭였다. "당신이 깨어나게 되어 모든 성인에게 감사드려요, 그대 나의 구원자, 나의 모든 것!"

베르톨트는 몸을 일으켰다. 그는 꿈을 꾸는 듯했고, 뻣뻣한 눈으로 공주를 바라보았다. 그래, 바로 그녀였다. 그의 가슴에 신들의 불꽃이 일어나게 한 장엄한 하늘의 형상이었다.

"이게 가능한 일이오, 정말이오, 내가 살아 있는 거요?" 그가 소리쳤다.

"그럼요, 살아 있어요." 공주가 말했다. "나를 위해 살아 있어요. 당신이 감히 소망하지 않던 일이 기적처럼 일어난 거죠. 오, 나는 당신을 잘 알아요. 당신은 독일 화가 베르톨트. 당신은 나를 사랑했고, 당신의 가장 아름다운 그림들에서 나를 찬미했어요. 내가 당신 것일 수 있냐고요? 그래요, 이제 나는 항상, 그리고 영원히 당신 거예요. 도망쳐요, 우리 도망쳐요!"

공주가 이렇게 말하자, 베르톨트는 갑자기 급작스러운 고통이 달콤한 꿈들을 파괴하는 듯한 이상한 느낌이 들었다. 그러나 사랑스러운 여자가 순백의 팔로 그를 감싸안고 또 그가 그녀의 두 팔을 잡고 가슴에 세차게 눌렀을 때, 그는 이전에 알지 못했던 감미로운 전율에 사로잡혔고 지상 최고의 즐거움이라는 광기에 사로잡혀 외쳤다. "오, 결코 꿈의 환영이 아니야, 아니야! 내가 품에 안은 것은 내 여자야, 타오르는 나의 갈급한 동경을 진정시켜 주는 이 여자를 절대 놓치지 않을 거야!"

도시 바깥으로 도망치는 것은 불가능했다. 성문 앞에는 프랑스 군대가 지키고 있었다. 군중은 무장도 형편없고 제대로 된 지도자도 없었지만 이틀에 걸쳐 군대가 도시에 진입하는 것을 막고 있었다. 마침내 베르톨트는 안졸라와 함께 은신처에서 또 다른 은신처로 이동한 후, 도시에서 벗어나는 데 성공했다. 안졸라는 자신을 구해 준 남자에 대한 뜨거운 사랑에 불타올라 이탈리아에 머물기를 단념했다. 그녀로서는 가족을 죽은 존재로 여겨야 했고, 베르톨트의 소유가 된 것이 안전 보장이 되어야 했다.

그녀가 몸에 착용한 다이아몬드 목걸이와 값비싼 반지들은 로마 ─ 그들은 천천히 이곳까지 순례했다 ─ 에서 모든 필요한 것들을 마련하기에 충분했다. 그들은 행복하게 독일 남부에 있는 M을 향해 갔다. 베르톨트는 그 도시에 정착한 뒤 예술을 통해 생계를 해결할 생각이었다. 그와 사랑하는 사람 사이에는 삶의 모든 상황이 뛰어넘을 수 없는 장벽처럼 솟아 있었지만, 천상의 아름다움을 지닌 여자 안졸라가 너무나 황홀한 그의 예술가 꿈의 이상이 된다는 것은 그가 결코 꿈꾸어 보지 못했던, 결코 예감하지 못했던 행복이 아니던가? 베르톨트는 사실 이러한 행운을 거의 믿을 수 없었고, 내면에서 그의 예술을 생각하라는 경고의 목소리가 점점 더 크게 들릴 때까지 이름 모를 행복에 빠져들었다.

M에서 그는 그곳의 마리아 교회에 대형 그림을 하나 그림으로써 자신의 명성을 입증해 보이기로 마음먹었다. 마리아와 엘리사벳이 아름다운 정원 잔디밭에 앉아 있고 그들 앞 풀밭에서 두 아이, 즉 그리스도와 요한이 놀고 있다는 단순한 아이디어를 그림의 전체 구상으로 삼았다. 그런데 그림을 위한 순수한 정신적인 직관을 얻고자 애썼으나 여의치 않았다. 한때 불행한 위기의 시기에 그랬던 것처럼 형체들이 흐릿해졌다. 그의 정신의 눈앞에는 천상의 마리아가 아니라 지상의 여자, 아, 바로 그의 안졸라가 끔찍하게 일그러진 모습으로 나타났다. 그는 자신을 사로잡으려는 듯 보이는 섬뜩한 폭력에 저항했다. 그는 물감을 준비하고, 그림을 그리기 시작했다. 그러나 그는 힘이 꺾이고 그의 모든 노력은 예전과 마찬가지로 무기력한 아이의 무력한 노력에 지나지 않았다. 그가 그린 형체는 뻣뻣하고 생명력이 없었다. 그리고 안졸라, 그의 이상 안졸라는, 그가 그녀를 마주하여 그리려 할 때마다 캔버스에서 죽은 밀랍 형체가 되어 뻣뻣한 눈으로 그를 응시했다. 그러자 점점 더 우울한 불쾌감이 그의 영혼에 스며들어 삶의 모든 기쁨을 갉아먹었다.

그는 작업을 계속하고 싶지 않았고, 계속할 수도 없었다. 그래서 궁핍한 상황에 빠졌고, 안졸라가 겨우 한마디 내뱉는 불평이 줄어들면 줄어들수록 궁핍함은 오히려 그를 더욱 짓눌렀다.

"더는 내 것이 아닌 힘을 헛되이 쓸 때마다 언제나 기만적인 희망에 의해 생겨나는 분노, 내 깊은 내면을 더욱 갉아먹는 그 분노가 나를 곧장 광기에 버금가는 것으로 여겨지는 상태로 몰아갔다. 아내는 아들을 낳았고, 그것은 나의 비참함을 완성하는 것이었다. 오랫동안 억눌렸던 원망이 터지면서 증오가 되어 활활 타올랐다. 그 여자, 그 여자 단독으로 나의 불행을 만들었다. 아니, 그 여자는 내게 나타났던 그 이상(理想)이 아니었다. 그녀는 오로지 나를 구제할 길 없는 파멸로 이끌고자 저 천상의 용모와 얼굴을 기만적으로 도용한 것이다. 나는 심한 절망감에 잡혀 그녀와 순진무구한 아이를 저주했다. 나는 두 사람의 죽음을 바랐다. 그렇게 되어 나는 달구어진 칼날처럼 내 속을 후벼 파는 참을 수 없는 고통에서 구원받기를 희망했다!

내 안에서는 지옥의 상념이 솟아났다. 나는 안졸라의 창백한 얼굴에서, 그녀의 눈물에서, 내가 광기에 잡혀 사악한 행위를 시작하려 한다는 것을 읽어 내려 했으나 허사였다. '당신은 내 삶을 속였어, 사악한 여자.' 나는 이렇게 고함쳤고, 기진맥진하여 쓰러진 채 내 무릎을 움켜잡는 그녀를 발로 걷어찼다."

베르톨트가 아내와 아이에게 보여 준 잔인하고 광기에 사로잡힌 행동은 이웃 사람들의 주목을 받았고, 그들은 그의 행동을 당국에 신고했다. 사람들은 그가 체포되기를 바랐다. 그러나 경찰이 그의 집에 들이닥쳤을 때 그는 아내와 아이와 함께 흔적도 없이 사라진 상태였다.

베르톨트는 얼마 지나지 않아 오버슐레지엔 지방의 N에 모습을 드러냈다. 그는 아내와 아이에게서 벗어난 상태였고, M에서 시작했지만 완성하지 못한 그림을 아주 명랑한 기분으로 그리기 시작했다. 그러나 그는 성모 마리아와 두 아이, 즉 그리스도와 요한만 완성할 수 있었다. 그러고 나서 그는 자신이 원했던 죽음으로 나아가는 무서운 병에 걸렸다. 사람들은 그를 돌보기 위해 그의 화구(畫具)와 미완성 그림까지 팔았다. 그는 어느 정도 기력이 회복되자 병약하고 비참한 거지가 되어 그곳을 떠나갔다.

이후 그는 이곳저곳에서 벽화 그리는 일을 위탁받아 근근이 생계를 유지했다.

"베르톨트의 이야기에는 무언가 경악스럽고 무서운 것이 있군요." 내가 교수에게 말했다. "그가 솔직하게 털어놓지는 않았지만, 나는 그가 죄 없는 아내와 자기 아이를 무자비하게 살해했다고 생각합니다."

"그가 광기에 사로잡힌 바보인 것은 맞아요." 교수가 대답했다. "그러나 그가 그런 일을 저지를 만한 용기를 지녔다고는 보지 않아요. 그 일에 대해 그가 분명하게 자기 생각을 밝힌 적은 없지만요. 문제는 그가 자기 아내와 자녀의 죽음에 책임이 있다고 단순히 상상하는 게 아닌가 하는 거죠. 그는 다시 대리석에 색을 칠하고 있고, 오늘 밤이면 그 제단을 완성할 거예요. 그러고 나면 그는 기분이 좋을 것이고, 당신은 그 민감한 문제에 대해 더 많은 것을 알아낼 수 있을 거요."

나는 베르톨트의 이야기를 읽고 난 후, 자정에 교회에서 그와 단둘이 만나는 것을 생생하게 떠올리자 온몸에 나지막한 전율이 일어났음을 고백하지 않을 수 없다. 그의 선량한 성품과 충실한 천성에도 불구하고 나는 그가 이따금 어느 정도는 악마일 수도 있다는 생각이 들었다. 그래서 나는 차라리 낮에 사랑스럽고 명랑한 햇살 아래 그와 함께 있게 되기를 원했다.

나는 그가 비계(飛階) 위에서 투덜대고 자기 안으로 침잠한 채 대리석 무늬에 색을 칠하는 것을 발견했다. 나는 그에게 다가가 조용히 물감 통들을 건넸다. 그가 놀라 나를 돌아보았다. "나는 그대의 조수잖아요." 나는 나직이 말했고, 그것은 그의 미소를 자아냈다. 이제 나는 그의 삶에 대해 말하기 시작했다. 그는 내가 모든 내막을 알고 있다는 것을 분명 알아차린 듯했고, 그날 밤에 자신이 직접 내게 모든 것을 들려주었다고 여기는 것 같았다. 나지막하게, 나지막하게 나는 끔찍한 파국에 도달했고, 갑자기 이렇게 물었다. "그러니까 당신은 치유 불가능한 광기에 사로잡혀 아내와 아이를 살해한 건가요?"

그러자 그는 물감 통과 붓을 떨어뜨렸고, 무서운 눈초리로 나를 응시하더니 두 손을 높이 쳐들면서 외쳤다. "이 두 손은 내 아내와 내 아들의 피로부터 깨끗해요! 한마디만 더 하면 나는 당신과 함께 이 비계에서 몸을 던질 거요. 그러면 우리의 두개골이 교회 돌바닥에 떨어져 박살이 날 거요!"

나는 그 순간에 정말 이상한 위치에 있었고, 화제를 다른 쪽으로 돌리는 것이 최선일 것 같았다. "오, 이것 봐요, 친애하는 베르톨트." 나는 가능한 한 침착하고 차갑게 말했다. "벽에 칠한 추한 짙은 노란색이 흘러내리고 있어요."

그는 벽을 쳐다보았고, 그가 붓으로 노란색을 덧칠하는 동안 나는 조용히 비계에서 내려와 교회 바깥으로 나왔다. 나는 교수를 찾아가 나의 지나친 호기심이 화를 부른 것에 대해 제대로 비웃음을 샀다.

그새 내가 타고 갈 역마차는 수리되어 있었다. 나는 베르톨트에게 특별한 일이 생기면 내게 편지를 보내 알려 주겠다는 알로이시우스 발터 교수의 엄숙한 약속을 받은 후 G를 떠났다.

반년 정도 지났을 때 나는 정말로 교수에게서 편지 한 통을 받았다. 편지에서 교수는 우리가 G에서 함께 지냈던 일을 매우 장황하게 자랑했다. 그리고 베르톨트에 대해서는 다음의 내용을 적어 보냈다.

"당신이 떠난 뒤에 우리의 기이한 화가에게 온갖 이상한 일이 일어났어요. 그는 갑자기 아주 명랑해졌고 가장 장엄한 방식으로 대형 제단화를 완성했어요. 그것은 모든 사람의 감탄을 자아내고 있어요. 그러고 나서 그는 종적을 감추었어요. 그는 떠날 때 아무것도 지니지 않았는데, 며칠 후 그의 모자와 지팡이가 오데르강(江) 멀지 않은 곳에서 발견되었어요. 그래서 우리는 모두 그가 스스로 목숨을 끊었다고 생각합니다."

상투스*

의사는 심상치 않다는 듯 고개를 저었다.

"뭐라고!" 악장이 의자에서 벌떡 일어나며 격렬하게 외쳤다. "그러니까 베티나의 점막 염증이 정말로 상당히 심각하다는 건가요?"

의사는 스페인 파이프로 아주 나지막하게 바닥을 서너 번 톡톡 두드리고, 담배통을 꺼냈다가 냄새는 맡지 않은 채 다시 집어넣었다. 그는 마치 천장에 붙은 장미꽃을 헤아리기라도 하듯 뻣뻣하게 시선을 위로 향한 채 말 한마디 하지 않고 불협화음의 잔기침을 했다. 그것은 악장을 제정신이 아니게 만들었다. 악장은 의사의 그러한 몸짓이 분명하고 생생한 말로 표현하면 다음을 의미한다는 것을 알았기 때문이다. '나쁘고도 나쁜 경우입니다. 나는 어떻게 해야 할지 도무지 모르겠어요. 『질 블라스 이야기』*에 나오는 의사처럼 이런저런 실험을 해 보고 있어요.'

"그럼 있는 그대로 솔직하게 말씀해 주세요." 악장이 화가 나서 소리쳤다. "베티나가 교회를 떠나면서 부주의하게 목도리를 제대로 두르지 않아 목소리가 쉰 것을 두고, 젠장 그렇게 중요한 문제인 척하지 말고 솔직하게 말씀해 주세요. 그것이 그 작은 아이의 생명을 앗아 가지는 않겠죠."

"전혀 그렇지 않아요." 의사는 이렇게 말하면서 다시 한번 담배통을 꺼냈고, 이번에는 정말 냄새를 맡았다. "전혀 그렇지 않아요. 하지만 그 아이는 십중팔구 평생 어떤 음표도 더는 노래하지 못할 거요!"

그러자 악장은 두 손으로 자신의 머리카락을 움켜잡았고 그 바람에 파우더가 사방으로 흩날렸다. 악장은 방 안을 이리저리 돌아다니다가, 무언가에 홀린 사람처럼 소리쳤다.

"더는 노래하지 못한다고? 더는 노래하지 못한다고? 베티나가 더는 노래하지 못한다고? 꽃의 숨결이 울리는 것처럼 그녀의 입술에서 흘러나온 그 모든 화려한 칸초네,˙ 그 경이로운 볼레로와 세기디야˙들이 다 끝났다고? 그녀가 부르는 어떤 경건한 '아뉴스'˙˙도, 어떤 위로의 '베네딕투스'˙˙도 더는 듣지 못한다고? ─ 오! 오! 지상의 모든 더럽고 비참한 상념에서 나를 씻어 주는 미제레레,˙ 내 안에서 종종 흠결 없는 교회 악상의 풍부한 세계를 열어 준 미제레레를 아예 듣지 못한다고? 당신은 지금 거짓말하는 거요, 박사, 거짓말! 사탄이 그대를 유혹해 나를 위험에 빠뜨리려는 거요. 저 성당의 오르간 연주자는 내가 세상을 매혹하는 8성부의 '퀴 톨리스'˙˙를 작곡한 이후 비열한 질투심으로 나를 못살게 굴었는데, 그자가 당신을 매수한 거요! 당신은 나를 비참한 절망으로 내몰아 내가 새로운 미사곡을 불에 내던지게 할 심산이지만, 그 일은 그자도 당신도 성공을 거두지 못할 거요! 여기, 여기 미사곡, 베티나의 솔로가 있어요. (그가 코트 오른쪽 주머니를 두들기자, 속에서 요란한 소리가 났다.) 그리고 그 자그마한 여자는 내게 곧 그 미사곡을 숭고한 종소리 같은 목소리로 그 어느 때보다 더 장엄하게 불러 줄 거요."

악장은 모자를 집어 들고 떠나려 했다. 의사가 악장을 제지하면서 부드럽고 나지막한 목소리로 말했다. "당신의 소중한 열정에 경의를 표하는 바요, 소중한 친구! 그러나 전혀 과장하는 것이 아닌데, 나는 대성당 오르간 연주자는 알지도 못해요! 사실이 그래요! 베티나는 베를린의 한 성당에서 독창을 맡아 '글로리아'와 '사도 신경'의 독창 부분을 부른 이후 그렇게 이상하게 쉰 목소리, 아니 오히려 목소리가 나오지 않는 증상을 보였어요. 그 증상은 내 의술을 거부하고 있고, 이미 말했듯이 다시는 노래를 부르지 못할 것이라는 우려를 자아내게 합니다."

"좋소." 악장이 체념하듯 절망감에 잡혀 소리쳤다. "그렇다면 그녀에게 아편을 주세요. 그녀가 언젠가 부드러운 죽음을 맞을 때까지만이라도. 베티나는 노래를 못 하면 더는 살 수 없기 때문이오. 그녀는 노래할 때만 사는 것이기 때문이오. 그녀는 단지 노래 속에서만 존재해요. 하늘이 보낸 의사 양반, 내게 호의를 베풀어 주시오. 그녀를 빨리 독살할수록 좋은 거요. 나는 범죄 학부에 인맥이 있어요. 그 대학 학장과 함께 할레에서 공부한 적이 있어요. 그는 대단한 호른 연주자였고, 우리는 밤이면

늘 강아지와 수고양이들의 합창이 끼어드는 가운데 두 개 성부의 곡을 연주했지요! 당신은 정직한 살인 때문에 어떤 해도 당하지 않을 거요. 그녀를 독살, 독살하세요."

그때 의사가 마구 내뱉는 악장을 제지하며 말했다. "이제 나이도 꽤 먹었고, 언젠가부터는 머리에 파우더를 뿌려야 하면서도 특히 음악에 관해서는 여전히 바보나 다름없군요. 그렇게 소리치지 말아요. 죄에 해당하는 살인과 살해를 두고 그렇게 뻔뻔하게 말하지 말아요. 저기 편안한 안락의자에 조용히 앉아서 차분하게 내 말을 들어 보세요."

악장은 울먹이는 목소리로 "내가 무엇을 듣게 될까?"라고 말하면서도 의사가 시키는 대로 했다.

의사가 입을 열었다. "사실 베티나의 상태에는 무엇인가 아주 이상하고 놀라운 점이 있어요. 그녀가 말을 할 때는 큰 소리로, 발성 기관의 힘을 다해 말해요. 목 부위에 어떤 통상적인 문제가 있다고는 생각할 수 없는 거죠. 그녀는 음정에 맞춰 소리를 낼 수 있어요. 그러나 노래를 위해 목소리를 높이려고 하면 이해할 수 없는 어떤 것, 다시 말해 찌름이나 따끔거림, 간지럽힘에 의한 것도 아니고 여타 그러한 현상을 뒷받침해 주는 병인(病因)이라고 할 수 없는 무엇인가가 그녀의 힘을 마비시키고 있어요. 그 때문에 눌리거나 탁하게 울리지 않게, 요컨대 점막에 염증이 난 것 같은 소리가 나지 않게 내려고 한 음이 음색도 없이 맥없이 사라져 버려요. 베티나 자신은 자기 상태를 사람이 꿈에서 비행 능력을 완전히 의식하고 높이 솟아오르려 하지만 그러지 못하는 것에 비교하는데, 아주 정확한 비교라고 할 수 있어요. 그 부정적이고 병적인 상태가 나의 의술을 비웃고 있고, 모든 수단을 동원해도 효과가 없어요. 내가 퇴치해야 할 적(敵)은, 내가 아무리 속임수를 써도 효과가 없는 실체 없는 유령 같아요. 악장님은 베티나의 실존이 노래에 달려 있다고 하셨는데, 맞는 말입니다. 노래를 빼고는 그 작은 극락조를 생각하기 어렵거든요. 그래서 자신의 노래가 죽으면 자기 자신이 죽을 수 있다는 생각만 해도 그녀는 내면 깊은 곳에서 흥분하는 거죠. 그렇게 지속되는 정신적인 흥분 상태가 그녀의 불쾌감을 촉진하고 나의 노력을 허사로 만든다고 나는 거의 확신해요. 그녀는 스스로 표현하듯이 매우 민감한 천성을 타고났어요. 그리고 나는 몇 달 동안 난파를 당한 사람이 파편이라도 하나 잡으려고 하듯 이런저런 치료법을 동원해 보았지만 완전히 낙담한 상태이고, 이제 베티나의 모든 병은 신체적인 것이라기보다 오히려 심리적인 것이라고 믿어요."

"맞아요, 박사!" 떠돌이 열광자가 오랫동안 침묵을 지키며 팔짱을 끼고 구석에 앉아 있다가 입을 열었다. "당신은 갑자기 핵심을 제대로 짚었군요, 훌륭하신 의사 양반! 베티나의 병적인 감정은 어떤 심리적 인상의 물리적 역반응이고, 그런 만큼 더 고약하고 더 위험해요. 내가, 아니 나만이 여러분께 모든 것을 설명할 수 있어요, 신사분들!"

"내가 무엇을 듣게 될까?" 악장이 이전보다 더 울먹이며 말했다. 의사는 떠돌이 열광자 쪽으로 의자를 가까이 끌어당기고 이상한 미소를 지으면서 그의 얼굴을 바라보았다. 그러나 떠돌이 열광자는 눈길을 위로 향한 채, 의사나 악장을 쳐다보지 않고 말했다.

"악장님! 나는 언젠가 작고 화려한 색상의 나비'가 당신의 쳄 발로 현들 사이에 갇힌 것을 본 적이 있어요. 그 작은 것은 흥겹 게 퍼덕였고, 반짝이는 두 개의 작은 날개를 펄럭이며 때로는 윗줄, 때로는 아랫줄을 건드렸어요. 그러면 쳄발로의 현들은 나 지막하게, 가장 예민하고 훈련된 귀에만 들리는 나지막한 음과 화음을 내쉬었죠. 그래서 그 작은 동물은 부드러운 물결에 떠다 니듯 진동 속에서 헤엄을 치거나, 그 파동에 실려 다니는 것처 럼 보였어요. 그런데 종종 더 강하게 건드린 줄이 흥겹게 수영 하는 나비의 두 날개를 화가 난 듯 때려서 나비의 날개가 상처를 입고 다채로운 꽃가루 장식을 흩뿌리기도 했죠. 하지만 나비는 그것에 아랑곳하지 않고 흥겨운 울림과 노래 속에서 계속 맴돌 았고, 마침내 줄들이 더욱 날카롭게 상처를 입히자 공명판의 구 멍 속으로 소리 없이 가라앉았어요."

"무슨 말을 하려는 거요?" 악장이 물었다.

"적용을 해 보세요, 친구!" 의사가 말했다.

"여기서 문제가 되는 것은 특별한 적용이 아닙니다." 열광자 가 말을 이었다. "나는 그 나비가 실제로 악장의 쳄발로에서 연 주하는 소리를 들었기 때문에, 그때 떠올랐던 아이디어를 단지 일반적으로 암시하려 한 것입니다. 그 아이디어가 베티나의 질 환에 대해 내가 말하려는 모든 것을 대신해 주기 때문이죠. 그런데 여러분은 또한 그 전체를 하나의 알레고리로 간주하고 어떤 떠돌이 여자 명인(名人)의 족보에 집어넣을 수도 있어요. 다시 말해 그때 내 눈에는 자연이 우리 주변에 수천 개의 합창을 내는 쳄발로를 만든 것처럼 보였고, 우리는 그 쳄발로 현을 이리저리 만지작거리며 현의 음과 화음이 우리가 자의적으로 산출한 것이라고 여겼어요. 그리고 우리는 조화를 깨고 건드린 음이 우리의 상처를 타격한 것을 깨닫지 못한 채 종종 죽음에 이르는 상처를 입는다고 여기는 듯했죠."

"매우 불분명하군요." 악장이 말했다.

"오!" 의사가 웃으며 외쳤다. "오, 조금만 인내심을 가져요. 그는 이제 곧바로 자신의 목마(木馬)에 올라 예감, 꿈, 정신적 영향, 공감, 특이 체질 등의 세계로 곧바로 뛰어들 것이고, 결국에는 자기 치료*의 정거장에 내려서 아침 식사를 할 거요."

"침착해요, 침착해, 지혜로운 의사 양반." 떠돌이 열광자가 말했다. "당신이 아무리 저항하더라도 겸손하게 인정하고 매우 주목해야 할 것들을 비웃지 말아요. 당신은 방금 베티나의 병이 심리적 자극에서 생긴 것 내지는 단지 심리적 문제에 불과하다고 하지 않았나요?"

의사가 열광자를 가로막으며 말했다. "그런데 베티나가 그 불운한 나비와 어떤 관련이 있는 거죠?"

열광자가 말을 이었다. "이제 모든 것을 세밀하게 조사하고 작은 낱알들을 하나하나 살펴보는 일은 그 자체로 지루한 작업이고, 지겨움을 불러올 거요! 악장의 쳄발로 소리 통에 찾아든 나비 이야기는 그만합시다! 그건 그렇고, 말씀해 보세요, 악장님! 더할 나위 없이 신성한 음악이 우리 대화의 일부로 통합되는 것이 진짜 불행 아닐까요? 가장 훌륭한 재능의 영역이 평범하고 옹색한 삶 속으로 끌려 들어오는 거죠! 경이로운 천국에서 울려오듯 신성한 먼 곳에서부터 음과 노래가 우리에게 내려오는 것이 아니라, 이제는 모든 것을 우리 수중에 예쁘게 갖고 있죠. 그리고 적절한 심신의 안정에 이르기 위해서는 여가수가 몇 잔의 차를 또는 베이스 가수가 몇 잔의 포도주를 마셔야 할지 우리는 정확히 알고 있죠. 음악의 참된 정신에 감동해 서로 참된 경건함을 보이면서 음악을 연습하는 단체들이 있다는 것을 알고 있어요. 그러나 저 형편없고 치장을 하고 잔뜩 멋을 부린 단체들 — 하지만 나는 화내지 않으렵니다! 내가 지난해 여기 왔을 때는 가련한 베티나는 제대로 뜨고 있었어요. 말하자면 인기를 누리고 있었죠. 스페인의 로망스, 이탈리아의 칸초네타* 또는 「자주 사랑」* 같은 프랑스 노래가 빠지면 거의 차를 마실 수 없었고, 베티나는 거기에 자신을 내주어야 했죠. 나는 사실 그 착한 아이가 모든 훌륭한 재능과 더불어 그녀 위에 부어 대는 찻물의 바다에 가라앉지 않을까 우려했었어요. 이제 그런 일은 일어나지 않았지만, 파국이 닥친 거죠."

"어떤 파국?" 의사와 악장이 동시에 소리쳤다.

"보세요, 친애하는 분들!" 열광자가 말을 이었다. "사실 가련한 베티나는 말하자면 저주를 받았거나 마법에 걸렸어요, 나로서는 그것을 고백하기가 아주 힘들지만요. 나 자신이 그 악한 작업을 실행한 마법사이고, 지금은 그 마법을 풀 능력이 없는 마법사의 제자'같아요."

"웃기는 얘기야, 웃기는 얘기, 그리고 우리는 여기 앉아서 아주 평온하게 빈정대는 악당에게 현혹당하고 있어." 의사는 이렇게 외치면서 벌떡 일어났다.

"하지만 젠장, 파국이야, 파국." 악장이 소리쳤다.

"진정해요, 신사분들." 열광자가 말했다. "이제 내가 보증할 수 있는 사실을 하나 말하겠어요. 아울러 나의 마법은 농담으로 들으세요. 가끔은 내가 부지불식중에, 또 어떤 의지도 발휘하지 않은 상태에서 어떤 심리적 힘에 봉사하면서 베티나에게 영향을 끼치는 매개체 역할을 했을 수도 있다고 생각하면 마음이 아주 무겁지만요. 말하자면 전도체 같다는 생각이 들어요, 전기 배열에서 독자적인 작용이나 의지 없이 잇따른 타격이 일어나는 것과 같은 거죠."

"출발, 출발." 의사가 소리쳤다. "목마가 어떻게 멋진 쿠르베트'동작까지 유혹하는지 보세요."

"하지만 그 이야기, 그 이야기!" 악장이 중간에 소리쳤다.

"악장님." 열광자가 말을 이었다. "베티나가 목소리를 잃기 전에 마지막으로 성당에서 노래를 불렀다고 방금 언급하셨죠. 그때가 작년 부활절 첫날이었다는 것은 기억나시죠. 악장님은 검은 예복을 차려입고 장엄한 하이든 미사 D 단조를 지휘했었죠. 소프라노 자리에는 젊고 우아하게 차려입은 소녀들 무리가 있었고, 일부는 노래를 부르고 일부는 부르지 않았어요. 거기에는 경이롭게도 힘차고 풍성한 목소리로 작은 독창 부분을 노래한 베티나도 있었고요. 악장님도 알다시피, 나는 테너 자리에 서 있었어요.

'상투스'가 시작되자 나는 온몸에 깊은 경건의 전율을 느꼈어요. 그때 내 뒤에서 바스락거리는 소리가 들려 나를 방해했고, 나도 모르게 몸을 돌려 보니 놀랍게도 베티나가 연주자들과 성가대원들 사이를 비집고 합창단을 떠나가는 모습이 보였어요. '지금 나가려는 건가요?' 내가 그녀에게 말을 걸었어요. '지금 가야 해요.' 그녀가 친절하게 대꾸했어요. '지금 *** 교회로 가서 약속한 대로 칸타타를 함께 부를 거예요. 그리고 오전에는 오늘 저녁 ***에 있는 노래 찻집에서의 공연을 위해 몇몇 듀엣 곡도 연습해야 해요. 그다음에는 ***에서 저녁을 먹는 거죠. 혹시 당신도 오세요? 헨델의 「메시아」와 모차르트의 「피가로의 결혼」에 나오는 합창곡 몇 곡을 부를 거예요.' 이렇게 대화를 나누는 동안 '상투스'의 풍성한 화음이 울렸고, 분향 제물이 푸른 구름으로 피어오르며 교회의 둥근 천장을 지나갔어요. '당신은 모르나요?' 내가 말했어요. '상투스가 울릴 때 교회를 떠나는 것은 죄를 짓는 일이고 반드시 벌을 받아요. 당신은 이제 곧 교회에서 더는 노래하지 못할 거요!' 그것은 농담이었는데, 갑자기 내가 한 말이 왜 그렇게 장엄하게 들렸는지 모르겠어요. 베티나는 얼굴이 창백해졌고, 말없이 교회를 떠났어요. 그 순간부터 그녀가 목소리를 잃어버렸거든요."

그사이 의사는 다시 자리에 앉았고, 지팡이 손잡이에 턱을 괸 채 침묵을 지켰다. 그러나 악장이 소리쳤다. "경이롭군, 정말, 아주 경이로워!"

"사실 그때는……." 열광자가 말을 이었다. "나의 말에서 어떤 특별한 것을 떠올린 건 아니었고, 베티나의 목소리 상실을 교회에서의 사건과 조금도 연관시키지 않았어요. 하지만 지금 이곳에 다시 와서 박사님한테 베티나가 그 고약한 병에 여전히 시달리고 있다는 사실을 듣고 나니, 몇 년 전 어떤 고서(古書)에서 읽었던 이야기가 생각났어요. 내게는 우아하고 감동적인 이야기여서 여러분께도 들려 드리고 싶군요."

"이야기해 보시오." 악장이 소리쳤다. "어쩌면 거기에 훌륭한 오페라가 될 좋은 소재를 얻을 수도 있겠네요."

"악장님!" 의사가 말했다. "당신 음악에 꿈, 예감, 자기력의 상태를 집어넣을 수 있으시다면 악장님께 도움이 되겠죠. 이야기는 다시 그런 쪽으로 흘러갈 테니까요."

떠돌이 열광자는 의사에게 대답하지 않고 헛기침을 한 후, 장엄한 목소리로 말하기 시작했다.

"아라곤의 이사벨 여왕과 페르난도의 야영지는 그라나다' 성벽 앞쪽에 광대하게 펼쳐져 있었습니다."

"하느님 맙소사!" 의사가 이야기꾼의 말을 중단시켰다. "시작하는 것을 보니 아홉 날 아홉 밤이 지나도 끝나지 않겠군요. 나는 여기 죽치고 앉아 있고, 환자들은 한탄을 늘어놓고 있어요. 나는 젠장 당신의 무어인 이야기에 신경 쓰지 않을 거요. 이미 『곤살로 데 코르도바』를 읽었고, 베티나의 '세기디야'를 들었어요. 그만하면 충분해요. 안녕히들 지내시오!" 의사는 얼른 자리를 박차고 문으로 뛰쳐나갔다.

그러나 악장은 조용히 앉아서 말했다. "내가 보기에 무어인들이 스페인 사람들과 전쟁을 벌일 때의 이야기인 것 같군요. 그런 이야기는 내가 오래전에 기꺼이 작곡하려고 했던 거요. 전투, 소란, 로맨스, 행진, 심벌즈, 합창곡, 드럼과 북소리! 아, 북소리! — 우리가 기왕지사 함께 있으니, 친애하는 열광자여, 이야기를 들려주시오. 원하는 그 이야기가 내 심성에 어떤 씨앗을 뿌리고, 또 그 씨앗에서 어떤 커다란 백합화가 싹틀지 누가 알겠소."

"악장님!" 열광자가 말했다. "악장님께서는 이제 모든 것이 곧장 오페라가 될 거요. 그래서 위장 강화를 위해 가끔 조금씩만 즐기는 강한 독주처럼 음악을 취급하는 이성적인 사람들은 당신을 이따금 미쳤다고 여기기도 하는 거죠. 그러나 제가 악장님께 이야기를 들려 드릴 터이니, 악장님은 하고 싶으실 때 중간중간 가끔 대담하게 화음을 몇 개 던지시면 좋겠습니다."

이 글을 쓰는 작가는 열광자의 이야기를 옮겨 쓰기 전에 친애하는 독자인 그대에게 요청해야 할 것이 있다. 독자인 그대는 그가 중간중간 삽입되는 화음들에 악장 표기를 덧붙이는 것은 간결함을 위해서라고 관대하게 여겨 주었으면 한다. 그래서 '이 지점에서 악장이 말했다'라고 말하는 대신에 단지 '악장'이라고 한다.

아라곤의 이사벨 여왕과 페르난도의 야영지는 그라나다의 견고한 성벽 앞에 광대하게 펼쳐져 있었습니다. 비겁한 보압딜*은 바랄 수 없는 도움을 바라다가 포위망이 더욱 좁혀 오는 상황에서 체념했고, 자신을 '꼬마 왕'이라고 부르는 백성들의 씁쓸한 조롱을 받으면서 단지 피에 주린 잔인함에 희생된 자들에게서만 일시적인 위안을 얻었습니다.

하지만 그라나다에서 날마다 더 많은 백성과 군대가 낙담과 절망에 빠질수록 스페인 진영에서는 승리의 희망과 전투의 열의가 더욱 거세졌습니다. 돌격은 필요하지 않았습니다. 페르난도는 성벽에 포격을 가하고 포위된 자들이 습격해 오면 이를 격퇴하는 것으로 족했습니다. 이러한 소규모 교전은 심각한 전투라기보다는 흥겨운 훈련 같았습니다. 전투에서 쓰러진 자들의 죽음조차도 사기를 드높여 줄 뿐이었습니다. 교회의 화려한 제의와 신앙을 위한 빛나는 순교의 영광 속에서 전사자들을 축하했기 때문입니다.

이사벨은 진영에 들어온 직후, 진영 중앙에 탑이 있는 높은 목조 건물을 세우게 하고 탑 꼭대기에 십자가 깃발이 펄럭이게 했습니다. 건물 안은 수도원과 교회로 꾸며졌고, 베네딕트 수녀들이 들어와 매일 예배를 드렸습니다. 여왕은 수행원들과 기사들을 대동하고 매일 아침 그녀의 고해 성사 신부가 성가대에 모인 수녀들의 찬송 속에 강론하는 미사를 듣기 위해 이곳을 찾았습니다.

그러던 어느 아침, 이사벨 여왕은 경이로운 종소리처럼 성가대의 다른 목소리들을 압도하는 목소리 하나를 들었습니다. 그 노래는 숲의 여왕 나이팅게일이 기뻐하는 백성에게 명령하는 의기양양한 외침처럼 들렸습니다. 하지만 가사의 발음이 낯설 었고, 노래하는 방식이 기이하고 매우 독특해서 아마도 교회 양 식에 아직 익숙하지 않은 여가수가 처음으로 찬송을 부르는 것 처럼 보였습니다. 이사벨은 놀라 주위를 둘러보았고 수행원들 도 똑같이 경탄하고 있음을 알아챘습니다. 그러다가 여왕은 자 신을 수행한 인물 중에서 용감한 사령관 아기아르가 눈에 띄자, 여기에는 분명 어떤 특별한 사연이 있을 것이라고 예감하지 않 을 수 없었습니다. 사령관은 기도하는 의자에 무릎을 꿇은 채 두 손을 맞잡고 성가대석을 조용히 올려다보았는데, 침울한 눈 에 열렬한 갈망이 빛나고 있었습니다.

미사가 끝났을 때 이사벨은 마리아 수녀원장의 방으로 가서 낯선 여가수에 대해 물었습니다. "오, 여왕이시여." 마리아 원장 이 대답했습니다. "여왕께서는 아기아르 사령관이 달포 전쯤에 웅장한 테라스 장식이 있고 무어인들이 유흥 장소로 사용했던 성의 외벽을 습격해 정복하려 했던 일을 기억하시겠죠. 그날 밤 에 이교도들의 화려한 노래가 유혹적인 세이렌의 목소리처럼 우리 진영에 울려 퍼졌고, 용감한 아기아르는 죄의 소굴을 파괴 하고자 했습니다. 벌써 외벽을 점령하고 교전 중에 포로가 된 여자들을 끌고 가는 중이었습니다. 그런데 그때 예상치 못한 지 원군이 나타났고, 그는 용감하게 저항했으나 정복 작전을 중단 하고 진영으로 퇴각하지 않을 수 없었습니다. 하지만 적들은 감히 그를 추격하진 못하였고, 포로들과 풍부한 전리품은 그의 것으로 남았습니다. 그런데 붙잡힌 여자들 가운데 애절한 통곡과 절망으로 아기아르의 주목을 받은 여자가 하나 있었습니다. 그는 친근하게 말을 걸며 베일을 쓴 여자에게 다가갔습니다. 그러나 여자는 자신의 고통이 노래가 아닌 다른 언어로는 표현될 수 없다는 듯, 황금색 밴드로 목에 매단 악기 키타라에 몇몇 특이한 화음을 잡은 후, 깊은 한숨을 내쉬고 심장을 에는 듯한 소리로 사랑하는 사람과의 작별, 모든 삶의 기쁨과의 작별을 한탄하는 로망스* 한 곡을 시작했습니다. 아기아르는 경이로운 음색에 깊이 감동하여 여자를 그라나다로 돌려보내기로 마음먹었는데, 그녀는 베일을 뒤로 넘기고 그의 앞에 엎드렸습니다. 그러자 아기아르가 제정신이 아닌 상태로 외쳤습니다. '그대는 그라나다에 있는 노래의 빛, 술레마가 아닌가?' 사령관이 보압딜 궁정에 파견되었을 때 본 적이 있고, 이후 그 경이로운 노래가 그의 가슴에 깊이 메아리쳤던 바로 그 술레마였습니다. '나는 그대에게 자유를 주겠다.' 아기아르가 외쳤습니다. 그러나 그때 손에 십자가를 들고 함께 출정한 존경하는 아고스티노 산체스 신부가 말했습니다. '기억하십시오, 장군! 저 여자 포로를 풀어주는 것은 그녀에게 큰 불의를 행하는 거요. 그녀가 우상 숭배에서 벗어나 우리 가운데 머물게 되면 주님의 은총의 빛에 힘입어 교회 품으로 돌아올 수도 있기 때문이오.' 아기아르가 말했습니다. '그녀가 한 달 동안 우리에게 머물고, 그래도 주님의 영(靈)에 영향을 받지 않는다면 그라나다로 다시 돌려보낼 수 있겠군요.' 그렇게 되어, 오, 여왕이시여, 술레마는 우리 수도원에 들어온 것입니다. 처음에 그녀는 더할 나위 없이 애처로운 고통에 전적으로 자신을 내맡겼습니다. 곧이어 그것은 거칠고 소름 끼치게 울리면서 곧장 깊은 한탄을 담은 로망스가 되었고, 그녀는 그 음악으로 수도원을 가득 채웠습니다. 어디를 가든 가슴을 파고드는 그녀의 종소리 같은 목소리가 들렸기 때문입니다. 어느 날 자정에 우리가 교회 성가대에 모여 위대한 노래 장인 페레라스가 가르쳐 준 경이롭고 신성한 방식으로 '호라'를 부른 적이 있습니다. 나는 비치는 불빛 속에서 술레마가 성가대석의 열린 문에 서서 진지한 눈길로 조용하고 경건하게 안을 들여다보는 것을 알아차렸습니다. 우리가 짝을 지어 성가대를 떠나는 동안, 술레마는 성모 마리아 초상에서 멀지 않은 통로에 무릎을 꿇고 있었습니다. 다음 날 그녀는 어떤 로망스도 부르지 않고 조용히, 자신 속에 침잠한 채 있었습니다. 그녀는 곧 저음으로 조율된 키타라로 우리가 교회에서 불렀던 찬송의 화음을 시도했고, 이어 조용히, 나지막하게 노래를 부르기 시작했습니다. 그녀는 우리 노래의 가사까지 시도했는데, 물론 기이하게도 마치 묶인 혀로 발음하는 듯했습니다. 나는 주님의 영이 부드러운 위로의 음성으로 노래 속에서 그녀에게 말하고, 또 그녀의 가슴이 주님의 은총을 향해 열리고 있음을 알아차렸습니다. 그래서 성가대 대표인 에마누엘라 수녀를 그녀에게 보내 희미하게 타오르는 불꽃을 지피게 했고, 교회의 거룩한 노래 속에서 그녀 안에 믿음이 불타올랐습니다. 술레마가 거룩한 세례를 통해 교회의 품에 안긴 것은 아직 아니지만, 그녀는 우리 성가대에 합류하여 신앙의 영광을 위해 그녀의 경이로운 목소리를 높이는 특권을 받은 것입니다."

이제 여왕은 아기아르가 아고스티노 신부의 설득을 받아들여 술레마를 그라나다로 돌려보내지 않고 수녀원에 입회시켰을 때 그의 내면에 무슨 일이 있었는지를 알았습니다. 그런 만큼 여왕은 술레마가 참된 신앙으로 돌이킨 것을 기뻐했습니다. 며칠 후 술레마는 세례를 받고 율리아'라는 세례명을 얻었습니다. 이 거룩한 의식에는 여왕이 직접 참석하고, 카디스 후작, 하인리히 폰 구스만, 멘도사 장군, 비예나 장군 같은 사람들이 증인 역할을 했습니다.

사람들은 율리아의 노래가 이제 더욱 진심으로 더욱 진실하게 신앙의 영광을 선포할 것이라고 당연히 믿었습니다. 그리고 짧은 시간 동안 정말로 그런 일이 있었습니다. 그런데 얼마 지나지 않아 에마누엘라 수녀는 율리아가 낯선 음을 섞으면서 종종 이상하게 찬송에서 벗어난다는 것을 알아차렸습니다. 갑자기 저음으로 조율된 키타라의 둔중한 소리가 성가대를 통해 울리는 일이 자주 있었습니다. 그것은 폭풍을 맞은 현이 계속 울리는 듯한 소리였습니다. 그럴 때면 율리아는 불안해했고, 무심결에 라틴어 찬송에 무어인들의 단어를 끼워 넣기도 했습니다.

에마누엘라는 신참 개종자인 그녀에게 의연히 적에 맞서라고 경고했습니다. 그러나 율리아는 경박하게도 그 경고에 유의하지 않았고, 종종 페레라스의 엄숙하고 거룩한 찬송이 울릴 때 다시 고음으로 조율한 키타라에 맞춰 무어인의 시시덕거리는 사랑 노래를 불러 수녀들을 화나게 했습니다. 이제는 성가대를 통해 울렸던 키타라의 음색도 높고 상당히 불쾌하게 들렸는데, 무어인들의 작은 피리가 내는 날카로운 휘파람 소리 같았습니다.

악장 피콜로 플루트 — 옥타브 플루트. 그런데 친구여, 아직은 아무것도 없어요, 오페라를 위한 것은 아무것도 없어요 — 서곡도 없고 — 그게 언제나 중요해요. 그런데 키타라의 저음과 고음, 그것은 나를 자극했어요. 당신은 악마가 테너라고 생각하지 않나요? 테너는 악마처럼 가짜고, 그래서 모든 것을 가성(假聲)으로 하는 거죠!

열광자 하느님 맙소사! 당신은 나날이 위트가 늘어나는군요, 악장님! 하지만 당신 말이 맞아요. 모든 과도한 부자연스러운 휘파람 소리, 비명 지르는 소리 등은 악마의 원리에 내맡기도록 하고 이야기를 계속할게요. 내가 주목해야 할 어떤 순간을 건너뛰게 되는 위험이 언제나 도사리고 있어서 내게는 그 이야기가 사실상 아주 쓰라린 것이 되겠지만요.

한번은 여왕이 진영의 고귀한 장군들을 대동하고 평소처럼 미사를 듣기 위해 베네딕트 수녀들의 교회로 향했습니다. 교회 문 앞에 비참하고 초라한 차림의 거지 하나가 누워 있었고, 여왕의 호위병들이 그를 내쫓으려 했으나 그는 몸을 반쯤 일으키면서 빠져나간 후, 울부짖으며 몸을 던지는 바람에 여왕과 접촉하게 되었습니다. 아기아르는 분노하여 뛰쳐나갔고, 그 비참한 남자를 발로 차서 내쫓고자 했습니다.

그러나 거지는 몸을 반쯤 장군에게 향하고 소리쳤습니다. "뱀을 밟아라, 뱀을 밟아라, 뱀이 그대를 찔러 죽일 것이다!" 그러면서 그는 누더기 아래 숨겨 둔 키타라의 현들을 잡았습니다. 그러자 현들은 날카롭고 역겨운 휘파람 소리를 내며 끊어졌고, 모두가 섬뜩한 공포에 사로잡혀 뒤로 물러났습니다. 호위병들이 그 역겨운 유령을 내쫓았습니다. 그런데 그 사람은 포로로 잡힌 미치광이 무어인인데, 기발한 농담과 놀라운 키타라 연주로 진영에서 군인들을 즐겁게 하는 자로 알려졌습니다.

여왕이 교회 안으로 들어섰고, 미사가 시작되었습니다. 성가대 수녀들이 '상투스'를 시작했고, 이제 막 율리아가 평소와 마찬가지로 힘 있는 목소리로 "하늘은 당신의 영광으로 가득합니다(Pleni sunt coeli gloria tua)"라고 들어가야 할 차례였습니다. 그 순간 날카로운 키타라 소리가 성가대를 통해 울려 퍼지자 율리아는 얼른 악보를 접고는 성가대를 떠나려 했습니다.

"지금 뭘 하려는 거야?" 에마누엘라 수녀가 소리쳤습니다.

"오!" 율리아가 말했습니다. "당신은 대가(大家)의 현란한 연주가 들리지 않나요? 나는 저기 그분 곁에서, 그분과 함께 노래해야 해요!"

이렇게 말하면서 율리아는 서둘러 문으로 달려갔습니다. 그러나 에마누엘라는 매우 진지하고 엄숙한 목소리로 말했습니다. "주님께 대한 봉사를 더럽히는 죄인아, 입으로는 주를 찬양하면서 마음에는 세속의 생각을 품고 있으니, 이곳을 떠나거라! 네 안에서는 노래의 힘이 끊겼고, 주님의 영이 불을 붙인 너의 가슴에서는 경이로운 소리가 잠잠해졌다!" 율리아는 에마누엘라의 말에 벼락을 맞은 듯 충격을 받아 비틀거리며 자리에서 떠나갔습니다.

수녀들이 '호라'를 부르기 위해 밤에 모여들고 있을 때, 자욱한 연기가 온 교회를 빠르게 가득 채웠습니다. 그리고 곧장 화염이 수도원 옆채의 벽들을 뚫고 쉿 소리를 내고 포효하며 수도원을 삼켰습니다. 수녀들은 간신히 목숨을 건졌고, 트럼펫과 호른 소리가 진영에 울려 퍼졌으며, 병사들은 막 잠들었다가 비틀거리며 깨어났습니다. 사람들은 아기아르 장군이 그슬린 머리카락에 반쯤 타 버린 옷을 입고 수녀원에서 뛰쳐나오는 모습을 보았습니다. 그는 실종 상태에 있는 율리아를 구하려 했으나 허사였고, 그녀의 흔적은 어디서도 찾을 수 없었습니다. 화재를 진압하려는 싸움은 성과가 없었고, 세찬 바람이 불어 더욱 활활 타오른 불길은 주위를 집어삼켰습니다. 짧은 시간에 이사벨 여왕의 아주 풍요롭고 웅장한 진영이 잿더미가 되었습니다.

무어인들은 기독교인들의 불행이 자신들에게 승리를 안겨 줄 것이라는 믿음으로 엄청난 힘을 발휘해 반격을 감행했습니다. 그러나 스페인 군대의 무기들을 위해서는 그 전투보다 더 빛나는 전투는 없었습니다. 그들이 트럼펫 환호 소리에 맞춰 승리를 안고 자신들의 참호로 퇴각했을 때, 이사벨 여왕은 야외에 설치한 왕좌에 올라 불탄 진영이 있던 자리에 도시 하나를 세우라고 지시했습니다! 그렇게 해서 그라나다의 무어인들에게 결코 스페인 군대의 포위가 풀리지 않았음을 보여 줘야 한다는 것이었습니다.

악장 단지 정신적인 것들만 갖고 감히 연극을 할 수 있을까요? 여기저기 약간의 찬송을 집어넣으면 친애하는 청중과 마찰이 생기지 않을까요! 그렇지만 않다면 율리아는 전혀 나쁜 파트가 아닐 거요. 그녀가 빛날 수 있는 이중 스타일, 처음에는 로망스, 다음으로 교회 노래를 생각해 보세요. 나는 벌써 가장 사랑스러운 스페인 노래와 무어인들의 노래 몇 개를 완성했어요. 나는 여왕의 명령을 멜로드라마로 다룰 의지가 있고, 마찬가지로 스페인 군대가 벌이는 승리의 행진도 전혀 나쁘지 않아요. 이 모든 게 어떻게 통합될지는 하늘만이 알겠죠! 그런데 이야기를 계속해 봐요, 율리아로 돌아가요. 바라건대, 율리아가 불에 타버리지는 않겠죠.

열광자 친애하는 악장님, 스페인 군대가 스무하루에 걸쳐 세우고 성벽으로 둘러싼 도시가 오늘날에도 남아 있는 산타페라고 상상해 보세요. 그러나 당신에게 이렇게 너무 직설적으로 말함으로써 나는 장엄한 소재에만 어울리는 장엄한 어조에서 벗어나고 있군요. 나는 당신이 저기 포르테피아노 악보대에 펼쳐져 놓여 있는 「팔레스트리나의 응답곡」 중 하나를 연주했으면 했어요.

악장은 그렇게 했다. 떠돌이 열광자가 계속 말을 이었다.

스페인 사람들이 도시를 건설하는 동안 무어인들은 다양한 방법으로 그들을 끊임없이 불안케 했습니다. 절박함은 그들을 가장 대담한 쪽으로 몰아갔고, 그 결과 교전 상황은 그 어느 때보다 심각해졌습니다.

아기아르는 한때 스페인 전초 기지를 습격한 무어인들의 전투 부대 하나를 그라나다 성벽까지 격퇴했습니다. 그는 기병들과 함께 돌아온 후, 진지한 생각과 우울한 회상에 전심으로 몰입하고자 수행원을 멀리 보내고 은매화 숲 옆의 첫 번째 참호에서 멀지 않은 곳에 멈춰 섰습니다. 그의 정신의 눈앞에 율리아의 이미지가 생생하게 나타났습니다. 교전 중에도 그에게는 그녀의 목소리가 때로는 위협적으로, 때로는 애처롭게 들려왔는데, 지금도 절반은 무어인의 노래이고 절반은 교회 찬송가인 기이한 노래가 어두운 은매화 나무들 사이에서 속삭이는 듯했습니다.

그때 갑자기 은색 비늘 갑옷을 입은 무어인 기사 하나가 경쾌한 아라비아산(産) 말을 타고 숲에서 뛰쳐나왔고, 기사가 던진 창이 아기아르의 머리를 스치며 지나갔습니다. 아기아르가 칼을 뽑아 들고 기사에게 달려들려 하는데 두 번째 창이 날아와 그가 탄 말의 가슴 부위에 깊숙이 박혔고, 말이 분노와 고통으로 몸을 솟구치는 바람에 아기아르는 심하게 떨어지지 않게 몸을 옆으로 눕혀야 했습니다. 무어인 기사는 앞으로 돌진하면서 아기아르의 드러난 머리를 향해 낫 모양의 칼을 휘둘렀습니다. 그러나 아기아르는 치명적인 일격을 능숙하게 막으며 칼을 세차게 휘둘렀고, 그 바람에 무어인 기사는 말에서 몸을 납작 숙여 간신히 자신을 구했습니다. 그 순간 무어인 기사의 말이 아기아르에게 바싹 달라붙어 그는 두 번째 일격을 가할 수 없었습니다. 무어인이 단검을 뽑았으나 미처 찌르기 전에 아기아르가 엄청난 힘으로 그를 붙잡아 말에서 끌어 내리고 드잡이하면서 바닥에 내동댕이쳤습니다. 그는 무어인의 가슴팍에 무릎을 꿇고 올라탄 뒤 왼쪽 손아귀로 무어인의 오른팔을 꼼짝하지 못할 정도로 세차게 움켜잡고는 자신의 단검을 뽑았습니다.

그가 무어인 기사의 목을 찌르려고 팔을 막 드는 순간, 무어인 기사가 깊이 탄식하며 "술레마!"라고 내뱉었습니다. 아기아르는 조각상처럼 온몸이 굳어 상대를 찌를 수 없었습니다.

"불행한 자여!" 아기아르가 소리쳤습니다. "그대는 누구의 이름을 부른 것인가?"

"찌르라." 무어인 기사가 신음하며 말했습니다. "그대가 죽이려는 자는, 그대를 죽이고 파멸시키겠노라고 맹세한 자다. 그렇다! 배신을 일삼는 기독교도여, 나는 알아마르 가문의 마지막 남은 자 히첸이고, 그대는 내게서 술레마를 강탈해 갔다! 나 히첸이 그대의 진영에서 광기의 몸짓을 보이며 숨어들었던 그 누더기 걸인이고, 나 히첸이 사악한 그대들이 내 사상의 빛을 가둔 감옥에 불을 지르고 술레마를 구해 냈다."

"술레마, 술레마가 살아 있다고?" 아기아르가 소리쳤습니다.

그러나 히쳄은 무서운 조롱을 담아 날카롭게 웃음을 터뜨리며 말했습니다. "그럼, 그녀는 살아 있지. 그러나 피를 흘리고 가시 면류관을 쓴 그대들 우상이 저주받아 마땅한 주문으로 그녀를 사로잡았고, 그 향기롭고 눈부시게 빛나는 생명의 꽃을 그대들 우상의 신부들이라 부르는 미친 여자들의 수의로 감쌌지. 그녀 가슴에 있는 소리와 노래가 뜨거운 사막에서 부는 모래바람의 유독한 숨결에 쏘인 듯 죽어 버렸다는 것을 알라. 술레마의 감미로운 노래와 함께 이제 모든 삶의 즐거움이 사라졌다. 그러니 나를 죽여라, 죽여 달라. 이미 내게서 생명보다 더 많은 것을 앗아 간 그대에게 복수할 길이 없으니까."

아기아르는 히쳄을 내려놓고 자신의 칼을 바닥에서 집어 들면서 천천히 몸을 일으켰습니다.

"히쳄." 그가 말했습니다. "거룩한 세례를 받고 율리아라는 이름을 얻은 술레마는 정직하게 치른 전투에서 나의 포로가 되었다. 주님의 은총의 빛을 받은 그녀는 무함마드에 대한 비열한 봉사를 단념했고, 눈먼 무어인 그대가 우상의 사악한 마법이라고 부르는 것은 그녀가 저항할 수 없었던 악의 시험이었을 뿐이다. 그대가 술레마를 그대의 사랑이라고 부른다면, 믿음으로 개종한 율리아는 내 사상의 여인이다. 나는 그녀를 마음에 품고, 참된 신앙의 영광을 위해 용맹한 결투 형식으로 그대에게 맞서고자 한다. 그대가 원하는 대로, 그대의 관습에 따라 무기를 들고 내게 덤비라."

히쳄은 재빨리 칼과 방패를 움켜잡았습니다. 그러나 그는 아기아르를 향해 달려들다가 크게 함성을 지르고 비틀거리며 뒤로 물러나더니 몸을 던져 옆에 서 있던 말에 올라타고는 전속력으로 달아났습니다. 아기아르는 그의 행동이 무엇을 뜻하는지 몰랐습니다. 그런데 그 순간 존경하는 노신부 아고스티노 산체스가 뒤에 서서 부드럽게 미소를 띠고 말했습니다. "히쳄이 나를 두려워하는 걸까, 아니면 내 안에 거하시고 또 히쳄이 그 사랑을 경멸하는 주님을 두려워하는 걸까?" 아기아르는 율리아에 대해 알게 된 것을 모두 이야기했고, 두 사람은 이제 에마누엘라 수녀의 예언적인 말, 다시 말해 율리아가 히쳄의 키타라 소리에 유혹을 받아 내면의 모든 경건한 마음을 죽이고 '상투스'가 울리는 중에 성가대를 떠나갔을 때 했던 그 예언의 말을 기억했습니다."

악장 이제 나는 더 이상 어떤 오페라도 생각하지 않아요. 그러나 비늘 갑옷을 입은 무어인 히쳄과 아기아르 장군의 싸움이 음악으로 떠오르는군요. 이런 젠장! 이제 어떻게 하면 모차르트가 「돈 조반니」에서 행한 것보다 더 훌륭하게 상대를 향해 달려들게 할 수 있을까요. 당신도 알다시피 첫 장면에서……

떠돌이 열광자 조용해요, 악장! 나는 벌써 너무 길어진 나의 이야기에 이제 마지막 자극을 가하려고 해요. 여전히 온갖 종류가 나올 것이고, 여러 생각을 잘 통합할 필요가 있어요. 특히 나로서는 이 모든 일에 언제나 나를 적잖이 당혹하게 하는 베티나를 염두에 두고 있어 더욱 그래요. 무엇보다 나는 그녀가 나의 스페인 이야기에 대해 뭔가 알게 되는 상황은 원치 않거든요. 그런데 베티나가 저기 문에서 귀를 기울여 엿듣고 있다는 생각이 드는군요. 물론 이것은 순전히 상상에 불과한 것이 틀림없지만. 그러니까 이야기를 계속한다면…….

모든 싸움에서 계속 패배하고 날마다, 매 시간 증가하는 기근에 시달리며 무어인들은 마침내 자신들이 항복하지 않을 수 없음을 깨달았습니다. 페르난도와 이사벨은 화려한 축제 분위기에서 승리의 포성이 울리는 가운데 그라나다에 입성했습니다.

사제들은 거대한 이슬람 사원을 대성당으로 봉헌했고, 행렬은 그 성당으로 들어갔습니다. 경건하게 미사를 올리면서 거짓 예언자 무함마드의 종들에 맞서 영광스러운 승리를 주신 만군의 주님에게 '하느님 당신을 찬양합니다(Te deum laudamus)' 라는 장엄한 찬송을 불러 감사를 드리고자 했습니다.

사람들은 억누르기 힘든 데다 언제나 불쑥 튀어나오는 무어인들의 분노를 알고 있었습니다. 그 때문에 부대들이 전투태세를 갖추고 떨어진 길을 따라 이동하면서 중앙에 난 길로 움직이는 행렬의 보호를 맡았습니다. 그래서 보병 분대 선두에 선 아기아르는 떨어진 길을 따라 미사가 시작된 대성당으로 이동하고 있었는데, 갑자기 화살이 날아들어 왼쪽 어깨 부위에 상처가 난 것을 느꼈습니다. 그 순간 아치 구조의 어두운 통로에서 한 무리의 무어인들이 뛰쳐나와 절망적인 분노를 드러내면서 기독교도들을 공격했습니다. 히쳄이 선두에 서서 아기아르에게 달려들었습니다. 아기아르는 단지 가벼운 상처를 입어 상처의 아픔을 거의 느끼지도 않고 능숙하게 강력한 타격을 막았습니다. 그 순간 히쳄도 머리가 갈라진 채 그의 발치에 쓰러졌습니다.

스페인 군대는 배신한 무어인들에게 분노에 차서 돌진했습니다. 이에 무어인들은 곧바로 울부짖으며 석조 건물 안으로 뛰어들더니 얼른 문을 잠갔습니다. 스페인 군대가 돌격을 감행했으나, 창문에서 화살이 빗발쳤습니다. 아기아르는 건물에 관솔들을 던져 넣으라고 명령했습니다. 건물 지붕에서 화염이 솟아오르는 그때, 불타는 건물에서 포성 사이로 경이로운 목소리가 울렸습니다. "거룩하다, 거룩하다, 만군의 여호와여(Sanctus - Sanctus Dominus deus Sabaoth)."

"율리아, 율리아!" 아기아르가 암담한 고통 속에서 소리쳤습니다. 그때 문이 열리더니 율리아가 베네딕트 수녀의 복장을 하고 힘 있는 목소리로 노래를 부르며 나타났습니다. "거룩하다, 거룩하다, 만군의 여호와여." 그녀 뒤에는 무어인들이 두 팔로 가슴에 십자가 형태의 팔짱을 끼고 몸을 굽힌 자세로 따라왔습니다. 스페인 사람들은 놀라 뒤로 물러났습니다. 율리아는 무어인들과 함께 그들 사이를 지나 대성당으로 향했습니다. 대성당으로 들어서면서 율리아는 목소리를 드높였습니다. "주님의 이름으로 오시는 분, 찬미받으소서(Benedictus, qui venit in nomine domini)."

마치 하늘의 보냄을 받은 성녀(聖女)가 주의 축복받은 자들에게 거룩한 것을 설교하려고 내려온 듯, 사람들은 자신도 모르게 무릎을 꿇었습니다. 율리아는 변화된 시선을 하늘로 향한 채, 페르난도와 이사벨 사이를 지나 높은 제단으로 당당하게 걸어나가 성가를 부르며 전심으로 경건하게 신성한 의식을 수행했습니다. 그리고 상투스의 마지막 부분, "우리에게 평화를 주소서(Dona nobis pacem)"가 울리자 율리아는 영혼이 떠나간 듯 여왕의 품에 안겼습니다. 그녀를 따라나선 무어인들은 새로운 신앙으로 개종하고 같은 날 거룩한 세례를 받았습니다.

열광자는 이렇게 자신의 이야기를 마쳤다. 그때 의사가 소란을 피우며 들어와서는 지팡이로 격렬하게 땅바닥을 치고 화를 내며 소리쳤다. "저들은 아직도 앉아서 이웃은 고려하지 않고 어처구니없는 환상적인 이야기들을 서로에게 들려주고 사람들을 더욱 병들게 만드는군."

"또 무슨 일이 일어난 거요, 친애하는 분?" 악장이 아주 놀라워하며 말했다.

"나는 무슨 일인지 알겠어요." 열광자가 아주 침착하게 끼어들었다. "베티나가 우리가 열을 내면서 떠드는 것을 듣고 저기 옆방으로 들어갔고 모든 것을 알게 되었다는 것, 바로 그것이죠."

"그대 미치광이 열광자여." 의사가 말을 이었다. "그대의 그 망할 거짓 이야기, 그대의 그 어리석은 것으로 예민한 심성들을 중독시키고 파멸시켰어요. 하지만 나는 그대가 하는 일을 멈추게 하겠소."

"훌륭한 의사 양반!" 열광자가 분노한 자의 말을 가로막았다. "흥분하지 말고, 심리적 병인을 가진 베티나의 병은 심리적인 수단, 어쩌면 내 이야기가 필요하다는 점을 유념하시오."

"조용, 조용." 의사가 아주 차분하게 끼어들었다. "나는 그대가 무슨 말을 하려는지 이미 알고 있소."

"그것은 오페라를 위해서는 적합하지 않지만, 그래도 거기에는 기이하게 들리는 화음이 몇 개 있어요." 악장은 이렇게 중얼거리면서 모자를 집어 들고 친구들을 뒤따라 나섰다.

석 달이 지난 후 베티나는 다시 건강해져서 페르골레시의 「스타바트 마테르」를 장엄한 목소리로(하지만 교회가 아니라 상당히 커다란 실내에서) 불렀다. 떠돌이 열광자는 기쁨이 넘치고 경건한 황홀감을 느끼며 베티나의 손에 입을 맞추었다. 베티나가 말했다. "당신은 딱히 마법사라고 할 수는 없지만, 이따금 다소 고집불통인 것 같군요." 악장이 이렇게 덧붙였다. "모든 열광자가 그래요."

밤 풍경

제2권

적막한 집

삶에서 실제로 일어나는 일들이 종종 가장 생동적인 상상력이 생각해 내는 모든 것보다 훨씬 더 경이로울 수 있다는 것에 모두가 동의했다.

"내가 보기에는 역사가 그것을 충분히 증명하고 있어." 렐리오가 말했다. "바로 그 때문에 이른바 역사 소설이라는 것은 몰취미하고 역겹다는 생각이 들어. 역사 소설에서는 작가가 자신의 나태한 두뇌에서 형편없는 열정으로 부화한 유치한 것들을 우주를 관장하는 영원한 힘의 행위에 갖다 붙이려고 하지."

그러자 프란츠가 말했다. "우리를 둘러싸고 있는 불가해한 비밀들의 심오한 진실, 그것이 강한 힘으로 우리를 사로잡고 또 우리는 그 강한 힘을 느낌으로써 우리 자신을 지배하고 제한하는 정신을 인식하게 되지."

"아!" 렐리오가 말을 이었다. "자네가 말하는 인식! 아, 그 인식이 우리에게 결핍된 것은 우리가 죄로 인해 타락한 뒤에 퇴화

한 것에서 나온 가장 끔찍한 결과라고 할 수 있지!"

"부르심을 받은 사람은 많지만 뽑히는 사람은 적다." 프란츠가 친구의 말을 가로막으며 말했다. "우리 삶의 경이로움을 인식하는 것, 삶의 기적을 더 아름답게 예감하는 능력, 그것이 어떤 사람들에겐 특별한 감각처럼 주어졌다는 것을 너는 믿지 않아? 우리 자신을 잃어버릴 수도 있는 어두운 영역에서 명랑한 순간으로 곧장 뛰어들기 위해, 내가 너희에게 기이한 비유를 하나 제시해 보겠어. 경이로운 것을 볼 수 있는 재능을 지닌 사람은 어쩌면 박쥐 같다는 생각이 들어. 해부학자 스팔란차니는 박쥐에게서 탁월한 여섯 번째 감각(六感)이 있다는 사실을 발견했는데, 그 감각은 익살스러운 대리자로서 모든 것을 해낼 뿐만 아니라 다른 모든 감각을 합친 것보다 훨씬 많은 일을 해낸다는 거야."

"하하." 프란츠'가 미소를 지으며 외쳤다. "그렇다면 박쥐는 선천적인 몽유병자인 셈이군! 그런데 나는 자네가 생각하는 그 명랑한 순간에 자리를 잡고서 이렇게 말하고 싶어. 우리가 경탄하는 그 육감은 바로 사람이든 행동이든 또는 사건이든 막론하고 모든 현상에서 기이한 것, 다시 말해 우리가 평범한 삶에서는 어떤 비교 대상도 찾지 못해 경이롭다고 여기는 것을 통찰할 수 있다고 말이야. 그렇다면 도대체 평범한 삶이란 무엇이지? 아, 우리의 코가 사방에서 부딪히는 좁은 원 안에서 돌고 도는 거야. 그런데도 사람들은 일상사의 규칙적인 보폭 속에서 도약을 시도하려 하지. 나는 우리가 지금 이야기하는 예지 능력을 탁월하게 소유한 것으로 보이는 누군가를 알고 있어. 그래서 그는 종종 미지의 인물인 경우에도 걸음걸이나 옷차림새, 말투나 시선에서 어딘가 기이한 점이 보이면 며칠이고 뒤쫓지. 그는 또한 가볍게 말하면 주목할 가치도 없고 그 누구도 주목하지 않는 어떤 사건이나 어떤 행동에 대해 깊이 생각하기도 하고, 정반대의 것들을 함께 세워 놓고 그 누구도 생각지 못하는 연관성을 상상해 내기도 해."

렐리오가 큰 소리로 외쳤다. "잠깐, 잠깐, 머릿속을 완전히 특별한 것으로 채우고 있어 보이는 사람은 우리의 친구 테오도어일 거야. 지금도 그는 저렇게 이상한 시선으로 멀리 창공을 내다보고 있으니까 말이야."

"맞아." 오랫동안 침묵하던 테오도어가 입을 열었다. "내가 정신 속에서 보았던 그 기이한 것이 내 시선에 반영되었다면 내 시선은 분명 이상해 보였을 거야. 얼마 전에 경험한 일 하나가 기억나서……."

"오, 어서 이야기해 봐, 이야기해 보라고!" 친구들이 끼어들어 말했다.

"나도 이야기하고 싶어." 테오도어가 말을 이었다. "그러나 친애하는 렐리오, 우선은 나의 예지 능력을 설명하기 위해 자네가 언급한 그 사례들은 상당히 나쁜 선택이었다는 점을 말해야겠어. 자네도 알겠지만 에버하르트*의 『동의어 사전』에 따르면 '기이한(wunderlich)'은 어떤 이성적인 근거로도 정당화될 수 없는 인식과 욕망의 모든 표현을 뜻하고, '경이로운(wunderbar)'

은 자연의 알려진 힘을 능가하거나, 내가 덧붙이자면 그러한 힘들의 통상적인 흐름에 역행하는 것으로 보여서 사람들이 불가능하다거나 불가해하다고 여긴다는 뜻이 있어. 여기서 자네는 내가 말한 이른바 예지 능력과 관련해 조금 전에 기이한 것과 경이로운 것을 혼동했다는 것을 추론할 수 있을 거야. 하지만 확실한 것은, 겉으로 보기에 기이하다는 것이 경이로운 것에서 싹트고, 잎사귀와 꽃이 달린 기이한 나뭇가지들이 경이로운 줄기에서 움터 나오는데 다만 우리가 종종 그 줄기를 보지 못한다는 거야. 내가 너희들에게 들려주려는 이야기에는 기이함과 경이로움 두 가지가 뒤섞여 있어. 내 생각에는 상당히 소름 끼치는 방식으로 말이야."

테오도어는 말하면서 수첩을 꺼냈다. 친구들은 그가 여행할 때 그 수첩에 온갖 메모를 기록한다는 것을 알고 있었다. 테오도어는 이따금 수첩을 들여다보면서 다음의 이야기를 들려주었고, 그 이야기를 전해 주는 것은 무가치해 보이지 않는다.

너희도 알겠지만(테오도어는 이렇게 이야기를 시작했다), 나는 지난여름 내내 베를린에서 머물렀어. 옛 친구들과 지인들을 많이 만나 보는 기회, 자유롭고 쾌적한 삶, 예술과 학문의 다양한 자극, 그 모든 것이 나를 붙잡았어. 나는 그처럼 유쾌했던 적이 없었어. 오래전부터 나는 자주 혼자 거리를 산책하며 내걸린 모든 동판화와 포스터를 구경하거나 우연히 마주치는 인물들

을 관찰하면서 그중 몇몇은 속으로 그 운명을 점쳐 보기를 좋아
했지. 그곳에서 나는 그 일에 더욱 정열적으로 매달렸어. 예술
품과 사치품이 풍부하게 진열되어 있을 뿐만 아니라, 장엄하고
화려한 많은 건물을 볼 수 있으니 그러지 않을 수가 없었지.

　그런 멋진 건물들로 둘러싸여 있는 브란덴부르크 문으로 향
하는 거리'는 신분이 높거나 재산이 많아 더 호화로운 삶의 향
락을 누릴 권리가 있는 고귀한 사람들이 집결하는 곳이지. 높고
넓은 화려한 궁전들의 아래층에서는 대체로 사치품들이 판매
되고 있고, 그 위층들에는 부유한 상류층 사람들이 살고 있어.
그 거리에는 최고급 호텔들도 들어서 있는데, 외국 사절들 대
부분이 여기 거주하고 있어. 그래서 이 도시의 다른 어떤 구역
보다 이곳, 실제보다도 사람이 더 밀집해 보이는 이곳에서 특히
생명과 활기가 넘칠 수밖에 없다는 것은 너희도 상상할 수 있을
거야. 이렇게 사람들이 몰려드는 탓에, 어떤 사람들은 실제로
자신들이 필요한 공간보다 더 작은 주거 공간에도 만족하지. 그
래서 여러 가구가 거주하는 어떤 집은 벌집 같기도 해.

　나는 자주 그 거리를 어슬렁거리며 돌아다녔어. 그러던 어느
날 갑자기 다른 집들과는 참으로 기이하고 특이하게 구별되는
집 한 채가 내 눈에 들어왔어. 너희는 양편의 높고 아름다운 건
물 사이에 끼여 있는, 나지막하고 창문 네 개 넓이에 불과한 집
을 한번 상상해 보라고. 그 집 2층은 옆 건물의 지상층 창문보다
약간 더 높은 정도이고, 황폐해진 지붕과 일부는 유리가 아니라
종이를 덧댄 창문들 그리고 퇴색한 담장을 보면 집주인이 완전

히 방치하고 있는 집이란 걸 말해 주지. 그런 집이 세련된 고급스러움으로 치장된 웅장한 건물들 사이에서 어울리지 않게 서 있는 모습을 상상해 보라고.

나는 걸음을 멈추고 서서 집을 자세히 살펴보다가 모든 창문이 굳게 닫혀 있는 것을 알아차렸어. 그리고 아래층 창문 앞에 담장을 쌓은 것으로 보였고, 현관문 역할을 하는 출입구 옆에 흔히 달려 있는 초인종이 없고, 현관문에는 자물쇠나 문고리 같은 것도 전혀 보이지 않았어. 나는 사람이 살지 않는 집이 틀림없다는 확신이 들었어. 하루 중에 시간을 달리하면서 몇 번이나 그 앞을 지나쳐 봤지만 사람의 흔적이라곤 한 번도 보지 못했거든.

도시의 그 구역에 사람이 살지 않는 집 하나! 기이한 현상이지. 물론 그와 관련해서는 집주인이 장기간 여행 중이거나 멀리 떨어진 영지에 머물고 있어서 베를린으로 돌아오면 곧바로 그곳에서 기거하기 위해 그 집을 임대하거나 매각하지 않았을 거라는, 어쩌면 자연스럽고 단순한 설명도 가능하겠지. 하여튼 나는 그런 생각까지 했어. 그런데 나는 어찌 된 영문인지는 모르겠지만, 그 적막한 집을 지나칠 때면 언제나 마법에 사로잡힌 것처럼 걸음을 멈추었고 아주 놀랄 만한 어떤 상념에 빠져들었다기보다는 그 상념에 완전히 붙잡힌 꼴이 되었어.

너희는 모두 알고 있을 거야, 나의 유쾌한 젊은 시절의 용감한 동료들이여, 옛날부터 내가 환영을 보는 자처럼 굴었던 것, 또 오로지 나 같은 경이로운 세계의 삶에만 너희가 조야한 상식으로 부인할 줄 알았던 그 이상한 현상들이 들어오려고 했던 것 말이야! 그래, 약삭빠르고 생트집에 능한 너희의 그 얼굴을 마음대로 찌푸리렴. 내가 자주 나 자신을 지독하게 신비화했다는 점, 그리고 그 적막한 집에 대해서도 그런 일이 일어난 것처럼 보이려 한 것은 기꺼이 인정할 수 있어. 하지만 결국에는 너희를 바닥에 내동댕이치는 교훈이 나타날 거야. 그러니 그저 귀를 기울여 보라고! 자, 본론으로 들어가겠어!

어느 날, 나는 가로수 거리를 오가기 좋을 시간이면 늘 그러듯이 깊은 상념에 잠긴 채 그 적막한 집 앞에 서 있게 되지. 그러면서 딱히 돌아보지 않고도 누군가 내 옆에 와서 나를 쳐다본다는 것을 갑자기 알아차리는 거야. 그 사람은 이미 여러 면에서 나와 정신적인 친화성이 있다고 말했던 P 백작이야. 나는 곧바로 백작도 분명 그 집의 불가사의에 대해 호기심을 가졌다는 강한 확신이 들어. 왜냐하면 수도에서 가장 활기찬 구역인 이곳에 있는 그 퇴락한 집을 보고 내가 받은 이상한 인상을 들려주었을 때 백작은 아주 야릇한 미소를 띠었고, 그래서 나는 더욱 이상한 생각이 들었던 거야. 그런데 모든 것이 곧바로 해명되었어.

P 백작은 나보다 그 집에 대해 훨씬 멀리 나아가 있었어. 그는 여러 의견과 추론 등을 통해 그 집과 관련된 특별한 사정을 알아냈거든. 그런데 그 사정은 시인의 가장 생동적인 상상력만이 불러일으킬 수 있는 아주 이상한 이야기로 나아갔어. 나는 백작이 들려준 이야기를 여전히 명료하게 기억하고 있고, 너희에게 그 이야기를 들려주는 게 옳겠지. 하지만 지금은 실제로 내게 일어난 일이 너무 흥미진진해서 우선은 내 이야기를 계속해야겠어.

그런데 그 선량한 백작은 그 적막한 집이 바로 옆에 붙어 있는 고급 제과점의 과자 공장에 불과하다는 걸 알게 되면서 자신의 이야기가 끝났을 때 어떤 기분이었을까? 과자 공장이었기 때문에 화덕이 들어선 아래층 창문들 앞에 벽을 쌓았던 것이고, 과자들을 보관하는 위층 방들에는 두꺼운 커튼을 쳐서 햇볕과 해충의 피해를 막으려 했던 거야. 그 말을 백작에게서 전해 들었을 때 나는 그와 마찬가지로 갑자기 냉수 샤워를 한 기분이었어. 또는 적어도 모든 시적인 것에 적대적인 악마가 달콤한 몽상 따위에 빠지는 자들의 코를 제대로 아픔을 느끼도록 힘껏 잡아당긴 것 같았어.

그런데 그 산문적인 해명에도 불구하고 나는 여전히 그곳을 지나칠 때면 언제나 그 적막한 집을 쳐다보았고, 그럴 때면 여전히 가벼운 오한이 일어나 온몸이 떨리면서 그곳에 갇혀 있는 것에 대한 온갖 이상한 형상이 떠올랐어. 나로서는 제과점이니 마르치판, 사탕, 쇼트케이크, 통조림 과일 등의 생각에는 전혀 친숙해질 수가 없었거든. 이상한 연상이 작용해 그 모든 것이 내게는 달콤하고 나를 진정시키려는 설득처럼 여겨졌어. 말하자면, '놀라지 말아요, 친구! 우리는 모두 사랑스럽고 달콤한 어린아이들이지만, 곧 천둥이 살짝 내리칠 거예요'라고 말하는 것 같았어. 그러다가 나는 이렇게도 생각했어. '가장 평범한 것을 경이로운 것 속으로 끌어들이려 하는 너는 제대로 미친 바보가 아닌가? 친구들이 너를 환영을 보는 별종이라고 비난하는 것도 이상한 일이 아니지 않은가?'

그 집은 이미 주어진 정보들에 따르면 별다를 수도 없겠지만 언제나 변함이 없었어. 그래서 나의 시선도 그 집에 익숙해졌고, 보통은 정말 담장에서 튀어나와 부유하는 듯했던 여러 터무니없는 형상들도 점차 사라졌어. 그런데 우연한 사건 하나가 그동안 잠들어 있던 모든 것을 다시 깨어나게 했어.

나는 가능한 한 일상으로 복귀하면서도 그 동화 같은 집을 주시하는 일을 중단하지 않았는데, 그것은 경이로운 것에는 어차피 경건하고 기사다운 신의를 갖고 집착하는 나의 성향에서 너희가 충분히 짐작할 수 있을 거야. 그래서 어느 날, 나는 평소처럼 대낮에 가로수 거리를 흥겹게 산책하다가 그 적막한 집의 커튼이 내려진 창문들을 쳐다보게 되었던 거야. 그때 제과점 바로 옆에 있는 마지막 창문에서 커튼이 움직인 것을 알아차렸어. 손 하나, 팔 하나가 모습을 드러냈어. 나는 얼른 오페라글라스를 꺼냈고, 이제 눈부시게 희고 예쁘장한 여자 손 하나가 또렷하게 보였어. 그 작은 손가락에는 마름모꼴 보석 하나가 강렬하게 반짝거렸고, 통통하고 둥근 팔에는 화려한 팔찌가 번쩍였어. 그 손은 기다랗고 이상하게 생긴 크리스털 재질의 병을 창틀에 올려놓고는 커튼 뒤로 다시 사라졌어.

나는 몸이 굳은 채 그 자리에 서 있었는데, 이상하게 불안하면서도 황홀한 느낌이 전류처럼 따스하게 내 속에서 퍼져 나갔어. 나는 꼼짝하지 않고 그 숙명적인 창문을 올려다보았고, 내 가슴에서는 동경 가득한 한숨이 새어 나온 것 같았어. 마침내 깨어 정신을 차리고 보니, 온갖 신분의 사람들이 나를 둘러싸고 서서 나처럼 호기심 어린 표정으로 위를 쳐다보는 거야. 나는 불쾌한 기분이 들었어. 하지만 이 도시에 사는 주민들은 어떤 건물 앞에 무수히 모여들어 7층 높이에서 어떤 잠꾸러기가 옷가지 하나 상하지 않고 추락한 것을 보면서 입을 벌리고 놀라워하기를 그칠 줄 모르는 사람들 같다는 생각이 곧장 들었어.

나는 조용히 그곳에서 빠져나왔어. 산문적인 성향의 악마는 내 귓전에 대고, 내가 방금 본 것은 일요일 외출할 때처럼 단장한 부유한 제과점 안주인이 순수한 장미 향수나 다른 것을 담았던 빈 병을 창틀에 가져다 놓은 것일 뿐이라고 또렷하게 속삭였어. 참 이상한 일이군! 그때 갑자기 아주 소심한 생각 하나가 떠올랐어. 나는 발걸음을 돌려 그 적막한 집 옆에 붙어 있는, 거울들이 번쩍이는 제과점 안으로 곧장 들어갔어. 뜨거운 코코아 초콜릿의 거품을 입김으로 불어 식히면서 나는 주인에게 가볍게 말을 툭 던졌지. "가게 시설을 옆집까지 멋지게 확장했군요."

제과점 주인은 알록달록한 사탕 몇 개를 작은 봉지에 얼른 담아 기다리고 있는 귀여운 소녀에게 건네주고는, 가게 테이블 위에 팔을 받쳐 앞쪽으로 몸을 내밀며 전혀 이해하지 못했다는 듯한 미소를 짓고 의아해하는 눈길로 나를 쳐다보았어. 나는 이렇게 활기찬 건물들이 들어선 거리에 저런 퇴락한 집이 있어 우중충하고 우울한 인상을 주기는 하지만 가게 주인장이 바로 옆에 과자 공장을 둔 것은 매우 현명한 선택이라는 의견을 재차 피력했어.

"저런, 선생님!" 주인이 입을 열었어. "옆집이 우리 가게에 딸린 것이라고 대체 누가 그러던가요? 우리도 저 집을 취득하려고 온갖 애를 썼지만, 헛수고였어요. 그래도 결과적으로 괜찮다고 할 수 있어요. 옆집은 그 나름의 사정이 있으니까요."

나의 충실한 친구들이여, 제과점 주인의 대답이 얼마나 나의 흥미를 끌었을지, 또 내가 주인장에게 옆집에 대해 더 많은 것을 들려 달라고 얼마나 졸랐을지 너희는 상상할 수 있을 거야.

"그래요, 선생님!" 제과점 주인이 말했다. "나 자신은 특별하게 이상한 점을 모르겠어요. 확실한 것은 그 집이 S 백작 부인의 소유라는 거죠. 백작 부인은 영지에서 살고 있고, 여러 해 전부터 베를린에는 오지 않았답니다. 지금은 화려한 건물들이 이 가로수 거리를 장식하고 있지만, 내가 전해 들은 바로는 그런 건물들이 없었을 때부터 저 집은 현재의 모습으로 자리 잡고 있다고 해요. 그때부터 쭉 완전한 쇠락을 면할 정도로만 유지되고 있다는 거죠. 저 집에 살아 있는 생명체라곤 둘밖에 없어요. 사람을 싫어하는 고령의 관리인과 이따금 뒤뜰에서 달을 보고 짖어 대는, 성질 사납고 삶에 염증을 느끼는 개 한 마리죠. 파다한 소문으로는 그 적막한 집에서 흉측한 유령이 출몰하기도 한답니다. 제과점 주인인 우리 형과 나는 실제로 고요한 밤에, 특히 크리스마스 시즌에 일 때문에 이곳 가게에서 늦게까지 깨어 있노라면 저 벽 안쪽 옆집에서 나는 이상한 한탄의 소리를 자주 들었거든요. 그러다 불쾌하게 할퀴고 떠들어 대는 소리가 시작되고, 그러면 우리 둘은 아주 섬뜩한 기분에 잡혔어요. 얼마 전에도 밤중에 아주 이상한, 지금은 선생님께 뭐라고 설명하기 어려운 노랫소리가 들렸어요. 우리가 들은 것은 분명 늙은 여자 목소리였어요. 그런데 그 소리는 날카롭고 명랑하게 울렸고 다채로운 카덴차와 길고 통절한 고음(高音)의 트릴로로 이어졌는데, 내가 이탈리아나 프랑스, 독일에서 그렇게나 많은 여가수의 노래를 들었지만 이제껏 들어 본 적이 없을 정도로 높았어요. 내가 듣기로는 프랑스어 가사로 된 노래를 부르는 듯했어요. 그러나 정확히 분간하기는 어려웠고, 머리털이 곤두서는 바람에 도대체 그 광적이고 유령 같은 노랫소리를 오랫동안 들을 수는 없었죠. 거리에서 소음이 잦아들 때면 이따끔 저 안쪽 방에서 깊은 한숨 소리가 나고, 이어 마치 바닥에서 울려오는 듯한 둔탁한 웃음소리가 들리기도 해요. 그런데 벽에 귀를 대 보면 금방 옆집에서도 그런 한숨과 웃음소리가 난다는 것을 알게 되는 거죠. (주인은 나를 안쪽 방으로 데려가 창문을 통해 가리키면서 말을 이었다.) 저기 담장 위로 솟아난 철제 연통을 한번 보세요. 저기서 가끔 짙은 연기가 나요, 난방을 전혀 하지 않은 여름인데도 말이죠. 그래서 우리 형은 화재의 위험 때문에 종종 늙은 관리인과 다투기도 했답니다. 하지만 관리인은 먹을 것을 요리하느라 그런 거라고 변명하죠. 그런데 그 사람이 뭘 먹는지 누가 알겠어요? 저 연통에서 아주 짙은 연기가 날 때는 종종 정말 야릇하고 이상한 냄새까지 풍기거든요."

그때 가게 유리문이 삐걱거리며 열리는 소리가 났어. 주인은 얼른 안으로 들어오는 손님에게 고개를 끄덕이고는 내게 의미심장한 눈길을 보냈지.

나는 그 눈길을 완전히 이해했어. 가게에 들어온 이상한 인물이 그 비밀 가득한 집의 관리인이 아니고 누구겠어? 너희는 미라 같은 안색에 뾰족한 코, 꽉 다문 입술, 녹색으로 반짝이는 고양이 눈에 끊임없이 정신 나간 미소를 짓는 작고 야윈 몸매의 남자를 한번 상상해 보라고. 머리는 구식으로 곤두선 앞머리와 곱슬머리를 부착한 방식으로 다듬고 분을 덕지덕지 뿌렸으며, 뒷머리는 크게 다발을 묶고, 가슴에 '사랑의 전령' 매듭 리본을 달았으며, 낡고 색이 바랬으나 정성 들여 솔질한 커피색 옷, 회색 양말, 버클이 달린 커다랗고 낡은 구두를 신은 남자 말이야. 작고 야윈 체격이지만 길고 강한 손가락과 큰 손아귀가 특히 억세 보이는 인물이 카운터 쪽으로 힘차게 걸어가는 거야. 그러고는 계속 미소를 지은 채 크리스털 유리병 속에 보관된 과자들을 응시하면서 힘없이 하소연하는 목소리로 "설탕에 절인 오렌지 두어 개, 아몬드 과자 두어 개, 밤 사탕 두어 개……"라고 외치는 거야. 너희는 그런 모습을 머리에 떠올리면서, 거기에 이상한 것을 예감할 이유가 있는지 없는지 스스로 판단해 보라고.

제과점 주인은 노인이 주문한 것을 모두 꺼냈어. "무게를 달아 봐요, 무게를, 존경하는 이웃집 양반!" 그 이상한 남자는 처량하게 말하고는, 숨을 헐떡이고 끙끙거리면서 주머니에서 작은 가죽 지갑을 빼내 간신히 돈을 꺼냈어. 노인이 카운터에서 돈을 셀 때, 나는 그것이 다양한 옛 동전들이고 일부는 이미 유통되지 않는 돈이라는 것을 알아차렸어. 노인은 아주 가엾게 동전을 세며 중얼거렸어. "자, 이제는 모든 게 달콤, 달콤, 달콤해야 해. 나를 위해서 말이야. 악마는 자기 신부의 입 주변에 꿀을 바르지, 순수한 꿀을."

제과점 주인은 웃으면서 나를 보다가, 다시 노인을 향해 말했어. "몸이 별로 좋지 않은가 봅니다. 그래요, 나이 탓이죠, 나이, 기력이 점차 없어지니까요."

노인은 표정 하나 바꾸지 않고 목소리를 높여 소리쳤어. "나이 탓이라고? 나이 탓? 기력이 없어진다고? 허약하고 쇠약해지는 법이지! 하하, 하하, 하하!"

그러면서 노인은 뼈마디가 우지끈할 정도로 두 주먹을 맞부딪치고 탁 소리가 나게 두 발을 부딪치며 힘차게 공중으로 뛰어올랐다가 내려섰는데, 가게 전체가 진동하고 모든 유리병이 떨며 소리를 낼 정도였어. 그러나 그 순간 무서운 외마디 소리도 났어. 슬며시 노인을 뒤따라 들어와 노인의 발에 몸을 바싹 기댄 채 바닥에 누워 있는 검은색 개를 노인이 밟았던 거야.

"흉악한 짐승! 사악한 지옥의 개!" 노인은 전처럼 낮은 소리로 신음하듯 이렇게 내뱉고는, 봉지에서 큼지막한 아몬드 과자 하나를 꺼내 개에게 내밀었어. 그러자 사람 같은 울음소리를 내던 개는 금방 조용해졌고, 뒷발을 바닥에 대고 앉아 다람쥐처럼 과자를 갉아 먹었어. 노인과 개는 하던 일을 동시에 마쳤어. 개는 아몬드 과자를 다 먹어 치웠고, 노인은 들고 있던 과자 봉지를 닫아서 집어넣었어.

"평안한 밤 보내시오, 존경하는 이웃 양반!" 노인은 이렇게 말하면서 제과점 주인에게 손을 내밀었어. 그런데 손을 너무 세게 잡았는지 주인이 고통스러워하며 큰 소리로 비명을 질렀어. "나이 먹고 쇠약한 늙은이가 이웃 제과점 주인에게 평안한 밤을 기원합니다." 노인은 재차 인사하고는 가게에서 나갔고, 검은 개도 혀로 입 주위에 붙은 과자 부스러기를 핥으며 노인을 뒤따라 나갔어. 노인은 나의 존재를 알아차리지 못한 듯했고, 나는 깜짝 놀라 완전히 몸이 굳은 채로 거기 서 있었지.

"보세요." 제과점 주인이 입을 열었어. "보세요. 저 기이한 노인은 이따금, 한 달에 적어도 두세 번은 여기 와서 저런 모습을 보여요. 그러나 저 노인이 예전에 S 백작의 시종이었다는 것, 그리고 지금은 이곳에서 저 집을 관리하며 벌써 여러 해 전부터 매일 백작의 가족을 기다리고 있고 그 때문에 집을 세놓을 수도 없다는 것 말고는 아무것도 알아낼 수가 없었어요. 한번은 우리 형이 밤중에 나는 기이한 소음 때문에 그에게 대들었던 적이 있어요. 그때 노인은 아주 태연하게 말했어요. '그래요! 사람들은 모두 이 집에 유령이 출몰한다고들 하죠. 그러나 그따위 소문은 믿지 말아요. 사실이 아니니까요.'"

제과점에 사람이 몰리기 좋은 시간이 되었어. 가게 문이 열리고 우아한 차림의 손님들이 밀려들었고, 나는 더는 물어볼 수 없었어.

이제 확실해진 것은, 그 적막한 집의 소유주와 용도에 대해 P 백작이 들려준 이야기가 틀렸다는 거야. 늙은 관리인은 부인했지만, 그 집에는 그 혼자만 사는 게 아니었고 세상에 알려져서는 안 되는 어떤 비밀이 감추어져 있는 것이 분명했어. 그렇다면 나로서는 그 이상하고 소름 끼치는 노래에 관한 이야기를 창문에 나타났던 아름다운 팔과 연결해야 하지 않겠어? 그 팔은 늙고 쪼그라든 노파의 몸에 붙어 있는 것이라곤 할 수 없었고, 노래는 제과점 주인의 말에 따르면 꽃다운 젊은 처녀의 목에서 나올 수 없는 것이었어. 그런데 나는 팔이 보여 주는 것을 근거로 판단을 내렸고, 어쩌면 단지 청각적인 착각 때문에 목소리가 늙고 째지게 들렸던 것이고 마찬가지로 다만 섬뜩한 것에 사로잡힌 제과점 주인의 귀에는 그렇게 들렸을 것이라고 나 자신을 쉽게 설득할 수 있었지.

그리고 이제 연기, 이상한 냄새, 내가 보았던 기이한 형태의 크리스털 병을 생각하자, 끔찍한 마법에 사로잡힌 한 아름다운 인물의 이미지가 내 눈앞에 생생하게 떠오르더군. 내게는 그 노인이 치명적인 마법사, 어쩌면 S 백작 집안과는 완전히 독립해서 이제는 독자적으로 저 적막한 집에서 불행을 가져오는 일을 벌이는 저주받은 마법사 녀석으로 보였어. 나의 상상력은 활발하게 작동했지. 그리고 그날 밤에 꿈에서라기보다는 잠들 때의 몽롱한 상태에서 반짝이는 다이아몬드 반지를 낀 손과 빛나는 팔찌를 낀 팔이 내 눈에 선명하게 보였어. 옅은 잿빛 안개에서 나오듯 슬프게 애원하는 푸른 천상의 눈을 가진 사랑스러운 얼굴이 희미하게 나타났고, 이어 너무나 우아한 꽃다운 청춘의 젊은 여자가 멋진 자태를 드러냈어. 내가 안개라고 여겼던 것이 사실은 여자의 손에 들린 크리스털 병에서 소용돌이치며 솟아오르는 부드러운 수증기라는 것을 금방 알아차렸어.

"오, 사랑스러운 그대 마법의 형상이여." 나는 황홀감에 사로잡혀 소리쳤어. "오, 사랑스러운 그대 마법의 형상이여. 그대는 어디 있는지, 무엇이 그대를 가두고 있는지 내게 알려 주지 않겠소? 오, 그대는 슬픔과 사랑이 가득한 눈길로 나를 바라보는군요! 사악한 마법이 당신을 가두고 있다는 걸 알아요. 당신은 사악한 악마의 가련한 노예군요. 커피색 복장에 가발을 쓴 악마는 제과점을 배회하며 힘찬 뜀박질로 모든 걸 부수려 하고, 또 지옥의 개들을 밟아 놓고는 개들이 악마적인 춤곡을 8분의 5 박자로 빠르게 짖어 대면 아몬드 과자를 먹이는군요. 오, 나는 모든 것을 알고 있어요, 그대 사랑스럽고 우아한 존재여! 다이아몬드는 내면의 열화(熱火)를 반사하는 거죠! 아, 그대가 그것을 그대 심장의 피로 적시지 않았다면, 어떻게 그것이 여태껏 어떤 인간의 귀에도 들리지 않는 장엄한 사랑의 소리를 내며 그토록 반짝이고 그토록 수천의 색깔로 빛나겠어요! 그러나 당신의 팔을 감은 팔찌가 사슬의 하나라는 것을 압니다. 갈색 옷의 남자는 그것이 자성(磁性)을 띤다고 말하겠죠. 그 말을 믿지 말아요, 장엄한 여인이여! 나는 그것이 푸른 불꽃으로 불타는 증류기 안으로 떨어지는 것을 봅니다. 내가 그것을 내던지면 그대는 자유로울 거요! 내가 모든 걸 알지 않나요, 내가 모든 걸 알지 않나요, 사랑스러운 그대? 그러나 이제, 순결한 분! 장미 같은 입을 열고, 오, 말해 줘요."

그 순간 우락부락한 손 하나가 내 어깨 위로 나타나 크리스털 병을 낚아챘고, 크리스털 병은 수천 조각이 되어 공중에서 먼지처럼 날아갔어. 그 우아한 형체는 나지막하고 둔탁한 탄식과 함께 어두운 밤 속으로 사라졌지.

그래! 너희의 미소를 보니 너희는 또다시 나를 환영을 보는 몽상가로 여긴다는 것을 알겠어. 그런데 너희에게 단언할 수 있는 것은, 너희가 꿈이라고 고집할 내 꿈 전체가 온전한 환상의 특징을 갖고 있다는 거야. 그런데 너희가 계속 그렇게 산문적인 불신을 보이면서 나를 향해 미소를 머금고 있으므로 그 문제는 더 이상 언급하지 않고 하던 이야기나 얼른 계속하겠어.

아침이 밝아 오자마자 나는 불안과 동경을 가득 안고 가로수 거리로 달려가 그 적막한 집 앞에 가 보았어! 창문에는 안쪽의 커튼은 물론 두꺼운 차양까지 내려져 있었어. 거리에는 인적이 전혀 없었어. 아래층 창문에 바싹 다가가 계속 귀를 기울여 보았지만, 어떤 소리도 들리지 않았고 모든 것이 깊은 무덤처럼 고요했어.

날이 밝아 가게들이 문을 열기 시작했고, 나는 그곳을 떠나야 했지. 나는 며칠 동안 수시로 그 집 주변을 서성거렸지만 어떤 사소한 것도 찾아내지 못했고, 온갖 탐문과 탐색으로도 어떤 특이점을 알아내지 못했어. 결국 내 환상의 아름다운 이미지도 퇴색하기 시작했어. 그런데 이런 이야기로 너희들을 피곤하게 만들 이유가 있을까?

그러다가 마침내 한번은 내가 저녁 늦게 산책을 하고 집으로 돌아가는 길에 그 적막한 집 앞을 지나게 되었는데, 문이 반쯤 열려 있는 거야. 집 쪽으로 다가가 보니 커피색의 관리인이 밖을 내다보고 있더라고. 나는 속으로 결정을 내리고 물었어. "이 집에 혹시 재무 담당 추밀 고문관 빈더 씨가 살고 있지 않나요?" 나는 이렇게 묻고 노인을 거의 밀어붙이다시피 하면서 램프가 희미하게 비치는 현관 안으로 들어섰어. 노인은 경직된 미소로 나를 바라보더니 나지막하고 느릿한 목소리로 말했어. "아니, 그 사람은 여기 살고 있지 않아요. 이곳에 산 적도 없고, 앞으로도 살지 않을 거요. 이 거리 어디에도 그런 사람은 살지 않소. 그런데 사람들은 이 집에 유령이 출몰한다고들 하지만, 그게 사실이 아니라는 건 내가 장담할 수 있소. 그저 조용하고 아름다운 집이고, 내일은 자애로운 S 백작 부인이 방문할 거요. 평안한 밤 보내시오, 신사 양반!"

그러면서 노인은 나를 집 밖으로 밀어내고는 출입문을 닫았어. 이어 노인이 숨을 헐떡이고 기침을 하면서 쩔렁거리는 열쇠 꾸러미를 들고 복도를 지나가는 소리가 들렸는데, 내 생각에는 층계를 내려가는 것 같았어. 나는 그 짧은 시간에 현관 복도에 낡고 알록달록한 양탄자가 걸려 있고 홀에는 직물 무늬가 돋아나온 붉은 비단을 씌운 커다란 안락의자들이 있다는 것 정도는 알아차렸어. 하여튼 아주 놀랄 만한 광경이었지.

그 비밀 가득한 집에 침입하는 일을 계기로 이제 잠에서 깨어난 듯 모험이 시작되었지!

너희도 한번 상상해 봐, 상상해 보라고! 다음 날 정오에 나는 그 거리를 걸어가면서 벌써 멀리서부터 나도 모르게 그 적막한 집으로 눈길을 돌렸는데, 위층 끝에 있는 창문에서 무언가 반짝이는 게 보였어! 가까이 다가가 보니, 바깥 차양이 완전히 올려져 있고 안쪽 커튼도 반쯤 올려져 있는 거야. 다이아몬드가 나를 향해 반짝이고 있어. 오, 맙소사! 내 환상 속의 그 얼굴이 창턱에 팔을 괴고 슬픔에 잠겨 애원하듯 나를 바라보고 있는 거야.

오가는 인파 속에서 가만히 서 있는 것이 가능했겠어? 그 순간 그 적막한 집 방향에 설치된, 산책자들을 위한 벤치가 내 눈에 들어왔어. 벤치는 물론 사람이 앉으면 집을 등지게 되어 있었어. 나는 얼른 거리로 뛰어들었고, 벤치 등받이 너머로 몸을 내밀고는 이제 어떤 방해도 받지 않고서 그 숙명적인 창문을 쳐다볼 수 있었지. 그래! 그 여자였어. 특징 하나하나가 환상 속의 그 우아하고 아름다운 아가씨였어! 다만 그녀의 시선은 애매해 보였어. 얼마 전처럼 나를 쳐다보지 않았고, 두 눈에는 죽은 듯 경직된 무엇인가가 있었어. 만약 팔과 손이 이따금 움직이지 않았다면 생생하게 그린 그림이라고 착각했을 수도 있을 거야.

나는 마음속 깊은 곳에서 그렇게 이상한 흥분을 불러일으키는, 놀라움을 자아내는 창가의 존재를 완전히 넋을 잃고 보는 바람에, 내 옆에서 소리치는 이탈리아 행상의 목소리를 듣지 못했어. 행상은 내게 물건을 계속 내놓으면서 한참 동안 졸라 댄 모양이야. 그는 결국 내 팔을 잡아당겼어. 나는 재빨리 몸을 돌려 상당히 거칠게 화를 내며 그를 물리쳤어. 그런데 그는 계속 조르고 괴롭히기를 멈추지 않더군. 오늘은 한 푼도 벌지 못했다면서, 나더러 연필 두어 개와 이쑤시개 한 묶음만 사 달라고 졸라 대는 거야. 나는 이 성가신 존재에게서 얼른 벗어나려고 몹시 초조해하며 주머니에서 지갑을 꺼냈어. 그때 행상이 "여기 다른 좋은 물건도 많아요!"라고 소리치면서, 상자의 아래 서랍을 열고는 온갖 유리 제품들과 함께 서랍에 놓여 있던 작고 둥근 손거울을 하나 꺼내더니 내 옆으로 가까이 내밀었어.

거울 속에서 내 뒤쪽에 있는 적막한 집이 보였어. 집의 창문과 내 환상 속의 아름다운 천사가 아주 선명한 특징들까지 보였어. 그래서 얼른 그 작은 거울을 샀고, 이제 나는 거울 덕분에 편안한 자세로, 지나가는 이웃들의 눈에 띄지 않고 창문을 바라볼 수 있었지.

그런데 창문에 보이는 그 얼굴을 오래 쳐다보면 쳐다볼수록 나는 이상하고도 전혀 형언할 수 없는 느낌에 사로잡혔는데, 나로서는 거의 깨어 있는 상태에서 꾸는 꿈이라고 부르고 싶은 느낌이었어. 나는 일종의 강직증에 의해 마비된 듯했어. 그런데 전체 감각이나 몸을 움직이지 못하는 것은 아니고 오히려 내 시선만 마비된 듯했고, 이제 나는 거울에서 결코 눈을 뗄 수 없을 것만 같았어.

부끄럽지만 너희에게 고백해야 할 것이 있는데, 어렸을 때 유모가 들려준 동화가 생각났던 거야. 유모는 저녁 시간에 내가 아버지 방에 있는 큰 거울 앞에 서서 거울 속을 들여다보기를 즐기려 할 때면 나를 당장 침대에 눕히려고 그 동화를 들려주었지. 유모가 말하기를, 아이들이 밤에 거울을 들여다보고 있으면

적막한 집 **251**

거울에서 어떤 낯설고 역겨운 얼굴이 내다볼 거고 그러면 아이들의 눈이 경직되어 버린다고 했거든. 내게는 아주 끔찍하게 소름 끼치는 이야기였어. 그러나 나는 공포에 질린 상태였지만 그 낯선 얼굴에 호기심이 생겨 종종 거울을 힐끗 쳐다보는 일을 그만둘 수가 없었어. 그런데 한번은 거울에서 무섭게 이글거리는 두 눈이 쏘아보는 것만 같아 나는 비명을 지르고 혼절한 상태로 쓰러졌어. 그 발작으로 나는 오랫동안 아팠고, 지금도 그 두 눈이 나를 정말로 노려보았던 거 같아.

간단히 말해 어렸을 적의 그 터무니없는 일이 전부 떠올라 내 혈관에서는 싸늘한 냉기가 부르르 떨며 흘렀어. 나는 거울을 내던져 버리고 싶었지만, 그럴 수가 없었어. 왜냐하면 그 아름다운 자태의 인물이 천상의 두 눈으로 나를 바라보고 있었거든. 그래, 그녀의 눈길은 나를 향했고 내 심장까지 비추며 파고들었어. 갑자기 나를 사로잡았던 공포가 사라지고, 그 대신 달콤한 동경의 황홀한 고통이 전류처럼 따스한 온기가 되어 온몸을 관통했어.

"당신은 예쁜 거울을 갖고 있군요." 내 옆에서 이런 목소리가 들려왔어. 나는 꿈에서 깨어났고, 양옆에서 야릇한 미소를 지으며 나를 쳐다보는 얼굴들을 알아보곤 적잖이 당황했지. 몇 사람이 같은 벤치에 앉아 있었어. 가장 확실한 것은, 내가 거울을 뚫어져라 쳐다보고 또 흥분한 상태에서 어쩌면 몇 가지 이상한 표정을 지었다는 것, 그리고 이로써 그들에게, 그것도 내가 비용을 치르면서 상당히 재미있는 광경을 연출했다는 것이었어.

"당신은 예쁜 거울을 갖고 있군요." 내가 대답하지 않자, 그 남자가 다시 말했어. 그런데 남자의 눈빛에는 '왜 그렇게 광적으로 거울을 들여다보는 거요? 거울에 유령이라도 나타난 거요?' 등의 질문이 담겨 있었어. 나이도 지긋하고 옷차림도 매우 단정한 그 남자는 유난히 선량하고 신뢰감을 주는 말투와 눈길을 가졌더라고.

나는 망설이지 않고 그에게 거울 속에서 저 뒤쪽 적막한 집 창문에 있는 참으로 아름다운 아가씨를 보는 중이라고 솔직히 털어놓았어. 더 나아가 나는 그 노인에게 당신은 저 사랑스러운 얼굴을 보지 못했는지 묻기까지 했어.

"저기? 저 낡은 집, 제일 끝에 있는 창문에서?" 노인은 아주 놀라워하며 다시 내게 물었어.

나는 "그럼요, 그럼요"라고 대답했지. 그러자 노인은 만면에 미소를 짓고 이렇게 말하더군.

"그런데 그것은 기이한 착각이오. 자, 나의 늙은 눈 ─ 신이여, 나의 노안을 영예롭게 하소서 ─ 이봐요, 젊은 양반, 나는 두 맨눈으로 저기 창문의 그 아름다운 얼굴을 보았어요. 그러나 내가 보기에는 아주 훌륭하게, 생동감 넘치게 유화로 그린 초상화 같았어요." 나는 얼른 몸을 돌려 창문을 쳐다보았어. 아무것도 보이지 않았고, 바깥 차양도 어느새 아래로 내려져 있었어.

"그래요!" 노인이 말을 이었어. "젊은 양반, 그것을 확신하기엔 이제 너무 늦었군요. 하인이 방금 그림의 먼지를 털고 창문에서 치운 다음 차양까지 내렸거든요. 내가 알기로 그 하인은

S 백작 부인이 이따금 들르는 저 집의 관리인이고 저기서 혼자 살고 있어요."

"확실히 그림이었나요?" 나는 매우 당혹해하며 재차 물었어.

"내 두 눈을 믿어요." 노인이 대답했어. "당신은 그 그림이 거울에 비친 것만을 보았기 때문에 시각적 착각이 증폭되었을 것이 분명해요. 나도 당신 나이라면 내 상상력의 힘으로 아름다운 여자의 모습을 생생히 떠올리지 않았겠소?"

"하지만 손과 팔이 움직였어요." 나는 노인의 말에 반박했어.

"그럼요, 그럼. 손과 팔이 움직였고, 모든 것이 움직였지." 노인은 미소를 짓고 내 어깨를 가볍게 두드리면서 이렇게 말했어. 그러고는 자리에서 일어나 정중하게 허리를 굽히고 떠나가면서 다음의 말을 남겼지. "그렇게 추한 거짓말을 하는 손거울을 조심하세요. 그럼 안녕히."

갑자기 한심하고 시력이 엉망인 공상가 취급을 받았을 때 내 심정이 어떠했을지 너희는 상상이 갈 거야. 노인의 말이 맞고 또 부끄럽게도 오로지 내 머릿속에 미친 환각이 생겨나서 그 적막한 집을 두고 부끄럽게도 나를 그토록 호되게 현혹한 것이 분명하다는 확신이 들었어.

나는 잔뜩 화도 나고 불쾌한 기분이 되어 내 거처로 달려갔어. 그러면서 그 적막한 집의 비밀에 대한 모든 상념에서 완전히 벗어나고 적어도 며칠 동안은 그 거리를 피하기로 굳게 마음을 먹었어. 나는 결심한 바를 성실하게 지켰어. 게다가 낮에는 급한 업무로 책상에 붙어 있었고 저녁에는 재치 있고 유쾌한 친구들과 어울려 지내면서 그 비밀에 대해서는 거의 더는 생각하지 않게 되었어. 다만 그러는 동안 나는 이따금 갑자기 누가 흔드는 것처럼 잠에서 깨어났어. 그럴 때면 나는 오로지 환상에서, 그리고 그 적막한 집의 창문에서 보았던 그 비밀 가득한 존재에 대한 상념 때문에 깨어난 게 분명하다는 사실을 깨달았어. 그래, 일하는 동안에도, 친구들과 아주 활기찬 대화를 나누던 중에도 그 상념은 어떤 다른 계기도 없이 자주 번개처럼 떠올랐어. 그러나 그것도 단지 재빨리 지나가는 순간들에 불과했어.

나는 나를 그토록 기만하면서 내게 그 우아한 초상을 비춰 주던 작은 손거울을 가정의 산문적인 필수품으로 정했어. 그리고 그 거울 앞에서 습관적으로 넥타이를 매곤 했어. 그러다가 한번은 그 중요한 것을 떼어 내려고 하는데 거울이 흐릿하게 보이는 거였어. 그래서 나는 널리 알려진 방식대로 거울에 입김을 불어 반짝거리게 닦으려 했지. 그 순간 갑자기 나의 모든 맥박이 멎었고, 내 깊은 곳에서 황홀한 전율이 일어났어! 그래, 내 입김이 거울 표면에 스친 뒤에 푸르스름한 안개 속에서 그 아름다운 얼굴이 나타나 심장을 뚫는 듯한 슬픈 표정으로 나를 바라보았을 때 엄습한 느낌은 그렇게 표현할 수밖에 없어!

지금 웃는 거야? 너희는 나를 더는 상종할 수 없는 인물, 정말 구제할 길 없는 몽상가라고 생각하는 거야? 그러나 너희 마음대로 말하고 마음대로 생각해도 좋아. 하여튼 그 사랑스러운 여자는 거울 속에서 나를 바라보았어. 그런데 입김이 없어지자 거울의 반짝거림 속에서 그 얼굴도 사라졌어.

하지만 나는 너희를 피곤하게 하고 싶지 않고, 일어난 순간을 너희에게 하나하나 장황하게 늘어놓고 싶지 않아. 다만 나는 거울을 갖고 계속 시도했고 입김을 불어 그 사랑스러운 얼굴을 나타나게 하는 데 자주 성공했다는 점, 그러나 가끔은 아무리 애를 써도 성공하지 못했다는 점만 이야기하려고 해. 그러면 나는 그 적막한 집 앞을 미친 듯이 뛰어다니며 창문을 쳐다보았어. 하지만 어떤 인간의 모습도 더는 보이지 않았어.

나는 오로지 그녀에 대한 상념에 잡혀 살았고, 다른 모든 것에 대해서는 무감각해졌어. 나는 친구들도 소홀히 하고 학업도 등한시하게 되었지. 그러한 상태는 부드러운 고통, 몽환적인 동경으로 넘어가려 했어. 그래, 그 형상은 생기와 힘을 잃는 것처럼 보이기도 했지만, 종종 내가 지금도 공포를 느끼며 돌아보게 되는 순간들에는 그러한 상태가 극도로 고조되기도 했어.

내가 지금 이야기하는 영혼의 상태는 하마터면 나를 파멸로 몰아갈 수도 있었던 거야. 그것은 비웃거나 조롱할 사안이 전혀 아닌 만큼, 불신으로 가득한 너희도 내가 견뎌 냈던 것을 듣고 느껴 보았으면 해.

이미 말했듯이, 종종 거울 속의 그 모습이 완전히 퇴색하게 되면 내 몸은 아주 불편한 상태가 되었고 그녀의 형상은 오히려 그 어느 때보다 생생하고 현란하게 나타났어. 그러면 나는 그것을 손으로 잡을 수 있겠다는 망상에 빠지기도 했어.

그러다가 문득 그 형상은 바로 나 자신이고 거울의 안개에 둘러싸여 가려져 있었던 것이 아닌가 하는 섬뜩한 생각이 들기도 했어. 심한 가슴 통증에 이어 완전한 무감각 상태가 그 괴로운 상황을 끝냈는데, 그 상태는 언제나 내부의 깊은 골수까지 갉아먹는 피로를 남겼어. 그런 순간들에는 거울을 갖고 아무리 시도해도 되지 않았어. 그러나 내가 다시 기운을 차리면 그 형상이 다시 거울에서 생생하게 튀어나왔어. 따라서 나로서는 내게 낯선 어떤 특별한 물리적인 자극이 그것과 연결되어 있다는 점을 부인하고 싶지 않았어.

그 영원한 긴장은 내게 파멸적인 영향을 끼쳤고, 나는 마치 죽은 사람처럼 창백해지고 심신이 피폐해진 상태로 비틀거리며 돌아다녔어. 친구들은 내가 아프다고 여겼고, 그들의 계속되는 훈계를 듣고 나는 결국 나 자신의 상태에 대해 가능한 한 진지하게 숙고하게 되었어. 그때 약학을 전공하는 친구 하나가 나를 방문하면서 정신 착란에 관한 라일*의 책을 두고 갔었는데, 의도적이었을까 아니면 우연이었을까? 나는 그 책을 읽기 시작했고, 그 책에 저항할 수 없을 정도로 이끌렸어. 그런데 내가 광적인 고정 관념에 관해 서술한 내용에서 바로 나 자신의 상태를 발견했을 때 어떤 기분이었겠어!

나는 스스로 정신 병원으로 가는 길에 있음을 깨닫고 심한 경악감에 잡혔고, 그 때문에 정신을 차리고 확고한 결심을 한 다음, 곧바로 실행에 옮겼어. 나는 손거울을 챙기고 서둘러 K 박사에게 달려갔어. 그는 정신 착란 환자들을 다루고 치료하는 일, 그리고 때로는 육체적인 질병까지 일으켰다가 다시 치유할 수도 있는 정신적 원리를 깊이 탐구해서 유명해진 의사였어. 나는 그에게 모든 것을 이야기했어. 아주 사소한 부분까지 숨기지 않았고, 나를 위협하는 것으로 여겨지는 이 무서운 운명에서 구해 달라고 그에게 간청했어. 의사는 내 말을 아주 조용히 경청했어. 그러나 나는 그의 눈빛에서 깊은 경악을 알아차릴 수 있었지.

그가 입을 열었어. "아직은 당신이 생각하는 만큼 위험이 닥친 것은 아닙니다. 내가 그 위험에서 완전히 벗어나게 할 수 있다고 확실히 말씀드릴 수 있어요. 당신의 경우 여태껏 들어 보지 못한 방식으로 심리적인 공격을 받은 것은 의심할 여지가 없어요. 그러나 어떤 사악한 원리의 공격에 대해 아주 명확히 인식한다는 것은 당신에게 그것에 대항할 무기를 손에 갖게 해 주는 거예요. 그 손거울은 내게 맡겨 두고, 정신의 힘을 소비하는 일을 억지로라도 해 보세요. 그 거리에 가는 것은 피하고, 아침 일찍부터 일을 시작해 견딜 수 있을 때까지 계속하세요. 그리고 산책도 제대로 하고 오래 만나지 않았던 친구들과도 어울리세요. 영양가 있는 음식을 섭취하고, 생기를 주는 독하고 센 포도주를 마셔요. 당신도 보다시피 나의 권고는 다만 당신의 고정관념, 다시 말해 그 적막한 집의 창문과 거울에 나타나 당신을 현혹하는 그 형상을 지우고, 당신의 정신을 다른 일로 돌리게 하고, 당신의 육체를 강건하게 하려는 것입니다. 나의 이러한 의도에 당신도 성실하게 협조해 주세요."

나로서는 거울에서 떨어지는 일이 어려웠어. 거울을 받아 든 의사는 벌써 그것을 알아차린 듯했고, 거울에 입김을 불어 내 앞으로 내밀면서 물었어. "뭐가 보여요?"

"아무것도 안 보입니다." 나는 사실대로 대답했어.

"당신이 거울에 입김을 불어 보세요." 의사가 말하며 거울을 건네주었어.

나는 그렇게 했어. 그런데 그 놀라운 형상이 어느 때보다도 더 선명하게 나타났어. "그 얼굴이 나타났어요." 내가 큰 소리로 외쳤어.

의사가 거울을 들여다보면서 말하더군. "내 눈엔 아무것도 보이지 않아요. 그러나 내가 당신의 거울을 들여다보는 순간, 금방 사라지기는 했지만 섬뜩한 전율을 느꼈다는 건 숨기고 싶지 않군요. 당신은 이제 내가 아주 솔직하고, 따라서 당신의 완전한 신뢰를 받을 자격이 있다는 것을 알아차렸을 거요. 다시 한 번 해 보세요." 나는 의사의 말대로 했어. 의사는 나를 감싸안았고, 나는 내 등뼈*에 닿은 그의 손을 느낄 수 있었어.

순간 그 형상이 다시 나타났어. 의사는 함께 거울을 들여다보다가 얼굴이 창백해졌고, 내 손에서 거울을 빼앗아 다시 한번 들여다보고는 책상 서랍에 집어넣었어. 그러고 나서 그는 몇 초 동안 자기 이마에 손을 대고 침묵하며 서 있다가 다시 나를 돌아보며 말했어. "내가 내리는 처방을 정확히 따라 주세요. 당신이 정신을 잃고 당신의 자아가 육체적인 고통을 느낀 그 순간들이 내게는 여전히 매우 비밀스럽게 여겨진다는 점을 고백하지 않을 수 없군요. 그러나 그것에 대해 당신에게 곧 더 많은 것을 말해 줄 수 있을 것으로 생각합니다."

나는 몹시 힘이 들기는 했지만 변함없이 확고한 의지를 갖고 의사의 처방에 따라 생활했어. 또, 다른 일에 정신적 긴장을 쏟고 아울러 의사의 처방대로 식이 요법을 하니 곧장 매우 유익한 효과가 나타난다는 걸 느꼈어. 하지만 정오가 되면 나타나는, 그리고 자정에는 훨씬 더 심하게 일어나는 끔찍한 발작에서는 벗어날 수 없었어. 술 마시고 노래하는 유쾌한 모임에 있을 때조차 종종 뜨겁게 달군 날카로운 비수가 갑자기 내 깊은 곳을 꿰뚫는 것 같았어. 그럴 때는 모든 정신력도 저항하기에 충분하지 못하고, 나는 그 모임을 떠나 혼수(昏睡) 비슷한 상태에 빠졌다가 깨어나야 다시 정신을 차릴 수 있었어.

한번은 어떤 저녁 모임에 참석한 적이 있었는데, 정신적 영향력과 작용, 자기 치료라는 전인미답의 영역에 대해 의견을 주고받는 모임이었어. 그 모임에서는 특히 거리가 떨어진 상태에서의 정신적인 원리의 작용 가능성이 언급되었고, 그것을 입증하는 여러 사례가 거론되었어. 자기 치료에 몰두한 한 젊은 의사는, 다른 사람들, 더 정확히는 자기 치료를 활용하는 유능한 사람들처럼 그 자신도 단지 확고하게 생각을 집중하고 의지력을 발휘함으로써 먼 거리에서도 자신의 몽유병 환자들에게 영향을 끼칠 수 있다는 점을 훌륭하게 제시했어. 이어 클루게, 슈베르트,* 바르텔스* 그리고 그 밖의 여러 사람이 그것에 대해 말한 모든 것이 차츰 화제에 올랐어.

마침내 참석한 사람들 가운데 예리한 관찰자로 알려진 의사

하나가 입을 열었어. "내가 볼 때 무엇보다 중요한 것은, 우리가 평범하고 단순한 삶의 경험으로 치부하고 비밀로 인식하지 않으려 하는 몇 가지 비밀을 자기 치료가 열어 준다는 것입니다. 물론 우리는 신중하게 작업에 임해야겠죠. 우리에게 알려진 그 어떤 외적인 또는 내적인 계기가 없이 우리 관념의 고리를 끊고 어떤 인물 또는 어떤 사건의 충실한 모습이 그토록 생생하게, 우리의 전 자아를 지배하면서 우리 자신이 놀랄 정도로 우리의 감각에 다가오는 때가 있습니다. 가장 특이한 경우는, 우리가 종종 꿈속에서 벌떡 깨어난다는 것입니다. 전체 꿈 형상은 검은 심연으로 가라앉고 그 형상과는 완전히 독립된 새로운 꿈에서 하나의 형상이 삶의 충만한 생명력을 갖고 등장해 우리를 멀리 떨어진 장소로 옮겨 놓은 뒤, 우리가 여러 해 전부터 생각하지 않아 아주 낯설게 된 사람들을 갑자기 우리 눈앞에 보이게 합니다. 더 이상한 일도 있어요! 그와 같은 방식으로 우리가 전혀 알지 못하는 낯선 사람들, 몇 년 후에나 알게 될 사람들을 미리 보는 경우도 종종 있습니다. 잘 알려진 경험 중 하나는, 우리가 '맙소사, 저 남자, 저 여자는 놀랍게도 내가 아는 것 같아, 어디선가 본 것 같아'라고 할 때가 있다는 거죠. 그런데 때로는 그것이 전혀 불가능하기 때문에 어쩌면 그 같은 꿈 형상에 대한 어렴풋한 기억일 것입니다. 이렇게 낯선 형상들이 특별한 힘으로 곧장 우리를 사로잡는 일련의 관념 속으로 뛰어드는 일, 만약 그것이 어떤 낯선 정신적 원리에 의해 촉발된 것이라면요? 만약 낯선 정신적 원리가 어떤 특정한 상황에서 아무런 준비 없이 자기적인 교감을 불러일으켜 우리가 의지를 발휘하지 못하고 그 낯선 정신에 순응해야 한다면요?"

그러자 다른 사람이 웃으며 끼어들었어. "만약 그렇다면 이미 오래전에 시효가 지난 어리석은 시대의 마법이나 요술, 신기루, 반사경 그리고 그 밖의 어리석은 미신적인 망상에서 우리가 크게 떨어져 있지 않은 거죠."

그러자 의사는 불신하는 동료의 말을 가로막으며 이렇게 말했어. "어떤 시대도 시효가 소멸하는 것은 아니고, 우리 시대를 포함해 사람들이 사유 활동을 좋아하는 그런 시대를 어리석은 시대로 여기지 않는다면 사실 어리석은 시대라는 것은 훨씬 적었다고 할 수 있어요. 무언가를 곧장 부정하려는 것, 심지어 종종 법적으로 엄격히 증명되어 확정된 것까지 부정하려 하는 것은 독선이죠. 그리고 나는 우리 정신의 고향인 어둡고 비밀 가득한 왕국에서는 우리의 허약한 눈을 환하게 밝히는 단 하나의 작은 등불만 켜져 있다고는 생각하지 않아요. 하지만 또한 확실한 것은 자연이 우리에게 두더지의 재능과 성향을 거절하지 않았다는 거죠. 그래서 우리는 눈이 먼 상태에서도 어두운 길 위에서 계속 나아가려고 시도하죠. 그러나 지상에서 눈먼 사람이 나무가 흔들리며 속삭이는 소리, 시냇물이 졸졸거리며 흐르는 소리를 듣고 서늘한 그늘로 자기를 품어 줄 숲, 목마른 자를 상쾌하게 해 주는 시내가 가까이 있음을 알아차리고 자신이 동경하는 목표에 이르듯, 우리는 정신의 숨결로 우리와 접촉하는 미지의 존재가 내는 날갯짓 소리를 듣고서 그 순롓길이 우리를 빛의 근원으로 이끈다는 것을 예감하게 되고, 그 빛의 근원 앞에서 우리의 눈이 열리게 되죠!"

나는 더는 스스로를 억제할 수 없었고, 그 의사를 향해 물었지. "그러니까 선생님은 자기 의지를 발휘하지 못하고 순응할 수밖에 없는 낯선 정신적 원리가 작용한다는 것을 확정하는 건가요?"

의사가 대답했어. "논의가 너무 광범위해지지 않도록 말하는데, 나는 그런 작용이 가능할 뿐만 아니라, 그것 외에도 자기력 상태에 의해 더욱 분명해지는 정신적 원리의 작용도 완전히 동질적이라고 생각합니다."

나는 질문을 계속했어. "그렇다면 악마적인 힘이 적대적이고 파멸적으로 우리에게 작용할 가능성도 있다는 얘기죠?"

"타락한 유령들의 비열한 기술이죠." 의사가 미소를 지으며 대답했어. "아니, 그런 것들에는 우리가 굴복하지 않고자 합니다. 그리고 부탁하는 것은, 내가 던지는 암시들을 다른 어떤 것이 아니라 단지 암시로만 여겨 달라는 것입니다. 또 하나 덧붙이자면, 나는 어떤 정신적인 원리의 '무조건적' 지배를 믿지 않습니다. 오히려 나는 분명 어떤 의존성, 내적 의지의 나약함 내지는 그런 지배가 가능하도록 여지를 주는 상호 작용이 있다고 봅니다."

그러자 그동안 침묵을 지키며 주의 깊게 경청만 하고 있던 나이 지긋한 남자가 입을 열었어. "이제야 나는 우리에게 알려지지 않은 비밀들에 대한 당신의 독특한 생각들에 어느 정도 친숙해질 수 있겠군요. 우리에게 위협적인 공격을 가하며 비밀스럽게 작용하는 힘이 있다면, 반대로 정신 기관에 있어 어떤 비정상적 상태만이 오직 우리에게서 그 힘에 성공적으로 저항할 힘과 용기를 빼앗아 갈 수 있는 거죠. 한마디로 말해 단지 정신적인 질병만이, 다시 말해 죄가 우리를 악마적인 원리에 굴복하게 만드는 거죠. 특이하게도 아득한 옛날부터 인간의 가장 깊은 내면에서 혼란스럽기 짝이 없는 심성의 움직임을 시도한 것은 악마적인 힘이었어요. 내가 말하는 것은 바로 사랑의 마법인데, 모든 연대기(年代記)가 그런 것으로 가득 차 있죠. 어처구니없는 마녀재판에는 언제나 그런 것이 등장하고, 심지어 계몽된 국가의 법전에서조차 사랑의 묘약에 대해 다루고 있습니다. 그런데 일반적으로 사랑의 쾌락을 자극하는 약이 아니라 어떤 특정한 사람에게 저항조차 못 하도록 얽매이게 한다는 점에서 또한 순전히 정신적으로 작용하는 묘약이죠. 이런 이야기를 듣다 보니 얼마 전 우리 집에서 일어난 비극적인 사건이 생각나는군요. 보나파르트 나폴레옹이 군대를 이끌고 우리 나라를 휩쓸었을 때, 이탈리아 친위대의 연대장이 우리 집에 숙영한 적이 있어요. 조용하고 겸손하며 고상한 행동을 갖춘 이른바 '위대한 군대'의 소수 장교 중 하나였죠. 그런데 죽은 사람처럼 창백한 얼굴과 우울한 눈을 보면 어떤 병이 있거나 깊은 슬픔이 있는 듯했어요. 우리 집에 머문 지 며칠 지나지 않았을 때였는데, 그를 따라다니는 특이한 발작이 일어났어요. 마침 내가 그 장교의 방에 있었는데, 그가 갑자기 치명적인 통증을 느끼는 듯 가슴에,

아니 위(胃) 부위에 손을 대고 깊은 신음을 내뱉었어요. 그러더니 금방 말도 하지 못하고 소파에 누울 수밖에 없었고, 이어 갑자기 눈이 시력을 잃고 의식 없는 조각상처럼 굳어졌어요. 그러다가 마침내 꿈에서 깨어나듯 단번에 두 눈을 떴지만, 너무 기진맥진한 상태여서 몇 시간에 걸쳐 어떤 반응이나 움직임도 없었어요. 내가 장교에게 보낸 의사는 여러 치료법을 적용해도 아무 소용이 없자 자기 치료를 시도했고, 그게 효과가 있어 보였어요. 물론 의사는 환자에게 자기 치료를 시도하는 동안 그 자신도 참을 수 없는 메스꺼운 감정에 사로잡혀 이내 치료를 중단해야 했어요. 더욱이 의사는 연대장의 신뢰를 얻었어요. 의사가 들은 바에 따르면, 그는 통증을 느끼는 순간에 자신이 피사에서 알게 된 한 여자의 모습이 다가오고 그녀의 불타는 듯한 시선이 그의 내면까지 파고드는 것 같았고, 참을 수 없는 고통을 느끼다가 완전히 정신을 잃게 된다고 했어요. 그 상태에서 벗어나면 그에게는 먹먹한 두통과 사랑의 향락에 빠진 후의 권태만 남는다고 해요. 어쩌면 그 여자와 맺고 있었을 더 자세한 관계에 대해서는 그는 아무것도 털어놓지 않았어요. 그러다 부대가 철수해야 할 때가 되어 장교가 타고 갈 마차가 채비를 마치고 문 앞에 서 있고 그가 아침 식사를 하던 중이었어요. 그는 마데이라한 잔을 마시려고 술잔을 막 입에 가져가려는 순간, 갑자기 둔탁한 비명을 지르며 의자에서 굴러떨어졌어요. 그리고 그 자리에서 사망했어요. 의사들이 내린 진단은 신경 발작이었고요. 그러고 나서 몇 주 후 장교가 수신인으로 된 편지 한 통이 전달되었어요. 나는 주저 없이 편지를 개봉했어요. 그 사람의 친척들에 대해 좀 더 자세히 알 수 있지 않을까, 그들에게 그의 갑작스러운 죽음을 알릴 수 있지 않을까 해서였죠. 편지는 피사에서 온 것으로, 서명도 없이 몇 마디만 적혀 있었어요. '불행한 자! 오늘, 7일 정오에 안토니아가 실물 아닌 그대의 초상화를 사랑스러운 팔로 감싼 상태로 쓰러져 사망했습니다!' 나는 연대장의 사망일을 기록해 둔 달력을 찾았고, 피사에서 안토니아가 죽은 시간이 그가 죽은 시각과 같다는 것을 알았어요."

나는 그 남자가 덧붙이는 이야기를 더는 듣지 않았어. 이탈리아 장교의 상태에서 나의 상태를 알아차리고는 경악감에 사로잡혔기 때문이야. 나는 격심한 고통을 느끼면서 동시에 미지의 형상에 대한 미친 동경이 마구 솟구쳐 그것에 압도된 채 자리에서 벌떡 일어나 그 숙명의 집을 향해 달려갔어.

멀리서 보니 굳게 닫힌 차양 사이로 불빛이 새어 나오는 것 같았어. 그러나 가까이 다가가니 불빛은 사라지고 없었어. 나는 갈급한 사랑의 욕망으로 미친 듯 날뛰면서 출입문을 향해 달려들었어. 내가 밀치자 출입문이 열렸고, 나는 무덥고 후덥지근한 공기가 감돌고 희미한 불빛이 흐르는 현관에 들어서 있었어. 이상한 불안과 초조함으로 심장이 마구 두근거리는데, 여자의 목에서 흘러나오는 길고 날카로운 소리가 집 안에 울려 퍼졌어. 그리고 나는 어찌 된 영문인지도 모른 채 갑자기 수많은 촛불이 밝게 비치는 어느 홀에 들어서게 되었는데, 금박을 입힌 가구들과 진귀한 일본 항아리들로 고풍스럽고 화려하게 장식된 방이었어. 그때 푸른 안개구름 속에서 강한 향기가 풍겨 왔어. "잘 왔어요, 잘 왔어, 사랑스러운 신랑, 시간이 되었어요, 결혼식이 임박했어요!"

한 여자의 목소리가 점점 더 큰 소리로 이렇게 외쳤어. 나는 내가 어떻게 갑자기 그 방 안에 들어섰는지도 잘 알지 못했고, 또 어떻게 갑자기 안개 속에서 늘씬하고 젊은 여자가 화사한 옷을 입은 모습으로 눈부시게 나타났는지도 알 수 없었어. 그녀는 날카로운 목소리로 "잘 왔어요, 사랑스러운 신랑!" 하고 계속 외치면서 두 팔을 벌리고 나를 향해 다가왔어. 그런데 내 눈을 들여다보는 것은 광기로 끔찍하게 일그러진 누렇고 늙은 얼굴이었어.

나는 깊은 경악감에 사로잡혀 몸을 떨었고, 비틀거리며 뒤로 물러섰어. 그런데 나는 마치 방울뱀의 꿰뚫는 듯한 불타는 눈초리에 의해 마법에 걸린 것처럼 그 무시무시한 노파에게서 눈을 뗄 수 없었고 한 발자국도 움직일 수 없었어. 그녀가 내게 점점 더 가까이 다가왔고, 그때 내가 보니 그녀의 끔찍한 얼굴은 단지 얇은 천의 가면이고 그 얇은 천 너머로 거울에서 보았던 그 아름다운 형상의 이목구비가 내다보는 것 같았어. 그 여자의 손이 내 몸에 닿는 듯한 느낌을 받는 순간, 여자는 큰 소리로 비명을 지르며 내 앞에서 바닥에 쓰러졌어. 그리고 내 뒤쪽에서 누군가가 소리쳤어. "어이구, 어이구! 악마가 또다시 영원한 은총을 맞상대로 판돈을 두 배 높인 게임을 벌이는군. 침대로 가, 침대로, 자애로운 분! 그러지 않으면 매를 맞을 거야, 심한 매를!"

내가 얼른 뒤돌아보니 늙은 관리인이 잠옷 차림으로 서서 머리 위로 채찍을 휘두르고 있었어. 관리인은 바닥에 웅크린 채 울부짖는 노파를 내리치려고 했어. 내가 관리인의 팔을 제지하자, 그가 나를 밀치며 소리쳤어. "이런 세상에, 맙소사, 내가 오지 않았다면 늙은 사탄이 당신을 죽였을 거요! 저리 가요, 저리 가."

나는 홀에서 뛰쳐나갔고, 짙은 어둠 속에서 출입문을 찾으려 했지만 여의치 않았어. 그때 채찍을 휘두르는 소리와 노파가 내지르는 비명이 들려왔어. 나는 크게 소리 질러 도움을 청하려 했는데, 그때 발밑 바닥이 꺼지면서 층계 아래로 굴러떨어져 어떤 문에 세게 부딪혔고 그 바람에 문이 열려 작은 방 안에 그대로 들어갔어. 누군가가 방금 떠난 것 같은 침대와 의자에 걸쳐져 있는 갈색 상의로 보아 늙은 관리인의 방이라는 걸 순간적으로 알아차렸지. 잠시 후 쿵쿵거리며 층계를 내려오는 소리가 들리더니, 관리인이 급히 들어와 내 발치에 쓰러지면서 두 손을 쳐들고 간청하는 거야.

"모두의 행복을 위해, 부탁드려요. 당신이 누구신지는 모르겠고, 저 늙은 마녀가 어떻게 당신을 이곳으로 꾀어냈는지는 모르겠지만, 여기서 일어난 일은 아무에게도 발설하지 말아 주시오. 자칫하다간 내 직책과 밥줄이 끊어져요! 저 미친 마님은 벌을 받고 침대에 묶여 있소. 오, 존경하는 분! 가서 편안하고 달콤하게 주무시오! 네, 네, 제발 그렇게 해요. 아름답고 따스한 7월의 밤, 달빛은 보이지 않으나 은총의 별들이 반짝이는군요. 자, 평온하고 행복한 밤."

　이런 말을 하면서 노인은 자리에서 벌떡 일어났고, 등불을 들고 나를 지하층에서 데리고 나와 출입문 바깥으로 밀어내고는 문을 단단히 잠갔어. 나는 완전히 혼란한 정신으로 얼른 집을 향해 달려갔어. 내가 소름 끼치는 비밀에 깊이 사로잡혀 첫 며칠 동안은 사태의 어떤 개연성 있는 연관성조차 생각할 수 없었으리라는 것은 너희도 상상할 수 있겠지. 다만 확실한 것은 어떤 사악한 마법이 그토록 오랫동안 나를 사로잡고 있었으나, 그것이 이제는 내게서 떠났다는 것이었어. 거울 속 마법의 형상을 향한 모든 괴로운 동경이 사라졌어. 나는 곧 그 적막한 집 안에 들어갔던 것이 예기치 않게 정신 병원에 들어간 것 같다는 생각이 들었어. 그 미친 여자는 고귀한 태생이지만 아마 세상에 그녀의 상태를 숨겨야 했던 모양이고, 관리인에게 그 여자를 폭군처럼 감시하는 직책을 맡겼다는 것은 의심의 여지가 없었어. 하지만 그 거울, 그 미친 마법의 물건은 도대체 어떻게 된 걸까? ─ 이야기를 계속, 계속하려고 해!

　나중에 나는 많은 사람이 모인 자리에서 P 백작을 만났는데, 그가 나를 한구석으로 끌고 가더니 웃으며 이렇게 말했어. "우리가 주목한 그 적막한 집의 비밀이 드러나기 시작한 것을 혹시 알고 있어요?"

　나는 귀를 쫑긋 기울였으나, 백작이 이야기를 이어 가려고 할 때 마침 식당 문이 열리고 사람들이 식탁으로 이동하기 시작했어. 나는 백작이 털어놓으려는 비밀에 대한 상념에 깊이 잠긴 채 한 젊은 숙녀에게 내 팔을 맡기고는, 뻣뻣한 의식처럼 열을 지어 느릿느릿 걸어가는 사람들을 기계적으로 따라갔어. 나는 내 팔을 잡은 아가씨를 우리를 반기는 빈자리로 인도하고, 이제 그녀를 제대로 쳐다보지 — 그런데 내가 보는 그 아가씨는 거울 속의 여자와 영락없이, 어떤 착각도 끼어들 여지 없이 똑같은 모습이야.

내가 속으로 얼마나 전율했을지 너희는 상상이 갈 거야. 그러나 너희에게 단언할 수 있는 것은, 나의 입김으로 거울에서 그 경이로운 여자의 형상을 불러냈을 때 나를 완전히 사로잡았던 그 파멸적이고 미친 열광적 사랑이 내 안에서 전혀 일어나지 않았다는 거야. 내가 의아해한다는 것, 아니 더 나아가 나의 경악감이 내 눈길에 드러났던 것이 분명했어. 아가씨가 크게 놀란 눈으로 나를 쳐다보았거든. 그래서 나는 할 수 있는 대로 정신을 차리는 것이 필요하다고 여겼고, 가능한 한 침착하게 내가 그녀를 분명 어디에서 본 것 같은 기억이 생생하다고 둘러댔지. 그녀는 어제, 그것도 생전 처음 베를린으로 왔기 때문에 그럴 리 없다며 단언했고, 그녀의 부인은 정말 문자 그대로 나를 당혹하게 했어. 나는 입을 다물었어. 다만 그녀가 아름다운 눈으로 천사 같은 눈길을 던진 덕분에 다시 기운을 차릴 수 있었지.

그런 경우에는 정신적인 촉각을 내뻗고, 어떤 말을 해야 반향을 얻을지 그 지점을 알아낼 때까지 조용히, 조용히 탐색해야 한다는 것쯤은 너희도 알고 있겠지. 그래서 나는 그렇게 했고,

내 옆에 있는 아가씨가 다정하고 사랑스럽지만 어떤 심리적 과민 상태에 있음을 곧장 알아차렸어. 대화가 유쾌한 방향으로 바뀌고 특히 내가 흥을 돋우기 위해 대담하고 기괴한 말을 매운 후추처럼 뿌렸을 때 그녀는 미소를 띠기는 했지만 마치 너무 세게 그녀를 건드린 듯 특이하게 고통스러운 미소를 지었어.

"당신은 유쾌하지 않은가 봐요, 아가씨. 오늘 아침의 방문 때문에 그런 것 같군요." 그다지 멀지 않은 곳에 자리 잡은 장교 하나가 내 옆의 아가씨에게 이렇게 말을 걸어왔어. 그런데 그 순간, 장교 옆자리에 앉아 있던 남자가 얼른 그의 팔을 붙잡으며 귀에 대고 무엇인가를 속삭였어. 한편 식탁 맞은편에 앉은 한 부인은 뺨에 홍조를 띠고 눈을 반짝이며 큰 소리로 자기가 파리에서 보았던 웅장한 오페라 이야기를 꺼냈고 오늘 공연과 비교해 보겠다고 했어. 그런데 내 옆에 앉은 아가씨의 눈에서 눈물이 마구 흘러내리는 거야. 그러면서 나를 쳐다보고는 "내가 철없는 아이 같죠?"라고 말하는 거야. 그녀는 편두통에 대해 불평했어. 그래서 나는 무심한 어조로 이렇게 대꾸했어. "흔히 신경성 두통으로 인해 생기는 결과죠. 거기에는 이 시인의 음료 거품에 흐르는 유쾌하고 생기 있는 정신보다 더 도움이 되는 건 없어요." 그러면서 나는 아가씨의 잔에 샴페인을 따랐어. 그녀는 처음에는 거절하다가 한 모금 맛을 보더니, 자신이 숨기지 못한 눈물에 대한 나의 해석을 고마워하는 눈길을 보냈어.

아가씨는 내면이 더욱 밝아진 듯 보였어. 그리고 모든 것이 잘 흘러갔을 수도 있었을 텐데 내가 그만 부주의해서 내 앞에 있는 영국 술잔을 치는 바람에 날카롭고 째지는 고음의 소리가 울렸어. 그러자 내 옆의 아가씨는 죽은 사람처럼 얼굴이 창백해졌어. 그리고 그 날카로운 소리는 적막한 집에서 들었던 미친 노파의 목소리 같아서 나 또한 갑작스러운 공포에 사로잡혔어.

사람들이 커피를 마시는 동안 나는 P 백작에게 다가갈 기회를 얻었어. 그는 내가 자신을 찾은 이유를 잘 알고 있었지.

"당신 옆에 앉았던 아가씨가 에드비네 폰 S 백작 부인이라는 것을 혹시 아시오? 그 적막한 집에 그녀 어머니의 언니, 즉 아가씨의 이모가 벌써 여러 해 전부터 불치의 광기로 인해 유폐되어 있다는 것을 혹시 아시오? 오늘 아침에 어머니와 딸 두 사람이 그 불행한 여자를 방문했답니다. 늙은 관리인만이 유일하게 백작 부인의 심한 광기의 발작을 통제할 수 있어서 그녀를 감독하라고 맡겼는데, 지금 그 관리인이 죽을 지경이 될 정도로 아파 누워 있다고 해요. 그래서 여동생이 그 비밀을 마침내 K 의사에게 털어놓았고, 의사는 환자를 완전히 회복시키지는 못하더라도 이따금 일어나는 끔찍한 발작에서 구할 수 있는 마지막 방법을 시도할 거라고 해요. 나도 그 이상은 모르고요."

다른 사람들이 들어와 대화가 중단되었어. K 박사는 내가 나의 수수께끼 같은 상태 때문에 찾아갔던 바로 그 의사였어. 그런 만큼 내가 가능한 한 빨리 그에게 달려가 그때 이후 경험한 모든 일을 충실하게 이야기했으리라는 것은 너희도 상상할 수 있을 거야. 나는 의사에게 내가 진정될 수 있도록 그 미치광이 노파에 대해 알고 있는 모든 것을 말해 달라고 요청했어. 의사는 내가 비밀을 꼭 지키겠다고 맹세하자 주저하지 않고 다음의 사연을 털어놓았어.

Z 백작의 딸 안젤리카는 (의사는 이렇게 이야기를 시작했어) 30대에 접어들었는데도 여전히 경이로운 아름다움이 한창 피어나고 있었어요. 그때 훨씬 연하인 S 백작이 이곳 베를린 궁정에서 그녀를 보고는 그녀의 매력에 사로잡혀 즉시 열렬한 구애를 시작했고, 여름이 되어 백작의 딸이 아버지의 영지로 돌아갔을 때도 그녀를 뒤쫓아 갔어요. 안젤리카의 태도로 미루어 보아 구애하는 일이 아주 가망 없어 보이지 않아서 늙은 Z 백작에게 자신의 소원을 고백하려고 했던 거죠.

그런데 S 백작은 그곳에 도착하여 안젤리카의 동생 가브리엘레를 보자 마법에서 깨어나듯 눈을 떴어요. 가브리엘레 옆에 두고 보니 안젤리카는 시들고 퇴색한 모습이었거든요. S 백작은 가브리엘레의 아름다움과 우아함에 걷잡을 수 없이 매료되어 안젤리카에게는 더는 관심을 기울이지 않고 가브리엘레에게 청혼을 했어요. 늙은 Z 백작은 가브리엘레 또한 S 백작에게 확고한 호감을 보인 만큼 두 사람의 결혼에 기꺼이 동의했고요.

안젤리카는 자기 연인의 배신에 조금도 불쾌한 감정을 보이지 않았어요. "그는 자신이 나를 버렸다고 생각하겠지. 어리석은 녀석! 내가 아니라 바로 그가 내 장난감이었고 내가 던져 버렸다는 걸 모르는군!" 안젤리카는 거만하게 비웃으며 이렇게 말했고, 신의 없는 자를 진심으로 경멸한다는 것을 실제로 모든 면에서 드러냈어요. 게다가 가브리엘레와 S 백작의 결혼이 발표되자 안젤리카는 모습을 잘 드러내지도 않았어요. 그녀는 식탁에도 나타나지 않았고, 사람들은 그녀가 오래전부터 산책길로 정해 둔 가까운 숲을 고독하게 배회하고 있다고 말했죠.

그러던 중 성의 단조로운 평온을 깨뜨리는 이상한 사건이 일어났어요. 얼마 전부터 그 지역에서 살인, 방화와 강도질이 횡행하여 사람들이 집시들의 소행이라 여기며 분노하고 있던 터에 백작의 사냥꾼들이 함께 나선 수많은 농부의 지원을 받아 마침내 그 집시 무리를 붙잡게 되었어요. 남자들은 긴 사슬에 묶고 여자들과 아이들은 마차에 실어 성 안뜰로 데려왔어요. 집시 중 얼마는 결박된 호랑이처럼 사나운 눈을 번득이며 대담하게 이리저리 둘러보는 등 당돌한 행동을 보여 주어 의지가 결연한 강도들이고 살인자들이라 부를 만했어요. 그리고 키가 크고 야윈 몸매에 소름을 돋게 하는 여자 하나가 특히 눈에 띄었는데, 피처럼 붉은 숄을 머리부터 발끝까지 휘감고 있었어요. 그 여자는 마차에 똑바로 서서 거만한 목소리로 자신을 마차에서 내려 달라고 외쳤고, 그녀가 말한 대로 되었어요.

Z 백작은 성의 안뜰로 나가 집시들을 견고한 성의 감옥에 어떻게 분류해서 가두어야 할지를 지시했어요. 그런데 그때 안젤리카가 경악과 공포가 깃든 창백해진 얼굴로 머리카락을 휘날리며 문에서 뛰쳐나와 무릎을 꿇고 애처로운 목소리로 소리쳤어요. "그 사람들을 놓아주세요, 그 사람들을 놓아주세요. 그 사람들은 죄가 없어요, 죄가 없다고요. 아버지, 그 사람들을 놓아

주세요! 한 사람이라도 피 한 방울 흘리게 되면 이 칼로 내 가슴을 찌르겠어요!" 안젤리카는 이렇게 말하면서 번쩍이는 칼을 허공에 휘두르고는 혼절하여 쓰러졌어요.

"그래, 내 귀여운 인형, 내 사랑하는 귀염둥이, 네가 견딜 수 없으리라는 걸 잘 알고 있었단다!" 붉은 숄을 걸친 노파가 이렇게 투덜댔어요. 그러고는 안젤리카 옆에 웅크리고 앉아 얼굴과 가슴에 역겨운 키스를 퍼부으며 계속 중얼거렸어요. "순결한 딸, 순결한 딸. 깨어나라, 깨어나라. 신랑이 오고 있다. 그래, 그래, 순결한 신랑이 오고 있다." 노파는 이렇게 말하며 밝은 은색의 알코올 속에서 작은 금붕어 한 마리가 위아래로 움직이는 것처럼 보이는 플라스크를 꺼냈어요. 노파가 그 플라스크를 안젤리카의 심장에 갖다 대자 안젤리카는 곧바로 깨어났어요. 그런데 안젤리카는 노파를 보자마자 벌떡 일어나 격렬하게 포옹하더니 그녀와 함께 성안으로 뛰어 들어가 모습을 감추었어요.

Z 백작 그리고 그사이 모습을 드러낸 가브리엘레와 그녀의 신랑은 완전히 몸이 굳어 버리고 이상한 공포에 사로잡힌 채 그 모든 것을 바라보았어요. 집시들은 아주 무심한 태도로 평온하게 있었고, 이제 사슬에서 풀려나 한 사람씩 묶인 채 성의 감방에 갇혔어요.

다음 날 아침, Z 백작은 마을 사람들을 모아 놓고 집시들을 그 앞에 세우도록 했어요. 그리고 백작은 그 지역에서 일어난 모든 강도질에 대해 집시들은 아무 죄가 없고 자신의 영지를 자유롭게 통행하는 것을 허가한다고 큰 소리로 선언했어요. 이어 집시들이 포승줄에서 풀려나고 통행 허가증을 받고 석방되자 모두가 놀랐죠. 그런데 붉은 숄을 두른 여자가 보이지 않았어요. 사람들의 말에 따르면, 목에 금목걸이를 하고 두 겹으로 접은 스페인 모자에 붉은 깃털을 단 것으로 보아 집시 대장인 듯한 자가 밤에 백작의 방을 방문했다고 해요. 이후 얼마 지나지 않아 집시들은 주변 지역에서 일어난 강도질과 살인에 전혀 가담하지 않았다는 사실이 명백하게 밝혀졌어요.

가브리엘레의 결혼식이 다가왔고, 어느 날 가브리엘레는 여러 대의 마차가 가구와 옷가지, 침대 시트 등, 간단히 말해 완전한 가재도구를 싣고 급히 성을 떠나는 것을 보고 놀랐어요. 다음 날 아침, 가브리엘레는 안젤리카가 S 백작의 시종을 대동하고 또 붉은 숄을 걸친 집시 여자와 비슷한 모습의 변장한 여자와 함께 밤에 성을 떠났다는 것을 알게 되었어요. Z 백작의 설명으로 수수께끼는 풀렸어요. 백작에 따르면, 안젤리카는 베를린의 그 거리에 있는 집을 자신의 소유로 선물해 달라고 요청했고 그곳에서 단독으로 독립적인 가계를 꾸려 나갈 것이며 백작을 포함해 가족 누구도 그녀의 명백한 허락 없이는 그 집에 발을 들여놓아서는 안 된다는 조건을 내걸었다고 해요. 백작은 딸의 소원이 조금 이상하기는 했지만 그럴 만한 이유가 있다고 여겨 딸의 소원을 들어주기로 했고요. S 백작은 덧붙이기를, 안젤리카가 절박하게 간청해서 자기 시종을 그녀에게 넘겨주었고 시종도 안젤리카와 함께 베를린으로 떠났다고 했어요.

결혼식이 거행되었고, S 백작은 자기 부인과 함께 D시로 갔으며 아무 일 없이 유쾌한 가운데 1년이 지나갔어요. 그런데 그때 백작이 아주 독특한 방식으로 아프기 시작했어요. 마치 어떤 은밀한 고통이 그에게서 모든 삶의 욕구, 모든 삶의 활력을 앗아 가는 듯했는데, 아내는 남편의 가장 깊은 곳에 파멸적으로 작용하는 것 같은 그 비밀을 그에게서 캐내려고 온갖 노력을 기울였지만 허사였어요. 마침내 백작은 깊은 무기력 상태에 빠져 생명이 위태로워졌을 때 의사들의 권유에 따라 피사로 떠나겠다고 했어요.

가브리엘레는 출산이 임박한 때여서 함께 여행할 수 없었고, 몇 주 후에야 아이를 출산했어요.

"여기서부터는……." K 의사는 이렇게 말했어. "가브리엘레 폰 S 백작 부인의 이야기가 너무 산만해 깊이 통찰해야만 자세한 맥락을 이해할 수 있어요."

하여튼 가브리엘레가 낳은 딸이 불가해한 방식으로 요람에서 사라지고 백방으로 수소문해도 찾을 수가 없었어요. 그녀는 어떤 위안도 얻을 수 없어 절망에 빠져 있는데, 그때 아버지 Z 백작에게서 경악스러운 소식이 담긴 편지가 그녀에게 도착해요. 백작은 편지에서, 피사로 떠난 줄 알았던 사위가 베를린에서, 그것도 안젤리카의 집에서 신경 발작으로 죽은 상태로 발견되었고, 안젤리카는 무서운 광기에 빠졌으며, 백작 자신은 그 애통함을 오래 견디지 못할 것이라고 하는 거예요. 가브리엘레 폰 S 백작 부인은 겨우 기운을 차리고 나서 아버지의 영지로 달려가죠. 그곳에서 그녀가 잃어버린 남편과 잃어버린 딸아이의 모

습이 눈앞에 어른거려 밤에 잠을 이루지 못하고 있는데, 침실
문 밖에서 희미한 울음소리가 들리는 듯한 거예요. 그녀는 용기
를 내어 침상 옆 탁자에 있는 촛대에 불을 켜고 바깥으로 나가
보죠. 하느님 맙소사! 그곳에는 붉은 숄을 휘감은 집시 여자가
바닥에 웅크리고 앉아 생기 없는 눈으로 멍하니 백작 부인을 쳐
다보는 거예요. 집시 여자는 겁에 질려 울어 대는 아기를 팔에
안고 있고요. 백작 부인은 심장이 마구 뛰기 시작하죠! 그녀의
아이인 거예요! 잃어버린 그녀의 딸인 거예요! 백작 부인은 집
시 여자의 팔에서 아이를 낚아채는데, 그 순간 집시 여자가 생
명 없는 인형처럼 나동그라지는 거예요. 백작 부인의 무서운 비
명에 모두가 잠에서 깨어나 달려가고, 바닥에 쓰러져 죽어 있는
집시 여자를 발견하죠. 어떤 소생술도 소용이 없자, 백작은 사
람들을 시켜 그녀를 묻어 줍니다.

이제 남은 일은 베를린에 있는 미친 안젤리카에게로 급히 가
보는 것, 그곳에서 혹시라도 아이에 대한 비밀을 알아낼 수 있
을까 하는 거였어요. 베를린에서는 모든 게 변해 있었어요. 안
젤리카가 광포해지는 바람에 하녀들은 집에서 모두 나가고 남
자 시종만 남아 있었어요.

안젤리카는 이성을 되찾아 조용한 상태였어요. 백작이 가브
리엘레의 아이 이야기를 하자, 그녀는 손뼉을 치고 큰 소리로
웃으며 외치는 거예요.

"그 작은 인형이 도착했어? 잘 도착한 거야? 묻었다고요, 파
묻었어, 파묻었다고? 오, 세상에, 황금 공작은 얼마나 화려하게

몸을 흔드는가! 당신들은 불타는 푸른 눈의 녹색 사자에 대해 아는 게 없어요?"

안젤리카의 얼굴에서 갑자기 집시 여자의 이목구비가 보였어요. 백작은 그녀가 다시 광기에 빠진 것을 알아차리고는 경악하며 불쌍한 딸을 영지로 데려가야겠다고 결심하지만, 늙은 하인이 그러지 말라고 말려요. 실제로 안젤리카의 광기도 그녀를 집 밖으로 데리고 나가려 할 때만 분노와 광란의 형태로 분출하는 거예요. 그러다가 안젤리카는 잠시 제정신이 든 상태에서 뜨거운 눈물을 흘리며 아버지에게 그 집에서 죽게 내버려둘 것을 간청하고, 아버지는 그 순간 그녀의 입술에서 흘러나오는 고백을 단지 새롭게 발발하는 광기의 산물로 간주할 수밖에 없으면서도 마음 깊은 곳에서는 동요되어 그렇게 하라고 동의하는 거죠. 이제 그녀는 S 백작이 자신의 품으로 돌아왔고 집시 여자가 Z 백작의 집에 데려간 아이는 자신과 S 백작 사이에서 나온 아이라고 고백하는 거예요.

이 도시의 사람들은 Z 백작이 불쌍한 딸을 영지로 데려갔다고 생각해요. 하지만 그 딸은 이곳 적막한 집에 깊숙이 숨겨진 채 시종의 감독을 받으면서 지내고 있어요. 아버지 Z 백작은 얼마 전에 사망했고, 가브리엘레 폰 S 백작 부인은 에드몬데*와 함께 집안 문제를 정리하려고 이곳에 온 거예요. 가브리엘레는 불쌍한 언니를 만나 보지 않을 이유가 없었어요. 그 방문에서 기이한 일이 일어난 게 틀림없지만, 백작 부인은 내게 그것은 전혀 털어놓지 않았고 단지 이제 불행한 언니를 늙은 관리인에게서 떼어 놓을 필요가 있다고 대충 말했어요. 이미 알려진 것처럼 늙은 하인은 한때 광기가 폭발한 안젤리카를 가혹하고 끔찍하게 학대함으로써 진정시키려 했다고 해요. 그러나 안젤리카가 자신은 금을 만들 줄 안다고 현혹하는 바람에 하인은 그녀와 함께 온갖 이상한 실험을 하고 거기에 필요한 물건들을 구해 오게 되었다고 해요.

"아마도 '당신'한테, 바로 '당신'한테 이 모든 이상한 일들 사이의 더 깊은 연관성에 주목하라고 할 필요는 없겠죠." K 의사는 이렇게 말하면서 자신의 이야기를 끝마쳤어. "그런데 내가 보기에 당신은 그 노파에게 회복을 가져다주거나 조만간 죽음에 이르게 할 수 있는 재앙을 가져온 것이 분명해요. 그리고 당신과 자기 감응 상태에 있었을 그때 나 자신도 거울 속의 모습을 보고 적잖이 경악했다는 점을 이제는 숨기지 않겠소. 그것이 에드몬데의 모습이었다는 것은 이제 우리 둘 다 알게 되었군요."

의사가 생각한 것처럼 나로서도 더 덧붙일 것이 없고, 안젤리카와 에드몬데, 나 그리고 그 늙은 시종이 어떤 비밀스러운 관계에 있었는지, 그리고 신비로운 상호 작용이 어떤 악마적인 유희를 벌였는지에 대해 장황하게 이야기하는 것도 완전히 무익하다고 생각해. 다만 나는 그 사건 이후 어떤 섬뜩한 감정에 짓눌려 그 도시를 떠나지 않을 수 없었고, 얼마 지나고 나서야 그 감정이 갑자기 사라졌다는 점만 말하겠어. 어느 순간 내 내면 깊은 곳에서 아주 특별한 평온함이 흘렀는데, 내 생각엔 노파가 죽은 순간인 거 같아.

테오도어는 이렇게 자신의 이야기를 끝맺었다. 친구들은 테오도어의 모험에 대해 이런저런 이야기를 덧붙이면서, 그가 겪은 사건에는 기이한 것과 경이로운 것이 매우 독특하고 무서운 방식으로 뒤섞여 있음을 인정했다.

친구들과 헤어질 때 프란츠는 테오도어의 손을 잡고 가볍게 흔들면서 애처로운 미소를 띠고 말했다. "잘 자, 그대 스팔란차니의 박쥐야!"

장자 상속*

　발트해 해안에서 멀지 않은 곳에 로시텐 남작 가문 대대로 내려오는 로시텐성(城)이 있다. 그 지역은 거칠고 황량한 곳으로, 바닥을 알지 못하는 표사(漂砂) 형태의 모래벌판에는 거의 풀 한 포기 나지 않는다. 귀족의 저택에는 으레 정원이 꾸며져 있지만, 이곳에는 정원 대신에 벌거숭이 담벼락에서부터 육지 안쪽으로 옹색한 소나무 숲(松林)이 이어져 있다. 늘 어둡고 음산한 숲의 슬픔은 봄의 다채로운 장식을 경멸하면서 거부한다. 또 숲에서는 새로운 즐거움으로 깨어나는 작은 새들의 흥겨운 지저귐 대신에 까마귀들의 소름 끼치는 울음소리, 폭풍우를 예고하며 어지럽게 날아다니는 갈매기들의 새된 부르짖음만 메아리친다.

　거기서 15분쯤 더 들어가면 자연이 갑자기 바뀐다. 마치 마법에 걸린 것처럼 꽃이 만발한 들판, 풍요로운 경작지와 목초지에 들어서게 된다. 장원 감독관의 널찍한 저택과 함께 크고 부유한 마을이 시야에 들어온다. 친근한 오리나무 덤불 끝에는 규모가 큰 성이 하나 있고 그 기초가 보이는데, 로시텐성의 이전 소유주 중 누군가가 지으려다 만 것이다.

후손들은 쿠를란트*에 있는 그들의 영지에 살면서 성 건축을 그대로 내버려두었다. 가문 세습지에 다시 거주하게 된 로데리히 폰 로시텐 남작조차도 성 건축을 더 진전시키지는 않으려 했다. 사람을 싫어하는 음울한 성격 탓에 고독하게 자리 잡은 옛 성에 머무는 것을 좋아했기 때문이다.

그는 쇠락한 건물을 가능한 한 좋게 보수하고, 역정을 잘 내는 관리인 하나와 적은 수의 시종들을 거느리며 성에 칩거했다. 그는 마을에 모습을 드러내는 일이 드물었고, 종종 해변을 따라 이리저리 거닐거나 말을 타고 달리기도 했다. 사람들은 그가 파도에 대고 무슨 말을 하고는 마치 바다 정령이 대답하는 소리를 듣기라도 하는 것처럼 부서지는 파도 소리에 귀를 기울이는 모습을 멀리서 알아보기도 했다.

남작은 망루 꼭대기에 작은 방을 만들게 하고 망원경과 천문 기구들을 완벽하게 갖추어 놓도록 했다. 그곳에서 그는 낮 동안 바다를 내다보며 이따금 하얀 날개를 가진 바닷새처럼 멀리 수평선을 날아가는 배들을 관찰했다. 별이 빛나는 밤에는 그는 늙은 관리인의 도움을 받아 가며 천문학 연구를 하거나 점성술로 시간을 보냈다고 한다.

그가 살아 있었을 때는 어떤 비밀 가득한 학문, 이른바 흑마술에 몰두했다는 소문, 또 어느 높은 제후 가문에 상당한 재정적

손해를 끼치는 실수를 저질러 쿠를란트에서 추방되었다는 소문이 나돌았다. 그는 그곳에서 지내던 때의 일이 조금이라도 기억에 떠오르면 경악감에 사로잡혔다. 그러나 그는 자신의 삶을 혼란스럽게 하는 그곳에서 일어난 모든 일을 오로지 가문 대대로 내려온 성을 악의적으로 떠났던 선조들 탓으로 돌렸다. 그래서 그는 가족의 수장을 그 가문의 성에 붙잡아 두기 위해 성을 장자 세습지로 지정했다. 그 지역 군주는 장자 세습지를 매우 환영하며 승인했다. 그렇게 되면 기사도의 덕목을 중시하는 한 가문의 자손들이 이미 외국으로 뻗어 나간 상황에서 그 가문을 조국의 편에 끌어들일 수 있기 때문이다.

그런데 로데리히 남작의 아들 후베르트도, 또 로데리히라는 할아버지의 이름을 얻은 현재의 상속자도 그 성에서 살기를 원치 않았다. 그 둘은 모두 쿠를란트에 머물렀다. 사람들은 우울한 조상보다 더 쾌활하고 삶의 즐거움을 추구했던 두 후손의 경우, 소름 끼치게 황량한 곳에 체류하는 일을 삼갔다고 여길 수밖에 없었다.

로데리히 남작에게는 결혼하지 않은 늙은 고모가 둘 있었다. 그들은 세습지에 머물면서 생계를 유지해 나가도록 허락을 받아 보잘것없는 부양을 받으며 옹색하게 살고 있었다. 두 고모는 성 옆채에 있는 작고 따뜻한 방에서 늙은 시녀와 함께 지냈다. 그들 그리고 지상층 부엌 옆 큰 방에서 지내는 요리사를 제외하고는, 본채의 높은 방들과 넓은 홀들에는 성 관리인 임무도 맡은 노쇠한 사냥꾼만 몸을 흔들며 돌아다녔다. 나머지 하인들은 마을에 있는 장원 감독관의 집에 거주했다.

다만 늦가을에 첫눈이 내리고 늑대와 멧돼지 사냥이 시작될 때에만 그 황량하고 적막한 성은 활기를 띠었다. 그때가 되면 로데리히 남작은 아내와 함께 친척과 친구들 그리고 수많은 사냥꾼을 대동하고 쿠를란트에서 이곳으로 건너왔다. 이웃에 사는 귀족들, 심지어 가까운 도시에 사는, 사냥을 좋아하는 친구들까지 들이닥치면 본채와 옆채는 밀려드는 손님을 모두 수용할 수 없을 정도였다. 모든 난로와 벽난로에 지글지글 불이 타올랐고, 희미하게 동이 트는 아침부터 밤늦게까지 고기 굽는 기구가 달그락거렸다. 백여 명의 주인들과 하인들이 신나게 층계를 오르내렸고, 여기저기서 술잔 부딪치는 소리, 즐거운 사냥꾼의 노래가 울려 퍼졌다. 또 한 곳에서는 시끄러운 음악에 맞춰 춤추는 발소리가 났고, 사방에서 큰 환호성과 웃음소리가 들렸다. 그렇게 되면 4주 또는 6주 동안은 성이 영주의 저택이라기보다는 번잡한 길가에 있는 호화로운 숙소 같았다.

그 기간에 로데리히 남작은 손님들의 소용돌이에서 물러나 가능한 한 진지하게 업무에 몰두하면서 장자 상속권자의 의무를 이행했다. 그는 수입을 완전하게 계산하여 가져오게 했을 뿐 아니라 개선을 위한 모든 제안은 물론 자기 영지 사람들의 하찮은 이의 제기에도 귀를 기울였고, 자신이 할 수 있는 한 모든 일을 처리하고, 모든 부당하거나 불합리한 일을 자신이 할 수 있는 범위에서 바로잡으려고 노력했다. 그 모든 업무를 처리하는데 남작을 성실히 도운 인물은 늙은 V 변호사였다. 그는 아버지에 이어 아들 대에 이르러서도 로시텐 가문의 법률 대리인이었고, P에 있는 영지의 법률 고문이었다. 그래서 V는 늘 남작이 장자 세습지에 도착하기 여드레 전에 벌써 그곳으로 출발했다.

179×년 늙은 변호사 V가 로시텐성으로 여행할 때가 다가왔다. 일흔 살 나이의 노인은 여전히 자신이 원기 왕성하다고 느꼈지만 그래도 업무를 볼 때 자신을 도와줄 일손이 있으면 좋겠다는 생각을 했다. 그래서 그는 어느 날 농담하듯 내게 말했다.

"종형제!" 나는 실제로 손자뻘이지만 종조부(작은할아버지)'의 이름을 물려받은 까닭에 그는 나를 '종형제'라고 불렀다. "종형제가 귓전에 윙윙대는 바닷바람을 좀 맞으며 나와 함께 로시텐에 가 보는 건 어떨까 생각해 보았어. 그곳에서 내가 이따금 고약한 업무를 할 때 야무지게 나를 도와주면서, 시간 날 때는 야생에서의 사냥꾼으로 사는 것도 한 번쯤 시도해 볼 수 있을 거야. 예를 들어 아침에 섬세한 문서 작업을 하고 난 후, 털이 무성한 소름 끼치는 늑대나 이빨을 드러낸 멧돼지가 출현할 때 어떻게 사람들이 사나운 짐승의 이글거리는 눈을 똑바로 응시하거나 엽총으로 솜씨 좋게 쓰러뜨리는지 볼 수 있을 거야."

로시텐에서 벌어지는 즐거운 사냥철에 관한 기이한 이야기를 그렇게 많이 듣지 않았다면, 그리고 훌륭한 종조부에 대해 내가 그토록 온 영혼으로 애착을 느끼지 않았다면, 나는 종조부가 이번에 나를 데려가겠다는 말에 크게 기뻐하지 않았을 것이다. 나는 종조부가 말하는 그런 업무에 이미 상당히 훈련되어 있었기에 담대하게 성심을 다해 종조부의 모든 수고와 염려를 덜어 드리겠다고 약속했다. 다음 날 우리는 두꺼운 모피로 온몸을 감싼 채 마차에 올랐고, 임박한 겨울을 알리는 심한 눈보라를 헤치며 로시텐을 향해 달려갔다.

성으로 가는 길에 늙은 종조부는 장자 상속을 제정한 인물이 자 당시에는 젊은 나이였음에도 불구하고 종조부를 법률 고문 및 유언 집행인으로 지명했던 작고한 로데리히 남작에 대해 몇 가지 기이한 이야기를 들려주었다. 종조부는 작고한 남작의 거칠고 사나운 성격을 언급하면서, 그 가문 사람들 모두 그런 성격을 물려받은 것 같다고 했다. 현재의 상속자도 젊었을 때는 온순하고 거의 유약한 젊은이로 알고 있었는데 해가 갈수록 그런 성격을 보인다는 것이다.

종조부는 남작의 눈에 내가 가치 있는 인물로 보이려면 어떻게 담대하고 솔직하게 처신해야 하는지 조언해 주었고, 할아버지가 성에 머물 때 늘 기거하기로 정한 거처에 대해서도 말해 주었다. 외따로 떨어져 있는 따뜻하고 아늑한 거처여서 우리가 원할 때는 언제나 미친 듯 떠들어 대는 무리의 소동에서 벗어나 조용히 지낼 수 있다고 했다. 옆채에 늙은 고모들이 기거하는 맞은편에 송사를 처리하는 법정이 있는데, 바로 그 옆에 따뜻한 양탄자를 벽에 둘러친 두 개의 작은 방을 종조부의 숙소로 매번 마련해 준다는 것이었다.

우리는 빨리 달리기는 했지만 힘든 여정 끝에 마침내 밤이 깊은 시각이 되어서야 로시텐에 도착했다. 도중에 우리는 마을을 지나왔다. 마침 일요일이어서 그곳 주점에는 춤곡과 흥겨운 환호성이 들렸다. 장원 감독관의 집에도 아래층에서 위층까지 불을 밝힌 가운데 음악과 노랫소리가 흘러나왔다. 그래서 우리가 진입한 성을 에워싼 적막한 분위기는 더욱 소름 끼쳤다. 바닷바람이 처절하게 한탄하듯 울부짖으며 들려왔고, 그 바람에 음산한 소나무 숲이 깊은 마법의 잠에서 깨어난 듯 둔탁한 애도의 신음을 냈다. 그때 눈 덮인 땅에서 벌거숭이 상태의 검은 성벽이 갑자기 솟아올랐고, 우리는 굳게 닫힌 성문 앞에 멈춰 섰다. 그런데 아무리 외쳐 대고 또 채찍질이나 망치질을 하고 쿵쿵 두드려도 소용이 없었다. 모든 것이 죽은 듯했고, 어떤 창문에도 불빛 하나 보이지 않았다.

종조부가 쩌렁쩌렁 울리는 목소리로 외쳤다. "프란츠, 프란츠! 도대체 어디 있는 거야? 젠장, 얼른 나와 보라고! 여기 문 앞에서 얼어 죽겠어! 눈보라가 얼굴을 때려 피가 날 지경이야. 얼른 나오라고, 젠장."

그때 집을 지키는 개 한 마리가 낑낑대기 시작했고, 아래층에서 불빛이 흔들리는 것이 보였다. 이어 쩔렁거리는 열쇠 소리가 나더니 곧이어 육중한 성문이 삐걱거리며 열렸다.

"아, 잘 오셨어요, 어서 오세요, 변호사님! 아니, 이런 험한 날씨에 오시다니!"

늙은 프란츠는 이렇게 말하며 램프를 공중에 높이 쳐들어 자신의 얼굴을 환하게 비추었는데, 그의 주름진 얼굴은 다정하게 웃느라 이상하게 일그러져 있었다. 마차는 안마당으로 들어섰고, 우리는 마차에서 내렸다. 그제야 나는 많은 끈으로 기이하게 장식된 헐렁한 구식 사냥꾼 복장을 한 늙은 하인의 특이한 모습을 제대로 볼 수 있었다. 넓고 흰 이마 위에는 회색 곱슬머리 몇 가닥만 늘어져 있고, 얼굴 아랫부분은 건장한 사냥꾼의 낯빛을 띠었는데 일그러진 근육에도 불구하고 얼굴은 거의 기괴한 가면 같았다. 그러나 빛나는 눈과 입 주위에 감도는 약간 멍청해 보이는 선량함이 그 모든 인상을 상쇄했다.

"자, 친애하는 프란츠." 종조부가 현관에서 모피 외투에 묻은 눈을 털며 말했다. "모든 게 잘 준비되었지? 내 거처의 양탄자 먼지도 털고, 침대도 들여놓고, 어제와 오늘은 난로도 제대로 피웠겠지?"

"아뇨." 프란츠는 아주 태연하게 대답했다. "경애하는 변호사님, 그 모든 것이 준비되지 않았어요."

"하느님 맙소사!" 종조부가 깜짝 놀라 외쳤다. "내가 제때 편지를 보냈고, 나는 언제나 정해진 날짜에 오지 않나? 이거 정말 어이가 없군. 그럼 나는 얼음장처럼 싸늘한 방에서 지내야 하는 거야?"

"네, 경애하는 변호사님!" 프란츠가 타 버린 양초 심지 끝부분을 작은 가위로 매우 조심스럽게 잘라 내고 발로 문지르며 말했다. "보시다시피 그 모든 것, 특히 난방이 별로 소용이 없었을 겁니다. 깨진 유리창으로 바람과 눈이 안으로 마구 들어오고, 게다가……."

"뭐라고?" 종조부가 모피 외투를 넓게 펼치고 두 손을 허리에 대며 그의 말을 가로막았다. "창문이 깨졌는데, 성의 관리인인 자네는 아무 조치도 안 취한 거야?"

"네, 경애하는 변호사님." 노인이 태연하고 침착하게 말을 이었다. "방 여기저기에 널려 있는 많은 잔해와 벽돌 때문에 제대로 정돈할 수 없었어요."

"도대체 어디에서 잔해와 돌이 내 방에 들어온 거야?" 종조부가 소리쳤다.

때마침 내가 재채기를 하자 노인은 공손하게 허리를 굽히고 "늘 건강하고 행복하세요, 젊은 나리!"라고 말한 다음, 곧장 종조부를 향해 덧붙였다. "성이 크게 흔들렸을 때 건물 중간 벽에서 떨어져 나온 돌들과 석회입니다."

"지진이라도 났던 거야?" 종조부가 화가 나서 내뱉었다.

"그건 아닙니다, 친애하는 변호사님." 노인은 만면에 미소를 띠고 대답했다. "그러나 사흘 전에 송사를 처리하는 법정 홀의 무거운 널빤지 천장이 엄청난 소리를 내며 무너졌거든요."

"그랬었군."

종조부는 성급하고 격렬한 성미대로 심한 욕설을 퍼부으려고 했다. 그러나 오른손을 높이 쳐들고 왼손으로 여우 털모자를 이마 뒤로 밀다가 갑자기 멈추더니, 대신 나를 돌아보고 큰 소리로 웃으며 말했다. "정말이지, 종형제! 우리는 주둥이를 닥쳐야 하고 더 물어보아서는 안 되겠어. 그랬다가는 더 지독한 재앙을 체험하거나 아예 성 전체가 우리 머리 위로 무너지겠어." 종조부는 이제 노인 쪽을 돌아보며 말을 이었다. "하지만 프란츠, 나를 위해 다른 방을 청소하고 난로를 피워 둘 생각은 하지 않았어? 본채의 홀 하나를 법률 사무를 위해 서둘러 준비할 수는 없었던 거야?"

"이미 그렇게 모든 준비를 했습니다." 노인은 이렇게 말하면서 친절하게 층계를 가리키고는 곧바로 오르기 시작했다.

"참으로 기이한 괴짜군." 종조부가 노인을 따라가며 외쳤다.

천장이 높고 둥근 긴 복도를 따라 걸어가는데 프란츠가 들고 있는 촛불이 깜박이며 짙은 어둠 속에 기이한 빛을 던졌다. 기둥과 기둥 위의 장식들, 다채로운 색의 아치들이 종종 허공에 부유하듯 나타났고, 우리가 던지는 거대한 그림자가 옆에서 따라왔다. 그림자가 비치는 벽에서는 기이한 형상들이 떨리면서 흔들리는 듯했고, 우리 발소리가 쿵쿵거리는 가운데 그 형상들의 목소리가 속삭이는 듯했다. '우리를 깨우지 마, 우리를 깨우지 마, 이상한 마법에 걸려 여기 오래된 돌들 속에 잠들어 있는 우리 엄청난 마법의 족속을!'

우리는 춥고 어두운 방을 여럿 지났고, 마침내 프란츠가 어느 홀의 문을 열었다. 그곳에서는 환하게 불타는 벽난로 하나가 경쾌하게 타닥거리면서 다정하게 인사하듯 우리를 맞았다. 나는 안에 들어서자마자 아주 아늑한 기분이 들었지만, 종조부는 홀 한가운데 서서 주위를 둘러보고는 아주 진지하고 엄숙한 목소리로 말했다.

"그러니까 이곳을 법률 사무실로 쓰라는 거야?"

프란츠가 촛불로 허공을 비추자, 넓고 어두운 벽에 방문 크기의 밝은 부분 한 곳이 눈에 띄었다. 프란츠가 둔탁하고 괴로운 듯 말했다. "이곳에선 어쩌면 이미 재판이 열린 적이 있었죠!"

"아니, 자네는 무슨 생각을 하는 거야?" 종조부가 외투를 얼른 벗어 던지고 벽난로 앞으로 다가서며 말했다.

"나도 모르게 튀어나온 말입니다." 프란츠는 이렇게 말하고 는 촛대에 불을 켜고 옆방 문을 열었는데, 그 방은 우리를 아주 아늑하게 맞을 준비가 되어 있었다. 얼마 지나지 않아 벽난로 앞 식탁에서 식사 준비가 이루어졌다. 노인은 음식이 잘 차려진 그릇들을 날라 오고, 이어 종조부와 내가 상당히 편안함을 느 끼도록 북유럽식으로 만든 펀치를 제대로 된 잔에 담아 내놓았 다. 종조부는 여행으로 피곤했는지 식사를 마치자마자 침대로 향했다. 그러나 성에 체류하는 것이 새롭고 신기했을 뿐 아니라 펀치까지 마신 탓에 나는 오히려 생기가 돌았고 너무 흥분한 탓 인지 바로 잠들 생각이 없었다. 프란츠는 식탁을 치우고 벽난로 불을 높인 다음, 내게 다정하게 허리를 굽혀 인사하고는 물러 갔다.

이제 나는 천장이 높고 널찍한 '기사의 홀'에 혼자 앉아 있었 다. 눈보라는 어느새 진눈깨비가 되어 있었고, 윙윙대던 폭풍 소리도 잠잠해졌다. 하늘이 맑게 개었고, 밝은 보름달이 넓은 아치형 창문을 통해 흘러들어 촛불과 벽난로의 희미한 빛이 미 치지 못하는 이 기이한 건물의 모든 어두운 구석을 마법처럼 비 추었다. 오래된 고성에서 흔히 볼 수 있듯이 홀의 벽과 천장은 특이하게 고풍스럽게 꾸며져 있었다. 천장에는 두꺼운 판을 붙였고, 벽에는 환상적인 그림과 다채로운 채색의 금박 조각들이 장식되어 있었다. 피를 흘리는 곰이나 늑대 사냥의 거친 소란을 주로 묘사한 대형 그림들에서는 나무에 조각한 동물과 인간의 머리들이 색을 칠한 몸에 덧붙여져 돌출되어 있었다. 그런 상태로 깜박이는 벽난로 불빛과 달빛을 받으니 그 모든 것이 섬뜩하게 살아 있는 듯했다. 그 대형 그림들 사이에 사냥꾼 복장을 하고 걸어가는 실물 크기의 기사를 그린 그림들이 있었는데, 아마도 사냥을 좋아하는 선조들인 듯했다. 그림이나 조각 모두 오랜 세월의 흔적인 어두운 색깔을 띠고 있었다. 그래서인지 옆방으로 통하는 문 두 개가 있는 벽면에 보이는 밝고 밋밋한 부분이 더욱 눈에 띄었다. 나는 벽의 그 부분이 전에는 문이었음을 알아차렸다. 나중에 벽돌을 쌓아 그 문을 막아 버리면서 벽의 다른 부분과 똑같이 칠을 하거나 따로 조각 장식을 하지 않고 그대로 내버려두어 그런 식으로 눈에 들어온 것이다.

이색적이고 모험적인 체류가 정말 비밀 가득한 힘으로 정신을 사로잡을 수 있다는 것을 그 누가 모르겠는가? 아무리 게으른 상상력일지라도 기이한 바위로 둘러싸인 계곡이나 교회의 우중충한 담장 등을 만나면 깨어나기 마련이고, 보통은 결코 경험하지 못하는 것을 예감할 것이다. 이제 덧붙이건대 내가 당시에 스무 살이었고 독한 펀치를 여러 잔 마셨다는 것을 감안하면, 그때 기사의 홀에서 내가 그 어느 때보다 이상한 기분이 들었다는 것을 이해할 것이다. 둔중한 바다의 파도 소리, 밤바람이 내는 기묘한 휘파람 소리가 정령들이 휘젓는 강렬한 오르간 음색처럼 들리는 밤의 정적을 한번 상상해 보라. 이따금 구름이 밝게 빛나며 지나가는데 마치 거인이 덜컹거리는 아치형 창문을 통해 지나가면서 들여다보는 듯했다. 실제로 나는 온몸에 싸늘한 전율을 느끼면서 이제 낯선 왕국이 눈에 보이고 들을 수 있게 나타날 것 같은 공포에 잡히지 않을 수 없었다. 그 느낌은 생생하게 묘사되는 유령 괴담을 들을 때 즐거움과 더불어 느끼는 오싹함 같은 것이었다.

그때 나는 호주머니에 넣어 둔 책을 읽기에는 이보다 더 좋은 분위기가 없을 것이라는 생각이 들었다. 낭만적인 것에 몰두하는 사람이라면 누구나 갖고 다니던 책이었다. 프리드리히 실러의 『유령을 보는 자』*였다. 나는 실러의 책을 읽고 또 읽었고, 나의 상상력은 더욱 달구어졌다. 어느새 나는 강력한 마법으로 독자를 사로잡는, V 백작의 결혼 피로연이 열리는 대목에 이르렀다. 그런데 제로니모가 막 피를 흘리며 등장하는 바로 그 순간, 대기실로 나가는 문이 굉음과 함께 갑자기 열리는 것이다.

나는 경악감에 잡혀 벌떡 일어나고, 손에서 책을 떨어뜨린다. 그러나 그 순간 사방이 정적에 잠겨 있고, 나는 유치하게 놀란 나 자신이 부끄럽다! 문은 세차게 지나가는 외풍이나 다른 방식으로 갑자기 열린 것일 수도 있다. 아무것도 아니다. 나의 과민한 상상력이 자연스러운 현상을 유령 같은 오싹한 일로 상상하는 것이다!

나는 그렇게 마음을 진정하며 바닥에서 책을 집어 들고 다시 안락의자에 앉는다. 그때 나지막하고 느릿하게 홀을 가로질러 걸어가는 규칙적인 발걸음 소리가 들린다. 간간이 한숨을 내쉬고 신음하는 소리가 들리는데, 그 한숨과 신음에는 인간의 가장 깊은 고통, 가장 절망적인 비탄이 담겨 있다.

'그래! 저건 아래층에 갇힌 병든 짐승일 거야. 밤에는 청각이 착각을 일으켜 멀리서 나는 소리도 가까운 데서 나는 소리처럼 들리잖아. 누가 저런 공포에 자극을 받겠는가.' 이렇게 나는 새롭게 나 자신을 진정시킨다. 그런데 죽음의 고통에 놓인 끔찍한 공포에서 내뱉는 듯한 더욱 크고 깊은 한숨 소리와 함께, 예전에 문이 있던 자리를 벽으로 막아 놓은 곳에서 이제 긁어 대는 소리가 들려온다. '그래, 불쌍하게 갇힌 짐승이야. 나는 지금 크게 소리치고 발로 바닥을 세차게 두드릴 거야. 모든 게 곧 조용해지거나, 아니면 저 아래 있는 짐승이 자연스러운 소리를 더 분명하게 내겠지!' 나는 이렇게 생각하지만, 내 혈관에서는 피가 빠르게 흐르고 이마에는 식은땀이 솟는다. 나는 소리치기는커녕 일어서지도 못하고 몸이 굳은 채 안락의자에 앉아 있다.

마침내 소름 끼치게 긁어 대는 소리가 멈추고, 다시 발걸음 소리가 난다. 내 안에서 생명과 감각이 깨어난 듯 나는 벌떡 일어나 두 발짝 앞으로 걸어간다. 그러나 그때 얼음장처럼 싸늘한 틈새 바람이 홀 안을 스치고, 그 순간 달이 매우 엄숙하고 거의 소름 끼치는 모습을 한 어떤 남자의 초상화에 환한 빛을 던진다. 그리고 나는 더욱 거세어진 파도 소리, 더욱 날카로운 밤바람 소리 사이로 초상화 속 남자가 경고하는 목소리를 또렷하게 듣는다. '더 다가오지 마, 더 다가오지 마. 더 다가왔다간 넌 유령들 세계의 무서운 공포 속에 빠져들 거야!' 그러더니 이제 문이 전과 마찬가지로 세차게 소리를 내며 닫힌다. 대기실에서 발걸음 소리가 또렷하게 들리는데, 층계를 내려가고 있다. 이어 성의 대문이 삐걱거리며 열리더니, 다시 닫힌다. 그리고 마구간에서 말을 끌어내는 소리가 나고, 잠시 후 말을 다시 마구간으로 끌고 가는 듯하다. 그러고 나서 사방이 조용하다!

그 순간 옆방에 있던 종조부가 불안하게 한숨을 내쉬고 신음하는 소리가 들려왔다. 그 소리에 다시 정신을 차린 나는 촛불을 들고 얼른 달려갔다. 종조부는 무서운 악몽과 싸우고 있는 듯했다.

"깨어나세요. 깨어나세요!" 나는 종조부의 손을 부드럽게 잡고 촛불을 들어 얼굴을 밝게 비추면서 크게 소리쳤다.

종조부는 둔중한 신음을 내뱉으며 벌떡 일어났고, 다정한 눈으로 나를 보며 말했다. "잘했다, 종형제! 나를 잘 깨웠다. 아, 정말 흉측한 꿈을 꿨단다. 그건 순전히 이 방과 저 커다란 홀 때문이야. 여기 있노라니 지난날 이곳에서 일어났던 이런저런 놀라운 일들이 생각났거든. 하지만 이제는 우리가 제대로 잠을 자자!" 이어 종조부는 이불로 몸을 감고 금방 잠이 든 것 같았다. 나도 촛불을 끄고 침대에 누웠는데, 종조부가 나지막이 기도하는 소리가 들렸다.

다음 날 아침이 되어 업무가 시작되었다. 장원 감독관이 계산서들을 챙겨 왔고, 모종의 분쟁을 조정받고 사안을 처리하려는 사람들이 몰려들었다. 정오가 되었을 때, 종조부는 나와 함께 옆채로 갔다. 온갖 격식을 갖춰 두 늙은 남작 부인을 알현하기 위해서였다. 프란츠가 우리의 방문을 알렸고, 우리는 잠시 기다려야 했다. 잠시 후 남작 부인들의 시녀가 나왔다. 화려한 비단옷을 입고 예순 살쯤 된 허리가 굽은 여자였다. 그녀는 우리를 남작 부인들의 성역으로 안내했다.

그곳에서는 이미 유행이 한참 지난 옛 양식에 따라 모험적으로 단장한 두 노부인이 우스꽝스러운 의식으로 우리를 맞았다. 특히 나는 그들의 경탄의 대상이 되었는데, 종조부가 자기를 도와주는 젊은 법조인이라고 아주 유쾌하게 소개했기 때문이다. 그들의 표정에는 나 같은 애송이가 로시텐 영지 주민들의 안전을 위험하게 만들지 않을까 하는 염려가 담겨 있었다.

노부인들 곁에서 겪은 모든 광경은 꽤 우스꽝스러운 부분이 많았지만, 지난밤의 공포는 여전히 오싹하게 내 마음속에 남아 있었다. 어떤 미지의 힘이 나를 만진 듯한, 아니 그보다는 오히려 내가 한 발자국만 더 나아가면 구원받을 길 없이 몰락해 버리는 어떤 영역에 닿은 기분이었다. 구제받을 수 없는 광기로 이끌어 갈 그 공포에 맞서 나 자신을 지키려면 내 안에 있는 모든 힘을 쏟아부어야 할 것 같았다. 따라서 머리를 이상하게 높이 올리고 화려한 꽃과 리본으로 꾸민 이상한 천 재질의 옷을 입은 나이 든 남작 부인들조차 내게는 우스꽝스럽다기보다는 아주 섬뜩한 유령 같아 보였다. 누렇게 쪼그라든 늙은 얼굴들, 깜박이는 눈들에서 내가 읽어 내려 한 것, 절반은 꼭 다문 푸른 입술에서, 절반은 뾰족한 코 사이에서 흘러나오는 서툰 프랑스어에서 내가 어떻게든 들어 보려 한 것은, 어떻게 두 노부인이 성에서 출몰하는 섬뜩한 존재들과 적어도 사이좋게 지낼 수 있는지, 또 심지어 자신들에게 방해가 되고 경악감을 불러일으키는 것을 쫓아낼 수 있었을까 하는 것이었다.

종조부는 재미있는 것을 좋아하는 분이어서 자신의 아이러니를 동원해 두 노부인을 어처구니없는 수다로 몰아넣었고, 다른 분위기였다면 나는 터져 나오는 웃음을 속으로 어떻게 삼켜야 할지 몰랐을 것이다. 그러나 이미 말했듯이 두 남작 부인은 그 모든 수다와 함께 여전히 유령 같은 존재로 남아 있었다. 그리고 내게 특별한 즐거움을 선사하려던 종조부는 이따금 아주 놀라운 얼굴을 하고 나를 쳐다보았다.

그리고 종조부는 식사 후에 우리 방에 둘만 남게 되자 입을 열었다. "그런데 종형제, 무슨 일인가? 도대체 웃지도 않고 말도 없고 먹지도 않고 마시지도 않을 건가? 어디가 아픈 거야? 아니면 도대체 뭐가 문제야?"

나는 주저하지 않고 종조부에게 내가 간밤에 겪었던 모든 무섭고 경악스러운 일을 아주 자세하게 털어놓았다. 나는 아무것도 숨기지 않았고 특히 펀치를 많이 마셨다는 것과 실러의 『유령을 보는 자』를 읽었다는 점도 함구하지 않았다. "그건 고백하지 않을 수 없군요." 내가 덧붙였다. "그래야 나의 과민한 상상력이 결국 내 머릿속에서만 존재하는 그 모든 현상을 만들어 냈다고 믿을 만하니까요." 그러면서 나는 이제 종조부에게서 나의 유령 경험담을 맹렬히 조롱하는 말을 듣게 되리라고 생각했다.

그러나 할아버지는 매우 진지해졌고, 바닥을 뚫어지게 바라보다가 재빨리 고개를 들고서 불타는 눈길로 나를 쳐다보았다. "나는 그 책을 알지 못한다, 종형제! 하지만 네가 유령을 경험한 것은 책이나 펀치 탓은 아니야. 네게 일어난 것과 똑같은 장면을 나는 꿈에서 보았거든. 꿈에서 나는 지금의 너처럼 벽난로 옆 안락의자에 앉아 있었던 거 같아. 그런데 네가 소리로만 들었던 것을 나는 내면의 눈으로 또렷하게 포착했어. 그래! 나는 무서운 악령이 방 안으로 들어와 벽으로 막은 저 문 앞으로 살금살금 걸어가서 깊은 절망감에 빠져 벽을 긁어 대는 바람에 찢어진 손톱 아래서 피가 솟는 것을 보았고, 그것이 아래로 내려가 마구간에서 말 한 마리를 끌어냈다가 다시 마구간에 갖다 놓는 것도 보았어. 너는 멀리 마을의 농가에서 닭 우는 소리를 들었어? 그때 네가 나를 깨웠고, 덕분에 나는 그 악령에 맞설 수 있었어. 명랑한 삶을 무서운 혼란에 빠뜨리는 그 무서운 인간의 사악한 유령."

　　종조부는 말을 멈췄다. 그러나 나는 종조부가 내게 말해 주는 것이 바람직하다고 여기면 모든 것을 설명해 주리라는 것을 잘 알고 있는 터라 더는 캐묻지 않았다. 종조부는 한참 동안 깊이 상념에 잠겼다가 말을 이었다. "종형제, 이제 너도 다 보았으니 그 유령을 다시 한번 견딜 용기가 있겠지? 나와 함께 말이야?" 당연히 나는 그럴 힘이 솟는다고 말했다.

　　할아버지가 말을 이었다. "그럼 오늘 밤 우리 함께 깨어 있자. 내 내면에서는 이렇게 말하는 목소리가 있거든. 나의 정신적인 힘은 물론 확고한 신념에 근거한 나의 용기가 그 사악한 유령을 물리칠 수 있고, 여기 선조들의 성에서 자식들을 내쫓으려는 그 악령을 물리치기 위해 내가 신명을 다한다면 그것은 불경스러운 시작이 아니라 경건하고 용감한 과업이라는 거야. 하지만! 모험을 감행하는 것은 아니야. 내 안에 살아 있는 것 같은 그토록 경건한 감각, 그토록 경건한 신뢰가 있으면 언제나 승리하는 영웅이 될 수 있으니까. 그러나 사악한 힘이 나를 훼손할 수 있는 것이 신의 뜻이라면, 종형제! 너는 내가 여기서 인간을 혼란에 빠뜨리는 지옥의 유령에 맞서 기독교인답게 진실한 투쟁을 벌이다가 쓰러졌다고 사람들에게 알려야 할 거야! 너는 멀찌감치 떨어져 있거라! 그러면 너한테는 아무 일도 없을 거야!"

여러 가지 산만한 일을 처리하는 동안 저녁이 찾아왔다. 프란츠는 어제처럼 저녁 식사를 마치자 식탁을 치우고 나서 우리에게 펀치를 가져다주었다. 빛나는 구름 사이로 보름달이 환하게 비쳤고, 파도 소리가 철썩이고 밤바람이 포효하면서 아치형 창문의 유리를 흔들어 창문이 덜컹거렸다. 우리는 속으로 흥분한 채 무심한 대화를 억지로 이어 나갔다. 종조부는 괘종시계를 탁자 위에 올려놓았다. 시계가 열두 시를 알렸다.

그때 무섭게 우지끈 소리가 나면서 문이 열렸다. 어제처럼 낮고 느린 발걸음 소리가 홀을 가로질러 갔고, 신음하는 소리와 한탄하는 소리도 들렸다. 종조부의 안색이 창백해졌다. 그러나 두 눈은 비상하게 불타며 빛을 발했다. 종조부는 안락의자에서 몸을 일으켰는데, 큰 체구를 똑바로 세우고 왼손은 허리에 대고 오른손은 홀 한가운데를 향해 쭉 뻗치고 서 있는 것이 위풍당당한 영웅의 모습이었다.

그런데 한숨 소리와 신음 소리가 더욱 거세지고 또렷하게 들리더니 어제보다 더 역겹게 벽을 이곳저곳 긁어 대기 시작했다. 그러자 종조부는 바닥이 쿵쿵 울리도록 힘찬 발걸음으로 벽으로 막아 둔 문을 향해 걸어갔다. 할아버지는 점점 더 미치게 긁어 대는 바로 그 지점 앞에 가서 조용히 멈춰 서더니 이제까지 들어 본 적이 없는 힘 있고 웅장한 목소리로 말했다. "다니엘, 다니엘! 여기서 이 시간에 뭐 하는 거야!"

그러자 무섭고 끔찍하게 비명을 지르고, 마치 무거운 짐이 바닥에 떨어지듯 둔탁하게 바닥을 치는 소리가 났다.

"지고(至高)한 분의 보좌 앞에서 은총과 긍휼을 구해라, 그곳이 네가 있어야 할 곳이다! 이제는 네가 결코 속할 수 없는 이승의 삶에서 썩 나가거라!"

종조부는 조금 전부터 더 강력하게 외쳤다. 그때 낮게 흐느끼는 소리가 허공에서 들리는 듯싶더니 거세게 불기 시작한 폭풍 소리에 묻혀 버리는 듯했다. 그러자 종조부는 문 쪽으로 걸어가 문을 쾅 닫았고, 그 소리가 적막한 대기실에 크게 울렸다. 종조부의 말, 종조부의 태도에는 무엇인가 초인적인 것이 있어 나를 깊이 전율하게 했다. 그런데 안락의자에 다시 앉았을 때, 종조부의 시선은 변화를 겪은 듯 환하게 빛났다. 종조부는 두 손을 모으고 속으로 기도했다.

그리고 몇 분이 지난 뒤에 할아버지는 그분의 특별한 능력이자 마음을 깊이 파고드는 온화한 음성으로 물었다. "어떤가, 종형제?" 나는 공포와 경악과 불안, 성스러운 경외감과 사랑으로 몸을 떨면서 무릎을 꿇고 종조부가 내민 손을 뜨거운 눈물로 적셨다. 종조부는 나를 품에 꼭 껴안으면서 아주 부드럽게 말했다. "이제 우리도 제대로 편안히 잠을 자자, 종형제!"

그리고 정말 그대로 되었다. 다음 날 밤에도 섬뜩한 일은 전혀 나타나지 않았고, 우리는 이전의 명랑함을 되찾았다. 물론 늙은 남작 부인들에게는 불리한 상황이 전개되었다. 두 남작 부인은 그 기괴한 모습으로 인해 실제로 약간은 여전히 유령 같았다. 다만 종조부가 우스꽝스러운 방법으로 흥분시킬 줄 아는 재미있는 유령이었다.

며칠 후 마침내 남작이 부인과 수많은 사냥꾼을 대동하고 성에 도착했고 초대받은 손님들도 모여들었다. 성은 갑자기 활기를 띠었고 앞에서 묘사한 시끄럽고 법석대는 소동이 시작되었다.

남작은 도착하자마자 곧장 우리가 머무는 홀에 들어섰고, 우리의 거처가 바뀐 것에 대해 크게 놀라는 모습이었다. 그는 벽으로 막혀 있는 문에 우울한 눈길을 던졌다가 얼른 몸을 돌리면서 어떤 사악한 기억을 떨쳐 버리려는 듯 손으로 이마를 쓸었다.

종조부는 송사를 처리하는 법정과 인접한 방들이 황량하다고 말했다. 그러자 남작은 프란츠가 우리에게 더 좋은 거처를 제공하지 않았다고 책망하면서 종조부에게는 이전에 기거하던 곳에 비하면 새 거처가 훨씬 열악하겠지만 혹시라도 불편한 점이 있으면 분부만 하시라고 성심을 다해 권유했다. 늙은 종조부를 대하는 남작의 태도에는 진심이 담겨 있을 뿐만 아니라 마치 종조부가 남작의 존경스러운 친척이기라도 한 듯 어떤 순진한 경외심도 엿보였다. 그것은 내가 점차로 심해지는 남작의 거칠고 위압적인 본성과 어느 정도 화해할 수 있는 유일한 부분이기도 했다.

남작은 나에 대해서는 거의, 아니 전혀 주목하지 않는 듯했고, 나를 평범한 서기 정도로 여기는 것 같았다. 내가 처음으로 소송 사안을 심리했을 때, 남작은 곧바로 서식에서 무엇인가 잘못된 점을 찾아내려 했다. 나는 피가 거꾸로 솟아 조금 날카롭게 대꾸하려고 했다. 그때 종조부가 얼른 끼어들어, 이제 내가 남작의 뜻에 부합하게 모든 것을 제대로 해낼 것이고 이곳의 법정 공판을 주재할 수 있는 분은 남작님뿐이라고 확실히 말했다. 나는 할아버지와 둘만 남았을 때 남작이 근본적으로 마음에 들지 않는다고 신랄하게 불평했다.

"내 말을 믿어, 종형제!" 종조부가 대답했다. "남작은 친절하지 못한 성격이지만 세상에서 가장 탁월하고 좋은 심성을 가진 사람이야. 전에도 말했듯이 남작도 장자 상속권자가 되고 나서부터 그런 성격이 된 것일 뿐, 그전에는 온화하고 겸손한 젊은 이였어. 그리고 남작은 네가 하는 것만큼 그 정도로 화를 낼 대상은 아니야. 너한테는 남작이 왜 그렇게 반감을 불러일으키는

지 알고 싶구나."

할아버지는 마지막 말을 할 때 상당히 조소하듯 미소를 지었
다. 나는 얼굴에 피가 몰려 화끈거렸다. 이제 나 자신의 내면을
확실하게 깨달아야 하는 게 아닐까? 남작에 대한 그 기이한 증
오는 내가 여태껏 세상에서 본 사람들 가운데 가장 사랑스럽고
가장 우아해 보이는 존재를 사랑하게 되어, 아니 오히려 그 존
재에게 푹 빠지면서 싹튼 감정이라는 것을 내가 분명하게 느껴
야 하는 것이 아닐까?

내가 사랑에 빠진 존재는 남작 부인이었다. 남작 부인이 이곳
에 도착해 러시아 담비 코트로 아름다운 몸을 전부 감싸고 화려
한 베일로 얼굴을 가린 채 방들을 거닐고 다녔을 때, 그 모습은
저항할 수 없는 강력한 마법처럼 곧바로 나를 사로잡았다. 그
렇다, 늙은 고모들이 놀라움을 자아내는 옷을 걸치고 내가 이미
보았던 댕기 머리 장식을 하고서 남작 부인 양옆에서 총총히 걸
어가며 프랑스어로 환영 인사를 수다스럽게 늘어놓았던 반면,
남작 부인은 말할 수 없이 부드러운 눈길로 주위를 둘러보며 이
사람 저 사람을 향해 친근하게 고개를 끄덕여 인사하고 가끔은
깨끗하게 울리는 쿠를란트 사투리로 독일어 몇 마디를 건넬 뿐
이었다. 그것은 벌써 경이로울 정도로 낯선 모습이었다. 나는
자신도 모르게 섬뜩한 유령의 모습을 떠올렸는데, 남작 부인은
그 유령의 사악한 힘도 굴복시킬 빛의 천사처럼 여겨졌다.

내 정신의 눈앞에 너무도 아름다운 여자가 생생하게 걸어온
것이다. 당시 그녀는 열아홉 살도 채 안 되었을 것이다. 그녀의

얼굴은 그녀의 몸매와 마찬가지로 참으로 섬세하고, 그 표정에는 지고한 천사의 선함이 드러났다. 특히 검은 두 눈의 시선은 이루 형용할 수 없는 매력을 발산했는데, 그 속에는 젖은 달빛 같은 우울한 동경도 담겨 있었다. 게다가 그녀의 매혹적인 미소에도 하늘을 가득 채우는 환희와 매력이 있었다.

남작 부인은 이따금 자신 속에 완전히 침잠하는 모습을 보였다. 그럴 때는 그녀의 아리따운 얼굴에 어두운 구름 그림자가 드리웠다. 그것을 보면 어떤 혼란을 초래하는 고통이 그녀를 사로잡은 것이 틀림없다고 여길 수도 있을 것이다. 그러나 내가 보기에는 그 순간에 그녀를 사로잡은 것은, 불행을 잉태하고 있는 미래에 대한 우울하고 암울한 예감인 듯했다. 그리고 그것은 나로서는 전혀 설명할 수 없는 이상한 방식으로 왠지 성의 유령과 관련 있을 것 같다는 생각이 들었다.

남작이 도착한 다음 날 아침, 사람들이 아침 식사를 위해 모여들었다. 종조부는 남작 부인에게 나를 소개했다. 그런데 나 같은 기분의 사람이 흔히 그러듯 나는 말할 수 없이 멍청하게 굴었고, 아름다운 부인이 성이 마음에 드는지 등 단순한 질문을 했는데도 거기에 대해 가장 기이하고 얼토당토않은 대답을 늘어놓았다. 늙은 고모들은 내가 순전히 남작 부인에 대한 깊은 존경심 때문에 당황한 것이라 여기고는, 자애로운 마음에서 나를 도와준답시고 프랑스어로 아주 얌전하고 총명한 젊은이라며 나에 대한 칭찬을 늘어놓았다. 그것은 나를 화나게 했고, 나는 갑자기 침착함을 되찾고는 두 노부인보다 더 나은 프랑스어로 재치 있는 말을 내뱉었다. 그러자 두 노부인은 눈을 크게 뜨고 나를 바라보았고, 길고 뾰족한 코로 잔뜩 코담배를 들이켰다. 남작 부인은 나를 쳐다보다가 다른 부인에게로 눈길을 돌렸는데, 나는 남작 부인의 더 심각해진 시선에서 내가 재치 있는 말이라고 생각해 내뱉은 것 역시 아주 어리석음에 가까운 말이었음을 깨달았다. 그 때문에 나는 더욱 화가 나서 두 노부인에게 지옥 밑바닥에나 떨어지라고 속으로 저주했다.

종조부는 목가적으로 애를 태우고 유치한 자기도취 속에서 사랑의 불행을 맛보는 시절이 내 안에서는 벌써 오래전에 지나갔다고 빈정댔다. 그러나 나는 남작 부인이 이제까지 그 어떤 여자보다도 더 깊고 강렬하게 내 마음속 깊이 나를 사로잡았음을 깨달았다. 나는 그녀만 쳐다보고 그녀에게만 귀를 기울였다. 그런데 나는 어떤 연애질을 감행한다는 것은 몰취미한 짓, 아니 미친 짓이 되리라는 점을 분명하게 의식했다. 그렇다고 사랑에 빠진 소년처럼 멀리서 감탄하고 숭배하는 것도 불가능하다는 것을 깨달았다. 그것은 나 자신이 부끄러워해야 할 일이었다. 내가 하길 원하고 또 할 수 있었던 것은, 내 마음속 감정을 눈치채지 못하게 하면서 아름다운 여인에게 다가가 그녀의 눈길과 말의 달콤한 독을 흡입한 후 그녀를 떠나 오랫동안, 어쩌면 영원히 그녀를 가슴에 품고 지내는 것이었다.

잠 못 이루는 밤에 내 안에서 피어난 이 낭만적인, 아니 어쩌면 기사다운 사랑은 나를 사로잡아 유치하게도 나 스스로 격정적으로 혼잣말을 하고 결국 아주 가련하게 탄식까지 하게 만들었다. "세라피네, 아, 세라피네!" 그러자 종조부가 깨어나 소리 쳤다. "종형제! 종형제! 너는 상상을 머릿속으로 하지 않고 크게 소리를 내며 하는 모양이야! 그런 상상은 가능하면 낮에 하고, 밤에는 잠을 좀 자게 조용히 해라!"

남작 부인이 도착했을 때부터 내가 흥분한 것을 이미 눈치챘던 것 같고, 이제 내가 남작 부인의 이름을 부르는 것을 들은 종조부가 내게 신랄한 조소를 퍼붓지 않을까 적잖이 걱정 되었다. 그러나 종조부는 다음 날 아침에 별다른 말씀은 하지 않고 법률 사무실에 들어서면서 다만 이렇게 말했을 뿐이다. "하느님께서 모든 사람에게 올바른 이성과 그 이성을 온전히 보존하는 세심함을 주셨으면 해. 자신을 우둔함에 몰아넣는 것은 고약한 일이고, 네게나 나에게나 무가치한 거야." 그러고 나서 종조부는 큰 책상에 앉아 말했다. "세심하고 또 명료하게 기록을 해, 종형제! 내가 막힘없이 읽을 수 있도록 말이야."

남작이 종조부에게 보이는 존경심, 아니 어린아이 같은 경외 심은 모든 면에서 나타났다. 그래서 종조부는 식탁에서도 많은 사람이 부러워하는 남작 부인 옆자리에 앉았다. 나는 정해진 자리 없이 때로는 여기, 때로는 저기 앉았지만, 대체로는 가까운 수도에서 온 몇몇 장교가 나를 독차지했다. 장교들은 수도에서 일어난 온갖 새롭고 흥미로운 일을 떠들어 대면서 실컷 술을 마셨다. 그래서 나는 며칠 동안은 남작 부인에게서 멀리 떨어진 식탁 말석에 앉게 되었는데, 마침내 우연하게도 그녀 가까이 앉을 기회가 생겼다.

　모인 사람들이 입장하도록 식당이 열렸을 때, 남작 부인과 동행하고 있던 여자가 내게 말을 걸어왔다. 그녀는 아주 젊지는 않으나 못생기지도 지성이 없지도 않았고, 나하고 이야기하는 것이 편안했던 모양이다. 풍습에 따라 나는 그녀가 내 팔을 잡게 했고, 그녀가 남작 부인 바로 옆에 자리를 잡았을 때는 내심 적잖이 기뻤다. 남작 부인은 그녀에게 다정하게 고개를 끄덕여 인사했다. 이제부터 내가 동행한 이웃 여자에게 하는 모든 말은 그녀에게 하는 것이 아니라 사실은 남작 부인을 향한 것이라고 여겨도 좋을 것이다. 내 마음속 긴장감이 내가 말하는 모든 것에 특별한 활기를 부여한 모양이다. 동행한 여자는 점점 더 주의 깊게 내 말에 귀를 기울이더니 결국 내가 그녀에게 펼쳐 보이는 계속 변화하는 형상의 다채로운 세계에 걷잡을 수 없이 빠져들었다. 동행한 여자는 이미 말했듯이 지성이 부족하지 않았다. 따라서 우리의 대화는 곧 손님들이 여기저기서 나누는 온갖 수다에서 완전히 떨어져 나와 그 자체로 생기를 띠었고, 마침내 내가 원하는 방향으로 강렬한 신호가 몇 번 갔다. 말하자면 나와 함께한 여자가 남작 부인에게 의미 있는 시선을 던졌고, 남작 부인이 우리의 대화를 경청하려고 애쓰는 것이 역력했다. 화제가 음악으로 넘어가서 내가 매우 열광적으로 그 아름답고 신성한 예술에 대해 말하고 나 자신이 건조하고 지루한 법학에 몰두하고 있기는 하지만 피아노를 꽤 능숙하게 치고 노래를 부르며 이미 노래 몇 곡을 작곡했다는 것도 숨기지 않았을 때,

남작 부인은 특히 우리 이야기에 귀를 기울였다.

사람들은 커피와 술을 마시기 위해 다른 홀로 자리를 옮겼다. 그때 나는 어찌 된 일인지는 모르지만 자신도 모르게, 나를 동행했던 여자와 이야기를 나누는 남작 부인 앞에 서게 되었다. 부인은 즉시 내게 말을 걸어왔다. 성에서 지내기가 어떠냐는 등등의 질문을 반복했는데, 더 친근하고 잘 아는 지인을 대하는 말투였다. 나는 처음 며칠간은 무서울 정도로 주변이 황량하고 고풍스러운 성조차 이상한 기분이 들게 했다고 고백했다. 그러나 나는 바로 이런 분위기에서 많은 멋진 일이 일어났고, 다만 내가 익숙하지 않은 거친 사냥에는 빠졌으면 좋겠다고 말했다.

남작 부인이 미소를 지으며 말했다. "우리 소나무 숲에서 벌어지는 난폭한 활동이 당신에게 편안하지 않으리라는 것은 상상이 가요. 당신은 음악가이고, 내가 착각한 것이 아니라면 당신은 또한 시인이겠죠! 나는 음악과 시를 열정적으로 사랑합니다! 나 자신도 하프를 약간 연주할 줄 아는데, 여기서는 하프 없이 지내야 해요. 남편이 그 악기를 로시텐으로 가져오는 걸 싫어하거든요! 여기서는 오로지 사냥꾼들의 사나운 외침이나 요란한 사냥 나팔 소리가 울려야 하고, 부드러운 하프 소리는 이곳에 어울리지 않을 거라고 해요. 오, 하느님! 이곳에 음악이 있다면 얼마나 기쁠까요?"

나는 부인의 소원이 이루어지도록 내 모든 솜씨를 발휘해 보겠다고 약속했다. 그러면서 성에 하다못해 낡은 피아노든지 무슨 악기가 분명 있을 것이라고 말했다. 그러자 남작 부인과 동행한 아델하이트 양이 밝은 웃음을 터뜨리면서, 아주 오래전부터 성에는 낑낑거리는 트럼펫이나 환호하며 울려 대는 사냥꾼들의 나팔, 귀에 거슬리는 바이올린, 음이 맞지 않는 콘트라베이스, 투덜대는 오보에 같은 유랑 악사들의 악기밖에 없는 것을 모르느냐고 물었다. 남작 부인은 음악, 그것도 나의 연주를 듣고 싶다는 소원을 고집했고, 아델하이트 양과 함께 어떻게 하면 그럭저럭 괜찮은 피아노 한 대를 구할 수 있을지 방법을 생각하느라 고심했다. 그때 늙은 프란츠가 홀을 지나갔다.

"저기 무엇이든 방도를 아는 사람이 있네요. 저 사람은 뭐든지 이제까지 듣지도 보지도 못한 물건까지 구해 올 수 있어요!" 아델하이트 양은 이렇게 말하면서 프란츠를 불렀다. 그녀가 프란츠에게 필요한 것이 무엇인지를 설명하는 동안, 남작 부인은 두 손을 모아 쥐고 머리를 앞으로 숙인 채 온화한 미소를 지으며 늙은 프란츠의 눈을 바라보았다. 남작 부인은 마치 열망하는 장난감을 어떻게든 손에 쥐었으면 하는 예쁘고 귀여운 아이처럼 사랑스러웠다.

프란츠는 장황하게 늘어놓는 그의 성격대로 그렇게 희귀한 악기를 급히 마련하는 일이 왜 거의 불가능한지 여러 이유를 열거하다가, 마침내 기분 좋게 싱긋 웃고 수염을 쓰다듬으며 말했다. "그런데 저 윗마을 장원 감독관님 부인은 — 요즘은 그 악기를 무슨 외국 이름으로 부르는 모양이지만 — 쳄발로를 아주 능숙하게 친답니다. 그리고 쳄발로를 치면서 노래도 부르는데 얼마나 섬세하고 애절한지 양파 껍질 벗길 때처럼 눈시울이 붉어지고 두 발을 구르고 싶어질 정도입니다.”

“피아노를 갖고 있다고요!” 아델하이트 양이 그의 말에 끼어들었다.

“그럼요.” 노인이 말을 계속했다. “드레스덴에서 직접 가져온 것입니다.”

“오, 정말 잘됐군요.” 남작 부인이 그의 말을 중단시켰다.

“훌륭한 악기예요.” 노인이 말을 이었다. “그런데 좀 약한 악기여서, 얼마 전 한 오르간 연주자가 「나의 모든 행위에서」 노래를 연주하려는데 완전히 부서져 버렸어요.”

“오, 하느님 맙소사.” 남작 부인과 아델하이트 양이 동시에 외쳤다.

“그래서 비용을 많이 들여 R로 옮겼답니다.” 노인이 말을 계속했다. “그곳에서 수리를 맡겼던 거죠.”

“그럼 피아노는 다시 여기 있나요?” 아델하이트 양이 조바심을 내며 물었다.

“물론입니다, 아가씨! 감독관님 부인은 그것을 영예로 여길 것입니다.”

그 순간 남작이 그곳을 지나갔다. 남작은 우리가 모여 있는 것을 의아한 듯 둘러보고는 부인에게 조소하는 미소를 지으며 속삭였다. “또 프란츠의 좋은 조언이 필요했던 거요?” 남작 부인은 얼굴을 붉히며 눈을 아래로 깔았고, 늙은 프란츠는 놀라서 말을 그치고 머리를 곧추세우고 늘어뜨린 두 팔을 몸에 바싹 붙이며 부동자세를 취했다.

비단옷을 입은 두 늙은 고모가 우리에게 다가와 남작 부인을 납치해 갔다. 아델하이트 양도 남작 부인을 따라갔다. 나는 마법에 걸린 듯 그대로 서 있었다. 나의 온 존재를 지배하고 내가 숭배하는 여인에게 이제 다가갈 수 있다는 환희가 내게는 난폭한 폭군으로 보이는 남작에 대한 우울한 불만과 분노와 싸웠다. 남작이 폭군이 아니라면 백발의 늙은 하인이 그렇게 노예처럼 굴었겠는가?

"내 말이 들려? 이제 내가 보여?" 종조부가 내 어깨를 두드리며 외쳤다. 우리는 함께 우리 방으로 올라갔다.

"남작 부인에게 그렇게 들이대지 마라." 방에 들어서자 종조부가 말했다. "무엇 때문에 그래? 그런 것은 환심을 사려는 젊은 멍청이들한테 맡겨. 그런 자들은 많이 있으니까."

나는 무슨 일이 있었는지 종조부에게 자초지종을 설명하고, 행여 내가 비난받아 마땅한 행동을 한 것인지 말해 달라고 했다. 그런데 종조부는 거기에 대해서는 그저 "흠!" 할 뿐이었다. 잠옷으로 갈아입고 파이프에 불을 붙인 종조부는 어제 사냥에서 있었던 일을 이야기하며 내가 총을 잘못 쏜 것을 놀렸다.

어느덧 성에 고요가 찾아들었고, 신사 숙녀들은 각자의 방에서 야회(夜會)를 위해 단장하기에 바빴다. 아델하이트 양이 말했던 귀에 거슬리는 바이올린, 음이 맞지 않는 콘트라베이스, 투덜대며 울리는 오보에를 가진 유랑 악사들이 도착했다. 밤 동안 더할 나위 없이 멋진 무도회가 열릴 예정이었다. 그런 우둔한 소동보다는 조용히 잠자는 것을 선호하는 종조부는 자기 방에 머물렀다. 반면에 나는 무도회에 가기 위해 막 옷을 차려입고 있는데, 나지막하게 노크하는 소리가 나더니 프란츠가 들어왔다. 그는 기분 좋은 미소를 지으며 방금 장원 감독관 부인의 쳄발로를 썰매로 실어 와 남작 부인에게로 가져갔다고 알려 주며, 아델하이트 양이 내게 곧 건너오라는 전갈을 보냈다고 했다.

내가 피아노가 있는 방문을 열었을 때 얼마나 맥박이 뛰고 얼마나 달콤한 내적인 전율을 느꼈을지 상상이 갈 것이다. 아델하이트 양은 기뻐하며 나를 맞았다. 남작 부인은 벌써 무도회를 위한 단장을 완벽하게 하고 깊은 상념에 잡힌 채 소리가 잠자고 있는 비밀 가득한 상자 앞에 앉아 있었다. 나는 그 상자의 소리를 깨우도록 부름을 받은 것이다. 남작 부인이 자리에서 일어나는데 너무나 눈부신 아름다움을 발산해 나는 아무 말도 하지 못하고 그녀를 바라보았다.

"자, 테오도어." 남작 부인이 저 아래 남쪽 지방 일부에서도 하는 것처럼 마음이 담긴 북쪽 지방의 풍습대로 성(姓)이 아닌 이름을 부르며 친근하게 말했다. "악기가 도착했어요. 당신의 예술에 크게 폐가 되지 않는 것이었으면 해요."

그런데 내가 악기 뚜껑을 열자 풀어진 현이 잔뜩 튀어나왔다. 화음을 하나 쳐 보았는데, 아직 붙어 있는 현들도 모두 음이 맞지 않아 귀에 거슬리고 불쾌한 소리를 냈다.

"그 오르간 연주자가 섬세한 손으로 또 건드렸나 봐요." 아델하이트 양이 웃으며 소리쳤다. 그러나 남작 부인은 아주 언짢은 기분으로 말했다. "이건 정말 불행이야! 아, 나는 이제 여기서는 어떤 기쁨도 누릴 수 없군!"

나는 악기의 보관함을 뒤져 다행히 현 몇 벌을 발견했으나, 조율용 렌치가 없었다! 새로운 탄식들! 나는 줄감개에 맞는 열쇠 걸림쇠가 있으면 될 수도 있다고 설명했다. 그러자 남작 부인과 아델하이트 양은 기뻐하며 이리저리 뛰어다니더니 곧바로 번쩍이는 열쇠가 가득 담긴 상자를 내 앞의 공명판 위에 올려놓았다.

나는 부지런히 작업에 임했다. 아델하이트 양과 남작 부인은 이런저런 줄감개를 시험해 보면서 내게 도움을 주려고 애썼다. 줄감개 하나가 잘 움직이지 않는 열쇠를 잡아당겼다. "돼요, 돼요!" 두 사람은 기뻐 소리쳤다. 그때 현 하나가 거의 순수한 지점까지 신음하는 소리를 내더니 튀어 오르고, 두 사람은 깜짝 놀라 뒤로 물러난다! 남작 부인은 작고 섬세한 손으로 부서지기 쉬운 금속 현을 조작하고, 내가 요청하는 번호를 건네주며, 내가 현을 풀면 조심스럽게 붙잡아 준다. 갑자기 현 하나가 풀어지자, 남작 부인은 조바심을 내며 "아!" 하고 탄식을 내뱉는다. 아델하이트 양은 큰 소리로 웃음을 터뜨리고, 나는 헝클어진 다발을 주우려고 방구석까지 따라간다. 우리는 모두 그 다발 속에서 아직 구부러지지 않은 곧은 현을 찾아내어 감아 보지만, 유감스럽게도 현은 다시 튀어 오른다. 그러다가 마침내 좋은 현들을 찾아내고 현들도 고정되더니, 귀에 거슬리던 소리에서 벗어나 차츰 맑고 순수한 화음이 울리기 시작한다! "아, 됐어요, 됐어. 악기가 조율되고 있어요!" 남작 부인이 사랑스러운 미소로 나를 바라보면서 소리친다!

이렇게 함께 노력을 기울이다 보니 인습이 제기하는 모든 이 질적인 것, 냉정한 것이 금방 녹아내렸다. 우리 사이에는 친근 한 신뢰감이 생겨났고, 그것은 전류가 흐르는 숨결처럼 내 온몸 을 뜨겁게 달구어 내 가슴에 얼음장처럼 놓여 있던 절망적인 답 답함이 금방 사라지게 했다. 나는 내가 빠져 있던 그 짝사랑 같 은 것에서 곧잘 생겨나는 이상한 격정에서 완전히 벗어났다. 그 리고 이제 피아노가 마침내 어지간히 조율되자, 원래 의도한 대 로 나의 내적인 감정을 환상곡으로 제법 요란하게 표현하는 대 신에 남쪽 지방에서 우리에게 들려오는 저 달콤하고 사랑스러 운 칸초네에 빠져들었다.

「그대 없이는」, 「내 말을 들어주오, 나의 우상」, 「적어도 내가 할 수 없다면」, 이어 「죽음이 가까이 왔음을 느끼노라」, 「안녕」, 「오 하느님」 등을 노래하는 동안 세라피네의 눈길은 점점 더 빛 났다. 그녀는 내 옆에서 악기에 바싹 붙어 앉아 있었고, 나는 그 녀의 숨결이 내 뺨에 살포시 와서 닿는 것을 느꼈다. 그녀는 내 의자 등받이에 팔을 올려놓고 있어서 그녀의 우아한 무도복에 서 늘어진 하얀 리본이 내 어깨에 닿았다. 그것은 내 음악 소리 와 세라피네의 나지막한 한숨 소리에 흔들려 충실한 사랑의 전 령처럼 이리저리 나풀거렸다! 이런 상황에서 내가 이성을 유지 한 것은 놀라운 일이었다!

다음에는 무슨 노래를 할까 생각하며 화음을 더듬고 있는데,

구석에 앉아 있던 아델하이트 양이 벌떡 일어나 남작 부인 앞에 무릎을 꿇더니 두 손을 마주 잡아 가슴에 대고 간청했다. "오, 사랑하는 남작 부인, 세라피네, 이제 당신도 노래하셔야 해요!"

남작 부인이 대답했다. "도대체 너는 무슨 생각으로 그러는 거야, 아델하이트! 어떻게 우리의 대가 앞에서 나의 초래한 노래를 들려주라는 거야!" 남작 부인이 경건하고도 부끄러움 많은 아이처럼 두 눈을 내리깔고 얼굴을 붉히며 하고 싶은 마음과 수줍어하는 마음 사이에서 싸우는 모습을 보는 것은 사랑스러웠다.

내가 얼마나 간청했을지 상상이 갈 것이다. 남작 부인이 작은 쿠를란트 민요를 언급했을 때 나는 계속 부탁했고, 그녀는 마침내 왼손으로 건반을 만지며 전주(前奏)로 몇 음을 쳐 보았다. 나는 그녀가 피아노를 치도록 자리를 내주려 했으나 그녀는 화음을 전혀 모른다면서 허락하지 않았고, 그 때문에 반주가 없으면 자신의 노래는 매우 옹색하고 불안정하게 울릴 것이라고 말했다.

이윽고 남작 부인은 가슴 깊은 곳에서부터 울리는, 부드러우면서도 종소리처럼 맑은 목소리로 노래 부르기 시작했다. 그 노래의 소박한 멜로디는 내면에서 밝게 빛나는 민요의 성격을 띠고 있었고, 우리는 우리를 감싸는 밝은 빛 속에서 우리의 더 높은 시적 본질을 인식하지 않을 수 없었다. 특별한 의미가 없어 보이는 노래 가사에는 말로 표현될 수 없는 상형 문자가 되어 우리의 가슴을 가득 채우는 비밀스러운 마법이 있었다. 스페인 칸초네 "내 소녀와 함께 배를 타고 바다로 나갔네. 그때 폭풍우가 일어나 나의 소녀는 겁에 질려 이리저리 비틀거렸네. 안 돼! 다시는 내 소녀와 함께 바다로 나가지 않겠어!"라는 노래 가사에서 그 이상의 내용을 생각할 사람이 어디 있겠는가. 남작 부인의 노래에도 노랫말 그 이상의 의미는 없었다. "얼마 전에 결혼식에서 나는 내 사랑과 춤을 추었네. 그때 내 머리에 장식한 꽃이 떨어졌지. 내 사랑은 그것을 집어 들고 내게 주면서 말했지. '나의 소녀여, 언제 또 결혼식에 갈까?'"

나는 노래의 두 번째 절을 연속적으로 화음을 울리는 방식으로 반주했고 너무 감흥에 취하여 노래의 다음 곡조를 남작 부인이 부르기도 전에 흥얼거렸다. 그러자 남작 부인과 아델하이트 양은 내가 음악의 대가로 보였는지 온갖 찬사를 늘어놓았다. 무도회가 열리는 옆채 홀에 켜진 불빛이 남작 부인의 방 안까지 비쳐 들었고, 트럼펫과 나팔의 요란한 불협화음이 무도회를 위해 모여야 할 시간임을 알렸다.

"아, 이제 가야겠어요." 남작 부인이 소리쳤고, 나는 피아노에서 벌떡 일어났다. "당신은 내게 멋진 시간을 마련해 주었어요. 내가 여태껏 여기 로시텐에서 경험한 가장 유쾌한 시간이었어요." 이 말을 하면서 남작 부인은 내게 손을 내밀었다. 나는 최고의 황홀경에 취해 그녀의 손에 입을 맞추었고, 그때 내 손에 닿은 그녀의 손가락에서 세차게 맥박이 울리는 것을 느꼈다! 내가 어떻게 할아버지의 방에 들렀다가, 무도회장으로 다시 들어갔는지 모를 지경이었다.

저 가스코뉴의 허풍쟁이*는 전투를 두려워했다. 그는 온몸이 심장으로 되어 있어 어떤 상처든 그에게는 치명적이기 때문이었다. 나도 그랬다. 나와 같은 상태에서는 누구나 마찬가지 심정일 것이다! 모든 접촉이 치명적인 것이 된다. 남작 부인의 손, 그 맥박 치는 손가락은 독화살처럼 나를 명중했고, 내 혈관에서는 피가 끓어올랐다!

다음 날 아침, 종조부는 따로 내게 캐묻지 않고도 내가 남작 부인과 함께 보낸 저녁 시간의 일을 곧 알아냈다. 늘 입에서는 웃음을 머금고 쾌활한 어조로 말하던 종조부가 갑자기 매우 심각한 얼굴로 입을 열었을 때, 나는 적잖이 당황했다.

"종형제, 어리석음이 모든 힘으로 너를 사로잡고 있는데, 간청하노니 그 어리석음에 저항해라! 너의 시작은 무해한 것으로 보일지 모르지만 아주 끔찍한 결과를 초래할 수 있음을 명심해라. 너는 지금 부주의한 망상으로 인해 살얼음판에 서 있고, 네가 알아차리기도 전에 얼음판이 깨져 풍덩 빠지고 말 거야. 나는 네 옷자락을 붙잡아 주지 않을 거야. 네가 스스로 빠져나올 거고, 죽을 정도로 아픈 상태에서 '꿈에 감기에 좀 걸렸어요'라고 말하리라는 걸 알기 때문이지. 그러나 사악한 열병은 네 생명의 골수를 갉아먹고, 여러 해가 지난 뒤에야 너는 기운을 차리게 될 거야. 네가 너의 음악으로 감상적인 여자들을 평온한 휴식에서 끌어내는 것 말고는 더 나은 일을 할 줄 모른다면, 악마가 네 음악을 앗아가 버렸으면 한다."

"하지만 내가 어떻게 남작 부인과 연애질할 생각을 하겠습니까?" 내가 종조부의 말을 가로막으며 말했다.

"멍청한 놈!" 종조부가 소리쳤다. "만약 그렇다면, 나는 너를 여기 창밖으로 던져 버릴 거야!"

남작이 들어와 우리의 곤혹스러운 대화를 중단시켰다. 그리고 법률 업무가 시작되어 오직 세라피네만 보고 생각하는 사랑의 꿈에서 나를 깨어나게 했다.

사람들이 함께 있을 때는 남작 부인은 아주 가끔만 나와 몇 마디 다정한 말을 나누었다. 그러나 아델하이트를 통해 세라피네에게 오라고 나를 부르는 은밀한 전갈이 오지 않은 저녁은 거의 없었다. 곧 음악에 관한 다채로운 대화를 주고받았다. 아델하이트 양은 그렇게 순진하고 익살스러울 정도로 어린 나이가 아닌데도 내가 세라피네와 함께 감상적인 예감과 꿈에 깊이 잠기려 하면 얼른 온갖 우스운 이야기와 다소 혼란스러운 이야기로 중간에 끼어들었다. 여러 암시를 통해 나는 남작 부인이 실제로 어떤 혼란스러운 생각을 하고 있다는 것을 이내 알아차렸다. 내가 남작 부인을 처음 보았을 때도 그녀의 시선에서 그것을 금방 읽어 냈던 것과 같았다. 나는 집 안의 유령이 끼치는 적대적인 영향을 아주 또렷하게 깨달았다. 어떤 무서운 일이 이미 일어났거나 앞으로 일어날 것이다. 나는 보이지 않는 적이 어떻게 나와 접촉했는지, 또 종조부가 어떻게 그 적을 영원히 쫓아냈는지 세라피네에게 들려주고 싶은 생각이 자주 치밀었다. 하지만 그 이야기를 하려고 할 때마다 나 자신도 설명할 수 없는 어떤 공포가 내 혀를 굳게 만들었다.

하루는 남작 부인이 점심 식사에 나오지 않았다. 몸이 아파 방에서 나올 수 없다고 했다. 사람들이 걱정하며 남작에게 혹시 심각한 병인지 물었다. 남작은 난감해하면서도 조소하듯 불쾌한 미소를 띠면서 말했다. "거친 바닷바람이 몰고 온 가벼운 점막 염증에 불과해요. 게다가 거친 바닷바람은 이곳에서 이제 어떤 여리고 달콤한 목소리도 참지 않고 사냥꾼들의 거친 외침 외에는 어떤 소리도 허용하지 않는군요." 남작은 이렇게 말하며 비스듬히 맞은편에 앉아 있는 나를 쏘아보았다. 그는 부인의 안부를 물은 옆 사람이 아니라, 내게 말한 것이었다.

내 옆에 앉아 있던 아델하이트 양이 얼굴이 빨개졌다. 그녀는 앞에 놓인 접시를 응시하고 포크로 접시를 이리저리 긁으며 속삭였다. "하지만 오늘도 당신은 세라피네를 보고, 오늘도 당신의 달콤한 노래로 그 병든 심장을 위로하겠죠." 아델하이트가 한 말도 나를 향한 것이었다. 그 순간 나는 남작 부인과 오직 무서운 일, 어떤 범죄로 끝날 수밖에 없는 부정하고 금지된 애정 관계에 있는 것 같은 생각이 들었다.

종조부의 경고가 나의 가슴을 무겁게 짓눌렀다. '이제 어떻게 해야 하나? 그녀를 다시는 보지 말아야 하나?' 내가 성에 머무는 이상, 그것은 불가능한 일이었다. 그리고 성을 떠나 K˚로 돌아가는 것이 허용된다 해도 나는 그럴 수 없었다. 아! 나는 환상적인 사랑의 행복으로 나를 우롱하는 꿈에서 나 자신을 흔들어 깨울 만큼 스스로 강하지 못하다는 것을 절감했다! 내게는 아델하이트가 비열한 뚜쟁이 같았고, 그래서 나는 그녀를 경멸하고

자 했다. 그러나 차분하게 다시 생각해 보니 내가 정작 부끄러워해야 할 것은 나 자신의 어리석음이었다. 그 행복한 저녁 시간에 적어도 풍습이나 예절이 허용하는 것을 넘어서 세라피네와 더 가까워지는 관계가 되게 했던 그 무엇이 있었단 말인가? 남작 부인이 내게 어떤 감정을 느꼈을 거라고 내가 어떻게 생각할 수 있었겠는가! 하지만 나는 내가 위험한 상황에 처해 있다는 확신이 들었다!

성 아주 가까운 곳 소나무 숲에 출몰하는 늑대들을 사냥하러 나가야 해서 식사는 다른 때보다 일찍 끝났다. 매우 흥분한 상태에 있는 나로서는 사냥에 나서는 것이 괜찮아 보여, 종조부에게 사냥에 따라가겠다고 했다. 그러자 할아버지는 만족스러운 미소를 지으며 말했다. "네가 바깥으로 나가 보겠다니 장하구나. 나는 성에 머물 것이니, 내 엽총을 가져가거라. 그리고 나의 사슴 사냥칼도 차고 가거라. 위급한 상황에서는 침착하기만 하면 훌륭하고 확실한 무기가 된다."

숲에서 늑대가 숨어 있을 만한 곳을 사냥꾼들이 에워쌌다. 살을 에는 듯 추운 날씨에 바람이 소나무들을 흔들고 울부짖으면서 하얀 눈송이를 내 얼굴에 뿌렸다. 황혼이 내리자, 대여섯 걸음 앞도 보이지 않았다. 나는 몸이 완전히 굳은 상태가 되어 내게 배정된 자리를 떠나 숲속 더 깊은 곳으로 들어가 은신처를 찾았다. 그러면서 총을 옆구리에 끼고 나무에 몸을 기댔다. 나는 어느새 사냥은 잊어버렸고, 내 생각은 저 멀리 세라피네가 있는 친숙한 방으로 나를 이끌어 갔다.

그때 아주 먼 곳에서 총소리가 들렸다. 그 순간 갈대숲에서 사각거리는 소리가 들리더니 열 걸음도 채 떨어지지 않은 곳에서 힘센 늑대 하나가 뛰어가는 것이 보였다. 나는 총을 조준하고 방아쇠를 당겼다. 내가 쏜 총알은 빗나갔고, 늑대는 두 눈을 이글거리며 나를 향해 달려들었다. 나는 사냥칼을 빼 들고 늑대가 나를 덮치려는 순간, 늑대의 목을 깊숙이 찔렀다. 그 정도의 침착성을 발휘하지 못했다면 속절없이 당했을 것이다. 내 손과 팔에 늑대의 피가 쏟아졌다. 그때 멀지 않은 곳에 있던 남작의 사냥꾼 중 하나가 크게 소리치며 달려왔고, 그의 계속되는 외침을 듣고 사람들이 우리 옆에 모여들었다.

남작도 서둘러 내게 달려왔다. "이런 세상에, 피를 흘리는 거죠? 피를 흘리는군요. 다쳤소?"

나는 그렇지 않다고 말했다. 남작은 나와 가장 가까이 있었던 사냥꾼에게 달려가 내가 늑대를 맞히지 못했을 때 얼른 총을 쏘지 않은 것을 마구 책망했다. 사냥꾼은 바로 그 순간 늑대가 내게 달려들어 총을 쏘았다가는 자칫 나를 맞힐 수도 있어서 그럴 수 없었다고 변명했으나, 남작은 그래도 사냥 경험이 없는 나를 특별히 보호했어야 한다며 계속 사냥꾼을 야단쳤다. 그러는 동안 사냥꾼들은 늑대를 밧줄로 묶었다. 오랫동안 보지 못했던, 가장 큰 덩치의 늑대였다. 나의 행동은 아주 자연스러운 것이었고 나는 사실 목숨이 위험할 뻔했다는 생각은 전혀 하지 않았으나, 사람들은 모두 나의 용기와 결단력에 감탄했다. 남작은 특히 내게 마음을 쓰면서, 혹시 짐승에게 상처를 입지는 않았는지, 공포가 남기는 후유증은 우려되지 않는지 계속 캐물었다.

우리 일행은 성으로 돌아갔다. 남작은 사냥꾼에게 총을 들게 하고는 친구인 양 내 팔을 잡고 걸었다. 남작은 나의 영웅적인 행동에 대해 계속 말했다. 그 바람에 나도 결국 내 행동이 영웅적이었다고 믿게 되었다. 나는 모든 소심함에서 벗어나 남작에게까지 내가 용기와 드문 결단력을 가진 사람임을 확인받았다는 생각이 들었다. 학생이 시험에서 다행스럽게도 합격한 셈이고, 더는 학생이 아니고 모든 소심한 불안에서 벗어난 셈이었다. 나는 이제 세라피네의 총애를 갈구할 권리를 얻은 것 같았다. 사랑에 빠진 젊은이의 환상이 어떤 유치한 생각으로 이어질 수 있는지 사람들은 잘 알 것이다.

성으로 돌아와 벽난로 앞에 앉아 펀치를 마시는 동안 나는 계속 그날의 영웅으로 남아 있었다. 나 말고는 남작만이 힘센 늑대 한 마리를 잡았을 뿐, 나머지 사람들은 자신들의 총이 빗나간 것을 날씨 탓, 어둠 탓으로 돌리고 이전의 사냥에서 경험한 행운과 위험을 넘긴 무서운 이야기를 나누는 것으로 만족해야 했다. 나는 종조부에게서 많은 칭찬과 감탄을 살 것으로 기대했다. 나는 이러한 요구를 내세우면서 종조부에게 나의 모험담을 꽤 과장해서 들려주었고, 피에 주린 사나운 짐승의 모습을 상당히 현란한 색채로 묘사하는 것도 잊지 않았다. 그러자 종조부는 내 얼굴을 똑바로 바라보고 웃으면서 말했다. "하느님은 약한 자들 가운데 강력하게 역사하신다!"

나는 술을 마시는 것이나 사람들과 함께 있는 것이 지겨워져서 송사를 처리하는 법정 홀로 나가는 복도를 살금살금 걸어가고 있었다. 그때 손에 촛불을 든 사람이 안으로 들어가는 것이 보였다. 홀에 들어가 보니 아델하이트 양이었다.

"나의 용감한 늑대 사냥꾼, 당신을 찾으러 유령처럼, 몽유병자처럼 돌아다니는 일은 없어야겠죠!" 그녀가 내 손을 잡으면서 이렇게 속삭였다.

그 장소에서 '몽유병자, 유령'이라는 말을 듣고 나는 가슴이 철렁했다. 저 무서운 이틀 밤에 걸쳐 있었던 유령의 출몰이 순간 떠올랐다. 그때와 마찬가지로 바닷바람이 깊은 오르간 소리를 내며 울부짖고, 아치형 창문이 무섭게 덜커덩거렸다. 그리고 달이 떠올라 무언가를 긁어 대는 소리가 났던 그 비밀 가득한 벽에 창백한 빛을 던졌다. 내 눈에는 그 벽에 핏자국이 있는 것 같았다. 여전히 내 손을 잡고 있던 아델하이트 양은 내 온몸을 떨게 하는 얼음장처럼 싸늘한 한기를 느낀 것이 분명했다.

"왜 그래요, 왜 그래요?" 그녀가 나지막한 목소리로 물었다. "당신은 완전히 얼어 있어요. 이제 내가 당신을 소생시키겠어요. 남작 부인이 얼마나 조바심을 내며 당신을 보고 싶어 하는지 아시죠? 남작 부인은 그 악한 늑대가 당신을 정말 물어뜯지 않았다는 걸 믿지 않으려 해요. 그녀는 믿을 수 없을 정도로 불안해해요! 이봐요, 친애하는 분, 당신은 세라피네하고 모종의 관계를 시작한 거죠! 이제까지 그분이 그런 모습을 보인 적이 결코 없거든요. 어휴! 이제야 맥박이 뛰기 시작하네요! 죽어 있던 분이 이렇게 갑자기 깨어나다니! 아니, 오세요, 아주 조용히. 우리는 가여운 남작 부인에게 가 봐야 해요!"

나는 아무 말도 하지 않고 그녀가 이끄는 대로 갔다. 아델하이트가 남작 부인에 대해 말하는 방식은 내게는 품위가 없어 보였고, 특히 우리 사이를 이해한다는 암시는 천박해 보였다. 내가 아델하이트와 함께 안으로 들어서자 세라피네는 나지막하게 "아!" 하면서 나를 향해 급히 서너 걸음 걸어오다가, 문득 정신을 차린 듯 방 한가운데 멈춰 섰다. 나는 감히 그녀의 손을 붙잡아 나의 입술에 대고 키스를 시도했다. 남작 부인은 내 손에 잡힌 채로 가만히 있다가 말했다. "그런데 하느님 맙소사, 늑대들과 싸우는 일이 당신 직업인가요? 오르페우스나 암피온'이 활약하던 전설 같은 시대는 진작에 끝났고 사나운 짐승들이 가장 훌륭한 가수에 대한 존경심을 완전히 잃었다는 걸 모르세요?"

남작 부인은 그녀의 생생한 공감을 표현하면서 어떤 오해의 여지가 없도록 이렇게 우아한 표현을 사용했고, 그 말은 내게 곧장 정신이 번쩍 들게 했다. 나 자신도 어떻게 된 일인지는 몰랐지만 나는 습관대로 피아노 앞에 가서 앉지 않고 긴 의자에 남작 부인과 나란히 앉았다. "당신은 어쩌다가 위험에 빠진 거예요?" 남작 부인이 이렇게 말함으로써 우리가 오늘은 음악이 아니라 대화를 나누기로 서로 동의한 셈이 되었다. 내가 숲에서의 모험을 들려주고 남작의 생생한 공감을 언급하며 남작에게 그런 성품이 있으리라곤 미처 생각하지 못했다는 점을 넌지시 암시하자, 남작 부인은 아주 부드러우면서도 거의 애처로운 목소리로 이야기를 시작했다.

"오, 어째서 남작이 당신 눈에 그토록 격렬하고 거친 사람으로 보였는지는 모르겠어요. 그러나 내 말을 믿어요. 다만 이 어둡고 섬뜩한 성벽들 안에 머물 때만, 그리고 황량한 소나무 숲에서 거친 사냥에 나설 때만 모든 것이 그렇게 변하죠. 적어도 외적인 행동은 그렇게 변해요. 특히 그가 그토록 기분이 상해 있는 이유는, 이곳에서 어떤 끔찍한 일이 일어날 것이라는 염려가 늘 그를 쫓아다니기 때문이에요. 그래서 다행히 고약한 결과로 이어지지 않은 당신의 모험까지 그를 깊이 뒤흔들어 놓은 거예요. 그는 자기 하인들 가운데 가장 미약한 자라고 해도 조금이라도 위험에 처하는 것을 원치 않아요. 게다가 새로 얻은 사랑스러운 친구라면 더더욱 그러하겠죠. 남작은 고트리프가 곤란한 상황에서 당신을 내버려두었다고 비난하는데, 고트리프는 감옥에 갇히는 형벌은 면하겠지만 분명 사냥꾼들이 가하는 수치스러운 벌은 견뎌야 할 거예요. 무기 없이 손에 몽둥이를 들고 사냥에 따라나서야 하는 거죠. 벌써 이곳에서 행해지는 사냥이 결코 위험이 없지 않다는 것, 그리고 남작이 언제나 불행을 두려워하면서도 거기에서 기쁨과 즐거움을 느끼며 사악한 악마까지 우롱하고 있다는 것, 그건 남작의 삶에 어떤 분열적인 것, 나 자신에게도 적대적인 영향을 끼칠 수밖에 없는 그런 분열적인 것을 가져다주고 있어요. 사람들은 장자 상속법을 만든 조상에 대해 이상한 이야기를 많이 해요. 이 성벽 안에 갇혀 있는 가족의 어떤 어두운 비밀이 무서운 유령처럼 성의 주인들을 몰아내고 그들에게 단지 짧은 기간만 요란한 소란 속에서 지내게 한다는 것을 나는 잘 알고 있어요. 그런데 나는! 이 소란 속에서 나는 얼마나 외로운지! 사방 벽에서 스며 나오는 그 섬뜩한 것이 나의 가장 깊은 내면을 얼마나 흥분시키는지! 사랑하는 친구분! 당신은 음악으로 여기서 처음 경험하는 유쾌한 순간들을 만들어 주었어요! 어떻게 감사드려야 할지 모르겠어요!"

나는 그녀가 내민 손에 키스했다. 그러면서 나 역시 성에 도착한 첫날, 아니 그 첫날 밤에 성에 머무는 것이 얼마나 섬뜩한지 깊이 경악할 정도로 느꼈다고 말했다. 그 섬뜩함은 성 전체의 건축 양식, 특히 송사를 처리하는 법정의 장식들, 울부짖는 바닷바람 등등 때문이었다고 설명하자, 남작 부인은 내 얼굴을 빤히 쳐다보았다. 나의 어조나 표현이 내가 말하지 않은 다른 것을 암시했을 가능성도 있었을 것이다. 어쨌든 내가 침묵하고 있는데, 남작 부인이 격렬하게 외쳤다.

"아니, 그렇지 않아요. 그 홀에서는 틀림없이 당신에게 어떤 무서운 일이 일어났어요. 나는 그 홀에 들어설 때 언제나 공포를 느껴요! 부탁하건대, 내게 모든 것을 말해 주세요!"

세라피네의 얼굴은 죽은 사람처럼 창백하게 변해 있었다. 나는 이제 내게 일어났던 일을 세라피네의 흥분한 상상력에 맡기기보다는 사실대로 이야기하는 편이 낫다는 것을 깨달았다. 어쩌면 이미 체험한 유령보다 내가 그 관계를 알지 못하는 유령을 상상하는 것이 더 무서울 수 있었다.

남작 부인은 내 이야기에 귀를 기울였고, 점점 더 불안해하며 공포에 사로잡혔다. 내가 벽을 긁어 대는 소리에 대해 말하자, 그녀는 비명을 질렀다. "정말 무섭군요. 그래요, 그 벽에는 무서운 비밀이 숨어 있어요!"

그리고 종조부가 강인한 정신력과 우월한 힘으로 그 유령을 내쫓은 이야기를 들려주자, 남작 부인은 가슴을 짓누르는 무거운 짐에서 해방된 듯 깊은 한숨을 내쉬었다. 그녀는 몸을 뒤로 젖히고 두 손으로 얼굴을 가렸다. 그제야 나는 아델하이트가 우리가 있는 방에서 나갔다는 것을 알아차렸다. 나의 이야기가 끝나고 한참이 지났지만, 세라피네는 여전히 말이 없었다. 나는 조용히 자리에서 일어나 피아노 앞으로 가서, 강렬해지는 화음을 연주하면서 위안을 주는 생명력을 불러내어, 내 이야기가 세라피네를 끌고 간 그 어두운 영역에서 그녀를 데리고 나오려고 분투했다. 나는 곧 재속(在俗) 신부 스테파니'의 성스러운 칸초네 하나를 최대한 부드럽게 노래했다. 「두 눈이여, 왜 우는가?」'라는 슬픔 가득한 음조가 울리자, 세라피네는 우울한 꿈에서 깨어나 부드러운 미소를 짓고 두 눈을 진주처럼 반짝이며 내 노래에 귀를 기울였다.

그런데 내가 그녀 앞에 무릎을 꿇고 그녀는 내게 몸을 숙이고 내가 두 팔로 그녀를 껴안은 상태에서 뜨거운 키스가 오랫동안 내 입술에서 타오른 것은 도대체 어찌 된 일일까? 어떻게 해서 나는 정신을 잃지 않고 그녀가 나를 부드럽게 껴안는 것을 느꼈을까? 어떻게 해서 나는 그녀를 안고 있던 팔을 풀고 얼른 일어나 피아노 앞으로 갔을까?

남작 부인은 내게서 몸을 돌려 창문 쪽으로 몇 발짝 걸어갔다. 이어 그녀는 돌아서서 전에는 보지 못했던 자부심 넘치는 태도로 나를 향해 다가왔다. 그러고는 내 눈을 똑바로 바라보며 말했다. "당신 종조부는 내가 아는 가장 존엄한 노인이고, 우리 가족의 수호천사예요. 그분의 경건한 기도에 나도 포함되었으면 좋겠어요!"

나는 어떤 말도 할 수 없었다. 앞서 키스할 때 내가 흡입한 파멸적인 독이 모든 맥박, 모든 신경에서 끓어오르고 불타올랐다. 그때 아델하이트 양이 들어왔다. 내 마음속 갈등으로 인한 분노가 뜨거운 눈물이 되어 걷잡을 수 없이 흘러나왔다! 아델하이트는 놀란 얼굴에 의아해하는 미소를 띠며 나를 바라보았다. 나는 그녀를 죽일 수도 있었을 것이다. 남작 부인이 내게 손을 내밀고 말할 수 없이 부드럽게 말했다. "안녕, 사랑하는 친구분! 잘 지내세요. 어쩌면 나보다 당신 음악을 더 잘 이해하는 사람은 없을 거예요. 아! 당신이 불러 준 노랫소리는 내 속에서 오래오래 메아리칠 거예요."

나는 몇 마디 두서없고 멍청한 말을 내뱉고는, 얼른 우리 방으로 돌아왔다. 종조부는 벌써 평온하게 잠들어 있었다. 나는 침대로 가지 않고 홀에 남아 무릎을 꿇고 소리 내어 울었다. 사랑하는 사람의 이름을 부르고, 한마디로 사랑에 빠진 광기의 어리석음 못지않은 것에 나 자신을 맡겼다. 내가 소란을 피우는 바람에 잠에서 깨어난 종조부가 크게 소리쳤다.

"종형제, 너는 미친 거 같구나, 아니면 또 늑대와 드잡이라도 하는 거냐? 괜찮다면 어서 잠이나 자라."

나는 오로지 종조부의 이 외침 때문에 방에 들어가게 되었고, 꿈속에서 세라피네를 만나리라는 굳은 결심으로 자리에 누웠다. 이미 자정이 지났을 무렵이었던 것 같다. 내가 여전히 잠을 이루지 못하고 있는데 멀리서 사람들의 목소리, 이리저리 뛰어다니는 소리 그리고 문 여닫는 소리를 들은 것 같았다. 나는 귀를 기울였다. 복도에서 발소리가 다가오고 문이 열리더니 곧 우리 방을 두드리는 소리가 났다.

"누구세요?" 나는 크게 소리쳤다. 그러자 문밖에서 "변호사님, 변호사님, 일어나세요, 일어나세요!" 하는 소리가 들렸다.

나는 그것이 프란츠의 목소리임을 알아차리고 되물었다. "성에 불이라도 났어요?" 그러자 종조부가 깨어나 소리쳤다. "어디에서 불이 났다고? 또 저주받은 악마의 유령이 나타난 거야?"

"아, 일어나세요, 변호사님." 프란츠가 말했다. "일어나세요, 남작님이 찾아요!"

"남작이 왜 나를 찾지?" 종조부가 물었다. "이 한밤중에? 변호사가 정의를 따지는 일도 밤에는 남작처럼 잠을 자야 한다는 것을 모르시는가?"

"아, 변호사님." 프란츠가 불안해하는 목소리로 외쳤다. "일어나세요. 남작 부인께서 돌아가시려 해요!"

나는 놀라서 소리를 지르며 벌떡 일어났다.

"문을 열어 줘라." 종조부가 내게 외쳤다. 나는 정신을 차리지 못하고 비틀거리며 방 안을 이리저리 헤맸지만, 문도 못 찾고 자물쇠도 찾지 못했다. 종조부가 도와줘야 했고, 문을 열자 프란츠가 창백하고 당황한 얼굴로 들어와 촛불을 켰다. 우리가 미처 옷도 제대로 갖춰 입지 못했는데 벌써 홀에서 남작이 부르는 소리가 들렸다. "이야기 좀 할 수 있을까요, V 변호사님?"

"너는 왜 옷을 갖춰 입은 거야, 종형제, 남작이 나만 부르지 않았나?" 종조부가 문밖으로 나가면서 물었다.

"나도 내려가 봐야겠어요. 남작 부인을 꼭 봐야겠어요. 그러고 나서 죽어야겠어요." 나는 절망적인 고통에 마비된 듯 둔탁하게 중얼거렸다.

"그래! 이치에 닿는 말이구나, 종형제!" 종조부는 이렇게 내뱉고는 내 면전에서 문을 쾅 닫았고, 그 바람에 경첩이 삐걱거렸다. 종조부는 밖에서 문을 잠갔다.

첫 순간에는 나는 강제 감금된 것에 화가 나서 몸을 던져 문을 부술까도 생각했지만, 그렇게 미쳐 날뛰다가는 파멸적인 결과만 초래할 수 있다는 것을 얼른 깨닫고 종조부가 돌아오기만을 기다리기로 마음먹었다. 하지만 그다음에는 어떤 대가를 치르더라도 종조부의 감시에서 벗어나야겠다고 결심했다. 종조부가 격렬한 어조로 남작과 말을 주고받는 소리가 들렸다. 내 이름도 여러 번 언급되었지만, 나머지는 알아들을 수 없었다. 시간이 흐를수록 나는 더욱 절망적인 상태가 되었다. 마침내 남작에게 어떤 전갈이 전해지고 남작이 홀에서 급히 달려가는 소리가 들렸다. 종조부가 다시 방으로 들어왔다.

"남작 부인이 죽었군요." 나는 이렇게 외치며 종조부에게 대들었다.

"이런 바보 같은 녀석!" 종조부는 침착하게 말하고, 나를 붙잡아 의자에 앉혔다.

"가 봐야겠어요." 내가 소리쳤다. "가 봐야겠어요, 그녀를 봐야겠어요. 설령 목숨을 잃는다 해도!"

"그렇게 해 보렴, 사랑하는 종형제." 종조부는 이렇게 말하면서 방문을 잠그고는 열쇠를 빼내 주머니에 넣었다.

나는 미칠 듯이 분노가 타올라 장전된 엽총을 손에 들고 소리쳤다. "당장 문을 열어 주지 않으면 지금 할아버지 눈앞에서 내 머리통을 쏘겠어요."

그러자 종조부는 내 앞으로 바싹 다가와 꿰뚫어 보는 눈길로 내 눈을 쳐다보며 말했다. "이 녀석아, 그런 시시한 위협으로 내가 겁먹을 거 같아? 네가 유치한 어리석음을 보이며 네 목숨을 낡은 장난감 내버리듯 버린다고 해서 내가 너의 목숨을 가치 있게 생각할 거 같아? 네가 남작 부인과 무슨 상관이 있지? 너 같은 성가신 놈이 마땅히 있을 곳도 아니고, 너를 좋아하는 사람도 없는 곳에 뛰어들겠다니, 누가 네게 그런 권리를 준 거야? 너는 심각한 임종 시간에 철없이 사랑 타령이나 하려는 거야?"

나는 절망하여 의자에 쓰러졌다. 한참 후 종조부는 좀 더 온화해진 목소리로 말을 이었다. "그리고 너도 알아야만 할 것은, 남작 부인이 죽을 지경에 이르렀다는 말은 전혀 아무 일도 아닌 일로 공연히 야단법석을 떠는 것일 수 있어. 아델하이트 양은 조금만 일이 있어도 곧장 이성을 잃거든. 코에 빗방울 하나만 떨어져도 '끔찍한 날씨야!' 하고 소리치지. 불행히도 화재 경보는 늙은 고모들한테까지 전해졌고, 두 고모가 지금 울고불고하면서 온갖 강장제니 묘약 따위를 들고 와서 난리를 치고 있을 거야. 남작 부인은 갑자기 혼절한 것뿐이야."

종조부는 말을 멈추었다. 내가 마음속에서 어떤 심한 갈등을 겪고 있는지 알아차린 모양이었다. 종조부는 방 안을 이리저리 몇 번 거닐다가 다시 내 앞에 와 서더니 상당히 유쾌하게 웃음을 터뜨리며 말했다. "종형제, 종형제! 무슨 어리석은 짓거리를 하고 있지? 자! 악마는 이곳에서 여러 방식으로 출현하는데, 너는 아주 신이 나서 그의 손아귀에 곧장 뛰어 들어가 악마와 함께 춤을 추고 있구나."

종조부는 다시 몇 걸음 오가다가 말을 이었다. "이제 잠은 다 잔 것 같으니 파이프나 피우며 몇 시간 남지 않은 밤과 어둠을 보내도록 하자!"

그러면서 종조부는 벽장에서 도자기 재질의 파이프를 하나 꺼내고는 노래까지 흥얼거리며 천천히 그리고 조심스럽게 담배를 채웠고, 이어 종이 더미를 뒤져 종이 한 장을 찾아내 불쏘시개로 만들어 불을 붙였다. 그러고는 짙은 연기를 내뿜고 웅얼거리며 말했다. "자, 종형제여, 늑대와는 어땠어?"

종조부의 침착한 행동이 어떻게 내게 기이한 영향을 끼쳤는지 모르겠다. 나는 로시텐에 와 있는 것 같지 않았고, 남작 부인은 내게서 멀리멀리 떨어져 있어 나는 생각의 날개를 달아야만 그녀에게 이를 수 있을 것 같았다! 종조부의 마지막 질문이 나를 언짢게 했다. "할아버지는 나의 사냥 모험이 그렇게 재미있는 조롱거리라고 생각하세요?" 내가 불쑥 물었다.

"그렇지 않단다, 종형제." 종조부가 대답했다. "하지만 너는 잘 모를 거다. 너처럼 세상 경험이 없는 젊은이가 사랑하는 하느님이 어떤 특별한 일이 생기도록 배려해 주면 어떤 우스꽝스러운 얼굴을 하고, 또 얼마나 어리석은 행동을 하는지를 말이다. 내가 대학에 다니던 시절, 조용하고 차분하고 자립심 강한 친구가 하나 있었지. 그는 어떤 특별한 계기도 없었는데 우연찮게 명예를 거는 결투에 끼어들게 되었어. 여러 동급생이 그를 겁쟁이 내지는 멍청한 녀석이라고 생각하고 있었는데, 그 친구는 결투에서 아주 진지하고 결연한 용기를 갖고 행동했어. 그래서 모두의 감탄을 자아냈지. 그러나 그때 이후 그 친구는 돌변해 버렸어. 성실하고 차분하던 젊은이가 허풍이나 떨고 상종못 할 난폭한 싸움꾼이 되어 버린 거야. 그는 술을 퍼마시고 환호성을 지르고 때리고 온갖 멍청하고 유치한 짓을 했어. 그러던 중 어느 날 동향 선배들을 야비하게 모욕하는 일이 있었고, 회장이 그와 결투를 벌여 그를 찔러 죽였지. 너한테 이 이야기를 들려주는 건, 종형제, 네가 원하는 게 무엇인지 곰곰이 생각해 보라는 거야! 자, 이제 남작 부인과 그녀의 병에 관한 이야기로 되돌아가자고."

그 순간 법정 홀에서 나지막한 발걸음 소리가 나고 끔찍하게 신음하는 소리가 들리는 것 같았다. '그녀가 죽었구나!' 이 생각이 내 머릿속을 섬광처럼 스치고 지나갔다.

종조부가 얼른 일어나 큰 소리로 외쳤다. "프란츠, 프란츠!"

"네, 변호사님." 밖에서 대답이 들려왔다.

"프란츠." 종조부가 말을 이었다. "난로에 불을 약간 지피고, 혹시 가능하다면 좋은 차도 몇 잔만 준비해 주게!" 그러면서 할아버지는 나를 향해 말했다. "더럽게 추운 날씨야. 바깥 벽난로 옆에서 애기하는 게 좋겠어."

종조부는 방문을 열고 나섰고, 나는 기계적으로 따라갔다. "아래층은 상태가 어떤가?" 종조부가 물었다,

"아, 그다지 심각하지는 않습니다." 프란츠가 대답했다. "남작 부인은 다시 생기를 찾으셨어요, 악몽 때문에 잠깐 혼절했다고 합니다!"

나는 기쁘고 황홀해서 환호성을 지르고 싶었지만, 종조부가 매우 진지한 눈길로 조용히 하라는 듯 나를 힐끗 쳐다봤다. 종조부가 말했다. "그래, 사실 우리는 한두 시간 더 자는 게 낫겠어. 차는 그만두게, 프란츠!"

"분부대로 하죠, 변호사님." 프란츠는 이렇게 대꾸하고는 벌써 닭이 우는데도 불구하고 "편안한 밤 보내세요"라는 말을 남기고 방에서 나갔다.

"이보게, 종형제!" 종조부가 파이프를 난로 안에 털며 말했다. "늑대든 장전된 엽총이든 너한테 어떤 불행도 일어나지 않아 다행이야!"

나는 이제 모든 것을 이해했고, 종조부에게 나를 버릇없는 아이로 대할 빌미를 준 것이 못내 부끄러웠다.

"사랑하는 종형제." 종조부가 다음 날 아침에 말했다. "미안하지만 아래층에 가서 남작 부인의 상태가 어떤지 알아봐. 아델하이트 양에게 물어보면 될 거야. 그녀가 자세한 소식을 제대로 들려줄 테니까."

내가 얼마나 서둘러 내려갔을지 상상할 수 있을 것이다. 그런데 내가 남작 부인 방의 대기실 문을 나지막하게 두드리려는 순간, 안에서 남작이 급히 뛰쳐나왔다. 남작은 의아해하면서 걸음을 멈추었고, 어둡고 꿰뚫는 듯한 눈초리로 나를 훑어보았다.

"당신이 여기엔 무슨 일이지!" 남작의 입에서 이 말이 튀어나왔다.

나는 심장이 몹시 두근거렸으나 정신을 가다듬고 당당한 목소리로 대답했다. "종조부께서 남작 부인의 상태를 좀 알아보라고 해서요."

"오, 아무것도 아니오. 늘 있는 신경성 발작이지. 지금은 잠들어 있고, 식사 시간에는 건강하고 활기 있는 모습으로 나타날 거요! 그렇게 말해 주시오."

남작은 격한 열정을 담아 이렇게 말했는데, 그 모습을 보면 실제로 말하는 것보다 부인에 대해 더 많이 염려하고 있음을 내게 암시하는 듯했다. 내가 몸을 돌려 돌아가려는데, 남작이 갑자기 내 팔을 붙잡고 이글거리는 눈길로 나를 쳐다보며 소리쳤다. "자네하고 할 얘기가 있어, 젊은 친구!"

나는 지금 심한 모욕을 당한 남편을 면전에서 상대하고 있는 것이 아닌가? 어쩌면 내게 불명예로 끝날 수 있는 상황을 우려

해야 하는 것은 아닌가? 나는 무기도 갖추지 않은 상태였다. 그러나 그 순간 종조부가 로시텐에 와서 선물로 준 정교한 세공의 사냥칼이 호주머니에 있다는 것이 생각났다. 이제 나는 굴욕을 당하는 위험에 처하게 되면 목숨을 아끼지 않으리라 결심하고 나를 급히 잡아당기는 남작을 따라갔다. 우리는 남작의 방으로 들어갔고, 남작은 곧장 방문을 닫았다.

남작은 팔짱을 끼고 거칠게 방 안을 오가다가 내 앞에 멈춰 서더니 같은 말을 했다. "자네하고 할 얘기가 있네, 젊은 친구!"

나는 무모한 용기가 생겨 목소리를 높여 말했다. "비난받지 않고 들어도 좋은 말이었으면 합니다!"

남작은 이해할 수 없다는 듯 의아한 표정으로 나를 쳐다보았다. 그러고는 어두운 눈길로 아래를 내려다보더니, 뒷짐을 진 채 방 안을 다시 마구 오가기 시작했다. 그는 엽총을 집어 들고 장전이 되었는지 알아보려는 듯 탄약 꽂을대를 집어넣었다. 나는 혈관에 피가 솟구쳤고, 사냥칼을 잡고 남작이 내게 총을 겨누지 못하도록 남작에게 바싹 다가갔다. "훌륭한 총이야." 남작은 이렇게 말하면서 엽총을 다시 구석에 세워 놓았다. 나는 몇 걸음 뒤로 물러났다. 남작이 다가왔다. 그는 내 어깨를 필요 이상으로 세차게 두드리면서 말했다.

"자네에게는 내가 흥분하고 혼란스러운 모습으로 비치겠지, 테오도어! 수천 가지 불안으로 밤을 지새워서 실제로 그런 상태이기도 해. 아내의 신경성 발작은 전혀 위험한 게 아니었어, 이제는 확실히 알겠어. 그러나 사악한 유령이 갇혀 있는 이 성에서 나는 무서운 일이 일어나지 않을까 싶어 늘 두렵다네. 이곳에서 아내가 병이 난 것도 처음이거든. 그것은 오로지 자네, 자네 잘못이야!"

"그게 어떻게 제 잘못인지 저로서는 도무지 알 수 없군요." 나는 태연하게 대답했다.

남작이 말을 이었다. "오, 장원 감독관 부인의 그 빌어먹을 요물단지 피아노가 빙판에 산산조각 깨져 버렸더라면! 오, 자네 탓은 아니야! 아니! 그럴 수밖에 없었어. 그리고 모든 것은 다 내 탓이야. 자네가 아내 방에서 음악을 시작했을 때, 전체적인 상황에 대해, 내 아내의 심적 상태가 어떤지에 대해 내가 자네에게 알려 줬어야 했어." 내가 무슨 말이든 하고 싶다는 표정을 지었다.

"내 말을 끝까지 듣게." 남작이 소리쳤다. "자네가 어떤 성급한 판단도 하지 못하게 미리 막아야겠어. 자네는 내가 거칠고, 예술을 싫어하는 사람이라고 생각하겠지. 나는 결코 그런 사람이 아니야. 그러나 이곳에서는 깊은 확신에서 생겨나는 조심성 때문에 나로서는 내 심성까지 포함해 모든 심성을 사로잡는 음악을 막지 않을 수 없다네. 자네도 이제 알다시피, 내 아내는 쉽게 흥분하는 병을 앓고 있는데, 그것은 결국 모든 삶의 기쁨을 잠식해 버릴 거야. 이 기이한 성벽들 안에 있으면 아내는 고조된 신경과민 상태에서 벗어나지 못하지. 보통은 그것이 일시적인 상태에 지나지 않지만, 종종 심각한 병의 전조로 나타나기도 한다네. 그렇다면 내가 왜 그토록 예민한 아내를 이 소름 끼치는 성에 머물게 해서 이 거칠고 혼란스러운 사냥꾼 삶에 끌어들이냐고 자네는 당연히 묻겠지? 그것이 내 약점이라고 해도 어쩔 수 없네. 나로서는 아내를 혼자 둘 수 없기 때문이야. 그랬다간 나는 온갖 염려에 잡히고 어떤 진지한 일도 해내지 못하게 될 거야. 아내에게 일어나는 온갖 혼란스러운 불행의 끔찍한 장면들이 숲에서도, 송사를 처리하는 법정에서도 나를 떠나지 않으리라는 것을 알기 때문이지. 그런데 나는 병약한 여자에게는 바로 이러한 소동이 철천(鐵泉)에서의 목욕처럼 기운을 북돋아 줄 수도 있다는 생각이 들어. 정말이지 여기서는 소나무 숲을 윙윙거리며 세차게 불어 대는 바닷바람, 사냥개들의 울부짖는 소리, 활기차고 요란하게 울리는 나팔 소리가 유약하게 하고 애를 태우는 피아노의 한탄 소리를 압도할 수 있거든. 그래서 누구도 피아노를 쳐서는 안 되는데, 자네는 내 아내가 서서히 죽도록 괴롭히려고 작정한 것이 아닌가!"

남작은 더 강력해진 목소리로 두 눈을 사납게 번쩍이며 말했다. 나는 머리에 피가 솟구쳤고, 남작에게 격렬한 손짓을 하며 하고 싶은 말을 꺼내려 했으나, 남작은 다시 나의 말을 가로막았다.

"자네가 무슨 말을 하려는지 알아." 남작이 입을 열었다. "하지만 내가 아는 사실을 반복해서 말하는데, 자네는 내 아내를 죽음으로 몰고 갈 뻔했다는 거야. 그리고 난 그것을 조금도 자네 탓으로 돌릴 수는 없고, 자네가 어떻게 받아들이든 나는 이 일을 저지해야 하네. 간단히 말하지! 자네는 피아노 연주와 노래로 내 아내를 흥분 상태로 내몰고 있어. 그리고 자네의 음악이 사악한 마법처럼 불러낸 꿈같은 환상과 예감의 깊디깊은 바다에 아내가 정처 없이 방향도 잡지 못한 채 허우적대고 있을 때, 자네는 위층 법정에 떠돈다는 섬뜩한 유령 이야기로 아내를 심연 속으로 밀어 넣었어. 자네 종조부가 내게 모든 것을 이야기해 주었지. 그러니 부탁하건대, 자네가 본 것 또는 보지 못한 것, 자네가 들은 것, 느낀 것, 예감한 것 모두를 내게 다시 한번 들려주게."

나는 정신을 가다듬고, 내가 겪었던 일을 처음부터 끝까지 조용히 이야기했다. 남작은 이따금 놀라움을 표현하는 말을 내뱉었다. 종조부가 경건한 용기를 발휘해 유령과 맞서고 강력한 말로 유령을 쫓은 이야기를 들려주자, 남작은 두 손을 모아 하늘을 향해 쳐들며 감격해서 외쳤다. "그래, 그분은 우리 가문의 수호천사야! 그분의 육신은 내 조상들의 무덤에 쉬는 것이 마땅해!" 나는 말을 마쳤다. "다니엘, 다니엘! 여기서 이 시간에 뭐 하는 거야!" 남작이 팔짱을 끼고 방 안을 이리저리 오가면서 혼자 중얼거렸다.

"그러니까 이것 말고 다른 분부는 없는 거죠, 남작님?"

나는 물러가겠다는 표정을 지으며 큰 소리로 물었다. 남작은 꿈에서 깨어나듯 번쩍 고개를 들었고, 다정하게 내 손을 잡으며 말했다. "그래, 친애하는 친구! 자네는 의도치 않게 내 아내에게 경솔한 짓을 했으니, 이제 아내를 다시 회복시켜야 하네. 자네만이 그렇게 할 수 있어."

나는 얼굴이 빨개지는 것을 느꼈다. 만약 거울 앞에 서 있다면 거울에 비친 멍청하고 당황한 내 얼굴을 분명히 보았을 것이다. 남작은 나의 당혹감을 즐기는 것 같았고, 상당히 불쾌하게 냉소적인 미소를 지으며 내 눈을 똑바로 쳐다보았다.

"도대체 어떻게 해야 할지?" 나는 겨우 힘겹게 더듬거렸다.

"자, 자." 남작이 내 말을 가로막았다. "자네는 위험한 환자를 다루는 게 아니야. 이제 나는 분명히 자네의 예술을 요청하겠네. 내 아내가 자네 음악의 마술적인 영역에 끌려 들어갔으니, 갑자기 거기서 끌어내는 것은 어리석고 무자비한 일이 될 거야. 자네는 계속 음악을 연주해 주게. 저녁에 내 아내의 방에 오는 것은 언제든 환영일세. 그러나 차츰 더욱 힘 있는 음악으로 넘어가고 진지한 것에 명랑함을 능숙하게 설합해 보게. 그리고 무엇보다 심뜩한 유령 이야기를 자주 반복해 들려주게. 그런 이야기에 익숙해지면 내 아내는 이 성벽들 안에 유령이 거주한다는 걸 잊게 되고, 유령 이야기도 소설이나 괴담에 나오는 다른 마법 동화 이상의 영향을 주지는 않을 걸세. 그렇게 해 주게, 친애하는 친구!" 이렇게 말하고 남작은 나를 보내 주었다.

나는 남작의 방에서 나왔다. 내면이 완전히 무너진 상태였고, 전혀 중요하지도 않고 어리석은 어린아이가 된 기분이었다! 남작의 가슴에 질투심이 일어났을 것이라고 믿은 나는 미친놈이었다. 남작은 나를 세라피네에게 보내고, 내가 의지도 없어 그자신이 마음대로 이용하고 내버릴 수 있는 수단이라고 생각하는 것이다! 몇 분 전만 해도 나는 남작을 두려워했다. 내 마음속 깊은 곳에는 죄책감이 숨어 있었다. 그러나 그것은 내가 추구하는 더 고귀하고 더 훌륭한 삶을 분명히 느끼게 해 주는 죄였다. 이제는 모든 것이 캄캄한 밤 속으로 가라앉았고, 나는 그저 유치하게도 뜨거운 머리에 쓰고 있는 종이 왕관을 순금 왕관으로 착각한 멍청한 어린애 같았다.

나는 나를 기다리고 있는 종조부에게 달려갔다.

"종형제, 도대체 어떻게 된 거야, 어디 있었느냐고?" 종조부가 나를 보고 소리쳤다.

"남작하고 이야기를 나누었어요." 나는 종조부를 쳐다보지도 못하고 낮은 목소리로 얼른 내뱉었다.

"이런 세상에!" 종조부가 놀란 듯 말했다. "실은 나도 그렇게 생각했지! 분명 남작이 네게 도발을 했겠군, 종형제?" 그러면서 종조부는 큰 소리로 웃음을 터뜨렸다. 그 웃음은 종조부가 늘 그랬듯이 이번에도 나를 완전히 꿰뚫어 보고 있음을 말해 주었다.

나는 이를 악물었다. 어떤 대답도 하고 싶지 않았다. 내가 한마디만 하면 이미 할아버지의 입술 위에 감돌고 있는 온갖 야유가 곧장 퍼부어지리라는 것을 잘 알고 있었기 때문이다.

남작 부인은 우아한 아침 옷을 입고 식사 자리에 나타났다. 방금 내린 눈보다 더 눈부신 하얀색이었다. 그녀는 기운이 없고 피곤해 보였다. 그러나 그녀가 낮은 목소리로 노래하듯 말하며 검은 두 눈을 치켜떴을 때, 두 눈에서 어둡게 빛나는 불꽃으로부터 동경 가득한 달콤한 욕망이 반짝였고 백합처럼 창백한 얼굴에는 얼핏 홍조가 비쳤다. 그녀는 어느 때보다도 아름다웠다.

머리와 심장의 피가 너무 뜨거운 젊은이의 어리석음을 그 누가 헤아릴 수 있겠는가! 나는 남작이 내게서 불러일으킨 쓰디쓴 원한을 남작 부인에게로 돌렸다. 모든 것이 내게는 터무니없는 현혹으로 여겨졌다. 나는 이제 내가 완전히 제정신이고 매우 예리한 통찰력을 지녔음을 입증해 보이고자 했다. 나는 토라진 아이처럼 남작 부인을 피했고, 나를 쫓아다니는 아델하이트에게서도 벗어났다. 그래서 나는 일부러 식탁 끝 두 장교 사이에 자리를 잡고 함께 술을 퍼마시기 시작했다. 후식이 나왔을 때 우리는 열심히 잔을 부딪쳤다. 그리고 그런 분위기에서 흔히 그러듯이 나는 평소와 달리 떠들어 대고 즐거워했다. 그때 하인 하나가 사탕이 몇 개 담긴 접시를 내밀며 "아델하이트 양이 보냈어요."라고 말했다. 접시를 받아 든 나는 사탕 하나에 은필(銀筆)로 '세라피네는?'이라고 서투르게 적어 놓은 것을 알아차렸다.

내 혈관에서는 피가 끓어올랐다. 나는 아델하이트 쪽을 바라보았다. 그녀는 지나치게 교활하고 앙큼한 표정으로 나를 바라보며 잔을 들고 고개를 살짝 끄덕였다. 나는 거의 무의식적으로 조용히 "세라피네"라고 중얼거렸고, 술잔을 들고 단숨에 들이켰다. 내 눈길은 세라피네를 향해 날아갔고, 그 순간 나는 그녀가 막 술을 마시고 술잔을 내려놓았다는 것을 알았다. 그녀의 눈과 내 눈이 마주쳤다. 그리고 이를 고소해하는 악마가 내 귀에 속삭였다. "불행한 자! 그녀는 너를 사랑하고 있어!"

손님 중 한 사람이 자리에서 일어나 북부의 풍습에 따라 성 안주인의 건강을 기원하는 건배를 제의했다. 요란한 환호성과 함께 술잔 부딪치는 소리가 났다. 나의 심장은 환희와 절망으로 찢어졌다. 포도주의 열기가 내 안에서 타올랐고, 모든 것이 빙글빙글 돌았다. 나는 모든 사람이 보는 앞에서 그녀의 발 앞에 쓰러져 죽음을 맞아야 할 것 같았다! "무슨 일인가, 친구?" 나는 옆 사람의 질문을 듣고 다시 정신을 차렸지만, 세라피네는 이미 자리에서 사라지고 보이지 않았다.

식탁이 치워졌다. 내가 자리를 떠나려 하는데, 아델하이트가 나를 붙잡고는 이런저런 이야기를 했다. 나는 그녀의 말을 듣기는 했으나 한마디도 이해할 수 없었다. 그녀는 내 두 손을 잡고는 큰 소리로 웃으면서 내 귀에 대고 무엇인가를 소리쳤다. 나는 강직증에 마비된 듯 말없이 꼼짝도 하지 못하고 서 있었다. 그러다 마침내 기계적으로 아델하이트의 손에서 리큐어 한 잔을 빼앗아 마셨던 기억, 혼자서 창문 앞에 있었던 기억, 이어 홀에서 뛰쳐나와 층계를 내려가 숲속으로 달려갔던 기억만 남아 있다. 눈송이가 펄펄 날렸고, 소나무들이 세찬 바람에 흔들리며 한숨짓는 소리를 냈다. 나는 미친 사람처럼 넓은 원을 그리며 뛰어다녔고, 웃고 사납게 소리쳤다. "여기를 봐라, 여기를 봐! 자! 여기 완전히 금지된 과일을 먹으려 하는 어린아이를 데리고 악마가 춤을 추고 있다!"

숲을 향해 누군가가 큰 소리로 내 이름을 부르는 소리를 듣지 못했다면 나의 미친 장난이 어떻게 끝났을지 그 누가 알겠는가. 그사이 날씨가 누그러졌고, 찢어진 구름 사이로 달이 밝게 비쳤다. 사냥개들이 짖는 소리가 들렸고, 어두운 형체 하나가 내 쪽으로 다가오는 것이 보였다. 늙은 사냥꾼이었다. "이런, 이런, 테오도어 씨!" 그가 입을 열었다. "도대체 이런 고약한 눈보라 속에서 어쩌다 길을 잃었나요? 변호사님께서 안절부절못하고 기다리십니다!"

나는 아무 말 없이 노인을 따라갔다. 종조부는 송사를 처리하는 법정에서 일을 보고 있었다. "잘했다." 그가 나를 향해 소리쳤다. "네가 머리를 좀 식히려고 나갔다니 썩 잘한 일이야. 그런데 포도주를 너무 많이 마시지는 마라. 그러기에는 네가 아직너무 어리고, 그건 쓸모없는 짓이야." 나는 아무 대답도 하지 않고 말없이 책상에 가서 앉았다. "그런데 말해 보렴, 친애하는 종형제, 남작이 도대체 네게 무슨 용무가 있었던 거야?" 나는 모든 것을 사실대로 털어놓은 다음, 남작이 제안한 의심스러운 치료법은 시도하지 않겠다는 말로 끝맺었다. "어차피 상관없는 일이기도 하다." 종조부가 내 말을 가로막았다. "우리는 내일 아침일찍 떠날 테니까, 종형제!"

그래서 나는 세라피네를 다시는 보지 못했다!

K에 도착하자마자 노령의 종조부는 그 어느 때보다 힘들었던 이번 여행으로 지쳤다고 불평했다. 종조부의 무뚝뚝한 침묵은 통풍 발작의 재발을 예고하는 것이었다. 그러한 침묵은 단지 몹시 기분 나쁜 것이 격렬하게 튀어 오를 때만 중단되었다.

하루는 내게 급히 오라는 전갈이 왔다. 종조부는 뇌졸중을 일으켜 말도 하지 못하는 상태로 자리에 누워 있었고, 경련하는 손에 구겨진 편지 한 통을 움켜쥐고 있었다. 로시텐의 장원 감독관이 보낸 편지였다. 그러나 나는 심한 고통에 사로잡힌 종조부의 손에서 편지를 빼내는 일을 감행하지 않았고, 종조부가 곧 돌아가시리라는 것을 의심하지 않았다. 그런데 의사가 도착하기도 전에 맥박이 다시 뛰기 시작했다. 일흔 살 노인의 경이로울 정도로 강인한 생명력이 치명적인 발작을 이겨 냈고, 같은 날 의사는 종조부가 위험에서 벗어났다는 진단을 내렸다.

그해 겨울은 어느 때보다 혹독했고, 겨울이 지나자 거칠고 음울한 날씨의 봄이 찾아왔다. 그래서 종조부는 뇌졸중을 앓았던 탓도 있고 나쁜 날씨에 영향을 받는 통풍 때문에도 오랫동안 병상에 누워 있었다. 그즈음 종조부는 모든 업무에서 완전히 물러나겠다는 결정을 내렸다. 종조부는 자신의 변호사 사무실을 다른 사람에게 양도했고, 그래서 나로서는 로시텐으로 다시 가 볼 수 있는 모든 희망이 사라졌다.

할아버지는 나의 간호만 허락했고, 담소를 나누거나 기분 좋게 해 달라는 요구도 나한테만 제기했다. 그러나 고통이 사라지고 명랑한 시간이 돌아왔을 때도, 지독한 농담을 할 때도, 심지어 사냥 이야기가 나오고 내가 끔찍한 늑대를 사냥칼로 처리한 나의 영웅적인 행동이 튀어나올 거라고 매 순간 짐작할 때조차도 할아버지는 우리가 로시텐에 머물렀던 이야기는 절대로, 절대로 꺼내지 않았다. 나도 소심한 천성이어서 종조부에게 그 이야기를 꺼내지 않으려고 조심했다는 것은 누구나 알아차렸을 것이다.

나는 종조부를 몹시 염려하고 또 종조부를 돌보는 일에 계속 노력을 기울이느라 세라피네는 뒷전으로 밀려났다. 그러다가 종조부의 병이 진정되자, 나는 남작 부인의 방에서 보낸 순간을 다시 생생하게 떠올렸다. 그 순간은 내게 영원히 사라져 버린 빛나는 별 같았다. 그런데 한 사건이 내가 느꼈던 모든 고통을 다시 불러일으켰다. 그것은 또한 유령 세계의 현상처럼 얼음장처럼 차가운 공포로 나를 내내 전율시켰다.

그러니까 어느 날 저녁 내가 로시텐에 들고 갔던 서류 가방을 열었을 때, 펼쳐진 종이들 사이에서 흰 리본으로 묶은 검은 머리카락이 떨어졌다. 순간적으로 나는 그것이 세라피네의 것임을 알았다! 리본을 자세히 들여다보니 핏방울의 흔적이 분명하게 남아 있었다! 아마도 마지막 날 내가 광기에 빠져 의식이 없던 순간에 아델하이트가 기념물로 슬쩍 집어넣었을 가능성이 있다. 그런데 왜 핏방울이 있는 것일까? 그것은 내게 무서운 일을 예감케 하는 것, 너무도 목가적인 그 징표가 소중한 심장의 피를 희생시킬 수 있는 정열에 대한 소름 끼치는 경고로 여겨지게 하는 것이었다. 그것은 내가 처음으로 세라피네에게 다가갔을 때 가볍게 유희하듯 나부끼던 하얀 리본이었다. 그리고 이제 어두운 힘은 그 리본에 죽음의 상처를 남겼다. 어린 소년은 얼마나 위험한지 스스로 판단할 수 없는 무기를 갖고 놀아서는 안 된다!

마침내 봄의 폭풍이 광란을 그치고, 여름이 자신의 권리를 주장하기 시작했다. 이제까지는 추위가 견디기 힘들었는데, 7월이 시작되자 더위가 견디기 힘들어졌다. 할아버지는 눈에 띄게 기운을 회복하고, 평소처럼 교외에 있는 정원으로 거처를 옮겼다. 우리는 어느 고요하고 미지근한 저녁에 향기를 내뿜는 재스민 그늘에 앉아 있었다. 종조부는 평소보다 명랑했지만 여느 때처럼 지독히 냉소적인 농담은 하지 않았고 온화하고 거의 유약한 기분이었다.

"종형제." 종조부가 입을 열었다. "어떻게 된 일인지는 모르지만 오늘은 여러 해 동안 내가 느껴 보지 못했던 아주 특별한 행복감이 전류처럼 따스하게 내 몸에 스며드는구나. 나의 임박한 죽음을 예고하는 것 같아."

나는 종조부의 어두운 생각을 떨쳐 버리게 하려고 애썼다.

"괜찮다, 종형제." 종조부가 말했다. "나는 이곳 지상에 오래 머물지 않을 테니, 네게서 짐을 하나 덜어 주고 싶구나! 로시텐에서 보낸 가을이 여전히 생각나지?"

종조부의 질문이 번개처럼 나를 내리쳤다. 내가 미처 대답하기도 전에 종조부가 말을 이었다. "너는 아주 독특한 방식으로 그곳에 들어섰고, 네 의지와는 달리 그 집의 가장 깊은 비밀에 얽혀 들었는데, 그렇게 된 것은 하늘의 뜻이었어. 이제 네가 모든 진상을 알아야 할 때가 되었구나. 종형제! 우리는 네가 이해했다기보다는 예감했던 일들에 대해 충분히 자주 이야기를 나누었지. 자연은 계절의 변화를 통해 인간 삶의 순환을 상징적으로 표현한다고 모두가 말하지. 하지만 나는 그들과는 다른 방식으로 그렇게 생각해. 봄은 안개가 어리는 계절, 여름은 증기가 피어오르는 계절이고, 가을의 순수한 대기는 먼 풍경을 또렷하게 보여 주고, 지상의 삶은 결국 겨울밤 속으로 잠겨 들지. 내가 말하려는 바는, 노년의 혜안 속에서 불가해한 힘의 지배가 더욱 분명하게 나타난다는 거야. 노인의 혜안은 유한한 죽음과 더불어 순례가 시작되는 그 약속의 땅을 들여다볼 수 있지. 내게는 지금 이 순간 그 어떤 친척보다 나 자신이 더 견고하게 얽매여 있는 그 집안의 어두운 숙명이 명료하게 보여. 그 모든 것이 지금 내 정신의 눈앞에 모습을 드러내는구나! 그런데 이제 모든 것이 이렇듯 분명하게 눈앞에 보이지만, 본질적인 것은 내가 말로 표현할 수가 없고 인간의 어떤 혀도 그렇게 할 수 없어. 단지 충분히 일어날 수 있는 이상한 이야기처럼 전해 줄 수밖에 없지만, 내 아들아, 이제 내가 들려주는 이야기를 잘 들어라. 어쩌면 너도 소명을 느껴 감히 들어가 보려고 했겠지만, 그 비밀 가득한 관계들이 너를 파멸시킬 수도 있었다는 인식을 네 영혼 깊이 간직해라! 그러나 이제는 다 지나갔다!"

그때 종조부가 들려준 로시텐의 장자 상속에 관한 이야기를 나는 거의 종조부가 들려준 그대로(그는 자신을 삼인칭으로 이야기했다) 되풀이할 수 있을 정도로 기억에 충실하게 간직하고 있다.

1760년 폭풍우가 몰아치는 어느 가을밤, 넓은 성 전체가 산산조각 무너져 내리는 듯한 무서운 굉음이 로시텐성의 종복들을 깊은 잠에서 깨웠다. 모두가 당장 잠자리에서 일어나 불을 밝혔다. 공포와 불안으로 얼굴이 시체처럼 창백해진 관리인이 열쇠를 들고 왔다. 사람들은 깊은 죽음의 정적 속에서 절그럭거리며 어렵사리 열리는 자물쇠 소리와 걸음을 옮길 때마다 섬뜩하게 울리는 발소리를 들으며 손상되지 않은 복도와 홀, 방들을 계속해서 둘러보았고 그때마다 적잖이 놀랐다. 어디에도 무너져 내린 흔적은 없었다. 그런데 어떤 불길한 예감이 늙은 관리인을 사로잡았다. 그는 넓은 기사의 홀로 올라갔다. 로데리히 폰 로시텐 남작은 천문 관측을 할 때 홀 옆에 붙은 작은 방에서 휴식을 취하곤 했었다. 그 작은 방으로 들어서는 문과 또 다른 작은 방으로 들어서는 문 사이에 좁은 문이 하나 있고, 그 문으로 들어가면 비좁은 복도를 통해 곧바로 천문 관측 탑에 이를 수 있었다.

그런데 그 좁은 문을 다니엘(관리인의 이름이었다)이 열자, 폭풍이 무섭게 울부짖고 휘몰아치면서 그를 향해 파편과 깨진 벽돌들을 휘날렸다. 그는 깜짝 놀라 뒤로 펄쩍 물러났고, 피식 소리를 내며 촛불이 꺼져 버린 촛대를 땅에 떨어뜨리고는 큰 소리로 외쳤다. "오, 하느님! 남작이 비참하게 추락했다!"

그 순간 남작의 침실에서 슬피 한탄하는 소리가 들렸다. 다니엘은 다른 하인들이 주인의 시신 주위에 모여든 것을 발견했다. 남작은 어느 때보다 조용히 화려하게 차려입고 평온한 얼굴에 엄숙한 표정으로 호화롭게 장식한 커다란 안락의자에 조용히 앉아 있었다. 마치 중요한 일을 끝내고 쉬는 듯한 모습이었다. 그러나 그것은 죽음 속에서 영원히 안식하는 것이었다.

날이 밝아 왔을 때, 사람들은 탑의 상부 장식이 붕괴한 것을 발견했다. 커다란 마름돌들이 떨어져 천문 관측실의 천장과 바닥을 내리쳤고, 앞서 무너지던 무거운 대들보가 낙하하는 힘이 더해져 아래 둥근 지붕을 관통하는 바람에 성벽 일부가 무너지고 좁은 복도 일부도 함께 떨어져 나갔다. 기사의 홀에 있는 좁은 문에서는 한 발자국만 내디뎌도 80피트(약 20미터) 아래 깊은 낭떠러지로 떨어질 위험이 있었다.

늙은 남작은 자신의 죽을 시간까지 예견하고, 아들들에게 그것을 미리 통지했었다. 그래서 바로 다음 날 고인의 맏아들이자 장자 상속권자인 볼프강 폰 로시텐 남작이 성에 도착했다. 늙은 아버지의 예감을 신뢰하는 그는 숙명적인 편지를 받자마자 여행 중이던 빈을 떠나 될 수 있는 한 서둘러 로시텐으로 향했다.

성의 관리인은 커다란 홀에 검은 휘장을 치고, 늙은 남작을 발견 당시의 옷을 그대로 입은 상태로 화려한 관대(棺臺)에 눕힌 뒤 주위에는 커다란 은촛대에 촛불을 밝혀 놓게 했다. 볼프강은 말없이 층계를 올라가 홀에 들어선 다음, 아버지의 시신 바로 옆에 섰다. 그는 팔짱을 끼고 서서 눈썹을 찌푸리고는 우울하고 굳은 표정으로 아버지의 창백한 얼굴을 가만히 바라보았다. 마치 조각상 같은 모습이었다. 그의 눈에서는 눈물 한 방울 흐르지 않았다. 이윽고 거의 경련하는 듯한 동작으로 그는 시신을 향해 오른팔을 내밀면서 둔탁한 목소리로 중얼거렸다. "사랑하는 아들을 비참하게 만들라고 별들이 강요하던가요?"

그는 두 손을 힘없이 늘어뜨리고 뒤로 조금 물러나서 허공을 바라보며 가라앉은, 거의 희미한 목소리로 말했다. "불쌍하고 현혹당한 노인! 어리석은 착각의 사육제 연극은 이제 끝났어요! 궁색하게 할당된 이 지상의 소유물은 저 별들 너머의 세계와는 전혀 상관없다는 걸 이제는 깨달으셨겠죠. 어떤 의지, 어떤 힘이 무덤 너머까지 이를 수 있을까요?"

남작은 잠시 말이 없었다. 그러다가 그는 격렬하게 외쳤다. "아니, 당신은 지상에서의 내 행복을 파괴하려 했지만 아무리 고집을 피워도 내게서 아무것도 앗아 가지 못할 겁니다." 그는 이렇게 말하면서 호주머니에서 접힌 종이를 한 장 꺼내 두 손가락으로 잡고는 시신 옆 촛불에 가까이 가져다 댔다. 종이에 불이 붙어 타면서 불꽃이 너울거렸다. 불빛이 시신의 얼굴에 반사되어 이리저리 흔들리자 얼굴 근육이 움직이는 듯했고, 노인은 마치 소리 없는 말을 하는 듯했다. 그 때문에 멀찌감치 있던 하인들은 깊은 공포와 경악을 느꼈다. 남작은 아직 불이 남은 종 잇조각을 바닥에 떨어뜨려 세심하게 발로 밟음으로써 종이 태우는 일을 조용히 마무리했다. 그러고 나서는 다시 한번 아버지를 향해 우울한 눈길을 던지고 빠른 걸음으로 홀 바깥으로 나갔다.

다음 날 다니엘은 며칠 전에 탑이 무너졌던 사건을 남작에게 알리면서 고인이 된 늙은 주인이 사망한 날 밤에 일어났던 일을 상세히 설명했다. 그러면서 그는 탑이 더 무너지면 성 전체가 붕괴하지는 않는다 해도 심하게 훼손될 위험이 있으므로 탑을 즉시 보수하는 것이 좋겠다는 말로 이야기를 마쳤다.

"탑을 보수한다고?" 젊은 남작은 두 눈에 분노를 이글거리며 늙은 하인에게 다가섰다. "탑을 보수한다고? 절대로 안 돼!"

그리고는 남작은 다소 침착해진 어조로 말을 이었다. "탑이 어떤 특별한 계기도 없이 무너질 수 없다는 것을 알지 못하는가? 아버지가 섬뜩한 점성술을 행하던 장소가 파괴되기를 그 자신이 원했다면, 탑의 상부 장식이 무너져 탑 내부까지 부서지도록 자신이 어떤 장치를 해 놓은 것이라면 어쩌겠는가? 그런데 아버지가 원한 것이 무엇이든, 성 전체가 무너지든 말든 내가 상관할 바 아니야. 자네는 내가 이 모험 가득한 부엉이 둥지에서 살 거라고 생각하는 건가? 아니야! 저 아래 아름다운 골짜기에 새 성을 짓겠다고 기초를 놓은 영리한 조상이 나보다 앞서 일을 시작했으니, 내가 뒤를 이어 계속할 거야."

"그렇다면 성의 충실한 하인은 방랑의 지팡이를 잡아야 하겠군요." 다니엘이 기죽은 목소리로 말했다.

"그렇지 않아." 남작이 대답했다. "내가 다리를 비틀거리는 딱한 노인네들의 시중을 받지 않으리라는 것은 자명하지만, 나는 한 사람도 내보내지 않을 거야. 여러분은 일하지 않고도 여기서 은총의 빵을 충분히 맛볼 수 있어."

"내가 관리인의 활동은 하지 못하게 되는군." 늙은 다니엘이 고통에 차서 소리쳤다.

그러자 노인에게 등을 돌리고 홀을 막 떠나려던 남작이 갑자기 돌아서서 분노로 시뻘게진 얼굴로 단단히 움켜잡은 주먹을 내밀며 노인에게 다가와 무서운 목소리로 소리쳤다. "이 늙고 위선적인 악당 같으니, 그대는 저 위에서 아버지와 섬뜩한 짓을 벌이고, 흡혈귀처럼 아버지의 심장을 파고들어 아버지가 나를 심연으로 내몰려는 악마적인 결심을 하도록 아버지의 망상을 사악하게 이용했겠지. 그런 자네는 내가 비루먹은 개를 내쫓듯 추방해야겠지!"

노인은 이 무서운 말에 깜짝 놀라 남작 바로 옆에 가서 무릎을 꿇었다. 그런데 남작은 마지막 말을 내뱉으면서 화가 나면 흔히 신체가 생각을 무의식적으로 따라 행동에 옮기듯, 자신도 모르게 오른발로 노인의 가슴을 세게 걷어찼다. 노인은 둔탁한 비명을 지르며 쓰러졌다. 그는 간신히 몸을 일으키더니, 상처를 입고 죽어 가는 짐승의 울부짖음 같은 이상한 소리를 내지르며 분노와 절망이 이글거리는 눈길로 남작을 쏘아보았다. 남작이 자리를 떠나면서 돈주머니를 내던졌으나, 노인은 그것을 건드리지 않고 바닥에 그대로 놓아두었다.

그동안 근처에 사는 가까운 친척들이 참석한 가운데 성대한 장례식이 거행되었고, 고인이 된 남작은 로시텐 교회에 있는 가족 묘지에 안장되었다. 그리고 초대받은 손님들이 물러가자, 새로운 상속자는 우울한 기분에서 벗어나 상속받은 재산에 대해 상당히 기뻐하는 모습을 보였다. 새로운 상속자는 죽은 남작의 변호사 V와 이야기를 나눈 후, 그에게 완전한 신뢰를 보이면서 법률 고문을 계속 맡아 달라고 부탁했다. 상속자는 상속 재산에 대한 정확한 계산서를 받고는 그 재산에서 낡은 성을 보수하고 새 성을 건축하는 일에 얼마를 사용할 수 있을지 숙고했다. V 변호사는 죽은 남작이 해마다 들어오는 수입을 다 쓰지는 않았을 것이고, 서류 속에서 발견된 얼마 안 되는 금액의 은행 수표 몇 장 그리고 철제 금고에서 발견된 1천 탈러 남짓의 현금만 있는 것으로 미루어 보아 분명 어딘가에 돈이 더 숨겨져 있으리라는 견해를 보였다.

늙은 관리인 다니엘 말고 누가 그 사정을 알겠는가. 그런데 다니엘은 고집이 세고 완고해서 어쩌면 먼저 털어놓지 않고 젊은 남작이 물어 오기만을 기다릴 것이다.

젊은 남작은 자신이 심하게 모욕한 다니엘이 이제 이기적인 마음 때문이 아니라 오히려 자기가 당한 모욕에 대한 복수를 위해 어딘가에 숨겨져 있을 보물을 알려 주지 않고 차라리 썩도록 내버려두는 것이 아닐까 적잖게 걱정되었다. 사실 자식도 없고 로시텐 가문의 성에서 삶을 마치고 싶어 했던 그에게 많은 돈이 무슨 소용이겠는가.

남작은 V 변호사에게 자신과 다니엘 사이에 있었던 사태의 전모를 자세히 들려주면서, 자신이 전해 들은 여러 소식에 따르면 죽은 남작의 마음에 아들들을 로시텐성에 오지 못하도록 알 수 없는 혐오감을 심어 준 사람이 바로 다니엘이라고 말했다. 변호사는 이 세상의 어느 누구도 작고한 남작의 생각을 조금이라도 바꾸거나 어떤 결심을 하도록 사주하는 일은 불가능했을 것이므로, 그것은 완전히 잘못된 소식일 것이라고 설명했다. 그러면서 변호사는 어느 구석에 깊숙이 보관되어 있을 돈의 행방을 찾기 위해 다니엘에게서 그 비밀을 캐내는 일을 떠맡았다.

그런데 다니엘은 전혀 회유할 필요가 없었다. 변호사가 "다니엘, 작고한 남작이 어떻게 그렇게 적은 현금을 남겼는가?"라고 물었을 때, 다니엘은 곧장 역겨운 미소를 지으며 이렇게 대답했기 때문이다. "변호사님, 작은 금고에서 찾은 초라한 은화 몇 푼 말인가요? 나머지는 옛 주인어른 침실 옆의 아치형 창고에 있어요!" 미소가 혐오스러운 히죽거림으로 변하고 두 눈을 이글거리면서 그가 말을 이었다. "그런데 가장 좋은 것, 수만 개의 금화는 저 아래 파편 속에 묻혀 있어요!"

변호사는 즉시 볼프강 남작을 오게 했다. 사람들은 남작의 침실로 이동했고, 다니엘이 침실 구석 벽의 판자를 밀치자 자물쇠 하나가 나타났다. 젊은 남작은 탐욕스러운 눈길로 자물쇠를 바라보았고, 이어 주머니에서 커다란 끈에 매달려 있는 열쇠 꾸러미를 절그럭거리는 소리를 내며 힘겹게 꺼내고는, 번쩍이는 자물쇠를 열어 보고자 시도했다. 그동안 다니엘은 몸을 곧추세우고는, 자물쇠를 더 잘 보려고 몸을 구부린 남작을 악의적으로 거만하게 내려다보았다. 그러다가 그는 죽은 사람 같은 표정을 하고 떨리는 목소리로 말했다. "제가 개라면, 자비로운 남작님!

제 안에는 개의 충성심도 있겠지요." 그러면서 그는 반짝이는 강철 열쇠를 남작에게 내밀었다. 남작은 탐욕스럽게 열쇠를 다니엘의 손에서 낚아챘고 별로 힘들지 않게 금고실 문을 열었다.

작고 낮은 아치 천장의 금고실에는 커다란 강철 궤짝이 뚜껑이 열린 채 있었다. 수많은 돈 자루 위에 종이 한 장이 놓여 있었다. 작고한 남작은 모두가 알고 있는 크고 고풍스러운 글씨체로 다음의 내용을 남겼다.

로시텐 상속지의 수입에서 저축해 놓은 15만 탈러 상당의 프로이센 금화가 있는데, 이것은 성의 보수를 위한 것이다. 아울러 나의 뒤를 잇는 장자 상속권자는 그 돈으로 무너진 성의 탑 동쪽에 있는 가장 높은 언덕에 항해자들을 위한 높은 등대를 세우고 밤마다 불을 밝히도록 하라.

1760년 미카엘 축제일 밤에 로시텐에서
로데리히 폰 로시텐 남작

새 상속권자가 된 볼프강 남작은 자루를 하나하나 들어 보고 다시 상자에 넣으면서 짤랑거리는 금화 소리에 기뻐했다. 그러고 나서 그는 얼른 늙은 관리인에게 몸을 돌려 관리인이 보여 준 충성심에 감사를 표한 뒤, 아울러 처음에 자신이 관리인을 나쁘게 대한 것은 단지 악의적인 소문 탓이라고 말했다. 그러면서 그는 관리인에게 성에 머물 뿐만 아니라 두 배의 봉급을 받고 관리인의 직무를 온전히 수행해 달라고 부탁했다. "나는 자네에게 제대로 보상해야겠어. 금화를 원하면 저기서 한 자루 갖고 가게!" 남작은 이렇게 말을 마치면서 눈을 아래로 내리깔고 늙은 관리인 옆에 서서 손으로 돈 궤짝을 가리켰다. 그러고는 다시 한번 궤짝 가까이 가서 자루를 살펴보았다.

관리인은 갑자기 얼굴이 벌겋게 달아올랐다. 그러면서 그는 전에 남작이 변호사에게 묘사했던 대로 상처를 입고 죽어 가는 짐승의 울부짖음 비슷한 무서운 흐느낌을 내뱉었다. 그리고 이제 이를 악물고 있는 노인의 이 사이로 무슨 말인가 새어 나오는 것 같았다는데, 마치 "황금에는 피가 따르지!"라는 말처럼 들려 변호사는 전율을 느꼈다. 그러나 젊은 남작은 보물에 정신이 팔려 그 모든 것을 조금도 알아차리지 못했다.

다니엘은 열이 나서 한기에 경련하듯 온몸을 떨었고, 고개를 숙이고 비굴한 자세를 보이며 남작에게 다가가 손에 키스하고 눈물을 닦듯이 손수건으로 눈가를 훔치면서 울먹이는 목소리로 말했다. "아, 다정하고 자비로운 주인님, 자식도 없는 불쌍한 노인에게 금화가 무슨 소용이겠습니까? 하지만 급여를 두 배로 주신다니 기쁘게 받고, 굳세게 또 성심을 다해 직무를 수행하겠습니다!"

남작은 노인의 말에 크게 신경 쓰지 않고 무거운 궤짝 뚜껑을 닫았다. 그 바람에 금고실 전체가 삐걱거리며 울렸다. 남작은 궤짝을 잠그고 조심스레 열쇠를 꺼내 얼른 던져 놓고는 "잘됐어, 잘됐어, 착한 노인!"이라고 말했다.

그들이 다시 홀로 나왔을 때, 남작이 말을 이었다. "그런데 자네는 무너진 탑 아래 아직 금화가 많다고 했지?"

노인은 말없이 좁은 문으로 다가가 힘겹게 문을 열었다. 그러나 문을 열어젖히자 곧바로 강한 눈보라가 홀 안으로 휘몰아쳤다. 까마귀 한 마리가 놀라 깍깍 울며 날아다니다가 불길한 날갯짓을 하며 창문에 부딪혔고, 열린 문으로 다시 날아들다가 아래 심연으로 떨어졌다. 남작은 복도에서 나서려다가 아래를 힐끗 보고는 몸을 떨며 뒤로 물러섰다.

"끔찍한 광경이야, 현기증이 나는군." 남작은 이렇게 말을 더듬으며 혼절하듯 변호사의 품에 쓰러졌다. 그러나 그는 곧 정신을 가다듬고 날카로운 눈길로 노인을 쳐다보며 물었다. "저 밑에 있단 말이지?"

그러는 사이에 늙은 관리인은 좁은 문을 닫았다. 그는 온 힘을 다해 문을 밀었는데, 완전히 녹슨 자물쇠에서 커다란 열쇠들을 빼내는 일만 하는데도 숨을 헐떡이고 신음을 냈다. 마침내 작업을 마친 노인은 남작 쪽으로 몸을 돌렸고, 손에 든 커다란 열쇠들을 이리저리 흔들고 이상한 미소를 지으며 말했다. "네, 저 밑에 고인이 된 주인님의 모든 멋진 기구가 수천, 수만 개 있지요. 망원경, 사분의, 지구의, 야간 반사경, 그 모든 게 산산이 부서진 채 돌들과 대들보들 사이에 놓여 있어요."

"그런데 금화는?" 남작이 노인의 말을 가로막았다. "자네는 금화에 대해 말하지 않았나?"

"저는 수천 탈러짜리 물건들을 말한 것입니다." 노인이 대답했다.

노인에게서 그 이상의 것은 알아낼 수 없었다.

남작은 자신이 애착을 가졌던 계획, 즉 새롭고 화려한 성을 지으려는 계획을 실행하는 데 필요한 모든 수단을 단번에 얻게 되자 크게 기뻐했다. 물론 변호사는 고인의 뜻에 따라 옛 성을 보수하고 완전히 증축하는 작업이 우선되어야 하며, 실제로 새로운 성을 건축하더라도 가문 대대로 내려오는 성의 명예로운 위대함이나 진지하면서도 소박한 특성에는 미치지 못할 것이라고 조언했다.

그러나 남작은 자신이 작정한 것을 고집하며, 공증 서류에 의해 법적 효력이 부여되지 않는 이러한 처분에서는 타계한 분의 뜻을 따르지 않을 수도 있다는 견해를 보였다. 그러면서 남작은 기후, 토양, 주위 환경이 허락하는 한 로시텐에 체류하는 일이 아름답도록 하는 것은 자신의 의무임을 밝혔다. 그는 자신이 진심으로 사랑하는 여자를 곧 이곳으로 데려올 생각인데, 그녀는 모든 점에서 최고의 헌신을 받을 자격이 있다고 말했다.

남작은 이미 그와 내밀한 관계를 맺은 여자에 대해 언급하면서 비밀스러운 태도를 보였기 때문에 변호사는 더는 캐물을 수가 없었다. 한편 변호사는 남작이 부를 추구하는 것이 근본적인 탐욕 때문이라기보다는 사랑하는 여자가 정든 고국을 떠나 이곳으로 오게 될 터이니 고향을 완전히 잊게 해 주려는 열망에서 나온 결심이라는 것을 알고는 어느 정도 마음이 놓였다. 사실 그렇지 않으면 그는 남작을 인색한 인물, 참기 어려운 탐욕스러운 인물로 여길 수밖에 없었다. 앞서 남작은 금화를 뒤지고 프로이센 금화에 추파를 던지면서 자신을 억제하지 못하고 이렇게 투덜거렸기 때문이다. "그 늙은 협잡꾼은 분명 가장 많은 보물에 대해서는 침묵한 것이 분명해. 하지만 내년 봄에는 내 눈으로 직접 보면서 탑 아래를 파 보게 해야지."

건축가들이 도착하고, 남작은 그들과 함께 어떻게 하면 가장 적절하게 성 건축에 나설지를 자세히 논의했다. 그는 건축가들의 설계 도면을 하나하나 보고는 퇴짜를 놓았다. 어떤 건축 양식도 그에게는 흡족할 정도로 호화롭고, 웅대하지 못했다. 이에 그는 직접 설계를 시작했고, 그 작업은 더할 나위 없이 행복한 미래의 찬란한 모습을 계속 눈앞에 펼쳐 보였다. 그래서 남작은 종종 기뻐 어쩔 줄 모를 정도로 쾌활한 기분에 사로잡혔고 모든 사람에게 그 기분이 전이되게 했다. 남작이 보여 주는 관대함, 호화로운 숙식 제공은 적어도 인색하다는 의심을 모두 떨쳐 버리게 했다.

다니엘도 자신에게 가해졌던 부당한 일을 완전히 잊은 듯했다. 그는 탑 아래 있는 보물 때문에 종종 의심스러운 눈초리로 자신을 추적하는 남작에 대해 조용하고 겸손한 태도를 보였다. 그런데 모두의 눈에 경이롭게 보인 것은, 노인이 날이 갈수록 젊어지는 것 같다는 점이었다. 그가 옛 주인을 상실한 고통으로 깊은 타격을 입기는 했지만 그 상실의 고통을 이겨 내기 시작해서일 수도 있고, 아마도 이제는 예전처럼 탑에서 추운 밤을 잠도 못 자고 보내지 않아도 될 뿐 아니라 더 좋은 음식, 좋은 포도주를 마음껏 누릴 수 있었던 덕분이기도 한 듯했다. 하여튼 그는 늙은이에서 벗어나 뺨이 붉어지고 몸에 살이 붙은 채 기운차게 행동하고, 재미있는 일이 있으면 큰 소리로 함께 웃기도 하는 건장한 남자가 되는 것 같았다.

로시텐에서의 유쾌한 삶은 한 남자가 성에 도착하면서 중단되었다. 사실 이제는 그 남자도 이곳에 속하는 사람으로 여겼어야 했다. 다름 아닌 볼프강 남작의 동생 후베르트였다. 볼프강은 동생을 보자 죽은 사람처럼 안색이 창백해져서 외쳤다. "불행한 녀석, 여기는 무슨 일로 온 거야?"

후베르트는 형의 품에 뛰어들었다. 그러나 형은 그를 붙잡아 끌면서 멀리 떨어진 외딴 방으로 올라갔고, 아무도 접근하지 못하게 했다. 두 형제는 몇 시간 동안 방에 함께 틀어박혀 있었다. 그러고는 마침내 후베르트가 당혹해하는 얼굴로 내려와 자신의 말을 내오라고 소리쳤다. 변호사가 앞을 막아섰지만, 그는 그냥 지나쳐 가려 했다. V 변호사는 어쩌면 바로 이곳에서 형제 사이의 치명적인 불화가 끝날 수도 있다는 예감에 사로잡혀, 후베르트에게 다만 몇 시간이라도 더 머물러 달라고 간청했다.

그 순간 남작도 크게 소리치며 위층에서 내려왔다. "여기 머물러, 후베르트! 곧 정신 차리게 될 거야!" 그러자 후베르트의 시선이 밝아졌고 침착함을 되찾았다. 그는 풍성한 모피 외투를 얼른 벗어 뒤에 있는 하인에게 던지고는 V 변호사의 손을 잡고 함께 방 안으로 걸어갔고, 조소하는 미소를 띠면서 말했다. "장자 상속권자께서는 내가 여기 있는 것을 참아 주려는 모양이군요." V 변호사는 떨어져 살면 더욱 자라나기만 할 뿐인 불행한 오해가 이제 확실히 풀릴 거라고 생각했다.

후베르트는 벽난로 옆에 있던 쇠 집게를 손에 들고 연기가 나는 나뭇가지들을 뒤적여 불이 잘 피어오르도록 하면서 V를 향해 말했다. "변호사님, 내가 선량한 심성을 가졌고 온갖 집안일을 능숙하게 해낸다는 것도 아시겠죠. 하지만 볼프강은 가장 기이한 편견으로 가득 차 있는, 탐욕스러운 소인배예요."

변호사는 두 형제의 관계에 더 이상 끼어들지 않는 게 좋겠다는 생각이 들었다. 더군다나 후베르트의 얼굴과 태도, 그의 목소리 등은 이 인물이 온갖 열정으로 내면 깊이 분열된 사람임을 분명하게 보여 주었다.

변호사는 장자 상속과 관련된 어떤 문제에 대해 남작의 결심을 들어 보기 위해 그날 늦은 저녁, 남작의 방으로 올라갔다. 남작은 뒷짐을 지고 몹시 혼란을 느끼면서 성큼성큼 방 안을 돌아다니고 있었다. 그러다가 그는 마침내 변호사가 왔음을 알아차리고 걸음을 멈추었다. 남작은 변호사의 두 손을 잡고 우울하게 그의 눈을 들여다보면서 갈라진 목소리로 말했다.

"동생이 왔어요!" 그러고는 질문을 던지려는 변호사의 입을 막으면서 남작이 말을 이었다. "당신이 무슨 말을 하려는지 알아요. 아, 당신은 아무것도 몰라요. 나는 그를 불행한 동생이라고 부를 수밖에 없는데, 그 불행한 동생은 사악한 유령처럼 어디서든 나를 막아서고 내 평화를 방해한다고요. 그나마 내가 말할 수 없이 비참해지지 않았던 것은 동생 덕분이라고는 할 수 없어요. 동생은 나름대로 온갖 짓을 벌였으나, 하늘이 그것을 원치 않았던 거죠. 장자 상속 제도가 공표된 이후 동생은 나를 죽도록 미워하면서 못살게 괴롭히고 있어요. 동생은 내 재산을 부러워하지만, 그의 손에서는 그것이 쭉정이처럼 날아가 버릴 겁니다. 세상에서 가장 미친 낭비벽을 가진 놈이라고요. 쿠를란트에서 자유로운 처분이 가능한 재산의 절반이 그에게 배당되지만, 그의 빚은 벌써부터 그것을 훨씬 넘어섰거든요. 이제 그는 자신을 괴롭히는 채권자들에게 쫓겨 이곳으로 달려와 돈을 구걸하고 있어요."

"그런데 형제인 당신은 거절하는군요." 변호사가 중간에 끼어들고자 했다.

그러나 남작은 잡았던 변호사의 손을 놓고 성큼 한 걸음 뒤로 물러서며 큰 소리로 격렬하게 소리쳤다. "그만둬요! 그래요! 난 거절합니다! 장자 상속 재산에서 한 푼도 줄 수 없고 한 푼도 주지 않을 겁니다! 그런데 몇 시간 전에 그 미치광이에게 내가 아무 성과도 없었지만 어떤 제안을 했는지 들어 보고, 내 의무감에 대해 판단해 보세요. 당신도 알다시피 쿠를란트에서 자유 처분이 가능한 재산은 상당하지만, 나는 내게 배정되는 절반을 그의 가족을 위해 포기하려 했어요. 후베르트는 쿠를란트에서 아름답지만 가난한 아가씨와 결혼했어요. 그녀는 아이들도 낳았는데, 아이들과 함께 굶주리고 있어요. 장원은 관리되어야 할 거고, 그는 생계에 필요한 돈을 장원 수입에 의존해야 할 것이며, 채권자들도 협정을 통해 만족시켜야겠죠. 그런데 조용하고 근심 없는 삶이 그에게 무슨 의미가 있고, 아내나 아이들이 무슨 소용이겠소! 그는 파렴치하고 경박하게 탕진하려고 현금, 막대한 현금을 원하고 있어요! 어떤 악마가 그에게 15만 탈러의 비밀을 폭로했는지, 그 돈은 장자 상속과는 무관하게 처분 가능한 재산으로 간주해야 한다면서, 절반을 달라고 미친 듯이 요구하고 있어요. 나는 거절할 수밖에 없고 또 거절할 거요. 그러나 나는 그가 속으로 나를 파멸시킬 계획까지 세우고 있다는 예감이 들어요!"

변호사는 남작이 동생에 대한 의구심을 버리도록 노력을 기울였으나, 성공하지 못했다. 물론 변호사는 더 자세한 사정은 알지 못한 상태에서 아주 일반적인 도덕률과 상당히 피상적인 이유만 제시할 수밖에 없었다. 남작은 변호사에게 적대적이고 돈을 탐하는 후베르트와 협상해 보라는 임무를 주었다.

변호사는 가능한 한 아주 조심스럽게 접근했고, 후베르트가 마침내 이렇게 속내를 밝혔을 때 적잖이 기뻤다. "그렇다면 나도 상속권자의 제안을 받아들이겠어요. 하지만 조건이 있어요. 내가 채권자들의 가혹한 빚 독촉 때문에 나의 명예와 명망을 영영 잃게 될 처지에 있으니, 지금 내게 선금으로 금화 1천 탈러를 주고 또 앞으로 적어도 얼마 동안은 아름다운 성에서 선량한 형과 함께 사는 걸 허용해 달라는 거죠."

"절대로 안 돼요!" 남작이 변호사가 전한 동생의 제안을 듣자 소리쳤다. "내가 아내를 데려오게 되면, 후베르트가 단 1분도 내 집에 머무는 것을 허용할 수 없어요! 친애하는 변호사님, 평화를 해치는 그 훼방꾼에게 가서 금화 2천 탈러를 선금이 아니라 선물로 줄 테니 떠나라고 해 주세요! 당장 떠나라고!"

그 순간 변호사는 남작이 부친 몰래 이미 결혼했고 그 결혼도 분명 형제 불화의 한 원인이라는 것을 문득 깨달았다. 후베르트는 거만하고 태연하게 변호사의 말을 다 듣고 나서 둔탁하고 우울한 목소리로 말했다. "한번 생각해 보겠지만, 우선은 며칠간 여기 머물겠소!" 변호사는 불만스러워하는 후베르트에게 남작이 사실 처분 가능한 재산을 포기하면서까지 가능한 한 많이 보상하려고 하는 등 모든 노력을 기울이고 있다는 점, 맏아들을 주로 우대하고 다른 자녀들은 뒷전에 두는 상속 제도에는 증오할 만한 구석이 있다는 것은 그 자신도 인정할 수밖에 없는 만큼 남작에게 불평할 이유가 전혀 없다는 점을 설명하려고 애썼다.

후베르트는 가슴이 답답한 듯 조끼를 위에서 아래로 열어젖혔다. 그러고는 한 손은 열린 셔츠 옷깃에 넣고 다른 손은 허리에 댄 채 한 발로 빠른 춤 동작을 취하면서 한 바퀴 돌더니 날카로운 목소리로 소리쳤다. "흥! 양심은 미움에서 생겨나는 법이오." 그러고는 날카로운 웃음을 터뜨리며 말했다. "불쌍한 거지에게 금화를 던져 주다니 상속권자는 참으로 자비롭기도 하군요."

변호사는 이제 두 형제 사이에 진정한 화해는 전혀 가능하지 않다는 것을 깨달았다.

후베르트는 성 옆채에 있는 방들을 배정받고 상당히 오래 머물 작정으로 방들을 꾸몄다. 남작으로서는 불쾌한 일이었다. 사람들은 후베르트가 종종 오랫동안 관리인과 이야기를 나누고, 관리인이 이따금 그와 함께 늑대 사냥에 나간다는 것도 알아차렸다. 그 밖에는 그는 모습을 잘 드러내지 않았고 형과 단둘이 있게 되는 상황은 완전히 피했는데, 형에게는 상당히 괜찮은 것이었다.

변호사는 이러한 상황을 답답하게 여겼다. 그는 후베르트가 하는 모든 말과 행동에는 아주 특이하고 섬뜩한 면이 있음을 인정하지 않을 수 없었다. 그것은 모든 즐거움을 매우 고의적으로 파괴하는 방식으로 튀어나왔다. 그는 동생이 등장했을 때 남작이 보여 주었던 경악감이 이제 완전히 이해되었다.

변호사가 혼자 법률 사무실에서 서류 더미 앞에 앉아 있을 때였다. 후베르트가 어느 때보다도 더 진지하고 침착한 표정으로 들어와 거의 슬픈 목소리가 되어 말했다.

"형의 마지막 제안을 받아들이겠어요. 금화 2천 탈러를 오늘 받을 수 있게 해 주세요. 밤에 떠나겠어요. 말을 타고 혼자서!"

"돈을 갖고 떠나신다고요?" 변호사가 물었다.

"그래요." 후베르트가 대답했다. "당신이 무슨 말을 하려는지 압니다. 빚 때문이죠! K에 있는 이삭 라자루스에게 어음을 발행해 주세요! 오늘 밤에 당장 K로 떠나겠어요. 노인이 마술로 악령들을 불러내 여기서 나를 내쫓고 있어요!"

"부친을 말하는 건가요, 남작님?" 변호사가 매우 진지하게 물었다.

후베르트는 입술을 떨었고, 쓰러지지 않으려고 의자를 꼭 붙잡았다. 그러나 그는 갑자기 기운을 내어 소리쳤다. "그럼 오늘 안으로, 변호사님!" 그러고 나서 그는 비틀거리며 힘겹게 문 쪽으로 걸어갔다.

"어떤 속임수도 더는 가능하지 않고, 내 굳은 의지에 반해 어떻게 해 볼 수 없다는 것을 이제야 깨달았나 보군요." 남작은 이렇게 말하며 K에 있는 이삭 라자루스 앞으로 어음을 발행해 주었다. 적대적인 동생이 떠나게 되어 남작은 가슴을 짓누르는 짐을 하나 벗었다. 그는 저녁 식탁에서 오랜만에 그토록 즐거울 수가 없었다. 후베르트는 식사에 오지 못한다는 전갈을 보냈고, 모두가 그의 불참을 오히려 반겼다.

V 변호사는 창문이 성 안마당을 향해 있는, 조금은 외딴 방에 기거했다. 그날 밤 그는 갑자기 잠에서 깨어났다. 멀리서 들리는 비참하게 흐느껴 우는 듯한 소리가 그를 잠에서 깨웠다. 그런데 다시 귀를 기울여 보니, 사방이 쥐 죽은 듯 고요했다. 그래서 그는 자신의 귓전에 울렸던 소리가 꿈속에서 들은 착각이라고 생각했다. 그러나 아주 특별한 공포와 불안의 느낌에 완전히 사로잡혀 그는 침대에 그대로 누워 있을 수가 없었다. 그는 일어나서 창가로 가 보았다. 얼마 지나지 않아 성문이 열리고 어떤 형체 하나가 촛불을 손에 들고 나타나더니 성 안마당을 가로질러 갔

다. 변호사는 그 형체가 늙은 다니엘이라는 것을 알아차렸다. 다니엘은 마구간 문을 열고 안으로 들어가더니 곧이어 안장을 얹은 말을 한 마리 끌고 나왔다. 그리고 어둠 속에서 두 번째 형체가 모습을 드러냈다. 모피 외투를 입고 머리에는 여우 털모자를 쓰고 있었다. 변호사는 그가 후베르트임을 알아차렸다. 후베르트는 다니엘과 몇 분 동안 격렬하게 이야기를 나누더니 돌아갔다. 다니엘은 말을 다시 마구간에 넣고 마구간 문을 닫은 다음, 왔던 대로 안마당을 가로질러 돌아와 성문을 닫았다.

후베르트는 말을 타고 떠나려 했다가 그 순간 생각이 바뀐 것이 분명했다. 그러나 후베르트가 늙은 관리인과 위험한 결탁 관계에 있다는 것도 분명했다. 변호사는 남작에게 밤에 일어난 일을 알려 주기 위해 아침이 되기를 초조하게 기다렸다. 이제는 사악한 후베르드의 공세적 음모에 대비하는 것이 중요했다. 변호사는 후베르트가 어제 혼란스러운 상태에서 벌써 그러한 공세적 음모를 드러냈다고 확신했다.

다음 날 아침, 보통은 남작이 일어나는 시간인데 사람들이 뛰어다니는 소리, 문 여닫는 소리, 당황하여 마구 고함치며 떠드는 소리가 변호사의 귀에 들렸다. 변호사는 바깥으로 나가 보았다. 그는 사방에서 하인들과 마주쳤는데, 그들은 변호사를 거들떠보지도 않고 지나갔다. 모두가 창백한 얼굴을 하고 층계를 오르내리거나 방들을 들락거리면서 이리저리 뛰어다녔다. 마침내 변호사는 남작이 사라졌고, 이미 몇 시간 동안 찾아보았으나 소용없다는 사실을 알게 되었다.

　남작은 전날 사냥꾼이 보는 데서 침실에 들어갔었다. 그런데 가지 달린 촛대가 보이지 않았다. 남작은 잠자리에서 다시 일어나 잠옷과 슬리퍼 차림으로 촛대를 들고 방을 나간 것이 틀림없었다. 변호사는 불길한 예감에 사로잡혀 그 숙명적인 기사의 홀로 달려가 보았다. 그의 부친과 마찬가지로 볼프강은 그 옆의 작은 방을 침실로 사용하고 있었다. 탑으로 가는 좁은 문이 활짝 열려 있었다. 변호사는 깜짝 놀라 큰 소리로 외쳤다. "남작이 저 밑에 추락해 있다!"

　실제로 그랬다. 눈이 내린 까닭에 위에서는 돌들 사이에 삐져나와 있는 죽은 자의 뻣뻣한 팔만 분명히 알아볼 수 있었다. 몇 시간이 지나서 일꾼들이 목숨의 위험을 무릅쓰고 사다리 여러 개를 연결해 내려간 다음, 시신을 밧줄로 묶어 위로 끌어 올리는 작업을 해낼 수 있었다. 남작은 극심한 죽음의 공포로 은촛대를 꼭 쥐고 있었고, 온몸이 뾰족한 돌에 부딪혀 끔찍하게 부서지고 찢어진 상태였다. 그나마 은촛대를 쥐고 있던 손이 유일하게 성한 부분으로 남아 있었다.

　사람들은 볼프강의 시체를 위로 옮겨서 커다란 홀에 있는 넓은 책상, 바로 몇 주 전 작고한 부친 로데리히 남작이 누웠던 자리에 눕혀 놓았다. 그때 후베르트가 절망에 빠진 복수의 여신들의 얼굴을 하고 허둥지둥 달려왔다. 그는 끔찍한 광경에 큰 충격을 받고 울부짖었다. "형제, 오, 나의 불쌍한 형제. 아니야, 나를 지배한 악마들에게 내가 이런 일을 간청한 것은 아니야!"

변호사는 이 미심쩍은 말에 전율했다. 그는 후베르트에게 형을 죽인 살인자라고 소리치며 달려들어야 할 것만 같았다. 후베르트가 정신을 잃고 바닥에 쓰러졌다. 사람들이 그를 침대에 눕혔다. 그는 강장제를 먹은 후 아주 빨리 정신을 되찾았다. 그는 창백하고 우울한 원망이 담긴 반쯤 꺼진 눈을 하고 변호사의 방으로 들어왔다. 그는 너무 기진맥진해서 서 있을 수도 없다는 듯 천천히 안락의자에 앉으며 말했다. "아버지가 그 어리석은 제도를 통해 가장 좋은 재산을 형에게 상속해 줘서 나는 형의 죽음을 바랐어요. 이제 형이 끔찍하게 죽었으니 내가 상속권자가 되겠지만, 심장이 찢어져 나는 결코 행복해질 수 없을 거요. 나는 당신의 법률 고문직을 승인하고, 당신에게 상속 재산의 관리에 대한 전권을 위임하겠소. 나는 그런 권리를 누릴 수 없어요!" 후베르트는 방에서 나갔고, 몇 시간 후에는 벌써 K를 향해 가고 있었다.

불운한 볼프강 남작은 밤에 일어나 아마도 서재인 다른 방으로 가려 한 듯했다. 잠이 덜 깬 상태에서 그는 문을 착각해 서재로 나가는 문이 아니라 탑으로 나가는 좁은 문을 열었고 발을 내딛다가 추락한 것으로 추정되었다. 이러한 설명은 물론 억지스러운 부분이 많았다. 남작이 잠이 오지 않아 서재에서 책을 가져와 읽으려 한 것이라면 잠에 취한 상태였다고 할 수 없었다. 따라서 잠에 취한 상태였어야만 문을 착각해 탑으로 나가는 좁은 문을 열었으리라는 가설이 가능했다. 게다가 탑으로 나가는 좁은 문은 굳게 닫혀 있어 애를 써야 간신히 열 수 있었다.

변호사가 성의 하인들이 모인 가운데 개연성이 낮아 보이는 이러한 해석을 밝혔을 때, 남작의 사냥꾼 프란츠가 마침내 입을 열었다. "아, 변호사님, 그렇게 된 것이 아닐 거예요!"

"그럼 어떻게 된 건가?" 변호사가 다그쳤다.

그러나 무덤까지도 따라가려 할 만큼 충직하고 성실한 프란츠는 다른 사람들 앞에서는 말하려 하지 않았다. 그는 변호사 앞에서만 자기가 해 줄 수 있는 말을 털어놓고자 했다. 변호사가 이제 알게 된 것은, 남작이 탑 아래 폐허 속에 묻혀 있는 보물들에 대해 프란츠에게 틈날 때마다 이야기했다는 것, 또 남작이 악령의 부추김을 받은 듯 자주 한밤중에 일어나 다니엘이 내준 열쇠로 좁은 문을 열고 저 아래 파묻혀 있을 재산에 대한 열망으로 탑 아래를 내려다보곤 했다는 것이었다. 그러니까 이제 더욱 확실해진 것은, 그 숙명적인 밤에도 남작은 사냥꾼이 방을 나간 후 탑으로 향했고 거기서 갑자기 현기증이 일어나 추락했다는 것이다.

남작의 끔찍한 죽음에 큰 충격을 받은 다니엘은 그 위험한 문을 벽으로 막아 버리는 것이 좋겠다고 말했고, 그 일은 곧바로 이루어졌다. 이제 장자 상속자가 된 후베르트 폰 로시텐 남작은 로시텐에는 다시 모습을 보이지 않고 쿠를란트로 돌아갔다. 변호사는 상속 재산 관리에 필요한 절대적인 전권을 위임받았다. 새 성을 건축하는 일은 중단되었고, 대신 옛 성을 가능한 한 좋은 상태로 복구했다.

그렇게 여러 해가 흘러갔다. 그리고 어느 늦가을에 후베르트가 성을 떠난 후 처음으로 로시텐에 왔다. 그는 며칠 동안 변호사와 함께 자기 방에 틀어박혀 지내다가 다시 쿠를란트로 돌아갔다. 이때 그는 K를 통과하면서 그곳 지방 관청에 자신의 유언장을 맡겼다.

남작은 그사이 성격이 근본적으로 변한 듯 보였고, 로시텐에 머무는 동안 자신의 임박한 죽음에 대한 예감을 많이 들려주었다. 그의 예감은 실제로 적중했다. 남작은 그다음 해에 죽은 것이다.

죽은 남작의 이름을 이어받은 아들 후베르트가 막대한 장자 상속을 취하고자 쿠를란트에서 급히 달려왔고, 어머니와 누이동생도 그를 따라왔다. 젊은 남작은 선조들의 사악한 면모를 한 몸에 지닌 듯했다. 그는 로시텐에 머무는 동안 첫 순간부터 거만하게 거들먹거렸고, 광포하고 탐욕스러운 성격을 드러냈다. 그는 자신이 불편해하거나 적절치 않다고 여기는 많은 것을 당장에 바꾸려 했다. 그는 우선 요리사를 내쫓았고, 마부에게도 태형을 가하려 했으나 건장한 마부가 그것을 거부하는 배짱을 보여 그 일은 성공하지 못했다. 한마디로 그는 엄격한 장자 상속권자의 역할을 시작하려는 순조로운 상태에 있었다. 변호사는 그에게 유언장이 공개되기 전까지는 이곳 성에서 의자 하나도 옮겨서는 안 되고, 여전히 성에 머물고 싶은 사람은 물론 고양이 한 마리도 나가서는 안 된다며 진지하고 단호하게 맞섰다.

"당신은 이곳에서 상속권자의 수하에 있어요." 젊은 남작이 입을 열었다.

그러나 변호사는 분노해서 거품을 내뿜는 남작의 말을 가로막고, 쏘아보는 눈길로 남작을 훑어보며 말했다. "서두르지 마시오, 남작! 유언장이 공개되기 전에는 당신은 이곳을 지배할 권한이 없어요. 지금은 나, 오직 나만이 이곳의 주인이고, 나는 폭력에는 폭력으로 맞설 줄 압니다. 부친의 유언장 집행인으로서 나는 부여받은 전권에 따라, 또한 법률에서 규정한 처분 권한에 따라, 여기 로시텐에서의 당신의 체류를 거부할 권한도 있다는 걸 기억하시오. 불미스러운 일이 안 일어나도록 조용히 K로 돌아갈 것을 충고합니다."

영주의 법 집행자로서의 진지함, 말할 때의 단호한 어조는 변호사가 하는 말을 충분히 강조해 주는 것이었다. 그래서 날카로운 뿔을 들이대며 단단한 장벽에 돌진하려던 젊은 남작은 자기가 가진 무기가 허약하다고 느꼈다. 그는 우선은 물러서면서 조소하듯 큰 소리로 웃어 자신의 수치를 대충 얼버무리는 것이 좋겠다고 여겼다.

석 달 후 고인의 뜻에 따라 유언장이 보관된 K에서 유언장을 공개하는 날이 왔다. 법정에는 법원 직원들과 남작 그리고 변호사 말고도 변호사가 데려온 고상한 외모의 젊은이가 하나 있었다. 젊은이의 가슴 안주머니에 넣은 서류봉투가 살짝 삐져나온 것으로 보아 변호사의 서기로 보였다.

남작은 다른 사람들에게 대하듯 그 젊은이도 어깨 아래로 내려다보았다. 그러면서 그는 길고 불필요한 의식인 만큼 여러 말이나 요식 행위 없이 얼른 해치우자고 거침없이 요구했다. 그는 적어도 장자 상속 같은 상속 문제에서 도대체 유언장이 얼마나 중요할지는 이해하지 못하겠다는 투였다. 그는 여기서 어떤 처분이 이루어진다 해도 그것을 지킬지 말지는 오로지 자기 뜻에 달린 것이라고 말했다. 남작은 고인이 된 부친의 필체와 인장을 언짢은 눈길로 한 번 힐끗 보더니 틀림없다고 인정했다. 이어 법원 서기가 큰 소리로 유언장을 낭독하는 동안, 오른팔은 의자 등받이에 걸치고 왼팔은 법정 책상 위에 올려놓은 채 책상의 녹색 덮개를 손가락으로 두드리며 창밖을 무심하게 내다보았다.

작고한 후베르트 폰 로시텐 남작은 유언장에서 짧은 서두에 이어, 자신이 결코 진짜 상속자로서 장자 상속 재산을 소유한 것이 아니라 고(故) 볼프강 폰 로시텐 남작의 외아들 이름으로 그것을 관리했을 뿐이라고 밝혔다. 볼프강 남작의 외아들은 조부의 이름을 따서 로데리히라고 불리는데, 가족 상속의 원칙에 따라 그의 아버지가 사망한 후 그에게 상속권이 귀속되었다는 것이다. 수입과 지출, 현금 잔액 등에 관한 계산서는 자신의 유품에서 발견할 수 있다고 했다.

후베르트가 유언장을 통해 이야기한 바에 따르면, 볼프강 폰 로시텐은 여행하던 중 제네바에서 율리에 폰 상트 발을 만나 열렬히 사랑하게 되었고, 절대로 그녀와 헤어지지 않겠다고 결심했다. 그녀는 매우 가난한 아가씨였고, 그녀의 가족은 훌륭한 귀족이기는 하지만 그렇다고 대단히 화려한 가문은 아니었다. 그 때문에 볼프강은 작고한 부친 로데리히 남작의 허락을 기대할 수 없었다. 로데리히는 가능한 모든 방법으로 가문의 재산을 불리는 데 모든 노력을 기울였기 때문이다. 하지만 볼프강은 파리에서 부친에게 자신의 사랑에 대해 털어놓았다. 그러자 예상했던 대로 그의 부친은 장자 상속권자인 맏아들을 위해 자신이 이미 신붓감을 골라 놓았으며, 다른 여자는 절대 안 된다고 단호하게 말했다. 볼프강은 애초의 여행 목적지인 영국으로 건너가는 대신 '보른'이라는 이름으로 제네바로 돌아가 율리에와 결혼했고, 1년 후에 볼프강이 죽으면 장자 상속권자가 될 아들이 태어났다. 볼프강의 동생 후베르트는 이 모든 사정을 전해 듣고도 그렇게 오랫동안 침묵하며 자신이 장자 상속권자인 것처럼 행동했다. 이와 관련해 그는 형 볼프강과의 이전 약속과 관련된 여러 이유를 끌어들였지만 불충분하고 근거가 없어 보였다.

젊은 후베르트 남작은 벼락을 맞은 듯 꼼짝하지 않고, 단조롭게 웅얼대는 목소리로 모든 재앙을 공표하고 있는 법원 서기를 응시했다. 서기가 유언장 낭독을 마치자, 변호사는 자리에서 일어나 자신이 데려온 젊은이의 손을 잡고 참석한 자들 앞에서 고개를 숙이면서 입을 열었다. "여러분, 여기 로시텐의 상속권자 로데리히 폰 로시텐 남작을 소개하게 되어 영광입니다!"

후베르트 남작은 갑자기 하늘에서 떨어진 듯 나타나 막대한 장자 세습지와 자유 처분이 가능한 쿠를란트의 재산 절반을 앗아 가려는 젊은이를 분노를 삭이는 이글거리는 두 눈으로 쳐다보았다. 이어 그는 주먹을 쥐고 위협하는 제스처를 취했지만 결국 한마디도 하지 못하고 법정을 뛰쳐나갔다.

법원 직원들의 요구대로 로데리히 남작은 자신의 신분을 증명해야 할 문서들을 꺼냈다. 그는 자기 부친이 결혼했던 교회 기록부의 초본을 공증받아 제출했는데, 거기에는 모년 모월 모일에 K에서 태어난 상인 볼프강 보른이 율리에 폰 상트 발과 증인들이 참석한 가운데 성직자의 주재로 결혼했다고 기록되어 있었다. 그는 제네바에서 상인 보른과 아내 율리에의 합법적인 혼인 관계에서 태어난 아이로 세례를 받았다는 증명서 그리고 이미 오래전에 돌아가신 어머니에게 부친이 보낸 여러 장의 편지도 제시했는데, 편지에는 모두 단지 W라는 서명만 있었다.

변호사는 어두운 얼굴로 모든 서류를 살펴본 뒤 다시 서류를 접으면서 매우 걱정스럽게 말했다. "자, 이제 하느님께서 도와주시겠지!"

다음 날이 되자 후베르트 폰 로시텐 남작은 자신이 선임한 변호사를 통해 K의 지방 관청에 이의 신청을 냈다. 로시텐 영지의 상속권을 자신에게 즉각 양도할 것을 청구하는 신청서였다. 그의 변호사의 주장에 따르면, 작고한 후베르트 폰 로시텐 남작은 유언장으로든 다른 어떤 방법으로든 세습 영지를 처분할 권한이 없다는 것이었다. 문제의 유언장은 볼프강 폰 로시텐 남작의 재산을 살아 있는 그의 아들에게 상속해야 한다고 하지만, 그러한 내용을 단순히 기록해 법적으로 위탁한 진술에 불과한 것으로 어떤 다른 증언에 비해 더 높은 증거력을 갖고 있지 않으며, 따라서 이른바 로데리히 폰 로시텐 남작이라고 주장하는 젊은 이의 신분을 증명할 수 없다는 것이다. 오히려 이로써 이른바 그가 주장하는 상속권은 명백히 반박되는 것이고, 따라서 소송 절차를 통해 그 상속권을 입증하는 일 그리고 상속법에 따라 후베르트 폰 로시텐 남작에게 주어진 장자 세습지의 반환을 청구하는 것이 그 청구자의 사안이라는 것이다. 부친의 죽음으로 소유권은 즉시 아들 후베르트에게 이양된 것이고, 장자 상속의 승계 원칙은 단념될 수 없는 것인 만큼 상속권 개시에 대해서는 어떤 해석도 필요하지 않으며, 따라서 현재 상속권자의 영지 소유가 아주 애매한 청구권에 의해 불안정해져서는 안 된다는 것이다. 작고한 남작이 어떤 근거에서 다른 상속권자를 지정했는지는 전혀 상관없는 일이고, 다만 주의해야 할 것은 남겨 둔 서류들에서 필요할 경우 다음 내용을 입증하는 일은 가능하다는 것이다. 즉 스위스에서 애정 관계를 맺은 자는 작고한 남작 자신이고 어쩌면 그 금지된 사랑에서 태어난 자기 아들을 이른바 형의 아들이라고 사칭했으며, 그 때문에 심한 회한에 사로잡혀 그 아들에게 막대한 상속 재산을 물려주려 했을 가능성이 있다는 것이다.

유언장에 주장된 상황이 맞을 개연성이 아무리 크다고 해도, 그리고 판사들이 아들인 자가 거리낌 없이 고인이 된 선친의 비행을 고발하는 마지막 표현에 강한 분노를 표했다고 하더라도,

후베르트의 변호사가 제기한 사안의 관점은 정당한 것이었다. 다만 V 변호사는 로데리히 폰 로시텐 남작의 신분을 증명해 줄 증거를 조만간 매우 확실하게 제시하겠다고 약속하는 등 부단히 노력을 기울였다. 그 결과 그는 장자 상속권의 양도를 일단 연기하고 사건이 종결될 때까지는 영지 관리를 계속할 권한을 유지하는 데 성공했다.

하지만 V 변호사는 법정에서 자신이 했던 약속을 지키는 것이 얼마나 어려울지 잘 알고 있었다. 그는 젊은이의 조부인 작고한 로데리히 남작의 모든 서신을 뒤졌으나 그의 아들 볼프강과 율리에 폰 상트 발의 관계를 확인해 주는 편지나 그 어떤 문서의 흔적도 찾을 수 없었다. 변호사는 로시텐에서 작고한 로데리히 남작의 침실에 앉아 생각에 잠겨 있었다. 그는 방을 온통 뒤지고 난 후, 제네바에 있는 공증인에게 보낼 문서를 작성했다. 누군가가 그에게 명민하고 유능한 공증인이라고 추천해 준 사람으로, 이제 그를 위해 젊은 남작의 사안을 해명할 수 있는 몇 가지 서류를 확보해 줘야 할 인물이었다.

시간은 어느덧 자정이 되었다. 문이 열려 있는 옆의 큰 홀에는 보름달이 밝게 비치고 있었다. 그때 누군가가 무거운 발걸음으로 천천히 층계를 오르는 소리, 덜커덩거리는 열쇠 소리가 나는 것 같았다. 변호사는 주의를 기울였고, 자리에서 일어나 홀로 가 보았다. 누군가가 복도를 지나 홀의 문으로 다가오는 소리가 분명하게 들렸다. 이어 홀 문이 곧바로 열리고 죽은 사람처럼 얼굴이 창백한 사람 하나가 잠옷 차림으로 한 손에는 촛불을 켠

촛대를 들고, 다른 손에는 커다란 열쇠 꾸러미를 들고 안으로 천천히 들어왔다.

변호사는 성의 관리인임을 곧 알아차리고, 이렇게 늦은 밤에 무슨 일이냐고 소리쳐 물으려 했다. 그런데 늙은이의 전체적인 모습에서, 죽은 사람처럼 경직된 노인의 얼굴에서 무언가 섬뜩한 것, 유령 같은 것이 차가운 냉기와 함께 싸늘하게 뿜어져 나왔다. 변호사는 자기 앞에 서 있는 사람이 몽유병자라는 것을 알아차렸다. 노인은 침착한 걸음으로 홀을 가로질러 이전에는 탑으로 나가던 문이었으나 지금은 벽으로 막은 곳을 향해 다가갔다. 노인은 바로 그곳에 멈춰 서더니 가슴 깊은 곳에서 울부짖는 신음을 토했고, 그 소리가 홀 전체에 무섭게 울렸다. 변호사는 공포로 몸을 떨었다. 그러고 나서 다니엘은 촛대를 바닥에 내려놓고 열쇠 꾸러미를 허리띠에 차고 두 손으로 벽을 긁어 대기 시작했다. 곧 손톱 아래에서 피가 흘러나왔고, 다니엘은 이름 모를 죽음의 고통에 시달리는 듯 신음하며 한숨을 내쉬었다. 그러고는 무슨 소리를 들으려는 듯 벽에 귀를 갖다 댔다. 이어 그는 누군가를 진정시키는 손짓을 한 후, 몸을 굽혀 바닥에 둔 촛대를 다시 집어 들고 소리 없이 침착한 걸음으로 문 쪽으로 되돌아갔다.

변호사는 손에 촛불을 들고 조심스럽게 그를 따라가 보았다. 노인은 층계를 내려가 성의 커다란 대문을 열었고, 변호사도 노련하게 빠져나갔다. 노인은 이제 마구간으로 걸어가서 전혀 위험하지 않으면서 마구간 전체를 충분히 밝힐 수 있도록 촛대를 세워 놓았는데 변호사가 아주 감탄할 만한 솜씨였다. 노인은 이어 안장과 기구들을 꺼낸 후, 아주 조심스럽게 끈과 등자를 단단히 묶고 구유에 매인 말고삐를 풀었다. 이어 노인은 손으로 말의 머리털을 마구의 이마 끈 뒤로 넘겨 주고, 혀를 끌끌 차고 한 손으로 말의 목덜미를 두드리고는 고삐를 잡고 말을 밖으로 끌어냈다. 바깥으로 나와 안마당에 들어선 노인은 몇 초 정도 서서 지시를 받는 듯한 자세를 취했고 이행하겠노라 약속하는 듯 머리를 끄덕였다. 그러고 나서 노인은 말을 다시 마구간으로 끌고 들어가 안장을 내려놓고 말고삐를 매었다. 이제 그는 촛대를 집어 들었고, 마구간을 잠근 후 성으로 되돌아갔다. 마침내 그는 자신의 방으로 들어가 조심스럽게 방문을 잠갔다.

변호사는 그 장면을 접하고 깊은 충격을 받았다. 어떤 끔찍한 행위에 대한 예감이 그를 다시는 놓아주지 않을 불길한 지옥의 유령처럼 눈앞에서 고개를 들었다. 그는 자신이 보호해야 할 피후견인이 위태로운 상황에 있다는 생각에 사로잡혀 적어도 자신이 본 장면을 피후견인을 위해 이용하기로 작정했다.

다음 날 황혼이 질 무렵에 다니엘이 성의 관리와 관련해 모종의 지시를 받기 위해 변호사의 방에 들어왔다. 변호사는 그의 두 팔을 잡아 대담하게 의자에 앉히고는 입을 열었다.

"잘 듣게, 친애하는 다니엘! 오래전부터 자네에게 물어보고 싶었는데, 자네는 우리를 깜짝 놀라게 한, 작고한 후베르트 남작의 특이한 유언장 때문에 일어난 이 모든 혼란에 대해 어떻게 생각하는가? 그 젊은이가 정말 볼프강이 합법적인 결혼에서 얻은 아들이라고 생각하는가?"

노인은 의자 등받이에 몸을 기대면서, 또 그를 똑바로 쳐다보는 변호사의 눈길을 피하면서 투덜대듯 소리쳤다. "쳇! 그럴 수도 있고, 아닐 수도 있죠. 누가 이곳의 주인이 되든 나와 무슨 상관이겠어요?"

"하지만 내 생각은 말일세." 변호사는 노인에게 바싹 다가가 그의 어깨에 손을 얹으며 말했다. "자네는 작고한 로데리히 남작의 전적인 신임을 받았으니 자네에게 분명 아들들 문제에 관해 무언가 말씀을 남기셨겠지. 볼프강이 아버지의 뜻을 거역하고 결혼한 것에 대해 무슨 말씀이 없으셨는가?"

"그런 것은 전혀 기억나지 않는군요." 노인이 무례하게 큰 하품을 하면서 대답했다.

"자네, 많이 졸린 모양이군." 변호사가 말했다. "혹시 밤에 제대로 잠을 못 잤어?"

"모르겠어요." 노인이 차갑게 대답했다. "이제는 가서 저녁 식사 준비를 시켜야겠어요." 이 말을 하고 그는 굽은 등을 쓸고 전보다 더 크게 하품을 하면서 무거운 몸을 의자에서 일으켰다.

"잠깐만 기다리게." 변호사가 그를 손으로 붙잡고 의자에 앉히려 하면서 소리쳤다. 그러나 노인은 책상 앞에 서서 두 손으로 책상을 짚고 변호사 쪽으로 몸을 숙이며 퉁명스럽게 물었다.

"왜 이러시는 거예요? 유언장이 나와 무슨 상관이고, 상속권 다툼이 나와 무슨 상관이 있다는 거죠."

변호사가 그의 말을 가로막았다. "그 문제는 더는 거론하지 않겠네. 아주 다른 문제를 말해야겠어, 다니엘! 자네가 투덜대며 하품하는 걸 보니 몹시 피곤한 모양이야. 그러고 보니 간밤의 그 사람이 정말 자네였다고 거의 믿고 싶어지는군."

"간밤에 내가 어쨌다고요?" 노인이 태도를 바꾸지 않은 채 물었다.

변호사가 말을 이었다. "저 위층 큰 홀 옆에 있는 옛 주인의 방에 앉아 있는데 자네가 아주 뻣뻣하고 창백한 얼굴을 하고서 문으로 들어왔고, 벽으로 막아 놓은 문 쪽에 가서 서더니 두 손으로 벽을 긁어 대며 몹시 괴로운 듯 한숨을 쉬더군. 자네 몽유병자인가, 다니엘?"

노인은 변호사가 얼른 밀어 준 의자에 다시 앉았다. 그는 아무 말이 없었다. 변호사는 황혼이 깊어 그의 얼굴을 알아볼 수 없었지만, 노인이 가쁜 숨을 쉬고 이를 덜덜 떨고 있다는 것만은 알아차렸다. 변호사는 잠시 침묵하다가 다시 입을 열었다.

"그래, 몽유병자에게는 특이한 점이 있지. 완전히 깨어 있는 상태에서 움직이고 행동했는데도 다음 날에는 그런 상태였다는 사실을 전혀 모른다는 거야."

다니엘은 계속 침묵했다. 변호사가 말을 이었다.

"자네의 어제 행동과 비슷한 경우를 전에도 본 적이 있어. 내 친구 하나가 자네처럼 보름달이 뜨면 어김없이 밤중에 돌아다녔지. 그래, 가끔 그는 책상에 앉아 편지를 쓰기도 했어. 그런데 기이한 것은, 내가 그의 귀에 아주 나지막하게 속삭이기 시작하면 곧 그에게 말을 시킬 수도 있다는 거였어. 그는 모든 질문에 적절한 대답을 했는데, 깨어 있는 상태에서는 조심스럽게 입을 다물 만한 내용까지도 마치 자신에게 작용하는 힘에 저항할 수 없다는 듯 자신도 모르게 그의 입술에서 흘러나왔어. 놀라운 일이지! 몽유병자는 자신이 저지른 어떤 악행에 대해 오랫동안 입을 다물지라도 그 특이한 상태에서는 물어볼 수 있다는 생각이 들어. 우리같이 깨끗한 양심을 가진 사람은 아무 문제가 없지, 선한 다니엘, 우리야 몽유병자가 되어도 사람들이 어떤 악행도 캐묻지 못할 거야. 그런데 다니엘, 자네는 벽으로 막은 문을 그렇게 끔찍하게 긁어 댔을 때 저 위 천문 관측 탑으로 올라가려고 했던 거지? 작고한 로데리히 남작처럼 자네도 천문 관측을 하려는 건가? 아, 그건 다음번 자네가 몽유병 상태에 있을 때 내가 캐물어 보면 되겠군!"

변호사가 말하는 동안 다니엘은 몸을 점점 더 심하게 떨었고, 이제 어쩔 수 없는 심한 발작으로 온몸을 이리저리 부딪치고 나뒹굴었다. 입에서는 날카롭고 알아들을 수 없는 말이 튀어나왔다. 변호사는 초인종을 눌러 하인들을 불렀다. 사람들이 촛불을 가져왔다. 노인은 쉽게 진정되지 않았다. 하인들은 자신도 의식하지 못한 채 움직이는 자동인형 같은 그를 들고 가서 침대에 눕혔다. 그 절망스러운 상태가 한 시간 정도 이어졌고, 그는 깊은 혼수상태 같은 잠에 빠져들었다. 그는 다시 깨어났을 때 포도주를 달라고 했다. 포도주를 건네받은 그는 곁에서 지켜보려는 하인을 방에서 내보내고 평소처럼 혼자 방에 틀어박혔다.

변호사는 다니엘 앞에서 몽유병에 대해 말하는 순간, 그의 몽유병을 더 관찰해 보아야겠다는 결심을 했었다. 물론 변호사 스스로 인정할 수밖에 없는 것이 있었다. 다니엘은 어쩌면 자신의 몽유병에 대해 듣고 나서 모든 수단을 다해 그를 피하려 할 것이고, 그런 상태에서 나오는 고백들은 더 캐묻는 것이 적절치 않으리라는 것이었다. 그러나 변호사는 자정 무렵이 되어 홀로 걸음을 옮기면서, 몽유병에서 흔히 그렇듯이 다니엘이 자신도 의식하지 못하는 가운데 행동하기를 기대했다.

자정이 되었을 때 성 안마당에서 큰 소동이 일어났다. 창문 깨지는 소리가 분명하게 들려왔다. 변호사는 서둘러 내려갔다. 복도를 지나는데 매캐한 연기가 몰려왔다. 변호사는 그 연기가 방문이 열려 있는 관리인 방에서 나온다는 것을 금방 알아차렸다. 사람들이 죽은 듯 굳어 있는 관리인을 끌어내 다른 방의 침대에 눕혔다. 하인들의 말로는, 자정에 한 동료가 무언가를 두드리는 듯한 이상하고 둔탁한 소리에 깨어났다고 했다. 노인 다니엘에게 무슨 일이 일어났다고 생각해 그를 도우러 가려고 막 일어나는 순간, 안마당에서 경비원이 "불이야, 불이야! 관리인의 방에서 불이 났다!'라고 크게 외치는 소리가 났다는 것이다. 그 소리에 하인 여럿이 곧장 달려가 방문을 열려고 애썼지만 허사였다. 그래서 하인들은 안마당으로 달려갔다. 그런데 벌써 단호한 경비원이 지상층에 낮게 위치한 관리인 방의 창문을 깨고 불붙은 커튼을 떼어 낸 뒤 양동이 몇 개에 담아 온 물을 부어 곧 불을 껐다고 했다.

성의 관리인은 방 한가운데 바닥에 기절한 채 쓰러져 있었다.

손은 여전히 촛대를 꼭 붙잡고 있었는데, 촛불이 커튼에 옮겨붙어 불이 났던 모양이다. 불붙은 천 조각이 떨어져 노인의 눈썹과 머리카락 상당 부분을 태웠다. 경비원이 불난 것을 알아차리지 못했다면 노인은 가망 없이 불에 타 죽었을 것이다. 하인들이 적잖이 놀란 것은, 관리인 방의 문이 전날 저녁에도 없었던 새로 만든 빗장 두 개로 안에서 잠겨 있었다는 것이다. 변호사는 노인이 스스로 방에서 나가게 되는 상황을 막으려고 그랬다는 것을 알았다. 노인은 자신도 알지 못하는 충동에 저항할 수가 없었을 것이다.

노인은 심각한 병세를 보였다. 말도 하지 않고 음식도 아주 소량만 섭취했으며, 끔찍한 생각에 사로잡힌 듯 꼼짝하지 않고 죽음이 서린 눈길로 앞쪽만 응시했다. 변호사는 노인이 병상에서 일어나지 못할 것이라는 생각이 들었다. 그는 자신의 피후견인을 위해 할 수 있는 모든 것을 시도했고, 이제 조용히 성공을 기다려야 하는 상황이어서 K로 돌아가고자 했다. 그는 다음 날 아침에 출발하기로 되어 있었다.

저녁 늦게 그가 서류들을 꾸리고 있는데, 작은 꾸러미 하나가 손에 잡혔다. 후베르트 폰 로시텐 남작이 '유언장 공개 후에 읽을 것'이라고 적은 뒤 봉해서 그에게 준 것이었는데, 왜 이제까지 주목하지 않았는지는 변호사 자신도 알 수 없었다. 그가 꾸러미를 막 열려고 하는데, 문이 열리더니 유령처럼 나지막한 발걸음으로 다니엘이 들어왔다. 그는 옆구리에 끼고 온 검은 서류 봉투를 책상 위에 내려놓고 깊은 죽음의 탄식을 내쉬면서 두 무룹을 꿇더니, 경련이 일어나는 손으로 변호사의 손을 잡고는 깊은 무덤에서 울려 나오는 듯한 공허하고 둔탁한 목소리로 말했다. "나는 단두대에서 죽고 싶지 않아요! 저 위에 있는 심판의 단두대에서!" 그러고 나서 그는 불안하게 숨을 몰아쉬며 힘겹게 일어나더니 들어올 때처럼 조용히 방을 나갔다.

변호사는 밤새 검은 서류봉투와 후베르트 남작이 남긴 꾸러미의 내용을 모두 읽었다. 두 서류의 내용은 정확히 일치했다. 이제 취해야 할 추가 조치도 스스로 정해졌다. 변호사는 K에 도착한 후 곧장 후베르트 폰 로시텐 남작을 찾아갔다. 남작은 무례할 정도로 거만하게 변호사를 맞았다.

그런데 정오에 시작된 협의는 밤늦게까지 중단 없이 계속되었고, 그 협의에서 특이한 결과가 나왔다. 즉 남삭은 다음 날 법원에 가서 상속권을 청구한 로데리히를 작고한 부친의 유언장에 기록된 대로 로데리히 폰 로시텐 남작의 맏아들 볼프강 폰 로시텐 남작과 율리에 폰 상트 발의 합법적인 결혼에서 태어난 아들로 인정하고, 따라서 장자 세습지의 합법적인 상속자임을 법적으로 인정한다고 선언했다. 후베르트가 법정에서 내려오니 역마차가 문 앞에 서 있었다. 그는 어머니와 누이를 남겨 두고 곧장 떠나갔다. 그는 어머니와 누이에게 아마도 자신을 다시는 보지 못하리라는 말과 그 밖의 수수께끼 같은 말들도 써 보냈다.

젊은 로데리히 남작은 일이 이렇게 반전되자 적잖이 놀라움을 표했고, 변호사에게 어떻게 이런 기적이 일어났는지, 어떤 신비한 힘이 작용했는지 설명해 달라고 졸랐다. 한편 변호사는 가까운 장래에, 그가 장자 세습지를 소유한 후에 알려 주겠다고 말했다. 다시 말해 법원이 이제 후베르트의 선언만으로는 만족하지 않고 로데리히의 신분을 완전히 입증할 것을 요구하고 있어 아직은 장자 세습지를 양도받을 수 없었다.

변호사는 남작에게 로시텐에 거주할 것을 제안했고, 후베르트가 급히 떠나는 바람에 그의 어머니와 누이가 몹시 당혹해하고 있으니 시끄럽고 비싼 도시보다 가문의 성에 조용히 머물게 하는 것이 좋겠다고 덧붙였다. 로데리히는 숙모 그리고 그 딸과 적어도 얼마 동안은 한 지붕 아래 지낸다는 생각에 몹시 기뻐했다. 그것은 그가 아름답고 우아한 세라피네에게서 얼마나 깊은 인상을 받았는지를 보여 주는 것이었다. 실제로 남작은 로시텐에서 함께 지내는 기간을 이용하여 몇 주가 지났을 때 세라피네의 진심 어린 사랑을 끌어내고 그녀와의 결혼에 대한 어머니의 승낙까지 얻어 낼 수 있었다. 변호사는 그 모든 일이 너무 성급하게 여겨졌다. 아직 로시텐의 장자 상속권자로서 로데리히의 신분은 여전히 의심스러운 것으로 남아 있었기 때문이다.

로시텐에서의 목가적인 생활을 중단시킨 것은 쿠를란트에서 온 편지들이었다. 후베르트는 영지에 모습을 드러내지 않았고 곧장 페테르부르크로 가서 그곳 군대에 들어갔으며, 지금은 러시아와 막 전쟁에 돌입한 페르시아인들에 맞서 전장에 나가 있다는 소식이었다. 후베르트의 어머니는 딸과 함께 무질서와 혼란이 지배하는 영지로 급히 떠나야 했다. 자신이 이미 사위라고 여긴 로데리히는 연인과 동행하는 수고를 마다하지 않았고, 변호사 역시 K로 돌아갔으므로 로시텐성은 예전처럼 고독한 상태가 되었다.

늙은 관리인의 고약한 병은 증세가 점점 더 나빠졌다. 이제는 그가 더는 회복하지 못하리라고 여겨 그의 직책은 볼프강의 충직한 하인이자 늙은 사냥꾼인 프란츠에게 넘어갔다. 변호사는 오랜 기다림 끝에 스위스로부터 가장 유리한 소식을 얻었다. 볼프강의 결혼을 주례했던 목사는 이미 오래전에 죽었지만, 교회 기록부에 목사가 손수 기록한 내용이 발견된 것이다. '보른'이라는 이름으로 율리에 폰 상트 발과 결혼한 사람이 목사에게 로데리히 폰 로시텐 남작의 맏아들 볼프강 폰 로시텐임을 완벽하게 입증했다는 내용이었다. 그 밖에도 두 사람의 결혼 입회인을 찾아냈는데, 제네바의 상인과 리옹으로 이사한 늙은 프랑스 대위에게도 볼프강이 당시 자신의 신분을 밝혔다고 한다. 그들이 법정에서 맹세하고 한 증언은 목사가 교회 기록부에 적은 내용과 일치했다.

변호사는 법률적인 형식으로 작성된 문서를 입수한 상태에서 이제 자기 의뢰인의 권리를 완전하게 증명했다. 따라서 오는 가을로 예정된 장자 상속권을 양도받는 데 장애가 되는 것은 아무것도 없었다.

후베르트는 출정한 첫 전투에서 곧장 전사했다. 그의 동생 또한 부친이 죽기 1년 전에 전쟁터에서 전사했는데, 그에게도 같은 운명이 닥친 것이다. 그렇게 되자 쿠클란트의 재산은 세라피네 폰 로시텐 남작 부인에게로 돌아갔고, 그것은 말할 수 없이 행복한 로데리히 남작에게 훌륭한 지참금이 되었다.

11월이 되어 후베르트 남작의 어머니, 로데리히 그리고 그의 신부가 로시텐에 도착했다. 장자 상속권의 양도가 이루어졌고, 이어 로데리히와 세라피네의 결혼식이 거행되었다. 환희의 도취 속에 몇 주가 지나고 마침내 싫증을 느낀 손님들이 차례로 성을 떠나갔다. 성을 떠나기에 앞서 젊은 상속권자에게 새로 소유한 모든 재산 상태를 아주 정확히 알려 주려고 했던 변호사로서는 아주 만족스러운 상황이었다.

로데리히의 숙부는 수입과 지출에 대한 계산서를 매우 엄밀하게 작성해 놓았다. 따라서 매년 생계비 명목으로 아주 적은 금액만 받았던 로데리히는 조부가 남긴 현금 자산의 수입 잔액에서 상당한 재산 증식까지 취하게 되었다. 작고한 후베르트는 처음 3년 동안만 장자 세습지의 수입을 자신이 사용했고, 그에 대해서도 채무 증서를 발행해 쿠클란트에서 그의 몫으로 상속받은 재산을 담보로 지불 보증까지 해 두었다.

다니엘이 몽유병자인 것을 알고 나서 변호사는 더욱 확실한 것을 알아내기 위해 작고한 로데리히 남작의 침실을 자신의 거실로 택했다. 나중에 다니엘이 자진해서 다 털어놓았지만, 변호사는 여전히 그 방을 거실로 사용했다. 그래서 그 거실과 또 옆에 있는 큰 홀이 남작과 변호사가 업무를 위해 만나는 장소가 되었다.

이제 두 사람은 환하게 불타는 벽난로 옆에 있는 커다란 책상에 가서 앉았다. 변호사는 손에 펜을 쥐고 합산한 금액을 적으면서 장자 상속권자의 재산을 계산했고, 로데리히 남작은 책상 위에 팔을 올려놓은 채 펼쳐진 장부들, 중요한 문서들을 들여다보았다. 두 사람 중 그 누구도 바다에서 둔탁하게 울리는 파도 소리, 폭풍우를 예고하며 이리저리 날아다니다가 창문에 부딪히는 갈매기들의 불안한 울음 같은 것은 의식하지 않았다. 두 사람 중 그 누구도 자정 무렵에 시작된 폭풍이 사납게 포효하며 성을 뒤흔드는 것에도 개의치 않았다. 사나운 폭풍에 벽난로들, 좁은 복도들에서도 불길한 소리들이 깨어나 온통 뒤섞이며 윙윙대고 울부짖었다. 마침내 돌풍이 성 전체를 울리고 갑자기 홀 전체가 보름달의 음산한 불빛에 휩싸이자, 변호사가 소리쳤다. "고약한 날씨군요!" 남작은 상속받은 재산의 전망에 깊이 파묻혀 만족스러운 미소를 띠고 수입 장부의 책장을 넘기며 무심하게 대답했다. "정말 사나운 날씨군요."

그런데 그때 갑자기 홀의 문이 열리고 얼굴에 죽음이 서린 창백하고 유령 같은 형체가 걸어 들어오는 것을 보았을 때, 남작은 오싹하는 공포에 잡히면서 깜짝 놀라지 않을 수 없었다. 변호사를 포함해 모두가 병이 심해 혼수상태로 누워 있어 다리 하나도 움직이지 못할 것이라고 여겼던 다니엘이었다. 그가 몽유병이 재발하여 밤에 돌아다니기 시작한 것이다.

남작은 아무 말 없이 노인을 응시했다. 그러나 노인이 죽음의 고통 속에서 불안 가득한 한숨을 내쉬며 벽을 긁어 대자 남작은 깊은 경악감에 사로잡혔다. 남작은 죽은 사람처럼 얼굴이 창백해지고 머리칼이 곤두선 상태에서 벌떡 자리에서 일어나 위협적인 자세로 노인에게 다가갔고, 홀이 울릴 정도로 크게 외쳤다. "다니엘, 다니엘! 여기서 이 시간에 뭐 하는 거야?"

그러자 노인은 전에 볼프강 남작이 그의 충성심에 대한 대가로 금화를 가지라고 했을 때처럼 총에 맞아 죽어 가는 짐승이 내는 듯한 무서운 울부짖음을 토하며 쓰러졌다. 변호사는 하인들을 급히 불렀다. 하인들은 노인을 일으켜 세우고 소생시키려고 갖은 애를 썼으나 헛수고였다. 그러자 남작은 제정신이 아닌 듯 소리쳤다. "하느님 맙소사! 하느님 맙소사! 몽유병자의 이름을 부르면 그 자리에서 죽을 수도 있다는 말을 내가 들은 적이 있지 않은가? 내가! 불행하기 짝이 없는 나! 내가 불쌍한 노인을 죽인 거야! 이제 나는 평생 살아가는 동안 평온한 때가 없을 거야!"

하인들이 노인의 시신을 들고 나가 홀이 텅 비자, 변호사는 계속 자책하고 있는 남작의 손을 잡고는 깊이 침묵하면서 그를 벽으로 막아 놓은 바로 그 문 앞으로 데리고 가서 말했다. "로데리히 남작, 여기 당신 발 앞에서 쓰러져 죽은 사람은 당신 부친을 죽인 흉악한 살인자입니다!" 남작은 지옥의 유령을 보듯 V 변호사를 바라보았다.

변호사가 계속 입을 열었다. "이제 저 괴물을 괴롭히고, 저주받은 그를 수면 상태로 돌아다니게 했던 그 무서운 비밀을 밝혀야 할 때가 온 것 같군요. 아버지를 살해한 자에 대해 영원한 힘이 그 아들을 통해 복수한 거요. 당신이 저 끔찍한 몽유병자의 귀에 대고 외친 말은 불행했던 당신 부친이 마지막으로 했던 말이오!"

남작은 아무 말도 하지 못하고 몸을 떨면서 벽난로 앞 변호사 옆에 자리를 잡았다. 변호사는 후베르트 남작이 유언장 공개 후에 읽어야 한다면서 자신에게 남겼던 글을 읽기 시작했다.

후베르트는 부친 로데리히가 장자 상속법을 제정한 순간부터 뿌리내리기 시작한 형에 대한 화해할 수 없는 증오를 깊이 후회하며 자책했다. 그에게는 동원할 수 있는 어떤 무기도 없었다. 그가 사악한 방법으로 형과 아버지를 반목시키는 데 성공한다 해도 그것은 아무 효과가 없었다. 로데리히 남작은 맏아들에게서 장자의 권리를 박탈할 수 없을뿐더러 마음과 감정이 맏아들에게서 완전히 멀어졌다고 해도 자신이 제정한 원칙 때문에 결코 장자 상속권을 박탈하지 않을 것이기 때문이었다. 볼프강이 제네바에서 율리에 폰 상트 발과 사랑에 빠졌을 때, 후베르트는 비로소 형을 파멸시킬 수 있으리라고 생각했다. 그 시기에 하나의 음모가 시작되었다. 그것은 그가 다니엘과 결탁하여 비열한 방법으로 아버지를 압박하고, 결국 아버지가 형을 절망에 빠뜨릴 수밖에 없는 결심을 하도록 만드는 것이었다.

작고한 로데리히의 뜻에 따르면, 장자 상속의 영광은 조국의 가장 오래된 가문 중 하나와 결합해야만 영원히 확립될 수 있는 것이었고, 그는 그것을 알고 있었다. 작고한 로데리히는 이러한 결합을 별자리에서 읽어 냈고, 성좌(星座)의 운명을 불경스럽게 파괴하는 모든 행위는 다만 장자 세습에 파멸을 가져올 뿐이었다. 이러한 의미에서 보면 작고한 로데리히 남작에게는 볼프강이 율리에와 결합하는 것은 그가 지상에서 시작한 일을 도와주는 힘의 결정을 거역하는 범죄적인 공격 행위였고, 따라서 악마적인 원리처럼 그에게 맞서는 율리에를 파멸시키는 모든 공격이 정당한 것으로 여겨졌다.

후베르트는 형이 율리에를 광기에 가까울 정도로 사랑한다는 것을 알고 있었다. 그녀를 잃게 되면 형은 분명 비참해질 것이고 어쩌면 죽게 될 것이었다. 더군다나 후베르트는 부정한 마음을 품고 율리에를 차지하고 싶었기 때문에 더더욱 아버지의 계획을 열심히 돕는 교사자가 되었다. 하늘의 어떤 특별한 섭리였는지 볼프강의 결단에 대한 모든 악의적인 공격들은 실패로 돌아갔고, 볼프강은 동생을 속이는 데 성공했다. 볼프강이 실제로 결혼을 하고 둘 사이에서 아들이 태어났다는 사실이 후베르트에게는 비밀에 부쳐졌다.

늙은 로데리히 남작은 자신의 임박한 죽음을 예감하면서 동시에 볼프강이 그에게 적대적인 율리에라는 아가씨와 결혼했다는 것도 예감했다. 그는 아들에게 장자 상속을 승계하도록 정해진 날짜에 로시텐으로 오라는 편지를 보내면서, 율리에와의 결혼을 파기하지 않으면 저주하겠노라고 덧붙였다. 볼프강이 아버지의 시신 옆에서 태워 버린 그 편지였다.

아버지는 후베르트에게 볼프강이 율리에와 결혼했으나 자신이 그 결합을 파기할 것이라는 내용의 편지를 보냈다. 후베르트는 그것을 몽상적인 아버지의 단순한 상상으로 여겼다. 그러나 로시텐에서 그는 적잖이 놀랐다. 볼프강은 아버지의 예감을 상당히 솔직하게 입증해 주었을 뿐 아니라, 율리에가 아들을 하나 낳았고 여태껏 자신을 K 출신의 상인 보른으로 알고 있는 그녀에게 이제 곧 자신의 신분과 많은 재산에 관한 소식을 밝혀 그녀를 기쁘게 해 줄 것이라고 덧붙였기 때문이다. 볼프강은 사랑하는 아내를 데리러 직접 제네바로 가겠다고 했다. 그런데 이 결심을 실행에 옮기지 못하고 너무 빨리 죽음을 맞은 것이다.

후베르트는 형과 율리에의 결혼에서 태어난 아들의 존재를 알게 된 사실을 세심하게 숨겼고, 그 아이에게 귀속될 장자 상속권을 가로챘다. 그러나 몇 년 지나지 않아 그는 깊이 후회했다. 그의 두 아들 사이에 잉태되어 더욱 심하게 자라나는 증오심을 통해 운명이 무서운 방식으로 그의 죄에 대해 경고했기 때문이다.

"너는 불쌍하고 궁색한 가난뱅이야." 열두 살짜리 소년이 어린 동생에게 말했다. "하지만 아버지가 돌아가시면 나는 로시텐의 상속자가 되는 거야. 그러면 너는 새 옷을 사려고 나한테서 돈을 얻기 위해 비굴한 모습을 보이며 내 손에 키스해야 할 거야." 그러자 형의 거만한 조롱에 잔뜩 화가 난 동생은 마침 손에 들고 있던 칼을 형에게 던져 거의 죽일 뻔했다. 후베르트는 큰 불행이 닥쳐올 것이 두려워 둘째 아들을 페테르부르크로 보냈

는데, 그곳에서 그는 수보로프* 장군 휘하의 장교가 되어 프랑
스군과 싸우다 전사했다.

후베르트는 자신이 당할 수모와 치욕이 두려워 부정직한 속
임수로 재산을 차지한 비밀을 세상에 차마 밝히지는 못했지만,
합법적인 상속권자의 재산을 한 푼도 더는 축내지 않으려 했다.
그는 제네바에서 사태를 조사했고, 보른 부인은 남편이 이해할
수 없는 방식으로 사라지자 절망하여 죽었다는 것, 어린 로데리
히 보른은 어떤 옹골찬 사람이 데려가 키우고 있다는 사실을 알
아냈다. 그러자 후베르트는 자신이 바다를 항해하던 중 사망한
상인 보른의 친척이라고 밝히면서 어린 상속권자를 세심하고
품위 있게 양육하는 데 충분한 금액을 보냈다. 그가 장자 상속
지 수입의 잔액을 세심하게 모아 유언장에 첨부한 것은 이미 아
는 바와 같다. 다만 형의 죽음에 관해서는 이상한 수수께끼 같
은 표현을 사용했다. 그를 통해서는 분명 어떤 비밀 가득한 사
정이 있었고 후베르트가 어떤 소름 끼치는 행위에 적어도 간접
적으로 가담했다는 추측만 가능하게 했다.

검은 봉투에 들어 있던 내용물이 모든 것을 해명해 주었다. 후
베르트가 다니엘과 주고받은 음모의 편지에는 다니엘이 기술
하고 서명한 종이 한 장이 첨부되어 있었다. 변호사는 다니엘의
고백을 읽고 속으로 깊이 전율했다. 후베르트가 로시텐에 온 것
은 다니엘의 사주를 받아서였고, 그에게 편지를 보내 15만 탈러
의 금화가 발견되었음을 알린 것도 다니엘이었다.

후베르트가 형에게 어떤 대접을 받았는지, 모든 소원과 희망

이 사라져 크게 실망해서 떠나려 하는 그를 변호사가 어떻게 붙잡았는지는 이미 아는 바와 같다. 다니엘의 내면에서는 자신을 비루먹은 개처럼 내쫓으려 했던 젊은 주인에게 피의 복수를 하려는 원한이 끓어올랐다. 그는 절망하는 후베르트를 잠식하는 불길이 더 타오르도록 계속 부채질했다. 그들은 소나무 숲으로 늑대 사냥을 나가 폭풍우와 눈보라 속에서 볼프강을 파멸시키기로 의견 일치를 보았다. "없애는 거야." 후베르트가 옆을 쳐다보고 엽총을 겨누면서 중얼거렸다. "그래요, 없애는 거죠." 다니엘이 히죽히죽 웃었다. "하지만 그런 방법은 안 돼요, 그런 방법은 안 돼요." 다니엘은 자만심과 용기가 지나쳤다. 그는 남작을 살해할 것이고, 그 일은 쥐도 새도 모르게 이루어질 것이라고 했다.

후베르트는 마침내 논을 받게 되었을 때 형에 대한 음모가 괴로웠고, 추가의 유혹에 굴복하지 않고자 로시텐을 떠나려 했다. 다니엘이 밤에 직접 말에 안장을 얹고 마구간에서 말을 끌어냈다. 그러나 남작이 말에 오르려는 순간, 다니엘이 날카로운 목소리로 말했다. "후베르트 남작님, 장자 세습지에 머무시는 게 좋겠어요. 이제 남작님 것이 되었잖아요. 거만한 장자 상속권자는 탑 아래 구덩이에 떨어져 죽었거든요!"

다니엘은 볼프강이 재물욕에 눈이 멀어 자주 밤에 일어나 탑으로 가는 문 앞에 서서 동경 가득한 시선으로 탑 아래쪽을 바라보는 모습을 관찰했다. 다니엘이 분명 상당한 보물이 묻혀 있을 것이라고 말해 준 지점이었다. 다니엘은 주인이 나서는 상황에 대비하여 그 숙명적인 밤에 홀 문 바깥쪽에 서 있었다. 남작이 탑으로 향하는 문을 여는 소리가 들리자 다니엘은 안으로 들어가 남작을 뒤따라갔고, 남작은 낭떠러지 바로 앞에 서 있었다. 남작은 몸을 돌리면서 벌써 눈에 살기를 번득이는 흉악한 하인의 모습을 보고는 깜짝 놀라 소리쳤다. "다니엘, 다니엘! 여기서 이 시간에 뭐 하는 거야!" 그러나 다니엘은 "떨어져라, 이 비루 먹은 개야"라고 사납게 소리치며, 그 불행한 남작에게 힘찬 발길질을 가해 아래로 밀어 버렸다!

끔찍한 범행에 엄청난 충격을 받은 남작은 부친이 살해된 성에서 어떤 평온도 찾을 수 없었다. 그는 쿠를란트의 영지로 갔고, 매년 가을에만 로시텐으로 왔다. 한편 다니엘의 범죄를 비난하고 있는 늙은 프란츠는 요즘도 보름달이 뜨면 다니엘의 유령이 자주 나타난다고 주장했다. 그가 묘사한 유령의 모습은 바로 V 변호사가 경험하고 내쫓았던 유령과 똑같았다.

그리고 부친에 대한 기억을 치욕스럽게 하는 이 모든 상황이 알려지자, 젊은 후베르트 남작까지 고향을 떠나게 했던 것이다.

이 모든 것을 들려준 종조부는 내 손을 잡고 눈물을 글썽이며 아주 힘없는 목소리로 말했다. "종형제여, 그 아름다운 부인에게도 그 사악한 운명, 그 성에 깃들어 있는 섬뜩한 힘이 들이닥쳤어! 우리가 성을 떠나고 이틀 후, 남작은 부인에게 말이 끄는 썰매를 타러 가자고 제안했어. 그가 아내를 태우고 계곡 아래로 내려가는데, 말이 갑자기 이해할 수 없게 소스라쳐 놀라고 마구 울부짖고 미친 듯 날뛰는 거야. 남작 부인은 날카로운 목소리로 '그 노인, 그 노인이 우리를 쫓아오고 있어요' 하고 외치더라는 거야. 그 순간 어떤 충격이 가해져 썰매가 뒤집히고 그 바람에 남작 부인은 나가떨어지지. 사람들이 가까이 가 보니, 이미 죽은 상태인 거야! 남작은 끝내 어떤 위로도 얻지 못하고, 그가 누리는 평온함은 죽은 자의 평온함이지! 우리는 로시텐에 다시는 돌아가지 않을 거야, 종형제!"

종조부는 이어 침묵에 잠겼다. 나는 심장이 찢어진 채로 종조부와 작별했다. 모든 것을 진정시키는 시간만이 내가 평생 벗어나지 못할 것으로 생각했던 그 깊은 고통을 가라앉혀 주었다.

여러 해가 흘러갔다. V 변호사는 무덤에 잠든 지 오래되었고, 나는 고향을 떠나 있었다. 독일 전역을 황폐화하면서 휩쓴 전쟁의 폭풍*이 나를 북쪽으로 계속 몰아가 페테르부르크까지 이르게 했다. 고향으로 돌아오는 길에 나는 K에서 멀지 않은 곳에서 캄캄한 여름밤에 발트해 해변을 따라 마차를 타고 지나게 되었다. 그런데 앞쪽 하늘에서 큰 별 하나가 반짝이는 것이 보였다. 가까이 다가가 보니 내가 붉게 타오르는 별이라고 여겼던 것은 강력한 불덩이가 분명했다. 그것이 어떻게 공중에 높이 떠 있는지는 이해할 수 없었다. "아저씨! 저 앞에 있는 불덩이는 무엇인가요?" 나는 마부에게 물었다.

"아, 불덩이가 아니라 로시텐 등대입니다." 마부가 대답했다.

로시텐! — 마부가 그 이름을 말했을 때, 그곳에서 보냈던 그 숙명적인 가을철 장면들이 내 눈에 선명하게 떠올랐다. 남작과 세라피네의 모습이 떠올랐고, 그 기이한 늙은 고모들의 모습 그리고 희고 매끈한 얼굴에 머리를 단정하게 빗고 분을 바르고 옅은 하늘색 옷을 입고 다니던 내 모습도 떠올랐다. 그렇다, 난로처럼 한숨을 쉬며 애인의 눈썹에 대한 애달픈 노래를 짓던' 나의 모습!

나는 깊은 슬픔에 잠겨 몸을 떨며 다양한 색깔의 작은 촛불처럼 떠오르는 종조부의 심한 농담들을 떠올렸는데, 그것들은 그때보다 지금 더 재미있게 느껴졌다. 나는 고통과 함께 경이로운 호기심도 느껴 이른 아침 시간 로시텐에 도착해 우체국 앞에 멈춰 선 마차에서 내렸다. 나는 장원 감독관의 집을 알아보고는 우체국 서기에게 그에 대해 물어보았다.

"죄송하지만, 여기는 장원 감독관이 없어요." 우체국 서기가 파이프를 입에서 떼고 나이트캡을 뒤로 밀치면서 말했다. "이곳은 왕국 장관의 관사인데, 장관님은 아직 자고 있을 거예요."

나는 계속되는 탐문을 통해 마지막 상속인 로데리히 폰 로시텐 남작은 벌써 열여섯 해 전에 후손을 남기지 않은 채 죽었고, 장자 세습지는 관련 법률에 따라 국가 소유로 넘어갔다는 것을 알았다.

나는 성 쪽으로 올라가 보았다. 성은 무너져 폐허가 되어 있었다. 마침 소나무 숲에서 나오는 늙은 농부가 있어 말을 걸고 대화를 나누었다. 농부는 성벽에서 떨어져 나온 돌들이 등대를 짓는 데 대부분 사용되었다고 했다. 또 성에서 출몰했다는 유령

이야기도 알고 있었다. 그는 요즘도 종종, 특히 보름달이 뜨면 돌무더기 속에서 무섭게 한탄하는 소리가 들린다고 했다.

멀리 내다보지 못한 근시안의 불쌍한 선조 로데리히! 당신은 가문이 영원토록 확고한 뿌리를 내리기를 소망했었는데, 어떤 사악한 힘을 불러내어 첫 싹에서부터 죽음의 저주를 받게 되었는가.

서원[*]

성 미카엘의 날,[*] 카르멜회[*] 수사들이 있는 곳에서 저녁 기도 시간 종이 막 울리는 시각에 네 마리의 우편 말이 끄는 위풍당당한 역마차 하나가 굉음을 울리고 덜컹거리며 폴란드의 작은 국경 도시 L의 골목길을 달렸다. 마차는 이윽고 나이 든 독일 시장의 집 문 앞에 조용히 멈춰 섰다.

아이들은 호기심을 보이며 창밖으로 고개를 내밀었다. 그러나 안주인은 자리에서 일어났고 기분이 아주 상한 듯 바느질감을 탁자 위에 내던지고는 옆방에서 급히 들어서는 노인에게 소리쳤다.

"또다시 우리의 조용한 집을 숙박업소로 여기는 낯선 자들이군요. 그런데 그건 상징물 때문이에요. 당신은 왜 대문 위에 있는 돌 비둘기까지 새로 금박을 입혔어요?"

노시장은 어떤 대꾸도 하지 않고 약삭빠르게 의미 있는 미소를 지었다. 그는 순식간에 실내복을 벗어 던지고 교회에 갈 때

입은 후 잘 솔질하여 의자 등받이에 올려 둔 예복을 걸쳤다. 그리고 몹시 놀란 아내가 질문하려고 입을 열기도 전에 작은 벨벳 모자를 겨드랑이에 끼고 서 있었다. 역마차 문 앞에 서 있는 그의 은백색 머리가 황혼이 내리는 가운데 밝게 빛났다. 하인이 마차의 문을 열었다.

회색 여행복 외투 차림의 나이 든 부인 하나가 마차에서 내렸고, 이어 베일로 얼굴을 꼭꼭 가린 큰 키의 젊은 여자 하나가 그 뒤를 따랐다. 여자는 시장의 팔에 기댄 채, 걷는다기보다는 비틀거리는 발걸음으로 집 안으로 들어섰다. 그녀는 방에 들어서자마자 반쯤은 혼이 빠진 채, 시장의 신호에 따라 안주인이 얼른 옮겨 놓은 안락의자에 몸을 던졌다.

나이 든 부인이 시장을 향해 나지막이 아주 애처로운 목소리로 말했다. "불쌍한 아이요! 내가 잠시만 아이 곁에 머물러야겠어요." 그러면서 나이 든 부인은 외투를 벗으려 했고, 시장의 큰딸이 옷 벗는 것을 도와주었다. 외투를 벗자 곧 그녀의 수녀복이 드러났는데, 가슴에는 반짝이는 십자가 하나가 보였다. 시토 교단' 수녀원의 원장임을 말해 주는 십자가였다.

그러는 동안 베일로 얼굴을 가린 여자는 나지막하게 거의 알아들을 수 없는 신음으로 자신이 아직 살아 있음을 알리면서, 안주인에게 물 한잔을 부탁했다. 그런데 안주인은 온갖 강장제와 향유를 가져와 그 기적적인 효력을 칭찬했다. 그러면서 안주인은 모든 자유로운 호흡을 방해할 것이 분명한 그 두껍고 무거운 베일을 벗을 것을 요청했다. 그러나 아픈 여자는 안주인의 어떤 접근도 손으로 막고 온갖 메스꺼워하는 표정과 함께 고개를 뒤로 젖히면서 그 제안을 거부했다. 그리고 여자는 마침내 강한 생명의 향기를 흡입할 때도, 또 염려하는 여주인이 입증된 영약 몇 방울을 떨어뜨린 물을 청해 마실 때도 베일을 조금도 벗지 않고 쓴 상태로 그 모든 행동을 했다.

"친애하는 분!" 수녀원장이 시장에게 몸을 돌리며 말했다. "당신은 우리가 요청한 대로 모두 준비한 거죠?"

"그럼요." 시장이 대답했다. "저의 가장 존귀한 영주님께서, 또 따님께서 제게 만족하기를 바랄 뿐입니다. 힘이 닿는 한 모든 것으로 보필하겠습니다."

수녀원장이 말을 이었다. "그럼 이제 내 불쌍한 아이와 잠시 단둘이 있게 해 주세요."

시장 가족은 방에서 나갔다. 수녀원장이 젊은 여자에게 간절하면서도 엄숙한 목소리로 말하는 것이 들렸다. 마침내 젊은 여자도 폐부를 깊이 찌르는 어조로 말하기 시작했다. 안주인은 꼭 엿들으려는 것은 아니었지만 방문 앞에 서 있었다. 이제 두 사람은 이탈리아 말로 대화를 나누었다. 안주인에게는 이러한 정황조차 그 모든 출현을 더욱 비밀 가득한 것으로 보이게 했고 그렇지 않아도 염려되어 입을 다물고 있는 안주인의 마음을 더욱 갑갑하게 했다. 노시장은 포도주와 기운을 북돋워 줄 음식들을 내오라며 안주인과 딸을 내보냈고, 그 자신은 다시 방으로 돌아갔다.

베일을 쓴 여자는 한결 위안을 얻고 침착해진 모습이었다. 그녀는 고개를 숙이고 두 손을 모은 채 수녀원장 앞에 서 있었다. 수녀원장은 안주인이 기운을 돋우려고 가져온 다과를 물리치지 않았다. 그러고 나서 수녀원장이 외쳤다. "이제 시간이 되었다!" 베일을 쓴 여자가 무릎을 꿇고 앉은 자세를 취하자, 수녀원장은 그녀의 머리에 손을 얹고 나지막하게 기도했다. 기도를 끝낸 수녀원장은 뺨 위로 여러 차례 눈물을 흘리면서 베일에 가려진 여자를 가슴에 안고는 걷잡을 수 없는 고통을 느끼는 듯 격렬하게 포옹했다. 그런 다음 그녀는 침착하고 품위 있게 시장 가족에게 축복의 말을 남기고 나이 든 시장의 안내를 받아 얼른 마차로 들어갔다. 마차 앞에는 새로 교체된 역마들이 크게 울음소리를 냈다. 역마차 마부는 소리를 지르고 나팔 소리를 내며 골목들을 지나 성문 쪽으로 질주했다.

안주인은 무거운 여행 가방 몇 개가 마차에서 내려져 집 안으로 옮겨지는 것을 보면서, 이제는 저 베일로 얼굴을 가린 여자가 자기 집에 유숙할 것이고 아마 오랫동안 머무르리라는 것을 알아차렸다. 그녀는 곤혹스럽기 짝이 없는 호기심과 염려를 떨쳐 버릴 수 없었다. 그녀는 복도로 나와, 막 방으로 들어가려는 남편을 막아섰다.

"맙소사!" 그녀가 나지막하고 겁먹은 목소리로 속삭였다. "도대체 당신은 어떤 손님을 내 집에 들이는 건지……. 당신은 모든 걸 알고 있으면서 내게 아무 말도 하지 않았어요."

"내가 아는 모든 것은 당신도 알아야지." 시장은 아주 조용히 대답했다. "아, 그렇군요!" 그의 아내가 잔뜩 겁먹은 목소리로 말을 이었다. "그런데 어쩌면 당신도 모든 사정을 알지는 못할 거예요. 당신이 지금 방에 있었다면 모르겠지만. 수녀원장이 떠나자마자, 방에 남은 숙녀분은 두꺼운 베일로 얼굴을 가린 상태가 갑갑했던 모양이에요. 무릎까지 닿는 크고 검은 크레이프 베일을 벗었어요. 그때 나는 보았다고요."

"그래, 도대체 무얼 보았다는 거야?" 시장은 유령이라도 본 듯 몸을 떨면서 주위를 살피는 아내의 말을 가로막았다.

안주인이 말을 이었다. "아니, 얇은 베일 아래의 이목구비는 또렷하게 볼 수 없었어요. 그러나 그 죽음의 색, 아, 그 끔찍한 죽음의 색. 그런데 여보, 명심해야 해요. 너무나 분명하고 명백한 것은 저 여자가 임신 중이라는 거예요. 저 여자는 몇 주 후에 아이를 분만할 거예요."

"나도 알고 있소, 부인." 시장이 몹시 투덜대며 말했다. "당신이 호기심과 불안으로 죽지 않도록 내가 두어 마디로 다 설명하겠소. 그러니까 당신이 알아야 할 것은, 우리의 고귀한 후원자인 Z 영주가 몇 주 전에 내게 서신을 보냈다는 거요. O에 있는 시토 교단 수녀원 원장이 숙녀 하나를 데려갈 터이니 내 집에서 머물게 하되, 아주 조용히, 어떤 주목도 받지 않도록 세심히 배려해 달라는 내용이었소. 단순히 셀레스티네라고 불리고 싶어 하는 저 여자분은 우리 집에서 임박한 출산을 기다릴 것이고, 아이를 낳으면 아이와 함께 데려갈 거요. 한 가지 더 말하고 싶은 것은, 우리의 영주가 아주 절박한 말로 간청하면서 숙녀를 가장 세심하게 돌보아 줄 것을 권했고, 우선 들어갈 비용과 노력을 위해 두카트가 가득한 자루를 함께 보내 주었다는 거요. 그 자루는 내 서랍장에 있어요. 이제 부인의 모든 염려가 사라졌으면 하오."

안주인이 말했다. "그러니까 우리는 높으신 분들이 저지른, 어쩌면 못된 죄악에 도움의 손길을 내밀어야 한다는 거군요."

시장이 대답을 하기도 전에 딸이 방으로 와서 그에게 숙녀분한테 좀 가 봐야 한다고 말했다. 숙녀분이 평온을 갈망한다면서 그녀에게 제공하기로 한 방에 데려다주었으면 한다는 것이었다. 시장은 집의 가장 위층에 있는 작은 방 두 개를 최대한 잘 꾸며 두었다. 그런데 셀레스티네가 그 방들 말고 창문이 안쪽으로 나 있는 방은 없는지 묻자, 그는 적잖이 당황했다. 그는 그런 방은 없다고 부인했다. 그는 다만 아주 양심적인 태도를 보이며 정원을 향해 창문이 나 있는 방이 하나 있긴 하지만 방이라고 하기엔 조금 곤란한 공간이 하나 있는데, 침대, 탁자, 의자를 들여 놓기도 힘들 정도로 비좁고 불편한 수도원 방 같다고 덧붙였다. 셀레스티네는 당장 그 방을 보여 달라고 요청했다. 그러고는 방에 들어서자 그녀가 원하고 필요로 하는 방이라고 하면서, 다른 방이 아니라 그 방에서만 지낼 것이라고 선언했다. 그러면서 다만 더 큰 공간이 필요하고 또 그녀를 간호할 사람이 필요할 때는 더 큰 방으로 바꾸겠다는 것이었다.

시장은 그 비좁은 방을 수도원 방과 비교했는데, 다음 날 그 방은 완전히 수도원의 방이 되어 있었다. 셀레스티네는 성모 마리아의 초상화를 벽에 붙이고, 그 아래 오래된 나무 탁자에는 십자가를 세워 놓았다. 침대는 짚으로 된 매트리스와 모직 담요 하나가 전부였다. 셀레스티네는 나무 의자 하나와 작은 탁자 말고는 어떤 다른 가구도 허용하지 않았다.

온 존재를 통해 드러나는 깊은 아픔을 느껴, 그 낯선 여자와 화해한 안주인은 평소 하던 대로 그녀의 기분을 유쾌하고 즐겁게 해야겠다고 생각했다. 그러나 낯선 여자는 아주 감동적인 말로 자신의 고독을 방해하지 말아 줄 것을 호소했다. 그녀는 오로지 고독 속에서만 성모 마리아와 성인들에게 온전히 마음을 향하고 위로를 얻는다고 했다.

매일 동이 틀 무렵이면 셀레스티네는 아침 미사를 듣기 위해 카르멜회 수도사들에게 갔다. 하루의 나머지 시간은 끊임없이 경건에 몰입하여 보내는 것 같았다. 종종 필요한 경우가 생겨 그녀의 방을 찾아가 보면, 그녀는 언제나 기도를 하거나 경건한 책들을 읽는 모습을 보였기 때문이다. 그녀는 채식이 아닌 다른 음식은 거들떠보지도 않았고, 물이 아닌 다른 음료도 거부했다. 다만 그녀의 상태, 그녀 안의 다른 생명에게는 더 나은 음식이 필요할 거라고 시장이 자신의 절박한 생각을 피력하자, 그녀도 마침내 고기 국물과 약간의 포도주를 취하게 되었다.

집에서 함께 지내는 사람들은 모두 수도원에서와 같은 그 엄격한 생활이 자기가 지은 죄에 대한 참회일 것이라고 여겼다. 동시에 그녀의 엄격한 삶은 진심 어린 연민과 깊은 경외심을 불러일으켰는데, 그렇게 된 데는 그녀의 귀족다운 자태, 그녀의 움직임에서 보이는 위엄 있는 우아함도 적잖은 영향을 주었다.

그러나 낯선 성녀에 대한 그런 감정에는 무엇인가 소름 끼치는 것이 섞여 있었다. 그것은 그녀가 도무지 베일을 벗지 않아 누구도 그녀의 얼굴을 볼 수 없다는 정황 때문이었다. 나이 든 시장 그리고 시장의 가족 중 여자들 외에는 아무도 그녀에게 접근하지 않았다. 그런데 시장 집 여자들은 그 소도시를 벗어난 적이 없기 때문에 이전에 본 적이 없는 얼굴을 다시 알아보는 방식으로 비밀에 접근하는 것은 불가능했다. 그러니까 베일로 가린 이유는 무엇일까?

여자들의 분주한 상상력은 금방 섬뜩한 풍문을 만들어 냈다. 무서운 얼룩점(이런 제목의 우화가 있었다), 악마의 발톱이 낯선 여자의 얼굴을 끔찍하게 일그러뜨렸고, 그래서 그 두꺼운 베일로 가렸다는 것이다. 시장은 풍문을 통제하고 그 여자와 관련된 기상천외한 것들을 떠들어 대는 일이 적어도 그의 집 대문 앞에서만큼은 일어나지 않도록 주의를 기울였다. 물론 그녀가 시장의 집에 머문다는 것은 소도시에서 알려져 있었다. 그녀가 카르멜회 수도원을 오가는 일도 눈에 띄지 않을 수 없었다. 사람들은 곧 그녀를 시장의 '검은 여자'라고 불렀다. 물론 그러한 표현에는 유령 같은 환영이라는 생각이 자연스레 결합해 있었다.

그런데 우연하게도 하루는 시장 딸이 낯선 여자가 있는 방에 음식물을 가져갔을 때 베일이 바람에 흔들려 위로 벗겨지는 일이 있었다. 낯선 여자는 번개처럼 재빨리 얼굴을 돌렸고, 금방 시장 딸의 시선에서 벗어날 수 있었다. 그러나 딸은 창백한 얼굴을 하고 온몸을 떨며 방에서 내려왔다. 얼굴이 흉하게 일그러진 것은 아니지만, 어머니가 죽은 사람처럼 창백한 얼굴을 보았던 것처럼 딸은 깊은 두 눈구멍이 특이하게 반짝이는 대리석처럼 하얀 얼굴을 본 것이었다. 시장은 당연히 여자아이의 상상력 탓으로 돌렸다. 그러나 그 자신도 근본적으로는 모두가 느끼는 감정을 느꼈다. 시장은 혼란을 불러일으키는 그 존재가 그동안 모든 경건한 모습을 보여 주었음에도 불구하고 자기 집에서 떠나가기를 바랐다.

그로부터 얼마 지나지 않은 어느 날 밤, 시장은 안주인을 깨우더니 벌써 몇 분 전부터 셀레스티네의 방에서 나지막한 흐느낌과 신음하는 소리, 두드리는 소리가 나는 것 같다고 말했다. 안주인은 그것이 무엇일까 하는 궁금증에 사로잡혀 서둘러 위층으로 올라갔다. 방에 들어가 보니 셀레스티네가 옷을 차려입고 베일을 휘감은 채 반쯤 의식을 잃고 침상에 누워 있었다. 안주인은 곧 출산이 임박했음을 확신했다. 이에 오래전부터 준비해 둔 조치들이 취해졌다. 그리고 얼마 지나지 않아 건강하고 사랑스러운 사내아이가 태어났다. 그런데 이미 오래전부터 예견하기도 했던 그 사건은 예기치 않게 일어났다. 그리고 이로써 결과적으로 가족을 무겁게 짓눌렀던 낯선 여자와의 답답하고 기괴한 관계는 끝났다.

사내아이는 속죄의 중재자인 것처럼 셀레스티네에게 인간적인 면모를 더욱 부여하는 듯했다. 그녀는 어떤 엄격한 금욕 행위도 허용하지 않았다. 그녀는 따로 의지할 곳 없는 상태에서 애정 어린 세심함으로 자신을 보살펴 주는 사람들을 필요로 했고, 점점 더 사람들과 교류하는 데 익숙해졌다. 한편 안주인은 이제 아픈 여자를 돌보고 영양가 있는 수프를 직접 요리하여 제공할 수 있게 되었고, 그렇게 가정적인 염려를 하면서 낯선 수수께끼 여자에 대해 평소 품었던 모든 악한 것을 잊었다. 그녀는 자신의 명예로운 집이 어쩌면 치욕의 은신처가 되는 것은 아닌가 하는 염려를 더는 하지 않았다.

시장은 아주 회춘하여 환호했고, 마치 자기 손자가 태어난 것처럼 사내아이를 껴안았다. 그러면서 그는 다른 사람들과 마찬가지로 셀레스티나가 베일을 쓰고 있는 것에 대해, 심지어 분만하는 동안에도 그런 상태에 있는 것에 익숙해 있었다. 한편 산파는 여자가 의식을 잃는 사태가 발생해도 베일을 벗기지 않을 것이고, 만약 죽음의 위험이 있어도 산파 자신이 하는 경우를 제외하고는 절대 베일을 벗기는 일이 없게 하겠노라 맹세해야 했다. 노령의 산파는 셀레스티네가 베일을 벗은 모습을 본 것이 확실했다. 하지만 그녀는 그와 관련해 "그 가여운 젊은 여자는 그렇게 자신을 가려야 해요!"라고 말할 뿐이었다.

며칠 후 카르멜 수도회 수사가 모습을 드러냈다. 사내아이에게 세례를 주었던 수사였다. 수사가 두 시간 넘게 셀레스티네와 대화를 나누는 자리에는 어느 누구도 동석하는 것이 허용되지 않았다. 사람들은 수사가 열정적으로 말하고 기도하는 소리만 들을 수 있었다. 수사가 떠났을 때, 사람들은 셀레스티네가 사내아이를 품에 안고 안락의자에 앉아 있는 것을 발견했다. 아이의 작은 어깨에는 스카풀라*가 올려져 있었고, 아이의 가슴에는

'아뉴스 데이" 형상의 작은 메달 하나가 달려 있었다.

　그런데 시장이 믿었던 것과는 달리, 또 Z 영주가 시장에게 말한 것과는 달리, 셀레스티네를 아이와 함께 다시 데려가지 않은 상태로 몇 주, 몇 달이 흘렀다. 그 치명적인 베일이 없었다면 낯선 여자는 평화로운 가족의 범주에 완전히 들어올 수 있었을 것이다. 베일은 사람들이 친근하게 접근하는 데 있어 언제나 마지막 걸음을 막았다. 시장은 그 사실을 낯선 여자에게 솔직하게 말했다. 그러나 여자가 둔탁하고 장엄한 어조로 "이 베일은 죽을 때만 벗겨질 거예요"라고 대답했고, 시장은 입을 다물고는 수녀원장이 탄 마차가 얼른 나타나기만을 새삼 희망했다.

　봄이 찾아왔다. 시장 가족은 산책을 나섰다가 손에 꽃다발을 들고 귀가했다. 가장 아름다운 꽃다발은 경건한 셀레스티네를 위한 것이었다. 그들이 막 집에 막 들어서려는데, 기병 하나가 열심히 시장이 어디 있느냐고 외치면서 달려왔다. 시장은 자신이 시장이고, 지금 자신의 집 앞에 서 있다고 말했다. 그러자 기병은 말에서 뛰어내린 다음, 말을 기둥에 매고 "그녀가 여기 있군, 그녀가 여기 있어"라고 외치며 집 안으로 뛰어들어 층계를 올라갔다. 문이 쾅 닫히는 소리, 그리고 셀레스티네가 내지르는 공포의 비명이 들렸다. 시장은 경악감에 잡혀 서둘러 그들을 뒤쫓아 갔다.

　기병은 이제 분명히 눈에 들어왔는데 프랑스군 근위대 장교로 많은 훈장을 달고 있었다. 그는 사내아이를 요람에서 끌어내어 왼팔에 안고 외투로 감쌌다. 셀레스티네는 아이를 탈취하는 자를 저지하기 위해 온 힘을 다해 장교의 오른팔을 붙잡았다. 그리고 장교와 드잡이하는 과정에서 베일이 아래로 찢어졌다. 검은 곱슬머리 그림자 아래 죽은 사람처럼 뻣뻣하고 대리석처럼 하얀 얼굴이 그를 쳐다보았다. 깊은 두 눈구멍에서는 불타는 안광이 뿜어져 나오고, 반쯤 열린 채 미동도 하지 않는 입술에서는 가슴을 에는 통곡이 흘러나왔다. 시장은 셀레스티네가 얼굴에 착 붙는 하얀 마스크를 쓰고 있음을 알아차렸다.

"끔찍한 여자여! 너의 광기가 나까지 사로잡았으면 하는 거야?" 장교는 이렇게 소리치면서 강제로 몸을 빼냈고, 그 바람에 셀레스티네는 바닥에 쓰러졌다. 그러나 그녀는 말할 수 없이 고통스러운 표정을 짓고 심장을 베는 어조로 그의 무릎을 움켜집고 애원했다. "아이는 내게 맡겨! 오, 아이는 내게 맡겨. 당신은 나의 영원한 행복을 빼앗아 갈 수 없어. 그리스도의 이름, 성모의 이름으로 간청하겠어. 아이는 내게 맡겨, 아이는 내게 맡겨."

그런데 그렇게 통곡 소리를 내면서도 죽은 자의 얼굴은 어떤 근육도, 어떤 입술도 움직이지 않았다. 그래서 시장과 안주인 그리고 시장을 따라 방에 들어선 사람들은 공포로 인해 혈관의 피가 멈추는 듯했다!

"그렇게는 안 돼." 장교가 절망한 듯 외쳤다. "안 돼, 비인간적이고 냉혹한 여자, 당신은 이 가슴에서 심장을 떼어 낼 수 있었어. 그러나 당신은 가망 없는 광기에 잡혀, 피가 흐르는 상처에 위안을 주는 존재를 파멸시켜서는 안 돼!"

장교는 아이를 더 세차게 끌어당겼고, 아이는 크게 소리 내어

울기 시작했다. 그러자 셀레스티네는 둔탁하게 흐느끼며 소리쳤다. "복수, 하늘의 복수가 임하기를, 그대 살인자여!"

"이것 놔! 이것 놓고, 꺼지라고, 그대 지옥의 유령." 장교는 새된 소리를 질렀고 발작적으로 발을 움직여 셀레스티네를 떨쳐 버리고 문밖으로 나가려 했다. 시장이 그의 길을 막았다. 그러나 장교는 권총을 꺼내 총구를 시장에게 겨누면서, "친아버지에게서 아이를 빼앗으려는 자의 머리를 관통할 총알"이라고 외쳤다. 이어 그는 층계를 뛰어 내려갔고, 아이를 안고 말 위에 올라 전속력으로 떠나갔다.

안주인은 셀레스티네가 어떤 상태에 있을지, 또 그녀에게서 무슨 일이 일어날지 온통 불안한 마음이었다. 그녀는 끔찍한 데스마스크에 대한 공포를 극복하고 여자를 돕기 위해 서둘러 위로 올라갔다. 그녀는 방 한가운데 팔을 늘어뜨리고 조각상처럼 소리 없이 서 있는 셀레스티네를 발견하고는 얼마나 놀랐는지. 안주인은 그녀에게 말을 걸었다. 아무 대답이 없었다. 안주인은 가면을 볼 용기가 나지 않았고, 바닥에 떨어진 베일을 주워 그녀에게 둘러 주었다. 여자는 어떤 반응이나 움직임도 보이지 않았다. 셀레스티네는 자동인형과 같은 상태에 빠져 있었다. 그로 인해 안주인은 새로운 공포와 고통에 붙잡혔고, 저 섬뜩한 낯선 여자에게서 자신을 구해 달라고 하느님께 열렬히 간구했다.

그녀의 간구는 곧바로 응답을 받았다. 셀레스티네를 이곳으로 태워 왔던 마차가 방금 대문 앞에 멈춰 선 것이다. 수녀원장 그리고 나이 든 시장의 고귀한 후원자인 Z 영주가 함께 왔다. 영주는 방금 무슨 일이 일어났는지 듣고 나서, 아주 온화하고 조용한 목소리로 말했다. "그렇다면 우리가 너무 늦게 왔고, 하느님의 섭리에 우리를 내맡겨야 할 것 같군."

사람들이 셀레스티네를 아래로 데려왔다. 셀레스티네는 뻣뻣해진 상태로 아무 소리도 내지 않고, 어떤 자신의 의지나 고집도 보이지 않으면서 사람들이 이끄는 대로 마차에 가서 앉았고, 마차는 빠르게 떠나갔다. 나이 든 시장과 온 가족은 그들을 크게 불안하게 했던 고약하고 끔찍한 꿈에서 이제 막 깨어난 듯했다.

L시 시장 집에서 이 일이 있고 나서 얼마 지나지 않아 O 강변에 있는 시토 교단 수녀원에서 흰 평복 수녀의 장례식이 유난히 엄숙하게 거행되었다. 떠도는 풍문에 의하면, 그 수녀는 바로 자신의 고모인 Z 영주 부인과 함께 이탈리아로 간 것으로 알려졌던 헤르메네길다 폰 C 백작 부인이었다고 한다.

같은 시기에 헤르메네길다의 부친 네포무크 폰 C 백작이 바르샤바에 모습을 드러냈다. 백작은 우크라이나에 있는 작은 영지만 남겨 두고 다른 상당한 재산을 Z 영주의 두 아들, 즉 자신의 외조카들에게 법률 행위를 통해 무제한 양도했다. 사람들은 백작에게 딸의 혼수 자금에 관해 물어보았다. 그러자 그는 우울하고 눈물 어린 시선으로 하늘을 바라보며 둔탁한 목소리로 "딸은 혼수 자금이 있어요!"라고 말했다.

백작은 O 강변 수녀원에서 헤르메네길다가 죽었다는 소문을 확인해 주었다. 그뿐만 아니라 그는 헤르메네길다를 지배하고 그녀를 수난을 참아 내는 순교자인 양 일찍 무덤으로 이끌어 갔던 그 특별한 숙명을 밝히는 데도 전혀 주저하지 않았다.

조국의 몰락으로 굴복하기는 했으나 기가 죽지는 않은 일부 애국자들은 폴란드 국가 건설을 목표로 하는 비밀 결사체 조직에 백작을 새로 끌어들이려 했다. 하지만 그들이 정작 찾아내고 보니, 그 인물은 더는 열정적이고 자유와 조국을 위해 고무된 남자, 평소처럼 온갖 모험적 시도에 불굴의 용기를 발휘하며 손을 내미는 그런 인물이 아니었고, 무력하고 거친 고통에 찢긴 노인, 모든 세상 문제에서 벗어나 깊은 고독 속에 파묻히려 하는 그런 노인이었다.

예전에는, 다시 말해 폴란드의 1차 분할* 이후 봉기를 준비했던 그 시기에는, 네포무크 폰 C 백작 가문의 영지는 애국자들이 은밀히 모이던 집결 장소였다. 그곳에서 열리는 축제 분위기의 연회에서 애국적 인사들의 심성은 몰락한 조국을 위한 투쟁으로 불타올랐다. 그곳에서 헤르메네길다는 거룩하게 봉헌하려고 하늘에서 보낸 천사의 모습을 하고 젊은 영웅들 사이에 나타났다.

그 민족의 여자들에게 있는 독특한 성향대로 그녀는 정치적 토의까지 포함해 모든 것에 참여했다. 그녀는 사태를 잘 관찰하고 숙고하면서 아직 열일곱 살도 되지 않은 나이에 종종 다른 사람들에 맞서 의견을 표명했는데, 그것은 비상한 예리함과 명확한 신중함을 보여 주고 대부분 결정타가 되는 의견이었다.

사태를 재빨리 개관하고 파악하고 예리한 근거를 갖고 제시하는 재능을 가진 인물로 스무 살 청년 슈타니슬라우스 폰 R 백작을 제외하고는 그녀에게 근접한 자가 없었다. 따라서 헤르메네길다와 슈타니슬라우스는 제기된 사안들을 종종 단둘이서 긴급 토론 형태로 다루고 제안들을 검토하여 받아들이거나 배척하였으며, 다른 제안들을 내세우게 되었다. 그리고 두 남녀간의 대화에서 나온 결과는 종종 자문을 위해 참석한 노령의 정치적 수완이 뛰어난 인물들까지도 당장 착수해야 할 가장 현명하고 좋은 결과로 인정하지 않을 수 없었다. 두 사람은 조국의 구원을 싹틔우는 것처럼 보이는 경이로운 재능을 가졌고, 그 두 사람의 결합을 생각하는 것은 그 무엇보다도 자연스러운 일이었다.

아울러 당시에 사람들은 이 두 가문이 폴란드의 여느 가문들처럼 서로 다른 이해관계를 품었다고 여겼으므로, 두 가문이 더 가까워지는 것은 정치적으로 매우 중요한 일이었다. 헤르메네길다는 이러한 견해에 완전히 빠져들어 자신에게 정해진 남편을 조국이 주는 선물로 받아들였다. 이렇게 되어 그녀 부친의 영지에서 엄숙한 약혼식 형태로 애국주의적인 결사체가 결의되었다.

폴란드 군대가 패배한 것,* 그리고 코시치우슈코의 몰락과 더불어 자신감 그리고 기사들의 있지도 않은 충성심에 과도하게 의존했던 시도*가 실패로 귀결된 것은 널리 알려진 사실이다. 슈타니슬라우스 백작은 이전의 군대 경력, 젊음과 힘 덕분에 군대에서 자리를 하나 얻고 사자의 용기를 발휘하며 전투에 임했다. 그는 수치스러운 포로 상태에서 겨우 탈출했고, 치명적인 부상을 입고 돌아왔다. 헤르메네길다가 여전히 목숨을 부지하는 그의 유일한 이유로 남았고, 그는 그녀의 팔에 안기면 잃어버린 희망을 되찾을 위안이 있다고 생각했다. 그는 상처에서 회복되자마자 네포무크 백작의 영지로 달려갔으나, 그곳에서 다시 가장 고통스러운 상처를 입었다.

헤르메네길다는 조롱에 가까운 경멸감을 드러내며 그를 맞았다. "내가 지금 보는 사람이 조국을 위해 죽음까지 불사하려 했던 그 영웅인가요?" 그녀는 그를 향해 소리쳤다. 마치 그녀는 어리석은 광기에 잡혀 자신의 신랑이 저 전설적인 기사 시대에 칼 하나만 들고 군대를 괴멸할 수 있었던 팔라딘 기사의 하나로 여기는 것 같았다.

조국을 덮치고 포효하며 모든 것을 삼키는 거대한 흐름에는 어떤 인간적인 힘도 저항할 수 없었다고 아무리 강조한들 무슨 소용이겠는가. 모든 열렬한 사랑의 간청이 무슨 소용이겠는가. 헤르메네길다는 죽음처럼 차디찬 자신의 심장은 오로지 세상사의 거친 소용돌이 속에서만 불타오를 수 있다는 듯, 오로지 조국에서 외국 군대가 쫓겨나는 경우에만 슈타니슬라우스 백작의 청혼을 받아들이겠다는 결심을 고집했다.

백작은 헤르메네길다가 자신을 사랑한 적이 없다는 것을 너무 늦게야 깨달았다. 아울러 그는 그녀가 결코 충족될 수 없는 조건, 적어도 일정한 시간이 지나야 채워질 수 있는 조건들을 제시했다고 확신했다. 그는 죽을 때까지 충성하겠다는 맹세를 하고는 사랑하는 여자를 뒤로하고, 프랑스 군대에서의 복무를 받아들여 프랑스 군대와 함께 이탈리아 전장으로 나갔다.'

사람들은 폴란드 여자들이 특유의 변덕스러운 성격을 지녔다고 한다. 심오한 감각, 자기를 헌신하는 경박함, 금욕적인 자기 부정, 뜨거운 열정, 죽은 듯 뻣뻣한 냉기 — 그녀의 심성에는 이 모든 기질이 다채롭게 뒤섞여 있고, 그것은 표면에서 기이하고 불안정한 활동을 일으킨다. 바닥 깊은 곳에서 움직이는 냇물이 끊임없이 변화하며 찰랑거리는 물결을 일으키는 '유희'와 같다. 헤르메네길다는 신랑이 떠나는 모습을 냉담하게 지켜보았다. 그러나 그녀는 며칠이 지나자 가장 열렬한 사랑에서만 싹틀 수 있는, 말할 수 없는 그리움에 사무쳤다.

전쟁의 폭풍이 지나갔다. 사면이 선포되고, 포로 상태에 있던 폴란드 장교들이 풀려났다. 그래서 슈타니슬라우스의 몇몇 전우가 하나둘 백작의 영지에 모여들었다. 사람들은 아주 고통스러워하며 그 불행한 날들을 추억했다. 그러나 싸움에 임하며 모두가 발휘했던 사자의 용기에 대해서는 감동도 또한 크게 느꼈다. 그러나 슈타니슬라우스만큼 사자의 용기를 발휘한 사람은 없었다. 그는 퇴각하는 대대를 지휘하면서 이미 모든 희망이 보이지 않는 상황에서 다시금 포화 속으로 진격했고, 자신의 기병대와 함께 적진을 돌파하는 데 성공했다. 그러나 총알 하나가 그를 명중하면서 하루의 운명이 흔들렸다. 그는 "조국, 헤르메네길다!"라는 외침과 함께 마구 피를 흘리며 말에서 떨어졌다.

그 소식은 한마디 한마디가 단검이 되어 헤르메네길다의 심장에 깊이 박혔다.

"아니야! 나는 몰랐어, 내가 처음 본 순간부터 말할 수 없이 그를 사랑했다는 것을! 어떤 지옥의 망상이 불쌍하기 짝이 없는 나를 미혹해 나의 유일한 생명, 그 사람 없이 살아갈 수 있다는 생각을 하게 했던가! 내가 그를 죽음으로 보냈어. 그는 다시 돌아오지 못할 거야!" 헤르메네길다는 이렇듯 격정적인 한탄을 내뱉었고, 그 한탄은 모든 사람의 영혼에 파고들었다. 그녀는 잠을 이루지 못하고 끊임없는 불안에 시달리면서 밤이면 공원을 배회했고, 마치 밤바람이 멀리 있는 연인에게 자기 말을 전해 줄 수 있다는 듯 공중을 향해 외쳤다. "슈타니슬라우스, 슈타니슬라우스, 돌아와요. 나야, 헤르메네길다가 그대를 부르고 있다고. 내 소리를 듣지 못요? 돌아와요, 그렇지 않으면 나는 극심한 그리움, 위로받을 수 없는 절망 속에서 죽을 수밖에 없어요!"

헤르메네길다의 지나친 흥분 상태는 그녀를 수천 가지 어리석음으로 내몰아 가는 실질적이고 명백한 광기로 넘어가려는 듯했다.

네포무크 백작은 사랑하는 딸에 대한 염려와 불안이 가득했고, 이 문제에서는 어쩌면 의사의 도움이 효과가 있을 거라 생각했다. 그는 실제로 한동안 자신의 영지에 머물면서 고통당하는 자를 기꺼이 돌봐 주는 의사를 찾아낼 수 있었다. 의사가 시도한 물리적 치료라기보다는 심리적 치료 방법은 잘 계산된 것이었고 그 효과를 전적으로 부정하기도 어려웠다. 그러나 환자가 오래 조용한 상태로 있다가 전혀 예상치 않게 가장 이상한 형태의 발작을 일으켰기 때문에, 실질적인 치유가 있었는지는 의심스러운 것으로 남았다.

하나의 특이한 모험적 행동이 사태를 다른 방향으로 이끌었다. 그녀에게는 보통 자기 애인처럼 가슴에 꼭 껴안고 지내면서 가장 달콤한 이름을 지어 준 작은 창기병 인형 하나가 있었다. 그런데 그녀는 마음에 내키지 않으면서도 그 인형을 불 속에 내던졌다. 인형이 "우리는 그대의 여행이 마음에 들지 않았어, 차라리 땅에서의 그대 사랑이 더 마음에 들었지"와 같은 노래를 부르려 하지 않았다는 것이 이유였다. 이런 이상한 일을 마치고 그녀는 자기 방으로 돌아가려고 현관 홀에 들어섰다. 그런데 뒤에서 달그락거리는 소리를 내며 무엇인가가 그녀를 뒤따라왔다. 그녀가 돌아보니 프랑스 근위대 복장을 하고 왼팔에 붕대를 감은 장교 하나가 눈에 들어왔다. 그녀는 장교를 보자 "슈타니슬라우스, 나의 슈타니슬라우스!"라고 크게 소리치며 달려들었고, 혼절하여 장교의 팔에 안겼다. 장교는 깜짝 놀라 그 자리에 못 박힌 듯 몸이 굳어졌다. 그는 크고 풍만해서 결코 무게가 가볍지 않은 헤르메네길다를 남은 팔 하나로 지탱하는 데 적잖이 애를 먹었다. 그는 그녀를 더욱 힘주어 껴안으면서 자신의 가슴에서 헤르메네길다의 심장이 뛰는 것을 느꼈고, 그것이 자신이 경험한 가장 행복한 모험의 하나임을 인정하지 않을 수 없었다.

몇 초가 지나갔다. 장교는 자기 팔에 안긴 사랑스러운 인물이 많은 전기 불꽃으로 발산하는 사랑의 불에 한껏 달아올라 달콤한 입술에 뜨거운 입맞춤을 했다.

네포무크 백작은 자기 방에서 나오다가 그 장면의 장교를 발견했다. 백작도 환성을 지르며 "슈타니슬라우스 백작!" 하고 소리쳤다. 그 순간 헤르메네길다가 혼절 상태에서 깨어났다. 그녀는 제정신이 아닌 상태에서 다시 한번 "슈타니슬라우스! 슈타니슬라우스! 내 사랑! 내 낭군!" 하고 외치면서 그를 뜨겁게 껴안았다.

장교는 얼굴을 붉히며 몸을 떨었다. 그는 마음의 평정을 잃어버린 상태에서 한 걸음 뒤로 물러났고, 그러면서 헤르메네길다의 격렬한 포옹에서 부드럽게 벗어났다.

"내 인생에서 가장 달콤한 순간이오. 하지만 나는 내게 단지 착각만 가져올 이 행복에 빠져들 수 없군요. 나는 슈타니슬라우스가 아니오. 아, 나는 그 사람이 아니오." 장교는 말을 더듬고 머뭇거리며 이렇게 말했다. 헤르메네길다는 깜짝 놀라 움찔하면서 뒤로 물러났다. 그녀는 장교의 눈을 좀 더 날카롭게 살펴본 후 장교가 자기 연인과 경이로울 정도로 닮은 탓에 착각한 것을 확신하고는 크게 슬퍼하고 한탄하면서 얼른 자리를 떠났다.

장교는 자신이 슈타니슬라우스 백작의 사촌 동생이며 크사버 폰 R 백작이라고 신분을 밝혔다. 네포무크 백작으로서는 그 소년이 그렇게 단기간에 건장한 청년으로 장성한 것이 믿기 어려울 정도였다. 물론 전쟁의 고초로 인해 얼굴과 전체적인 태도가 보통 때보다 더 남자다운 성격을 띠게 된 탓도 있었다.

크사버 백작은 사촌 형 슈타니슬라우스 백작과 함께 조국을 떠나 프랑스 군대에서 복무하며 이탈리아 전장에서 싸웠다. 그는 당시 열여덟 살에 불과했지만 신중하면서도 대담한 전쟁 영웅으로 두각을 보였고, 사령관은 그를 자신의 부관으로 삼았다. 이제 그는 스무 살의 나이에 벌써 대령 계급으로 승진했다. 그는 전장에서 부상을 입어 한동안 휴식을 취해야 했다. 그는 조국으로 돌아와 슈타니슬라우스가 자기 연인에게 전해 달라고 준 임무 때문에 네포무크 백작의 영지까지 오게 되었고, 이곳에서 그 자신이 사랑하는 사람인 양 영접을 받았다.

헤르메네길다는 수치심과 쓰라린 고통으로 완전히 무너져 크사버 백작이 머무는 동안은 방에서 나오지 않으려 했다. 백작과 의사가 그녀를 진정시키려고 온갖 노력을 기울였지만 허사였다. 크사버 백작은 헤르메네길다를 다시는 볼 수 없다는 생각에 제정신이 아니었다. 그는 자신의 잘못도 아닌데 불행하게도 사촌 형과 닮은 탓에 너무 가혹한 대가를 치르고 있다고 그녀에게 편지를 썼다. 그러면서 그 숙명의 순간이 초래한 불운은 자신뿐 아니라 연인 슈타니슬라우스에게도 타격을 준다고 했다. 달콤한 사랑의 전령인 그로서는 슈타니슬라우스에게 받아 간직한 편지를 당연히 직접 전해 줄 기회, 슈타니슬라우스가 급박한 순간에 미처 편지에 적지 못한 모든 것을 구두로 들려줄 기회까지 모두 박탈당했다는 것이다.

크사버는 헤르메네길다의 시녀를 자기편으로 끌어들였고, 그녀가 이러한 요청을 유리한 시간에 받아들였다. 크사버는 아버지도 의사도 성공하지 못한 일을 편지를 써서 해냈다. 헤르메네길다가 그를 만나겠다고 결심한 것이다.

그녀는 자신의 방에서 깊은 침묵 속에 눈길을 아래로 향하고 그를 맞았다. 크사버는 발걸음을 비틀거리면서 조용히 다가갔고, 그녀가 앉아 있는 소파 맞은편에 자리를 잡았다. 그런데 그는 의자에서 몸을 굽히는 자세로 앉는다기보다는 헤르메네길다 앞에 무릎을 꿇은 모양새가 되었다. 그리고 그는 가장 감동적인 말로써 절대 용서할 수 없는 범죄를 자인하는 어투로 간청했다. 사랑하는 친구의 행복을 느끼게 해 준 그 착각의 죄책을 자신에게 전가하지 말아 달라는 간청이었다. 그녀가 재회의 기쁨에 겨워 포옹한 것은 그가 아니라 바로 슈타니슬라우스였다는 것이다.

그는 편지를 건네주고 슈타니슬라우스에 대해, 그가 피비린내 나는 전투에서도 진정한 기사의 충성심을 보이며 자신이 사랑하는 여자를 어떻게 기억했는지, 그의 심장이 오로지 자유와 조국을 위해 어떻게 타올랐는지 등을 들려주기 시작했다. 크사버는 생생하게 타오르는 불길로 이야기했고, 헤르메네길다의 마음을 빼앗았다. 그녀는 금방 수줍음을 극복하고, 천상의 눈에서 나오는 마법 같은 눈길을 그에게 고정했다. 그러자 그는 투란도트 공주의 시선을 받은 새로운 칼라프*처럼 달콤한 행복에 전율하면서 간신히 이야기를 이어 갔다. 그는 자신도 모르게 환한 불길이 되어 타오르는 정열에 맞서는 내적 싸움을 벌이면서 개별 전투에 대한 장황한 설명에 빠져들었다. 그는 기병대의 돌격, 대량 폭파, 포병 중대 점령에 대해 말했다.

헤르메네길다가 조바심을 내며 이야기를 중단시키고는 소리쳤다. "오, 그 지옥의 피비린내 나는 참혹한 장면들은 그만하고, 내게 말해 줘요 ─ 그가 나를 사랑한다고, 슈타니슬라우스가 나를 사랑한다고!"

이에 크사버는 용기백배하여 헤르메네길다의 손을 잡아 격렬하게 자기 가슴을 누르며 소리쳤다. "직접 들어 봐요, 당신의 슈타니슬라우스를!" 그리고 그의 입술에서는 오로지 모든 것을 소모하는 열정의 광기에 걸맞게, 가장 열렬한 사랑의 맹세가 흘러나왔다. 그는 헤르메네길다의 발치에 쓰러졌다. 그녀가 두 팔로 그를 감쌌다. 그는 재빨리 벌떡 일어나 그녀를 그의 가슴에 꼭 품으려고 하다가 자신이 격렬하게 뒤로 빌려나는 느낌을 받았다. 헤르메네길다가 굳어진 이상한 눈길로 그를 바라보면서 둔탁한 목소리로 말했다. "부질없는 인형, 내가 그대를 내 가슴에 품어 소생시킨다 해도 그대는 슈타니슬라우스가 아니고 영원히 그 사람이 될 수도 없어!" 그러고 나서 그녀는 조용하고 느린 발걸음으로 방에서 나갔다.

크사버는 자신이 경솔했다는 것을 너무 늦게 알아차렸다. 그는 자신이 사촌 형의 신부 헤르메네길다에게 미칠 정도로 사랑에 빠졌음을 너무나 생생하게 느꼈다. 아울러 그는 자신이 어리석은 열정에 따르는 걸음을 걸으려 할 때마다 신의를 모르는 우정의 배신이라는 비난을 받을 수밖에 없다는 것도 절실하게 느

껐다. 헤르메네길다를 다시 보지 않고 하루빨리 떠나겠다는 것은 영웅적인 결심이었다. 그는 정말로 그 결심을 당장 실행에 옮겼다. 그는 짐을 챙기며 자신이 타고 갈 마차를 준비하라는 지시를 내렸다.

크사버가 작별을 고했을 때 네포무크 백작은 크게 놀랐다. 백작은 그를 붙잡아 두려고 온갖 제안을 했다. 그러나 크사버는 참된 정신의 힘에서 나왔다기보다는 일종의 경련 상태에서 나온 완고한 자세를 보이며 특별한 사연이 그를 내몰고 있다고 고집했다. 그는 사브르 칼을 허리에 차고 야전 전투모를 손에 들고 방 한가운데 서 있었다. 하인은 그의 외투를 들고 응접실에서 기다렸고, 대문 앞에서는 말들이 조바심을 내며 히힝 울음소리를 터뜨렸다.

그때 방문이 열리고 헤르메네길다가 들어왔다. 그녀는 말할 수 없이 우아한 모습으로 백작에게 다가가 사랑스러운 미소를 띠며 말했다. "떠난다고요, 친애하는 크사버? 나는 사랑하는 슈타니슬라우스에 대해 더 많은 이야기를 듣게 되리라 생각했어요! 당신의 이야기가 경이로울 정도로 나를 위로해 준다는 건 아시죠?"

크사버는 얼굴이 눈에 띄게 붉어지면서 눈길을 아래로 떨어뜨렸다. 사람들이 자리를 잡자, 네포무크 백작은 지난 몇 달 동안 헤르메네길다가 이처럼 명랑하고 부담 없는 분위기에 있는 것을 본 적이 없다고 거듭 강조했다. 식사 때가 되어 백작이 신호를 보내자 같은 방에서 저녁 식사가 마련되었다. 최고급 헝가리 포도주가 잔에 부어져 영롱하게 빛났다. 헤르메네길다는 두 뺨이 완전히 달아오른 채 술이 가득한 술잔을 홀짝거렸고, 사랑하는 사람을 떠올리고 자유와 조국을 찬미하며 추억했다.

크사버는 '밤이 오면 나는 떠날 거야'라고 속으로 생각하면서, 저녁 식사가 끝나자 정말로 하인에게 마차가 떠날 준비가 되었는지 물었다. 그런데 하인은 네포무크 백작의 지시를 받아 벌써 오래전에 짐을 내리고 마구를 푼 상태로 마차를 창고에 넣어 두었고, 말들은 마구간에서 여물을 먹는 중이며, 보이체크는 아래층 짚 매트리스에 누워 코를 골고 있다고 대답했다. 크사버는 그렇게 하도록 내버려두었다. 헤르메네길다가 예상치 않은 모습을 보인 것은 백작의 영지에 머무는 것이 가능할 뿐만 아니라 바람직하고 편한 일이라는 확신을 주었다. 그리고 이러한 확신에서 출발해 그는 다른 확신에 이르게 되었다. 자신을 극복하는 것, 다시 말해 헤르메네길다의 유약한 정신 상태를 자극해 모든 점에서 오로지 그에게 파멸적인 결과를 가져올 내적 열정이 터져 나오지 않게 하는 것이 무엇보다 중요하다는 확신이었다. 이제 크사버가 자신의 관찰을 끝내면서 내린 결론은, 이 모든 것이 어떻게 들어맞을까 하는 것이었다. 헤르메네길다가 꿈에서 깨어나 우울한 미래보다 명랑한 현재를 선호한다면 그것은 모두 이런저런 상황이 함께 작용해 나타나는 형세 때문이지 신의 없음, 우정의 배신에 대해 생각할 일은 아니었다.

크사버는 다음 날 헤르메네길다를 다시 보았을 때 자신의 뜨거운 피를 들끓게 할 수 있는 것은 아무리 사소해도 세심하게 피함으로써 자신의 정열을 억누를 수 있었다. 그는 가장 엄격한 풍습의 울타리 안에 머물면서 스스로 냉혹한 격식을 따르고자 유의했다. 그는 다만 대화할 때만 정중한 태도, 다시 말해 여자들에게 달콤한 설탕과 함께 파멸의 독을 안겨 주는 그런 정중함을 보였다. 크사버는 스무 살의 청년으로 실제 연애 문제에서는 경험이 부족했다. 그러나 그는 내면의 악을 위해 확실한 박자를 따르면서 경험 많은 장인의 기술을 펼쳤다. 그는 오로지 슈타니슬라우스에 대해, 사랑스러운 신부를 향한 그의 말로 다 할 수 없는 사랑에 대해서만 말했다. 그러나 그는 자신이 불붙인 가득한 열화(熱火)를 통해 능숙하게 자기 자신의 모습이 내비치게 하는 법을 알았다. 그래서 헤르메네길다는 지독히 혼란스러운 상태에서 그 자리에 없는 슈타니슬라우스의 이미지와 현존하는 크사버의 이미지 그 둘을 어떻게 구분해야 할지 몰랐다.

크사버와의 교제는 흥분한 헤르메네길다에게 곧 욕망하는 일이 되었다. 그래서 두 사람이 거의 항상, 또 자주 친밀한 정담을 나누듯 함께 있는 모습을 보여 주었다. 헤르메네길다의 수줍음은 습관에 의해 조금씩 극복되었다. 이에 상응하여 크사버도 처음에 현명하게 조심성을 보이며 자신을 제한했던 냉혹한 격식의 울타리를 넘어서게 되었다. 헤르메네길다와 크사버는 팔짱을 끼고 공원을 거닐었다. 그리고 그가 방에서 그녀 곁에 앉아 행복한 슈타니슬라우스에 대한 이야기를 들려줄 때면, 그녀는 편안하게 그의 손을 맞잡았다.

국정을 다루는 문제, 조국과 관련된 사안이 아닌 경우 네포무크 백작은 깊이 들여다보는 능력이 없었다. 그는 표면에서 지각할 수 있는 것에 만족했다. 여타 모든 것에 대해서는 무감각한 그의 심성은 스쳐 날아가는 삶의 이미지들을 거울처럼 순간적으로만 성찰할 수 있을 뿐, 그런 이미지들은 흔적도 없이 사라졌다. 남작은 딸아이의 내적 상태를 제대로 파악하지 못한 채, 딸아이가 어리석은 광기의 상태에서 연인을 떠올리게 하는 인형들을 마침내 살아 있는 청년으로 교체한 것을 좋게 여겼다. 그는 또 아주 영리하게도 자신의 사위로서도 여전히 호감이 가는 크사버가 곧 슈타니슬라우스의 자리를 완전히 대체할 것이라고 믿었다. 그는 충성스러운 슈타니슬라우스를 더는 생각하지 않았다. 크사버도 그렇게 생각했다. 이제 몇 달이 지난 시점에서 헤르메네길다는 슈타니슬라우스에 대한 추억으로 온 존재기 가득 차 있는 것으로 보였지만 크사버가 독자적으로 구애하며 접근하는 것을 허용했다.

어느 날 아침, 헤르메네길다는 시녀와 함께 자기 방에 틀어박혀 그 누구도 보지 않겠다고 알렸다. 네포무크 백작은 새로운 발작이 시작되었지만, 그것이 곧 진정될 것이라고 믿었다. 그는 크사버 백작에게 헤르메네길다에 대해 얻게 된 영향력을 이제 그녀의 치료를 위해 써 달라고 요청했다. 그러나 크사버가 헤르메네길다에게 접근하기를 전적으로 거부했을 뿐 아니라 그의 온 존재까지 독특하게 변한 것을 알고 그는 많이 놀랐다. 크사버는 여느 때처럼 대담함에 가까운 모습을 보이기는커녕 유령이라도 본 듯 목소리가 떨리고 표정 또한 불분명하고 일관성이 없었다.

그는 이제 자신이 바르샤바로 가야 하고, 아마 다시는 헤르메네길다를 보지 않게 될 것이다, 최근 그녀의 심란한 상태가 그에게 공포와 경악감을 불러일으켰다, 그는 모든 사랑의 행복을 단념했다, 이제 그는 광기에 가까운 헤르메네길다의 정절을 보면서 자신이 사촌 형에 대해 범하려고 하는 불충을 정말 수치스럽게 느끼고 있다, 자신의 유일한 구원은 하루속히 도피하는 것이다 등등의 말을 늘어놓았다. 네포무크 백작은 모든 것이 이해되지 않았다. 다만 헤르메네길다의 미친 몽상이 젊은이를 감염시켰다는 것만은 마침내 그에게도 분명해 보였다. 백작은 그에게 이를 증명하려 했으나 소용이 없었다. 네포무크는 크사버가 헤르메네길다를 모든 기괴함에서 치료해야 하고 그러려면 그녀를 다시 만나야 한다고 절박하게 설득하려 했으나, 그럴수록 크사버는 더욱 격렬하게 저항했다. 크사버는 마치 보이지 않는 저항할 수 없는 힘에 쫓기듯 달려가 마차에 몸을 던졌다. 이로써 두 사람의 논쟁은 빠르게 끝났다.

네포무크 백작은 헤르메네길다의 변화에 대한 원한과 분노가 가득해 더는 딸아이에 대해 신경 쓰지 않았다. 그래서 그녀는 며칠 동안은 어떤 방해도 받지 않고 자기 방에 틀어박혀 시녀 외에는 누구도 만나지 않았다.

어느 날 네포무크 백작은 폴란드 사람들이 당시 거짓 우상을 숭배하듯 우러러보았던 남자*의 영웅적인 행동을 계속 떠올리면서 깊은 사색에 잠겨 자기 방에 앉아 있었다. 그때 방문이 열리더니 헤르메네길다가 슬픔 가득한 얼굴로 과부의 면사포를 길게 늘어뜨리고 들어왔다. 그녀는 느릿하고 장엄한 발걸음으로 백작에게 다가와 무릎을 꿇으며 떨리는 목소리로 말했다. "오, 아버지! 내 사랑하는 남편 슈타니슬라우스 백작이 세상을 떠났어요. 영웅으로서 피비린내 나는 전투에 나섰다가 전사했어요. 그 사람의 불쌍한 과부가 아버지 앞에 무릎을 꿇어요!"

네포무크 백작은 헤르메네길다의 정신 착란이 재발한 것이라고 여겼다. 바로 전날 슈타니슬라우스 백작이 살아 있다는 전갈을 받았기 때문이다. 그는 헤르메네길다를 부드럽게 일으며 세우며 말했다. "진정하렴, 사랑하는 딸. 슈타니슬라우스는 잘 있고, 곧 달려와 네 팔에 안길 거야."

그러자 헤르메네길다는 마치 심한 죽음의 탄식을 내뱉듯 한숨을 내쉬고는 격렬한 고통으로 몸부림치며 백작 옆에 있는 소파에 쓰러졌다. 그러나 몇 초 후 그녀는 다시 정신을 차리고 놀라운 평온함과 침착함을 유지하며 말했다. "어떻게 된 일인지 다 말씀드릴게요, 사랑하는 아버지! 아버지는 아셔야 해요, 그래야 내가 슈타니슬라우스 폰 R 백작의 미망인이라는 걸 알아보실 거예요. 나는 엿새 전 저녁 황혼 무렵에 공원 쪽에 있는 정자에 갔어요. 나의 모든 생각, 내 모든 존재는 사랑하는 사람을 향하고 있었어요. 나는 나도 모르게 눈이 감기는 것을 느꼈고, 잠든 상태, 아니 깨어 있는 상태의 꿈'이라고 부를 수밖에 없는 그런 기이한 상태에 빠져들었어요. 그런데 곧 주위에서 윙윙거리고 포효하는 굉음과 함께 거친 소동이 있었고, 아주 가까운 곳에서는 총성이 계속 울렸어요. 나는 벌떡 일어났고, 나 자신이 야전 막사에 있는 것을 발견하고 적잖이 놀랐어요. 내 앞에 그 사람, 나의 슈타니슬라우스가 무릎을 꿇고 있었거든요. 나는 그를 두 팔로 포옹하고, 가슴에 꼭 껴안았어요. '하느님께 찬양을!' 그가 소리쳤어요. '당신은 살아 있어, 당신은 내 거야!' 그는 내가 혼례를 마치고 나서 곧바로 심한 혼절 상태에 빠졌다고 했어요. 어리석게도 그때 나는 키프리아누스 신부가 야전 막사로 들어오는 모습을 본 것, 그리고 바로 가까운 예배당에서 포성이 울리는 가운데, 가까운 전장의 거친 소용돌이 속에서 우리의 혼례식을 집전한 것이 기억났어요. 내 손가락에는 결혼 금반지가 반짝였어요. 이제 남편을 다시 포옹하게 된 행복감은 이루 말할 수 없었어요. 내 안에서는 이제껏 느껴 본 적이 없는, 행복한 여자의 이름 모를 기쁨이 전율했어요. 온 감각이 사라졌고요. 그러다가 얼음장처럼 싸늘한 한기가 내게 불어왔어요. 나는 두 눈을 떴고, 끔찍했어요! 격렬한 전투 한복판인 거예요, 내가 겨우 빠져나와 목숨을 보전한 것으로 여겨지는 야전 막사가 눈앞에서 불타고, 슈타니슬라우스는 적의 기병들에게 내몰리고, 친구들이 그를 구하려고 달려드는데, 너무 늦어요, 기병 하나가 그를 내리쳐 말에서 떨어뜨려요."

헤르메네길다는 끔찍한 고통에 사로잡혀 혼절했다. 네포무크 백작이 서둘러 강장제를 찾았지만, 그녀에게는 필요 없는 것이었다. 헤르메네길다는 경이로운 힘을 발휘하며 다시 정신을 차렸다. 그녀가 둔탁하고 장엄한 어조로 말했다. "하늘의 뜻이 이루어진 거예요. 한탄은 내게 어울리지 않아요. 그러나 나는 죽을 때까지 남편에게 정절을 지킬 것이고, 지상에서의 어떤 결합도 나를 그 사람에게서 떼어 놓을 수 없어요. 그 사람을 애도하고, 그 사람을 위해, 우리의 구원을 위해 기도하는 것, 그것이 나의 소명이고, 그 무엇도 내가 그렇게 하는 것을 방해해선 안 돼요."

네포무크 백작은 당연히 헤르메네길다의 내면에서 부화하던 광기가 그러한 환상으로 나타난 것이라고 믿었다. 딸아이가 평온하게 수도원에서 하듯 남편을 애도하는 일은 어떤 무절제하고 불안케 하는 소동을 일으키는 것이 아니었다. 따라서 네포무크 백작에게는 딸의 그러한 상태가 슈타니슬라우스 백작이 도착하면 금방 끝날 터이므로 상당히 괜찮은 것이었다. 네포무크가 이따금 공상과 환상에 내해 무언가를 조금이라도 언급하려 하면, 헤르메네길다는 미소를 지으며 고통스러워했다. 그러나 그녀는 이어 손가락에 끼고 있던 금반지를 입에 갖다 대고는 뜨거운 눈물로 적셨다. 네포무크 백작은 그 반지가 딸에게서 본 적이 없는 낯선 반지임을 알아차리고는 놀라워했다. 하지만 그런 경우는 셀 수 없이 많았기 때문에 백작은 추적해 보려고 하지 않았다. 그에게 더 중요했던 것은 슈타니슬라우스 백작이 적에게 포로로 잡혔다는 나쁜 소식이었다.

헤르메네길다는 독특한 방식으로 아프기 시작했다. 그녀는 꼭 병이라고 할 수는 없으나 그녀의 온 존재를 특이한 방식으로 떨게 하는 이상한 감각에 대해 자주 불평했다.

그 무렵에 Z 영주가 자기 아내와 함께 찾아왔다. 영주의 아내는 헤르메네길다의 친모가 일찍 죽었을 때 엄마 역할을 대신했던 인물이고, 그 때문에도 헤르메네길다는 어린아이처럼 진심을 다해 그녀를 맞았다. 헤르메네길다는 기품 있는 영주의 아내에게 온 마음을 열고 몹시 비통해하며 한탄했다. 그녀가 슈타니슬라우스와 실제로 혼례를 올렸고 그것과 관련한 모든 상황이 진실임을 말해 주는 가장 확실한 증거를 갖고 있는데도 사람들이 그녀를 미친 몽상가라고 비난한다는 것이었다.

영주의 아내는 이미 모든 것을 전해 들은 데다, 헤르메네길다의 정신 착란에 대해 확신하고 있던 터라 그녀의 말을 반박하지 않으려고 조심했다. 그러면서 영주의 아내는 시간이 지나면 모든 일이 해명될 것이고, 경건한 겸손을 보이며 하늘의 뜻에 전적으로 맡기면 좋겠다는 자신의 견해를 피력하는 것으로 만족했다. 영주의 아내는 헤르메네길다가 자기 몸 상태를 말하면서 그녀의 내면을 불안하게 만드는 것으로 보이는 이상한 발작에 대해 묘사할 때 더욱 주의를 기울였다. 그녀는 헤르메네길다를 지나치게 꼼꼼하다 싶을 정도로 세심히 지켜보았다. 그러면서 그녀는 헤르메네길다가 완쾌한 것으로 보일수록 오히려더 크게 염려하는 모습이었다. 창백한 뺨과 입술이 다시 붉어지고, 두 눈에서는 우울하고 섬뜩한 불꽃이 사라지고, 눈빛이 온화하고 차분해지고, 수척한 몸매가 점점 살이 오르는 일이 일어났다. 한마디로 헤르메네길다는 젊음과 아름다움이 충만하게 완전히 피어났다. 그런데 영주의 아내는 그녀가 어느 때보다 더 아프다고 여기는 것 같았다. 헤르메네길다가 그저 한숨을 쉬거나 얼굴빛이 창백해지면, 고통스러운 염려가 담긴 얼굴로 "몸 상태가 어때, 무슨 일이야, 애야? 어떤 느낌이야?"라고 물었기 때문이다.

네포무크 백작과 영주 그리고 영주의 부인은 헤르메네길다와 그녀가 품고 있는 슈타니슬라우스의 미망인이라는 망상을 어떻게 해결해야 할지 상의했다.

영주가 입을 열었다. "유감스럽게도 저 아이의 광기는 불치 상태로 남을 거라는 생각이 들어. 저 아이는 신체적으로는 아주 건강한데 자기 영혼의 착란 상태를 온 힘을 다해 키우고 있기 때문이야." 영주의 아내가 고통스럽게 앞쪽을 바라보았다. 영주가 말을 이어 갔다. "그래, 저 아이는 부당하게 또 그 자신에게 명백히 불리하게 환자인 양 보살핌을 받고 애지중지 여겨지는 염려의 대상이 되고 있어. 그렇지만 저 아이는 아주 건강해."

영주의 아내는 남편의 말에 공감하며 네포무크 백작의 눈을 바라보았고, 재빨리 단호하게 말했다. "그래요! 헤르메네길다는 아픈 게 아녜요. 그런데 만약 그녀가 부정을 저질렀을 가능성을 전혀 배제할 수 없다면, 나는 그녀가 임신했다고 확신해요." 영주의 아내는 이렇게 말하고는 일어나 방에서 나갔다. 네포무크 백작과 영주는 갑자기 벼락을 맞은 듯 서로를 바라보았다. 영주는 그 말을 받아 자기 아내도 이따금 참으로 이상한 환상을 본다고 말했다.

그러나 네포무크 백작은 아주 진지하게 말했다. "헤르메네길다가 그런 부정을 저질렀을 가능성이 전혀 없다고 하신 부인의 말씀은 맞아요. 그런데 헤르메네길다가 어제 제 앞에서 걸어갔을 때 제게도 그런 어리석은 생각이 스쳐 지나갔습니다. '이제 한번 보라, 젊은 과부가 임신한 거야.' 딸아이의 몸매를 보기만 해도 분명 그렇게 생각할 수 있다는 것, 제가 이렇게 말씀드리면 영주님께서는 부인의 말씀 때문에 제가 온통 우울한 걱정, 심지어 가장 고통스러운 불안에 사로잡히는 게 당연하다고 여길 것입니다."

그러자 영주가 대답했다. "그렇다면 의사나 현명한 산파에게 판단을 맡겨야 해. 내 아내의 어쩌면 성급한 판단이 파기되거나, 아니면 우리의 수치가 확인되어야겠지."

두 사람은 며칠 동안 어떤 결정을 내려야 할지 고민했다. 두 사람에게는 헤르메네길다의 몸 상태가 의심스러웠고, 영주의 부인은 이제 무엇을 해야 할지 결정을 내려야 했다. 그녀는 어쩌면 수다스러울 수 있는 의사의 개입을 반대하면서, 다른 도움은 다섯 달 정도 뒤에 필요할 것이라고 말했다.

"어떤 도움 말인가요?" 네포무크 백작이 깜짝 놀라 소리쳤다.

"그래요." 영주의 부인이 목소리를 높이며 말을 이었다. "이제 더는 의심의 여지가 없어요. 헤르메네길다는 세상 사람들 중에서 가장 파렴치한 위선자이거나, 그게 아니라면 어떤 불가해한 비밀이 있는 거예요. 그 정도면 충분해요. 그녀는 임신했어요!"

네포무크 백작은 충격으로 몸이 굳어 어떤 할 말도 찾지 못했다. 그는 마침내 힘겹게 용기를 내어 영주의 부인에게 간청했다. 헤르메네길다를 직접 만나서 자기 집에 지울 수 없는 수치를 안겨 준 그 불행한 남자가 누구인지 어떤 대가를 치르더라도 알아내 달라고 했다.

영주의 부인이 말했다. "헤르메네길다는 내가 자신의 몸 상태에 대해 알고 있을 줄은 짐작하지 못해요. 나는 그녀의 몸 상태에 대해 그녀에게 직접 들려줄 순간을 기대하고 있어요. 그녀는 놀라서 위선자의 가면을 벗거나, 아니면 경이로운 방법으로 그녀의 결백이 밝혀질 수밖에 없겠죠. 그것이 어떤 식으로 일어날지는 나로서는 꿈에서도 알 수 없지만요."

바로 그날 저녁에 영주의 부인은 헤르메네길다와 방에서 단둘이 만났다. 어머니로서의 명망은 시간이 지날수록 더욱 커지는 것 같았다. 영주의 부인은 불쌍한 아이의 두 팔을 잡고 그녀의 눈을 날카롭게 들여다보면서 단호한 목소리로 말했다. "애야, 너는 임신한 몸이야!"

그러자 헤르메네길다는 천상의 기쁨으로 빛나는 눈길로 위를 쳐다보았고, 아주 황홀한 어조가 되어 소리쳤다. "오, 어머니, 어머니, 나도 알아요! 충직한 남편이 사나운 적들의 살인적인 책략에 쓰러졌다 해도 나 자신은 말할 수 없이 행복해야 한다고 오랫동안 느꼈어요. 그래요! 내 안에는 지상에서 최고로 행복한 순간이 계속 살아 있어요. 나는 달콤한 언약의 징표 속에서 그 사람, 사랑하는 남편을 다시 얻는 거예요."

영주의 부인은 주변의 모든 것이 빙빙 돌아가기 시작하고 모든 감각이 사라지는 것 같았다. 헤르메네길다의 표정에 담긴 진실, 그녀의 황홀한 기분, 그녀의 진정한 변용(變容)을 보면 위선을 가장했다거나 속임수일 것이라는 생각은 할 수 없었다. 하지만 단지 미친 광기가 아니고서야 그녀의 주장을 조금도 진지하게 여기기 어려웠다. 영주의 부인은 마지막 생각에 완전히 사로잡혀 헤르메네길다를 밀쳐 내며 격하게 소리쳤다. "네가 제정신이 아니구나! 어떤 꿈이 너를 우리 모두에게 불명예와 수치를 안겨 주는 이런 상황으로 몰아넣었을까! 너는 그런 유치한 동화로 나를 속일 수 있다고 생각하니? 정신 차리렴! 지난 며칠 동안 있었던 일은 따지지 말자. 참회하며 고백하는 것이 어쩌면 우리를 화해시킬 거야."

헤르메네길다는 눈물에 잠기고 쓰라린 고통에 완전히 기진맥진한 상태가 되어 부인 앞에 무릎을 꿇고 한탄했다. "어머니, 어머니도 내가 몽상가라고 책망하시나요? 어머니도 교회가 나를 슈타니슬라우스와 맺어 준 것, 내가 그의 아내라는 것을 안 믿으시나요? 하지만 여기 내 손가락에 있는 반지를 보세요. 내가 무슨 말을 하는 거죠! 어머니는 내 상태를 아시잖아요. 내가 꿈꾼 게 아니라는 것을 확신시켜 드리기에 충분하지 않나요?"

영주의 부인은 헤르메네길다가 무슨 일을 저질렀을 가능성을 전혀 생각하지 못한다는 것, 그것을 암시해 줘도 전혀 파악하거나 이해하지 못한다는 것을 알아차리고 깊은 경악감을 느꼈다. 헤르메네길다는 두 손으로 부인의 가슴을 세차게 누르면서 계속 간청했다. 이제 그녀의 몸 상태가 의심할 여지가 없으니 그녀의 남편에 대해 믿어 달라는 것이었다. 영주의 부인은 완전히 당혹스럽고 완전히 제정신이 아닌 상태에서 그 불쌍한 아이에게 무슨 말을 해야 할지, 여기에 분명히 숨어 있는 비밀을 파헤치려면 도대체 어떤 길을 가야 할지 더는 알 수 없었다.

며칠이 지나서야 영주의 부인은 남편과 네포무크 백작을 따로 만나, 자기 남편한테서 임신했다고 믿는 헤르메네길다에게서 그녀가 영혼 깊이 확신하는 것 이상을 캐내는 일은 불가능하다고 설명했다. 두 남자는 분노에 차서 헤르메네길다가 위선자라고 비난했다. 특히 네포무크 백작은 만약에 부드러운 수단을 통해 딸아이를 그로서는 황당무계한 동화를 주입하려는 그 미친 망상에서 돌아오게 할 수 없다면, 엄격한 조치들을 취하겠다고 맹세했다. 반면에 영주의 부인은 엄격한 조치들은 그 무엇이든 무익한 잔혹함이 될 것이라고 말했다. 이미 말했듯이 그녀가 확신하기로, 헤르메네길디는 위선을 떠는 것이 절내 아니고 자신이 말하는 것을 온 영혼으로 믿고 있다는 것이었다.

영주의 부인이 말을 이었다. "세상에는 우리가 완전히 이해할 수 없는 많은 비밀이 있어요. 서로의 생각이 생기 넘치게 상호작용할 때 물리적 효과도 나타날 수 있다면요? 혹시 슈타니슬라우스와 헤르메네길다 사이의 정신적 만남에서 그녀가 우리에게 설명할 수 없는 상태가 비롯된 것이라면요?"

영주의 부인이 이런 생각을 드러냈을 때, 영주와 네포무크 백작은 치명적인 순간에 느끼는 모든 분노, 모든 곤경에도 불구하고 크게 웃지 않을 수 없었다. 두 남자는 부인의 생각이 인간적인 것을 마비시키는 가장 숭고한 생각일 것이라고 말했다. 영주의 부인은 얼굴이 잔뜩 붉어진 채 거친 남자들에게는 그런 일에 대한 감각이 없다고 말했다. 그러면서 그녀는 자신이 절대로 결백하다고 믿는 딸이 처한 모든 상황은 불쾌하고 역겨운 것이며, 이제 그녀가 딸과 함께 시도하려는 여행은 딸을 주변 사람들의 술책, 경멸에서 벗어나게 해 주는 유일한 최상의 방책이라고 말했다. 네포무크 백작은 영주 부인의 제안에 아주 만족했다. 헤르메네길다가 자신의 상태를 비밀로 숨기지 않고 있어서, 그녀의 명성을 보호하려면 당연히 지인들의 시야에서 벗어나게 하는 수밖에 없었기 때문이다.

이렇게 일이 정해지자 모두가 안심했다. 세상의 비웃음을 가장 쓰라리게 여기는 네포무크 백작은 오로지 그 비밀을 세상에 숨길 수 있다는 가능성만 보았고, 염려스러운 비밀 자체에 대해서는 거의 생각하지 않았다. 영주는 특이한 상황을 고려하고 헤르메네길다의 가식 없는 심성을 고려할 때 그 경이로운 수수께끼를 해결하는 방법은 시간에 맡기는 것 말고는 달리 도리가 없다고 매우 정확하게 판단했다.

그들끼리 상의를 마치고 막 헤어지려 하는데, 크사버 폰 R 백작이 갑자기 도착하면서 모두에게 새로운 당혹감, 새로운 염려를 안겨 주었다. 백작은 거칠게 말을 달려와 몸이 달아 있고 온통 먼지에 뒤덮인 상태였고, 거친 정열에 내몰린 사람처럼 조급하게 방으로 뛰어들었다. 그는 제대로 인사도 하지 않고 모든 예의범절도 잊은 채 힘찬 목소리로 외쳤다. "그가 사망했어요,

슈타니슬라우스 백작 말이오! 그는 포로가 되지 않았어요, 아니, 적들에 의해 쓰러졌어요. 여기 증거가 있어요!" 그는 이렇게 말하면서 편지 몇 통을 얼른 끄집어내어 네포무크 백작의 손에 건네주었다.

백작은 몹시 당혹한 표정으로 읽기 시작했다. 영주의 부인이 편지를 들여다보았다. 그녀는 몇 줄도 채 읽지 못하고 두 손을 맞잡고 하늘을 올려다보며 고통스럽게 외쳤다. "헤르메네길다! 불쌍한 아이! 이 불가해한 수수께끼!" 그리고 영주의 부인은 슈타니슬라우스가 사망한 날이 헤르메네길다의 진술과 일치한다는 사실을 발견했다. 그 숙명적인 순간에 헤르메네길다가 보았던 대로 모든 일이 일어난 것이다.

"그가 죽었어요." 크사버가 조급하게 열을 내며 말했다. "헤르메네길다는 이제 자유로운 몸이에요. 그녀를 내 목숨만큼이나 사랑하는 내게 장애물은 아무것도 없어요. 나는 그녀에게 청혼합니다!"

네포무크 백작은 어떤 대답도 할 수 없었다. 영주가 입을 열어, 특정한 상황 때문에 지금은 그의 청혼을 받아들이는 것이 불가능하고, 지금은 헤르메네길다를 볼 수 없으며, 따라서 이곳에 온 것처럼 빨리 떠나는 것이 최선이라고 그에게 말했다. 크사버는 아마도 논의하고 있을 헤르메네길다의 정신 착란에 대해서는 아주 잘 알고 있다고 대답했다. 그러나 그 상태는 자신이 헤르메네길다와 결합해야 끝날 터이므로 그러한 상태가 장애라고는 여기지 않는다고 했다. 영주의 부인은 그에게 헤르메네길다가 슈타니슬라우스에게 죽을 때까지 정절을 맹세했기 때문에 다른 모든 관계를 거부할 것이며, 지금은 성에 머물지도 않는다고 분명하게 말했다.

그러자 크사버는 크게 웃으면서, 자기에게 필요한 것은 부친의 동의뿐이고 헤르메네길다의 마음을 움직이는 일은 자신에게 맡겨 달라고 했다. 네포무크 백작은 젊은이가 집요하게 들이대는 요청에 화를 내면서, 지금 순간 자신의 동의를 바라는 것은 헛된 일이고 당장 성을 떠나야 할 것이라고 선언했다. 크사버 백작은 그를 뚫어지게 쳐다보았다. 그러더니 그는 응접실 문을 열고 바깥을 향해, 보이체크에게 외투가 든 가방을 안으로 가져오게 하고 말들은 안장을 풀고 마구간에 두라고 소리쳤다. 그런 다음 그는 방으로 돌아와 창가에 있는 안락의자에 몸을 던지면서 조용하고 진지한 목소리로 선언했다. 헤르메네길다를 보고 이야기하기 전까지는 오로지 공개적인 폭력만이 그를 성에서 쫓아낼 수 있다는 것이었다. 네포무크 백작은 그렇다면 그가 성에 오래 머물러야 할지도 모른다면서, 백작 자신은 성을 떠나 있을 수도 있다고 말했다.

그리고 나서 네포무크 백작, 영주 그리고 영주의 부인 모두가 헤르메네길다를 가능한 한 빨리 성에서 옮기기 위해 방을 나왔다. 그런데 우연히도 헤르메네길다는 평소의 습관과는 달리 바로 그 시간에 공원에 나가 있었다. 크사버는 창가에 앉아 바깥을 내다보다가 먼발치에서 걸어가는 그녀의 모습을 알아보았다. 그는 아래로 내려가 공원으로 달려갔고, 헤르메네길다가 공원 남쪽에 있는 그 숙명적인 정자에 들어섰을 때 마침내 그녀를 따라잡았다. 그녀의 몸 상태는 거의 모든 사람이 알아볼 수 있을 정도였다.

크사버는 헤르메네길다 앞에 섰을 때, "오, 하늘의 모든 힘들이여!"라고 외쳤다. 그러면서 그는 그녀의 발 앞에 엎드렸고, 가장 거룩하게 가장 열렬한 사랑의 맹세를 하면서 자신을 가장 행복한 남편으로 받아 달라고 간청했다. 헤르메네길다는 충격과 놀라움으로 제정신이 아니었다. 그녀는 사악한 운명이 그를 이곳으로 이끌어 그녀의 평화를 방해하고 있다면서, 자신은 죽을 때까지 정절을 맹세하며 사랑하는 슈타니슬라우스와 결합한 몸이므로 다른 사람의 아내가 되는 일은 절대로, 절대로 없을 것이라고 말했다. 그러나 크사버는 애원과 맹세를 멈추지 않았고, 마침내는 미친 열정을 드러내며, 그녀가 스스로를 기만하고 있고 그녀는 이미 그에게 가장 달콤한 사랑의 순간들을 선사했다고 비난했다. 그러고는 땅에서 뛰어올라 그녀를 품에 안으려 했다. 그러자 그녀는 얼굴이 사색이 된 채 혐오감과 경멸감을 보였고, 그를 뒤로 밀치면서 소리쳤다.

"가련한 자, 이기적인 멍청이, 그대는 내가 슈타니슬라우스와 맺은 달콤한 서약을 파괴하지 못해요. 그대는 또한 나를 유혹해 신의를 저버리게 할 수 없어요. 내 눈앞에서 당장 꺼져요!"

그러자 크사버는 단단히 움켜잡은 주먹을 내밀고 큰 소리로 마구 조롱하는 웃음을 터뜨리면서 소리쳤다. "미쳤구나, 그대는 그 어리석은 맹세를 스스로 어기지 않았는가? 그대가 심장 아래 품고 있는 아이는 바로 내 아이야. 여기 이 장소에서 그대가 안아 준 사람은 나였다고. 그대는 내 정인(情人)이고, 이제 내가 아내로 격상시켜 주지 않으면 그런 사람으로 남을 거야."

헤르메네길다가 지옥의 불길이 이글거리는 두 눈으로 그를 쏘아보았다. 그러면서 "괴물!"이라고 비명을 질렀고, 이어 죽은 사람처럼 땅에 쓰러졌다.

크사버는 복수의 여신들에게 쫓기듯 성으로 되돌아갔다. 그는 영주의 부인을 만나자, 격하게 그녀의 두 손을 붙잡고 방으로 이끌고 갔다.

"저 여자가 나를 혐오하며 배척했어요. 내가 아이의 아버지인데!"

"맙소사! 그대가? 크사버! 하느님 맙소사! 말해요, 어떻게 된 일이죠?" 영주의 부인이 경악감에 사로잡혀 소리쳤다.

"나를 저주해도 좋아요." 크사버는 침착하게 말을 이었다. "나를 저주하려는 자는 저주해도 좋아요. 그러나 나처럼 혈관에서 피가 끓는 자라면 그 순간에는 나처럼 죄를 지을 거요. 내가 정자에서 만난 헤르메네길다는 뭐라고 형용하기 어려운 이상한 상태에 있었어요. 그녀는 안락의자에 앉아 푹 잠이 들어 있었고 꿈을 꾸는 듯했어요. 내가 정자에 들어서자 그녀는 곧바로 몸을 일으켜 내게 다가왔고, 내 손을 잡고선 장엄한 걸음걸이로 정자를 이리저리 거닐었어요. 그러다가 그녀는 무릎을 꿇었고 나도 그렇게 했죠. 그녀는 기도를 시작했고, 나는 곧 그녀가 정신의 눈으로는 우리 앞에 있는 사제를 보고 있다는 것을 알았어요. 그녀는 손가락에서 반지를 빼내 사제에게 건넸어요. 나는 그 반지를 받고 내 손가락에서 빼낸 반지를 그녀에게 끼워 주었죠. 그러자 그녀는 열렬한 사랑으로 내 팔에 안겼어요. 내가 이곳을 빠져나갔을 때, 그녀는 의식을 잃고 깊은 잠에 빠져 있었어요."

"끔찍한 인간! 엄청난 악행!" 영주의 부인이 제정신이 아닌 상태에서 소리쳤다.

네포무크 백작과 영주가 안으로 들어와 몇 마디를 듣고 크사버의 고백을 알게 되었다. 그런데 남자들은 크사버의 악행에 대해 용서하는 마음을 갖고 크사버가 헤르메네길다와 연합함으로써 속죄받았다고 여기는 것이었다. 영주의 부인은 남자들의 태도에 그 부드러운 심성이 깊은 상처를 입었다.

"안 돼요." 영주의 부인이 단호하게 말했다. "헤르메네길다는 사악한 지옥의 영(靈)처럼 그녀 삶의 최고의 순간을 가장 엄청난 악행으로 망친 사람에게 결코 아내가 되겠다고 손을 내밀지 않을 거예요."

그러자 크사버 백작이 입을 열었다. "그녀는 자기 명예를 지키기 위해 내게 손을 내밀 거요. 나는 이곳에 남을 것이고, 모든 것이 제자리를 찾을 거요."

그 순간 둔탁한 소리가 났다. 사람들이 정자에서 생기를 잃은 상태로 정원사에게 발견된 헤르메네길다를 성으로 데려왔다. 사람들은 그녀를 소파에 눕혔다. 그런데 영주의 부인이 가로막을 새도 없이 크사버가 들어와 헤르메네길다의 손을 잡았다. 그러자 그녀는 사람의 소리가 아니라 야생 동물의 날카로운 신음 같은 끔찍한 비명을 내지르며 벌떡 일어났다. 그녀는 끔찍하게 경련하면서 불꽃이 이는 눈으로 백작을 노려보았다. 백작은 치명적인 날벼락을 맞은 듯 비틀거리며 뒤로 물러났고, 거의 알아들을 수 없는 소리로 "말들!"이라고 웅얼거렸다. 영주의 부인이 손짓하자, 사람들이 그를 아래로 데려갔다. 그는 "포도주! 포도주!"라고 외쳤다. 이어 그는 몇 잔을 들이마시고는 기운을 얻은 후 말에 올라 떠나갔다.

헤르메네길다의 상태는 애매한 광기에서 거친 광란으로 넘어가려는 듯 보였다. 그녀의 이러한 상태는 네포무크 백작과 영주의 태도까지 바꾸었고, 두 사람은 그제야 비로소 크사버가 저지른 일이 끔찍하고 속죄할 수 없는 행위였음을 깨달았다. 그들은 사람을 보내 의사를 부르려 했다. 그러나 영주의 부인은 단지 영적인 위로만이 효과가 있을 것이라며 모든 의학적인 도움을 거부했다. 그래서 의사 대신 가문의 고해 사제인 카르멜회 신부 키프리아누스가 모습을 드러냈다.

신부는 경이로운 방법으로 헤르메네길다가 경직된 광기의 졸도 상태에서 깨어나게 했다. 아니, 그 이상이었다! 그녀는 곧 조용하고 침착해졌다. 아주 조리 있게 영주의 부인과 이야기를 나누었고, 아이를 출산한 후 O 강변에 있는 시토 교단 수녀원에서 부단한 회개와 슬픔 속에 여생을 보내고 싶다는 소망을 밝혔다. 그녀는 자신의 상복에 베일을 덧대어 얼굴을 투시할 수 없게 가렸고, 절대로 베일을 벗지 않았다. 키프리아누스 신부는 성을 떠났다가 며칠 후 다시 돌아왔다.

한편 Z 영주는 L 시장에게 보낸 서신에서 헤르메네길다가 시장의 집에서 아이를 출산할 것이고, 집안 친척이기도 한 시토 교단 수녀원 원장이 그녀를 데려갈 것이라고 알렸다. 한편 영주의 부인은 이탈리아로 여행을 떠나며 헤르메네길다를 데려간다는 소문을 퍼뜨렸다.

한밤중이 되었고, 헤르메네길다를 수녀원으로 데려갈 마차가 문 앞에 서 있었다. 네포무크 백작과 영주, 영주의 부인이 비통한 심정이 되어 고개를 떨군 채, 작별을 앞둔 불운한 딸아이를 기다렸다. 그때 베일을 두른 그녀가 신부의 손에 이끌려 촛불이 밝게 빛나는 방에 들어섰다.

키프리아누스 신부가 장엄한 목소리로 말했다. "평복 수녀 셀레스티나는 세상에 있는 동안 중한 죄를 지었습니다. 악마의 악행이 그녀의 순수한 심성을 더럽힌 것입니다. 그러나 해약할 수 없는 서원(誓願)이 그녀에게 위안을, 평온과 영원한 복락을 가져다줍니다! 세상은 그 아름다움으로 악마를 유혹한 얼굴을 다시 보지 못할 것입니다. 보세요! 셀레스티나는 이제 자신의 회개를 시작하고 완성합니다!" 이렇게 말하면서 신부는 헤르메네길다의 베일을 들어 올렸다. 헤르메네길다의 천사 같은 얼굴을 영원히 덮고 있는 창백한 죽음의 가면은 보는 이들을 예리한 고통에 빠뜨렸다!

그녀는 지독한 고통에 망연자실하여 더는 살 수 없다고 생각하는 부친과 작별하면서 아무 말도 하지 못했다. 평소에는 침착한 인품의 영주는 눈물로 자신을 적셨다. 다만 영주의 부인만 그 무서운 서원의 공포에 온 힘을 다해 맞서면서 온화하게 평정을 유지하며 똑바른 자세를 유지할 수 있었다.

크사버 백작이 헤르메네길다의 행방과, 태어난 아이를 교회에 봉헌하기로 한 정황을 어떻게 알아냈는지는 설명할 길이 없다. 아이를 탈취한 것은 그에게 별 도움이 되지 못했다. 그가 P 시에 도착해 아이를 한 친숙한 여자에게 맡기고자 했을 때, 아이는 그가 생각한 것처럼 추위로 인해 기절한 것이 아니라 이미 죽어 있었기 때문이다. 그러고 나서 크사버 백작은 흔적도 남기지 않고 사라졌다. 사람들은 그가 자살했을 것이라고 생각했다.

그로부터 몇 년 후, 젊은 나이의 볼레스와프 폰 Z 영주가 나폴리로 가는 도중에 포실리포 근처에 이르렀다. 더할 나위 없이 매혹적인 그곳에는 카말돌리 수도회˚가 운영하는 수도원이 하나 있다. 영주는 나폴리 전역에서 가장 매력적이라는 전망을 즐기기 위해 수도원으로 올라갔다. 영주가 마침 정원에서 가장 아름다운 지점으로 꼽히는 튀어나온 바위의 정상부로 막 걸음을 옮기고 있을 때 한 수도자가 눈앞에 있는 큰 바위에 앉아 무릎에 기도서를 펴 놓고 먼 곳을 응시하는 모습이 눈에 들어왔다. 수도자는 전체적으로 아직 젊어 보이는 용모였지만, 얼굴만은 깊은 슬픔으로 일그러져 있었다. 영주는 가까이 다가가 그 수도자를 관찰하다가 어두운 옛 기억 하나를 떠올렸다.

영주는 조용히 수도자에게 다가갔는데, 기도서가 폴란드어로 작성된 것이 즉시 눈에 들어왔다. 그래서 그는 수도자에게 폴란드어로 말을 걸었다. 그러자 수도자는 공포에 질려 몸을 돌렸고, 영주를 보자마자 곧바로 자신의 얼굴을 가리고는 마치 악령에게 쫓기듯 재빨리 덤불 사이로 도망쳤다.

볼레스와프는 후에 네포무크 백작에게 자신이 겪은 모험담을 들려주면서, 그 수도자가 다름 아닌 크사버 폰 R 백작이라고 단언했다.

돌 심장

하루 중 괜찮은 시간에 남쪽에서 소도시 G시*에 접근하는 여행자라면 반 시간 남겨진 거리에서 시골 도로의 오른편에 기이하고 다채로운 흙벽을 지닌 위풍당당한 저택 하나가 어두운 덤불로부터 얼굴을 내밀며 우뚝 솟아 있는 모습이 눈에 들어올 것이다. 그 덤불은 계곡 아래로 길게 뻗어 있는 드넓은 정원을 둘러싸고 있다.

친애하는 독자여! 혹시 그대가 여행 중 그 길을 지나게 되거든 짧게 체류하는 상황 또는 이를테면 정원사에게 적은 용돈을 주게 되는 상황을 꺼리지 말고, 세련되게 마차에서 내려 그 우아한 별장의 소유주이자 고인(故人)이 된 G시의 궁정 고문관 로이트링거를 제법 잘 안다고 하면서 저택과 정원을 한번 살펴볼 기회를 가져 보라. 그대는 내가 지금 이야기하려는 모든 것을 끝까지 읽는 일이 마음에 든다면 내가 앞에서 권유한 내용을 당연히 실행에 옮겨도 좋을 것이다. 나로서는 로이트링거 궁정 고문관이 그 모든 기이한 행동과 활동과 더불어 마치 그대가 정말 알았던 사람인 것처럼 그대 앞에 모습을 드러내기를 바라기 때문이다.

그대는 벌써 바깥에서도 그 저택이 오래되고 기괴한 방식으로 다채롭게 채색된 장식들로 꾸며진 것을 보게 된다. 당연하게도 그대는 부분적으로 부조리한 벽화의 몰취미를 한탄할 것이다. 그러나 자세히 들여다보면 그 채색된 돌들에서 특별히 경이로운 정신이 그대에게 불어올 것이고, 그대는 엄습해 오는 나지막한 전율을 느끼며 넓은 로비에 들어서게 된다. 공간 사이사이에 하얀 석고 재질의 대리석으로 뒤덮인 벽들 표면에서 그대는 사람과 동물의 형상들, 꽃, 과일, 돌들이 몹시 기이하게 뒤엉켜 있는 모습을 묘사한, 밝은 색상으로 채색된 아라베스크 문양들을 보게 된다. 그 문양의 의미는 따로 설명하지 않아도 그대가 추측할 수 있을 것이다. 아래층을 넓게 차지하고 위층까지 뻗어 있는 그 홀에는 우선 회화를 통해 암시되었던 모든 것이 입체적인 금박 그림 형태로 형상화된 것으로 보인다.

그대는 첫 순간에는 루이 14세 시대의 부패한 취향에 대해 말할 것이고, 그 양식의 바로크적인 것, 과장된 것, 현란한 것, 몰취미에 대해 실컷 욕할 것이다. 그러나 그대가 나의 감각을 조금 갖고 있다면, 그대에게 당연히 있을 것으로 여겨지는 생생한 상상력이 부족한 사람이 아니라면, 친애하는 독자여! 그대는 실제로 근거 있는 그 모든 비난을 금방 잊게 될 것이다. 그대는 규칙성이 없는 자의성이란 어떤 거장이 무제한으로 지배할 줄 아는 형상화 능력을 동원해 대담한 유희를 벌이는 것이지만, 모든 것이 서로 연결되어 현세적인 활동의 가장 쓰라린 아이러니, 심오하면서도 죽음의 상처에 시달리는 심성에만 있는 그런 아이러니로 나아가는 것이구나, 하고 느낄 것이다.

친애하는 독자여! 나는 그대에게 위층의 작은 방들을 거닐어 볼 것을 권유한다. 그 방들은 회랑처럼 홀을 둘러싸고 있고, 방마다 홀을 내려다볼 수 있는 창문들이 나 있다. 그곳 방들의 장식들은 매우 소박하지만, 이따금 그대는 독일어, 아랍어, 튀르키예어로 새겨진 아주 기이한 형태의 글자들을 발견할 것이다.

이제 그대는 서둘러 정원으로 나선다. 전통적인 프랑스식 정원*이다. 키 큰 주목(朱木)들이 벽들을 이루는 가운데 넓게 쭉 뻗은 통로들, 작은 숲들이 있고, 조각상들과 분수 장식들도 보인다. 친애하는 독자여, 나로서는 그대가 혹시 그런 고풍의 프랑스 정원이 풍기는 진지하고 장엄한 인상까지 나와 함께 느끼는 것은 아닌지 모르겠다. 또는 그대가 이른바 영국식 정원*에서 작은 다리와 작은 강, 작은 사원과 작은 동굴의 형태로 설치된 유치한 소품보다는 이와 같은 정원 예술품을 선호하는 것은 아닌지 모르겠다.

정원 끝에 이르면 그대는 수양버들, 자작나무, 소나무가 울창한 어두운 작은 숲에 들어서게 된다. 정원사는 그대에게 그 작은 숲이 심장 모양을 하고 있다고 말해 준다. 저택이 들어선 언덕에서 내려다보면 분명 그렇게 보인다는 것이다. 그리고 숲 한가운데에는 짙은 색 슐레지엔산(産) 대리석으로 만든 심장 모양의 정자가 하나 있다. 안으로 들어가 보면 정자는 바닥이 하얀 대리석 석판으로 덮여 있다. 그리고 그대는 석판 한복판에 보통 크기의 심장 하나를 발견한다. 하얀 대리석에 박혀 있는 검붉은 색의 돌 심장이다. 몸을 굽혀 들여다보면, 돌에 '안식하다!'라는 글귀가 각인되어 있을 것이다.

그 정자에, 당시에는 저 글귀가 새겨져 있지 않았던 그 검붉은 돌 심장 옆에 성모 마리아 탄생일, 즉 180×년 9월 8일, 키가 크고 체구가 당당한 노신사와 노부인 하나가 서 있었다. 두 사람 다 아주 부자였고, 1760년대의 멋진 옷을 입었다.

"그런데 친애하는 궁정 고문관." 노부인이 말했다. "당신은 어떻게 이 정자에 당신 심장의 무덤을 만들어 붉은 돌 아래 안치하겠다는, 나로서는 소름 끼친다고 말하고 싶은 그런 기괴한 생각을 하게 된 거죠?"

노신사가 대답했다. "친애하는 추밀 고문관 부인, 그 문제에 대해서는 우리가 침묵합시다! 어떤 상처받은 심성이 벌이는 병적 유희라고 생각해요, 당신 마음대로 이름을 붙여요. 그러나 당신이 알아야 할 게 있어요. 부유한 재산은 내게 마치 소박한 심성의 아이에게 죽음의 상처를 잊게 만드는 장난감을 던져 주듯 악의적인 행복을 던져 주었는데, 그 재산 한가운데서 가장 쓰라린 불쾌감이 나를 사로잡을 때면, 내가 경험한 모든 고통이 다시금 내게 닥칠 때면, 나는 바로 이곳에서 위안을 얻고 안심하게 된다는 거요. 나의 핏방울이 그 돌을 붉게 물들였어요. 그러나 돌은 얼음장처럼 차갑고 곧 내 심장 위에 올려져 내 심장에서 타오르는 파멸의 열기를 식힌답니다."

노부인은 더할 나위 없이 깊은 슬픔에 젖은 눈길로 돌 심장을 내려다보았다. 그녀가 살짝 몸을 구부리자 붉은 돌 위에 굵은 눈물이 진주처럼 반짝이며 몇 방울 떨어졌다. 그때 노신사가 재빨리 손을 뻗어 노부인의 손을 잡았다. 노신사의 두 눈은 청춘의 불꽃으로 빛났다. 그 불타는 눈길에는 마치 붉게 빛나는 저녁노을 속에 꽃들로 가득 장식된 화려한 대지처럼 사랑과 행복이 가득했던 오래전 시절이 담겨 있었다.

"율리에!' 율리에! 당신도 이 불쌍한 심장에 상처를 입혀 죽음에 이르게 할 수 있어요." 노신사는 가장 고통스러운 슬픔에 잠겨 반쯤 질식된 목소리로 이렇게 소리쳤다.

"나를 비난하지 말아요, 막시밀리안!" 노부인이 아주 부드럽고 다정하게 대답했다. "내가 당신에게서 멀어지고, 결국 당신과 함께 내게 구애했던 더 온화하고 겸손한 남자에게 우선권을 주게 된 것은 화해를 모르는 당신의 까다로운 심성 그리고 직감이나 특이하고 불길한 환상에 대한 당신의 몽상가적인 믿음 때문이 아닌가요? 아! 막시밀리안, 당신은 얼마나 진심으로 사랑을 받았는지 분명 느꼈을 거예요. 그런데 당신의 영원한 자기 학대, 그것이 나를 지독히 지치도록 괴롭힌 것이 아닌가요?"

노신사는 잡았던 노부인의 손을 놓으면서 노부인의 말에 끼어들었다. "오, 당신 말이 맞아, 추밀 고문관 부인. 나는 홀로 서야 하고, 어떤 인간의 심장도 내게 달라붙을 수 없어요. 이 돌 심장에서는 우정, 사랑의 능력 등 모든 것이 아무 효과 없이 튕겨나가요."

그러자 노부인이 그의 말을 가로막았다. "당신은 자신과 다른 사람에게 얼마나 혹독하고 부당한지, 막시밀리안! 당신이 궁핍한 이들에게는 가장 관대한 선행자, 가장 변함없는 정의와 공평의 옹호자인 줄 모르는 사람이 그 누구겠어요? 그런데 어떤 사악한 운명이 당신의 영혼에 그 끔찍한 불신, 다시 말해 한마디의 말, 하나의 눈길, 모든 자의적인 행동과는 무관한 사건에서 파멸과 재앙을 예감케 하는 그런 불신을 던진 건가요?"

"내가 모든 것을 품지 않는가?" 노신사가 두 눈에 눈물을 글썽이며 더 부드러운 목소리로 말했다. "내게 다가오는 모든 것을 나는 가장 넘치는 사랑으로 품지 않는가? 하지만 그 사랑은 나의 심장에 자양분을 주는 게 아니라 나의 심장을 찢어 버린다오, 아!" 그가 목소리를 높이며 말을 이었다. "불가해한 세계정신은 나를 죽음에서 구해 내고 수백 번 죽이는 은총을 나한테 허락해 놓고 기분이 매우 좋은가 봅니다! 영원히 방황하는 유대인처럼 나는 위선적인 반란자의 이마에 보이지 않는 카인의 표식'이 새겨진 것을 봅니다! 우리가 우연이라 부르는 비밀 가득한 세상 왕이 종종 유희적인 수수께끼처럼 우리가 가는 길에 던지는 은밀한 경고를 나는 알고 있어요. 사랑스러운 처녀 하나가 밝고 맑은 이시스의 눈으로 우리를 쳐다보고 있는데, 하지만 그 처녀는 자기 수수께끼를 풀지 못하는 사람은 누구든지 강력한 사자 앞발로 붙잡아 심연에 내던지는 거죠.'"

"여전히 파멸적인 꿈들이군요." 노부인이 말했다. "몇 년 전 당신이 그토록 사랑스럽게 받아들였고 당신에게서 그토록 많은 사랑과 위로가 싹트는 것처럼 보이게 한 당신 남동생의 아들, 그 아름답고 얌전한 소년은 어디 갔나요?"

"그 녀석은 말이오." 노신사가 거친 목소리로 대꾸했다. "그 녀석은 내가 쫓아냈어요. 나는 나를 파멸로 몰고 갈 악당, 뱀을 내 품에서 길러 낸 거였어요."

"악당이라고! 여섯 살짜리 소년이?" 노부인이 아주 당혹스러워하며 물었다.

"당신은 내 남동생 이야기를 알고 있죠." 노신사가 이야기를 계속했다. "내 형제가 여러 번이나 악랄한 방법으로 나를 속인 점, 그가 자기 가슴에 있는 모든 형제애를 죽이고 내가 베풀었던 호의를 내게 대항하는 무기로 사용한 점을 알고 있죠. 그 인간, 그의 부단한 계략에도 불구하고 나의 명예, 나의 시민적 실존은 무너지지 않았어요. 그 녀석이 몇 년 전 가장 깊은 불행에 내몰려 어떻게 나를 찾아왔는지, 또 자신의 혼란스러운 삶의 방식을 바꾸었고 새로운 사랑이 깨어났다고 어떻게나 위선을 떨었는지, 내가 그를 얼마나 소중히 여기고 돌보았는지, 그러고 나서 그가 내 집에 머무는 기회를 이용해 어떤 문서를 확보하고자 했는지, 당신은 그 모든 것을 알고 있고, 그 정도면 충분해요. 동생의 아들은 내 마음에 들었어요. 나는 그 파렴치한 녀석이 나의 명예를 무너뜨릴 형사 소송에 나를 연루시키려는 음모가 발각되어 도망칠 수밖에 없었을 때 그의 아들을 데리고 있었죠. 운명의 경고하는 손짓이 그 악당의 손아귀에서 나를 벗어나게 했어요."

"그리고 그 운명의 손짓은 분명 당신의 악몽 중 하나였고요." 노부인이 거들었다.

그러나 노신사는 이야기를 계속했다. "잘 듣고 판단해요, 율리에! 당신은 내 형제의 악마 같은 짓거리가 내게 가장 가혹한 타격이 되었음을 알고 있어요. 그게 아니라면……. 하지만 그만해요. 내가 이 작은 숲에 내 심장을 위한 무덤을 마련한다는 생각을 하게 된 것은 내게 엄습한 영혼의 병 때문이라고 할 수도 있어요. 그만합시다, 일은 그렇게 되었으니까! 심장 모양으로 작은 숲을 조성하고 정자를 지은 후, 일꾼들이 정자 바닥의 대리석 돌판 작업에 몰두하고 있었어요. 나는 작업을 확인하려고 다가갑니다. 그런데 얼마 안 떨어진 거리에서 내가 막스라고 부르던 그 소년이 온갖 미친 점프를 하고 큰 웃음소리를 내며 무언가를 이리저리 굴리는 것을 알아차리게 되죠. 갑자기 어두운 예감이 내 영혼을 스치는 거예요! 나는 소년을 향해 달려가고, 그것이 정자에 설치하려고 준비해 둔 심장 형태로 가공한 붉은 돌인 것을 보고는 온몸이 굳어지죠. 소년은 안간힘을 다해 그 돌을 끄집어냈고, 이제 그 돌을 갖고 놀고 있어요! '이 녀석아! 너는 네 아비처럼 내 심장을 가지고 노는구나!' 나는 이렇게 말했고, 눈물을 흘리며 다가오는 소년을 역겨워하며 내게서 밀쳐 냈어요. 나의 관리인은 내 눈에서 그 소년을 보이지 않게 하라는 지시를 받았고, 나는 그 아이를 다시 보지 못한 거죠!"

"무서운 사람!" 노부인이 소리쳤다. 그러나 노신사는 정중하게 몸을 굽히고서, "운명의 위대한 붓놀림은 여인들의 섬세한 글씨체를 따르지 않는 법"이라고 했다. 그러면서 그는 노부인의 팔을 잡고 정자에서 벗어났고, 숲을 통과해 정원에 이르렀다. 노신사는 로이트링거 궁정 고문관, 노부인은 추밀원의 포에르트 고문관 부인이었다.

정원에서는 사람이 볼 수 있는 온갖 이상한 광경이 연출되고 있었다. 노신사들, 추밀원의 고문관들, 궁정 고문관들 그리고 이웃 도시에서 온 가족들을 포함해 많은 사람들이 함께 모여 있었다. 젊은 사람들과 소녀들까지 포함해 모두가 1760년대풍을 엄격하게 따라 커다란 가발, 뻣뻣한 드레스, 높은 머리 모양, 후프 스커트 등을 하고 있었다. 그러한 의상은 그것과 완전히 어울리는 정원 시설물 때문에 더욱 기이한 인상을 주었다. 모두가 마법처럼 오래전에 흘러간 시절로 되돌아왔다고 여겼다.

가면무도회는 로이트링거 고문관의 기이한 착상에서 나온 것이었다. 그는 3년마다 성모 마리아 탄생일이 되면 자신의 시골 저택에서 '옛 시절 축제'를 열었다. 소도시에서 축제에 오려는 사람은 누구나 초대받지만, 필수 조건이 하나 있었다. 그것은 초대받은 자는 1760년대 의상을 하고 참석해야 한다는 것이었다. 그런 옷을 마련해 오는 것이 성가시다고 여길 수 있는 젊은 이들에게는 궁정 고문관이 자신의 풍부한 옷장을 활용할 수 있도록 해 주었다. 궁정 고문관은 이틀 내지는 사흘 동안 계속된 이 축제 기간에 지나간 젊은 시절에 대한 추억에 제대로 빠져 지

내려 했던 것이 분명했다.

　정원의 한 옆길에서 에른스트와 빌리발트가 만났다. 두 사람은 한동안 말없이 서로를 바라보다가 이내 환한 웃음을 터뜨렸다. 빌리발트가 소리쳤다. "내가 보기에 너는 '사랑의 미로에서 비틀거리는 기사' 같아."

　"내 생각에는 말이야." 에른스트가 대답했다. "'아시아의 바니제'에서 벌써 너를 본 거 같은데."

　"그런데 사실은 말이야." 빌리발트가 말을 이었다. "늙은 궁정 고문관의 착상이 그리 나쁘지는 않아. 그는 한 번쯤 자신을 신비화하고 싶은 거야. 자신이 진정으로 살았던 시대를 불러내는 것이지. 비록 그는 여전히 지칠 줄 모르는 생명력과 놀라울 정도로 신선한 정신을 지닌 활기차고 강한 노인이고, 풍부한 감정과 상상력에서는 때가 이르기도 전에 무디어진 여러 젊은이를 능가하고 있지만 말이야. 그는 혹시 어떤 사람이 말이나 몸짓을 할 때 의상에서 벗어나지 않도록 신경 쓸 필요가 없어. 모두가 그렇게 하기에는 불가능한 복장을 하고 있거든. 후프 스커트를 입은 우리 젊은 숙녀들이 얼마나 처녀답고 또 규약을 잘 따르는지, 얼마나 부채를 잘 사용하는지 보라고. 참으로 나는 티투스 머리*에 가발을 쓰고 있노라면 아주 특별한 고대의 예절이라는 정신에 사로잡히거든. 나는 방금 가장 사랑스러운 아이, 포에르트 추밀원 고문의 막내딸, 예쁜 율리에를 보고 있어. 그런데 내가 겸손한 자세로 그녀에게 다가가 나 자신을 소개하고 설명하지 못하도록 무엇이 나를 가로막고 있는지 전혀 모르겠어. '가장 아름다운 율리에! 내가 오랫동안 갈망하던 평온이 그대 사랑의 응답으로 보장받는다면! 이 아름다움의 사원에서 돌로 된 우상이 산다는 것은 불가능한 일이오. 대리석은 비에 의해 마모되고, 다이아몬드는 소박한 피에 의해 부드러워지는 법. 그러나 그대의 심장은 단지 타격을 통해 단단해지는 모루같이 되려 하는군요. 나의 심장이 뛰면 뛸수록, 그대는 더 둔감해지는군요. 내가 그대 눈길이 향하는 대상이 되게 하라, 내 심장이 어떻게 끓어오르고 내 영혼이 그대의 기품에서 솟아나는 상쾌함을 얼마나 갈망하는지 보라. 아! 그대는 침묵으로 나를 슬프게 하려는가, 무감각한 영혼이여? 죽은 바위들도 묻는 자에게 메아리로 대답하는데, 그대는 위로받을 길 없는 내게 어떤 대답도 하지 않으려는가? 오, 가장 아름다운 자여.'"

"제발 부탁이야." 이 대목에서 에른스트는 몹시 기이한 몸짓으로 그 모든 것을 말하는 친구를 제지했다. "제발 부탁이야, 그만하게. 자네는 기분이 마구 고조되어 율리에가 처음에는 우리에게 친근하게 다가오다가 갑자기 수줍어하며 외면하는 것을 알아차리지 못하는군. 저 아이는 자네를 이해하지 못한 채, 이런 경우 으레 그렇듯이 자네한테 가차 없이 조롱당했다고 여길 거야. 그렇게 되면 자네는 아이러니한 사탄의 화신이라는 명성을 입증하게 되고, 나 같은 신출내기를 불행으로 내몰겠지. 벌써 모두가 이중의 의미를 담은 곁눈질을 보내고 고소해하는 미소를 지으며 '빌리발트의 친구야!'라고 말하고 있거든."

"그러고 싶으면 그러라고 해." 빌리발트가 말했다. "나는 많은 이들, 특히 열여섯, 열일곱 살의 희망에 부푼 소녀들이 나를 조심스럽게 피한다는 것을 알아. 그러나 난 모든 길이 나아가는 목적지를 알고 있고, 그곳에서 그들이 우연히 나를 만나거나, 또는 각자의 집에 정착한 상태로 나를 만나게 되면 아주 친근한 심성으로 내게 손을 내밀게 되리라는 것도 알고 있어."

"그대는 영원한 삶에서나 있을 것 같은 화해를 말하는군." 에른스트가 말했다. "이 지상적인 것의 압박을 벗어던졌을 때의 삶."

"오, 제발 부탁이야." 빌리발트가 친구의 말을 중단시켰다. "조심하고, 오래전에 논의되어 온 구태의연한 문제를 새롭게, 가장 형편이 불리한 때 들추어내지 않도록 하자. 다시 말해 나는 지금 시간이 그런 대화를 나누기에는 불리하다고 하겠어. 지금은 로이트링거의 기분이 마치 액자처럼 우리를 둘러싸고 있는 모든 기이한 것의 특이한 인상에 굴복하는 것보다 더 나은 것을 할 수 없기 때문이야. 자네는 저 나무, 엄청나게 하얀 꽃이 바람에 이리저리 흔들리는 저 나무가 보여? 저것이 밤의 여왕 선인장일 리는 없어. 그건 자정에만 꽃을 피우거든. 그리고 나는 여기까지 풍겨 오는 그 어떤 향기도 감지할 수 없어. 궁정 고문관이 자기 별장에 어떤 기적의 나무를 심었을지는 하늘만이 알겠지."

두 친구는 기적의 나무를 향해 출발했고, 짙고 어두운 딱총나무 덤불을 발견하고는 적잖이 놀랐다. 나무에는 꽃들이 피어 있었는데, 머리띠와 머리끈을 달고 있는 하얀 분을 뿌린 가발처럼 기분 좋은 남풍의 기이한 장난감이 되어 위아래로 흔들리고 있었다. 커다란 웃음소리가 들려 덤불 뒤쪽에 무엇이 있는지를 알려 주었다. 다채로운 관목 덤불에 둘러싸인 넓은 잔디밭에는 심성이 풍부한 활기찬 노신사들이 무리를 지어 모여 있었다. 그들은 상의를 벗고 성가신 가발은 딱총나무에 걸어 놓은 채 풍선을 치고 있었다. 그러나 그 누구도 로이트링거 궁정 고문관을 능가하지 못했다. 고문관은 풍선을 믿을 수 없을 정도로 높이 띄운 다음, 매번 능숙하게 다루어 상대방에게 제대로 내리꽂히게 할 줄 알았다.

그 순간 나지막한 휘파람과 둔탁한 북소리의 역겨운 음악이 울렸다. 신사들은 재빨리 경기를 끝내고 상의와 가발을 집어 들었다.

"이제 또 무슨 일이지?" 에른스트가 물었다.

"분명 튀르키예 공사가 들어오는 것일 거야." 빌리발트가 대답했다.

"튀르키예 공사?" 에른스트가 아주 놀라워하며 물었다.

"나는 엑스터 남작을 그렇게 불러." 빌리발트가 말을 이었다. "남작은 G시에 머물고 있는데, 자네는 그를 거의 본 적이 없어서 그가 진짜 기이한 괴짜라는 것을 알 기회가 없었을 거야. 그는 이전에 우리 궁정에서 콘스탄티노플에 파견한 공사였어. 그런데 그는 여전히 가장 즐거웠던 그 봄날의 시절을 반추하며 즐거워하지. 그는 콘스탄티노플 남쪽 페라에 있는 궁전에 거주했는데, 그의 표현에 따르면 『천일 야화』에 나오는 다이아몬드 요정들의 궁전과 같은 곳이야. 그의 삶의 방식은 지혜로운 솔로몬왕을 떠올리게 하는데, 솔로몬은 미지의 자연의 힘에 대한 지배력을 자랑한다는 점에서도 그가 닮고 싶어 하는 인물이기도 해. 사실 엑스터 남작은 온갖 허세를 부리고 허풍을 떠는 편이야. 그런데 적어도 겉으로 보이는 다소 기괴한 외모와는 아주 달리 실제로 그에게는 자주 나를 현혹시키는 무엇인가 불가해한 점이 있어. 로이트링거 고문관과 친밀한 관계를 맺은 것도 바로 그것, 다시 말해 그 비밀스러운 학문에 대한 정말 신비한 추구에서 생겨난다고 할 수 있어. 그 사람도 몸과 영혼을 바쳐 그런 것에 전적으로 몰두하고 있거든. 두 사람 다 기이한 몽상가야. 그런데 각자 자기 나름대로이기는 하지만 모두 단호한 자기 치료 신봉자*이기도 해."

두 친구는 이런 대화를 주고받으며 튀르키예 공사가 방금 입장한 정원 출입문에 이르렀다. 튀르키예 공사는 아름다운 튀르키예산 모피를 걸치고 색색의 숄로 감아 올린 높은 터번을 쓴 작고 오동통한 남자였다. 그런데 그는 작은 곱슬머리로 된 꼭 끼는 댕기 모양의 가발을 습관상 떼어 낼 수 없었고, 발가락 통풍 장화도 튀르키예식 의상을 심하게 훼손하지만 필요한 것이어서 벗어 버릴 수가 없었다. 역겨운 음악은 그를 수행한 이들이 내는 소리였다. 빌리발트는 그들이 변장했지만 엑스터 남작의 요리사와 시종들이라는 것을 알아보았다. 그들은 무어인 복장을 하고 끝이 뾰족한 채색된 종이 모자를 썼는데, 산베니토*를 닮지는 않았으나 몹시 우스꽝스러워 보였다.

나이 든 장교 하나가 튀르키예 공사의 팔을 잡고 안내를 했다. 장교는 그 복장으로 미루어 보아 '7년 전쟁"의 한 전장에서 깨어나 부활한 듯했다. 궁정 고문관의 마음에 들도록 수하의 장교들에게 옛 의상을 입도록 한 것은 G 사령관 릭센도르프 장군이었다.

"왕께 대하여 경례!" 궁정 고문관은 이렇게 말하며 엑스터 남작을 끌어안았다. 남작은 즉시 터번을 벗고 동인도 천으로 이마의 땀을 닦은 후 터번을 다시 가발 위에 썼다.

그 순간 세로티나벚나무 가지 위에서도 황금색으로 빛나는 점이 움직였다. 에른스트는 벌써 한참 동안 바라보고 있었으나, 가지 위에 앉아 있는 것의 정체가 무엇인지를 알아낼 수 없었다. 알고 보니 그것은 추밀원의 상업 고문관 하셔였다. 그는 금색 천으로 만든 명예 가운을 걸쳤고, 같은 색의 바지, 푸른 장미 꽃다발이 흩뿌려진 은색 천의 양복 조끼를 입었다. 그가 벚나무 잎사귀들 사이에서 나와, 기울게 걸쳐 있는 사다리를 나이에 비해 민첩하게 내려온 다음, 아주 섬세하면서도 다소 꽥꽥거리는 목소리로 노래하듯 또는 거의 비명을 지르듯 소리쳤다. "아, 내가 무엇을 보는가요, 오, 신이여, 내가 무엇을 듣고 있나요?" 그러면서 그는 튀르키예 공사의 품으로 달려들었다.

상업 고문관은 청소년 시기를 이탈리아에서 보냈다. 그는 대단한 음악가였고, 오랫동안 연습한 가성(假聲)으로 여전히 파리넬리처럼 노래하고 싶어 했다.

"나는 알고 있지." 빌리발트가 말했다. "하셔 고문관은 늦게 익은 버찌들을 주머니에 가득 채웠고, 이제 마드리갈을 달콤하게 징징거리면서 여자들에게 버찌들을 선물할 거야. 그러나 프리드리히 2세처럼 스페인산 코담배를 깡통도 없이 주머니에 넣고 다녀서 그의 정중한 제스처는 오히려 역겨운 거부감과 눈살 찌푸리는 표정만 거둘 거야."

튀르키예 공사와 7년 전쟁의 영웅은 이제 어디서나 기쁨과 환희의 영접을 받았다. 소녀 율리에 포에르트는 전쟁 영웅을 어린아이다운 겸손으로 맞이하고 노신사 앞에서 몸을 굽히며 그의 손에 입맞춤하려 했다. 그러나 튀르키예 공사가 중간에 끼어들어 "어리석은 짓, 허튼짓!" 하고 소리치며 율리에를 격렬하게 포옹했고, 그러면서 상업 고문관 하셔의 발을 아주 세게 밟았다. 하셔가 고통에 겨워 디만 나지막하게 아옹거리는 사이에 튀르키예 공사는 율리에를 팔 아래 끼고 달아났다. 사람들이 보니, 튀르키예 공사는 아주 열심히 손으로 힘겹게 터번을 썼다 벗었다 했다.

"저 늙은이가 아가씨를 어쩌려는 걸까?" 에른스트가 말했다.

"정말 중요한 일인가 보네." 빌리발트가 대답했다. "엑스터 남작은 소녀의 대부(代父)이고, 저 아이에게 완전히 빠져 있어. 그렇지만 그가 그녀와 함께 곧장 사람들을 피해 도망하지는 않아."

그 순간 튀르키예 공사가 멈춰 서서 오른팔을 멀리 내뻗으면서 전체 정원에 울려 퍼지는 힘찬 목소리로 "아포르트!"라고 외쳤다.

빌리발트가 크게 웃음을 터뜨리고는 말했다. "사실은 엑스터가 율리에게 수천 번이나 기이한 바다표범 이야기를 들려주었어."

에른스트는 그 기이한 이야기가 무엇인지 알고 싶어 했다.

"그럼 들어 보게." 빌리발트가 말했다. "엑스터의 궁전은 보스포루스 해협에서 아주 가까워서 궁전의 최고급 카라라 대리석 계단이 곧장 바다로 이어져 있었어. 어느 날 엑스터가 회랑에 서서 깊은 사색에 잠겨 있다가 날카로운 비명에 놀라 깨어났어. 아래를 내려다보니, 바다에서 거대한 바다표범 한 마리가 올라와 대리석 계단에 앉아 있던 가난한 튀르키예 여인의 팔에서 사내아이를 낚아채 바다의 파도 속으로 막 들어가려는 거야. 엑스터는 뛰어 내려가고, 여자는 처량하게 울고 통곡하며 그의 발 앞에 쓰러지는 거야. 엑스터는 오래 생각하지 않고 바다에 닿은 마지막 계단으로 가서 팔을 내뻗고는 힘찬 목소리로 '아포르트!'라고 외치지. 그러자 곧바로 바다표범이 바다 깊은 곳에서 솟아올라 넓은 주둥이를 벌리고 우아하고 능숙하게, 또한 온전한 상태로 마술사에게 아이를 건네주고는, 어떤 고맙다는 인사도 받지 않고 다시 물러나 바닷속으로 잠수하는 거야."

"대단하군, 대단해." 에른스트가 소리쳤다.

"자네, 보고 있어?" 빌리발트가 말을 이었다. "이제 엑스터가 손가락에서 작은 반지를 꺼내 율리에한테 보여 주고 있지? 보상받지 못하는 미덕은 없는 법! 엑스터는 튀르키예 여자의 아이를 구해 준 것에 더해, 그녀의 남편이 가난한 짐꾼으로 일용할 양식도 벌기 힘든 것을 알고는 그녀에게 보석 몇 개와 금화를 선물했어. 물론 기껏해야 2만 탈러에서 3만 탈러 가치밖에 되지 않는 하찮은 것이었어. 그러자 여자가 손가락에 끼고 있던 작은 사파이어 반지를 빼어 엑스터에게 강제로 끼워 주며, 집안에 내려오는 값비싼 유물인데 오로지 엑스터의 행위로만 얻을 수 있는 것이라고 했어. 엑스터는 별 가치 없어 보이는 반지를 받았어. 그리고 나중에 반지의 고리에 잘 보이지 않게 새겨진 아랍어 문구를 보고 자기 손가락에 '위대한 알리'의 인장을 끼고 있다는 걸 알고는 적잖이 놀랐지. 그는 이따금 그 인장을 갖고 무함마드의 비둘기들을 유인해 대화를 나누기도 해."

"정말 놀라운 이야기군." 에른스트가 웃으며 소리쳤다. "그런데 저기 닫힌 원 안에서 무슨 일이 일어나는지 보세. 원 중앙에 데카르트의 작은 악마' 같은 것이 위로, 아래로 흔들리며 반짝이고 있어."

두 친구는 둥근 잔디밭에 들어섰다. 주위에는 남녀노소 가리지 않고 신사 숙녀들이 빙 둘러앉아 있었다. 잔디밭 중앙에는 아주 다채로운 복장을 한, 키가 4피트'도 안 되는 사과꼴 머리의 꼬마 숙녀 하나가 뛰어다녔다. 꼬마 숙녀는 작은 손가락을 튕기며 아주 나지막하고 가느다란 목소리로, "너희 양 떼를 이리로 인도하라, 목동들아!"라고 노래를 불렀다.

"그대는 믿을 수 있겠어?" 빌리발트가 말했다. "저토록 순진하게 애교를 떠는 자그마한 인물이 율리에의 언니라는 것 말이야? 여자들 중에는 아무리 저항하는데도 불구하고 영원한 유년(幼年)으로 남는 저주를 받아 자신의 몸매와 전체 실존 덕분에 나이가 들어서도 여전히 유치하고 천진난만하게 애교를 떨며 자신과 다른 사람들에게 짐이 될 수밖에 없는, 그러면서 종종 당연한 조롱거리가 되기에 부족함이 없는 여자들이 있지. 자연은 상당히 씁쓸한 아이러니를 동반하면서 그런 여자들을 신비한 것으로 제시하는데, 자네는 율리에의 언니가 그런 여자에 속한다는 것을 알겠지."

두 친구는 꼬마 숙녀의 프랑스식 헛소리가 아주 불쾌했다. 그래서 거기로 올 때처럼 살금살금 자리를 떠났고, 차라리 튀르키예 공사와 어울리는 쪽을 택했다. 튀르키예 공사는 벌써 해가 지고 있어서 오늘 연주하기로 한 음악을 위해 모든 준비가 되어 있는 홀로 그들을 안내했다. 그곳에는 외스터라인 그랜드 피아노*가 열려 있었고, 예술가들을 위해 보면대가 설치되어 있었다. 사람들이 서서히 모여들었고, 고풍스러우면서도 고급스러운 도자기에 다과가 담겨 제공되었다. 이어 로이트링거 고문관이 바이올린을 잡고 기교와 힘을 더해 코렐리*의 소나타 한 곡을 연주했고, 릭센도르프 장군이 그랜드 피아노를 치며 반주를 했다. 그리고 황금빛 복장의 하서 고문관은 테오르보*의 거장임을 입증해 보였다. 이어 포에르트 추밀원 고문관 부인이 안포시*의 멋진 이탈리아 장면 하나를 보기 드물게 표현하기 시작했다. 목소리는 늙고, 떨리고, 고르지 않았지만, 그녀는 이 모든 것을 자신의 노래 실력으로 정복했다.

로이트링거의 변화된 시선에서는 이미 오래전에 지나간 청춘의 환희가 빛났다. 아다지오가 끝나고 릭센도르프가 알레그로를 시작하는데, 갑자기 홀 문이 열리더니 잘 차려입은 귀여운 용모의 젊은이 하나가 잔뜩 달아오른 얼굴에 숨을 헐떡이며 들어와 릭센도르프의 발치에 몸을 던졌다.

"오, 장군님! 장군님이 저를 구해 주셨어요. 장군님 혼자만이. 모든 게 잘됐어요, 모든 게 잘됐어요! 오, 나의 하느님, 어떻게 감사를 드려야 할지!"

젊은이는 제정신이 아닌 듯 이렇게 소리쳤다. 장군은 당황해하며 청년을 부드럽게 일으키고는 말로 진정시키면서 정원으로 데려 나갔다. 사람들은 청년의 등장에 놀라워했다. 그들은 그 젊은이가 포에르트 추밀 고문관의 서기임을 알아보고는, 호기심 어린 눈길로 고문관을 쳐다보았다. 그런데 포에르트 추밀 고문관은 코담배를 연거푸 맡으면서 자기 부인과 프랑스어로 말했다. 그러다가 튀르키예 공사가 자기 몸에 더욱 가까이 다가오자, 그가 마침내 단호한 어조로 말했다. "존경하는 분들! 어떤 사악한 영이 나의 막스를 갑자기 이곳에 집어 던져 고상한 감사를 표현하게 했는지 나로서는 설명할 길이 없어요. 하지만 곧 그렇게 할 영예를 갖게 되겠죠."

추밀 고문관은 이렇게 말하며 문밖으로 나갔다. 빌리발트가 그를 뒤따라갔다. 포에르트 가문의 세 잎 클로버, 다시 말해 나네테, 클레멘티네, 율리에 세 자매는 아주 다른 방식으로 자신을 표현했다.

나네테는 부채를 아래위로 흔들며 경박함에 대해 말했고, 마침내 "그대들 양들을 인도하라!"라고 노래를 다시 부르려 했다. 그러나 아무도 주목하지 않았다. 율리에는 한쪽 구석으로 피하면서 모여 있는 무리에게서 등을 돌렸다. 그녀는 달아오른 얼굴뿐만 아니라 두 눈에 맺힌 눈물 몇 방울을 숨기려는 듯했다.

"기쁨과 고통은 같은 슬픔으로 가련한 사람의 가슴에 상처를 입히지만, 상처를 주는 가시 뒤에 흐르는 핏방울이 창백해지는 장미를 더욱 붉게 물들이지 않나요?" 장 파울˙식으로 말하는 클레멘티네는 귀엽고 젊은 금발 남자의 손을 은밀히 잡으면서 많은 격정을 담아 이렇게 말했다. 남자는 클레멘티네가 위협적으로 그를 얽어맨 장미 다발에서 다소 날카로운 가시를 느끼고는 기꺼이 자신을 풀었다. 그러나 그는 다소 무덤덤한 미소를 지으며 다만 "오, 그래, 최고야!"라고 말했다. 그러면서 그는 한쪽에 놓인 포도주 잔을 곁눈질했고, 클레멘티네가 표현한 감상적인 대목에 그 잔을 기꺼이 비우려 했다. 하지만 클레멘티네가 그의 왼손을 잡고 있어서 뜻대로 되지 않았다. 그는 오른손으로는 케이크 한 조각을 막 움켜잡았다.

그 순간 빌리발트가 홀 문으로 들어섰고, 모두가 어째서, 무엇을, 왜, 어디에서 등 수많은 질문을 품고 그에게 몰려들었다. 그는 아무것도 말하려고 하지 않았지만, 그 어느 때보다 노회한 표정이었다. 사람들은 그를 놓아주려 하지 않았다. 그가 정원에서 포에르트 추밀 고문관과 함께 릭센도르프 장군과 서기 막스에게 다가가 격렬한 말을 주고받는 것을 분명히 보았기 때문이었다.

마침내 그가 입을 열었다. "사실 내가 일어난 모든 일 중에서 가장 중요한 일을 미리 발설해야 한다면, 먼저 존경하는 신사 숙녀 여러분에게 몇 가지 질문을 해야 합니다." 사람들은 그렇게 하도록 기꺼이 허락했다.

그러자 빌리발트는 격정적인 어조로 말을 이었다.

"여러분은 막스라고 불리는, 포에르트 추밀 고문관의 서기가 잘 교육받고, 천부적인 재능이 풍부한 청년이라고 알고 있지 않나요?"

"그래요, 그래요, 그래요!" 여자들이 한목소리로 외쳤다.

"여러분은 그의 성실함, 그의 학문적 소양, 그의 능숙한 업무 능력을 알고 있지 않나요?" 빌리발트가 계속 물었다.

"그래요, 그래요!" 신사들이 한목소리로 외쳤다.

빌리발트는 막스가 해학과 익살이 풍부하고 가장 민첩한 머리를 가진 사람으로, 그리고 끝으로 회화를 애호하는 사람으로서 비범한 업적을 남기고 있는 릭센도르프가 손수 유용한 수업을 베풀기를 마다하지 않는 재능 있는 화가로 알려지지 않았는가, 라고 재차 물었다. 그러자 "그래요, 그래요, 그래요!" 하고 신사 숙녀들이 이구동성으로 대답했다.

"얼마 전에 있었던 일입니다." 빌리발트가 마침내 이야기를 털어놓았다. "영예로운 재단사 길드의 젊은 장인 하나가 결혼 축하 파티를 연 적이 있어요. 분위기가 고조되고, 콘트라베이스가 윙윙거리고 트럼펫 소리가 골목에 울려 퍼졌어요. 추밀 고문관의 하인 요한은 불 켜진 창문들을 상당히 침울한 기분으로 올려다보았죠. 그러다가 춤추는 사람들 사이에서 결혼식에 참석한 것으로 알고 있던 예트헨의 발걸음 소리가 들리자 심장이 마구 뛰었어요. 그런데 정말로 예트헨이 창밖으로 고개를 내밀고 내다보자, 그는 더는 참을 수 없어 집으로 달려갔고, 가장 좋은 옷으로 갈아입고 담대하게 결혼식장으로 올라갔죠. 사람들은 그가 결혼식장에 들어오는 걸 허락했어요. 물론 고통스러운 조건이 있었어요. 춤을 출 때 모든 재단사가 그보다 우선권을 갖는다는 거였어요. 그렇게 되면 물론 그는 못생겼다는 이유로 또는 다른 악덕으로 인해 아무도 춤추려 하지 않는 소녀들에게 의지할 수밖에 없었죠. 예트헨은 그와는 어떻게든 춤을 출 수가 없었어요. 그런데 그녀는 자기 애인을 보자 자신이 한 모든 약속을 잊어 먹었어요. 대담한 심성의 요한은 그에게서 예트헨을 떼어 놓으려는 깡마른 재단사를 바닥으로 밀쳤고, 그 바람에 그 재단사는 이리저리 굴러 넘어졌죠. 이를 신호로 모두가 들고일어났어요. 요한은 사방으로 갈비뼈를 내리치고 귀싸대기를 날리면서 사자처럼 저항했지만, 많은 수의 적에게 굴복하지 않을 수 없었고, 수치스럽게도 재단사 동료들에 의해 층계 아래로 내던져졌어요. 그는 분노와 절망이 치솟아 창문들을 부숴 버리려 했고 욕설과 저주를 퍼부었어요. 그때 집으로 가던 막스가 마침 그 길을 지나치다가, 요한을 막 덮치려는 순찰대의 손에서 불행한 요한을 구해 냈던 거죠. 요한은 자신의 불행을 한탄하면서 소란스러운 복수도 마다하지 않겠다고 했어요. 그러나 더 영리한 막스는 마침내 그를 진정시키는 데 성공했어요. 막스는 물론 요한을 돌보아 줄 것이고, 그에게 가해진 불행을 요한이 흡족해 할 정도로 복수해 주겠다는 약속을 했지만요."

빌리발트가 갑자기 이야기를 멈추었다.

"그래서? 그래서? 그다음은? — 재단사의 결혼 — 사랑하는 두 연인 — 구타 — 그다음은 어떻게 되었소?" 사방에서 이렇게 소리쳤다.

"내가 다음과 같은 표현을 쓰는 것을 허용해 주시길, 존경하는 분들!" 빌리발트가 말을 계속했다. "저 유명한 베버 체텔의 표현을 빌리자면, 요한과 예트헨의 이 희극에는 결코 마음에 들지 않는 일들이 나온답니다.* 심지어 고상한 품위에 반하는 죄를 짓는 것일 수도 있어요."

"당신은 어떻게 하면 되는지 알 거예요, 친애하는 빌리발트." 나이 많은 폰 크라인 참사관 부인이 그의 어깨를 두드리며 말했다. "나로서는 유곽이 나온다고 해도 감당할 수 있어요."

빌리발트가 이야기를 계속했다. "서기 막스는 다음 날 자리를 잡고 아름다운 화선지, 납 펜, 잉크로 가장 완전한 진실을 담아 크고 당당한 염소* 한 마리를 그렸어요. 그 경이로운 동물의 인상학은 모든 생리학자가 탐구할 만큼 풍부한 자료를 제공하는 것이었죠. 염소는 입과 턱수염 주위에 약간의 경련이 있어 보였지만, 그 재치 있는 두 눈의 시선에는 뭔가 활력이 엿보였어요. 그림 전체는 말로 표현할 수 없는 내면의 고통을 보여 주었어요. 사실 그 착한 염소도 고통스럽기는 하지만 아주 자연스러운

밤 풍경

방식으로 가위와 다리미로 무장한 작은 재단사들을 출산하는 일에 몰두해 있었어요. 재단사들은 가장 기이한 무리를 지음으로써 자신들의 생명력을 입증했고요. 그림 아래에는 내가 유감스럽게도 잊어버린 구절이 하나 있어요. 내가 착각한 게 아니라면, 첫 행은 다음과 같아요. '아, 염소는 무엇을 먹었는가.' 그 밖에도 내가 단언할 수 있는 것은 이 경이로운 염소가…….'"

"충분해요, 충분해." 여자들이 소리쳤다. "그 역겨운 짐승 이야기는 그만해요. 우리는 막스, 막스에 대해 듣고 싶어요."

"앞서 말한 막스 말이군요." 빌리발트가 다시 말을 이었다. "그는 완벽하게 완성된 그림을 마음이 상한 요한에게 건네주었고, 요한은 그 그림을 재단사 숙소에 적절하게 붙여 놓아 온종일 게으른 대중이 그 그림을 피할 수가 없었죠. 거리의 소년들은 길에서 재단사를 만날 때마다 환호하면서 모자를 흔들고 춤을 추고 뒤따라가면서 노래도 부르고 힘차게 외쳤어요. '아, 염소는 무엇을 먹었는가.' 명예로운 재단사 길드에서 조사에 나섰는데, 그때 화가들은 이렇게 말했어요. '이 그림을 그린 사람은 다름 아닌 추밀 고문관의 비서 막스야. 이 글귀를 쓴 사람은 다름 아닌 추밀 고문관의 비서 막스야.' 막스는 고소를 당했고, 자기 행위를 부인할 수 없어서 무거운 징역형을 받을 것으로 예상했죠. 그는 절망에 사로잡혀 자신의 후원자인 릭센도르프 장군에게 달려갔어요. 이미 모든 변호사에게 가 보고 난 후였고요. 변호사들은 이마를 찌푸리고 고개를 가로저으면서 완강하게 거절했어요. 그것이 정직한 막스에게는 마음에 들지 않았던 거죠. 그와는 달리 장군은 이렇게 말했어요. '네가 어리석은 짓을 저질렀군, 사랑하는 아들! 변호사들은 너를 구할 수 없겠지만, 내가 구해 낼 거야. 그렇게 하는 것은 오로지 내가 이미 본 너의 그림에는 정확한 묘사와 합리적인 구도가 있기 때문이야. 염소는 그림의 중심으로 표현력과 자세를 갖추고 있고, 마찬가지로 바닥에 누워 있는 재단사들은 눈을 혼란스럽게 하지 않으면서 훌륭한 피라미드 형태의 그룹을 이루고 있어. 이어서 너는 으깨어지는 고통 속에서 힘겹게 솟아오르려는 재단사를 아주 현명하게도 하위 그룹의 중심인물로 처리했어. 그의 얼굴에는 라오콘적인 고통'이 엿보이는군! 그리고 마찬가지로 칭찬할 만한 것은, 떨어지는 재단사들이 부유(浮游) 상태로 있는 것이 아니라 물론 하늘에서 떨어지는 것은 아니지만 실제로 떨어지는 모습으로 처리한 거야. 너무 대담한 일부 단축들은 다리미들로 상당히 멋지게 가려져 있어. 너는 생생한 상상력을 가미해 새로운 탄생에 대한 희망도 암시한 거야.'"

여자들이 조바심을 내며 웅얼거리기 시작했다. 황금 재질의 복장을 한 남자가 속삭이듯 물었다. "그런데 경애하는 분, 막스의 소송은?"

빌리발트가 이야기를 계속했다. "'그런데 나를 나쁘게 생각하지 말게.' 장군이 말했어요. '그림의 아이디어는 자네 착상이 아니라 아주 오래된 것이고, 자네를 구해 주는 것은 바로 그것이야.' 장군은 이 말을 하면서 자신의 낡은 서랍장에서 막스의 착상이 깔끔하게, 그리고 거의 전적으로 막스의 방식으로 묘사된

담배쌈지를 꺼내 자신의 애제자가 써먹을 수 있게 내주었어요. 그리고 이제 모든 게 잘됐던 거죠."

"어떻게, 어떻게?" 모두가 마구 소리쳤다. 그러나 모인 사람들 가운데 있던 법률가들은 크게 웃음을 터뜨렸다. 그사이 포에르트 추밀 고문관도 홀에 들어섰는데, 그가 미소를 지으며 말했다. "막스는 모욕의 의도를 부인했고, 그래서 석방된 거죠."

"그 정도의 의미가 있는 거군요." 빌리발트가 중간에 끼어들었다. "막스는 이렇게 말했다고 합니다. '내 손으로 그린 그림이라는 걸 부인하지 않습니다. 그런데 어떤 의도 없이, 또 내가 존경하는 재단사 길드를 모욕하려는 의도 없이 원본을 따라 그린 것입니다. 그림 그리기에서 나의 스승인 릭센도르프 장군의 것인 담배쌈지와 함께 그 원본을 여기 제출합니다. 몇 가지 변화를 준 것은 나의 창조적인 상상력 덕분입니다. 그 그림이 내 손에서 벗어난 것인데, 그것을 누구에게 보여 준 적도, 어딘가에 붙여 놓은 적도 없습니다. 오로지 명예 훼손이 문제가 된다면 그 증거를 기대합니다.' 그 증거는 영예로운 재단사 길드가 제시할 의무가 있는 것이고, 막스는 오늘 무죄 판결을 받았어요. 그의 감사, 그의 과도한 기쁨은 여기에서 온 거죠."

사람들은 막스가 반쯤 미친 방식으로 감사를 표현한 것이 오로지 앞에 언급한 상황 때문만은 아닐 것으로 생각했다. 포에르트 추밀 고문관 부인만이 감동한 목소리로 말했다. "이 청년은 쉽게 상처를 받는 심성과 그 누구보다 섬세한 명예심을 갖고 있어요. 만약 체벌을 받아야 했다면, 그것은 그를 비참하게 만들어 G시에서 영원히 떠나게 했을 겁니다."

"어쩌면 여기에는 아직 무엇인가 특별한 배경이 있는 것 같군요."빌리발트가 끼어들었다.

"그래요, 친애하는 빌리발트." 그사이에 들어와 추밀 고문관 부인의 말을 들은 릭센도르프 장군이 대답했다. "그리고 하느님이 원하시면, 모든 일이 곧 제대로 명쾌하고 기분 좋게 정리될 거요."

클레멘티네는 전체 이야기가 매우 섬세하지 못하다고 여겼다. 나네테는 아무것도 생각하지 않았다. 그러나 율리에는 아주 쾌활해졌다.

이제 로이트링거는 모인 사람들에게 춤을 권했다. 곧바로 네 명의 테오르보 연주자가 몇몇 코넷,' 바이올린, 콘트라베이스의 지원을 받아 격정적인 사라반드'를 연주했다. 노인들은 춤을 추고, 젊은이들은 그 모습을 지켜보았다. 황금빛 옷을 입은 남자는 우아하고 대담한 뛰어오르기로 두각을 보였다. 저녁 시간은 매우 유쾌하게 지나갔고, 다음 날 아침도 그랬다. 어제와 마찬가지로 새로운 하루도 콘서트와 무도회로 축제가 마무리되어야 했다. 릭센도르프 장군은 이미 그랜드 피아노에 가 앉았고, 황금빛 복장의 남자는 테오르보를 팔에 안고 있었다. 포에르트 추밀원 고문관 부인은 자기 음악 파트를 손에 들고 있었다. 그리고 사람들은 로이트링거 궁정 고문관이 돌아오기만 기다리고 있었다.

그때 정원에서 불안하게 외치는 소리가 들리고, 하인들이 뛰쳐나가는 모습이 보였다. 하인들은 곧 유령처럼 창백하고 일그러진 얼굴을 한 궁정 고문관을 옮겨 왔다. 정원사가 심장 모양의 정자에서 멀지 않은 곳에서 혼절하여 땅에 쓰러져 있는 그를 발견했던 모양이다. 릭센도르프 장군은 깜짝 놀라 소리치면서 피아노에서 벌떡 일어났다. 사람들이 달려가 강장제를 가져왔고, 안락의자에 누워 있는 궁정 고문관의 이마를 오드콜로뉴로 문지르기 시작했다. 그런데 튀르키예 공사가 모두를 밀쳐 내며 계속 소리쳤다.

"물러서, 물러서, 너희 무지하고 서툰 자들아! 너희는 건강하고 쾌활한 궁정 고문관을 맥없고 비참하게 만들고 있어!" 튀르키예 공사는 이렇게 말하면서 자신의 터번, 이어 모피를 내던졌고, 그것들은 모여든 사람들 머리 위를 지나 정원으로 날아갔다. 이제 그는 손바닥을 펴고 궁정 고문관 주위에 이상한 원들을 그렸다. 그 원들은 점점 좁아지더니 마지막에는 관자놀이와 명치 부위에 거의 닿았다. 이어 그는 궁정 고문관에게 숨을 내쉬었다. 그러자 궁정 고문관은 곧바로 눈을 뜨며 힘없는 목소리로 말했다. "엑스터! 그대가 나를 깨어나게 한 것은 잘한 일이 아니야! 어둠의 힘이 내게 임박한 죽음을 예고했어. 아마도 내게는 이렇게 깊이 혼절하여 죽음으로 잠드는 것이 허락되었을 거야."

"익살꾼, 몽상가." 엑스터가 외쳤다. "그대의 시간은 아직 오지 않았어. 그대가 어디 있는지 주위를 둘러보라고, 형제. 그리고 여기에 걸맞게 유쾌한 모습을 보여 주라고."

궁정 고문관은 그제야 사람들로 가득한 홀에 자신이 있다는 것을 알아차렸다. 그는 안락의자에서 벌떡 일어났고, 홀 한가운데로 걸어가 우아한 미소를 지으며 말했다. "내가 여러분에게 고약한 연극을 보여 주었군요, 존경하는 분들! 그러나 서투른 대중이 나를 곧바로 홀에 옮겨 온 것은 내 탓이 아니오. 이 방해가 된 막간극은 얼른 잊어버리고, 함께 춤을 춥시다!"

음악이 곧바로 시작되었다. 그러나 첫 번째 미뉴에트 곡에서 모든 것이 격정적이 되었을 때, 궁정 고문관은 엑스터와 릭센도르프를 대동하고 홀에서 사라졌다. 그들이 홀에서 떨어져 있는 방에 들어섰을 때, 로이트링거 고문관은 팔걸이가 있는 안락의자에 지친 몸을 내던지고는, 얼굴에 두 손을 대고 고통에 눌린 목소리로 말했다. "오, 나의 친구들! 나의 친구들!"

엑스터와 릭센도르프는 무언가 끔찍한 일이 궁정 고문관을 덮쳤고 이제 그가 그것을 설명할 것이라고 짐작했다.

"말해 보게, 오랜 친구." 릭센도르프가 말했다. "하느님만이 어떻게든 아시겠지만, 정원에서 무슨 고약한 일이 일어났는지 말해 보게."

"그런데 도무지 이해할 수 없군." 엑스터가 끼어들었다. "궁정 고문관의 항성 원리'는 지금 그 어느 때보다 순수하고 영광스러운 상태인데, 이런 날 그에게 무슨 고약한 일이 일어날 수 있었다는 것이 도무지 이해가 되지 않아."

"하지만 그렇다네!" 궁정 고문관이 둔탁한 목소리로 입을 열었다. "엑스터! 우리는 곧 끝날 거야. 대담하게 환영을 보는 자가 어두운 문을 두드리면 반드시 벌을 받게 되는 법. 자네에게 반복해서 말하지만, 비밀 가득한 힘이 나에게 베일 뒤를 보게 했어. 임박한, 어쩌면 끔찍한 죽음이 내게 예고된 거야."

"무슨 일이 있었는지 어서 말해 보게." 릭센도르프가 조바심을 내며 끼어들었다. "내가 장담하는데, 모든 것은 기이한 상상력 탓이야. 자네와 엑스터, 두 사람은 환상 때문에 모두 삶을 망치고 있어."

"그렇다면 들어 보게." 궁정 고문관이 안락의자에서 일어나두 친구 사이로 들어서며 말했다. "무엇이 나를 경악과 공포로 덮치며 깊은 혼절 상태에 빠지게 했는지. 그대들이 홀에 모였을 때, 어찌 된 영문인지는 모르지만 나는 정원을 한 번 더 걷고 싶은 충동이 일었어. 나도 모르게 나의 발걸음은 작은 숲으로 향했지. 그런데 낮고 공허하게 두드리는 소리와 나지막이 한탄하는 목소리가 들리는 듯했어. 그 소리는 정자에서 나오는 것 같았어. 내가 걸음을 옮겨 가까이 다가서는데, 정자 문이 열려 있는 거야. 나는 안을 들여다보고, 거기서 나 자신! 나 자신을 보는 거야! 그런데 나는 30년 전과 똑같은 복장을 하고 있었어. 30년 전에 내가 절망 속에서 나의 비참한 삶을 끝내려고 했던 그 숙명적인 날, 율리에가 신부로 단장을 하고 빛의 천사처럼 나타났던 날 ― 바로 그녀의 결혼식 날 ― 그날 입었던 그 복장이야. 내가 본 그 인물, 다시 말해 나라는 인물은 심장 앞 바닥에 누워 심장을 두드리고 있었어. 그 소리가 공허하게 반향을 울렸어. 그리고 나라는 인물은 이렇게 중얼거렸어. '절대로, 절대로 너는 부드러워질 수 없어, 그대 돌 심장아!' 나는 미동도 하지 않은 채 얼음장처럼 싸늘한 죽음이 내 혈관을 타고 미친 듯이 흐르는 것을 응시했어. 그때 율리에가 신부로 단장하고 청춘의 화려함이 만발한 모습으로 덤불에서 모습을 드러내더니, 온통 달콤한 욕망에 사로잡혀 그 형상을 향해, 나를 향해, 그 청년을 향해 팔을 뻗었어! 나는 의식을 잃고 바닥에 쓰러졌지!"

궁정 고문관은 반쯤 혼절한 상태가 되어 뒤쪽 안락의자에 주저앉았다. 릭센도르프가 그의 두 손을 잡고 흔들며 크게 소리쳤다. "그걸 본 거였어, 그걸 본 거야, 형제여, 또 다른 것은? 나는 그대의 일본 폭죽 대포들에서 승리의 축포를 쏘고 싶군! 그대의 임박한 죽음, 그대 눈앞에 나타난 것은 아무것도 아니야, 아무것도! 내가 그대를 악몽에서 흔들어 깨운 것은, 그대가 치유되고 이 지상에서 아직 오래 살 수 있게 하려는 거야."

릭센도르프는 이렇게 말하면서 나이에 걸맞지 않게 재빨리 방 밖으로 뛰어나갔다. 궁정 고문관은 릭센도르프의 말을 거의 알아듣지 못한 듯했다. 그는 두 눈을 감고 앉아 있었다. 엑스터는 성큼성큼 방 안을 오가며, 언짢은 기분이 되어 이마를 찌푸리고 말했다.

"장담하는데, 사람들은 모든 것을 거듭해서 일반적인 방식으로 설명하려 하지. 그러나 그렇게 하기가 어려울 거야, 안 그런가, 궁정 고문관? 우리는 현상을 제대로 이해할 능력이 있다고! 내 터번과 내 모피를 가져왔으면 해!"

그는 이렇게 소원을 말하면서, 항상 휴대하는 작은 은색 파이프를 아주 강하게 불었다. 그의 수행원 중 하나인 무어인이 즉시 터번과 모피를 가져왔다.

곧이어 포에르트 추밀 고문관 부인이 들어왔고, 이어 추밀 고문관이 딸 율리에와 함께 뒤따라 들어왔다. 궁정 고문관은 힘겹게 몸을 일으키며, 자신이 다시 아주 편안해졌다고 확신했다. 실제로 그는 그렇게 되었다. 그는 조금 전에 일어났던 모든 소동을 잊어 달라고 요청했다. 엑스터는 튀르키예인 복장을 하고 소파에 누워 머리 부분에 바퀴가 달려 소리를 내며 바닥을 굴러다니는 아주 긴 파이프로 담배를 피우고 커피를 마셨고, 그를 제외하고는 모두가 막 홀로 돌아가려고 했다.

그때 문이 열리더니 릭센도르프가 서둘러 들어왔다. 그는 전통 타타르인 복장을 한 젊은이의 손을 잡고 있었다. 막스였다. 궁정 고문관은 그를 보자 몸이 굳어졌다.

"여기 자네의 모습, 자네의 꿈 형상을 보게." 릭센도르프가 목소리를 높였다. "나의 훌륭한 막스가 이곳에 머물고, 그대 시종의 도움을 받아 그대 옷장에서 옷을 얻어 제대로 변장하고 나타날 수 있었던 것은 내 작품이야. 정자에서 심장에 무릎을 꿇은 것도 이 친구였어. 그래, 이 가혹하고 무감각한 백부, 그대의 돌 심장에는 바로 그대가 꿈의 환상 때문에 무자비하게 내쫓았던 그대 조카가 무릎을 꿇고 있었던 거야! 형제가 자기 형제에게 심한 악행을 저질렀다면, 그 형제는 오래전에 가장 비참한 상태로 죽음으로써 속죄한 거야. 여기 아버지 없는 고아, 그대의 조카, 그대가 막스라고 부르는 청년이 있어. 아들이 아버지를 빼닮듯이 육체와 영혼이 그대를 빼닮은 아이야. 이 소년, 이 청년은 거친 삶의 소용돌이 속에서 용감하게 자신을 지켜 냈어. 자, 이 청년을 받아들이게, 그대의 딱딱한 심장을 부드럽게 하게! 이 아이에게 자애로운 손길을 내밀어 폭풍이 세차게 불어닥칠 때 이 아이의 버팀목이 되어 주게."

청년은 겸손하게 허리를 굽히고 두 눈에 뜨거운 눈물을 흘리면서 궁정 고문관에게 다가섰다. 궁정 고문관은 유령처럼 창백한 얼굴로 눈을 반짝였고, 의기양양하게 고개를 들고 말없이 몸이 굳은 채 서 있었다. 그러나 청년이 그의 손을 잡으려 하자, 그는 양손으로 그를 막으면서 두 걸음 뒤로 물러났고, 끔찍한 목소리로 소리쳤다.

"흉악한 자여, 너는 나를 죽이려는 거야? 저리 꺼져, 내 눈앞에서 사라저, 그래, 너는 내 심장을 갖고 노는구나! 그리고 릭센도르프, 자네도 공모하여 이 우스꽝스러운 인형극을 공연하는 거야? 저리 꺼져, 내 눈앞에서 사라져. 너 — 너, 나의 몰락을 위해 태어난 너, 가장 수치스러운 악당의 자식."

"그만해요!" 막스가 갑자기 두 눈에서 분노와 절망으로 번득이는 번개를 쏘아 대며 폭발했다. "그만해요, 냉혹한 큰아버지, 무정하고 냉혹한 형제. 당신은 죄에 죄, 수치에 수치를 더해 불쌍하고 불행한 내 아버지 머리 위에 쌓았어요. 아버지는 파멸적인 경박함을 지녔지만, 악행은 결코 품을 수 없는 분이었어요! 당신의 돌 심장을 만지고 당신을 사랑으로 안아 주고 아버지가 저지른 잘못을 속죄받을 수 있다고 믿었던 나, 내가 미친 바보인 거죠! 비참하고, 온 세상으로부터 버림받았지만, 아버지는 아들의 품에 안겨 마지막 숨을 내쉬며 수고로운 삶을 끝냈어요. '막스! 착실해라! 화해할 수 없는 형제에게 속죄하고, 그의 아들이 되거라.' 이것이 아버지의 마지막 말씀이었어요. 그런데 당신은 사랑과 헌신으로 다가간 모든 사람을 배척한 것처럼 나를 배척하는군요. 악마는 기만적인 꿈으로 당신에게 장난치고 있고요. 이제 그렇게 외롭게, 모두의 버림을 받고 죽으세요! 탐욕스러운 하인들이 당신의 죽음을 기다렸다가 당신이 삶에 지친 눈을 감으면 바로 전리품을 나누기를! 신실한 사랑을 품고 죽을 때까지 당신에게 매달리려고 한 사람들의 한숨과 절망스러운 한탄 대신에, 당신은 죽음을 맞을 때 더러운 금을 받을 수 있어 당신을 돌보는 자격 없는 자들의 비웃음과 뻔뻔한 농담이나 들으시라고요! 다시는, 다시는 나를 보지 못하실 거예요!"

청년은 문밖으로 뛰쳐나가려 했다. 그때 율리에가 마구 흐느끼면서 그 자리에 주저앉았다. 막스는 재빨리 다시 달려가 그녀를 두 팔에 안고 격렬하게 포옹했고, 심장을 찢는 절망적인 한탄의 목소리로 외쳤다. "오, 율리에, 율리에, 모든 희망이 사라졌어!"

궁정 고문관은 온몸을 떨면서 말문이 막힌 듯 그대로 서 있었다. 그의 떨리는 입술에서는 어떤 말도 나올 수 없었다. 그러나 그는 막스의 품에 안긴 율리에를 보고 미친 사람처럼 크게 소리쳤다. 그는 강하고 힘찬 걸음으로 율리에에게 다가가 막스의 가슴에서 그녀를 떼어 내고는 위로 높이 들어 올리며 들릴락 말락하게 물었다. "너는 막스를 사랑하는 거야, 율리에?"

"내 생명처럼요." 율리에가 깊은 고통에 잠겨 대답했다. "내 생명처럼요. 당신이 그의 심장에 찌르는 단검은 내 심장도 찌르는 거예요!"

그러자 궁정 고문관은 그녀를 천천히 아래로 내려 조심스럽게 안락의자에 앉혔다. 그런 다음 멈춰 서서 두 손을 모으고 이마를 눌렀다. 사방이 쥐 죽은 듯 조용했다. 어떤 소리도 들리지 않았고, 사람들은 미동도 하지 않았다! 그때 궁정 고문관이 두 무릎을 꿇었다. 그는 생기로 얼굴이 붉어지고 두 눈에서 맑은 눈물을 쏟았고, 고개를 높이 들고 하늘을 향해 두 팔을 뻗은 채 부드럽고 엄숙하게 말했다.

"영원히 다스리는 하늘의 불가해한 힘이여, 당신의 뜻이었군요. 나의 혼란스러운 삶은 단지 대지의 품에 안식하며 장엄한 꽃을 피우고 열매를 맺는 신선한 나무를 싹틔우는 씨앗에 불과한가요? 오, 율리에, 율리에! 오, 나, 불쌍한, 현혹된 바보여!"

궁정 고문관은 자신의 얼굴을 가렸고, 사람들은 그가 우는 소리를 들었다. 그렇게 몇 초가 지나갔다. 궁정 고문관이 갑자기 벌떡 일어나더니 마비된 듯 가만히 서 있는 막스에게 달려가 그를 가슴에 끌어안고 제정신이 아닌 듯 외쳤다.

"너는 율리에를 사랑하는구나, 너는 내 아들이야. 아니, 그 이상이야, 너는 나, 바로 나 자신이야, 모든 게 네 것이야. 너는 부유해, 아주 부유해. 영지가 있고, 저택들과 현금이 있어. 나도 너의 곁에 머물게 해 달라. 나의 노년에 너는 내게 은총의 빵을 베풀겠지, 안 그래, 그렇게 하겠지? 너는 나를 사랑하는구나! 안 그래, 나를 사랑해야 한다. 너는 나 자신이니까. 나의 돌 심장 앞에서 부끄러워하지 말고, 나를 네 품에 꼭 안아 다오. 네 생명의 맥박이 나의 돌 심장을 부드럽게 하는구나! 막스, 막스, 나의 아들, 나의 친구, 나의 은인!"

이렇게 일이 진행되었고, 궁정 고문관의 감정 폭발이 모두에게 두려움으로 다가왔다. 차분한 친구인 릭센도르프가 마침내 궁정 고문관을 진정시키는 데 성공했다. 더 조용해진 궁정 고문관은 그제야 자신이 그 훌륭한 젊은이에게서 무엇을 얻었는지 온전히 깨달았다. 그는 또한 포에르트 추밀 고문관 부인도 딸 율리에가 로이트링거 궁정 고문관 조카와 결합하면서 잃어버린 옛 시절이 새롭게 싹트는 것을 보고 있음을 깊이 감동하며 깨달았다. 추밀 고문관도 크게 만족해했다. 그는 코담배를 맡으면서 원어민들이 발음하듯 유창한 프랑스어로 이를 표현했다.

이제는 율리에의 자매들에게 제일 먼저 이 사건을 알려야 했다. 하지만 그들은 어디에도 보이지 않았다. 나네테 때문에 사람들은 벌써 현관 여기저기 서 있는 커다란 일본 화분들을 모두 살펴보면서 그녀가 가장자리에서 너무 몸을 숙이다가 혹시 빠진 것은 아닌지 확인했지만 헛수고였다. 마침내 사람들은 그 작은 처녀가 장미 덤불 아래 잠들어 있는 것을 발견했는데, 그곳에 있는 것을 곧바로 알아차리지 못했을 뿐이다. 마찬가지로 클레멘티네는 좀 더 떨어진 길에서 데려왔다. 그곳에서 그녀는 도망치는 금발의 소년을 헛되이 뒤쫓으면서 큰 소리로 외쳐 댔다.

"오, 사람은 자신이 얼마나 사랑받는지, 얼마나 잘 잊어버리고 배은망덕한지, 오해받은 마음이 얼마나 큰지 종종 늦게 깨닫는구나!"

두 자매는 훨씬 아름답고 매력적이기는 하지만 자신들보다 어린 막내가 결혼하는 것에 다소 불쾌함을 느꼈다. 특히 비웃고 헐뜯는 데 뛰어난 나네테는 그녀의 작은 들창코를 찡그렸다. 그러나 릭센도르프 장군은 그녀를 품에 안으며, 언젠가 재산이 더 많고 훨씬 더 훌륭한 남자를 만날 것이라고 말했다. 그러자 그녀는 만족해하며 다시 노래를 불렀다. "너희 양들을 인도하라, 목동들아!"

그러나 클레멘티네는 매우 진지하고 품위 있게 말했다. "가정의 행복에서는 어떤 바람도 불지 않는, 사방 벽 안에서 누리는 안락한 기쁨은 정말 우연적인 것에 지나지 않아요. 정기(精氣)라는 것, 그것이 친화력 있는 심장들에서 나와 서로를 향해 타오르는 사랑의 원천인 거죠."

홀의 손님들은 기이하고도 유쾌한 사건에 대한 소식을 듣고 결혼하는 두 사람이 적절한 축하를 받고 출발할 수 있도록 조바심을 내며 그들을 기다렸다. 황금빛 복장의 남자는 창가에서 모든 것을 듣고 본 후, 영리하게 이렇게 논평했다. "나는 그 염소가 불쌍한 막스에게 왜 그토록 중요했는지 이제 알겠어. 만약에 그가 일단 감옥에 갇히기라도 했다면, 화해 같은 것은 생각할 수 없었던 거야." 모두가 그 의견에 박수를 보냈는데, 그 신호를 준 것은 빌리발트였다.

사람들이 옆방에서 나와 홀로 이동하고자 했을 때, 오랫동안 소파에 앉아 아무 말도 하지 않고 이리저리 움직이며 이상하게 찡그린 표정으로 자신의 관심을 표명하던 튀르키예 공사가 미친 듯이 벌떡 일어나 결혼할 두 사람 사이에 뛰어들었다.

　"뭐라고, 뭐라고?" 그가 소리쳤다. "지금 당장 결혼하겠다고, 당장 결혼하겠다고? 너의 재능, 너의 성실은 존경해, 막스! 하지만 너는 미숙한 젊은이야. 경험도 없고, 삶의 지혜도 없고, 교양도 없어. 너는 두 발로 안짱다리 걸음을 하고 말투도 거칠어. 조금 전에 네가 너의 백부, 로이트링거 궁정 고문관을 부를 때 알아보았지. 세상으로 나가 봐! 콘스탄티노플로! 거기서는 네 삶에 필요한 모든 것을 배울 거야. 그런 후에 돌아와서 나의 사랑스럽고 귀여운 율리에와 결혼하는 거야."

　모두가 엑스터의 기이한 소망에 몹시 놀라워했다. 그런데 엑스터는 궁정 고문관을 옆으로 데려갔다. 두 사람은 마주 서서 서로의 어깨에 손을 올려놓고 아랍어로 몇 마디 이야기를 나누었다. 이어 로이트링거가 되돌아와 막스의 손을 잡고, 아주 부드럽고 친근하게 말했다. "내 사랑하는 착한 아들, 나의 소중한 막스, 내게 호의를 베풀어 콘스탄티노플로 여행을 떠나거라, 길어야 6개월 정도 걸릴 거야. 그러면 나는 이곳에서 결혼식을 준비하마!"

　신부의 항의에도 불구하고 막스는 콘스탄티노플로 떠나지 않을 수 없었다.

친애하는 독자여! 이제 나는 적당히 이 이야기를 마칠 수 있을 것이다. 독자인 그대는 막스가 콘스탄티노플에 가서 바다표범이 엑스터에게 그 아이를 다시 물어 왔던 대리석 계단과 수많은 다른 진기한 것들을 본 후에 돌아와서 실제로 율리에와 결혼했을 것이라고 상상할 것이기 때문이다. 어쩌면 독자인 그대는 신부가 어떻게 단장을 했는지, 부부가 지금까지 얼마나 많은 자녀를 낳았는지는 모른다고 주장할 수도 있을 것이다. 나는 다만 18××년 성모 마리아 탄생일에 막스와 율리에가 정자에서, 붉은 심장 옆에서 서로를 향해 무릎을 꿇었다는 것만 덧붙이고자 한다.

차가운 돌 위에는 눈물이 뚝뚝 떨어졌다. 돌 아래에는, 아! 너무나 자주 피를 흘리는 자애로운 큰아버지의 심장이 놓여 있기 때문이다! 호리온 경(卿)의 무덤*을 모방해서가 아니라 불쌍한 큰아버지의 전 생애와 고난의 역사를 함축하는 글귀라고 여겨서, 막스는 자기 손으로 돌판에 다음의 글귀를 새겼다.

'안식하다!'

9 **나타나엘이 로타르에게** 이 첫 작품은 소설에서 흔히 모습을 드러내
는 서술자(화자)가 등장하기 전에, 소설의 인물들이 주고받는 세
통의 편지로 시작되는 다소 특이한 구조를 띠고 있다. 주인공 '나
타나엘(Nathanael)'은 히브리어로 '신의 은총'이라는 뜻이며, 그
리스어에서는 '테오도어'(작가 호프만의 중간 이름)라고 한다.

클라라 Klara. 라틴어 'clarus'에서 파생된 이름으로 '밝은, 명랑
한, 분명한'의 뜻을 지니고 있다.

10 **환영을 보는 자** '유령(또는 환영)을 보는 자'로 옮겨지는 독일어
단어 'Geisterseher'는 과도한 몽상이나 공상으로 인해 자신이 상
상한 것과 현실을 구분하지 못하는, 따라서 광기에서 멀지 않은 사
람을 의미한다. 호프만은 이 단어를 일상 세계를 넘어서는 상상력
과 감수성을 가진 사람들을 지칭하는 데도 사용한다. 프리드리히
실러(Friedrich Schiller, 1759~1805)의 미완성 소설 『유령을 보
는 자(Der Geisterseher)』(1789)는 호프만의 애독서 중 하나였다.

11 **프란츠 모어가 하인 다니엘에게 그랬듯이** 프리드리히 실러의 희곡
『도적 떼』(1781)의 한 장면을 암시한다. 5막 1장에서 주인공 프란
츠 모어는 죄책감을 일으키게 하는 악몽을 꾼 뒤에 그로 인해 광기

에 잡힐 것을 우려하여 하인 다니엘에게 그 악몽을 들려주면서 마음껏 비웃어 달라고 간청한다.

12   **모래 사나이**   민담이나 동화에서 아이들의 눈에 모래 또는 먼지를 뿌려 잠들게 하는 존재로 수마, 잠의 요정, 잠 귀신, 모래 귀신 등으로 번역된다.

14   **아홉**   9라는 숫자는 유럽의 민간 신앙에서 중요한 역할을 했다. 「이그나츠 데너」에서도 트라바키오는 아홉 주, 아홉 달 혹은 아홉 살이 된 아이들을 살해한다.

15   **나는~조심스럽게 내다보지**   이 대목과 이어지는 묘사 중 일부는 독일어 원문에 현재형으로 되어 있다.

   코펠리우스   코펠리우스/코폴라에는 공통으로 '눈구멍'을 뜻하는 라틴어 'coppo-'가 들어 있다.

19   **늙은이**   인간을 창조한 신을 가리킨다. 괴테의 『파우스트』에서도 메피스토펠레스는 창조주에 대해 "이따금 나는 그 늙은이 보는 것을 좋아한다"(「천상의 서곡」 부분)라고 말한다.

26   **차가운 심성**   당대 낭만주의에서는 속물적 심성에 대한 비판으로 '차가운 심성', '산문적'이라는 단어가 자주 사용되었다.

30   **[라차로] 스팔란차니**   Lazzaro Spallanzani(1729~1799). 이탈리아의 자연 과학자, 가톨릭 신부, 해부학자, 생리학자로 유기체의 자연 발생설을 부인하고 동물의 인공 수정 연구에도 기여했다.

   [다니엘 니콜라우스] 호도비에츠키   Daniel Nicolaus Chodowiecki (1726~1801). 폴란드 출신의 화가, 동판화가, 삽화가로 『베를린 계보력 1789년』에 칼리오스트로의 초상화를 그렸다.

   [알레산드로 디] 칼리오스트로 [백작]   Count Allessandro di Cagliostro(1743~1795). 일명 주세페 발사모(Guiseppe Balsamo)는 이탈리아의 탐험가이자 연금술사로, 예언의 기적을 행한 사기꾼이다.

35   **막달레나**   이탈리아의 화가 바토니(Pompeo Girolamo Batoni,

1708~1787)의 대표작 「회개하는 막달레나」(1742년경)를 말한다. 호프만은 이 작품을 드레스덴 미술관에서 보고 경탄한 바 있다. 성서(신약)에서 회개한 여인을 상징하는 막달레나는 그림에서 벌거벗은 가슴, 금발의 긴 머리에 성모를 암시하는 파란 외투를 걸친 상태로 반쯤 누운 자세를 취한 채 해골 위에 놓인 책을 들여다보고 있다.

[야코프 반] 라위스달 Jacob van Ruisdael(1629~1682). 네덜란드 출신의 풍경화가로 그의 작품에는 대체로 극적 구도의 구름이 묘사된 하늘, 명암의 강조, 어두운 분위기의 숲이 자주 등장한다.

37 **꿈과 예감** '꿈과 예감'을 고상한 것으로 인식하는 것은 합리성에 비판적인 당대 낭만주의자들의 특징이었다. 프리드리히 빌헬름 요제프 폰 셸링이나 고트힐프 하인리히 폰 슈베르트 같은 당대의 학자들은 인간이 꿈 상태에서 피안 세계와 교류하는 것이 가능하고, 더 고차원의 의식 상태에 이를 수 있다고 주장했다. 아울러 낭만주의자들은 꿈을 해석하는 것을 자신의 과제로 삼았는데, 정신분석학을 창시한 프로이트의 꿈 이론은 낭만주의자들에게서 많은 자극을 받았다.

43 **그곳 지식인들의 관습대로** 19세기 초반에 독일 대학, 특히 에어랑겐과 예나 대학에서는 대학생들이 펜싱으로 결투하는 풍속이 있었다.

51 **룰라드** roulade. 두 주음(主音) 사이에 삽입된 빠른 장식음.
카덴차 cadenza. 악곡이 끝나기 직전 독주자가 반주 없이 기교를 부려 화려하게 즉흥적으로 연주하는 부분.
트릴로 trillo. 으뜸음과 그 2도 위의 도움음이 떨듯이 반복적으로 나타나는 장식음.

53 **죽은 신부의 전설** 죽은 신부가 뱀파이어가 되어 밤마다 젊은 남편에게 나타나는 전설로, 괴테의 담시(譚詩) 「코린트의 신부(Die Braut von Korinth)」(1798)에 이런 내용이 실려 있다.

56 **상형 문자** 상형 문자(그리스어에서 나온 'Hieroglyphe'는 '거룩한 새김'이라는 뜻을 가지며 '성각 문자', '신성 문자'로도 번역됨)는 노발리스에서 호프만에 이르기까지 독일 낭만주의 미학의 핵심 개념에 해당하는 것으로 세계의 깊은 비밀을 드러내는 형상 언어의 요소들을 칭한다. 이집트의 상형 문자는 유럽에서 1820년대에 처음으로 해독되었다.

57 **소네트** sonnet. 두 개의 4행 연, 두 개의 3행 연으로 이루어진 14행시.

스탠자 stanza. 여덟 개의 단장 운각 행으로 이루어진 이탈리아의 시연 형식.

칸초네 canzone. 이탈리아 르네상스 시대에 유래한 시 형식으로, 넷에서 열두 개의 동일하게 구성된 연과 마지막 한 개의 짧은 연으로 이루어져 있다.

63 **코폴라도 종적을 감추었다** 수기 초고에는 이 문장에 이어 "결국 그는 흉측한 모래 사나이 코펠리우스였다"라는 문장이 있었으나, 호프만은 인쇄본에서 이를 삭제했다.

65 **잿빛 덤불** 코펠리우스의 더부룩한 잿빛 눈썹을 떠올리게 한다.

69 **풀다** Fulda. 독일 중부 헤센주(州)의 뢴산(山)과 포겔스베르크산 사이 풀다강(江) 연안에 위치해 있으며 일찍부터 베네딕트회 수도원 중심으로 도시가 발달했다.

벨슈란트 Welschland. 로망어(語) 사용 지역(프랑스, 이탈리아)을 지칭하는 표현으로 여기서는 이탈리아를 가리킨다.

82 **발리스** Vallis. 스위스 남부에 있는 주(canton)로 세 번째로 크다.

83 **자기 민족** 이탈리아인을 가리킨다.

85 **성 미카엘 축일** 가톨릭에서 성 미카엘 대천사를 기리는 축일로 9월 29일이다.

87 **9개월** 임신에서 출산까지의 기간에 해당하는 9개월은 뒤에 나올 피의 마법과의 연관 속에서 보아야 한다. 유럽의 민간 신앙(미신)

에서는 9라는 숫자가 중요한 역할을 했다.

영명 축일 영세 또는 견진 성사 때 받은 세례명을 기념하는 날, 그 이름을 가진 성인이나 복자(福者)들의 축일을 말한다.

90 **더블릿** doublet. 과거 유럽에서 남자들이 많이 입던 윗옷으로 허리가 잘록하여 몸에 끼는 모양이다. '암적색 더블릿'은 '잿빛의 소박한 옷'과 더불어 사탄적인 것을 상징한다.

91 **사브르** sabre. 긴 날이 살짝 휘어진 군용 외날 검.

112 **용기병** 16세기 이래 유럽에 있었던 군인의 한 종류로 전투에서 공격에 나설 때는 기마병으로 싸우고 방어할 때는 말을 타지 않고 보병으로 싸우는 병사들을 말하는데, 용기병이라는 용어는 이 병사들이 '드래곤'이라는 단총을 사용한 데서 생겨났다.

119 **아이의 심장에서 나온 피** 강도나 도둑들이 아이의 심장에서 나온 피를 마시면 추적을 피할 수 있다는 생각은 당시 피에 관한 미신의 하나였다.

126 **사탄, 사탄! 네가 나를 속였구나** 이 구절은 성서에서 그리스도가 십자가에서 "엘리 엘리 레마 사박타니(나의 하느님, 나의 하느님, 어찌하여 나를 버리셨나이까)"라고 외친 대목을 상기시킨다.

133 **아쿠아 토파나** Aqua Toffana. 남부 이탈리아에서 나온 무색, 무취의 독약으로 그 효력이 서서히 나타난다고 알려져 있다.

135 **도미니크 수도사** 도미니크회 수도사들은 당시 특히 이단 퇴치의 임무를 부여받았다.

137 **나의 때는 아직 이르지 않았다** 「요한의 복음서」 7장 6절에서 예수가 한 말("나의 때는 아직 오지 않았다")을 연상시킨다.

147 **내게서 떠나가라** 성서에서 예수가 자신을 시험한 마귀에게 "사탄아, 물러가라!"(「마태오의 복음서」 4장 10절)라고 한 구절을 연상시킨다.

151 **그 끔찍한 사건은~그것을 파괴할 수 없었다** 원래 원고는 이 마지막 부분이 다음과 같이 끝난다. "이제야 안드레스는 평온한 노년을

누렸다. 그는 트라바키오의 보석 상자를 사용하지 않고 아들에게 그대로 넘겨주었고, 이를 통해 부자가 된 아들은 자신의 성향을 따라 거부할 수 없이 아름다운 벨슈란트로 이주했다. 그곳에서 아들은 게오르기오 안드레이노라는 이름의 가수가 되고 작곡가가 되어 로마와 나폴리 무대에서 빛을 발했다. 아들은 자기 부모의 모범을 따라 경건한 사람으로 머물렀고, 따라서 사람들은 그가 다시 이탈리아에서 이따금 모습을 드러낸 트라바키오 박사 때문에 불안해할 것이라는 말은 결코 듣지 못했다."

153 **프로스페로** Prospero. 셰익스피어의 희곡 『템페스트』(1611)의 주인공으로, 밀라노의 공작이었지만 마술에 몰두하다가 동생에게 공국을 빼앗긴 위풍당당한 마법사로 등장한다.

G 글로가우(Glogau)시를 말하는 것으로 현재는 폴란드에 속해 있고 '그워구프(Glogow)'로 불린다.

154 **예수회 신학교** 17세기 중반 글로가우에서 설립되어 개신교 지역이었던 슐레지엔 지방에서 가톨릭교회의 반(反)종교 개혁에 봉사한 단체.

156 **우리가 이곳에 사는 동안은 우리의 나라도 이 세상에 속한 것입니다** "내 왕국은 결코 이 세상 것이 아니다"(「요한의 복음서」 18장 36절)라고 한 예수의 말씀과는 내용 면에서 정반대되는 발언이다.

코린트식 열주 그리스의 기둥 양식은 크게 도리아식, 이오니아식, 코린트식이 있는데, 코린트식은 가장 가벼우면서도 풍부한 형태의 기둥 양식이다.

157 **잘로 안티코** Giallo antico. 고대 로마인들이 사용했고, 이탈리아의 유적에서 볼 수 있는 짙은 황색의 대리석을 말한다.

158 **도메니키노** Domenichino. 르네상스 시기 이탈리아 화가로 본명은 도메니코 잠피에리(Domenico Zampieri, 1581~1641)이고, 프레스코 벽화로 유명했다.

162 **역사화가, 풍경화가** 19세기에는 이 두 부류의 화가 사이에 심한 반

목이 있었다.

163 **프로메테우스에 관한 이야기** 제우스는 주제넘은 프로메테우스를 바위에 묶고 독수리를 보내 날마다 간을 쪼아 먹게 하고 밤에는 남은 간이 다시 자라나게 하는 형벌을 내렸다. 이 신화적 인물은 18세기 괴테 등에 의해 인간 창조력을 상징하는 인물로 칭송받는다.

164 **티치아노** 이탈리아 출신의 르네상스 화가 티치아노 베첼리오 (Tiziano Vecellio, 1488~1576)는 표현의 감각적인 강도로 유명했다. 호프만은 티치아노를 비롯한 르네상스 화가들의 그림을 독일 드레스덴 갤러리에서 관람한 적이 있다.

166 **[요한 알베르트] 아이텔바인** Johann Albert Eitelwein (1764~1848). 독일의 건축가로 베를린 건축 아카데미를 이끌었으며, 『시점의 핸드북(*Handbuch der Perspektive*)』(1810)의 저자이다.

170 **N** 현재 독일과 폴란드 국경 일부를 이루는 나이세강(江) 지역을 말한다.

173 **칼로풍의 환상집** Fantasiestücke in Callot's Manier. 호프만의 첫 중·단편 모음집.

175 **프레스코 그림들** 라파엘로는 바티칸의 여러 공간에 기독교적인 주제들을 그려 넣었다.

[안토니오 알레그리] 코레조 Antonio Allegri Correggio (1489~1534). 이탈리아 르네상스 시기의 화가.

177 **필리프 하케르트의 명성** 필리프 하케르트(Philipp Hackert, 1737~1807)는 독일 출신의 화가로 1768년부터 로마, 1786년부터는 나폴리에 머물렀는데, 괴테는 『이탈리아 기행』(1817년 2월 18일 자)에서 그 저명한 풍경화가를 나폴리에서 만난 적이 있다고 적고 있다. 호프만은 젊은 시절 필리프 하케르트를 경탄했으나 나중에는 거리를 취했다.

클로드 로랭 Claude Lorrain(1600~1682). 바로크 시대 풍경화의

모범이 된 프랑스 화가.

178 **살바토르 로사** Salvator Rosa(1615~1673). 이탈리아 출신의 바로크 화가. 어둡고 길들여지지 않은 자연을 배경으로 한 풍경화로 19세기 초반까지 상당한 영향을 끼쳤다. '환상적인 것'을 적대시하는 하케르트에게는 이러한 측면이 결핍되어 있었다.

180 **네덜란드 화가의 풍경에 내걸린 하얀 천** 야코프 반 라위스달이 1670년에 그린 유화 「하를렘 전경」을 가리키는 것으로, 화가는 그 풍경을 자주 작품의 소재로 삼았다.

185 **성 카타리나** Catherine of Alexandria. 성녀 알렉산드리아의 카타리나는 4세기 초 이집트에서 활동한 동정녀 순교자로 사형 판결을 받아 못이 박힌 바퀴에 몸이 잘려 나갈 위기에 처했으나 그녀가 기도하자 바퀴가 부서져 결국 참수된 것으로 전해지는 인물이다.

189 **이탈리아에서 보나파르트가 승리하고~혁명이 발발했다** 나폴레옹은 1796~1797년에 이탈리아 정벌에 나섰고 1798년 나폴리 왕국을 정복하며 1799년 공화국을 선포했다. 이때 일어난 혁명은 한편으로는 프랑스의 점령에 대한, 다른 한편으로는 부르봉 왕기의 페르디낭 4세에 대한 항거의 성격을 띠었다.

   왕의 대리인은~치욕스러운 휴전 협정을 맺었고 왕이 임명한 대리인은 1799년 1월 12일 프랑스 군대와 정전 협정을 맺고, 이에 분노한 민중의 분노를 피해 도망쳐야 했다.

199 **상투스** Sanctus. 하느님의 거룩함을 찬양하는 노래로 '거룩하시도다'라는 뜻이며 가톨릭 미사의 전례 때 감사송 다음에 부르는 기쁨의 노래다. 미사의 전례에는 글로리아(영광송), 크레도(사도 신경), 베데딕투스(찬미가), 아뉴스 데이(하느님의 어린양), 미제레레(자비의 기도)가 있다.

   질 블라스 이야기 Histoire de Gil Blas de Santillane. 18세기 프랑스 피카레스크 소설의 대가 알랭 르네 르사주의 대표작이다. 스페인 시골 출신 질 블라스라는 인물의 파란만장한 모험을 통해 당대 사회의 여러 풍습을 재현하고 비판도 가하는 대표적 악당 소설인데, 질 블라스는 사혈이나 온수로 모든 환자를 치료하려는 자기 주인에게 치료법을 바꾸어 볼 것을 제안하지만 호응을 얻지 못한다.

200   **칸초네**   canzone. 가벼운 다성(多聲)의 음악에서 나온 것으로서 18~19세기 음악에서는 서정적 노래나 노래풍의 기악곡을 뜻했다.

볼레로와 세기디야   볼레로(bolero)는 매우 강렬한 리듬을 지닌 4분의3 박자의 활달한 스페인 춤 혹은 춤곡을 말하고, 세기디야 (seguidilla)는 볼레로 춤곡에 맞춰 부르는 춤곡을 말한다. 세기디야는 나폴레옹에 대한 저항으로 인기를 끌기도 했다.

아뉴스 [데이]   Agnus Dei. 가톨릭 미사에서 마지막 부분 영성체 예식에 들어가기 전에 부르는 기도문으로, '하느님의 어린양'이란 뜻이다.

베네딕투스   Benedictus. 상투스 후반에 해당하는 '베네딕투스'는 거양 성체(擧揚聖體) 후에 부르는 노래로, '찬미받으소서, 주의 이름으로 오시는 자여'의 뜻을 지녔다.

미제레레   Miserere. 미사에서 '아뉴스 데이'에 이어 나오는 것으로, '우리에게 자비를 베푸소서'라는 뜻을 지녔다.

퀴 톨리스   Qui tollis. 미사에서 '아뉴스 데이'의 한 부분으로, '(세상의 죄를) 사하시는 주님'의 뜻을 지녔다.

204   **나비**   나비는 유럽에서 고대로부터 영혼의 불사를 상징하는 존재였다.

205   **자기 치료**   18세기 말 독일 의사 프란츠 안톤 메스머(Franz Anton Mesmer, 1734~1815)가 창안한 치료 이론으로, 인간과 자연은 자기적으로 연결되어 있으며, 질병은 이러한 연결이 단절되거나 불균형을 이룰 때 발생한다고 주장했다.

206   **칸초네타**   canzonetta. 이탈리아어로 '작은 노래'라는 뜻의 가벼운 성악곡을 말하며, 이탈리아 문화권에서 16세기 후반부터 17세기 초반까지 유행하였다.

206   **자주 사랑**   Souvent l'amour. 19세기 프랑스 작곡가 프랑수아 아
드리앵 보엘디외(François Adrien Boiëldieu)의 곡으로 여성 성
악가들이 자주 불렀다.

207   **마법사의 제자**   괴테가 쓴 「마법사의 제자(Der Zauberlehrling)」
(1797)에 나오는 인물을 가리킨다. 이 담시에서 마법사의 제자는
스승의 주문을 실행해 빗자루를 물을 나르는 종으로 변화시키는
등 성공을 거두고 자부심을 갖지만, 당혹스럽게도 곧 자기 능력의
한계를 깨닫는다.

    쿠르베트   courbette. '말이 뒷발로 서고 앞발을 살짝 구부린 자세'
를 뜻하는 승마 용어.

209   **그라나다**   Granada. 가톨릭교도였던 이사벨 여왕과 그의 남편 페
르난도의 지휘 아래 스페인 사람들은 1943년 스페인 땅에 남은 무
어인들의 이 마지막 거점을 정복했다.

    곤살로 데 코르도바   Gonzalo de Córdoba. 프랑스 시인 장피에르
클라리스 플로리앙(Jean-Pierre Claris de Florian, 1755~1794)
이 1791년 발표한 소설이며 1793년 독일어로 번역, 출간되었다.

211   **보압딜**   Boabdil. 이베리아반도의 마지막 이슬람 왕조였던 나
스르(Nasr) 왕국의 마지막 왕으로 그라나다가 정복된 후 추방되
었다.

213   **로망스**   romance. 스페인에서 유래한 가요 및 발라드 유형의 음
악.

214   **호라**   hora. '시간'이라는 뜻의 라틴어로, 여기서는 한밤중에 드리
는 기도를 말한다.

215   **율리아**   Julia. 호프만이 여러 문학 작품에서 선택한 '율리아'라는
이름은 그가 밤베르크에서 음악 수업을 하면서 경모한 제자 율리
아 마르크(Julia Mark)에서 온 것으로 보인다.

219   **팔레스트리나의 응답곡**   르네상스 시기 이탈리아 음악가 마르크 안
토니오 인제녜리(Marc Antonio Ingegneri)가 1588년에 작곡한

「수난 주간을 위한 응답곡(Responsoria hebdomadae sactae)」은 오랫동안 당대의 저명한 작곡가 조반니 피에를루이지 다 팔레스트리나(Giovanni Pierluigi da Palestrina)의 것으로 여겨져 왔다.

223 **돈 조반니** 모차르트가 1787년에 작곡한 오페라의 첫 장면에는 돈 조반니가 상급 기사와 결투하는 장면이 나온다.

225 **거룩하다, 거룩하다, 만군의 여호와여** '상투스' 찬송의 시작 부분.

227 **스타바트 마테르** Stabat mater. '비통한 성모'라는 뜻으로, 십자가에 매달린 아들 예수를 바라보는 어머니의 고통을 그린 중세의 시가다. 비극적이고 애절한 가사에 여러 음악가가 멜로디를 붙였는데, 그중에서 유명한 작품은 조반니 바티스타 페르골레시(Giovanni Battista Pergolesi, 1710~1736)가 소프라노와 알토 여성 2부를 위한 총 열두 곡의 독창과 이중창으로 구성한 것이다.

231 **삶에서 실제로 일어나는 일들이~모두가 동의했다** 작가 호프만은 월터 스콧(Walter Scott)식의 역사 소설을 반대하며 자신의 상상에 기반한 이야기를 간접적으로 옹호하는 이러한 확신을 반복해서 강조한다.

232 **부르심을 받은 사람은 많지만 뽑히는 사람은 적다** 「마태오의 복음서」 22장 14절을 인용한 것이다.

프란츠 뒤에 나오는 내용(테오도어가 "친애하는 렐리오"라고 한 것)을 보면 여기서 말하는 인물은 프란츠가 아니라 '렐리오'였던 것으로 보인다. 호프만은 원고를 수정할 때 두 인물을 혼동한 듯하다.

233 **[요한 아우구스트] 에버하르트** Johann August Eberhard (1739~1809). 이마누엘 칸트와 동시대에 활동한 신학자이자 철학자로 할레 대학에서 신학, 문헌학, 철학을 공부했다.

235 **브란덴부르크 문으로 향하는 거리** 베를린 중심에 있는 '운터 덴 린덴(Unter den Linden)' 거리를 가리킨다.

257 **[요한 크리스티안] 라일** Johann Christian Reil(1759~1813). 독

일의 의사로 의학사에 최초의 정신과 의사로 인정될 만큼 정신
병 연구에 몰두하였으며 자신의 진료 경험을 논문으로 남겼다. 문
제의 책은 1803년 할레에서 출판한『정신 착란에 대한 심리 치료
의 적용에 관한 랩소디(*Rhapsodieen über die Anwendung des
psychischen Curmethode auf Geisteszerrüttungen*)』이다.

259 **등뼈** 당대 자기 요법을 연구한 독일 의사 클루게(Carl Alexander
Ferdinand Kluge, 1782~1844)에 따르면, 자기 요법을 행할 때 환
자를 만지면 의사도 같은 고통을 느낄 수 있으며, 자력에 가장 민
감한 부분이 척추라고 했다. 클루게는 동물 자기력, 최면술 요법에
관한 저서를 펴낸 바 있다.

260 **[고트힐프 하인리히 폰] 슈베르트** Gotthilf Heinrich von
Schubert(1780~1860). 독일의 의사이자 자연 연구가 및 낭만주
의 자연 철학자로서 자연 과학의 어두운 측면에 대해 고찰했다. 그
의 주저(主著)인『꿈의 상징(*Die Symbolik des Traumes*)』(1814)
은 당대 가장 영향력 있는 저서의 하나로 호프만은 물론 정신 분석
학자인 프로이트와 융에게까지 영향을 끼쳤다.

[에른스트 다니엘 아우구스트] 바르텔스 Ernst Daniel August
Bartels(1778~1838). 독일의 의사로『생리학과 동물 자기 물리학
의 기본 개념』(1812)이라는 저서가 있다.

265 **마데이라** Madeira. 포르투갈의 마데이라섬에서 생산되는 와인.

279 **에드몬데** Edmonde. 식탁에서 테오도어의 옆자리에 앉았던 여
자의 이름은 '에드비네'였다. 연구자들은 호프만이 이름을 잘못 썼
다기보다는 테오도어가 여전히 혼란스러운 상태에 있거나 K 의사
가 착각한 것으로 해석한다. 의사가 적막한 집을 둘러싼 비밀을 밝
히고 있는 그 순간에 착각한다는 것은, 마지막에 안젤리카, 에드몬
데, 테오도어 사이의 수수께끼 같은 관계가 밝혀지지 않는 것과 마
찬가지로 인물들의 정체성이 모호함을 보여 준다.

283 **장자 상속** 가족 중 맏아들(長子)에게 상속되는 권리 내지는 재산

을 말한다.

284 쿠를란트 Kurland. 라트비아의 역사적 지역 가운데 하나로 현재의 라트비아 서부에 위치한다. 원래 라트비아인들의 주거지였으나, 13세기 초부터 독일 기사단이 이 지역을 정복하면서 1237년에 독일 기사단 영지가 되었다. 이 상태가 한동안 계속되어 지배 계층은 독일인(특히 발트 독일인), 피지배 계층은 라트비아인인 독특한 사회 구조가 이루어졌다. 이후 이곳은 공작령이 되었다가 러시아 제국에 합병되었고, 1918년 러시아 제국이 붕괴하면서 독립한 라트비아 공화국의 일부가 되었다.

287 종조부 뒤에 일인칭 서술자는 '테오도어(Theodor)'라는 이름으로 불린다. 작가 호프만도 '에른스트(Ernst)'라는 이름을 종조부에게 물려받았는데, 그의 종조부 역시 법률가였고 음악적인 소질이 있었다.

295 유령을 보는 자 Der Geistseher. 독일 고전주의 작가 프리드리히 실러의 미완성 소설(1789)로, 호프만은 이 이야기에서 몇 가지 모티프를 차용하고 있다.

302 다니엘 프리드리히 실러의 희곡 『도적 떼』에서 두 형제 중 악한 동생인 프란츠 폰 모어의 하인으로 나오는 인물이다. 호프만은 이 희곡에서 적대 관계의 형제라는 모티프를 묘사하는 데 중요한 자극을 얻은 것으로 보인다.

312 나의 모든 행위에서 독일 바로크 시대의 대표적인 시인 파울 플레밍(Paul Fleming, 1609~1640)이 작사한 찬송가로 독일어 제목은 'In allen meinen Taten'인데, 요한 제바스티안 바흐가 곡을 붙여 동명(同名)의 칸타타를 작곡했다.

316 그대 없이는~오 하느님 이탈리아 노래와 아리아들의 전형적인 시작과 관용구이다. 원어로는 'Senza di te', 'Sentimo idol mio', 'Almen se non poss'io', 'Morir mi sento', 'Addio', 'O dio' 등이다.

319 **가스코뉴의 허풍쟁이** 프랑스 남서부 가스코뉴 지방의 설화에 자주 등장하는 무해한 허풍쟁이 유형의 인물이다.

321 **K** 쾨니히스베르크를 가리킨다.

324 **하느님은 약한 자들 가운데 강력하게 역사하신다** 「고린토인들에게 보낸 둘째 편지」12장 9절("내 권능은 약한 자 안에서 완전히 드러난다")에서 따온 것이다.

326 **오르페우스나 암피온** 그리스 신화에 따르면 오르페우스는 노래를 불러 사나운 짐승들을 길들였고, 제우스와 안티오페의 아들로 위대한 음악가였던 암피온은 하프를 연주해 무생물인 돌들이 움직여 테베의 성벽을 쌓은 것으로 유명하다.

329 **[아고스티노] 스테파니** Agostino Steffani(1654~1728). 이탈리아의 작곡자이자 외교관으로 오랫동안 독일의 궁정에서 활동했다. 1680년부터는 성직자로 살았는데 수도원에 살지도 않고 또 특정 교단에 소속되지 않은, 이른바 재속 신부였다.

두 눈이여, 왜 우는가 Ochi, perchè piangete. 스테파니 신부가 쓴 듀엣곡으로 1842년에 발표되었다.

397 **[알렉산드르] 수보로프** Alexander Suvorov(1729~1800). 러시아 제국의 군인으로 1799년 오스트리아–러시아 연합군을 이끌고 북부 이탈리아에서 프랑스군을 격퇴했다.

400 **전쟁의 폭풍** 독일 민족이 나폴레옹 군대에 맞서 싸운 이른바 '해방 전쟁'(1813~1815)을 가리킨다.

401 **애인의 눈썹에 대한 애달픈 노래를 짓던** 셰익스피어의 연극 『뜻대로 하세요』 2막 7장에 나오는 자크의 대사 중 일부를 인용한 것이다.

403 **서원** 이 이야기는 호프만의 아내가 그녀의 고향 '포젠(Posen)'에서 호프만에게 들려준 것으로 알려져 있다

성 미카엘의 날 가톨릭 지역에서 성 미카엘을 기리는 날로, 9월 29일이다.

카르멜회 12세기에 팔레스타인 지역 카르멜(Carmel)산에서 창

설된 수도회로, 13세기부터 독일에도 뿌리를 내렸다.

404 **시토 교단** 1098년 프랑스 디종 근처의 부르고뉴에 있는 시토 (Citeaux, 라틴어로 Cistercium)에 설립된 로마 가톨릭 수도회로 엄격한 금욕 생활과 노동을 중시했다. 여자들을 위한 최초의 수녀 원은 1120년에 세워졌다.

410 **검은 여자** Black Lady. 셰익스피어의 『소네트』에서 비밀스러운 여자로 등장하는 인물이기도 하다.

412 **스카풀라** scapular. 가톨릭 수도사의 옷으로, 어깨에서 앞뒤로 드 리우는 겉옷을 말한다.

413 **아뉴스 데이** Agnus Dei. '하느님의 어린양'이란 뜻으로, 여기서는 그리스도를 승리의 깃발과 함께 양으로 묘사한 장식 펜던트를 가 리킨다. 이 장식은 어머니의 뜻에 따라 그 소년이 영적인 직분을 위해 택해졌음을 말해 준다.

417 **폴란드의 1차 분할** 폴란드 영토가 프로이센, 오스트리아, 러시아에 의해 1772년 분할된 사건을 가리킨다. 이후 1790년대 폴란드의 독립 투쟁은 1795년 폴란드의 '3차 분할'을 거쳐 폴란드 국가의 해 체라는 결과를 가져왔다.

418 **폴란드 군대가 패배한 것** 폴란드의 제2차 분할을 야기한 폴란 드-러시아 전쟁(1792) 이후 코시치우슈코(Tadeusz Andrze Kościuszko, 1746~1817)는 폴란드 군대의 최고 사령관이 되어 1794년 러시아를 상대로 봉기를 이끌었으나, 그해 10월 마치에요 비체 전투에서 포로가 되었다. 코시치우슈코의 봉기가 실패하면 서 1795년 11월 폴란드 제3차 분할이 이루어졌고, 폴란드-리투아 니아 연방의 독립은 123년 만에 끝났다.

기사들의 있지도 않은 충성심에 과도하게 의존했던 시도 폴란드 귀족 들 일부가 러시아와 협약을 맺은 것을 말한다.

420 **프랑스 군대와 함께 이탈리아 전장으로 나갔다** 나폴레옹 군대의 이탈 리아 침공은 시기적으로 폴란드에서의 패배 직후에 있었다.

422　**우리는 그대의 여행이~더 마음에 들었지**　4분의3 박자로 된 폴란드의 민속 무용 또는 그 춤곡인 폴로네즈에 나오는 한 구절이다. 폴란드군 지도자였던 코시치우슈코가 미국으로 망명을 떠날 때 불렀다고 알려졌다.

425　**투란도트 공주의 시선을 받은 새로운 칼라프**　독일의 극작가 프리드리히 실러가 카를로 고치(Carlo Gozzi, 1720~1806)의 『투란도트』를 각색한 작품(2막 4장)에는 칼라프가 자신을 향해 눈길을 주는 투란도트 공주에 대해 "오, 하늘의 광채여! 오, 내 눈을 부시게 하는 아름다움이여!"라고 말하는 대목이 나온다.

431　**폴란드 사람들이 당시 거짓 우상을 숭배하듯 우러러보았던 남자**　폴란드인들이 독립을 쟁취하도록 지원해 줄 것으로 기대했던 나폴레옹을 의미한다.

432　**깨어 있는 상태의 꿈**　이에 대해서는 독일 의사 고트힐프 하인리히 폰 슈베르트가 『자연 과학의 밤의 측면에 관하여(*Ansichten von der Nachtseite der Naturwissenschaft*)』(1808)에서 상론한 바 있다. 그에 따르면, 동물 자기력의 상태에서는 두 사람의 내적인 결합이, 한 사람이 다른 사람의 움직임과 감정에 관여하는 것이 실제로 일어나는 것처럼 여겨질 정도로 가능하다고 한다. 나아가 서로 거리가 떨어져 있어도 깊은 공감이 이루어질 경우 사랑하는 사람의 죽음 같은 운명을 같이 알게 된다고 한다.

449　**카말돌리 수도회**　Hermitage of Camaldoli. 이탈리아 중부에 세워진 베네딕트 수도회 계통의 수도회로 수도자 사이의 공동생활을 최소한으로 줄이고 장기간의 단식, 엄격한 침묵, 은거, 노동 등을 장려했다.

451　**G시**　폴란드 남서부에 위치한 소도시 '그위구프'로 추정되는데, 독일어로는 이 도시가 글로가우(Glogau)로 발음된다.

453　**전통적인 프랑스식 정원**　루이 14세 시대에 르노트르(André Le Nôtre, 1613~1700)가 조경한 양식으로 의고전주의적 정원을 가

리킨다.

영국식 정원 불규칙성과 자연과의 친화성을 중시하는 영국식 정원은 유럽에서 18세기 후반에 프랑스식 정원을 대체한다.

455 **율리에** 작가 호프만이 밤베르크에 머물던 시기(1808~1813)에 음악을 가르치면서 애정을 품었던 여제자(율리아 마르크)의 이름을 변용한 것인데, 이 작품에는 이러한 전기적 요소가 녹아 있다.

456 **카인의 표식** 성서에서 형제를 살해한 카인을 보호하려고 하느님이 부여한 표식을 말한다. 이 대목에서 그 표식을 언급한 것은 '형제 사이의 갈등'을 암시한다.

강력한 사자 앞발로 붙잡아 심연에 내던지는 거죠 가혹한 죽음의 운명을 상징하는 '스핑크스의 수수께끼'를 암시하는 대목이다.

460 **사랑의 미로에서 비틀거리는 기사** 요한 고트프리트 슈나벨(Johann Gottfried Schnabel)이 1738년 발표한 동명(同名)의 소설이 있다.

아시아의 바니제 바로크 시대의 작가 하인리히 안젤름 폰 치글러 운트 클립하우젠(Heinrich Anselm von Ziegler und Kliphausen, 1663~1697)이 1689년에 발표한 소설로서 18세기에 이르기까지 가장 성공을 거둔 작품이다. 소설의 전체 제목은 '아시아의 바니제 또는 피에 주린, 그러나 용감한 페구(Die Asiatische Banise, oder Das blutig- doch muthige Pegu)'인데, 바니제(Banise)라는 이름은 치글러의 아내 자비네 폰 린다우(Sabine von Lindau)에서 '자비네(Sabine)'의 자음 철자 순서를 바꾼 것이다.

티투스 머리 로마 황제 티투스(Titus Flavius Vespasianus, 31~89)의 이름을 따서 붙인, 18세기에 유행한 짧게 깎은 고수머리 스타일을 말한다.

462 **이 지상적인 것의 압박을 벗어던졌을 때의 삶** 셰익스피어의 비극 『햄릿』(3막 1장)에 나오는 주인공(햄릿)의 독백 일부를 인용한 것이다. "우리가 지상적인 것의 압박을 벗어던졌을 때, 그 죽음의 잠 속

에 어떤 꿈이 찾아올지 생각하면, 주저하지 않을 수 없다."

464 **자기 치료 신봉자** 독일의 의사이자 근대적 최면술의 선구자인 프란츠 안톤 메스머가 주창한 '동물 자력 이론'(동물의 몸 안에 자기가 존재하며 그 보이지 않는 힘을 이용하면 기적적인 치료가 가능하다고 보는 견해)을 신봉하는 자들을 말한다.

산베니토 san-benito. 원래 스페인의 종교 재판소에서 이단자에게 화형을 가할 때 입힌 검은 옷을 '산베니토'라고 하였으나 여기서는 그 복장에 속하고 악마의 형상들을 그려 놓은 끝이 뾰족한 모자를 가리킨다.

465 **7년 전쟁** Siebenjähriger Krieg(1756~1763). 오스트리아 왕위계승 전쟁에서 프로이센에 패해 독일 동부의 비옥한 슐레지엔을 빼앗긴 오스트리아 합스부르크 가문이 그곳을 되찾기 위해 프로이센과 벌인 전쟁을 말하는데, 이 전쟁에는 유럽의 거의 모든 열강이 참여했다.

466 **아포르트** 프랑스어 'Apporte'는 '이리 가져와!'라는 뜻이다.

468 **위대한 알리** 무함마드의 사촌 동생이자 사위로, 이슬람 종교 지도자의 세습을 찬성하는 시아파에서 특별히 존경을 받는 인물이다.

데카르트의 작은 악마 데카르트의 이름을 따서 다채로운 유리를 불어 만든 공예품 인형으로 위쪽이 조금 열려 있다.

4피트 약 120센티미터.

469 **외스터라인 그랜드 피아노** 18세기 독일의 악기 제작자 요한 크리스토프 외스터라인이 제작한 그랜드 피아노.

[아르칸젤로] 코렐리 Arcangello Corelli(1653~1713). 이탈리아의 작곡가이자 바이올린의 대가.

테오르보 theorbo. 유럽에서 유행한 현악기 류트에서 파생된 악기이며, 주로 통주저음으로 연주한다.

[파스쿠알레] 안포시 Pasquale Anfossi(1727~1797). 이탈리아의 작곡가로 6백 편 이상의 오페라 그리고 교회 음악을 작곡했다.

471 **장 파울** Jean Paul(1763~1825). 독일의 극작가로 문학사적으로
는 고전주의와 낭만주의 사이에 위치한다. 작가 호프만은 장 파울
을 일반적으로 높이 평가했으나, 작품에서는 그를 패러디하는 문
장을 간혹 사용했다.

474 **이 희극에는 결코 마음에 들지 않는 일들이 나온답니다** 셰익스피어의
로맨틱 코미디 『한여름 밤의 꿈』에는 요정 오베른의 마법에 걸려
당나귀 얼굴의 사람으로 변한 닉 버텀이 등장하는데, 슐레겔의 독
일어 번역판에서는 이 인물이 '베버 체텔(Weber Zettel)'로 바뀌
어 나온다. 베버 체텔은 테세우스의 결혼식 날 공연하기로 한 연극
「피라무스와 티스베」와 관련, "피라무스와 티스베의 이 희극에는
결코 마음에 들지 않는 일들이 나온답니다"라는 대사를 읊는다.

염소 염소 그림이 재단사에게 모욕적인 것은, 염소가 재단사에
대한 부정적인 이미지와 결합해 있기 때문이다. 이미 중세 시대부
터 그림이나 직공들의 노래에 재단사와 염소가 함께 등장하곤 했
는데, 무절제한 성욕 내지는 과도한 남성성을 상징하는 염소는 '남
성적'이지 못한 재단사를 비꼬는 소재이다. 예로부터 가위질이나
재봉질 등은 여자들의 일로 여겨졌다.

476 **라오콘적인 고통** 그리스 신화에 나오는 라오콘은 아폴론의 제사
장이었지만 신들의 노여움을 사서 두 쌍둥이 아들과 함께 해신 포
세이돈이 보낸 뱀에 의해 목이 졸려 죽는다. 이 장면을 담은 그리
스의 유명한 조각상 「라오콘 군상(群像)」은 독일 계몽주의 시기의
이론가 레싱의 『라오콘(*Laokoon*)』(1766)과 함께 예술 이론의 중
요한 논쟁거리가 되었다.

478 **코넷** cornet. 8각으로 된 관의 측면에 소리 구멍이 나 있는 금관
악기로 유럽에서 18세기 이후 더는 사용되지 않았다.

사라반드 saraband. 스페인에서 유래된, 느리고 진지한 춤곡.

480 **항성 원리** 항성이 인간의 육체에 미치는 영향은 '동물 자력 이론'
의 기본 원리에 속하는 것이었다. 다시 말해 천체들과 지구 그리고

생물들 사이에는 상호 영향력이 있다고 보았다.

490   **호리온 경의 무덤**   독일 작가 장 파울이 1795년 발표한 소설 『샛별 (*Hesperus oder 45 Hundsposttage*)』에서 호리온 경은 자신을 기리는 대리석 돌판을 설치해 줄 것을 부탁하고 사랑하는 사람의 무덤에서 자살하는데, 두 사람의 대리석 판 위에는 창백한 '재의 심장'과 함께 그 아래에 하얀 글자로 '안식하다!(Es ruht!)'라는 글귀가 새겨져 있었다.

인간의 오성으로 접근할 수 없는 광기의 세계

권혁준(인천대학교 독어독문학과 교수)

모든 것, 삶 전체가 그에게는 꿈과 예감이 되어 있었다.

—「모래 사나이」 중에서

호프만: 독일 후기 낭만주의의 대표 작가

에른스트 테오도어 아마데우스 호프만(Ernst Theodor Amadeus Hoffmann)은 독일 낭만주의 문학을 대표하는 작가다. 괴테, 실러 등 계몽주의적 전통에 서 있던 고전주의자들과 달리 낭만주의자들은 이성의 합리성으로 설명될 수 없는 상상력, 꿈과 환상의 세계에 몰입했다. 꿈과 환상, 광기나 최면술 같은 초자연적 현상, 무의식적이고 비합리적인 체험들은 이성과 합리성을 내세웠던 계몽주의 시기에는 배척되는 경향이었으나, 예술을 통해 상상의 나래를 펼치며 내적인 자유를 추구했던 낭만주의자들에게는 오히려 즐겨 차용하는 문학적 소재였다. 낭만주의자들은 계몽주의적 합리성의 세계가 불러온 답답한 현실에서 심한 소외를 느끼고 이에 반발하며, 환상과 일상이 통합되는 무의식적이고 비합리적인 경험들을 중시했기 때문이다.

그런데 호프만이 추구한 비합리적인 세계는 초기 낭만주의 경향과도 변별된다. 초기 낭만주의가 '빛'으로 상징되는 계몽주의의 이성과 합리성에 반발하여 자아의 주관성과 초자연적인 것, 꿈과 예감을 강조하면서 전개되었다면, 작가 호프만은 인간 심리의 비밀스럽고 어두운 면에 더욱 주목한다. 이러한 후기 낭만주의를 특징적으로 일컬어 '공포 낭만주의 (Schauerromantik)'라고 한다. '공포 낭만주의'란 초자연적인 요소가 풍부한 초기 낭만주의의 환상적 이야기들 대신에 점차 세계의 악마적 힘, 인간 내면에서 파멸을 가져오는 어둡고 기이한 정신적 과정, 사악한 충동, 광기, 불안, 경악 등을 소재로 하는 경향을 말한다. 특히 인간의 오성으로 접근할 수 없는 영역인 '광기(Wahnsinn)'는 1800년대 문학에서 빈번히 등장하는 주제다. 이 시기에는 의학과 자연 과학 분야에서도 광기와 같은 인간 정신의 '밤의 측면들'에 주목하는 연구가 유행했다.

작품집 『밤 풍경』: 인간 영혼의 어두운 측면과 인간의 부자유

『밤 풍경(Nachtstücke)』은 호프만의 두 번째 '노벨레 작품

집'[1]으로서 전체가 두 권, 모두 여덟 편의 이야기로 구성되어 있다. 1816년 말에 출간된 첫 번째 책에는 「모래 사나이(Der Sandmann)」, 「이그나츠 데너(Ignaz Denner)」, 「G시의 예수회 교회(Die Jesuiterkirche in G.)」, 「상투스(Das Sanctus)」 등 네 편, 1817년 봄에 출간된 두 번째 책에는 「적막한 집(Das öde Haus)」, 「장자 상속(Das Majorat)」, 「서원(Das Gelübde)」, 「돌 심장(Das steinerne Herz)」 등 네 편이 실려 있다. 이 작품집에 실린 이야기들은 ─ 파멸의 와중에 희망을 품게 하는 요소도 엿보이지만 ─ 대체로 인간 세계가 '어두운 힘'에 압도되어 파멸하는 내용으로 되어 있다. 이 작품집에는 『칼로풍의 환상집』에 붙였던 것과 같은 '서문'이 없는 대신, 작품집 전체를 소개하는 제목으로 '밤 풍경'이 제시되었다.

'밤 풍경'(독일어로 'Nachtstück', 'Nachtstücke'는 복수형이므로 작품집 제목은 엄밀히 말하면 '밤의 풍경들'로 번역될 수 있음)이라는 말은 원래 15~16세기 회화에서 유래된 개념으로, '밤의 풍경을 그린 그림'을 뜻한다. 달빛이나 횃불, 촛불로 불완전하게 조명된 대상을 그리게 되면 명암이 날카롭게 대비되고 독특한 색채를 띠며, 이를 통해 낯설고 불안한 효과가 창출된다. 이 개념은 독일에서 18세기부터 문학에 전용되어, 유령이나 강도 등 범죄자들이 등장하는 무서운 이야기들, 나아가 불가해한 어두운 힘을 배후로 기괴하고 무서운 사건이나 현상들이

---

1   첫 번째 작품집 『칼로풍의 환상집』은 1814년 5월 첫 두 권이 출간되었다.

펼쳐지는 이야기를 뜻하게 되었다.[2] 특히 후기 낭만주의자들은 꿈, 광기, 몽유병, 자기 치료법과 같은 비합리적이고 의식의 저편에 있는 경험들, 인간 영혼의 '밤의 측면들'에 주목하고 이를 문학적으로 형상화하고자 했다.

호프만의 경우 초기 작품들이 주로 현실에서의 일상과 환상의 병존을 보여 주었다면, 『밤 풍경』이 나온 시기의 작품들은 특히 인간 영혼의 '밤의 측면들'에 주목하는 경향을 보였다.[3] 호프만의 작품에서 '밤 풍경'의 의미는 배경, 소재, 서술 등 다양한 층위에서 발현된다. 한밤중, 폭풍우, 사나운 날씨, 촛불이나 횃불 등 사건이 발생하는 배경으로서의 '어둠'에 우선 주목할 수 있다. 그다음으로는 '밤의 영역'에 속하는 소재들이 있다. 강도 패거리, 살인과 다른 범죄들, 우연한 무서운 사고들, 운명적 사건, 복수(復讐) 등 공포 소설의 요소들이 그것이다. 아울러 이런 끔찍한 사건들의 배후로서 인간을 위협하고 정신적·심리적으로 파멸시키는 것으로 추정되는 '어두운 힘', 즉 이성의 힘으로 완전히 해명되지 않고 통찰되지 않는 그 무엇 역시 이에 속한다. 호프만은 이 모든 숙명과 범죄에 실제로 악마적인 힘이 작용한 것인지, 아니면 인간이 악마적인 방식으로 조종한 것인지,

---

2   영국에서는 이미 17세기에 'Night Piece'라는 개념이 문학에 전용되었고(Robert Herrick, *Hesperides: The Night-Piece, to Julia*, 1648), 18세기에는 죽음, 오싹함, 공포, 위협 등을 내용으로 하는 영국 공포 소설의 발전에 중요한 기여를 한다. 독일에서는 장 파울이 18세기 들어 자기 작품에 이 개념을 자주 사용했다.

3   작품 집필 시기를 보면, 호프만은 장편소설 『악마의 묘약(*Die Elixiere des Teufels*)』을 집필하던 시기에 「이그나츠 데너」, 「모래 사나이」 등 『밤 풍경』의 작품들에 몰두한 것으로 보아 두 권의 작품집은 긴밀하게 연결되어 있고, 초기 작품들과는 소재 면에서 다소 차이를 보인다.

풀리지 않는 수수께끼로 남겨 놓는다. 그러한 힘이 실재하는지, 아니면 우리 자아의 '환영'에 불과한 것인지 불분명한 서술 태도를 보여 준다. 밤의 힘들이 이성을 통해 접근할 수 없고, 인간은 그 힘들과의 대결에서 우위를 점할 수 없어 그 힘에 위협당하는 상황이다. 이러한 경향은 프로이트가 명명한 '섬뜩한 것'의 개념과도 상통한다. 『밤 풍경』의 이야기들에서는 기이한 현상들이 자연 과학, 심리학, 의학 등에 의해 부분적으로 설명되기도 하는데, 그러한 설명이 충분한지 아니면 우리를 오도하는지도 명확하지 않다. 작가나 서술자가 어떤 분명한 해명의 단서도 제시하지 않음으로써 그 불안감은 작품 속 인물들뿐만 아니라 독자들에게까지 전이된다.

『밤 풍경』에는 이처럼 어둡고 비밀스러운 사건과 현상을 소재로 한 작품이 여덟 편 실려 있다. 『밤 풍경』의 첫 작품이자 이 작품집의 구상을 보여 주는 「모래 사나이」에서는 특히 한낮에 일어나는 정신적이고 무의식적인 사건을 다루면서 '밤 풍경'의 개념을 은유적으로 사용한다. 『밤 풍경』의 모든 이야기를 관통하는 주제는 인간이 처한 부자유, 불가해하고 섬뜩한 것이 인간에게 가하는 위협이다. 이에 대해 「모래 사나이」의 주인공 나타나엘은 "인간은 누구나 스스로 자유롭다고 착각하지만 실은 어두운 힘이 벌이는 잔인한 유희에 봉사할 뿐"이라고 했는데, 『밤 풍경』이야기 속의 대다수 인물이 이러한 '유희'를 경험한다. 그 유희가 반드시 끔찍하거나 치명적인 파멸로 이어지는 것은 아니지만, 합리적으로 해명될 수 없는 불가해한 위협인 것이 분명하다. 이처럼 호프만은 낙관적인 계몽주의의 빛이 의식적으로 간과한 인간의 어두운 심리를 담아내고 있다.

「모래 사나이」: 꿈과 예감이 되어 버린 삶

「모래 사나이」는 작품집 『밤 풍경』의 첫머리에 실린 단편으로 호프만의 대표작 중 하나로 꼽힐 뿐 아니라, 작가 호프만이 이 작품집을 통해 시도하는 새로운 장르를 강령적으로 보여 주는 작품이다.

이 이야기에는 나타나엘(Nathanael)이라는 이름을 지닌 광기에 사로잡힌 대학생이 주인공으로 등장하고, 다소 특이하지만 단순한 구성을 따른다. 우선 작품은 조금 특이하게 세 통의 편지로 시작되는데, 서두에 나오는 첫 편지에서 주인공 나타나엘이 유년 시절을 회고하는 부분을 제외하고는 대체로 사건이 일어난 순서대로 제시되는 '연대기적 서술'을 따른다. 나타나엘이 들려주는 유년기 이야기에는 그를 이해하는 데 핵심적인 열쇠가 되는 체험이 담겨 있고, 그 체험의 중심에는 사악한 '모래 사나이'로 아이들의 두려움의 대상이 되어 있는 늙은 변호사 코펠리우스가 있다. 코펠리우스는 나타나엘의 아버지와 비밀스러운 연금술 실험을 하는 인물인데, 아버지가 실험 도중 일어난 폭발 사고로 사망하고 나타나엘은 그에게 눈을 빼앗기는 공포와 함께 혼절하기까지 한다.

이제 성장해 대학생이 된 나타나엘은 어느 날 우연히 코펠리우스와 비슷한 인상의 청우계 행상 코폴라를 만나면서 어린 시절의 트라우마가 다시 활성화된다. 그는 청우계 행상이 코펠리우스이고, 그가 자신의 사랑과 삶을 파괴하리라는 어두운 예감에 시달린다. 그러나 약혼녀 클라라는 그것이 나타나엘의 마음속에 생겨난 '망상'일 뿐이라고 반박한다. 나타나엘도 코폴라가 물리학 교수 스팔란차니가 이미 오래전부터 아는 인물이고 이탈리아 악센트를 가진 것으로 보아 코펠리우스가 아닐 것이라고 여기지만, 코폴라는 나타나엘의 첫 광기가 발발할 때 결정적인 역할을 한다. 나타나엘이 스팔란차니 교수를 방문했을 때 방안에서 흉측한 '코펠리우스'의 목소리를 듣게 되는데, 이어지는 장면에서 '코폴라'가 자동인형 올림피아를 서로 차지하려고 교수와 다투는 것을 목격한다. 이때 교수는 '코펠리우스'가 자기 인형을 탈취해 간다고 소리친다.[4] 이야기의 마지막 장면에서는 나타나엘을 자살로 몰아가는 데 결정적인 역할을 하는 인물로 코펠리우스가 다시 등장한다. 그러나 코펠리우스가 코폴라와 동일 인물인지, 또한 모래 사나이가 나타나엘이 생각하는 것처럼 정말 '사악한 원리'인지 아니면 이성적인 클라라가 진단하듯이 나타나엘의 내면에 형성된 망상의 산물인지와 같은 근본적인 질문들은 작품의 결말에 이르기까지 해결되지 않는다.[5]

---

4   이 대목은 물론 코폴라가 코펠리우스임을 부인하던 교수가 인형을 빼앗긴 후 코폴라의 정체를 드러낸 것이라고 볼 수도 있다.

5   작가의 초고 원고와 인쇄용 최종 원고를 비교해 보면, 인쇄용 원고에서는 코펠리우스와 코폴라가 동일시되는 것을 의도적으로 피한 인상을 준다. 초고에는 두 인물의 동일성을 강조하는

이 작품에서 서술자는 각 인물의 '시점'과 의견을 전달하는 역할로만 한정될 뿐, 의문을 해소하는 그 어떤 적극적인 단서도 제시하지 않는다. 이 때문에 독자는 혼란에 빠진다. 이러한 서술 방식은 작품 전체에 걸쳐 나타난다. 이를테면 작품 서두에는 서술자가 등장하기 전에 세 통의 편지가 제시되는데, 각 '편지'는 일인칭 시점으로 되어 있어 편지 집필자의 대립적인 시각을 가감 없이 보여 준다. 나타나엘은 유년 시절의 악몽을 근거로 자신에게 파멸적인 운명이 다가오고 있음을 예감하는 반면, 클라라는 그것을 내면의 망상으로 치부하며 반박하는 입장에 있다.

이후에도 여러 시점이 혼재하지만, 작품에서 믿기 어려운 사건이나 초자연적 현상을 묘사하는 대목들은 주로 내면이 불안정한 나타나엘의 시점에서 서술된다는 것이 특징적이다. 예를 들어 아버지의 방에서 실험을 몰래 훔쳐보던 나타나엘은 "눈알을 내놔!"라고 외치는 코펠리우스의 음성을 듣고 극도의 흥분 상태에 빠지고 코펠리우스가 자신의 팔다리를 빼내었다가 다시 끼워 맞춘다는 환상에 빠져 혼절한다. 스팔란차니 교수의 집에서도 눈으로는 '코폴라'를 보면서, 귀로는 코펠리우스의 목소리를 듣는다. 작품 전체에서 불안한 내면의 주인공 시점이 지배적이다. 이는 코펠리우스를 주제로 시를 창작할 때 과도하게 나

부분들이 있지만, 인쇄용 원고에서는 이러한 부분들이 대거 삭제되었다. 예를 들어 인쇄용 원고에서는 서술자는 첫 번째 광기가 발발하고 나서 "코폴라도 종적을 감추었다"고 말하는데, 초고에 있었던 "결국 그는 흉측한 모래 사나이 코펠리우스였다" 부분이 삭제된 것이다.

타나고, 특히 자동인형 올림피아에 관한 묘사는 대부분 주인공의 시점에서 서술된다. 나타나엘의 시점은 그가 광기에 사로잡힐 때까지 지배적으로 나타나다가, 광기의 발발을 계기로 외부의 시점으로 옮겨 간다. 한편 서술자는 세 통의 편지를 제시한 후에야 비로소 등장하여, 나타나엘의 운명을 함께 경험하고 이를 표현할 적절한 언어적 수단을 찾는 인물로 자신을 소개한다. 그러나 서술자가 전지적 시점에서 객관적 서술을 하는 경우는 드물고, 오히려 여러 인물의 모순적 견해들을 그대로 제시하는 경우가 다반사다. 따라서 독자는 서술되는 사건과 인물들을 어떻게 평가해야 할지 결정을 내리기 어렵다.

'다시점(多視點)'의 이야기 방식은 작품의 핵심 모티프이고 또 작품의 구성 원리로 작용하는 '눈의 모티프'와도 연결되어 있다. 유모 할멈의 이야기에 등장하는 모래 사나이는 잠들기 싫어하는 아이들의 눈에 모래를 뿌려 피투성이가 된 눈을 앗아 가는 인물이다. 모래 사나이에 관한 동화, 아버지와 코펠리우스의 비밀스러운 실험, 코펠리우스와 코폴라, 클라라와 올림피아의 눈, 안경과 망원경 등은 모두가 '눈'과 밀접한 연관이 있다. 안구 상실의 공포가 작품 전체에 흐르고 있고, 두 차례의 광기 발발을 포함해 나타나엘에게 결정적인 사건들 역시 시각적인 현상들과 연결되어 있다.[6]

---

6 프로이트가 이 작품이 갖는 '섬뜩함'은 살아 있는 '자동인형' 올림피아라는 모티프보다는 모래 사나이와 관련된 안구 상실의 모티프에 그 원인이 있다고 본 것은 적절한 지적이다. 프로이트는 1919년에 나온 그의 논문 「섬뜩함(Das Unheimliche)」에서 안구 상실에 대한 나타나엘의 공포를 정신 분석학적 관점에서 '거세 콤플렉스'로 설명한다. 프로이트에 따르면, 그리스 비

플라톤 이후 유럽에서 눈은 외부 세계가 비치는 거울('마음의 창' 또는 '영혼의 거울')의 기능을 한다고 여겨졌다. 눈은 외부 세계와 내면세계의 경계이자, 외부 세계를 인지하여 내면세계에 받아들이는 역할을 한다. 따라서 눈의 상실과 관련된 위협이나 공포는 내면과 외부가 정상적으로 소통할 수 없는 장애를 암시한다. 한편 눈을 통한 외부 세계의 인지는 주체의 영혼 또는 내면 상태에 따라 크게 달라지고, 이로써 외부 세계의 인지가 잘못되거나 왜곡될 위험도 상존한다. 나타나엘의 경우에는 유년 시절의 악몽으로 인해 외부 세계를 인지하는 눈의 기능에 이상이 생겼다고도 할 수 있다. 이러한 착시 현상은 청우계 행상 코폴라가 두 번째로 나타나엘을 방문해 "아름다운 눈깔"이라고 말할 때 나타나는데, 코폴라가 안경알을 뜻하는 이 환유적인 표현을 말하는 순간, 나타나엘은 갑자기 광적인 공포에 사로잡힌다. 나타나엘이 코폴라에게서 구입한 '망원경'은 나타나엘의 잘못된 시각적 인지를 더욱 강화한다. 그가 처음 올림피아를 보았을 때 그녀의 눈은 생기가 없고 뻣뻣하였으나, 망원경을 통

극 『오이디푸스왕』에서 알 수 있듯이 눈과 생식기는 대체 관계에 있고, 모래 사나이의 섬뜩함은 유년 시절의 거세 콤플렉스에서 기인한다는 것이다. 이때 나타나엘의 눈을 뽑으려는 코펠리우스와 이를 말리는 나타나엘의 아버지는 분열된 아버지상, 곧 나쁜 아버지와 좋은 아버지를 상징하며, 아버지를 죽이고자 하는 욕망이 하필이면 좋은 아버지에 대한 저주가 되어 나타나엘이 외상을 입는다는 것이다. 이러한 설명은 나타나엘이 대학생이 되어 청우계 행상을 보고 유년 시절의 악몽을 떠올리는 것에 대해서도 적절한 설명을 해 준다. 즉 프로이트에 따르면, 섬뜩함의 감정은, 'un-heimlich'('친숙/친밀하다'와는 반대)라는 말에서 알 수 있듯이 무엇인가 '친숙한 것'이 억압되었다가 다시 등장함으로써 유발되는 것이다. 나타나엘의 경우 코폴라에게서 어린 시절 공포의 대상이었던 코펠리우스를 발견함으로써 의식에서 억압되었던 두려움이 다시 나타난 것이다. 물론 정신 분석학적 해석에만 매달릴 경우, 여러 내용적 모티프와 '다시점'을 통해 이 소설이 제시하는 현실 인지의 문제나 정체성 상실 같은 핵심적 문제를 놓치기 쉽다.

해 본 올림피아의 눈에는 젖은 달빛이 떠오르는 것 같고 사랑과 동경이 가득하다.

실명(失明)의 공포와 결합된 유년 시절의 외상(外傷)을 갖고 있는 나타나엘은 외부 현실에 대한 시각적 인지 능력이 그의 내면 상태에 따라 심하게 왜곡되는 성향을 보인다. 그는 객관적 현실을 그대로 인지하는 것이 아니라 주관적으로 각인된 인식을 외부 세계에 투사하는 방식으로 외부 세계를 받아들인다. 이렇게 내면을 외부에 투사하는 것은 나타나엘의 나르시시즘적 성향을 말해 준다. 그 자신이 '자동인형' 올림피아에게서 온전히 이해받았다고 느끼는 것은, 인형 올림피아가 나타나엘의 내면을 반사해 주는 거울이나 투사 판으로 기능하고 있기 때문이다. 이것은 사실상 외부와 내면의 경계가 무너진 상황, 과도하게 고조된 내면으로 인해 더는 자신의 내면세계를 성찰하거나 외부와 내면을 구분할 수 없는 상태에 이르렀음을 보여 준다.

그런데 외부 현실과 내면세계의 경계가 무너지고 외부 현실이 내면세계에 투사되는 상태, 자신의 내적 형상에 매몰되는 상태는 ─ 고대 나르키소스 신화에서 보듯이 ─ 치명적인 파멸을 수반한다.[7] 내면세계를 투사한 외부 세계가 붕괴할 경우 그것은 곧 내면세계의 붕괴를 수반하기 때문이다. 이러한 점에서 올림

---

7   오비디우스는 『변신』(III, V. 339~510)에서 나르키소스 신화를 에코에 관한 전설과 연결하고 있는데, 미소년 나르키소스는 충족될 수 없는 자기애에 빠져 있다가 숲의 요정 에코의 사랑을 멸시한 대가로 물속 자신의 이미지를 사랑하다가 죽는다.

피아가 부서지면서 광기가 발발하는 것은 다름 아닌 내면세계의 붕괴를 의미하고, 내면세계를 외부 세계에 투사하는 나르시시즘의 결과가 얼마나 치명적인지를 말해 준다. 이러한 점에서 자동인형 올림피아의 존재는 나타나엘의 정체성 상실을 보여 주는 문학적 기호이다.

나르시시즘 성향에 사로잡힌 나타나엘의 모습에는 현실에 등을 돌리고 상상과 환상의 세계, 무의식의 세계에 매몰되기 쉬운 낭만주의적 예술가에 대한 풍자도 담겨 있다. 나타나엘은 올림피아가 내뱉는 몇 마디 말을 "내면세계의 진정한 상형 문자"로 받아들이는데, '상형 문자'라는 표현은 노발리스에서 아이헨도르프에 이르기까지 많은 낭만주의 문인들이 추구하던 낭만주의 미학의 핵심을 보여 주는 말이다. 즉 낭만주의자들에게 '성스러운 기호'로서의 문학은 세계의 깊은 비밀을 드러내 주는 '비밀 부호'와 같은 것으로 여겨졌다. 그런데 나타나엘의 입에서 나온 상형 문자라는 말은 과도한 주관성에 매몰되어 외부의 현실과 내면의 형상을 구분하지 못하는 시인의 위험을 보여 줄 뿐이다. 올림피아의 말은 세계의 어떤 내적 연관성을 드러내는 신성하고 비밀 가득한 기호도 아닐뿐더러 나타나엘이 시도하는 창작은 자아의 재생산을 넘어서지 못하기 때문이다. 생명이 없는 인형에게만 수용되는 낭만주의 예술의 자율성은 결국 기계의 자동성과 상통한다. 이처럼 이 작품에는 낭만주의 예술의 과도한 주관성, 다시 말해 자신만을 재생산하는 예술가에 대한 작가의 비판적인 시각이 담겨 있다. 호프만은 이 작품 중간에 서술자의 입을 빌려, 시인이란 "(현실의) 삶을 표면이 매끄럽지 않은 거울에 비친 듯 단지 흐릿하게만 그려 낼 수 있을 뿐"이라고 하면서, 진정한 시인은 우선 현실과 유리되지 않은 참된 형상을 내면에서 형상화할 수 있어야 한다는 견해를 보인 바 있다. 순전히 상상력의 세계에 매몰되는 예술가는 바로 광기에 빠진 나타나엘과 다름없다는 말이다. 호프만의 이러한 견해는 결국 예술가가 상상력의 상아탑에 갇혀서는 안 되고 현실의 삶에 기반을 두어야 하며 현실과 상상, 외부 세계와 내면세계 간의 균형을 추구해야 한다는 이른바 '세라피온의 원리'라는 작가의 창작 이념으로 정리된다.

그런데 호프만이 광기에 사로잡힌 주인공을 '전면'에 내세웠다는 것은 다른 한편으로 낭만주의 미학에 대한 그의 양가적인 입장을 말해 준다. 호프만이 주인공의 광기를 탐구하는 데 초점을 맞추기보다는 광기에 잡힌 개인에게 독자적인 언어를 부여하는 이야기 방식을 시도했다는 것을 감안하면, 작품에서 낭만주의 미학에 대한 부정적인 평가는 다소 상대화되기 때문이다. 오히려 작품 전체에는 계몽주의의 화신과 같은 클라라의 이성주의적 태도가 나타나엘에겐 치유의 방법이 되지 못하는 등, 당시 지배적이었던 이성 중심의 담론에 대한 회의가 오롯이 담겨 있다. 서술자는 작품 끝부분에 클라라가 평범한 시민 가정을 이루고 내면이 분열된 나타나엘이 줄 수 없었던 행복을 찾은 것 같다고 전하지만, 이러한 서술자의 보고에는 아이러니한 거리가 분명히 느껴진다. 서술자의 이러한 태도는 유럽에서 계몽주의 시기부터 정착된 꿈이나 광기 같은 비합리적 세계를 부정하고 자 했던 태도에 대한 비판적인 거리 두기로 해석될 수 있다.

전체적으로 이 작품은 광기를 주제로 독자들에게 객관적인 현실 개념과 현실 인지의 문제를 제시하는 현대적인 작품으로 읽힐 수 있다. 호프만이 광기의 주인공을 등장시켜 외부의 현실 과 내면세계의 관계, 정상적으로 작동하지 못하는 인지 과정 자 체를 주제로 삼았기 때문이다. 작가가 동원한 다시점이라는 현 대적인 서사 전략이나 눈의 모티프는 독자들에게 이러한 문제 들을 성찰하게 하는 문학적 장치이다.

「이그나츠 데너」: 선과 악의 이분법 너머의 현실

「이그나츠 데너」는 『밤 풍경』 첫 번째 권에서 「모래 사나이」 에 이어 두 번째로 수록된 단편으로 다층적 구조의 「모래 사나 이」에 비하면 일직선으로 단숨에 진행된다.

먼 옛날을 배경으로 경건하고 선한 영지 사냥꾼 안드레스가 사악한 도적 두목 이그나츠 데너와 벌이는 대결 구도가 이야기 의 중심축을 이룬다. 지독하게 가난한 안드레스는 상인으로 가 장해 자기 집으로 찾아든 데너의 도움을 받아 중병에 걸린 아내 를 살리고 곤궁한 처지에서 벗어나 안정적인 생활을 누린다. 하 지만 데너가 도적 떼의 수괴라는 사실이 드러나고 안드레스는 어쩔 수 없이 도적 패거리에 협조하여 위험천만한 범행에 가담하게 된다. 이 일로 약점이 잡힌 안드레스는 이후 데너의 유혹과 협박에 의연히 맞서다가, 온갖 끔찍한 일과 고초를 겪는다. 안드레스는 도적이자 살인자로 몰려 감옥에 갇히고 사형을 당할 위기에 처해서도 독실한 신앙심과 진실한 태도로 양심을 저버리지 않고 결국 누명을 벗는다. 반면에 악의 화신인 데너는 비참한 최후를 맞는다.

이러한 결말을 두고 단순하게 이 작품이 악에 대한 선의 영광스러운 승리를 그린 것이라고 보기는 어렵다. 그렇게 단정하기에는 주인공이 너무 큰 대가를 치른다. 둘째 아이는 살해당하고, 아내 조르지나는 병으로 죽고, 안드레스 자신은 수감 생활과 모진 고문으로 반죽음 상태가 된다. 하늘의 뜻인지, 단순한 우연인지, 만일 형장에서 결정적인 순간에 그의 무고를 입증할 증인이 나타나지 않았더라면 그는 영락없이 억울한 죽음을 맞이했을 것이다. 더군다나 안드레스가 지독한 가난에 시달리게 내버려두고 그 상태에서 데너에게 의지할 수밖에 없게 만든 사람은 애초에 그가 충실하게 섬겼던 주인 바흐 백작이라고 볼 수도 있다. 바흐 백작은 여행길에 자기 목숨을 구한 생명의 은인에게 보답한답시며 그를 황량한 숲으로 보내 놓고 충분한 경제적 지원을 제공하지 않았던 것이다. 비록 음험한 속셈으로 접근했지만, 안드레스를 실질적으로 도와주는 인물은 오히려 악당데너이다. 아울러 정의로운 판결로 억울함을 풀어 주고 진상을밝혀야 할 법원은 선한 안드레스의 편이 되기는커녕 비인간적이고 끔찍한 고문으로 자백을 얻어 내려 할 뿐이다. 이러한 상황에서 안드레스가 끝까지 양심을 지키고 진실을 고수한 것은 그야말로 '기적'이라 할 수 있다. 이렇듯 이 작품은 선과 악을 뚜렷이 대비시키면서도 그 뒤엉킴을 보여 주면서 '이 세상에서 선의 추구가 가능한가?'라는 질문을 던진다.

이 이야기는 이른바 '공포 낭만주의'의 요소들로 각인되어 있다. 습격, 강탈, 싸움, 고문, 살인, 인간 제물, 비밀 의식, 불의 마법, 광기, 피의 난무, 유령 현상 등을 양념으로 삼아 우연적이고 비개연성이 가득한 다채로운 줄거리가 전개된다. 이야기에 등장하는 인물들, 특히 주인공 안드레스는 『밤 풍경』의 다른 작품들에서보다도 더 비합리적이고 통찰 불가능한 '악마적 힘'에 무력하게 내맡겨진 존재로 그려진다. 이러한 '밤의 요소'들은 이야기 속에서 오락과 긴장을 유발하기도 하지만, 작가가 의도적으로 투입하는 소품이기도 하다. 악마적인 힘은 곳곳에서 작동하며 합리적인 설명이 닿지 않는 지점에 있다. 예를 들어 안드레스가 도적 패거리의 강탈 행위에 가담하는 것이나 마지막에 이그나츠 데너에게 너그러운 태도를 보이는 것에 대해 개별 심리학적인 설명, 다시 말해 그의 소박한 성품이나 도움을 주려는 의지를 근거로 해석하기에는 불충분하다. 그러나 사회 심리학적으로 보면 안드레스의 태도는 주인에 대한 충성과 감사에 의해 각인되어 있다. 그래서 그는 자신을 영지 사냥꾼으로 임명한 주인의 선행이 자신의 궁핍과 비참함의 원인이라는 점을 조금도 깨닫지 못한다. 이러한 굴종적 의지는 몇 가지 선행으로 고마움을 표현해야 할 새로운 주인(이그나츠 데너)에게로 옮겨

간다. 그래서 그는 데너가 범죄자임을 보여 주는 또렷한 신호들을 인지하지 못하고 그를 따라가 스스로 범죄자가 된다. 그는 살인자인 데너에게 여러 차례 기만당한 후에도 단지 말로만 그에게 거역할 뿐 실제로는 저항을 하거나 그에게 벗어나려는 모습을 보이지 않는데, 데너가 탈옥한 후 저항할 수단이 있을 때도 여전히 무기력하게 행동한다.

「이그나츠 데너」에는 하나의 중심 서사 외에 수수께끼 같은 사건들을 해명해 주는 여러 배경 이야기가 등장한다. 이러한 배경 이야기를 통해 특히 인물들의 인척 관계가 드러나는데, 도적 두목(이그나츠 데너)은 결국 영지 사냥꾼(안드레스)의 장인으로 밝혀진다. 그런데 데너는 안드레스의 둘째 아이를 죽였을 뿐 아니라 첫아이까지 죽이려고 했는데, 두 아이 모두 데너의 외손자들인 것이다. 살해 욕망의 측면에서 본다면 이그나츠 데너는 그의 아버지, 즉 기적을 일으키는 의사이면서 독 제조가인 트라바키오를 닮았다. 트라바키오는 악마와 결탁한 인물, 악마적 힘을 강화하고 회춘에 이르기 위해 아이들을 살해해 그 심장의 피를 마신 인물이고, 아들에게 비밀 지식을 전수한 인물이다. 호프만은 이 이야기에서 트라바키오-데너를 통해 비밀스러운 악의 근원으로 독자를 이끌어 가고 마법, 악마, 살인, 음모, 광기, 피가 난무하는 이야기로 충격을 안기면서 '공포 낭만주의'의 정수를 보여 준다.

「G시의 예수회 교회」: 예술가적 실존과 광기의 위험

첫 권의 세 번째 이야기 「G시의 예수회 교회」는 다른 작품(이를테면 『칼로풍의 환상집』 소품들)에도 나오는 '떠돌이 열광자(reisender Enthusiast)'가 서술자로 등장해, 소도시 G에서 어쩔 수 없이 사흘 동안 머물면서 만나게 되는 기이한 예술가 '베르톨트(Berthold)'에 대해 체험한 것을 보고하는 내용으로 되어 있다.

이야기는 크게 세 부분으로 나눌 수 있다. 서술자가 예수회 신학교 교수를 만나 베르톨트라는 기이한 화가를 알게 되고 그의 그림 작업을 도우면서 교수를 통해 비밀 가득한 예술가에 대해 더 많은 것을 알아내려는 부분, 교수가 넘겨준 화가에 대한 기록을 통해 과거사를 읽고 화가의 예술가 이력을 추적하는 부분, 그리고 서술자가 그 도시를 떠나고 반년 후 교수로부터 편지를 받고 베르톨트가 대형 제단화를 완성한 후 자살했을 것으로 추정하는 부분 등이다. 이 중 서술자가 입수한 문서(이른바 '베르톨트의 전기')에 기록되어 있고 현재 베르톨트의 태도를 해명하는 과거 이야기가 전체 이야기의 절반 정도를 차지한다. 물론 이러한 해명들은 특정한 행동의 연관 관계나 반응들에 관련된 것이고 주인공의 동기나 이야기의 결말을 단지 부분적으로만 조명해 준다.

베르톨트가 이탈리아에서 화가로 성장하는 과정을 그린 과거 이야기 부분에서는 예술에 관한 다양한 견해가 서술되고 논의

된다. 베르톨트는 풍경화가로서 우선 자연을 모방하는 그림을 연습하지만 곧 불만족을 느끼며, 한 몰타 출신의 기이한 남자와의 만남을 계기로 "자연의 더 깊은 의미", 그 자신의 내면에 있는 형상들에 침투하는 법을 배운다. 그 작업은 비밀 가득한 한 여자의 형체가 나타나 그가 제단화에 그 여자의 모습을 계속 그리게 되면서 비로소 성공한다. 물론 그는 오로지 자신의 이상에 대한 절대적인 헌신만이 참된 예술가를 만든다는 사실을 경험해야 한다. 그가 꿈꾸는 예술적 이상을 실현케 한 여자와 현실적인 행복한 가정을 이루려 하는 순간, 이는 예술에 대한 배반이 되고, 나아가 예술가의 지위 상실을 초래한다. 이러한 갈등은 해결될 수 없는 갈등으로 드러난다. 베르톨트는 자기 삶에서 아내와 아들을 내쫓지만, 결국 그 자신은 심신이 무너지고 나중에는 벽화 예술가로 살아간다. 서술자인 떠돌이 열광자가 그를 만난 것은 바로 이 시기의 일이다.

이 작품은 앞선 두 작품보다 훨씬 더 집중적으로 '예술가'의 존재를 다룬다. 그러나 여기서도 어떤 비밀 가득한 힘이 서사를 이끌어 가는 배후로 작용하면서 예술가의 의지를 고양하기도 하고 좌절, 소멸케 하기도 한다. 베르톨트는 "광기에 버금가는 것으로 여겨지는 상태"에서 "그 여자 단독으로 나의 불행을 만들었다"라고 주장하며 자신의 좌절을 아내 탓으로 돌린다. 이에 대해 서술자는 물론 어떤 논평도 가하지 않는다. 베르톨트가 나중에 보여 주는 기이한 태도의 진짜 원인이 무엇인지 불분명하다. 서술자와 베르톨트를 고용한 교수는 어쩌면 베르톨트가 스스로를 아내와 아들의 살인자로 여기기 때문에 초상화 그리기를 거부한다고 보지만, 서술자가 베르톨트를 직접 대면했을 때 베르톨트는 그러한 비난을 부인한다. 나중에 서술자는 교수로부터 베르톨트가 서술자와 이야기를 나눈 후 아주 명랑해졌고 대형 제단화를 완성한 뒤에 종적을 감추었는데, 아마도 자살한 것으로 추정된다는 내용의 편지를 받고, 그 편지를 이야기 끝부분에 배치한다. 물론 이를 토대로 베르톨트가 자신의 죄를 자백한 것이라고 단정하기는 어렵다.

이처럼 이 작품은 예술이 지향하는 목표 설정, 예술가의 이상에 대한 담론을 담고 있을 뿐만 아니라, 예술가적 존재가 현실과 관계를 맺는 양상, 특히 예술가적 실존에 내재한 광기로 나아갈 위험성을 고스란히 보여 준다.

「상투스」: 예술적 재능 상실의 심리적 병인과 치유

첫 권의 네 번째 이야기 「상투스」는 첫 권의 이야기 중에서 분량이 가장 짧고 여러 점에서 특별한 위치를 차지한다. 「G시의 예수회 교회」에서와 마찬가지로 '떠돌이 열광자'가 서술자로 등장해 보고하는 형식을 취하고 있다. 이 작품에서 '밤의 영역'은 경악스러운 것이나 위협적인 모습으로 나타나지 않고, 단지 수수께끼 같은 불가해한 현상으로 나타난다.

미사 중에 자기 파트를 다 부른 후 다음 장소에 출연하기 위해

'상투스'가 시작될 때 합창단을 떠나는 여가수('베티나')를 서술자가 불러 세운다. 서술자는 농담 삼아 "당신은 이제 곧 교회에서 더는 노래하지 못"하는 형벌을 받을 것이라고 내뱉는데, 실제로 여가수는 그 이후 노래하는 목소리를 잃어버린다. 여가수에게 노래는 바로 그 자신이므로 목소리의 상실은 그에게 결정적인 운명의 타격이 된다. 예술적 표현력의 좌절은 「G시의 예수회 교회」의 주인공 베르톨트처럼 여가수를 광기와 범죄로 이끌어 갈 수 있기 때문이다.

호프만의 다른 작품들과 마찬가지로 「상투스」 역시 중심 이야기 안에 다른 이야기를 많이 담고 있다. 그러나 이 이야기 속이야기는 다른 작품에서처럼 과거사를 밝히고 이를 통해 수수께끼 같은 사건을 해명하는 차원의 이야기가 아니라, 여가수의 병을 치료하기 위한 병행적인 이야기로 투입되고 있다.

여가수(베티나)의 목소리 상실에 대해서는 다양한 설명이 시도된다. 어떤 "부정적이고 병적인 상태", "실체 없는 유령" 같은 마법적인 힘을 동원한 설명도 있지만, 떠돌이 열광자는 자신도 모르게 내뱉은 '저주'가 여가수의 무의식적인 죄책감을 불러일으켰다고 본다. 실제로 그녀를 진단한 의사는 여가수의 병전체가 신체적인 질병이라기보다 심리적인 것으로 자신의 전통적인 의술로 치료할 수 없다는 점을 인정한다. 그러나 떠돌이 열광자가 심리적인 방법으로 베티나를 치료하자, 의사는 그를 "미치광이"라고 욕하며 의사로서의 오만함을 보인다. 떠돌이 열광자는 '이야기 들려주기'라는 예술적·심리학적 방법을 동원해 치료에 성공하는데, 이는 심리적 성격의 질병일 경우 전통 의학보다 예술이 더 전문 영역이라는 의미이다. 실제로 의학사 연구에서 작가 호프만은 이 작품에서 신체적 장애의 심리학적 원인을 가장 정확하게 기술하고 올바른 진단을 내렸다는 평가를 받고 있다. 현대 의학의 용어로 보면 베티나가 앓고 있는 증상은 일종의 '타자 신경증(Fremdneurose)', '소리 공포증(Phonophobie)' 내지는 일종의 '실성증(Aphonie)'에 해당한다. 베티나는 '술레마'라는 개종 이교도(세례명 '율리아')가 교회 성가대의 일원이 되는 과정을 서술한 병행적 이야기를 들으면서 자신의 신경증적 발성 기관 장애에서 해방된다.

이 작품에서는 예술 또는 예술가의 문제가 중심적인 역할을 한다. '성스러운' 음악, 교회라는 공간과 신앙의 맥락을 벗어난 종교 음악의 세속화 문제, 사회의 요구에 대거 부응하려는 예술가가 처하는 위험, 예술과 사랑 간의 갈등과 같은 호프만의 이전 작품들에서 알려진 주제들이 등장한다. 작품에서는 이러한 주제들이 현재의 사건 진행의 형태로, 그리고 이야기 속 이야기의 형태로 다양하게 다루어진다. 아울러 현재 시점으로 진행되는 중심 사건의 서술에서는 유머와 풍자가 지배적이다. 예를 들어 악장이라는 인물은 음악 말고는 일상적 사고나 언어가 불가능한 기이한 인물로서 기괴한 인상을 준다. 아울러 위트를 갖추고 생생하게 전개되는 중심 서사와 달리 '이야기 속 이야기'는 마치 고대 서사시에서 보이는 것과 같은 격정적인 어조로 전달되면서 뚜렷한 대조를 이룬다.

작품집 『모래 사나이』의 두 번째 권에는 네 편의 중·단편 「적막한 집」, 「장자 상속」, 「서원」, 「돌 심장」이 실려 있다.

「적막한 집」: 광기를 조율하는 직관적 상상력

두 번째 권의 첫 번째 이야기 「적막한 집」은 다층적이면서도 개괄 가능한 구성을 보여 준다. '틀 구조 이야기'의 틀에 해당하는 부분에서는 세 명의 친구가 등장해 일상과 경이로움의 관계, 평범 속에서 비범을 간파하는 능력을 화제 삼아 대화를 주고받는다. 이어 친구 중 하나인 '테오도어(Theodor)'가 경이로운 것을 보는 재능을 입증하는 이야기를 들려준다. 이러한 틀 구조는 거리를 창출하고, 본격적인 이야기가 시작되기 전에 제삼자의 시각에서 주된 인물을 알게 해 줄 뿐 아니라, 독자들에게 이야기에 담긴 핵심적인 개념들을 미리 제시하고 평가하면서 그 함의를 조명한다. 일인칭 시점으로 전개되는 본래적인 이야기는 결국 '밤의 영역'에서 일어나는 사건을 중심으로 마성의 힘에 유혹되어 파멸에 처할 뻔한 주인공의 생각과 모티프를 심리학적으로 밝혀내는 방향으로 나아간다.

틀 구조 이야기에 등장하는 대화에서 독자는 '기이한 것'(이상한, 특별한, 비범한 등의 의미)과 '경이로운 것'(자연의 알려진 힘을 능가하는 것을 의미)을 정의하고 구분하지만, 둘 사이의 긴밀한 관계가 강조되고 특히 이야기되는 '밤 풍경'이 기이한 것과 경이로운 것의 혼합으로 규정되면서 양자를 학문적으로 구분하는 일은 무의미해진다. 이 작품에서 드러나듯, '밤의 영역'의 주요한 효과 중 하나는 기이한 것과 경이로운 것이 잘 구분되지 않고, 이상한 현상과 설명 가능한 현상이 쉽게 구분되지 않는다는 점이다. 합리성이 지배하는 대도시 '베를린' 거리를 배경으로 발생하는 기이하고 경이로운 사건은, 이 작품이 현대를 배경으로 하는 환상을 그려 내고 있음을 보여 준다. 베를린의 화려하고 생기 있는 거리 한가운데 자리 잡은 쇠락하고 적막한 집이 서술자 테오도어의 눈에 들어온다. 어느 날 그는 그 집의 창문에서 한 여자의 형상을 보게 되고, 이웃집 사람은 그에게 이상한 이야기를 들려주며 특이한 냄새에 대해 말한다. 테오도어의 생생한 상상력이 활동을 시작하고, 모자이크 조각들이 합쳐지는데, 특히 그가 비밀 가득한 여자의 형상과 사랑에 빠지면서 그 과정에서 관찰하고 들은 것, 가상, 상상, 망상 등이 혼재되어 나타난다.

밤에 속하는 힘의 영향은, 일인칭 화자인 테오도어가 적막한 집에서 느끼는 마성적 매력으로 먼저 나타나고, 이 매력은 거울과 유혹적인 환상들에 의해 증폭된다. 광기의 안젤리카가 사는 적막한 집에서 일어나는 수수께끼 같은 사건들, 숙명적인 저주, 한 집시 여인의 비밀 가득한 영향, 안젤리카의 설명할 수 없는 광기의 발발 등도 이른바 '밤의 영역'에 속한다. 『밤 풍경』의 다른 이야기에서 나온 적은 있지만 별로 중요하지 않았던 '자기 치료법'도 중요한 요소로 등장한다. 자기 치료의 문제는 심리학적·학술적 논증을 통해 테오도어를 "광적인 고정 관념"에서 치료하고자 하는 의사라는 인물과 저녁 모임의 대화 참석자들을 통해 그렇게 이질적인 인상을 주지 않으면서 이론적으로도 광범위하게 논의된다.

두 번째 권의 첫 작품에 해당하는 「적막한 집」은 첫 권의 첫 번째 작품 「모래 사나이」와 여러 면에서 공통된다. 두 작품 모두 상상력의 재능을 타고난 인간(시인)에게 하나의 고정 관념이 어떻게 뿌리를 내리고 전개되는지를 보여 준다. 그 과정에서 주인공이 이탈리아 상인에게 구매한 시각 기구(망원경, 거울)가 중요한 역할을 한다. 주인공은 그것을 통해 여자의 형체를 다른 사람들이 인식하는 것과는 판이한 아름다운 모습으로 보게 된다. 나타나엘은 물론 테오도어도 여자의 생기 있는 두 눈에 매혹당해 이성을 잃고 여자에게 빠져든다. 시각 기구가 결국 환상을 일으키는 마성의 도구가 되고, 다른 사람의 눈에는 보이지 않는 여자의 매력에 빠져들어 이성을 잃고 광기로 나아가게 하는 것이다. 망상을 일으키는 중요한 지점은 유년기 체험('거울 이야기')이다. 유년기 체험에서 유발된 공포는 일종의 강박 관념으로서 망상을 더욱 강화하는 요소가 된다.

나타나엘이나 테오도어는 감수성이 예민해 어떤 기이한 것을 보면 즉시 상상력이 발동하여, 그에 부합하는 이야기들을 지어낸다. 두 주인공 모두 고정 관념에 취약해 광기에 이르는 상상력을 지니고 있다. 그러나 두 이야기의 결론은 다르다. 「모래 사나이」의 나타나엘은 광기에 내몰려 파멸로 나아가는 데 반해,

「적막한 집」의 주인공 테오도어는 치유받는다. 이러한 차이는 두 인물이 지닌 성격과 능력의 차이에서 기인한다. 테오도어는 나타나엘과 달리 일어난 일을 숙고하고 설명을 찾고 자신의 주관적인 해석에 부합하지 않은 제삼자의 해석을 수용하는 태도를 보여 준다. 그는 나타나엘처럼 다른 이의 해석을 즉각적으로 거부하거나 경멸하지 않는다. 다시 말해 그는 자신의 주관적인 인상과 다른 사람의 관점 사이에서 균형을 찾는다. 그래서 그는 자신의 광기 어린 망상을 설득력 있게 설명해 주는 한 노인의 설명을 숙고하고, 의사 라일의 정신 분열 관련 저서에서 자신의 정신 분열 증상을 인지하기도 하며, 무엇보다 자신의 의지와 의사의 충고로 고정 관념을 몰아낸다. 그리고 그는 결국 영혼의 안정을 찾고 자신의 이야기를 친구들에게 들려준다.

테오도어가 들려주는 이야기는 근본적으로 테오도어의 '창작'으로 볼 수도 있다. 그러나 테오도어의 창작은 나타나엘의 창작에서 우리가 경험한 것과는 분명한 차이가 있다. 테오도어는 자기감정의 움직임을 특히 인상적으로 묘사하면서도 나타나엘과는 달리 내면세계에 전적으로 종속되지 않는 '간(間) 주관적인' 외부 세계를 갖고 있다. 이것은 작품 초반에 나오는 지역의 상황에 대한 자세한 묘사에서도 볼 수 있는데, 당대의 독자는 베를린의 잘 알려진 거리와 지역들의 정확한 지형도로 읽을 수 있다. 다른 사람들의 견해에 대해서도 그는 나타나엘처럼 곧바로 주관적인 해석에 매몰되지 않는다. 특히 그는 '밤'의 영역에 속하는 힘들을 두고 토론하거나 분석할 때 자신이 받은 인상에 다른 사람들의 시각을 대립시키는 방식으로 균형을 추구한다. 이처럼 자기감정의 움직임을 추적하고, 자신의 내면세계에 완전히 종속되지 않는 외부 세계를 갖고 있으며, 올바른 시각 원칙을 갖고 인간과 사건을 정확히 관찰하려는 테오도어의 태도에서 우리는 작가 호프만이 그리는 '시인'의 전형을 본다. 참된 시인은 "제대로 보는 능력"을 갖추고 있어야 하는데, 그것은 동화 같거나 악마적인 사건들을 자유롭게 창작하는 데 있는 것이 아니라, 일상적인 것을 정확히 관찰하면서 상상력을 접목하여 범상한 것에서 다른 사람이 보지 못하는 비상함을 볼 수 있는 능력을 갖추고 일상과 경이로움의 관계, 미지의 힘들의 독특한 순간을 직관적으로 파악하는 데 있다는 것이다.

「장자 상속」: 저주의 숙명 아니면 인간의 탐욕?

두 번째 권의 두 번째 이야기 「장자 상속」은 서술자가 현재 시점으로 서술하는 후기 부분을 제외하면 대체로 18세기 중반부터 말까지의 한 가족사를 다루고 있다. 전체 이야기는 연대기적 구성을 따르지 않고, 과거 이야기가 '이야기 속 이야기'로 상당한 분량을 차지한다. 작품의 일인칭 서술자이기도 한 테오도어는 청년 시절에 어떤 성에서 일어난 비밀 가득한 이야기를 직접 경험하기도 한 인물인데, 주된 줄거리는 남작 가문의 법률 고문인 그의 종조부가 들려주는 가문의 운명이다. 이 작품은 법률가였던 호프만이 '장자 상속' 제도의 불합리함을 비판하려는 의도에서 창작한 것이고 시인, 음악가, 변호사인 호프만 자신을 주인공에게 투사하고 있다는 점에서 작가 자신의 현실을 많이 담고 있다고 할 수 있다.

로데리히 폰 로시텐 남작은 가문이 영원토록 확고한 뿌리를 내릴 수 있도록 가문의 중요 재산을 맏아들에게 물려주어 재산이 나뉘지 않고 가문의 힘을 키우는 '장자 상속' 제도를 마련한다. 그러나 삼대(三代)가 흐르면서 마지막 상속권자도 죽고, 재산은 국가에 귀속된다. 서술자는 로데리히 남작이 멀리 내다보지 못하는 근시안이었고 어떤 사악한 힘을 불러내어 가문이 죽음의 저주를 받았다고 한탄하는데, 이 가문의 '사악한 숙명'은 작품에서 여러 차례 언급된다. 그러나 『밤 풍경』의 작품들 대부분에서 그러하듯이 그 가문의 숙명을 초래한 것이 오로지 어떤 불가해한 힘의 탓이라고만은 하기 어렵고, 일차적으로는 시기, 악의, 교만, 증오, 복수심, 물욕, 권력욕 등 인간의 행동과 성격들인 것으로 드러난다.

이야기의 외적인 줄거리 구조는 이른바 '공포 낭만주의'의 요소들로 가득하다. 초자연적인 불가해한 현상과 내면의 강박 관념, 인간의 집요한 욕망이 초래하는 종잡을 수 없는 파멸을 그려 내는 것이 '공포 낭만주의'의 특징이다. 장자 상속을 제정한 창시자는 별들의 영향력을 믿는 인물이고 천문학적 탐구 활동을 벌이던 곳인 탑이 무너져 비밀 가득한 방식으로 사망한다. 밤에 하는 일을 유일하게 아는 하인 다니엘만 죽은 남작이 어디에 보물을 숨겼는지 안다. 장자 상속권자인 맏아들 볼프강은 돈을 탐하고 고압적이며, 다니엘을 지독하게 모욕한다. 둘째 아들 후베르트는 형의 유산을 시기하여 형을 무너뜨릴 음모를 꾸민다. 다니엘은 후베르트의 묵인하에 장자 상속권자를 죽인 후, 몽유병자가 되어 자신의 범행 장소를 자꾸 찾는다. 후베르트 남작이 죽고 그 아들이 상속자로 나서고자 할 때, 그동안 알려지지 않았던 볼프강의 아들로 할아버지의 이름을 딴 젊은 로데리히 남작이 등장하고 우여곡절 끝에 장자 상속권자가 된다. 과장된 사랑의 열정, 비밀스러운 살인, 형제 사이의 증오, 유령의 출현, 개연성이 결여된 우연, 다양한 사건 고리, 가문에 내려진 저주 등은 이른바 '고딕 소설'의 전형적인 장치들이다.

증오와 시기심으로 각인된 세 세대에 걸친 가문의 이야기는 테오도어와 그의 종조부가 연루된 사건에 그림자를 던진다. 장자 상속권자의 아내로 감수성 풍부한 세라피네에게 서술자가 품는 열광적인 사랑으로 인해 새로운 국면이 열린다. 테오도어의 피아노 연주, 음악을 주제로 한 대화는 사냥과 축제에 몰두하는 북쪽 겨울 남자들의 세계에 있던 그녀에게 유혹적으로 다가온다. 공동의 음악 체험을 통해 사랑의 관계가 생겨나는데, 이 관계는 돈의 힘이 로시텐 가문에 파괴적인 것이 되듯 파괴적으로 작용하기 시작한다. 이 작품에서도 낭만주의적 인간과 계몽주의적 인간이 대비되어 나타난다. 주인공 예술가는 낭만주의 작가들의 강박 관념(이루어지지 않을 사랑)에 집착함으로써 감미로운 비탄과 도취적인 절망에 빠질 수 있다. 그런데 종조부는 이러한 종손자의 어리석음과 과도한 열정에 대해 경고하면서 이성의 우위를 드러낸다. 냉정하고 침착한 이성적인 인물을 대표하는 종조부는 강한 의무감과 명철한 이성을 가진 인물로, 미지의 힘에 이끌려 행동하는 인물들 사이에서 감정에 몰두하는 '시적 심성'의 어리석음과 무서운 결과를 경고함으로써 감정 과잉에 균형을 잡아 준다.

작품의 두 부분은 서술 방식에서 상당한 차이가 있다. 연대기적인 보고에 비해 테오도어가 들려주는 이야기가 훨씬 섬세한 형식을 취하고 있다. 열광적인 사랑이 생겨나는 과정을 묘사하는 대목에서는 심리학적 감수성이 엿보이고, 과거의 이야기보다 더 중요한 인물들이 더욱 꼼꼼하게 묘사된다. 그럼에도 불구하고 두 이야기를 오가는 수많은 연결선이 있는데, 가장 중요한 것은 종조부라는 인물 그리고 가문에 내려져 마지막 세대까지 작용하는 저주이다. 이로써 호프만은 두 가지 이야기 유형, 즉 밤 풍경과 예술가 및 사랑 이야기를 통합하는 데 성공하고 있다. 돈과 권력이 보통 사람에게 유혹과 위험이 되듯, 과도하고 열정적인 사랑과 단지 감정에 몰두하는 예술은 '시적 심성'을 가진 자에게는 유혹과 위험이 된다. 감수성이 예민하고 낭만적인 일인칭 서술자는 실러의『유령을 보는 자』를 읽고 유령에 대해 특히 감수성이 예민해지고, 나중에는 사랑과 음악에 의해 모든 인습을 잊고 낯선 힘에 내몰려 행동하는 것과 같은 상태에 놓인다.

이 작품은 음울하고 통속적인 공포 소설의 소재에 비밀스러운 암시와 예시들을 동원하는 기법을 통해 긴장을 고조시키며 독자들을 끝까지 붙잡아 둘 뿐만 아니라, 정확한 성격 구현과 정밀한 묘사 기법으로 사실주의 소설의 선구로 꼽히기도 한다.

「서원」: 몽유병 상태의 임신 그리고 화해 불가능한 세계

두 번째 권의 세 번째 이야기 「서원」은 비밀 가득한 사건을 다룬다는 점에서 호프만의 다른 작품들과 유사하다. 이야기 첫 부분은 어떤 미지의 여인이 특이한 상황에서 아이를 출산하는 내용이고, 둘째 부분은 그와 관련된 과거사를 해명하는 것으로 채워진다. 이야기에서 또 하나의 본질적인 요소는 폴란드의 정치 상황인데, 조국 폴란드에 대한 여주인공의 과도한 사랑은 이로써 설명된다.

과거 이야기에서 주인공으로 등장하는 인물은 아름다운 폴란드 백작의 딸 헤르메네길다이다. 복잡한 성격에 비약과 흥분을 잘하는 이 인물은 자유의 투사 슈타니슬라우스 백작을 사랑하지만, 백작이 조국을 구할 수 없게 되자 그녀의 사랑은 '경멸'로 변한다. 그러나 백작이 그녀를 떠나 전쟁터로 나가면서, 죽음처럼 차디찬 그녀의 심장은 뜨거운 사랑으로 변한다. 그런데 백작이 죽었다는 소식이 들려와 그녀의 과민한 흥분 상태는 '광기'로 넘어가는 모습을 보인다. 그때 슈타니슬라우스를 빼닮은 그의 사촌 크사버가 출현하고, 그녀의 사랑은 사촌에게로 옮겨 간다. 그러나 사촌이 자신이 사랑한 사람이 아닌 것이 밝혀지면서 그녀는 수치심과 쓰라린 고통으로 완전히 무너져 뒤로 물러서지만, 크사버가 슈타니슬라우스의 사랑에 대해 전해 주는 말을 들으면서 크사버에게 다시 끌리게 되고 그녀의 상상 속에서 두 사촌은 점차 혼재되어 나타난다. 이후 얼마 지나지 않아 헤르메네길다는 정자에서 "깨어 있는 상태의 꿈"이라고 부를 수밖에 없는 기이한 상태에 빠져들고 자신이 슈타니슬라우스와 혼례를 치른다고 생각하는데, 실은 크사버에게 유혹을 당한다. 헤르메네길다가 그녀의 결백을 암시하는 이 몽유병의 상황에 있었다는 것은 그녀가 그 시간 전투에서 치명상을 입은 슈타니슬라우스를 보았다는 진술에서도 입증된다. 그러나 그녀의 행동은 그녀의 가족에게는 해명되지 않은 임신이 확인되자 "미친 광기"로 여겨진다. 결국 크사버가 자신이 그녀를 유혹했음을 고백하고, 헤르메네길다는 충격을 받아 그에게서 등을 돌리고 자신의 얼굴을 그 누구에게도 더는 보이지 않겠다는 '서원'을 한다. 그녀의 서원은 한편으로는 속죄를 위한 것이고 다른 한편으로는 자신의 '위안'과 '평온'을 위한 것, 다시 말해 광기로부터 자신을 방어하는 일종의 방책이다. 그래서 그녀는 얼굴을 베일로만 감싸지 않고 "얼굴에 착 붙는 하얀 마스크"를 덮어쓴다. 그녀에게 마스크는 일종의 자기 처벌 수단인 것이다. 아이를 빼앗으러 온 유혹자와 드잡이하는 중에 얼굴이 드러나자, 그녀는 자동인형과 같은 뻣뻣한 상태에 빠지고 곧이어 죽음을 맞는다.

헤르메네길다의 기이한 태도나 정신 착란의 원인에 대해 작품 내에서 여러 설명이 제시된다. 감정의 심한 비약은 폴란드 여자들의 특성으로 치부된다. 한 의사는 심리적인 해석을 제시하는데, 두 사촌이 믿을 수 없을 정도로 닮은 탓에 헤르메네길다의 감정이 강하게 흔들렸고 몽유병적이고 자기적인 영향력에 자신을 내맡겼다는 것이다. 그러나 헤르메네길다의 정신적 착란 또한 악한 힘과 '특별한 숙명'에 의한 것으로 이해될 수 있다. 한편 헤르메네길다가 느끼는 죄책감은 임신 사실이 밝혀진 뒤 주변에서 대부분 추측하는 것 같은 육체적인 욕망이나 거짓 진실에 있는 것이 아니라 그녀의 소질, 천성 탓이라고 할 수 있다. 그런데 이와 관련해 또한 책임이 있는 존재는 주변 인물들, 특히 그녀의 아버지이다. 아버지가 애국심을 고취하면서 헤르메네길다의 머릿속에 낭만적이고 순진한 생각을 주입했기 때문이다. 그에게 중요한 것은 딸의 행복이 아니라, 가문의 명예를 지키기 위해 대대적인 이목을 끌지 않고 딸을 결혼시키는 것이었다. 그는 딸의 치유에는 별 관심이 없고 사회적 규범의 준수를 우선시한다. 크사버 역시 사촌을 빼닮은 자신의 외모를 이용해 헤르메네길다에게 구애하고 그녀를 유혹하는 거짓된 인물이다. 그는 정자에서 헤르메네길다의 착란 상태를 자신의 욕망을 채우는 계기로 삼고, 문제가 불거지자 결혼을 해결책인 양 제시한다. 그는 그녀가 왜 그토록 경악스러워하면서 자신에게 등을 돌리고, 결혼이라는 방식으로 자신의 '명예'를 구하는 것을 얼마나 하찮게 여기는지 이해하지 못한다. 그는 처음부터 조작적인 화술을 통해 헤르메네길다의 혼란한 상태를 악화시킨 인물이기도 하다. 서술자에 따르면, 그는 "내면의 악을 위해 확실한 박자"를 따르는 인물로 여겨지는데, 헤르메네길다에 대한 그의 완전한 몰이해는 자신이 그녀가 임신한 아이의 아버지라는 사실이 밝혀진 후에 보인 행동에서도 그대로 나타난다.

부지불식간에 이루어진 임신이라는 모티프는 독일 문학에서 하인리히 폰 클라이스트가 『O 후작 부인』[8]에서 다루었던 모티프이기도 하다. 클라이스트의 이야기에서는 혼절 상태에서 이루어진 여주인공 O 후작 부인의 임신이 그녀를 곤경에서 구해준 장교에 의한 것으로 밝혀진다. 주변 인물들이 여주인공의 부도덕함을 추측하여 그들에게 비난을 가한다는 점은 두 작품에서 공통적이다. 그러나 두 작품은 차이도 있다. 우선 호프만은 낭만주의 시대의 자연 과학에 근거해, 클라이스트의 여주인공이 기절 상태에서 임신한 상황을 자기 작품에서는 몽유병 상태로 바꾼다. 무엇보다 클라이스트의 이야기에서는 화해 가능한 결말이 서술된다. 장교가 O 후작 부인을 진심으로 사랑할 뿐 아니라 태어날 아이에 대해서도 책임지는 자세를 보이기 때문이다. 그러나 호프만의 이야기에서는 그러한 화해가 불가능해 보인다. 호프만은 헤르메네길다를 이해하는 유일한 인물인 영주 부인의 입을 빌려, 크사버가 "사악한 지옥의 영(靈)처럼 그녀 삶의 최고의 순간을 가장 엄청난 악행으로 망친 사람"이라고 평가

---

8 『O 후작 부인(*Die Marquise von O*)』은 1800년대 독일 산문의 대가 하인리히 폰 클라이스트 (Heinrich von Kleist)가 1808년에 발표한 노벨레로, 전쟁 중 기절한 상태에서 이루어진 부지 불식간 임신이라는 모티프를 다루고 있다.

한다. 사랑하는 사람에 대한 정절을 지키려는 헤르메네길다는 결국 위선적이고 이기적인 크사버를 거부하고 '서원' 형태로 속 죄의 길을 걷는다. 이처럼 호프만의 이야기에서는 원인 불명의 임신과 같은 '기이한' 현상은 해명되지만, 강간을 당한 결과는 회복할 수 없는 것이 된다.

「돌 심장」: 망상과 감정 상실의 기호

두 번째 권의 네 번째 이야기 「돌 심장」은 『밤 풍경』에 수록된 마지막 작품이다. 이야기는 여러 시간 층위에서 펼쳐진다. 첫 번째 시간 층위(서사적 현재)에서 일인칭 서술자는 우선 독자 를 시골 별장과 그곳에 있는 심장 형태의 정자로 이끌어 간다. 이어지는 두 번째 시간 층위에서는 거의 20년 전의 이야기가 전 개되고, 막시밀리안 로이트링거 궁정 고문관과 포에르트 추밀 고문관 부인 율리에가 등장한다. 두 사람의 대화에서는 특히 과 거의 두 사건이 언급된다. 하나는 두 사람의 사랑 이야기인데, 로이트링거가 가졌던 "직감이나 특이하고 불길한 환상에 대한 (……) 몽상가적인 믿음" 때문에 둘의 애정이 좌절되고 율리에 가 다른 남자와 결혼한 사건이다. 다른 하나는 더 최근에 있었 던 사건으로 로이트링거가 조카인 막스가 보인 행동에서 미래 를 예견하고 그를 내친 것이다. 자기 동생의 간계 때문에 괴롭 힘을 당한다고 생각한 로이트링거는 가족 간 불화를 염려하여 심장 형태의 정자를 세우고 그의 심장이 안식할 무덤으로 삼으려 했다. 그런데 조카인 막스가 정자의 중앙 바닥에 집어넣을 검붉은색의 돌 심장을 갖고 논 것이다. 그 돌은 그의 심장을 상징한다는 점에서 막스가 그의 '돌 심장'을 갖고 장난치는 행위는 조카 역시 동생과 마찬가지로 그에게 실망을 안겨 줄 것이라는 예감을 부추겼다.

세 번째 시간 층위는 두 번째 층위로부터 10년 정도 지난 시점, 그러니까 도입부에서 서술자가 독자에게 말을 거는 현재 시점보다 10년 앞선 시기다. 로이트링거 궁정 고문관은 3년마다 가장무도회 축제를 여는데, 그의 사랑이 꽃피었던 청춘 시절을 회상할 수 있도록 참석자들에게는 1760년대 복장을 요구했다. 이어 무도회에 대한 묘사가 장황하게 이어지는데, 다양하고 기상천외하고 별난 인물들이 소개되고, 사회의 허례허식에 대한 풍자적인 서술과 반어적인 논평이 가해진다. 그런데 축제가 열리는 동안 무리를 잠시 떠난 궁정 고문관 로이트링거가 정자에서 기절하여 쓰러진 상태로 발견된다. 그는 정자에서 30년 전 율리에가 결혼하고 자신은 비참한 삶을 끝내려 했던 그 숙명적인 날의 자기 모습을 그대로 보았다고 여긴다. 실제로 그가 만난 인물은 이제 열여덟 살이 된 조카 막스 그리고 그의 젊은 시절 연인이었던 율리에의 딸 율리에였다. 막스는 궁정 고문관에게 용서를 구하고 자신을 다시 받아 줄 수 없는지 묻는다. 궁정 고문관은 이러한 요청을 처음에는 단호히 거절하지만, 막스와 율리에가 짝이 될 것을 알아차리고 이 둘을 받아들인다. 얼마 후 그는 죽어 정자에 묻히고, 그의 돌 심장 역시 안식하게 된다.

이 작품은 전체적으로 이질적인 이야기들이 느슨하게 연결된 느낌을 준다. 이야기의 시작과 끝에만 등장하는 일인칭 서술자가 별다른 논평 없이 서술만 하기 때문이다. 서술자는 첫 부분에서 암시된 독자("친애하는 독자")에게 직접 말을 걸고 로이트링거 궁정 고문관의 공간으로 안내하지만, 이후부터는 인물들이 직접 말하게 하는 방식으로 이야기를 전달하며, 마지막에만 다시 등장하여 막스와 율리에가 결혼했음을 알리는 것으로 이야기를 마무리한다.

'밤 영역'에 해당하는 중심 모티프는 로이트링거의 망상과, 그가 '사악한 운명' 탓으로 돌리는 불행을 예감하는 환상들이다. 그는 정자에서의 환상, 사랑과 이별 장면의 반복을 자신의 임박한 죽음을 예고하는 어두운 힘의 접근으로 해석한다. 수수께끼를 해결하는 과정에서 그는 통찰력을 보여 주기도 하지만, 이것이 '치유'의 증거가 되지는 못한다. 그는 막스와 화해한 후에도 곧바로 기괴한 친구 엑스터의 미스터리한 암시에 반응하여 자신의 도플갱어인 조카 막스를 콘스탄티노플로 보낸다. 로이트링거는 엑스터와 마찬가지로 '자기 치료'의 신봉자이다. 그는 예감과 환상 때문에 자신이 특별한 혜안을 지녔다고 확신하지만, 그의 확신은 기만적인 것으로 드러난다. 호프만은 이 작품에서 자기 치료의 숙명적인 측면과 모순된 양가성을 보여 준다.

한편 검붉은색의 '돌 심장'은 이야기의 모든 시간 층위에 나타난다. 그것은 로이트링거의 심장을 가리키기도 하고, 그가 자신의 심장을 위해 마련한 무덤 자리를 지칭하기도 한다. 이렇게 동일시되는 심장과 돌은 아이러니하게도 각기 상반된 의미인 '감정'과 '감정 상실'을 의미한다. 이는 고대로부터 바로크와 로코코 시대에 널리 사용된, 돌같이 굳은 '차가운' 심장이라는 형용 모순에서 착안한 것이다. 이 이야기의 마지막 장면은 특히 장 파울이 1795년 발표한 소설 『샛별』에서 사랑하는 자의 무덤에서 자살하는 호리온 경의 모습과 겹쳐진다. 호리온 경의 묘비에는 '재의 심장'이 놓여 있고, 그 아래 하얀 글자로 '안식하다!'라는 글귀가 새겨져 있다. 호프만의 이야기에서도 정자의 돌 심장에 같은 글귀가 적힌다. 이처럼 비밀스럽고 긴장감 넘치는 사건과 서사로 구성된 「돌 심장」은 단순한 환상이나 자극적인 소재를 모티프로 한 것에 그치지 않고, 전통적인 은유와 상징, 과거 작품들을 풍부하게 재구성하는 '상호 텍스트성(intertextuality)'을 통해 보다 깊이 있는 문학적 성취를 보여 주고 있다.

판본 소개

이 번역본은 원문에 충실하고자 1816년과 1817년에 출판된 인쇄본을 기초로 도이처 클라시커 페를라크(Deutscher Klassiker Verlag)에서 펴낸 호프만 전집 비평판(E. T. A. Hoffmann, *Sämtliche Werke in sieben Bänden*. Frankfurt am Main, 1985. 이 중 「모래 사나이」는 제3권)을 저본으로 삼아 에른스트 테오도어 아마데우스 호프만의 두 번째 작품집 『밤 풍경』에 수록된 여덟 편 전체를 번역한 것이다. 이미 우리말로 번역된 바 있는 일부 작품은 기존의 우리말 번역본도 참조하였다. 아울러 전체적으로 독자가 읽기 편하도록 너무 긴 단락이나 문장은 원문의 정신을 훼손하지 않는 범위에서 나누거나 줄 바꾸기를 했다.

E. T. A. 호프만 연보

1776 1월 24일 프로이센의 쾨니히스베르크(오늘날 러시아의 칼리닌그
      라드)에서 궁정 법원 변호사인 아버지 크리스토프 루트비히 호프
      만과 어머니 로비자 알베르티나 되르퍼 사이에서 출생. 원래 이름
      은 에른스트 테오도어 빌헬름 호프만이었으나 훗날 아마데우스 모
      차르트를 경모하여 세 번째 이름 '빌헬름'을 '아마데우스'로 바꿈.

1778 부모의 이혼으로 형 요한 루트비히는 아버지를 따라가고, 호프만은
      어머니를 따라가 외가인 되르퍼 가문에서 성장함.

1782 쾨니히스베르크의 개신교 학교인 부르크슐레에 입학(1792년까지
      수학). 음악 및 미술 교습을 받음.

1786 학우였던 테오도어 고트리프 폰 히펠과 친교를 시작, 평생 우정을
      이어 감.

1790 대성당 오르가니스트 포드비엘스키에게서 피아노 수업, 화가 제만
      에게서 스케치 수업을 받음.

1792 법조인 가문인 외가의 전통을 따라 쾨니히스베르크 대학에서 법학
      공부 시작(1795년 졸업).

1793 아홉 살 연상이고 다섯 자녀의 어머니인 유부녀 도라 하트에게 피
      아노를 교습하다가 사랑에 빠짐. 세 권짜리 소설 『코르나로
      (Cornaro)』 탄생(원고 실종).

1795 7월, 1차 사법 시험에 합격, 쾨니히스베르크 고등 법원에서 예비 시보 연수. 모차르트의 오페라 「돈 조바니」 관람. 로런스 스턴, 장 파울, 셰익스피어, 장자크 루소의 저작들을 탐독함.

1796 3월, 어머니 사망. 6월, 쾨니히스베르크를 떠나 글로가우(폴란드명 그워구프)로 이주하여 대부이자 외삼촌인 요한 루트비히 되르퍼의 집에서 지냄. 화가 알로이스 몰리나리 및 작가 율리우스 폰 포스와 교유.

1797 세관원이자 작곡가였던 요하네스 함페와 교유. 4월, 아버지 사망. 5월, 쾨니히스베르크로 여행하면서 도라 하트와 마지막으로 재회.

1798 외삼촌 요한 루트비히 되르퍼의 둘째 딸 미나 되르퍼와 약혼. 6월, 2차 사법 시험 합격. 8월, 베를린 고등 법원에서 왕실 법원 판사 시보 연수를 거쳐 업무를 시작하고 외삼촌 가족과 함께 베를린으로 이주. 도박의 세계를 처음으로 접함. 드레스덴 여행. 작곡가이자 궁정 악단장인 요한 프리드리히 라이하르트에게서 작곡 수업. 연극배우이자 기타리스트인 프란츠 폰 홀바인과 교유함.

1800 3월, 3차 사법 시험 합격, 6월, 배석 판사 발령을 받아 포젠(오늘날 폴란드의 포즈난)으로 이주함. 12월, 작가 장 파울과 친교 시작.

1801 괴테의 텍스트를 바탕으로 징슈필 「농담, 간계 그리고 복수(Scherz, List und Rache)」를 작곡하고, 같은 해 포젠에서 공연됨.

1802 5월, 미나 되르퍼에게 파혼을 통보함. 7월, 연초에 알게 된 마리아나 테클라 미할리나 로러(약칭 '미샤')와 결혼함. 사육제 때 포젠의 고위 인사들을 풍자적으로 묘사한 캐리캐처가 물의를 일으켜 벽지인 프워츠크로 좌천됨.

1803 9월 9일, 『프라이뮈티게』지(誌)에 호프만의 첫 번째 글에 해당하는 「한 수도원 수도사가 수도에 있는 친구에게 보내는 서한(Schreiben eines Klostergeistlichen an einen Freund in der Hauptstadt)」이 게재됨.

1804 3월, 바르샤바로 발령을 받아 이주함. 율리우스 에두아르트 히치히

(후일 호프만의 전기를 집필)와 사귐. 12월, 클레멘스 브렌타노의 작품을 토대로 징슈필「유쾌한 악사들(Die lustigen Musikanten)」을 작곡하고, 이 작품의 총보에서 모차르트를 흠모하여 처음으로 '아마데우스'라는 이름을 추가하여 에른스트 테오도어 아마데우스 호프만이라고 명기함.

1805 차하리아스 베르너와 교유. 바르샤바 문화계에서 활발히 활동하며, 징슈필「유쾌한 악사들」을 바르샤바에서 공연. 5월, 바르샤바 '음악 협회' 창립에 주도적으로 참여함. 7월, 딸 체칠리아가 태어남.

1806 '음악 협회'의 한 콘서트에서 지휘자로 데뷔함. 11월, 프랑스 군대가 바르샤바에 진주하면서 프로이센 관청이 해체되고 호프만은 면직을 당함.

1807 6월, 아내 미샤와 딸 체칠리아를 포젠의 친정으로 보낸 후 베를린으로 이주하여 음악가, 예술가로 정착하고자 하지만 궁핍한 생활을 함. 8월, 딸 체칠리아가 포젠에서 죽음.

1808 8월, 밤베르크 극장의 음악단장직을 제안받아 아내 미샤와 함께 밤베르크로 이주함. 그러나 10월 첫 공연에서 실패하여 음악단장에서 사실상 해임되고 작곡가로 일함.

1809 밤베르크 극장이 경영난으로 문을 닫고, 호프만은 음악 교습으로 생계를 유지함. 2월, 오페라 작곡가를 소재로 한 단편「기사 글루크(Ritter Gluck)」를『일반 음악 신보』에 게재하면서 작가로서의 경력을 시작함. 3월, 포도주 상인 카를 프리드리히 쿤츠를 알게 됨(쿤츠는 후에 호프만의 첫 소설집을 출간함).

1810 친구인 프란츠 폰 홀바인이 밤베르크 극단장으로 부임하면서 호프만은 연출가, 극작가, 무대 화가로 활동하고 밤베르크 극장의 전성기를 이룸.

1811 성악 교습 제자인 열여섯 살의 율리아 마르크와 사랑에 빠짐.

1812 율리아 마르크에 대한 격정적 사랑은 아내 미샤의 질투를 낳고 호프만은 광기에 빠질 것을 두려워하여 동반 자살까지 생각함. 프란

츠 폰 홀바인이 극단장 직책을 사임하면서 호프만도 일자리를 잃음. 9월, 「돈 후안(Don Juan)」 집필 시작. 호프만은 점차 저술 활동에 집중하고, 자연 철학에도 몰두함. 11월, 호프만은 극도의 경제적 궁핍에 시달림. 12월, 율리아가 상인 요하네스 그레펠과 결혼함.

1813 2월, 드레스덴과 라이프치히에서 활동하는 요제프 제콘다 오페라단의 음악단장으로 초빙되어 밤베르크를 떠남. 3월, 밤베르크 출판업자 쿤츠와 첫 작품집 『칼로풍의 환상집(*Fantasiestücke in Callot's Manier*)』 출판 계약.

1814 제콘다 오페라단과의 불화로 음악단장에서 해고되고, 반(反)나폴레옹 캐리커처를 그리는 일과 글 쓰는 일로 근근이 생계를 유지함. 3월, 장편소설 『악마의 묘약(*Die Exiliere des Teufels*)』 집필을 시작함. 5월, 단편 모음 『칼로풍의 환상집』 첫 두 권이 출판됨(나머지는 이듬해 출간). 2월에 완성한 「황금 항아리(Der goldedne Topf)」, 대화체 이야기인 「개 베르간차의 최근 운명에 관한 소식」, 「기사 글루크」를 포함한 이 환상 소품집이 선풍적인 인기를 끌면서 문학 모임에서 인기 작가로 부상함. 8월, 오페라 「운디네(Undine)」를 완성함. 9월, 베를린으로 돌아가 무급 국가 공무원으로 복직함. 히치히, 푸케, 샤미소, 티크, 베른하르디와 교유.

1815 왕실 법원 고문으로 형사 심의회에 임명되고, 장다르멘마르크트 근처에 집을 임차하여 사망할 때까지 거주함. 브렌타노와 아이헨도르프를 알게 됨. 『칼로풍의 환상집』 3권과 4권 출판(여기에는 특히 「섣달 그믐날 밤의 모험」이 포함됨). 인기 연극배우 루트비히 데프린트와 친교를 시작, 말년의 가장 친한 친구 관계로 발전함. 9월, 장편 『악마의 묘약』 1권 출간.

1816 4월, 왕실 법원 고문으로 형사 심의회에 임명됨. 5월, 장편 『악마의 묘약』 2권 출간. 8월, 오페라 「운디네」 초연(무대 장식: 카를 프리드리히 쉥켈). 9월, 중·단편을 모은 두 번째 작품집 『밤 풍경(*Nachtstücke*)』 1권 출간.

1817 『밤 풍경』 2권 출간. 7월, 오페라 「운디네」의 마지막(열네 번째) 공연. 베를린 왕실 국립 극장에서 화재 발생.

1818 여름, 고양이를 구입하여 '무어'라는 이름을 붙임. 10월, 「스퀴데리 부인(Das Fräulein von Scuderi)」 완성. 11월, '세라피온' 모임 재결성(호프만 외에 히치히, 콘테사, 코레프 등이 참여).

1819 1월, 작품집 『세라피온의 형제들(Serapions-Brüder)』 1권 출간(여기에는 특히 「팔룬의 광산」이 포함되어 있음). 2월, 『세라피온의 형제들』 2권 출간. 5월, 장편소설 『수고양이 무어의 인생관(Lebensansichten des Katers Murr)』 집필 시작(같은 해 12월 초에 1권 출간). 7월, 요양을 위해 슐레지엔과 프라하로 여행을 떠남. 10월, '반역 단체 및 기타 위해 책동 수사를 위한 직속 조사 위원회'에 임명됨. 11월, 체조의 아버지 프리드리히 루드비히 얀이 경찰국장 캄프츠를 모욕한 행위로 고소된 사안으로 인해 직속 조사 위원회와 프로이센 정부가 갈등함.

1820 2월, 얀의 체포에 항의하며 표결에서 석방을 요구함. 여름, 소설 『브람빌라 공주(Prinzessin Brambilla)』 집필. 9월, 『세라피온의 형제들』 3권 출간.

1821 10월, 『세라피온의 형제들』 4권 출간.
12월, 『수고양이 무어의 인생관』 2권 출간.

1822 1월, 심각한 병을 앓기 시작함. 출간을 준비 중이던 소설 『벼룩 대왕(Meister Floh)』이 당국을 조롱하는 내용을 담았다는 이유로 고발을 당하고 원고를 압수당함. 3월, 유언을 하고 난 후 전신 마비 증상이 나타남. 4월, 마비 상태에서 단편 「사촌의 구석 창문(Des Vetters Eckfenster)」을 구술하여 집필 작업을 이어 감(이 단편은 같은 해 『관객』지에 게재됨). 6월 25일, 목까지 마비 증세가 오고 이날 11시에 사망함. 사흘 후 베를린 소재 '예루살렘 교회 묘지'에 안장됨.

새롭게 을유세계문학전집을 펴내며

을유문화사는 이미 지난 1959년부터 국내 최초로 세계문학전집을 출간한 바 있습니다. 이번에 을유세계문학전집을 완전히 새롭게 마련하게 된 것은 우리가 직면한 문화적 상황에 적극적으로 대응하기 위해서입니다. 새로운 을유세계문학전집은 세계문학의 역할이 그 어느 때보다 중요해졌다는 인식에서 출발했습니다. 오늘날 세계에서 타자에 대한 이해는 우리의 안전과 행복에 직결되고 있습니다. 세계문학은 지구상의 다양한 문화들이 평등하게 소통하고, 이질적인 구성원들이 평화롭게 공존할 수 있는 문화적인 힘을 길러 줍니다.

을유세계문학전집은 세계문학을 통해 우리가 이런 힘을 길러 나가야 한다는 믿음으로 만들어졌습니다. 지난 5년간 이를 준비하기 위해 많은 노력을 기울였습니다. 세계 각국의 다양한 삶의 방식과 문화적 성취가 살아 있는 작품들, 새로운 번역이 필요한 고전들과 새롭게 소개해야 할 우리 시대의 작품들을 선정했습니다. 우리나라 최고의 역자들이 이들 작품 속 한 문장 한 문장의 숨결을 생생히 전하기 위해 심혈을 기울였습니다. 또한 역자들은 단순히 번역만 한 것이 아니라 다른 작품의 번역을 꼼꼼히 검토해 주었습니다. 을유세계문학전집은 번역된 작품 하나하나가 정본(定本)으로 인정받고 대우받을 수 있도록 최선을 다했습니다. 세계문학이 여러 경계를 넘어 우리 사회 안에서 주어진 소임을 하게 되기를 바라며 을유세계문학전집을 내놓습니다.

을유세계문학전집 편집위원단(가나다 순)
김월회(서울대 중문과 교수)
김헌(서울대 인문학연구원 교수)
박종소(서울대 노문과 교수)
손영주(서울대 영문과 교수)
신정환(한국외대 스페인어통번역학과 교수)
정지용(성균관대 프랑스어문학과 교수)
최윤영(서울대 독문과 교수)

을유세계문학전집

을유세계문학전집은 계속 출간됩니다.

을유세계문학전집 연표